W0349933

mtb

Alle Rechte, einschließlich das des vollständigen oder
auszugsweisen Nachdrucks in jeglicher Form, sind vorbehalten.

Alle handelnden Personen in dieser Ausgabe sind frei erfunden.
Ähnlichkeiten mit lebenden oder verstorbenen Personen wären rein zufällig.

Der Preis dieses Bandes versteht sich einschließlich
der gesetzlichen Mehrwertsteuer.

Umwelthinweis:
Dieses Buch wurde auf chlor- und säurefreiem Papier gedruckt.

Wie ein warmer Sommerwind

MIRA® TASCHENBUCH
Band 20056
1. Auflage: Juli 2015

MIRA® TASCHENBÜCHER
erscheinen in der HarperCollins Germany GmbH,
Valentinskamp 24, 20354 Hamburg
Geschäftsführer: Thomas Beckmann

Copyright © 2015 by MIRA Taschenbuch
in der HarperCollins Germany GmbH

Titel der nordamerikanischen Originalausgaben:
Dance Of Dreams
Copyright © 1983 by Nora Roberts
erschienen bei Silhouette Books, Toronto

Good Time Man
Copyright © 1986 by Emilie Richards McGee
erschienen bei Silhouette Books, Toronto

The Bachelor Prince
Copyright © 1994 by Debbie Macomber
erschienen bei Silhouette Books, Toronto

Secret Agent Man
Copyright © 1994 by Diana Palmer
erschienen bei Silhouette Books, Toronto

Published by arrangement with
Harlequin Enterprises II B.V./S.àr.l

Konzeption/Reihengestaltung: fredebold&partner GmbH, Köln
Umschlaggestaltung: pecher und soiron, Köln
Redaktion: Maya Gause
Titelabbildung: Thinkstock/Getty Images, München; Corbis, Düsseldorf
Satz: GGP Media GmbH, Pößneck
Druck und Bindearbeiten: CPI books GmbH, Leck – Germany
Printed in Germany
Dieses Buch wurde auf FSC®-zertifiziertem Papier gedruckt.
ISBN 978-3-95649-195-5

www.mira-taschenbuch.de

Werden Sie Fan von MIRA Taschenbuch auf Facebook!

Nora Roberts

Tanz ins große Glück

Roman

Aus dem Amerikanischen von
Cecilia Scheller

mtb

1. KAPITEL

Der Kater lag auf dem Rücken. Seine Augen waren geschlossen und die Vorderpfoten über der weißen Brust gekreuzt. Das orangefarbene Fell schimmerte in den letzten Strahlen der Abendsonne. Der Schlüssel in der Wohnungstür ließ ihn zwar aufhorchen, aber das Geräusch brachte ihn nicht aus der Ruhe. Er öffnete nur träge die Lider, als er die Stimme seines Frauchens vernahm, schloss sie aber gleich wieder, als er feststellte, dass sie nicht allein war. Sie hatte wieder diesen Mann mitgebracht, für den er keine sonderlich große Sympathie hegte. Also döste er lieber weiter.

„Aber Ruth! Es ist noch nicht mal acht Uhr. Draußen ist es sogar noch hell."

Ruth legte den Schlüssel auf das zierliche Queen-Anne-Tischchen neben der Eingangstür und drehte sich lächelnd um. „Donald, ich sagte doch schon, dass ich heute früh zu Bett gehen will. Das Dinner war wirklich nett. Ich bin dir auch dankbar, dass du mich überredet hast, doch noch auszugehen."

„Nun, in diesem Fall …" Mit einer geschickten Bewegung zog er sie in seine Arme. „Lass mich dich auch dazu überreden, den Abend noch ein wenig zu verlängern."

Ruth ließ sich den Kuss gefallen. Sie genoss auch die leichte Wärme, die prickelnd über ihre Haut lief, doch als er sie enger an sich drücken wollte, entzog sie sich ihm. „Donald." Ihr Lächeln war unverändert heiter und leicht, wie vor dem Kuss. „Du solltest jetzt wirklich gehen."

„Nur noch ein letzter Drink vor dem Schlafengehen", murmelte er und küsste sie erneut, leicht, lockend.

„Nicht heute Abend." Entschieden machte sie sich aus seinen Armen frei. „Ich muss morgen früh zum Training, Donald. Und den ganzen Tag habe ich Proben, und dann findet morgen auch noch die Anprobe statt."

Er drückte einen flüchtigen Kuss auf ihre Stirn. „Weißt du, es wäre einfacher für mich, wenn es da einen anderen gäbe, aber diese Leidenschaft fürs Tanzen …" Er zuckte resigniert die Schultern, bevor er sich zur Tür wandte. Verlor er etwa sein Charisma?

Ruth Bannion war die erste Frau seit über zehn Jahren, die ihn so konstant und vor allem so erfolgreich auf Abstand hielt. Er fragte sich, warum er dennoch immer wieder zu ihr zurückkam. Jetzt öffnete sie ihm die Tür und komplimentierte ihn mehr oder weniger hinaus, wenn auch mit einem Lächeln. Doch ein letzter Blick, bevor die Tür ins

Schloss fiel, beantwortete seine Frage: Sie war mehr als nur schön. Sie war einzigartig.

Noch immer ein kleines Lächeln auf den Lippen, verschloss Ruth die Tür und legte die Sicherheitskette vor. Sie genoss die Gesellschaft von Donald Keyser. Er war ein gut aussehender Mann, groß und dunkel. Sein Witz war geistreich, sein Humor trocken, und zudem besaß er einen erlesenen Geschmack. Sie bewunderte ihn für sein Talent als Designer, trug sogar einige seiner Kreationen, und sie konnte sich in seiner Gegenwart entspannen – wenn sie die Zeit dafür fand. Natürlich war ihr klar, dass Donald eine intimere Beziehung mit ihr vorgezogen hätte.

Die Entscheidung dagegen war Ruth leichtgefallen. Sicher, sie mochte Donald. Aber mehr auch nicht. Er hatte schon bewiesen, dass er sie oft zum Lachen bringen konnte, aber sie bezweifelte ernsthaft, dass er sie auch zum Weinen bringen könnte.

Sie drehte sich um; ihre Wohnung lag in der Dämmerung vor ihr. Plötzlich verspürte Ruth einen Stich des Bedauerns. Und dann überkam sie ein Gefühl von Einsamkeit, jäh und völlig unerwartet.

Sie warf einen Blick in den goldgerahmten viereckigen Spiegel, der in der Diele hing. Er war eines der ersten Stücke, die sie für diese Wohnung gekauft hatte. Das Spiegelglas war alt, und sie hatte einen lächerlich hohen Preis bezahlt, obwohl die obere rechte Ecke schwarz angelaufen war. Es hatte ihr sehr viel bedeutet, den Spiegel dort an die Wand zu hängen – in der eigenen Wohnung, in ihrem eigenen Zuhause. Nachdenklich betrachtete sie sich im schwindenden Licht.

Heute Abend hatte sie ihr Haar offen gelassen, es floss ihr über die Schultern und hing bis über ihre Ellbogen hinunter. Mit einem ungeduldigen Kopfrucken schüttelte sie es zurück. Dicht und seidig schwarz fiel es auf ihren Rücken. Ihr Gesicht war schmal und grazil wie ihre Figur, aber es war durchaus nicht ebenmäßig. Dazu war ihr Mund zu voll, ihre Nase zu klein und ihr Kinn ein wenig spitz. Die braunen Augen unter den dunklen Brauen erinnerten an Katzenaugen. Ein exotisches Gesicht, so hatte man es ihr schon oft gesagt. Doch sie selbst sah keine Schönheit darin. Sicher, mit dem richtigen Make-up und im entsprechenden Licht sah sie faszinierend aus, das wusste sie. Aber das war etwas anderes – eine Illusion, eine Rolle, die mit Ruth Bannion nichts zu tun hatte.

Mit einem Seufzer wandte Ruth sich vom Spiegel ab und ging zu dem mit Plüsch bezogenen viktorianischen Sofa. Jetzt, da sie allein war, hüpfte Nijinsky von der Fensterbank, reckte sich, gähnte ausgiebig und kam dann auf leisen Pfoten angetapst, um sich auf Ruths Schoß zusammenzurollen. Und während sie ihrem Kater abwesend die Ohren kraulte, fragte sie sich im Stillen, wer Ruth Bannion wirklich war.

Vor fünf Jahren war sie eine sehr unerfahrene, aber sehr ehrgeizige Studentin gewesen, die eine neue Phase ihres Lebens in New York begonnen hatte. *Dank Lindsay*, dachte sie mit einem Lächeln. Lindsay Dunne, Lehrerin, Vertraute, Idol – die beste klassische Ballerina, die Ruth je gesehen hatte. Lindsay hatte Onkel Seth überredet, Ruth nach New York kommen zu lassen. Wenn Ruth jetzt an die beiden dachte, erfüllte sie ein warmes Gefühl. Inzwischen waren sie verheiratet und lebten mit ihren Kindern in Connecticut. Jedes Mal, wenn Ruth sie dort besuchte, fühlte sie die Liebe und das Glück noch wochenlang danach. Nie hatte sie zwei Menschen gesehen, die besser zueinander passten oder verliebter ineinander waren. Nun, außer vielleicht ihre Eltern.

Selbst nach sechs Jahren schlug eine Welle der Trauer über ihr zusammen. Den tragischen Verlust dieser intelligenten, lebenslustigen und herzlichen Menschen hatte sie nie wirklich verwunden. Ihr Tod war der Auslöser gewesen, der sie dahin gebracht hatte, wo sie heute war.

Seth Bannion war ihr Vormund geworden. Der Umzug in die kleine Küstenstadt in Connecticut hatte sie beide mit Lindsay zusammengeführt. Lindsay war es gewesen, die Seth klargemacht hatte, dass Ruth besseres und intensiveres Training brauchte. Ruth wusste, wie schwer es für Seth gewesen war, sie nach New York gehen zu lassen; sie war schließlich erst siebzehn gewesen. Seth hatte Bedenken gehabt, Ruth in ein Leben ziehen zu lassen, von dem er wusste, welche Härten und Anforderungen es bereithalten würde. Doch die Liebe für seine Nichte, die ihn zunächst hatte zögern lassen, war es dann auch gewesen, die ihn schließlich hatte zustimmen lassen. Das war der Wendepunkt gewesen. Er hatte Ruths Leben für immer verändert.

Oder vielleicht, überlegte sie jetzt, war es auch der Tag gewesen, an dem sie zum ersten Mal Lindsays Ballettschule betreten hatte. An jenem Tag hatte sie Davidov vorgetanzt.

Wie schrecklich aufgeregt sie damals gewesen war! Sie stand vor einem Mann, der als der beste Tänzer der letzten zehn Jahre gefeiert wurde. Ein unerreichter Meister, eine lebende Legende! Nikolai Davidov. Er tanzte nur mit den besten Ballerinas, einschließlich Lindsay Dunne. Eigentlich war er nach Connecticut gekommen, um

Lindsay zu überzeugen, wieder nach New York zurückzukehren. Sie sollte die Hauptrolle in dem Ballett tanzen, das er geschrieben hatte. Ruth war allein von seiner Anwesenheit völlig eingeschüchtert gewesen; die Ehrfurcht hatte sie fast erstarren lassen. Und dann hatte er sie auch noch aufgefordert, für ihn zu tanzen. Aber er war charmant gewesen. *Und wer könnte charmanter sein als Nick, wenn er es darauf anlegte,* dachte sie und legte lächelnd den Kopf zurück. Also hatte sie angefangen zu tanzen und sich in der Musik und der Bewegung verloren. Und dann hatte er diese simplen und doch weltbewegenden Worte ausgesprochen.

Wenn du nach New York kommst, dann komm zu mir.

Ruth war damals sehr jung gewesen. Der Name Nikolai Davidov kam nur als ehrerbietiges Flüstern über ihre Lippen. Hätte er von ihr verlangt, barfuß den Broadway hinunterzutanzen, sie hätte es anstandslos getan.

Sie arbeitete hart an sich, um seinen Ansprüchen zu genügen. Ihr grauste vor seinem aufbrausenden Temperament; unter der eisigen Distanz, die seine Missbilligung nach sich zog, krümmte sie sich jedes Mal. Doch Nick trieb sie an, unablässig, erbarmungslos. In mancher Nacht lag sie zusammengerollt im Bett und war noch zu müde für Tränen. Aber dann lächelte er sie an oder warf ihr ein lässiges Lob hin, und der Schmerz verschwand.

Ruth hatte mit ihm getanzt, mit ihm gestritten, mit ihm gelacht. Und noch immer war da etwas an ihm, an seinem Wesen, aus dem sie nicht klug wurde.

Vielleicht ist es das, was Frauen so fasziniert, dachte sie. Diese geheimnisvolle Aura. Sein fremdländischer Akzent. Seine Verschlossenheit, sobald es um seine Vergangenheit ging. Die Schwärmerei für ihn hatte sie schon vor Jahren überwunden. Wenn sie heute daran dachte, wie verliebt sie in ihn gewesen war, musste sie lächeln. Er schien es nicht einmal bemerkt zu haben. Sie war gerade achtzehn gewesen, er fast dreißig. Ständig waren schöne Frauen um ihn herumgeschwirrt. *Das tun sie heute noch,* berichtigte sie sich in Gedanken.

Mit einem leicht schiefen Lächeln stand sie auf und reckte sich. Der Kater, verjagt von ihrem Schoß, stolzierte eingeschnappt davon.

Mein Herz ist ungebrochen und sicher, beschied Ruth. Donald fiel ihr ein. Nun, daran ließ sich nichts ändern. Mit einem Gähnen reckte sie sich noch einmal. Und schließlich stand ihr der morgige Tag bevor. Es würde anstrengend werden.

Ruth war nass geschwitzt. Die Choreografie von Nikolais Ballett „The Red Rose“ war kompliziert und kräftezehrend. An der Stange gönnte Ruth sich die wahrhaft nötige Atempause. Der Rest der Truppe stand an den jeweiligen Positionen im Ballettsaal. Entweder übten sie die Tanzschritte nach Nicks antreibenden Anweisungen, oder sie warteten auf ihren nächsten Aufruf, so wie Ruth.

Es war erst elf Uhr, doch Ruth hatte bereits zwei Stunden Training hinter sich. Das T-Shirt, das sie zu der Gymnastikhose trug, war überall schweißnass, und aus dem festen Knoten im Nacken hatten sich einige Strähnen gelöst. Doch sobald sie Nick beobachtete, wenn er den anderen eine Drehung vorführte, schwand jeglicher Gedanke an Müdigkeit. *Er ist absolut fantastisch,* dachte sie bei sich. Wie jedes Mal, wenn sie ihm zuschaute.

Als künstlerischer Leiter der Company und renommierter Ballettkomponist hatte er es nicht mehr nötig, zu tanzen, um im Rampenlicht zu stehen. Er tanzte, weil er zum Tanzen geboren war. Knapp ein Meter achtzig groß, ließ seine muskulöse, drahtige Gestalt ihn größer wirken. Sein blondes Haar legte sich in weichen Wellen um ein Gesicht, das den jungenhaften Charme nie wirklich verloren hatte. Sein Mund war schlichtweg schön, voll und fein geschwungen. Und wenn er lächelte …

Wenn er lächelte, war er einfach unwiderstehlich. Dann bildeten sich feine Linien um seine Augen, und sie begannen in einem unglaublichen Blau zu strahlen und zu funkeln.

Während sie zusah, wie er eine Pirouette drehte, empfand Ruth so etwas wie Dankbarkeit, dass er noch immer tanzte – obwohl er dreiunddreißig Jahre alt war und trotz all seiner anderen professionellen Verpflichtungen.

Eine knappe Geste ließ den Pianisten sofort sein Spiel abbrechen. „Na schön, Kinder, es könnte schlimmer sein“, sagte er mit seinem melodischen russischen Akzent.

Das von Davidov, dachte Ruth amüsiert, *das kam praktisch einem Ritterschlag gleich.*

„Ruth, den Pas de deux aus dem ersten Akt.“

Prompt setzte sie sich in Bewegung und ging auf ihn zu. Dabei strich sie sich das feuchte Haar aus der Stirn. Nick erinnerte vom Wesen her an Quecksilber: schwankend, aufbrausend und unkalkulierbar. Heute gab er sich gänzlich geschäftsmäßig. Ruth passte sich dem an. Sie stellten sich einander gegenüber, Gesicht zu Gesicht, die Handflächen aneinandergelegt.

Es war eine der ersten Liebesszenen, eher ein ungestümer Schlagabtausch denn eine Darstellung von Romantik. Dieses Mal hatte Nick kein Märchenballett geschrieben, sondern eines, das Leidenschaft und Feuer in sich barg. Hauptpersonen waren ein Prinz und eine Zigeunerin, beide heißblütig und stürmisch. Um die Charaktere darzustellen, waren die Tänze schnell und lebhaft und verlangten Kraft. Sie forderten einander heraus, er zog sie zu sich heran, sie widersetzte sich ihm. Ein stolzes Zurückwerfen des Kopfes, eine ruckartige Handbewegung unterstrichen die aufgeladene Atmosphäre.

Die Spätsommersonne schien durch die Scheiben, malte Muster auf den Boden. Schweißtropfen liefen unbeachtet an Ruths Rücken hinunter, während sie sich als Carlotta in Nicks Arme drehte, sich wieder von ihm löste. Die Zigeunerin war eine einzige Verlockung. Sie forderte den Prinzen während des gesamten Balletts heraus, reizte ihn. Die Energie des Duells der Herzen wurde mit der ersten Begegnung festgesetzt.

In solchen Momenten, wenn Ruth mit Nick tanzte, wurde ihr klar, dass sie ihn immer verehren würde – ihn, den Tänzer, die lebende Legende. Seine Partnerin zu sein war das Größte, das ihr in ihrem Leben passiert war. Er trieb sie über sich selbst hinaus, brachte sie an einen Ort, den zu erreichen sie nie gehofft hatte. Auf dem Weg von der Ballettschülerin zum Mitglied des Corps de Ballet bis hin zur Ballerina hatte Ruth mit vielen Partnern getanzt. Aber keiner von ihnen konnte sich mit Nick Davidovs Brillanz und Präzision messen. *Und Ausdauer,* dachte sie leicht zerknirscht, als er eine Wiederholung anordnete.

Ruth nutzte die kleine Pause, die der Pianist brauchte, um seine Partitur zurückzublättern, um Atem zu schöpfen. Nick kam zu ihr zurück.

„Wo ist heute deine Leidenschaft geblieben, Kleines?“, wollte er wissen.

Eine Koseform, die sie verabscheute, und Nick wusste das auch. Er grinste breit, als sie ihn böse anfunkelte. Wortlos legte sie ihre Handflächen an seine.

„Und jetzt, meine Zigeunerin, sag mir auch mit deinem Körper, dass ich mich zum Teufel scheren soll, nicht nur mit deinen Augen. Also, noch mal.“

Die Musik setzte ein. Dieses Mal dachte Ruth nicht daran, wie viel Freude sie beim Tanzen mit Nick empfand, dieses Mal konkurrierte sie mit ihm. Schritt für Schritt, Sprung für Sprung. Ihr Ärger gab Nick genau das, was er von ihr wollte: Sie forderte ihn heraus. Mit blitzenden Augen drehte sie sich in seine Arme, doch sie verharrte nur eine Sekunde. Dann entwand sie sich ihm mit einer Pirouette, lockte ihn aber mit einem hoch aufsteigenden Sprung, einem Grand jeté, ihr zu folgen.

Sie endeten in der gleichen Figur, wie sie begonnen hatten – den Kopf zurückgeworfen, Handfläche an Handfläche. Lachend zog Nick sie an sich und küsste sie begeistert auf beide Wangen.

„Na also, es geht doch! Du warst großartig! Mit einer Hand kratzt du mir die Augen aus, während du mir die andere huldvoll zum galanten Kuss darbietest."

Ruths Atem rasselte nach der Anstrengung. Ihre Augen, noch immer glühend vor Ärger, hafteten auf Nicks Gesicht. Ein seltsamer Schauer rann ihr über den Rücken, kurz nur, aber er lenkte sie ab. Nick schien es ebenso zu ergehen. Sie sah es in seinem Blick, fühlte es an dem Druck, mit dem er seine Hand auf ihren Rücken presste. Dann verflog der Moment, und Nick zog sie mit sich.

„Pause!", verkündete er laut. Ein allgemeines Stöhnen der Erleichterung ging durch den Saal, der sich prompt in Windeseile leerte. „Ruth." Nick fasste nach ihrer Hand, als sie mit den anderen gehen wollte. „Ich möchte mit dir reden."

„Sicher. Nach dem Lunch."

„Jetzt. Hier."

Sie runzelte die Stirn. „Nick, ich habe nicht einmal gefrühstückt. Ich …"

„Unten im Kühlschrank stehen Joghurt und Mineralwasser." Er ließ ihre Hand los und ging zum Klavier, setzte sich und begann zu improvisieren. „Bring mir auch etwas mit."

Die Hände in die Hüften gestemmt, beobachtete sie, wie er die Finger über die Klaviatur gleiten ließ. *Ihm würde nie in den Sinn kommen, dass ich Nein sagen könnte. Er käme auch nie auf die Idee, mich zu fragen, ob ich vielleicht etwas anderes vorhabe. Er erwartet, dass ich wie ein folgsames kleines Mädchen losrenne und genau das tue, was er mir sagt, ohne zu murren.*

„Unerträglich", war das einzige Wort, das ihr entfuhr.

Nick sah auf und zu ihr hin, ohne sein Spiel zu unterbrechen. „Sagtest du etwas?"

„Allerdings", erwiderte sie schneidend. „Ich sagte, du bist unerträglich."

„Ich weiß." Nick lächelte sie unbeschwert an.

Wider Willen musste Ruth lachen. „Welche Sorte?“ Es verschaffte ihr ein wenig Genugtuung, dass er offensichtlich nicht die geringste Ahnung hatte, wovon sie sprach. „Joghurt. Welche Sorte, Davidov?“

Sie wartete seine Antwort nicht ab, sondern kehrte kurz darauf mit einer ganzen Palette in allen Geschmacksrichtungen auf dem Arm wieder zurück. Löffel hatte sie ebenfalls mitgebracht sowie Gläser und eine große Flasche Perrier. Aus der Kantine drangen Lachen und Gesprächsfetzen zu ihr und vermischten sich mit den Klaviertönen, die aus dem Probensaal oben herunterschallten. Ruth stieg die Treppe empor, unterhielt sich auf dem Weg noch mit zwei Mitgliedern des Ensembles und wechselte ein paar Worte mit einem der männlichen Solotänzer. Nick spielte eine langsame Nummer, einen Blues. Am Stil erkannte sie eine seiner eigenen Kompositionen. *Nein, keine Komposition,* korrigierte sie sich in Gedanken, während sie in der Tür stehen blieb und lauschte. Eine Komposition schrieb man nieder, um sie zu verewigen. Das hier war Musik, die direkt aus dem Herzen kam.

Sonnenstrahlen fielen auf sein Haar und seine Hände – schlanke, elegante Hände mit langen Fingern. Sie vermochten mit einer einzigen Geste mehr auszudrücken als normale Menschen mit einer ganzen Ansprache.

Er sieht so einsam und verloren aus!

Der Gedanke schoss aus dem Nichts in ihren Kopf und erschütterte sie. *Das ist die Musik,* beschloss sie. *Sie ist so melancholisch.* Ruth ging zu ihm hinüber, ohne dass ihre Spitzenschuhe einen Laut auf dem Holzboden gemacht hätten.

„Du wirkst einsam, Nick.“

Sein Kopf ruckte hoch, und Ruth wusste, dass sie ihn aus einer tiefen Versunkenheit gerissen hatte. Einen Moment lang sah er sie nachdenklich an, die Finger regungslos auf den Tasten. „Das war ich auch“, sagte er. „Aber das ist es nicht, worüber ich mit dir reden wollte.“

Ruth zog eine Augenbraue in die Höhe. „Wird das etwa ein Business-Lunch?“ Sie stellte den Karton mit Joghurtbechern auf dem Piano ab.

„Nein.“ Er nahm die Flasche Perrier und drehte den Verschluss auf. „Dann würden wir uns nämlich nur streiten, und das ist schlecht für die Verdauung, nicht wahr? Komm, setz dich zu mir.“

Ruth ließ sich neben ihm auf der Klavierbank nieder und wappnete sich automatisch für den Stromstoß. In Nikolais Nähe zu sein hieß auch immer, im Zentrum der Spannung zu sein. Selbst jetzt, bei ihrem schlichten Essen, vibrierte er geradezu vor Energie.

„Gibt es ein Problem?" Sie griff nach einem Joghurtbecher und nahm sich einen Löffel.

„Das würde ich gerne von dir wissen."

Sie stutzte verwirrt, drehte ihm das Gesicht zu und fand seinen Blick durchdringend auf sich liegen. Er hatte die unglaublichsten blauen Augen, klar wie Kristall, und er besaß die typische Fähigkeit des Tänzers zur absoluten Reglosigkeit. „Was meinst du damit?"

„Lindsay hat mich angerufen." Seine Augen lagen unverwandt auf ihr. Seine Wimpern hatte die Farbe der dunkleren Strähnen in seinem Haar.

Jetzt noch verwirrter, runzelte Ruth die Stirn. „So?"

„Sie glaubt, dass du nicht glücklich bist." Unter seiner durchdringenden Musterung merkte Ruth, wie sich ihr Nacken zu verspannen begann. Sie drehte den Kopf weg, und sofort ließ der Druck nach. Sie kannte niemanden sonst, der sie allein mit einem Blick derart aus der Ruhe bringen konnte.

„Lindsay macht sich zu viele Gedanken", meinte sie leichthin und tauchte den Löffel in den Joghurt.

„Bist du es, Ruth?" Nick legte die Hand auf ihren Arm, sodass sie ihn wieder ansah. „Bist du unglücklich?"

„Nein", antwortete sie sofort und meinte es auch so. Ein leises Lächeln, das so typisch für sie war, zog auf ihre Lippen. „Nein, ich bin nicht unglücklich", bekräftigte sie noch einmal.

Er musterte weiter ihr Gesicht und ließ seine Finger zu ihrem Handgelenk gleiten. „Bist du glücklich?"

Sie öffnete den Mund, wollte antworten, doch frustriert schloss sie ihn wieder. Wenn er sie so ansah, mit diesen Augen, die absolute Ehrlichkeit forderten … Er würde keine Plattitüden akzeptieren. „Warum sollte ich das nicht sein?", antwortete sie mit einer Gegenfrage. Sie wollte aufstehen, doch sein Griff an ihrem Handgelenk wurde fester.

„Ruth." Ihr blieb nichts anderes, als sich wieder zu ihm umzudrehen. „Wir sind doch Freunde, oder?"

Was sollte sie darauf antworten? Ein schlichtes Ja wurde weder ihren komplexen Gefühlen für ihn noch der Ungleichheit in ihrer Beziehung gerecht. „Manchmal", sagte sie schließlich vorsichtig. „Manchmal sind wir Freunde."

Nick akzeptierte ihre Antwort, auch wenn seine Augen amüsiert auffunkelten. Völlig überraschend nahm er ihre beiden Hände und führte sie an seine Lippen. Flüchtig strich er mit dem Mund über ihre Haut. Ruth entzog ihm ihre Hände nicht, aber sie versteifte sich, überrascht und argwöhnisch. Über ihren Fingern schaute er ruhig zu ihr auf, so als hätte er nicht bemerkt, dass sie sich impulsiv hatte zurückziehen wollen. „Sagst du mir, warum du nicht glücklich bist?"

Sorgsam darauf achtend, gelassen zu bleiben, zog Ruth ihre Hände zurück. Es war schwierig, Haltung zu wahren, wenn er sie berührte. Nick war ein sehr körperbetonter Mann, der körperliche Reaktionen herausforderte. Ruth ging zum Fenster hinüber und sah hinaus. Unten auf den Straßen herrschte reger Trubel. Typisch Manhattan.

„Um ehrlich zu sein", begann sie langsam, „ich habe noch nie viel Zeit darauf verwandt, darüber nachzudenken, ob ich glücklich bin oder nicht. Oh nein", lachend schüttelte sie den Kopf. „Das hört sich schrecklich überheblich an." Sie drehte sich zu ihm um, doch er lächelte nicht. „Ich meinte damit nur, dass ich bisher nie gedacht habe, ich könnte unglücklich sein, bis du mich jetzt gefragt hast." Mit einem Achselzucken lehnte sie sich an die Scheibe zurück.

Nick goss ein Glas Mineralwasser ein und kam damit zu ihr. „Lindsay macht sich Sorgen um dich."

„Lindsay hat genug damit zu tun, sich um Onkel Seth und die Kinder und ihre Schule zu sorgen."

„Sie liebt dich", sagte Nick schlicht.

Ein Lächeln zog langsam auf ihr Gesicht, und ihre dunklen Augen strahlten warm. „Ja, ich weiß", entgegnete sie mit leicht verwunderter Freude.

„Überrascht dich das?" Gedankenverloren wickelte Nick sich eine Strähne ihres Haars um den Finger. Es war weich und seidig und noch ein wenig feucht.

„Ihre Großzügigkeit überrascht mich. Das wird sich wohl auch nie ändern." Ruth hielt einen Moment inne, fuhr dann rasch fort, bevor der Mut sie verließ: „Warst du jemals in sie verliebt?"

„Ja." Er antwortete prompt, ohne Verlegenheit oder Bedauern. „Vor Jahren einmal und nur kurz." Mit einem Lächeln schob er eine gelockerte Haarnadel in ihren Knoten zurück. „Aber es gelang mir nie, an sie heranzukommen. Und dann, bevor ich mich's versah, waren wir Freunde."

„Seltsam", sagte sie nach einem nachdenklichen Augenblick. „Ich kann mir gar nicht vorstellen, dass du irgendjemanden oder irgendetwas als unerreichbar betrachtest."

Das Lächeln blieb. „Ich war damals sehr jung, im gleichen Alter wie du jetzt. Und wir reden hier doch auch über dich, nicht über Lindsay. Sie glaubt, ich würde zu viel von dir verlangen.“

„Zu viel verlangen?“ Ruth schlug die Augen zur Decke auf. „*Du*, Nikolai?“

Er bedachte sie mit einem selbstsicheren, überheblich-amüsierten Blick. „Ja, ich war auch erstaunt.“

Ruth schüttelte den Kopf. Sie ging zum Klavier zurück, tauschte das Wasserglas gegen einen Joghurtbecher. „Mir geht es gut, Nick. Das hast du ihr hoffentlich gesagt?“ Als er nichts erwiderte, hakte sie nach, den Löffel noch immer im Mund. „Nick?“

„Ich dachte, du hast vielleicht eine … unglückliche Beziehung.“

Sie riss die Augenbrauen hoch. „Du meinst, ich könnte Liebeskummer haben?“

Man sah ihm an, dass ihm ihre Wortwahl missfiel. „Du bist ziemlich direkt, Kleines.“

„Ich bin kein Kind“, konterte sie schnippisch und stellte den Becher ab. „Und ich mag es nicht, wenn …“

„Triffst du dich noch mit diesem Designer?“, fiel Nick ihr kühl ins Wort.

„‚Dieser Designer‘ hat einen Namen“, sagte sie schneidend. „Er heißt Donald Keyser. Bei dir hört sich das an, als wäre er nicht mehr als ein Etikett in einem Kleid.“

„Tatsächlich?“ Sein Lächeln war keineswegs reuig. „Aber du hast meine Frage nicht beantwortet.“

„Nein, habe ich nicht.“ Sie trank von dem Wasser. Ihre Haltung wirkte ruhig und beherrscht, aber in ihren Augen blitzte Ärger auf.

„Ruth, triffst du dich noch mit ihm?“

„Das geht dich nichts an.“ Sie sagte die Worte leicht dahin, doch ihr Unterton war eisig.

„Du bist Mitglied der Company.“ Nick sah ihr direkt in die Augen. „Und ich bin der künstlerische Leiter.“

„Stimmt. Was dich aber nicht automatisch zum Beichtvater macht.“ Sie gab sich keine Mühe mehr, ihren Ärger zurückzuhalten. „Brauchen deine Tänzer etwa deinen Segen für ihre Lover?“

„Vorsicht, Ruth! Provozier mich nicht!“, warnte er.

„Ich muss mein Privatleben nicht vor dir rechtfertigen, Nick“, schoss sie zurück. „Ich komme pünktlich zu den Proben und zum Training, und ich arbeite hart.“

„Habe ich etwa eine Rechtfertigung von dir verlangt?"

„Nein. Aber ich bin es leid, dass du hier die Rolle des strengen Aufpassers übernehmen willst." Eine tiefe Falte stand auf ihrer Stirn, als sie vor ihn trat. „Ich habe nämlich schon einen Onkel. Ich brauche nicht auch noch dich."

„Bist du sicher?" Er zog eine lose Haarnadel aus ihrem Knoten und drehte sie zwischen den Fingern, ohne Ruth aus den Augen zu lassen.

Sein ungerührter Ton rieb sie auf. „Absolut!" Sie warf den Kopf zurück. „Hör auf, mich wie ein Kind zu behandeln."

Nick fasste sie bei den Schultern und überrumpelte sie mit der abrupten Geste. Sie fühlte sich mit einem Ruck an ihn gezogen, an seinen Körper, den sie so gut kannte. Doch das hier war anders. Weder spielte Musik noch gab es eine Schrittfolge einzuhalten. Sein Ärger war fast greifbar, und sie konnte noch etwas anderes fühlen, etwas, das ebenso unbeherrscht war. Ruth kannte Nick, kannte sein aufbrausendes Temperament und wusste damit umzugehen. Doch jetzt ...

Die Reaktion ihres Körpers überraschte und verwirrte sie. Ihre Herzen lagen aneinander, sie schienen im gleichen Rhythmus zu schlagen. Sie spürte, wie sich seine Finger in ihre Haut gruben, aber keinen Schmerz. Sie wollte ihn wegstoßen, doch sie erstarrte regungslos, atemlos.

Nick senkte den Blick auf ihre Lippen. Ein sehnsüchtiger Stich durchfuhr sie, intensiver und süßer als alles, was sie bisher erfahren hatte. Sie blickte benommen und verlangend zu ihm auf.

Das, wonach sie sich sehnte, war nur ein Hauch von ihr entfernt. Ruth schwankte leicht, lehnte sich vor, schloss die Lider und machte sich bereit für Nicks Kuss. Sein Atem strich warm über ihre Lippen, die sich unwillkürlich öffneten. Sie hauchte seinen Namen.

Und dann, einen russischen Fluch zischend, stieß Nick sie von sich weg. „Du solltest es besser wissen", murmelte er gepresst, „als mich absichtlich wütend zu machen."

Seine Zurückweisung schmerzte. „Das war es also, was du gefühlt hast? Wut?"

„Treib's nicht zu weit." Der Ärger stand in seinen Augen, er rollte die Schultern. „Halte dich an deinen Designer", murmelte er schließlich und kehrte ans Klavier zurück. „Der passt besser zu dir."

Er setzte sich und begann zu spielen und gab Ruth mit seinem Schweigen zu verstehen, dass sie aus seiner Gesellschaft entlassen war.

2. KAPITEL

Sie musste sich das alles nur eingebildet haben. Noch einmal durchlebte Ruth die Welle der intensiven Leidenschaft, die sie in Nicks Armen empfunden hatte. *Nein, ich muss mich geirrt haben!* sagte sie sich immer wieder. *Ich habe unzählige Male mit ihm getanzt und nie, absolut niemals etwas Ähnliches verspürt.* Sie stand unter der Dusche und wusch den Trainingstag von sich ab. Nach dieser Szene hatte sie während der Proben noch mindestens ein Dutzend Mal in seinen Armen gelegen.

Dennoch musste sie sich unwillig eingestehen, dass da etwas gewesen war. Die Spannung war nicht zu ignorieren gewesen, als sie den Part immer und immer wieder getanzt hatten. Aber es war eher Ärger gewesen. Unmut, Gereiztheit.

Ruth ließ den Wasserstrahl auf sich niederprasseln. Das lange Haar lag ihr nass auf dem Rücken. Jetzt, da sie allein war, versuchte sie, ihre Reaktion auf Nicks Kuss zu analysieren.

Es war eine rein physische Reaktion gewesen, noch dazu eine schockierend heftige. Sie dachte an die milde Wärme, die Donalds Küsse in ihr auslösten. Weich und lockend, doch eine Verlockung, der leicht zu widerstehen war. Donald nutzte leise Worte und sanfte Überredungskunst. Er verließ sich auf all die Dinge, die man üblicherweise für eine Verführung einsetzte – Blumen, Kerzenlicht, romantische Dinner zu zweit. In seiner Gegenwart fühlte sie sich … Ruth suchte nach dem passenden Wort … wohl. Sie verdrehte die Augen. Sich wohlfühlen. Eine Beschreibung, die keinem Mann schmeicheln würde. Immerhin fühlte sie sich in Donalds Gesellschaft *wohler* als bei jedem anderen Mann, den sie kannte. Und dann löste jemand, den sie seit Jahren kannte und der sie mit einem einzigen Wort wütend machen oder mit einem Tanz zu Tränen rühren konnte, von einem Moment auf den anderen so etwas in ihr aus! Mit „wohlfühlen“ hatte das nichts zu tun.

Er hat mich noch nie geküsst, dachte sie und erlaubte es sich für einen Moment, in der Erinnerung zu versinken. Auch nicht gehalten, so wie ein Liebhaber es tat. Aber vorhin …

Ein Unfall, mehr nicht, sagte sie sich und drehte energisch das Wasser ab. Eine flüchtige Unbesonnenheit, sozusagen eine Art Nachwirkung des leidenschaftlichen Tanzes, vermischt mit der Gereiztheit durch den Wortwechsel.

Ruth griff nach dem Handtuch, um sich abzutrocknen. Sie war klein, ihre Gestalt zierlich. Sie kannte ihren Körper und war mit ihm vertraut, wie nur Tänzer es sein konnten. Ihre Glieder waren lang und schlank und geschmeidig. Es waren dieses klassische Aussehen einer Ballerina und die schicksalhaften Ereignisse in ihrem Leben gewesen, die sie mit Lindsay zusammengeführt hatten.

Lindsay. Lächelnd erinnerte sich Ruth an Lindsays mitreißende Vorstellung in „Don Quichotte". Damals hatten sie sich noch nicht gekannt. Ihr Lächeln wurde leicht zerknirscht, als sie sich des ersten persönlichen Treffens mit der älteren Primaballerina entsann. Das war Jahre später gewesen, in Lindsays kleiner Ballettschule. Ruth war vor Ehrfurcht und Verlegenheit halb umgekommen, hatte sie doch nichts Besseres zu tun gehabt, als laut herauszuposaunen, dass auch sie eines Tages in „Don Quichotte" tanzen würde!

Und ja, sie hatte in dem Ballett getanzt, erinnerte sie sich jetzt, während sie das Handtuch um sich schlang. Onkel Seth und Lindsay waren zu der Vorstellung gekommen, obwohl Lindsay damals schon im achten Monat schwanger gewesen war. Lindsay hatte Tränen der Rührung vergossen, und Nick hatte sie gutmütig damit aufgezogen.

Mit einem leisen Seufzer ließ Ruth das Handtuch achtlos zu Boden fallen und schlüpfte in ihren Bademantel. Lindsay war die Einzige, der aufgefallen war, dass etwas nicht so recht stimmte. Ruth verknotete den Gürtel des fuchsienroten Seidenmantels und griff nach dem Kamm. Sie rief sich das letzte Gespräch mit Lindsay in Erinnerung. Am Telefon hatte sie von Donald erzählt, hatte begeistert die kleine Truhe beschrieben, die sie auf dem Trödelmarkt gefunden hatte. Sie hatten sich über die Kinder unterhalten und dass Onkel Seth ihren Besuch erwartete, sobald sie ein Wochenende frei hatte.

Und irgendwie, während sie angeregt über Familie und die neuesten Ereignisse plauderten, hatte Lindsay etwas gespürt, dessen Ruth sich selbst nicht einmal bewusst gewesen war. Mit gerunzelter Stirn zog sie den Kamm durch ihr nasses Haar. Sie war nicht glücklich. Sie war aber auch nicht wirklich unglücklich, nur … irgendwie unzufrieden. Albern, entschied sie, verärgert über sich selbst. Sie hatte doch alles, was sie wollte. Sie war Erste Solotänzerin der Company; in der Ballettwelt hatte sie sich längst einen Namen gemacht. Sie würde die Hauptrolle in Davidovs neuestem Ballett tanzen. Sicher, die Anforderungen waren hoch, das Training hart, aber es war alles, war Ruth je gewollt hatte. Es war das Leben, für das sie geboren worden war.

Manchmal jedoch … manchmal würde sie gern die Regeln brechen. Würde gern die Zeit zurückdrehen zu der unbeschwerten Kindheit. So viel Freiheit, so viel Abenteuer. Ihre Augen begannen zu leuchten, als sie daran zurückdachte: Ski fahren in der Schweiz, wo die Luft so klar und kalt war, dass das Atmen schmerzte. Die leuchtenden Farben und würzigen Aromen in Istanbul. Die Kinder mit den großen dunklen Augen in den Straßen auf Kreta. Das komische kleine Zimmer in Bonn mit den gläsernen Türknäufen – all die Jahre, die sie mit ihren Eltern auf Reisen verbracht hatte. Sie waren Journalisten gewesen. Waren sie eigentlich je länger als drei Monate an einem Ort geblieben? Unmöglich, überhaupt eine tiefere Bindung einzugehen – außer zum Tanz. Das Ballett war ihr ständiger Begleiter gewesen, war mit ihr gezogen, von einem Ort zum nächsten. Die Lehrer hatten in verschiedenen Sprachen gesprochen, mit verschiedenen Akzenten. Aber der Tanz, der war immer für sie da gewesen.

Die vielen Reisen hatten Ruth schnell erwachsen werden lassen. Es war kein Platz geblieben für Unsicherheiten oder um schüchtern zu sein, nur für Eigenständigkeit, Gelassenheit. Dann folgte das Leben mit Onkel Seth und danach mit Lindsay. Die Jahre bei den Evanstons hatten Ruth gelehrt, sich zu öffnen. Sie hatten sie gelehrt, anderen Vertrauen und Zuneigung entgegenzubringen. Dennoch lebte sie wie auf einer Insel, einer Insel namens Ballett. Denn das war diese Welt wohl. Vielleicht hielt sie sich deshalb wie ein unbeteiligter Beobachter zurück. Menschen aufmerksam zu studieren und zu analysieren war mehr als nur eine Angewohnheit für Ruth. Es war zu einem Teil ihres Wesens geworden.

Und es war auch genau das, was ihren Ärger auf Nick nur hatte wachsen lassen. Den ganzen Nachmittag über hatte sie ihn beobachtet und seltsame Schwingungen gespürt; sie hatte sie nur nicht benennen können. Was Nick dachte und fühlte, blieb ein Rätsel. Und Ruth hatte nichts für Rätsel übrig.

Das ist wohl auch der Grund, weshalb Donald mir sympathisch ist, dachte sie mit einem kleinen Lächeln und musterte prüfend die verschiedenen Flaschen und Tiegel mit Creme und Körperlotion. Er war so gradlinig, so berechenbar. Seine Gedanken und Gefühle schwammen direkt auf der Oberfläche. Keine Strudel, keine unvorhergesehenen Strömungen. Doch bei einem Mann wie Nick …

Ruth gab Körperlotion in die Hand und cremte ihre Arme ein. Ein Mann wie Nick, nahm sie den Gedanken wieder auf, war völlig undurchschaubar, ein nie versiegender Quell für Ärger und Verwirrung. Aufbrausend, unvernünftig, anstrengend. Allein mit seinem Tempo mitzuhalten laugte sie aus. Es war ja praktisch unmöglich, ihn zufriedenzustellen. Wie viele Tänzer hatte sie miterlebt, die sich über ihre Grenzen hinaus quälten, nur um ihm zu geben, was er verlangte? Sie selbst gehörte auch dazu. Was hatte er nur an sich, das jedermann derart faszinierte?

Ein Klopfen an der Wohnungstür riss sie aus ihren Überlegungen. Mit einem gleichgültigen Schulterzucken wandte sie sich vom Spiegel ab. Es war töricht, Nikolai Davidov ergründen zu wollen. Auf dem Weg zur Tür schaltete sie Licht im Wohnzimmer ein. Der Blick durch den Spion ließ sie überrascht stutzen. Sie zog die Kette zurück.

„Donald! Ich musste gerade an dich denken."

Sie fühlte sich in seine Arme gerissen, bevor sie überhaupt die Möglichkeit hatte, ihm ihre Wange zu einem Begrüßungskuss anzubieten.

„Hmm, du riechst wunderbar!"

Ihr Lachen wurde von seinen Lippen erstickt. Der Kuss dauerte wesentlich länger und war viel intensiver als die freundliche Begrüßung, die Ruth im Sinn gehabt hatte. Dennoch ließ sie es geschehen, ermunterte Donald sogar, indem sie den Kuss erwiderte und ihre Zunge auf vorwitzige Erkundungsreise gehen ließ. Sie wollte etwas fühlen, mehr als das Übliche. Sie suchte die Erregung, die prickelnde, erwartungsvolle Spannung, die sie heute Nachmittag in den Armen eines anderen Mannes empfunden hatte. Doch als der Kuss vorüber war, da schlug ihr Puls noch immer völlig normal, und ihr Blut floss weiterhin gelassen und kühl.

„Also das", Donald knabberte an ihrem Hals, „nenne ich eine Begrüßung."

Einen Moment lang verharrte Ruth in seiner Umarmung, genoss die Vertrautheit, das unausgesprochene Angebot von Schutz. Dann entzog sie sich ihm und lächelte ihn an. „Das soll ausdrücken, dass ich mich freue, dich zu sehen. Aber was tust du hier?"

„Dich ausführen." Er schwang sie herum und schob sie zurück in den Raum. „Zieh dein hübschestes Kleid an", ordnete er lachend an und strich ihr flüchtig über die Wange. „Wir gehen auf eine Party."

Ruth schob sich das noch feuchte Haar aus dem Gesicht. „Eine Party?"

„Ja." Donald warf einen abschätzigen Blick auf Nijinsky, der sich lang auf dem kleinen gläsernen Esstisch ausgestreckt hatte. „Eine Party bei Germaine Jones.“ Der Kater und er ignorierten einander. Es war wohl besser so. „Die Designerin, die für ihre kurzen Schottenröcke und Kniestrümpfe bekannt ist. Erinnerst du dich?“

„Ja, ich weiß, wen du meinst.“ Ruth sah den grazilen Rotschopf mit dem Elfengesicht, den grünen Augen und dichten Wimpern wieder vor sich. „Du hättest vorher anrufen sollen.“

„Habe ich. Oder besser, ich hab’s versucht. Die Einladung hat sich ganz spontan ergeben. Ich habe versucht, dich in der Company zu erreichen, aber ich muss dich wohl verpasst haben.“ Mit einem Schulterzucken tat er diese kleine Unregelmäßigkeit als unwichtig ab und zog sein goldenes Zigarettenetui hervor. „Germaine schmeißt die Party in letzter Minute, aber da werden eine Menge wichtiger Leute kommen. In dieser Saison ist sie der absolute Renner.“ Lässig ließ er das Etui wieder in die Tasche seines maßgeschneiderten schiefergrauen Jacketts gleiten und zündete sein Feuerzeug an.

„Ich kann heute Abend nicht.“

Eine Augenbraue hochgezogen, stieß Donald den Rauch in die Luft. „Wieso nicht?“ Sein Blick glitt über ihr feuchtes Haar und ihren Bademantel. „Du hast doch nichts anderes vor, oder?“

Sie war versucht, genau das zu behaupten. Er sah inzwischen zu vieles als selbstverständlich an. „Wäre das denn so unwahrscheinlich, Donald?“ Den aufkeimenden Unmut kaschierte sie mit einem Lächeln.

„Natürlich nicht.“ Er grinste entwaffnend. „Aber irgendwie glaube ich das nicht. Und jetzt sei ein braves Mädchen und schlüpfe in dieses raffiniert fließende, eng anliegende Rote. Germaine wird sicher eines ihrer berühmten Ensembles tragen. Neben dir wird sie aussehen wie ein Cheerleader, der sich verlaufen hat.“

Mit dunklen Augen studierte sie ihn nachdenklich. „Du bist durchaus nicht immer nett, nicht wahr, Donald?“

„Die Modebranche ist nicht nett, Darling.“ Er zuckte lässig mit einer Schulter.

Ruth unterdrückte einen Seufzer. Sie wusste, dass Donald sie mochte und sich zu ihr hingezogen fühlte, doch unwillkürlich fragte sie sich, ob dem auch so wäre, würde sie nicht auch seine Modelle tragen. „Tut mir leid, Donald, aber ich habe heute Abend wirklich keine Lust auf eine Party.“

„Ach komm schon, Ruth.“ Er tippte die Asche seiner Zigarette ein wenig zu heftig in den Aschenbecher – das erste leise Anzeichen von

Ungeduld. „Du brauchst nichts anderes zu tun, als schön zu sein und ein wenig Konversation mit den richtigen Leuten zu machen."

Dieses Mal hatte sie mehr Mühe, den Ärger zu unterdrücken. Dabei wusste sie doch, dass Donald die Anforderungen und das strikte Reglement ihres Berufs nie verstanden hatte. „Donald", setzte sie bemüht geduldig an, „ich bin seit acht Uhr heute Morgen auf den Beinen. Ich bin zum Umfallen müde. Wenn ich nicht genügend Schlaf bekomme, werde ich morgen nicht die volle Leistung bringen können. Ich habe aber eine Verantwortung gegenüber den anderen in der Company und gegenüber Nick. Und auch mir selbst gegenüber."

Sehr sorgfältig drückte Donald seine Zigarette aus. Rauch kräuselte sich in der Luft und wehte zum offenen Fenster hinaus. „Du kannst mir doch nicht erzählen, dass du dich überhaupt nicht am gesellschaftlichen Leben beteiligen willst, Ruth. Das ist ja absurd."

„Nicht so absurd, wie du glaubst", erwiderte sie und kam auf ihn zu. „Es bleiben keine drei Wochen mehr bis zur Premiere. Die Partys müssen so lange einfach noch warten."

„Und ich, Ruth?" Er zog sie in seine Arme. Unter der äußeren Gelassenheit konnte Ruth seinen brodelnden Unmut spüren. „Wie lange muss ich noch warten?"

„Ich habe dir nie etwas vorgemacht, Donald. Du hast von Anfang an gewusst, dass meine Arbeit für mich immer an erster Stelle kommt. So wie deine Arbeit für dich."

„Heißt das auch, dass du konstant verleugnen musst, eine Frau zu sein?"

Ihre Augen lagen ruhig auf ihm, doch ihre Stimme klirrte. „Ich glaube kaum, dass ich das tue."

„Nicht?" Seine Umarmung wurde fester, so wie auch Nicks Umarmung vor nur wenigen Stunden fester geworden war. Ruth fand es nur interessant, dass zwei Männer derart verschiedene Reaktionen in ihr hervorrufen konnten. Bei Nick hatte sie sowohl Ärger wie auch drängende Erregung verspürt. Jetzt dagegen fühlte sie sich nur abgespannt und irritiert. „Donald, ich verleugne meine Weiblichkeit nicht, nur weil ich nicht mit dir ins Bett gehe."

„Du weißt, wie sehr ich dich begehre." Er zog sie noch näher. „Aber jedes Mal, wenn ich dich berühre, gehst du bis zu einem gewissen Punkt mit, und dann lässt du plötzlich eine Wand herunter." Seine Stimme wurde heiser vor Frustration. „Wie lange willst du mich noch aussperren?"

Das schlechte Gewissen meldete sich in Ruth. Er hatte recht. Doch ebenso wusste sie auch, dass sie daran nichts würde ändern können. „Es tut mir leid, Donald."

Er erkannte das Bedauern in ihren Augen und änderte sofort seine Taktik. Er hielt sie fest an sich gedrückt, sprach jetzt leise, mit gefühlvollem Blick. „Du weißt, was ich für dich empfinde, Darling." Sanft und lockend küsste er sie. „Wir müssen ja nicht lange auf der Party bleiben. Wir nehmen dort eine Flasche Champagner mit und kommen hierher zurück."

„Donald, du verstehst nicht …", setzte sie an, als ein Klopfen an der Wohnungstür sie abbrechen ließ. Ruth machte sich nicht einmal mehr die Mühe, durch den Spion zu sehen. Energisch zog sie die Tür auf.

„Nick!" Verdattert starrte sie ihn an, ihr Kopf war plötzlich völlig leer.

„Reißt du für jeden die Tür auf?" Das klang leicht tadelnd, und ohne aufgefordert worden zu sein, trat er wie selbstverständlich ein. „Dein Haar ist nass." Er fasste hinein. „Und du riechst wie der erste Frühlingsregen."

Es war, als wären die ärgerlichen Worte zwischen ihnen niemals gefallen, als hätte es die schwelende, unterdrückte Leidenschaft nie gegeben. Nick lächelte auf sie herunter, ein schelmisches Funkeln im Blick, und setzte einen flüchtigen Kuss auf ihre Nasenspitze.

Ruth schnitt eine Grimasse und rief sich zur Ordnung. „Ich hatte dich nicht erwartet."

„Ich war zufällig in der Gegend und sah Licht bei dir", lautete seine Erwiderung.

Sobald er Nicks Stimme hörte, sprang Nijinsky von seinem Lager auf dem Glastisch und kam mit steil aufgerichtetem Schwanz zu Nick, um sich schnurrend an dessen Beinen zu reiben. Nick beugte sich vor, um den Kater zu streicheln, und Nijinsky stellte sich bettelnd auf die Hinterläufe. Lachend richtete Nick sich wieder auf, den Kater auf den Armen. Das Schnurren wurde lauter. Dann erblickte Nick Donald.

„Hallo." Nichts an Nicks Liebenswürdigkeit änderte sich.

„Du erinnerst dich an Donald?", fragte Ruth hastig. Sie hatte Gewissensbisse, weil sie den Designer für einen Moment tatsächlich völlig vergessen hatte.

„Natürlich." Nick kraulte weiter Nijinskys Ohren. Das Schnurren wuchs an, war nicht zu überhören. Mit glitzernden goldenen Augen starrte der Kater den anderen Mann an. „Wir haben eine gemeinsame

Freundin. Suzanne Boyer trug ein Kleid von Ihnen.“ Nick zeigte lächelnd seine perfekten weißen Zähne. „Beide waren hinreißend.“

Donald hob eine Augenbraue. „Danke.“

„Willst du mir nichts zu trinken anbieten?“ Nick lächelte Donald noch immer liebenswürdig an.

„Entschuldige“, murmelte Ruth und wandte sich automatisch zu der kleinen Kommode um, auf der einige Flaschen bereitstanden. Sie griff nach dem Wodka und schenkte ein Glas ein. „Donald?“

„Scotch, bitte“, antwortete der Angesprochene knapp. Irgendwie musste er schließlich Distanz zu Nicks überschwänglicher Liebenswürdigkeit halten.

Ruth reichte Donald den Scotch und ging mit dem Wodkaglas zu Nick.

„Danke.“ Mit dem Glas ließ Nick sich auf einem der Sessel nieder. Nijinsky drehte sich auf Nicks Schoß ein paarmal um die eigene Achse, bevor er sich genüsslich zusammenrollte und die Augen schloss, während Nick einen Schluck Wodka nahm. „Wie läuft das Geschäft?“, erkundigte Nick sich freundlich bei Donald.

„Danke, ziemlich gut.“ Donald blieb betont stehen und nippte an seinem Scotch.

„Für die Herbstkollektion setzen Sie wohl viele karierte Stoffe ein, nicht wahr?“ Nick trank den Wodka; seine Stärke nahm er mit der typisch russischen Geringschätzung zur Kenntnis.

„Stimmt.“ Neugier schlich sich in Donalds bisher achtsam neutral gehaltene Stimme. „Ich hätte nicht gedacht, dass Sie sich für Damenmode interessieren.“

„Ich interessiere mich für Frauen.“ Nick nahm einen kräftigen Schluck Wodka. „Ich erfreue mich an ihnen.“

Es war eine nüchterne Feststellung, ohne jegliche sexuelle Anspielung. Ja, Nick erfreute sich an den Frauen, das wusste Ruth. In vieler Hinsicht … angefangen bei den tiefen, herzlichen Freundschaften wie mit Lindsay bis hin zu heißen Affären wie jene mit ihrer gemeinsamen Freundin Suzanne Boyer. Seine Liebschaften boten der Regenbogenpresse immer wieder Nahrung für die fantastischsten Spekulationen.

„Ich nehme an“, Nicks Stimme drang in Ruths Gedanken, „dass auch Sie sich an Frauen erfreuen. Schließlich entwerfen Sie Ihre Designs, um Frauen schön und interessant zu machen.“

„Ich fühle mich geschmeichelt.“ Donald entspannte sich gerade genug, um auf dem Sofa Platz zu nehmen.

„Ich schmeichle nie“, gab Nick prompt mit einem schmalen Lächeln zurück. „Ich halte es für eine unnötige Verschwendung von Worten. Ruth kann Ihnen bestätigen, dass ich ein sehr bescheidener Mann bin.“

„Bescheiden?“ Sie schürzte die Lippen. „Ich denke, *egozentrisch* trifft es besser.“

„Das Kind hatte einmal großen Respekt vor mir“, sagte Nick grüblerisch in sein leeres Glas hinein.

„Richtig. Als ich noch ein Kind war“, konterte sie. „Inzwischen kenne ich dich besser.“

Etwas blitzte in seinen Augen auf, als er sie ansah – Verärgerung, eine Herausforderung, Amüsiertheit? Vielleicht alles zusammen, Ruth wusste es nicht zu sagen. Sie hielt seinem Blick stand.

„Tust du das also, ja?“ Er setzte sein Glas ab. „Man sollte meinen, sie hätte mehr Ehrfurcht vor Männern unseres Alters, nicht wahr?“, sagte er freundlich zu Donald.

„Donald erwartet keine Ehrfurcht.“ Sie merkte kaum, wie ihr Temperament mehr und mehr zu brodeln begann. „Er legt auch keinen Wert darauf, von mir für weise und erfahren gehalten zu werden.“

„Umso besser.“ Weder Nick noch Ruth blickten den Mann an, über den sie sprachen. „Dann werden seine Erwartungen auch nicht enttäuscht.“ Er fuhr mit der Hand der Länge nach über Nijinskys Rücken. „Sie hat auch eine ziemlich spitze Zunge, nicht wahr?“

„Die ich nur bei wenigen Menschen einsetze“, erwiderte sie sofort.

Mit einem entwaffnend charmanten Lächeln neigte Nick den Kopf ein wenig zur Seite. „Dann sollte ich mich jetzt wohl geschmeichelt fühlen, wie es scheint.“

Zum Teufel mit diesem Mann! Er musste immer das letzte Wort haben! Ruth erhob sich mit einer geschmeidigen Bewegung, der seidene Morgenmantel schmiegte sich fließend um ihren Körper. „Ebenso wie du“, setzte sie mit einem kühlen Lächeln an, „empfinde auch ich Schmeicheleien als pure Zeitverschwendung. Entschuldige mich, aber ich muss mich umziehen. Donald und ich sind auf dem Weg zu einer Party.“

Es bereitete ihr Genugtuung, ihm den Rücken zuzukehren und im Schlafzimmer zu verschwinden. Vielleicht schloss sie die Tür ein wenig zu energisch. Ungeduldig riss sie das rote Kleid aus ihrem Kleiderschrank, zog Dessous aus der Kommodenschublade und warf sie achtlos auf das Bett. Als sie die Tür hörte, hob sie instinktiv den Morgenmantel mit beiden Händen vor ihren nackten Körper und schwang herum. Mit weit aufgerissenen Augen starrte sie Nick entgegen, der ins Zimmer trat und die Tür hinter sich ins Schloss drückte.

„Du kannst nicht einfach hier hereinkommen", stieß sie aus, zu überrascht, um wütend oder verlegen zu sein.

Nick ignorierte sie einfach. „Habe ich doch eben getan."

„Na, dann kannst du dich auch gleich wieder umdrehen und gehen." Sie zog den Morgenmantel höher. Sie war eindeutig im Nachteil hier. „Ich bin nicht angezogen", bemerkte sie unnötigerweise.

Sein Blick glitt ohne sichtbares Interesse über ihre bloßen Schultern. „Du bist doch vollständig bedeckt." Seine Augen wanderten zu ihrem Gesicht zurück, verhakten sich mit ihren. „Ist ein Zwölf-Stunden-Tag etwa noch nicht genug für dich, Ruth? Deine nächste Probe beginnt morgen früh um acht."

„Ich weiß, wann mein Training anfängt." Vorsichtig löste sie die Finger einer Hand aus dem Stoff und strich sich das Haar zurück. „Du bist der Letzte, den ich brauche, um mich an meinen Zeitplan zu erinnern, Nick. Genauso wenig brauche ich deine Erlaubnis für was auch immer ich mit meiner Freizeit tue."

„Wenn dein Privatleben deine Leistung beeinträchtigt, dann schon."

Sie runzelte die Stirn, als er ihre Unterhaltung plötzlich auf eine professionelle Ebene lenkte. „Du hast keinen Grund, dich über meine Leistung zu beschweren."

„Noch nicht", stimmte er zu. „Aber ich verlange dein Bestes. Und das wird nachlassen, wenn du deine Energie auf albernen Partys verschwendest."

„Ich habe dir immer mein Bestes gegeben, Nick", fauchte sie ihn an. „Aber wann war der letzte Funken Energie und der letzte Tropfen Schweiß schon je genug für dich?" Sie wollte sich umdrehen, erinnerte sich aber im letzten Augenblick daran, dass der Seidenmantel ihre Rückseite nicht bedeckte. Sie schäumte fast über vor Wut. „Würdest du jetzt bitte endlich gehen?!"

„Ich nehme mir nur, was ich brauche", knurrte er, ohne auf ihre hitzige Bitte einzugehen. „Vor nicht allzu langer Zeit, *milaja*, warst du noch begierig, es mir auch zu geben."

„Das ist unfair!" Seine Bemerkung traf sie. „Das bin ich immer noch. Es gibt nichts, was ich dir vorenthalte, wenn wir miteinander arbeiten. Aber mein Privatleben ist … privat. Hör auf, meinen Daddy zu spielen, Nick. Ich bin erwachsen."

„Das willst du also?“ Sein jäher Zornesausbruch erschreckte Ruth so sehr, dass sie unwillkürlich einen Schritt zurückwich. „Ist es so wichtig für dich, wie eine erwachsene Frau behandelt zu werden?“

„Ich habe es satt, wie eine Siebzehnjährige von dir behandelt zu werden, die immer noch in einen artigen Hofknicks fallen soll, sobald du den Raum betrittst.“ Ihre Wut stand der seinen in nichts nach. „Ich bin eine verantwortungsbewusste Erwachsene, die auf sich selbst aufpassen kann!“

„Eine verantwortungsbewusste Erwachsene.“ Er kniff die Augen zusammen, und Ruth erkannte die Warnung. „Soll ich dir zeigen, wie ich verantwortungsbewusste Erwachsene behandle, wenn sie zufälligerweise weiblich sind?“

„Nein!“

Doch da lag sie auch schon in seinen Armen, ganz eng an seinem Körper. Aber es war nicht der gierige, fordernde Kuss, den sie erwartet hatte und gegen den sie sich mit aller Macht gewehrt hätte. Nick küsste sie, als wüsste er genau, dass sie seine Küsse mit der gleichen Leidenschaft erwidern würde. Kein Grund, verlangend oder unbeherrscht zu sein.

Ruths Lippen öffneten sich und gewährten seiner Zunge Einlass. Ihre Gedanken, ihr Körper, ihr ganzes Sein konzentrierte sich ausschließlich auf Nick. Der Wohlgeruch ihrer Haut nach der Dusche hüllte sie beide ein. Der Morgenmantel glitt achtlos an ihrem Körper hinab zu Boden, als sie die Arme hob und sie um Nicks Nacken schlang. Er fuhr mit den Händen über ihren nackten Rücken, ähnlich, wie er es beim Kater getan hatte, mit einer einzigen langsamen Bewegung. Ein genießerischer Seufzer entfuhr Ruth, und sie presste sich enger an ihn.

Nick ließ seine Hände an ihren Seiten hinaufgleiten und verharrte. Der Kuss wurde intensiver. Er ging über die Grenzen hinaus, die Ruth bis dahin erforscht hatte, führte sie ins Unbekannte.

Sie ließ den Kopf in den Nacken fallen, ein Zeichen der Kapitulation, während ihre Finger sich in seinem Haar verfingen. Sie zog ihn näher zu sich heran, drängte ihn, alles zu nehmen, was sie ihm darbot. Es war eine dunkle, exzessive Welt, mit der sie bisher nie in Kontakt gekommen war, nach der sie sich jetzt aber sehnte. Heiße Schauer durchliefen ihren Körper, Verlangen durchzuckte sie, als seine Hände unablässig über ihre Haut strichen. Unzählige Male hatte sie diese Hände auf sich gespürt – Hände, die sie gestützt, die sie hochgehoben, die sie geführt hatten. Doch jetzt gab es weder Musik noch Choreografie, um sie zusammenzuführen, nur Instinkt und Verlangen.

Als er sich von ihr löste, protestierte sie und versuchte, sich wieder an ihn zu schmiegen. Doch er schob sie entschieden von sich weg. Und dann waren sie wieder getrennt.

Ruth stand nackt vor ihm. Sie versuchte auch nicht, sich zu bedecken. Er hatte bereits in ihre Seele geblickt, es wäre unsinnig, ihren Körper vor ihm zu verbergen. Nick ließ seinen Blick über sie wandern, langsam, von Kopf bis Fuß, so als wolle er sich jeden Zentimeter einprägen. Dann richtete er die Augen wieder auf ihre, und es waren düstere, durchdringende Augen, mit denen er sie ansah. Wut sprühte aus ihnen.

Wortlos drehte er sich um und verließ das Zimmer. Und als Ruth das Schlagen der Wohnungstür hörte, wusste sie, dass Nick gegangen war.

3. KAPITEL

Und eins … und zwei … und drei … und vier."

Ruth vollzog die Positionen, wie Nick sie angab. Nach Stunden des Trainings befand sich ihr Körper längst jenseits von Schmerz. Alles an ihr war taub. Vier Stunden Schlaf reichten nicht aus, um neue Energie aufzuladen. Es waren ihre Wut und ein seltsames Trotzgefühl gewesen, die sie bis in die frühen Morgenstunden auf der lauten, verräucherten Party festgehalten hatten. Natürlich war ihr das bewusst. Ebenso wie ihr bewusst war, dass ihre Leistung heute weit unter ihrem Niveau lag.

Von Nick kam keinerlei Kommentar. Keine schneidende Bemerkung, kein temperamentvoller Wutausbruch. Er rief nur die Schrittfolgen auf, immer und immer wieder. Weder schrie noch fluchte er, wenn sie den Takt nicht hielt oder ihre Pirouetten alles andere als sicher ausfielen. Als sie zusammen tanzten, da kamen keine spöttischen Anmerkungen, keine anzüglichen Frotzeleien.

Es wäre leichter, dachte sie, als sie sich zu einer langsamen Arabeske dehnte, *wenn er wüten und toben würde.* Immerhin war genau das eingetreten, wovor er sie gewarnt hatte. Stattdessen strafte er sie mit Nichtachtung.

Würde er sie anschreien, könnte sie wenigstens zurückschreien. Was ihr auch ein Ventil für die aufgestaute Selbstverachtung geliefert hätte. Doch er bot ihr nicht den geringsten Grund, die Beherrschung zu verlieren, weder beim Training noch während der Proben. Jedes Mal, wenn sich ihre Blicke begegneten, schien er glatt durch sie hindurchzusehen. Sie war nichts als ein Körper, ein Objekt, das sich zu seiner Musik bewegte.

Als Nick eine Pause für alle ausrief, ging Ruth in eine Saalecke, setzte sich auf den Boden und zog die Knie an, um den Kopf darauf zu stützen. Sie hatte Krämpfe in den Zehen, aber sie brachte nicht einmal mehr die Energie auf, sich die Füße zu massieren. Als jemand ein Handtuch um ihren Nacken legte, schaute sie auf.

„Francie." Mehr als ein zerknirschtes Lächeln brachte sie nicht zustande.

„Du siehst völlig fertig aus."

„Bin ich auch." Mit dem Handtuch wischte Ruth sich den Schweiß von der Stirn.

Francie Myers war Solistin. Eine talentierte ehrgeizige junge Frau und eine der ersten Tänzerinnen, mit denen Ruth sich in der Company angefreundet hatte. Francie war klein und schlank, mit rehbraunem Haar und klugen dunklen Augen. Eine ganze Parade von Galanen zog durch ihr Leben, ständig verliebte sie sich aufs Neue und musste ihre Liebhaber wieder aufgeben, ohne dass sie sich davon die Laune hätte verderben lassen. Ruth bewunderte Francie für ihre unbeschwerte Offenheit und ihren unerschütterlichen Optimismus.

„Bist du krank?“ Francie steckte sich einen Streifen Kaugummi in den Mund.

Ruth lehnte den Kopf an die Wand zurück. Irgendjemand klimperte auf dem Piano. Der Raum schwirrte von Gesprächen und Musik. „Ich war bis heute Morgen um drei auf einer grässlich überfüllten Party.“

„Hört sich lustig an.“ Francie streckte ihr Bein nach hinten aus, zog es wieder nach vorn und musterte die dunklen Ringe unter Ruths Augen. „Ich fürchte nur, dein Timing war nicht besonders günstig.“

Ruth schüttelte den Kopf. „Nein. Dabei wollte ich nicht einmal hingehen.“

„Warum warst du dann dort?“

„Aus Trotz. Total kindisch“, murmelte Ruth und warf einen kurzen Seitenblick zu Nick.

„War dann wohl doch nicht so lustig, was?“ Francie schaute durch den Raum, ihre Augen blieben auf einer eleganten Blondine in einem blauen Lycra-Trikot liegen. „Leah konnte sich ihren Kommentar über deine heutige Leistung nicht verkneifen.“

Ruth folgte Francies Blick. Leahs goldblondes Haar war streng aus dem schönen Gesicht mit den klassischen Zügen zurückgekämmt. Sie unterhielt sich mit Nick, nutzte lebhaft die schlanken Hände, um ihre Worte zu unterstreichen. „Kann ich mir denken.“

„Du weißt, wie sehr sie sich um die Hauptrolle in diesem Ballett gerissen hat“, fuhr Francie fort. „Dass sie die Aurora getanzt hat, reicht ihr nicht – schließlich hat Nick in ‚Dornröschen‘ nicht getanzt.“

„Konkurrenz belebt das Geschäft“, zitierte Ruth zerstreut, sah, wie Nick lächelnd den Kopf schüttelte.

„Eifersucht auch“, ergänzte Francie.

Ruth wandte der Freundin den Kopf zu, traf auf wissende Augen. „Sicher, Eifersucht auch.“

Die Klaviermusik wechselte zu einer romantischen Ballade, jemand hob zu singen an.

„Ein wenig Eifersucht kann nie schaden." Francie lockerte zum Takt ihre Füße. „Das ist sogar gesund. Aber Leah ..." Sie wurde plötzlich ernst. „Sie ist blondes Gift. Wenn sie nicht so gut wäre, wünschte ich, sie würde in einer anderen Company tanzen. Vor der musst du dich in Acht nehmen." Francie stand auf. „Sie wird alles tun, um ihr Ziel zu erreichen. Und sie will Primaballerina in dieser Truppe werden. Du stehst ihr dabei im Weg."

Nachdenklich sah Ruth Francie nach. Die attraktive Tänzerin mit dem hübschen Elfengesicht sprach niemals schlecht über andere. Vielleicht hatte Leah sie mit irgendetwas verärgert. Natürlich hatte Ruth Leahs Eifersucht schon zu spüren bekommen. In jeder Balletttruppe gab es Eifersüchteleien, wie in jeder Familie auch. Das gehörte dazu. Ruth wusste natürlich, dass Leah die Rolle der Carlotta in Nicks neuem Ballett unbedingt hatte tanzen wollen.

Seit sie beide zur Company gehörten, hatten sie immer um die großen Rollen konkurriert, hatten abwechselnd verloren und gewonnen. Ihre Ausdrucksstile waren verschieden, sodass sie auch den jeweiligen Rollen eine einzigartige Individualität verliehen. Ruth war eine kraftvolle, leidenschaftliche Tänzerin, Leah eher der klassisch-elegante Typ, mit einer kühlen Grazie, die Ruth bewunderte, aber niemals auszustrahlen versuchte. Ruths Tanz kam aus dem Herzen, Leahs aus dem Kopf. Was die Technik betraf, so befanden sich beide auf der gleichen Ebene. Ruth tanzte die schöne Wirtstochter Kitri in „Don Quichotte", Leah war Prinzessin Aurora in „Dornröschen". Und während Ruth die Titelrolle in „Der Feuervogel" übernahm, tanzte Leah sie in „Giselle". Nick setzte sie beide nach ihren Fähigkeiten ein, um das meiste für die Vorstellung herauszuholen. Und Ruth würde seine Carlotta sein.

Während Ruth über den Raum hinweg Leah beobachtete, fragte sie sich, ob die Eifersucht vielleicht tiefer saß, als sie bisher angenommen hatte. Auch wenn sie keine Freundinnen geworden waren, so hatten sie sich doch immer gegenseitig professionellen Respekt entgegengebracht. Wenn Ruth jetzt zurückdachte, dann war ihr in den letzten Wochen tatsächlich aufgefallen, dass da eine gewisse Feindseligkeit aufgekeimt war. Nun, es ließ sich nicht ändern. Mit einem Schulterzucken zog sie sich das Handtuch vom Hals. Sie waren alle hier, um zu tanzen.

„Ruth."

Erschreckt zuckte sie zusammen, als sie Nicks Stimme hörte. Mit kühlem Blick musterte er ihr Gesicht, die eigene Miene völlig ausdruckslos. Eine Welle der Beklemmung schwappte über sie, als sie auf seinen Blick traf. Nick war immer am unerbittlichsten, wenn er sich beherrschte. Sie hatte einen Fehler gemacht, und jetzt war sie auch bereit, es zuzugeben. „Nick", setzte sie an, darauf vorbereitet, sich demütig zu entschuldigen.

„Geh nach Hause."

Sie blinzelte verwirrt. „Was?"

„Geh nach Hause", wiederholte er im gleichen eisigen Tonfall.

Ihre Augen wurden groß und sprachen Bände. „Nein, Nick, ich ..."

„Ich sagte, geh." Jede Silbe war wie ein Peitschenhieb. „Ich will dich hier nicht sehen."

Sie starrte ihn stumm an. Der Schmerz raubte alle Farbe aus ihrem Gesicht. Mit nichts, mit wirklich absolut nichts hätte er sie mehr verletzen können als damit, sie wegzuschicken. Ein Schwall wütender Beschimpfungen wollte sich ihre Kehle emporarbeiten, doch die Tränen saßen wie ein Kloß darin und versperrten den Weg. Nein, sie würde keinem von beiden nachgeben, weder den Tränen noch dem Fluchen. Abrupt drehte sie sich um und durchquerte den Saal. Sie riss ihre Trainingstasche hoch und zog die Tür auf.

„Die zweite Gruppe", hörte sie Nicks Anweisung noch, bevor die Tür hinter ihr ins Schloss fiel.

Ruth schlief drei Stunden tief und fest, Nijinsky zufrieden an ihrem Rücken zusammengekuschelt. Nach der Dusche hatte sie die Jalousien geschlossen und sich einfach aufs Bett fallen lassen. Nur das leise Schnurren des Katers war noch zu hören gewesen. Als sie aufwachte, richtete sie sich mit einem Ruck auf und rollte sich vom Bauch auf den Rücken. Nijinsky, in seiner Ruhe gestört, tappte beleidigt ans Fußende des Bettes und begann, sich ausgiebig zu putzen.

Nicks Worte waren das Letzte gewesen, an das sie gedacht hatte, bevor sie eingeschlafen war, und jetzt waren sie das Erste, das ihr beim Aufwachen einfiel. Sie hatte einen Fehler gemacht und war dafür bestraft worden. Sie kannte niemanden, der mit einer solch ungerührten Selbstverständlichkeit Grausamkeit an den Tag legte wie Nikolai Davidov.

Resolut rappelte Ruth sich auf und beschloss, die Ereignisse des Nachmittags hinter sich zu lassen.

Sie öffnete die Jalousien. „Wir können schließlich nicht den ganzen Tag herumliegen", sagte sie zu Nijinsky und warf sich wieder aufs

Bett, um ihn zu streicheln. Er tat beleidigt, ließ sich dann aber doch großmütig von ihr kraulen. Und schließlich vergab er ihr und stupste mit seiner Stirn gegen ihre. Eine Geste, die Ruth prompt Nick wieder in Erinnerung rief.

„Wieso magst du ihn eigentlich so sehr?", fragte sie den Kater und hielt seinen Kopf sacht mit beiden Händen, damit sie in seine goldenen Augen blicken konnte. „Was zieht dich so an ihm an?" Sie kraulte ihn unter dem Kinn und sah mit leerem Blick vor sich hin. „Ist es seine Stimme mit diesem faszinierenden musikalischen Akzent? Oder ist es die Art, wie er sich bewegt, mit dieser fließenden, perfekt kontrollierten Grazie? Oder liegt es an seinem Lächeln, in das er jedes Mal sein ganzes Wesen legt? Oder vielleicht an der Art, wie er dich streichelt, mit geschickten, erfahrenen Händen?"

Ruths Gedanken wanderten zum Abend zuvor zurück, als Nick sie nackt in seinen Armen gehalten hatte. Es war das erste Mal seit dem impulsiven, erregenden Kuss, dass sie es sich erlaubte, daran zu denken. Aufgewühlt und zerstreut hatte sie sich angezogen und war mit Donald in aller Eile zu der Party gegangen, um sich nur ja keine Zeit zu lassen, darüber nachzudenken. Ausgelaugt war sie nach Hause zurückgekehrt und hatte den ganzen Tag gegen die bleierne Müdigkeit ankämpfen müssen. Jetzt, da sie wieder ausgeruht war und ihr Kopf klar, dachte sie über Nikolai Davidov nach. Es bestand kein Zweifel – sie hatte Verlangen in seinen Augen aufblitzen sehen. Ruth streckte sich auf dem Bett aus und legte die Hand unter die Wange. Er hatte sie begehrt.

Begehren. Ruth wiederholte das Wort still. War es wirklich das, was sie in seinem Blick erkannt hatte? Allein bei der Vorstellung fuhr ihr prickelnde Wärme unter die Haut. Doch gleich darauf folgte ein Schwall eiskalten Wassers, als sie sich an seine Augen heute am Nachmittag erinnerte. Keine Spur von Begehren, kein Ärger, nicht einmal Missbilligung. Rein gar nichts.

Einen Moment lag barg Ruth das Gesicht in der Decke. Es tat noch immer weh, wenn sie daran dachte, wie er sie weggeschickt hatte. Als hätte er sie ins Abseits geschoben. Nun, der gesunde Menschenverstand sagte ihr, dass eine verpatzte Probe nicht das Ende der Welt war. Allerdings war ein einzelner Kuss auch nicht gleich der Anfang von etwas Weltbewegendem.

Ihr Blick wanderte auf das Bild an der Wand. Ihr Onkel hatte es ihr vor über zehn Jahren geschenkt. Es war das Plakat, mit dem die Aufführung von „Romeo und Julia“ angekündigt wurde; Lindsay und Nick waren darauf zu sehen. Impulsiv griff Ruth nach dem Telefon und wählte.

„Hallo?“ Die Stimme am anderen Ende klang klar und lebendig durch die Muschel.

„Lindsay.“

„Ruth!“ Lindsays Überraschung war deutlich zu hören, ebenso die herzliche Zuneigung. „So schnell hatte ich gar nicht von dir zu hören erwartet. Hast du Justins Gemälde bekommen?“

„Ja.“ Ein Lächeln breitete sich auf Ruths Gesicht aus, als sie an die farbenfrohe Strichzeichnung ihres vierjährigen Cousins dachte, die er für sie gemalt hatte. „Es ist wunderschön.“

„Muss es ja auch sein, schließlich ist es ein Selbstporträt.“ Lindsay ließ ihr warmes, ansteckendes Lachen hören. „Seth hast du verpasst, fürchte ich. Er ist unterwegs in die Stadt.“

„Macht nichts.“ Ruths Augen wanderten wieder zu dem Poster. „Eigentlich wollte ich sowieso mit dir reden.“

Nur ganz kurz blieb es still am anderen Ende, aber Ruth wusste, Lindsay hatte bereits verstanden. „Ärger bei der Probe?“

Ruth lachte leise und zog die Beine unter. „Genau. Woher wusstest du?“

„Nichts ist schlimmer für einen Tänzer.“

„Ich komme mir so dumm vor.“ Ruth fasste ihr Haar mit einer Hand zusammen und warf es sich auf den Rücken zurück.

„Das darfst du nicht. Jeder hat mal einen schlechten Tag. Hat Nick dich angebrüllt?“ In Lindsays Stimme klang eher eine Spur Humor mit als Mitleid, Balsam für Ruths geschundene Tänzerseele.

„Nein.“ Zerstreut zeichnete sie mit der Fingerspitze das Blumenmuster der Bettwäsche nach. „Es wäre leichter zu ertragen gewesen, wenn er es getan hätte. Er hat mich nach Hause geschickt.“

„Und du hattest das Gefühl, als hätte jemand dich mit dem Vorschlaghammer bearbeitet.“

„Und hätte mich danach noch mit dem Lastwagen überrollt.“ Ruth lächelte. „Ich wusste, du würdest es verstehen. Das Schlimmste daran ist: Nick hatte recht.“

„Das hat er meistens“, kam es trocken von Lindsay zurück. „Das ist übrigens eine von seinen weniger liebenswerten Eigenschaften.“

„Lindsay …“ Ruth zögerte, dann wagte sie den Sprung, bevor sie doch ihre Meinung wieder änderte. „Als du noch bei der Company warst, warst du da jemals … ich meine, hast du dich zu Nick hingezogen gefühlt?“

Dieses Mal dauerte die Pause ein wenig länger, bevor Lindsay wieder sprach. „Doch, natürlich. Eigentlich ist es unmöglich, sich nicht zu ihm hingezogen zu fühlen. Er ist ein Mann, der die Menschen in seinen Bann zieht.“

„Sicher, aber ich meinte …“ Ruth stockte, suchte nach der richtigen Formulierung.

„Ich weiß schon, was du meinst“, erlöste Lindsay sie aus der Verlegenheit. „Oh ja, es gab eine Zeit, da fühlte ich mich sogar sehr zu ihm hingezogen.“

Ruth sah wieder zu dem Poster, betrachtete die beiden weltbekannten Liebenden. „Ich glaube, du stehst ihm näher als irgendjemand sonst.“

„Mag sein.“ Lindsay wählte ihre nächsten Worte sehr bedacht. Sie ahnte, worum es Ruth ging. „Nick ist ein sehr zurückhaltender Mensch.“

Ruth nickte. Lindsay hatte recht: Für die Company gab er alles, bot der Presse und seinem Publikum ganz bewusst ein schillerndes Bild. Er bezauberte jeden mit seinem Charme, widmete jedem seine volle Aufmerksamkeit. Doch wenn es um sein Privatleben ging, war er extrem verschlossen und sehr, sehr vorsichtig. Er ließ beileibe nicht jeden an sich heran.

Ruth fühlte sich plötzlich schrecklich allein. „Lindsay, ich weiß, wie schwierig es sein wird, mit den Kindern und der Ballettschule und Onkel Seths Arbeit, aber … könntet ihr nicht zur Premiere kommen? Bitte. Ich brauche euch.“

„Aber natürlich, Liebes“, sagte Lindsay, ohne zu zögern, zu. Sie stellte auch keine weiteren Fragen. „Wir werden da sein.“

Nach dem Gespräch mit Lindsay blieb Ruth noch eine Weile reglos sitzen. *Jetzt fühle ich mich besser,* dachte sie. Es half, wenn man mit jemandem reden konnte, wenn man sich mit einem anderen Menschen austauschen konnte. Lindsay gehörte nicht nur zur Familie, sie war auch Tänzerin. Und sie kannte Nick.

In „Romeo und Julia“ war sie eine wunderbar romantische und anmutige Julia für Nicks Romeo gewesen. Ruth hatte dieses Ballett nie mit Nick getanzt. Keil Lowell war ihr Romeo gewesen, ein schlanker, dunkler Tänzer, der einen Hang zu albernen Streichen hatte. Mit Nick hatte sie in „Don Quichotte“ getanzt und in „Ariel“, seinem Werk.

Aber die Julia würde für sie immer Lindsays Rolle bleiben. Schon lange suchte Ruth nach *ihrer* Rolle, und sie glaubte, sie in der Carlotta in „The Red Rose" gefunden zu haben.

Ja, es war *ihre* Rolle! Und das sollte sie besser nicht vergessen!

Ruth sprang vom Bett, kramte eine Gymnastikhose aus der Kommodenschublade und streifte sie sich eilig über.

Als Ruth das sechsstöckige alte Gebäude betrat, in dem die Company untergebracht war, zeigte die Uhr bereits nach sieben, dennoch waren noch immer einige Tänzer anwesend. Die neueren Mitglieder der Truppe schauten ihr aufmerksam nach. *Eines Tages,* mochten sie wohl denken. Ruth hätte ihre Träume und Hoffnungen wahrscheinlich sogar wahrgenommen, wäre sie nicht von der eigenen Ungeduld erfüllt gewesen.

Sie nahm den Aufzug nach oben. In Gedanken ging sie bereits die Schrittfolge und Bewegungen durch, die sie ihrem Körper gleich abverlangen würde. Sie wollte arbeiten.

Sie hörte die Musik schon, noch bevor sie die Tür zum Probesaal öffnete. Ohne die Tänzer wirkte der Saal immer größer. Sie blieb still bei der Tür stehen.

Nikolai Davidovs Sprünge waren unvergleichlich. Wenn er ansetzte, dann schien es, als würde er sich selbst in die Luft katapultieren, um dort oben der Schwerkraft zu trotzen und regungslos zu verharren, bevor er geschmeidig wieder auf den Erdboden herabsank. Sein Körper bewegte sich fließend und gleichmäßig wie ein Wasserfall, kraftvoll und gespannt wie ein Bogen. Und Nick hatte die absolute Kontrolle über diesen Körper. Er brauchte ihm nur zu befehlen.

Und da war noch viel mehr, dachte Ruth, während sie ihm versunken zusah, genauso ehrfurchtsvoll und bewundernd wie beim ersten Mal. Nicks präzises Timing, seine Kraft und seine Ausdauer. Und er konnte schauspielern – ein unerlässliches Muss beim Ballett. Sein Gesicht war ebenso ausdrucksvoll wie sein Körper.

Davidov tanzte mit voller Konzentration. Sein Blick verfolgte kritisch jede seiner Körperbewegungen in der großen Spiegelwand mit, um auch den kleinsten Fehler zu entdecken. Er feilte an sich, perfektionierte sich. Schweiß lief an seinen Schläfen herab, trotz des Stirnbands. Seinen Bewegungen lagen sowohl Stärke als auch Poesie inne. Ruth beobachtete das Spiel seiner Muskeln, als er hoch in die Luft sprang, sich mehrere Male um die eigene Achse drehte und dann wieder auf der Erde landete.

Großer Gott, er ist einfach fantastisch, dachte sie überwältigt. Alles andere war vergessen. Es blieb nichts als Bewunderung.

Nick hielt inne und stieß einen Fluch aus. Einen Moment lang starrte er düster auf sein Spiegelbild, ganz in seiner eigenen Welt versunken. Als er zum CD-Spieler ging, um die Passage erneut zu spielen, fiel sein Blick auf Ruth. Er musterte sie von Kopf bis Fuß, sah die Trainingstasche, die sie über der Schulter trug.

„Du bist jetzt also ausgeruht." Es war eine schlichte Feststellung, ohne jede Spur von Boshaftigkeit.

„Ja." Ruth holte tief Luft, während sie einander weiter ansahen. „Ich entschuldige mich für heute Morgen. Ich war nicht gut." Als er nichts sagte, ging sie zur Bank, um sich die Spitzenschuhe anzuziehen.

„Also bist du gekommen, um es wiedergutzumachen?" Leise Amüsiertheit schwang in seiner Stimme mit.

„Mach dich nicht lustig über mich."

„Tue ich das denn?" Ein Lächeln saß in seinen Mundwinkeln.

Mit großen Augen, in denen Verletzlichkeit zu lesen stand, schaute sie zu ihm hin. Dann senkte sie den Blick wieder auf die Satinbänder und wickelte diese um ihre Knöchel. „Manchmal, ja", murmelte sie.

Er bewegte sich lautlos, Ruth hatte nicht bemerkt, dass er zu ihr getreten war, bis er vor ihr in die Hocke ging und eine Hand auf ihr Knie legte. „Ruth." Er hob den Blick zu ihren Augen, seine Stimme war leise und sanft. „Ich mache mich nicht über dich lustig."

Sie seufzte. „Es ist nur so schwierig, wenn du so oft recht hast." Sie schnitt eine Grimasse. „Ich wollte gar nicht zu der albernen Party gehen, doch dann hast du mich wütend gemacht."

„Ah." Er grinste und drückte ihr Knie. „Es ist also allein meine Schuld."

„Es ist mir lieber, wenn es deine Schuld ist." Sie zog ihr Handtuch aus der Tasche und tupfte ihm damit den Schweiß von der Stirn. „Du arbeitest zu hart, Davidov", sagte sie.

Seine Finger legten sich leicht um ihr Handgelenk. „Machst du dir etwa Sorgen um mich, *milaja*?"

Nachdenklich schaute er sie an. Seine Augen sind so blau, das war alles, was sie denken konnte, wie das Meer in der Ferne oder der Himmel im Sommer. „Bis jetzt habe ich mir nie Sorgen um dich gemacht", überlegte sie laut. „Wäre es seltsam, wenn ich jetzt damit anfangen würde? Du brauchst vermutlich niemanden, der sich Sorgen um dich macht."

Er musterte sie weiter, dann schlich sich ein Lächeln in seinen Blick. „Trotzdem ... es ist ein angenehmes Gefühl, wenn sich jemand um einen sorgt, nicht wahr?"

„Nick." Er wollte sich aufrichten, doch Ruth hielt ihn mit einer Hand auf der Schulter zurück. Sie sprach die Worte hastig aus, bevor der Mut sie verlassen konnte. „Warum hast du mich gestern Abend geküsst?"

Eine Augenbraue ruckte bei ihrer Frage hoch. Sein Blick haftete weiter auf ihr, und sie fühlte, wie sich unter diesem Blick eine wohlige Wärme in ihr auszubreiten begann. „Weil ich es wollte", sagte er schließlich. „Das ist doch ein guter Grund." Jetzt stand er auf, und sie erhob sich mit ihm.

„Vorher hast du es noch nie gewollt."

Das Lächeln erschien in Sekundenbruchteilen auf seinem Gesicht. „Woher willst du das wissen?"

„Nun, du hast mich vorher noch nie geküsst. Nicht so." Sie wandte sich ab, zog sich das T-Shirt über den Kopf, unter dem sie ein eng anliegendes Trikot trug.

Nick studierte ihren anmutigen Rücken. „Du meinst, ich sollte immer alles tun, wonach mir im Moment ist?"

Ruth zuckte mit den Achseln. Sie war hier, um zu tanzen, nicht, um sich zu streiten. „Ich dachte, dass du das immer tust." Sie ging an die Stange und sank in ein tiefes Plié. Über die Schulter warf sie einen Blick zu ihm zurück. „Etwa nicht?"

Dieses Mal lächelte er nicht. „Willst du mich provozieren, Ruth? Oder war das nur ein Ausrutscher?"

Sie hörte den Ärger aus seiner Stimme heraus und tat das mit einem weiteren Schulterzucken ab. Vielleicht legte sie es wirklich darauf an. „Bewusst versucht habe ich es noch nie, aber ich könnte es ja mal probieren. Vielleicht macht es sogar Spaß."

„Sei vorsichtig, wie weit du dich vorwagst. Du könntest leicht auf die Nase fallen."

Ruth lachte. Es war ein gutes Gefühl, dass ihre Muskeln ihr so mühelos gehorchten. „Vorsicht hat noch nie zu meinem Leben gehört, Nikolai. Das würdest du verstehen, hättest du meine Eltern gekannt. Ich bin die geborene Abenteurerin."

„Es gibt verschiedene Arten von Abenteuer", stellte er fest und ging zum CD-Spieler zurück. „Du würdest wahrscheinlich nicht alle als angenehm empfinden."

„Ist das eine Warnung? Sollte ich etwa Angst vor dir haben?"

Abgehackte Töne erklangen, als Nick nach der Stelle suchte, die er hören wollte. „Du hättest Angst vor mir, wenn es das wäre, was ich wollte", sagte er schlicht.

Im Spiegel trafen sich ihre Blicke und hielten sich gefangen. Es kostete Ruth ihre gesamte Konzentration, um ihr Bein neben ihrem Kopf in die Luft zu strecken. *Ja*, gab sie still zu, *ich würde Angst vor ihm haben*. Es gab keine Emotion, die Nick einer anderen Person nicht entlocken konnte. Das und seine technische Virtuosität machten ihn zu dem großen Tänzer, der er war. Aber ich lasse mich nicht von ihm einschüchtern, beschied sie und ging wieder in eine tiefe Beuge, den Rücken gerade durchgestreckt.

„So leicht bin ich nicht zu ängstigen, Nick." Herausfordernd sah sie sein Spiegelbild an.

Er stellte den CD-Spieler ab. Im Saal war es plötzlich still. Die letzten Sonnenstrahlen fielen durch die Scheiben.

„Komm." Er drückte wieder einen Knopf, und Musik wogte durch den Raum. Nick ging in die Mitte und hielt eine Hand einladend ausgestreckt. Ruth kam zu ihm, und wortlos nahmen beide die Position zum Grand Pas de deux ein.

Nick war nicht nur ein grandioser Tänzer, er war auch ein harter Lehrmeister. Er verlangte unerbittlich Genauigkeit, bei jedem noch so kleinen Detail, bei jeder Geste. Immer und immer wieder setzten sie an, und immer und immer wieder brach Nick abrupt ab, um zu korrigieren und zu feilen.

„Der Kopf … die Neigung ist falsch. Hier." Mit beiden Händen drehte er ihren Kopf, bis er zufrieden war. „Deine Hände … so." Und er würde ihre Hände nehmen und sie in die Stellung bringen, die ihm vorschwebte.

Seine Berührungen blieben rein professionell. Er straffte ihre Schultern. Seine Hände strichen über ihre Hüften, als sie eine Pirouette drehte, und sie packten kräftig zu, um sie in die Luft zu heben. Ruth befolgte seine Anweisungen, ließ sich von ihm formen. Und noch immer war er nicht zufrieden mit ihr. Er wurde ungeduldig und sie immer frustrierter.

„Du sollst mich ansehen!", verlangte er barsch, als er wieder abrupt stehen blieb.

„Das tue ich doch!", schleuderte sie mit einer tiefen Falte auf der Stirn zurück.

Mit einem unterdrückten russischen Fluch marschierte er zum CD-Spieler und schaltete die Musik aus. „Aber völlig ohne Gefühl! Du fühlst absolut nichts. Das ist nicht gut."

„Du brichst ja auch ständig ab", setzte sie an, kam aber nicht weiter.

„Weil es nicht stimmt."

„Na schön", murmelte sie und wischte sich mit dem Handrücken den Schweiß von der Stirn. „Was sollte ich denn deiner Ansicht nach fühlen?"

„Du bist in mich verliebt." Ihr Blick schoss zu ihm hin, doch er war schon wieder mit dem CD-Spieler beschäftigt. „Du sehnst dich nach mir, aber du bist stolz und hast deinen eigenen Kopf. Du gibst nicht nach. Alles oder nichts." Er drehte sich wieder zu ihr um, hielt ihre Augen mit seinen gefangen. „Aber das Verlangen ist da. Leidenschaft, Ruth. Sie brodelt. Fühl sie. Du sagst doch immer, dass du eine erwachsene Frau bist. Zeig's mir!" Er kam zu ihr, legte seine Hand an ihre Hüfte. „Also, noch mal."

Dieses Mal erlaubte Ruth ihrer Fantasie, die Führung zu übernehmen. Sie war eine Zigeunerin, verliebt in einen Prinzen, war mutig und stolz, besaß Feuer und Leidenschaft. Die schnelle Musik baute die Stimmung auf. Es war ein erotischer Tanz, Schritte und Gesten drückten Sinnlichkeit aus. Physische Nähe wurde von Tänzer und Tänzerin verlangt, Körper schmiegten sich aneinander, Blicke hielten einander fest. Ruth fühlte, wie Verlangen durch ihren Körper rauschte.

Mit ihren hohen Sprüngen wollte sie dem entkommen, was sie fühlte – als müsste sie der Welt zwischen Realität und Fantasie entfliehen. Sie wollte ihn. Plötzlich war sie sich nicht mehr sicher, ob sie sich nur in Carlotta hineinfühlte. Er berührte sie, zog sie an sich, und sie wich jedes Mal zurück. Sie lief nicht weg, aber sie stand da und wartete ab.

Die Musik schwoll an. Sie tanzten voneinander fort, wehrten sich gegen die Anziehung. Sprünge, die voneinander wegführten, und doch konnten sie nicht widerstehen, kehrten zueinander zurück und schlossen den Kreis. Bewegten sich rückwärts, Rücken zu Rücken, und dann, mit der letzten Drehung, stießen sie aneinander und lagen sich in den Armen. Als die Musik ausklang, standen die beiden eng umschlungen, Wange an Wange, Herz an Herz.

Die Stille kam wie ein Schock für Ruth. Die Grenzen zwischen ihr selbst und ihrer Rolle verwischten sich. Sie beide atmeten rasselnd von der Anstrengung des Tanzes, Ruth konnte Nicks hämmernden Herzschlag spüren. Wenn sie auf Spitzen stand, war sie fast auf Augenhöhe mit ihm. Er sah in ihr Gesicht, so wie sie in seines sah – suchend, verwundert. Dann trafen sich ihre Lippen, und die Zeit für Fragen und Zweifel war vorüber.

Jetzt konnte sie den Hunger und die Ungeduld genau fühlen, die sie vorher nur erahnt hatte. Er schien sie gar nicht eng genug an sich drücken zu können, nicht genug von dem zu bekommen, wonach er sich verzehrte. Sein Mund war überall, wanderte gierig über ihr Gesicht, ihren Hals, hinterließ eine Spur glühender Hitze auf ihrer Haut. Sie atmete seinen herben Duft ein, schmeckte das Salz auf seiner Haut. Dann kehrte sein Mund zu ihrem zurück, und ihre Lippen verschmolzen im Verlangen nach einander.

Er murmelte etwas, doch sie verstand es nicht. Selbst die Sprache, die er sprach, war ein Mysterium für sie. Ihre Körper pressten sich aneinander, der dünne Stoff ihres Trikots war die einzige Barriere zwischen seinen Händen und ihrer Haut. Seine Finger streichelten hier, drückten dort, reizten und erregten. Sein Mund liebkoste ihr Ohr, mit den Zähnen schnappte er vorsichtig nach dem empfindsamen Ohrläppchen. Er sprach leise auf Russisch auf sie ein, und auch wenn sie seine Worte nicht verstand, spürte sie doch, was er sagte.

Wieder fand sein Mund ihren, dieses Mal fordernder, fiebriger. Ruth gab und nahm mit der gleichen Hitze. Ein lustvoller Schauer überlief sie, als er seine Hand zu ihrer Brust gleiten ließ, die zarte Rundung liebkoste. Nie unterbrach er den Kuss, den Ruth voller Leidenschaft erwiderte.

Als Nick sich vorsichtig von ihr losmachen wollte, klammerte sie sich an ihn, barg ihre Wange an seiner Schulter. Nichts hatte sie darauf vorbereitet, wie jäh Stärke sich in Schwäche verwandeln konnte. Sie merkte, wie sie einen Teil von sich verlor, und doch konnte sie es nicht aufhalten.

„Ruth.“ Sanft drückte er sie jetzt von sich weg und sah ihr ernst und durchdringend in die Augen. Das, was durch sie hindurchraste, wühlte sie zu sehr auf, als dass sie den Ausdruck in seinem Blick hätte deuten können. „Ich wollte nicht, dass das passiert.“

Sie starrte ihn an. „Aber es ist passiert.“ Es schien doch so einfach und klar. Sie lächelte. Aber als sie die Hand an seine Wange legen wollte, hielt er sie am Handgelenk zurück.

„Es hätte nicht passieren dürfen.“

Sie suchte in seinem Gesicht, und ihr Lächeln erstarb. Unsicherheit und Argwohn zogen in ihre Augen. „Warum nicht?“

„In weniger als drei Wochen ist Premiere.“ Seine Stimme klang jetzt nüchtern, geschäftsmäßig. „Komplikationen können wir zu diesem Zeitpunkt wirklich nicht gebrauchen.“

„Oh, ich verstehe.“ Ruth wandte sich ab, er sollte den Schmerz in ihrer Miene nicht sehen. Sie ging zurück zur Bank und begann, sich die Schuhe auszuziehen. „Ich bin also eine Komplikation.“

„Das bist du“, bestätigte er ungerührt und ging zurück zur Stereoanlage. „Ich habe weder Zeit noch Lust, deine romantischen Erwartungen zu erfüllen.“

„Meine romantischen Erwartungen?“, wiederholte sie ungläubig.

„Es gibt Frauen, die wollen umworben werden, mit Kerzenlicht und Mondschein.“ Er blieb weiterhin mit dem Rücken zu ihr stehen, während er fortfuhr. „Du gehörst dazu. Und im Moment habe ich für so etwas keine Zeit.“

„Ich verstehe. Du hast nur Zeit für die eher elementareren Beziehungen“, sagte sie scharf. Mit zitternden Fingern zog sie ihre Tennisschuhe an. Wie leicht es ihm doch fiel, sie zur Närrin zu machen!

Er drehte sich zu ihr um und musterte sie brütend. „Richtig.“

„Und natürlich gibt es unzählige andere Frauen, die dir das bieten.“

Er zuckte mit den Achseln. „Ja. Ich entschuldige mich für das, was passiert ist. Es ist nur allzu leicht, sich vom Tanz mitreißen zu lassen.“

„Ich bitte dich, Nick.“ Sie warf ihre Ballettschuhe in die Sporttasche. „Du brauchst dich nicht zu entschuldigen. Und ich brauche dich nicht, um meine romantischen Erwartungen zu erfüllen. Dafür habe ich, wie du, andere.“

„Wie deinen Designer?“

„Richtig, wie meinen Designer. Keine Angst, ich werde keine Probe mehr verpatzen. Du bekommst dein Ballett von mir, Nick.“ Die unterdrückten Tränen drohten ihre Stimme zum Schwanken zu bringen, und doch konnte sie nichts dagegen tun. „Publikum und Presse werden euphorisch sein, das verspreche ich dir. Die Aufführung wird mich zur gefeiertesten Primaballerina des Landes machen.“ Die Tränen rollten jetzt über ihre Wangen. Sie hasste sie, aber sie wischte sie nicht fort. „Und nach dieser Saison werde ich nie wieder mit dir tanzen. Nie wieder!“

Damit wirbelte sie herum und floh aus dem Saal, ohne Nick die Möglichkeit zu lassen, etwas zu erwidern.

4. KAPITEL

Durch die geschlossene Garderobentür drang die Kakophonie aus dem Orchestergraben. Die Musiker stimmten ihre Instrumente. Dafür, dass die Tür zu Ruths Garderobe ausnahmsweise geschlossen war, gab es nur einen Grund: Sie wollte Nick meiden.

Vor einer Aufführung war er grundsätzlich überall – schaute in Umkleideräume, prüfte Kostüme und Make-up, versuchte, Anfälle von Lampenfieber zu beschwichtigen. Kein Detail war gering genug, um nicht seine volle Aufmerksamkeit zu erhalten, kein Problem zu albern, als dass er nicht nach einer Lösung gesucht hätte. Schon immer hatte er sich ganz eingesetzt, und er würde sich immer ganz einsetzen.

Bisher hatte Ruth seine kurzen, explosiven Stippvisiten vor dem Beginn der Vorstellung geschätzt. Seine Energie inspirierte sie, sie beruhigte das Herzklopfen. Jetzt jedoch brauchte Ruth den größtmöglichen Raum zwischen sich und dem Star und Leiter der Company. Natürlich hatte sie während der Proben keinen körperlichen Abstand zu ihm halten können, aber sie hatte dennoch sehr genau auf emotionale Distanz geachtet.

Normalerweise ließ Nick sich von einer geschlossenen Tür nicht aufhalten. In diesem Falle allerdings war Ruth ziemlich sicher, dass er den Wink verstand und respektieren würde. Es war eine kleine Geste, die sie jedoch immens befriedigte.

Vielleicht lag es an ihrem Gefühlstumult und ihren Sehnsüchten, dass sie für die Rolle der Carlotta härter gearbeitet hatte als für jede andere Rolle in ihrer bisherigen Laufbahn. Sie wollte daraus nicht nur einen Erfolg machen, sondern einen nie da gewesenen Triumph. Es war eine Trotzreaktion, ein deutlicher Schritt in die Unabhängigkeit. Das hitzig-schwüle Temperament der Zigeunerin passte dieser Tage bestens zu Ruths Stimmung.

Während der letzten drei Probenwochen mit Nick hatten sie beide peinlich genau darauf geachtet, ihre Beziehung rein beruflich zu halten. Was nicht einfach gewesen war, wenn man bedachte, welche Charaktere sie darzustellen hatten. Doch weder hatte es auch nur den kleinsten persönlichen Kommentar gegeben noch das übliche Geplänkel. Wenn Ruth Nicks Blick auf sich gespürt hatte – was häufig vorgekommen war –, zwang sie sich, nicht zusammenzuzucken. Sobald sie sein Verlangen spürte, erinnerte sie sich an seine letzten persönlichen Worte – und schon begehrte ihr Stolz auf. Sie verbot sich, weiter darüber zu grübeln, was wohl in ihm vorgehen mochte. Sie musste es nicht wissen, wollte es gar nicht wissen. Alles, was sie tun musste, war tanzen.

In einem weißen Frotteebademantel saß sie an ihrem Schminktisch in ihrer Garderobe und nähte sorgfältig Satinbänder an ihre Spitzenschuhe. Diese einfache, aber unerlässliche Aufgabe eines Tänzers beruhigte und entspannte sie.

Die Glühbirnen um den großen Spiegel strahlten Hitze aus und wärmten ihre Haut. Ruth trug bereits ihr Bühnen-Make-up, das Haar floss ihr offen über den Rücken. In der ersten Szene sollte es ihr beim Tanzen um den Körper schwingen, wild und frei und verlockend wie der Charakter ihrer Rolle. Ihre Augen stachen groß und dunkel aus ihrem Gesicht heraus, ihre Lippen waren blutrot geschminkt. Das farbenprächtige Kostüm für den ersten Auftritt hing auf einem Bügel an der Tür. Die ersten Blumensträuße waren bereits angekommen und erfüllten den kleinen Raum mit ihrem schweren Duft. Auf dem Tisch neben ihrem Ellbogen lag ein Dutzend langstieliger roter Rosen, die Donald ihr geschickt hatte. Er würde im Publikum sitzen, und danach würde er auch zum Empfang kommen. Ruth lächelte leicht vor sich hin. Die Rosen würde sie so lange es nur ging in ihrer Garderobe behalten. Nicht alle Männer waren zu beschäftigt mit anderen Dingen, um ihre *romantischen Erwartungen* zu erfüllen!

Prompt stach Ruth sich mit der Nadel in den Finger und schimpfte leise. Sie riss die Hand zum Mund, um an der schmerzenden Fingerkuppe zu saugen, und betrachtete ihr Gesicht im Spiegel.

Geschieht dir recht, schalt sie sich in Gedanken. Weil sie schon wieder an *ihn* gedacht hatte. Romantische Erwartungen erfüllen, pah! Sie machte sich an dem zweiten Schuh zu schaffen. Bei *ihm* hörte sich das an, als wäre sie sechzehn und fieberte dem Ansteckssträußchen für den Schulball entgegen!

Ein Klopfen unterbrach ihre Gedanken. Ruth legte den Schuh nieder, stand auf und ging zur Tür. Wenn das Nick war, dann sollte er nichts anderes sehen als die große Haltung und Würde, mit der sie ihm begegnete! Sie hob das Kinn an und öffnete die Tür.

„Onkel Seth! Lindsay!“ Ruth warf sich in die geöffneten Arme ihres Onkels, dann umarmte sie die Frau neben ihm. „Oh, ich bin ja so froh, dass ihr hier seid!“

Lindsay empfand die Begrüßung als ein wenig überspannt, aber sie sagte nichts, als sie die Umarmung erwiderte. Sie sah nur an Ruth vorbei zu ihrem Mann. Die Verständigung geschah stumm und war dennoch deutlich. Ruth drehte sich wieder zu Seth, um ihn ein zweites Mal zu umarmen.

„Ihr seht großartig aus", rief sie dann und zog beide mit sich in die Garderobe.

Ruth hatte sich immer eng mit Seth Bannion verbunden gefühlt. Doch erst als sie ausgezogen war und ihr eigenes Leben begonnen hatte, hatte sie wirklich zu schätzen gelernt, welche Veränderungen er in seinem Leben vorgenommen hatte, um sich um sie kümmern zu können. Seth war ein erfolgreicher, gefragter Architekt. Damals war er zudem ein heiß begehrter Junggeselle gewesen und um die ganze Welt gereist. Und doch nahm er einen Teenager zu sich und stellte sein Leben komplett um; seine Nichte bekam absoluten Vorrang vor allem anderen. Ruth betete ihn an.

Jetzt legte sie die Handflächen aneinander und ließ den Blick bewundernd über die beiden gleiten. „Du siehst wunderschön aus, Lindsay. Ich muss es immer wieder sagen." Lindsay war klein und zierlich. Das silberblonde Haar und ihr Porzellanteint betonten ihre großen dunkelblauen Augen. Sie war die herzlichste Frau, die Ruth je kennengelernt hatte, eine Frau mit einem endlos weiten Herzen und unermesslicher Liebe. Sie trug ein rauchgraues Abendkleid, das von ihren Schultern bis zum Boden floss und ihr bei jeder Bewegung schmeichelte.

Lachend fasste Lindsay nach Ruths Händen. „Danke für das Kompliment. Seth sagt mir das bei Weitem nicht oft genug."

„Nur jeden Tag", brummte er und lächelte seine Frau liebevoll an. „Ist das hier nicht die Garderobe, die du damals bei ‚Ariel' hattest?", bemerkte er, als er sich umschaute. „Hier hat sich überhaupt nichts verändert."

Lindsay lachte. „Du müsstest das doch eigentlich wissen. Schließlich habe ich dir hier einen Heiratsantrag gemacht."

Seth grinste. „Richtig, hast du."

„Das wusste ich gar nicht."

Die beiden richteten ihre Aufmerksamkeit wieder auf Ruth. „Ich war noch nie sonderlich gut darin, mich an Regeln zu halten und mich in Geduld zu üben." Lindsay ging zum Schminktisch und nahm Ruths Spitzenschuh auf. „Es dauerte mir einfach zu lange, darauf zu warten, bis Seth sich dazu durchringt." Der Schuh brachte eine Flut von Erinnerungen zurück. Was für ein Leben, was für eine Welt, dachte Lindsay.

Einst war auch sie Teil dieser Welt gewesen, so wie jetzt Ruth. Im Spiegel richtete sie die blauen Augen auf Ruths dunkle. „Nervös?"

Ruths ganzer Körper schien aufzuseufzen. „Und wie." Sie verzog das Gesicht.

„Es ist ein gutes Ballett", sagte Lindsay überzeugt. An der Qualität von Nicks Werken würde sie niemals zweifeln; sie setzte sie mit unerschütterlicher Selbstverständlichkeit voraus. Sie kannte ihn zu lange und zu gut, um etwas anderes anzunehmen.

„Ja, es ist wunderbar. Aber …" Ruth schüttelte den Kopf und ging zu ihrem Stuhl zurück. „Im zweiten Akt gibt es eine Stelle, da bleiben mir nur Sekunden, um Atem zu schöpfen, bevor ich wieder auf die Bühne zurück muss."

„Nick komponiert nun mal keine einfachen Ballette."

„Nein." Ruth griff wieder zu Nadel und Faden. „Wie geht's den Kindern?"

Der abrupte Themenwechsel fiel auf. Lindsay und Seth tauschten einen vielsagenden Blick.

„Justin ist ein Satansbraten." Väterlicher Stolz schwang unüberhörbar in Seths Stimme mit. „Er bringt Worth noch um den Verstand."

Ruth lachte leise. „Kann Worth seine professionelle Würde noch wahren?"

„Natürlich, er ist untadelig wie immer. Master Justin", ahmte Lindsay den britischen Tonfall des Butlers nach, „ein Frosch in der Küche ist unangebracht, selbst wenn es ein zahmer Frosch ist und man ihn füttern will." Lindsay lachte und sah Ruth zu, wie sie die letzten Stiche nähte. „Amanda betet er an, auch wenn er es natürlich niemals zugeben würde."

„Sie ist genauso schlimm wie Justin!", kam es von Seth.

„Wenn man uns hört, wie wir über unsere Kinder reden …" Mit einem zärtlichen Lächeln sah Lindsay ihren Mann an.

„Wer hat denn die ganze Dose Fischfutter in das Goldfischglas geschüttet?", erinnerte er sie. Als Antwort zog sie eine Augenbraue hoch.

„Sie wollten uns doch nur Arbeit abnehmen." Ein Grinsen zuckte um ihre Mundwinkel. „Und wer ist mit ihnen in den Zoo gegangen und hat sie mit Hotdogs und Zuckerwatte vollgestopft?"

„Ich wollte dir doch nur Arbeit abnehmen", konterte Seth gewitzt und betrachtete seine Frau liebevoll.

Das Geplänkel der beiden mitzuverfolgen, erfüllte Ruth mit einem warmen Gefühl – und versetzte ihr einen Stich. Wie mochte es wohl sein, wenn man so stark liebte? Es musste ein wunderbares Gefühl sein, gemacht für die Ewigkeit. Beständig, das war ein Wort, das zu den beiden passte, entschied sie in Gedanken.

„Sollen wir gehen, damit du dich fertig machen kannst?", fragte Lindsay jetzt.

„Nein, bitte bleibt noch ein Weilchen. Noch ist Zeit." Ruth spielte nervös mit den Satinbändern.

Lampenfieber, erkannte Lindsay mitfühlend.

„Ihr kommt doch danach zum Empfang, oder?" Ruth sah wieder auf.

„Das lassen wir uns auf keinen Fall entgehen." Lindsay trat hinter Ruth und massierte ihr die Schultern. „Lernen wir dann endlich auch Donald kennen?"

„Donald?" Ruth riss sich aus ihren Grübeleien. „Oh ja, sicher. Donald wird auch da sein. Setzen wir uns zusammen an einen Tisch?" Sie wartete die Antwort gar nicht ab. „Ihr werdet ihn bestimmt mögen." Sie sah von einem zum anderen. „Er ist … nett."

„Lindsay!"

Nick stand in der offenen Tür. Er blickte Lindsay mit strahlenden Augen an, sein ganzes Gesicht leuchtete vor Freude. Und Lindsay flog in seine Arme.

Er küsste sie herzhaft auf beide Wangen, dann auf den Mund. „Du wirst immer schöner", murmelte er und studierte ihr Gesicht. „*Ptischka*, mein Vögelchen", nutzte er seinen Kosenamen für sie und küsste sie noch einmal. „Dieser Architekt, den du geheiratet hast …", er grinste Seth breit an, „… ich hoffe, er macht dich noch immer glücklich?"

„Doch, er macht das schon ganz gut." Sie drückte Nick fest an sich. „Oh, aber du fehlst mir so. Warum besuchst du uns nicht öfter?"

„Woher soll ich die Zeit nehmen?" Den Arm um Lindsays Hüfte gelegt, streckte er Seth die Hand entgegen. „Die Ehe bekommt dir. Ist schön, dich wiederzusehen."

Sie tauschten einen festen Händedruck. Seth war klar, dass er die beiden Frauen, die er liebte, mit dem Russen teilte. Ein Teil von Lindsay hatte schon zu Nick gehört, noch bevor er sie kennenlernte. Und jetzt gehörte Ruth zu Nicks Welt.

„Werden wir heute Abend Zeugen eines weiteren Triumphs?", fragte Seth.

„Selbstverständlich." Grinsend zuckte Nick mit den Achseln. „Schließlich ist das Ballett von mir."

Lindsay drückte Nick an sich. „Er wird sich nie ändern." Für einen Moment legte sie den Kopf an seine Schulter. „Dem Himmel sei Dank."

Ruth hatte während des gesamten Gesprächs kein Wort gesagt. Zwischen Lindsay und Nick bestand eine ganz besondere und seltene Beziehung. Es strahlte aus ihnen heraus, umgab sie wie eine nahezu greifbare Aura. Die beiden Seite an Seite zu sehen reichte aus, um Erinnerungen an ihre legendären Auftritte heraufzubeschwören. Wie perfekt sie sich auf der Bühne ergänzt hatten! Einklang, Präzision und Harmonie. Ruth hörte kaum, was gesprochen wurde, so fasziniert war sie von dem unsichtbaren Band, das die beiden zusammenhielt.

Als Nicks Blick den ihren traf, konnte Ruth ihn nur anstarren. Was immer sie zu analysieren, abzufangen versuchte, war vergessen. Sie spürte nur noch, dass sie dem Schmerz unabsichtlich erlaubte, zurückzukehren. Seine Augen waren so blau, so durchdringend; sie konnte ihn nicht daran hindern, ihren Schutzwall zu durchbrechen und ihr direkt in die Seele zu sehen. Sie klaubte all ihre Kraft zusammen und riss sich aus der seltsamen Trance.

Es war unmöglich, den kurzen Austausch nicht zu bemerken. Seth und Lindsay wechselten einen besorgten Blick.

„Kommt Nadine zum Empfang?", versuchte Lindsay die plötzliche Spannung zu brechen.

„Hm?" Nick wandte seine Aufmerksamkeit wieder Lindsay zu. „Ach, Nadine." Er sammelte sich und war wieder ganz er selbst. „Natürlich kommt sie zum Empfang. Sie will sich doch im Ruhm sonnen, bevor sie auf ihren nächsten Kreuzzug bei den Mäzenen geht."

„Du hast immer zu hart über sie geurteilt." Mit einem leisen Lächeln erinnerte sich Lindsay, wie oft Nick mit Nadine Rothschild, der Gründerin der Company, aneinandergeraten war.

„Sie hat's bisher überlebt, und sie wird es auch weiterhin überleben", tat er ungerührt ab. „Sehen wir uns also dann später?"

„Ja." Lindsay beobachtete, wie sein Blick zu Ruth wanderte. Er hatte kein einziges Wort an Ruth gerichtet und Ruth kein Wort an ihn. Jetzt hielt er jedoch ihren Blick mehrere Sekunden lang fest, bevor er sich wieder an Lindsay wandte.

„Wir sehen uns nach der Vorstellung", sagte er, und Ruth atmete unauffällig erleichtert aus. „Ich muss mich umziehen. *Doswidanja*."

Er war schon verschwunden, bevor die anderen seinen Abschiedsgruß erwidern konnten. Vom anderen Ende des Korridors her rief jemand nach ihm.

Seth ging zu Ruth, legte ihr die Hände auf die Schultern und küsste sie aufs Haar. „Du solltest dich jetzt auch besser fertig machen.“

Ruth versuchte, sich gefasst zu geben. „Ja. Ich trete direkt in der ersten Szene auf.“

„Du wirst großartig sein. Ich weiß es.“ Er drückte kurz ihre Schultern.

„Das werde ich.“ Sie schaute zu ihm hoch, dann zu Lindsay. „Ich muss es.“

„Das wirst du auch“, versicherte Lindsay. Sie streckte ihre Hand nach Ruths aus, während sie und Seth sich anblickten. „Du bist dazu geboren. Schließlich warst du meine begabteste Schülerin.“

Ruth drehte sich in ihrem Stuhl und lächelte zum ersten Mal seit Nicks plötzlichem Auftauchen wieder. Sie hob ihr Gesicht an, als Lindsay sie auf die Wange küsste.

„Doswidanja“, sagte Lindsay, und dann gingen Seth und sie Arm in Arm hinaus.

Ruth ging zur Tür und drückte sie ins Schloss. Einen Moment lang blieb sie stehen, den Blick nachdenklich auf das prächtige Kostüm gerichtet, das sie in Carlotta verwandeln würde. Wenn sie in das Kostüm schlüpfte, dann schlüpfte sie auch gleichzeitig in die Rolle. Sie war Ruth Bannion, war sich ein wenig unsicher über ihre Gefühle, war nervös vor dem Auftritt und dem Abend, der vor ihr lag. Ruth befühlte den Stoff. *Carlotta ist verletzlich,* dachte sie, *aber sie versteckt ihre Unsicherheiten hinter Unerschrockenheit und Mut.* Der Gedanke ließ Ruth lächeln. *Oh ja,* dachte sie, *Carlotta ist perfekt für mich.* Sie begann, sich umzuziehen.

Als Ruth fünfzehn Minuten später ihre Garderobe verließ, konnte sie hören, wie das Orchester sich einspielte. Sie trug ihr Kostüm. Das Tutu wippte aufreizend, um ihre Hüften war ein roter Schal gebunden. Das Haar floss ihr lang und offen über den Rücken. Sie eilte an den Tänzern vorbei, die sich für die erste Szene aufwärmten, und an jenen, die erst später ihren Einsatz haben würden und wartend hinter der Bühne standen. Sie sah Francie, die auf dem Boden saß und ihre Spitzenschuhe noch einmal mit dem Hammer bearbeitete.

Sie ging zu einer nahen Materialkiste und benutzte sie als Stange, um ihre Muskeln aufzuwärmen. Schon konnte sie den Schweiß der Tänzer und die Hitze der Scheinwerfer riechen. Ihre Muskeln gehorchten, dehnten sich, spannten sich an, lockerten sich, folgten jedem ihrer Befehle. Ruth konzentrierte sich allein auf dieses Gefühl, den Rücken der Bühne zugekehrt, um sich besser auf den eigenen Körper einstellen zu können. Ihr war jede Vorstellung wichtig, aber diese hier war etwas Besonderes. Ruth hatte etwas zu beweisen – Nick und sich selbst. Sie würde jedem zeigen, was sie konnte, beweisen, wie professionell sie war. Welche Gefühle auch immer sie für Nick haben mochte, sie würde sie vergessen und sich allein auf die Interpretation von Nicks Ballett konzentrieren. Nichts würde diese Konzentration stören.

Vorhin in der Garderobe hatte sie einen schwachen Moment gehabt, als sein Blick sich in ihre Augen gebohrt hatte. Ein Teil in ihr hatte darum gefleht, nachzugeben. Nur der Stolz hatte sie zurückgehalten, so wie er es schon seit Wochen tat. Nick wollte sie nicht, nicht wirklich, und vor allem nicht nur sie allein. Nicht so, wie sie ihn wollte. Dass er auch noch so ungerührt zugegeben hatte, dass beliebig viele Frauen ihm das geben konnten, was er wollte, hatte sie getroffen und verletzt.

Mit gerunzelter Stirn hob sie ihr Bein senkrecht hinter den Kopf. Es wurde höchste Zeit, dass jemand diesem arroganten Russen eine Lektion erteilte. Viel zu viele Frauen waren ihm bereits zu Füßen gesunken. Er erwartete es ebenso, wie er von seinen Tänzern erwartete, dass sie seine Anordnungen befolgten.

Ruth hob ihr Kinn an, und prompt traf ihr Blick auf Nicks Augen.

Er war aus seiner Garderobe gekommen, in dem glitzernden goldweißen Waffenrock, den er im ersten Akt tragen würde. Als er Ruth gesehen hatte, war er stehen geblieben und hatte ihr zugesehen. Und hatte sich gefragt, ob die Leidenschaft, die er auf ihrer Miene erkannte, ihre eigene war oder, wie das Kostüm, zu Carlotta gehörte. Nie hatte Ruth verführerischer ausgesehen als dort im dämmrigen Licht des Bühnenkorridors, in dem Zigeunerkostüm, mit den glühenden Augen. Genau in dem Moment, als er das dachte, trafen sich ihre Blicke.

Jeder von ihnen fühlte die Anziehungskraft – und die prompt folgende Feindseligkeit. Ruth warf den Kopf zurück, starrte Nick einen Moment lang glühend an, dann drehte sie sich um und eilte in einem Wirbel von Farben mit wippendem Tutu davon. Es amüsierte Nick, wie sehr sie den Habitus des Charakters, den sie gleich verkörpern würde, wenn auch unbewusst, übernommen hatte.

Na schön, Kleines, dachte Nick mit nur der Andeutung eines Lächelns, *wir werden ja sehen, wer heute Abend als Sieger hervorgeht.* Er nahm die Herausforderung gern an.

Er folgte Ruth bis zum Bühnenflügel, wehrte die zwei oder drei Tänzer, die ihn aufhalten und noch ein Wort mit ihm wechseln wollten, mit einer schlichten Geste der Hand ab. Bei Ruth angekommen, wirbelte er sie zu sich herum und zog sie an sich. Dass sie auch hier hinter der Bühne Publikum hatten, störte ihn nicht. Ruth war so völlig überrumpelt, dass sie sich nicht einmal wehrte. Ihren Reflexen blieb keine Zeit zu reagieren, als sein Mund sich auf ihren presste, arrogant, selbstsicher, plündernd.

Dann gab er ihre Lippen frei, ließ jedoch seine Hände an ihren Oberarmen liegen. „Das sollte dich ausreichend auf die Vorstellung einstimmen", meinte er mit einem überheblichen kleinen Lächeln und ließ sie stehen.

Wütend starrte Ruth ihm hinterher. Von irgendwoher vernahm sie ein amüsiertes Lachen. Es half wahrlich nicht, um ihre Laune zu verbessern, im Gegenteil, auch wenn sie böse Blicke um sich warf. Also drehte sie sich wieder um und stolzierte auf die noch unbeleuchtete, leere Bühne hinaus.

Sie wartete, bis der Vorhang sich hob. Sie wartete, bis das Orchester zu spielen begann – nur die Streicher, die ihren Auftritt einführten. Sie wartete, bis der einzelne Scheinwerfer sie erfasst hatte. Und erst dann begann sie zu tanzen.

Ihr erster Solopart war kurz, schnell und feurig. Sobald sie endete, wurde die gesamte Bühne mit einem Schlag erhellt, um das aufgebaute Zigeunerlager zu zeigen. Applaus aus dem Publikumsraum brandete auf.

Während das Ensemble und die Zweiten Tänzer übernahmen, blieb Ruth Zeit, Atem zu schöpfen. Nur mit halbem Ohr hörte sie auf das Lob von Nicks Choreografie-Assistenten. Am gegenüberliegenden Bühnenende konnte sie Nick sehen, der seinen Einsatz abwartete.

Mach mir das erst mal nach, Davidov! forderte sie ihn stumm heraus. Sie wusste, nie hatte sie vollkommener getanzt. Und als hätte er ihre unausgesprochene Kampfansage gehört, grinste Nick ihr zu, bevor er auf die Bühne lief.

Er war die verkörperte Arroganz, jeder Zoll der stolze Prinz, der ins Zigeunerlager kam, um verspielten Zierrat zu erstehen. Allen Flitter und Tand, der ihm angeboten wurde, fegte er mit einer achtlosen Geste beiseite. Davidov beherrschte die Bühne mit seiner Präsenz, mit seinem Können, Ruth konnte es nicht leugnen. Doch das machte sie nur noch entschlossener, ihn zu überbieten. Abwartend sah sie zu, wie er Angebot um Angebot ablehnte, bis er den Zigeunern deutlich gemacht hatte, dass nichts von ihrem Plunder ihn interessierte. Erst dann kam sie zurück auf die Bühne, auf Spitze, mit hoch erhobenem Kopf, eine blutrote Rose hinter dem Ohr.

In dem Moment, in dem sich ihre Blicke das erste Mal trafen, sprang der Funke der gegenseitigen Anziehungskraft auf das Publikum über. Das Licht und das Crescendo des Orchesters unterstrichen den magischen Augenblick noch. Carlotta, die die abgelehnten Schätze mit einem Blick erfasste, wandte dem Prinzen den Rücken zu und gesellte sich zu ihren Schwestern. Der Prinz, über alle Maßen fasziniert, näherte sich ihr, um sie genauer zu betrachten.

Ruths rebellische Augen verhakten sich mit Nicks, es bereitete ihr keine Mühe, den Kopf trotzig zurückzuwerfen, als er nach ihrem Kinn fasste. Sein Lächeln ließ ihre Augen noch aufrührerischer funkeln, während er sich zu dem Tänzer umwandte, der ihren Vater spielte. Der Prinz hatte etwas entdeckt, das sein Interesse fand. Er bot sein Gold für Carlotta.

Mit wütendem Stolz widersetzte sie sich ihm. Niemand würde sie kaufen, niemand würde sie je besitzen! Sie verspottete und provozierte ihn, und schließlich erklärte sie sich bereit, ihm einen Tanz für seinen Beutel Gold zu gewähren. Wütend, doch unfähig, ihr zu widerstehen, warf der Prinz sein Münzsäckchen auf den Haufen abgelehnter Kleinode. Der erste Pas de deux begann, Handfläche an Handfläche, mit glühend funkelnden Augen und wütend rauschendem Blut.

Das schnelle Tempo mäßigte sich während des gesamten Balletts kaum. Die Konkurrenz zwischen den beiden Solotänzern ebenso wenig. Sie spornten einander an, sich selbst zu übertreffen. In den Pausen zwischen den Akten sprachen sie kein Wort miteinander, nur einmal, als sie eng zusammen tanzten, wisperte Nick Ruth ins Ohr, dass ihren Ballottés der letzte Schliff fehle.

Die Hände sicher an ihrer Taille, hob er sie in die Luft, und sie beugte sich vor, bis sie nahezu kopfüber in der Luft hing. Sieben, acht verhaltene Takte, dann schoss sie wieder auf, schnell wie der Blitz, und vollführte eine Arabesque. Flammen schienen in ihren Augen zu lodern, als sie eine doppelte Drehung machte. Dann verließ sie mit hohen Sprüngen die Bühne, um Nick Raum für sein Solo zu geben. Die Hand in ihren Magen gedrückt, rang sie hinter dem Vorhang nach Atem.

Immer und immer wieder brachten sie mit ihren ungestümen Tänzen das Feuer auf die Bühne zurück. Der Schluss des letzten Aktes fand den Prinzen und Carlotta in enger Umarmung. „Ich verabscheue dich zutiefst, Davidov", raunte Ruth ihm atemlos zu, während tosender Applaus im Publikum ausbrach.

„Verabscheue mich, so viel du willst", flüsterte er zurück. „Solange du für mich tanzt."

„Oh ja. Und wie ich tanzen werde", versicherte sie ihm, noch während sie in einen tiefen Knicks vor dem Publikum sank.

Sein leises Lachen konnte nur sie hören. Er hob die Rosen auf, die auf die Bühne geworfen wurden, und reichte sie ihr mit einer Verbeugung.

„Meine Ballottés waren perfekt", zischte sie.

„Darüber reden wir morgen beim Training." Er küsste galant ihre Hand und zog sie mit sich, um sie noch einmal dem Publikum zu präsentieren.

„Fahr zur Hölle, Davidov." Das Lächeln für ihr Publikum, das sie mit frenetischen Bravorufen überschüttete, wankte keinen Millimeter.

„Aber erst nach der Saison", gab er lässig zurück und verbeugte sich noch einmal.

5. KAPITEL

Es gab elf Vorhänge für Ruth und Nick. Über eine Stunde nach dem letzten Vorhang hatte endlich auch der letzte Bewunderer ihre Garderobe verlassen, sodass Ruth sich umziehen und abschminken konnte. Sie zog ein langes weißes Abendkleid an, mit eng anliegenden Armen und hochgeschlossenem Kragen. Als Schmuck steckte sie nur die feinen Goldohrringe ein, die Lindsay und Seth ihr zu ihrem einundzwanzigsten Geburtstag geschenkt hatten. Der Triumph ließ ihre Augen dunkel glänzen und brachte Farbe in ihre Wangen. Das Haar ließ sie offen, so wie Carlottas Haar gewesen war.

„Sehr hübsch", lautete Donalds Kommentar, der im Korridor auf sie gewartet hatte.

Ruth lächelte. Sie wusste, er meinte sowohl das Kleid, das er entworfen hatte, wie auch die Trägerin. Sie hakte sich bei ihm unter. „Gefällt es dir?" Mit strahlenden Augen sah sie zu ihm auf. „Ich hab's in einem klitzekleinen unscheinbaren Laden entdeckt."

Zur Strafe kniff er sie leicht in die Wange und küsste sie. „Ich weiß, ich habe es schon öfter gesagt, Darling, aber du warst fantastisch."

„Oh, das kann ich nie oft genug hören." Strahlend führte sie ihn zum Bühnenausgang. „Jetzt brauche ich Champagner. Unmengen davon! Heute Abend will ich in Champagner baden!"

Donald lächelte. „Das sollte sich arrangieren lassen."

Sie verließen das Theater. Draußen am Straßenrand parkte sein Wagen. „Oh Donald", seufzte Ruth auf, sobald sie eingestiegen waren. „Nichts hat sich je so richtig angefühlt. Alles passte zusammen, jedes Teilchen. Und die Musik ... sie war einfach perfekt."

„Du warst perfekt", korrigierte er und fädelte sich in den Manhattaner Verkehr ein. „Der Applaus hätte die Wände fast zum Einsturz gebracht."

Sie war viel zu aufgeregt, um sich zurückzulehnen, sondern saß auf der Sitzkante. „Könnte ich einen Augenblick in der Zeit festhalten, mit all seinen Emotionen, dann wäre es dieser. Der heutige Abend, die Premiere dieses Balletts."

„Du wirst es morgen wieder tanzen."

„Sicher, und es wird wieder wundervoll sein, das weiß ich. Aber nicht so wie heute." Ruth wünschte, er könnte verstehen, was sie ausdrücken wollte. „So wie heute Abend kann es nicht mehr sein. Ich weiß nicht einmal, ob ich es noch einmal so haben wollte."

„Ich könnte mir vorstellen, dass du es nach einiger Zeit leid sein wirst, jeden Abend das Gleiche zu tanzen.“ Er fuhr vor dem Hoteleingang vor.

Ruth schüttelte den Kopf. Sie fragte sich, warum sie überhaupt wollte, dass er sie verstand, während der Portier die Wagentür aufzog und ihr beim Aussteigen half. Donald besaß eine unglaubliche Kreativität für seine Mode, dennoch stand er mit beiden Beinen fest auf der Erde. Sie dagegen schwebte heute Abend auf Wolken.

„Es ist schwer zu erklären.“ Sie ließ sich von ihm in die Hotellobby führen. „Bei einer Premiere passiert etwas ganz Besonderes, wenn die Lichter angehen und die ersten Takte der Musik einsetzen. Es ist immer etwas Einmaliges.“

Der Bankettsaal war hell erleuchtet, die Gäste hatten sich bereits eingefunden. Sobald Ruth in der Saaltür erschien, flammte ein Blitzlichtgewitter auf, und donnernder Applaus erschall.

„Ruth!“ Nadine rauschte auf sie zu, mit der Sicherheit einer Frau, die wusste, dass die Massen zur Seite treten würden, um Platz für sie zu machen. Sie war eine kleine Frau von schlanker Statur und einer Grazie, die das Balletttraining verriet. Hinter der eleganten hellblonden Frisur und dem engelsgleichen rosigen Teint verbarg sich ein scharf kalkulierender Verstand. Mehr, als sie es als Tänzerin je hätte tun können, hatte Nadine Rothschild als Gründerin der Company ihr Leben dem Ballett verschrieben.

Die Angesprochene drehte sich um und fand sich in einer überschwänglichen Umarmung wieder. „Es war wunderschön“, sagte Nadine. Von Nadine war das das größte Kompliment überhaupt. Zudem hatte sie die Angewohnheit, anderen Menschen sekundenlang direkt in die Augen zu sehen, was sie jetzt bei Ruth tat. „Du hast nie besser getanzt als heute Abend.“

„Danke, Nadine.“

„Ich weiß, du willst zu Lindsay und Seth.“ Sie zog Ruth mit sich durch den Saal und überließ es Donald, ihnen zu folgen. „Wir sitzen alle zusammen.“

Ruths Blick wanderte zuallererst zu Lindsay, und was sie in deren Gesicht las, war die schönste Belohnung für sie. Lindsay streckte ihr beide Hände entgegen, ihre Stimme klang belegt vor Ergriffenheit. „Ich bin so stolz auf dich.“

Eine Hand auf der Schulter seiner Frau, schaute Seth seine Nichte an. „Jedes Mal, wenn ich dich auf der Bühne erlebe, denke ich, sie kann nicht mehr besser werden. Und jedes Mal zeigst du mir, wie sehr ich mich irre."

Ruth bot ihm glücklich lachend die Wangen zum Kuss. „Es ist der beste Part, den ich je getanzt habe." Sie drehte sich zu Donald um, zog ihn näher zum Tisch und übernahm die Vorstellung.

„Ich bin eine große Bewunderin Ihrer Kreationen." Lindsay lächelte ihn an. „An Ruth sehen sie einfach fantastisch aus."

„Sie ist auch meine Lieblingskundin. Wobei ich jetzt der festen Überzeugung bin, dass Sie zu meiner zweitliebsten Kundin werden könnten", gab Donald das Kompliment zurück. „Sie haben einen faszinierenden Teint."

„Danke." Das professionelle Kompliment amüsierte Lindsay mehr, als dass es ihr schmeichelte. Sie drehte sich zu Ruth um. „Du brauchst jetzt ein Glas Champagner."

Bevor sie einen der Kellner ausfindig machen konnten, brandete wieder Applaus auf, und sie drehten sich alle zur Tür. Noch bevor sie ihn sah, wusste Ruth, dass Nick angekommen war. Nur er würde eine solche Aufregung im Saal heraufbeschwören. Er kam allein, was sie überraschte. Wenn Davidov auftauchte, dann gewöhnlich in Begleitung einer ganzen Schar von schönen Frauen. Sie wusste auch, dass sein Blick sofort nach ihr suchen würde.

Nick hielt sich nur kurz mit den Gratulanten auf und steuerte langsam, mit der kontrollierten Grazie, die sein Beruf mit sich brachte, auf sie zu. In der Hand hielt er eine einzelne Rose, die er Ruth mit einer angedeuteten Verbeugung überreichte. Als sie sie annahm, ergriff er ihre andere Hand und führte sie an seine Lippen. Er sagte kein Wort, doch keine Sekunde ließ sein Blick sie los. Dann drehte er sich um und ging wieder.

Alles nur Show, sagte Ruth sich still. Und doch konnte sie nicht widerstehen und sog tief den Duft der Blüte ein. Niemand verstand es besser als Davidov, sich in Szene zu setzen. Ihre Augen wanderten über die Rose hinweg zu Lindsay, in deren Miene sie Verständnis las, aber auch wissende Sorge. Nur mit Mühe konnte sie ein Kopfschütteln zurückhalten.

Stattdessen zwang sie sich zu einem strahlenden Lächeln. „Also, wo bleibt jetzt mein Champagner?"

Ruth stocherte nur auf ihrem Teller herum. Sie war viel zu aufgeregt, um mehr als ein paar Bissen hinunterzubekommen. *Auch gut,* dachte sie, schließlich saß Nadine mit am Tisch. Es war ein alter Insider-Witz in der Company, dass Nadine ihre Tänzer nach dem Gewicht beurteilte.

Und prompt warf sie auch schon einen kritischen Blick auf die Mousse au Chocolat, die vor Lindsay stand. „Mit diesen kalorienreichen Desserts solltest du besser aufpassen, meine Liebe."

Lachend lehnte Lindsay sich zu ihr und küsste sie auf die Wange. „Du bist so wunderbar beständig, Nadine. In dieser Welt gibt es viel zu vieles, was sich immer wieder ändert."

„Mit Schlagsahne auf den Schenkeln lässt sich nicht gut tanzen", fügte Nadine streng an und nippte an ihrem Glas.

Lindsay lehnte sich verschwörerisch zu Ruth vor. „Sie hat mich mal mit einer Tüte Chips erwischt. Es war die schrecklichste Erfahrung meines ganzen Lebens." Sie grinste Nadine an und leckte Schokoladencreme vom Löffel. „Hat mir auf immer den Spaß an Chips verdorben."

„Meine Tänzer sehen auch aus wie Tänzer", hob Nadine energisch an. „Haut und Muskeln und kein Gramm zu viel. Pölsterchen machen sich nun mal nicht gut in Lycra. Die richtige Diät ist so unerlässlich wie das tägliche Training, und …"

„Und das tägliche Training ist so unerlässlich wie das Atmen", beendete Lindsay lachend den Satz. „Ist es tatsächlich acht Jahre her, dass ich aus der Company ausgeschieden bin?"

„Du hast eine Lücke hinterlassen. Es war nicht leicht, sie zu füllen."

Das unerwartete Kompliment überraschte Lindsay. Nadine war eine sehr resolute, sehr pragmatische Frau. Sie erwartete grundsätzlich nichts anderes als das Beste und erachtete Lob nur selten für notwendig.

„Nun … danke, Nadine."

„Das war als Kritik gedacht, nicht als Kompliment", kam es sofort von ihr zurück. „Du bist viel zu früh gegangen. Du könntest noch immer tanzen."

Lindsay lächelte. „Mir scheint, ihr habt doch sehr viele junge Talente hier. Deine Truppe ist noch immer die beste, Nadine."

Nadine nickte zur Bestätigung knapp. „Natürlich." Sie hielt nur inne, um einen Schluck Wein zu trinken. „Ahnst du auch nur, wie viele Julias ich in meinem Leben miterlebt habe?"

„Ist das eine Fangfrage?" Amüsiert sah Lindsay zu Seth. „Wenn ich jetzt eine zu große Zahl nenne, dann wird sie sich beschweren, dass ich sie alt mache. Ist die Zahl zu klein, dann beleidige ich sie in ihrer Berufsehre."

Seth grinste. „Versuch's doch mit: eine beachtliche Anzahl", schlug er vor und schenkte ihr Glas nach.

„Gute Idee." Sie wandte sich wieder Nadine zu. „Eine beachtliche Anzahl", wiederholte sie wortgetreu.

„Korrekt." Nadine setzte ihr Glas ab und fasste nach Lindsays Händen, schaute ihr durchdringend in die Augen. „Du warst die Beste. Die Allerbeste. Ich habe geweint, als du uns verlassen hast."

Lindsay öffnete den Mund, schloss ihn wieder, weil die Worte nicht kommen wollten. Sie schluckte und schüttelte stumm den Kopf. „Entschuldigt mich für einen Moment", murmelte sie, stand auf und eilte durch den Saal.

Glastüren führten auf eine halbrunde große Terrasse hinaus. Lindsay schob sie auf und trat an die frische Luft. Sie stellte sich ans Geländer und atmete tief durch. Die Nacht war klar, Sterne standen am Himmel, der Mond warf silbriges Licht über die Skyline von Manhattan. Mit leeren Augen blickte Lindsay in den Himmel.

Nach all der langen Zeit, dachte sie. Vor zehn Jahren hätte sie ihren rechten Arm dafür gegeben, solche Worte von Nadine zu hören. Eine einzelne Träne rollte ihre Wange hinunter. Sie schloss die Augen. Wie sehr sie solche Worte damals nötig gehabt hätte, nur ein einziges Mal …

Erschreckt zuckte sie zusammen, als jemand von hinten eine Hand auf ihre Schulter legte. Lindsay drehte sich um und schmiegte sich in Nicks Arme. Beide sagten sie nichts, und für eine Weile lehnte Lindsay sich einfach nur schweigend an ihn und überließ sich den Erinnerungen. In dieser anderen Welt, der sie einst angehört hatte, in einem anderen Leben war sie seine Julia gewesen.

„Oh Nick", wisperte sie, „wie empfindlich und zerbrechlich wir doch sind. Und wie dumm."

„Dumm?" Er küsste sie auf das Haar. „Sprich für dich, *ptischka*. Davidov ist niemals dumm."

Sie musste lachen. „Entschuldige, ich vergaß."

„Das war dumm von dir." Er zog sie zurück in seine Arme, und sie stellte sich auf die Zehenspitzen und legte ihre Wange an seine. „Weißt du, Nick, ganz gleich, wie lange man weg ist, wie weit der Weg auch ist, den man zurücklegt, das hier bleibt immer in einem. Es ist nicht nur im Blut, es sitzt dir wie eingebrannt im Fleisch, im Mark." Mit einem

Seufzer machte sie sich aus seinen Armen frei und stellte sich wieder ans Geländer. „Wann immer ich zurückkehre, meine ich, ich müsste gleich in den Probensaal gehen oder mich beeilen, dass ich pünktlich beim Training erscheine."

Nick lehnte sich gegen die Balustrade und studierte ihr Profil. Eine leichte Brise spielte mit ihrem Haar, und wieder musste er denken, dass sie eine der schönsten Frauen war, die er je getroffen hatte. Doch sie schien sich ihrer Schönheit und Ausstrahlung nicht einmal bewusst zu sein.

„Vermisst du es?", fragte er leise.

Sie drehte sich zu ihm um, sah ihn direkt an. „Mit Vermissen hat das nichts zu tun." Mit zusammengezogenen Brauen suchte sie konzentriert nach den passenden Worten. „Es ist eher so, als würde man einen Teil von sich in einem Lagerraum abstellen. Wenn ich ehrlich bin, denke ich zu Hause nur selten an die Company. Ich bin ausgefüllt mit meinen Kindern und meinen Schülern. Und Seth ist …" Sie hielt inne, und Nick konnte sehen, wie ihr Gesicht zu leuchten begann. „Seth ist alles für mich." Sie wandte den Blick über die Stadt hinaus. „Manchmal, wenn ich hierherkomme, um Ruth tanzen zu sehen, dann sind die Erinnerungen so stark, dass es fast unwirklich ist."

„Das macht dich traurig?"

„Ein wenig schon", gab sie zu. „Und gleichzeitig ist es ein schönes Gefühl. Wenn ich zurückblicke, komme ich eigentlich immer wieder zu dem Schluss, dass ich nichts anders machen würde. Ich habe so viel Glück. Und Ruth …" Lächelnd schaute sie auf New York hinaus. „Ich bin stolz auf sie, und ich freue mich für sie. Sie ist gut. Unglaublich gut. Und ich, ich habe das Gefühl, als würde ich wieder dazugehören."

„Du wirst immer dazugehören, Lindsay." Er spielte mit einer Strähne ihres Haars. „Jemanden wie dich vergisst die Welt nie."

„Oh nein, nicht noch mehr Komplimente." Mit einem bebenden leisen Lachen schüttelte sie den Kopf. „Damit hat das Ganze ja überhaupt erst angefangen." Sie holte tief Luft und sah ihn wieder an. „Ich weiß, dass ich gut war, Nick. Dafür habe ich auch hart gearbeitet. Die Jahre in der Company haben einen ganz speziellen Platz in meiner Erinnerung. Und die Ballette, in denen wir zusammen getanzt haben, du und ich, haben einen ganz speziellen Platz in meinem Herzen. Meine Mutter bewahrt immer noch das Album auf, in dem sie alles über meine Auftritte eingeklebt hat. Eines Tages werden meine Kinder es sich ansehen." Verwundert lächelte sie. „Man stelle sich nur vor …"

„Weißt du, mir fällt es noch immer schwer, mir dich als Mutter von zwei Kindern vorzustellen."

„Wieso?"

Er lächelte und griff nach ihrer Hand. „Weil es so leicht ist, mich an das erste Mal zu erinnern, als ich dich sah. Du warst noch Solistin, als ich zur Company kam. Ich habe dich beobachtet, als du für ‚Dornröschen' geprobt hast. Du warst die Fliederfee und schrecklich unzufrieden mit deinen Fouettés."

„Das weißt du noch?"

„Sicher." Er hob eine Augenbraue. „Denn mein erster Gedanke war, wie ich dich in mein Bett bekommen könnte. Fragen konnte ich dich ja nicht, dazu sprach ich nicht gut genug Englisch."

Lindsay lachte. „Wenn ich mich recht erinnere, hast du es dann aber ziemlich schnell gelernt. Du hast mich allerdings niemals gefragt – in keiner Sprache."

„Hättest du denn Ja gesagt?" Mit leicht geneigtem Kopf musterte er sie. „Diese Frage stelle ich mir schon seit zehn Jahren."

Lindsay horchte in ihr Herz, während sie Nick ansah. Durch die Fenster scholl das Gelächter aus dem Saal, von unten drang das monotone Summen des Verkehrs zur Terrasse herauf. Sie versuchte, sich in die Lindsay Dunne von vor zehn Jahren zurückzuversetzen. Schließlich lächelte sie und schüttelte leicht den Kopf. „Ich weiß es nicht. Vielleicht ist es besser so."

Nick schlang den Arm um ihre Taille, und sie legte den Kopf an seine Schulter. „Du hast recht. Ich bin mir ebenfalls nicht sicher, ob es gut wäre, es zu wissen. Ob so oder so."

Beide schwiegen und überließen sich ihren Gedanken.

„Donald Keyser scheint ein netter Mann zu sein", murmelte Lindsay irgendwann. Wenn es auch nur unmerklich war, so fühlte sie doch, wie Nick sich versteifte.

„Ja."

„Ruth ist nicht verliebt in ihn, so wie auch er nicht in sie verliebt ist. Vermutlich verstehen sich die beiden einfach nur gut." Als er nicht reagierte, hob Lindsay den Kopf und sah ihn an. „Nick?"

Er schaute in ihr Gesicht und konnte dort ihre unausgesprochenen Gedanken deutlich lesen. „Du siehst zu viel", murmelte er.

„Ich kenne dich, und ich kenne Ruth."

Mit gerunzelter Stirn lenkte er den Blick auf die Skyline hinaus. „Du fürchtest, dass ich sie verletzen werde."

„Ja, der Gedanke ist mir gekommen", gestand sie. „Genau wie ich fürchte, dass sie dich verletzen könnte." Nick wandte ihr das Gesicht zu, und sie fuhr fort: „Es ist schwierig. Ich liebe euch beide."

Er steckte die Hände in die Hosentaschen und bewegte sich ein paar Schritte fort. „Wir tanzen zusammen, mehr nicht", behauptete er mit einem saloppen Achselzucken.

„Das ist wohl kaum alles", widersprach sie, doch als er sich mit grimmiger Miene umdrehte, beschwichtigte sie sofort: „Ich will damit nicht sagen, dass ihr ein Liebespaar seid. Und selbst wenn – es geht mich nichts an. Aber Nick ..." Ein Seufzer entfuhr ihr, als sie den Ärger in seinen Augen aufblitzen sah. „Jeder, der euch zusammen sieht, bemerkt es."

„Was erwartest du jetzt von mir?", knurrte er. „Ein Versprechen, dass ich nicht mit ihr ins Bett gehe?"

„Nein." Ruhig trat sie vor ihn hin. „Ich erwarte weder Versprechen, noch werde ich dir einen unerbetenen Rat geben. Aber ich bin für dich da, wenn du mich brauchst."

Sie konnte sehen, wie der Ärger abflaute. Er wandte sich wieder ab. „Sie ist noch ein Kind", murmelte er.

„Sie ist eine Frau", korrigierte Lindsay. „Ruth war eigentlich nie ein Kind. Als ich sie kennenlernte, war sie in vieler Hinsicht schon erwachsen."

„Es ist sicherer, wenn ich in ihr das Kind sehe."

„Du hast dich mit ihr gestritten."

Nick lachte auf. „*Ptischka*, streite ich mich nicht immer mit meinen Partnerinnen?"

„Stimmt." Sie beschloss, es dabei zu belassen. Anstatt ihn zu drängen, streckte sie ihm versöhnlich die Hand hin. „Wir haben ein paar großartige Wortgefechte gehabt, nicht wahr, Davidov?"

„Die besten überhaupt." Er nahm die dargebotene Hand. „Komm, gehen wir wieder hinein. Wir sind hier, um zu feiern."

„Habe ich dir eigentlich schon gesagt, wie wunderbar du heute Abend warst? Und wie wunderbar dein Ballett ist?"

„Nur ein Mal." Er schenkte ihr sein charmantestes Lächeln. „Das ist lange nicht oft genug. Du weißt doch, wie groß mein Ego ist." Die Fältchen an seinen Augen vertieften sich. „Also, wie wunderbar war ich?"

„Ach Nick." Lachend schlang Lindsay die Arme um ihn. „So wunderbar, wie nur Davidov sein kann."

„Ein passendes Kompliment“, entschied er. „Schließlich ist Davidov allen anderen weit voraus.“

Lindsay küsste ihn. „Ich bin so froh, dass du dich nicht verändert hast.“

Beide drehten sich um, als die Tür aufgeschoben wurde. Seth kam auf die Terrasse.

„Man hat uns ertappt.“ Ohne die Arme von Lindsay zu nehmen, grinste Nick Seth an. „Jetzt wird dein Architekt mir die Beine brechen.“

„Vielleicht solltest du um Gnade bitten“, schlug Lindsay vor und sah lächelnd zu Seth.

„Davidov, um Gnade betteln?“ Nick schlug die Augen zum Himmel auf. „Die Frau ist nicht bei Verstand!“

„Ziemlich oft sogar“, stimmte Seth trocken zu. „Aber damit muss ich mich eben arrangieren.“ Lindsay ließ ihre Hand in seine schlüpfen. „Man fragt nach dir“, sagte Seth zu Nick.

Der nickte nur und warf einen kurzen Blick in den Saal. „Wie lange bleibt ihr?“

„Nur über Nacht“, antwortete Seth.

„Dann werde ich mich jetzt schon verabschieden.“ Er hielt Seth die Hand hin. „*Doswidanja, prijatel*“, nutzte er das russische Wort für Freund. „Du bist ein beneidenswerter Mann. *Doswidanja, ptischka.*“

„Auf Wiedersehen, Nick.“ Lindsay sah ihm nach, wie er in den Saal zurückkehrte, und seufzte.

„Fühlst du dich jetzt besser?“, fragte Seth sie.

„Wie gut du mich doch kennst“, murmelte sie.

„Und wie sehr ich dich doch liebe“, flüsterte er und zog sie in seine Arme.

„Es ist ein wunderbarer Abend gewesen, Seth.“

„Du bereust es nicht?“

Sie wusste, er sprach von ihrer Karriere, von den Entscheidungen, die sie getroffen hatte. „Nein, da gibt es nichts, was ich bereue.“ Sie hob den Kopf und küsste ihn.

Es wurde ein inniger, langer Kuss, in den sich der Anflug von Verlangen mischte. Lindsay hörte Seth einen wohligen Seufzer ausstoßen, als er sie noch enger an sich zog. Sie schlang die Arme um ihn und ließ die Hände an seinem Rücken emporwandern, bis zu seinen Schultern. *Es ist immer wie das erste Mal,* dachte sie, *jedes Mal, wenn er mich küsst.*

„Seth“, murmelte sie an seinen Lippen. „Weißt du, eigentlich bin ich viel zu müde für eine große Party.“

„Hmm." Er knabberte an ihrem Ohr. „Es war ja auch ein langer Tag. Wir sollten in unser Hotelzimmer zurückkehren und zu Bett gehen."

Lindsay lachte verlockend. „Eine sehr gute Idee." Flüchtig streifte sie mit den Lippen über seinen Mund. „Vielleicht können wir uns ja eine Flasche Champagner aufs Zimmer bringen lassen – um auf den Erfolg des Balletts anzustoßen."

„Eine Magnum." Seth schob sie nur so weit von sich ab, dass er sie anlächeln konnte. „Es war schließlich auch ein Riesenerfolg."

„Noch besser." Lindsay sah zu der Tür, die sie von den feiernden Gästen trennte, dann zurück zu ihrem Mann. „Aber wir sollten versuchen, die Party nicht zu stören, oder?"

Er nahm sie beim Arm und führte sie an der Schiebetür vorbei. „Auf der Ostseite gibt es noch einen anderen Ausgang."

Sie lachte entzückt auf. „Architekten wissen doch immer über genau die Dinge Bescheid, auf die es wirklich ankommt."

6. KAPITEL

„The Red Rose“ war ein rauschender Erfolg. Auch nach einer Woche fand noch jede Vorstellung vor ausverkauftem Haus statt. Ruth sammelte sämtliche Kritiken. Sie wusste: Das hier war der Wendepunkt in ihrer Karriere. Sie wurde um Interviews gebeten und achtete darauf, für das Ballett Werbung zu machen, für die Company und dann natürlich auch für sich selbst. Es war ihr ein Leichtes, sich in ihre Arbeit zu stürzen und den Erfolg auszukosten. Sehr viel weniger leicht fiel es ihr allerdings, mit ihren Gefühlen für Nick fertig zu werden, wenn sie Abend für Abend mit ihm tanzte.

Sie versuchte, sich davon zu überzeugen, dass es Carlottas Gefühle waren. Nur weil sie sich so gut in diese Rolle hineinversetzen konnte, schwappten die Gefühle der Zigeunerin auf sie über. Sich in Nick zu verlieben wäre ein Ding der Unmöglichkeit.

Er ging völlig in der Welt des Balletts auf. Sie ebenfalls. Er jedoch war nur an kurzen, rein physischen Affären interessiert, sie dagegen … Sollte sie sich mit einem Mann einlassen, dann wollte sie etwas empfinden – tiefe, dauerhafte Gefühle. Mit den Beispielen ihrer Eltern und Lindsay und Seth vor Augen, würde sie sich niemals mit weniger zufrieden geben. Nick war despotisch und selbstgefällig und hitzköpfig. Nicht gerade die Eigenschaften, die sie bei einem Mann suchte. Er dagegen hielt sie für romantisch und albern.

Daran musste sie sich nach jeder Vorstellung mahnend erinnern, wenn das Blut wieder einmal wild durch ihre Adern rauschte und die Sehnsucht nach ihm sie schier verbrennen wollte. Daran erinnerte sie sich auch, wenn sie des Nachts in ihrem Bett lag und keinen Schlaf fand.

Sie und Nick begegneten sich praktisch nur noch auf der Bühne. So verfielen sie automatisch in die Charaktere ihrer Rollen. Wann immer Ruth Carlottas Identität verblassen oder die Distanz zu Nick sich verringern spürte, führte sie sich die Liste seiner Fehler vor Augen. Sie hatte Pläne, sowohl für ihre Karriere wie auch für ihr Privatleben. Und sie wusste, dass Nick der einzige Mann war, der diese Pläne zunichtemachen konnte.

Ruth hielt sich selbst für unabhängig und eigenständig. Ihr war schon als Kind nichts anderes übrig geblieben – schließlich war sie nicht gerade in einem behüteten Zuhause mit normalen Abläufen aufgewachsen. Ruth hatte sich schon früh beigebracht, ein Haus, das ihre Eltern angemietet hatten, nicht als ihr Heim zu betrachten, denn das blieb es sowieso nie besonders lange. Ihr Apartment in New York war die erste Wohnung, bei der sie sich erlaubte, so etwas wie Anhänglichkeit zu empfinden. Es war ihre Wohnung, bezahlt von dem Geld, das sie verdiente, angefüllt mit den Dingen, die ihr wichtig waren. In dem einen Jahr, in dem sie nun schon hier lebte, war ihr klar geworden, dass sie es allein schaffen konnte. Sie hatte Vertrauen in sich selbst, als Frau und als Tänzerin. Es ärgerte sie maßlos, dass Nick der einzige Mensch auf Erden war, dem es gelang, sie derart zu verunsichern.

Ein Wort oder ein Blick von ihm reichten aus, um sie als Tänzerin herauszufordern oder niederzuschmettern. Und was die Verwirrung betraf, die er in ihr als Frau auslöste … dessen war Ruth sich nur allzu bewusst.

Die Jungmädchenschwärmerei für ihn war längst vergessen. Für Jahre hatte sie ihr ganzes Sein allein auf das Tanzen konzentriert. Die jungen Männer, mit denen sie sich verabredet hatte, waren Freunde, Kameraden gewesen, nicht mehr. Nick war der Premier danseur gewesen, der erste Solotänzer, ihr Mentor, ihr professioneller Partner. Seltsam, dass ihre Gefühle für ihn sich verändert hatten und in so kurzer Zeit so intensiv geworden waren.

Wahrscheinlich war es unkomplizierter, wenn man sich von jetzt auf gleich in einen Fremden verliebte als in einen Mann, den man schon seit Jahren kannte. Und mit dem man sich dann plötzlich in der peinlichen Situation wiederfand, dennoch jeden Tag zusammenarbeiten zu müssen.

Wäre es eine rein physische Angelegenheit, könnte Ruth damit umgehen. Aber es war die emotionelle Seite, die ihr zu schaffen machte. Ihre Gefühle für Nick gingen tief und waren komplex. Sie bewunderte ihn, war fasziniert von ihm. Er konnte sie in glühende Wut versetzen, und sie vertraute ihm bedingungslos – auf der beruflichen Seite. Was nun das Persönliche anbelangte … Er konnte sie allein mit seiner Präsenz, mit seinem Wesen überrumpeln und mit Haut und Haar verschlingen. Doch Ruth wollte nicht das Opfer sein. Liebe, so fürchtete sie, bedeutete in erster Linie Abhängigkeit, und das wiederum bedeutete den Kontrollverlust über das eigene Leben.

„Wo bist du?“ Francie stand in der Tür zu Ruths Garderobe.

Ruth drehte sich mit einem Ruck zu ihr herum. „Meilenweit weg“, gestand sie. „Komm rein und setz dich.“

„Du schienst völlig in deine Gedanken versunken zu sein", meinte Francie.

Ruth kämmte sich ihr Haar zu einem Pferdeschwanz zurück. „Hmm", erwiderte sie nur vage. „Der Mittwoch ist immer der schlimmste Tag. Allein bei dem Gedanken an zwei Vorstellungen verkrampfen sich meine Zehen."

„Sieben Vorhänge bei einer Matinee, da darf man sich wirklich nicht beschweren." Francie ließ sich auf dem erstbesten Stuhl nieder. „Der arme Nick, er kommt aus dem Interviewgeben gar nicht mehr heraus. Im Moment sitzt er mit einem Reporter von ‚New Trends' zusammen, diesem Hochglanzmagazin."

Ruth lachte verhalten, während sie ein Lederband um den Pferdeschwanz wickelte. „Er wird vor Charme sprühen, und sein Akzent wird mit jedem Wort stärker werden, bis er schließlich kaum noch zu verstehen ist."

„*Spasibo* – danke. Das ist eines von den wenigen Wörtern, die ich in Russisch kenne", sagte Francie.

„Woher?" Verdutzt sah Ruth die Freundin an.

„Ach, vor ein paar Jahren habe ich mal den Ansatz gemacht, Russisch zu lernen." Grinsend packte Francie einen Kaugummi aus. „Als ich noch dachte, ich könnte Nick vielleicht bezirzen. Hat nicht funktioniert. Er hat nur gutmütig gelacht und mir die Wange getätschelt. Dabei hatte ich mir schon Hoffnungen auf romantische Zigeunermusik und wilde Leidenschaft gemacht." Mit einem Seufzer zuckte sie die Schultern. „Nick scheint immer anderweitig beschäftigt zu sein, wenn du weißt, was ich meine."

„Ja, das weiß ich." Ruth sah sie forschend an. „Nur wusste ich nicht, dass du … nun … auf diese Art an Nick interessiert warst."

„Herzchen." Francie grinste. „Welches weibliche Wesen über zwölf wäre nicht an ihm interessiert?" Sie lachte und reckte sich ausgiebig. „Ich mag Männer nun mal." Sie ließ die Arme wieder in den Schoß sinken. „Ich habe gerade meine tiefgründige Beziehung mit dem Hautarzt beendet."

„Oh, das tut mir leid."

„Muss es nicht. Wir hatten unseren Spaß. Im Moment überlege ich mir, ob ich mich auf die nächste tiefgründige Beziehung einlassen will. Letzte Woche habe ich nämlich einen Schauspieler kennengelernt. Er spielt die Hauptrolle in einer Seifenoper."

Ein Grinsen zuckte um Ruths Mundwinkel.

„Er ist groß, mit breiten Schultern und wunderbar dunklen Schlafzimmeraugen. Er könnte vielleicht der Richtige für mich sein“, überlegte Francie laut.

Ruth kaute an ihrer Unterlippe und wog ab, ob sie die Frage stellen sollte oder nicht. „Woher weißt du, ob er es ist? Ich meine, wieso denkst du überhaupt, dass er der Richtige sein könnte?“

„Meine Handflächen werden feucht.“ Francie lachte fröhlich über Ruths perplexe Miene. „Nein, ehrlich. Jedes Mal, wenn ich in seiner Nähe bin, sind meine Hände sofort nass. Aber bei dir funktioniert das nicht.“ Jetzt lächelte Francie nicht mehr. Sie lehnte sich vor, wie sie es immer tat, wenn ihr etwas ernst war. „Dir reicht es nicht, wenn du denkst, dass ein Mann vielleicht der Richtige sein könnte. Du musst es *wissen*. Dieses Jahr war ich schon zweimal verliebt, im Jahr davor war ich vier- oder fünfmal verliebt. Wie oft warst du schon verliebt?“

Ruth sah sie mit leerem Blick an. „Nun, ich …“ Niemals, wurde ihr jäh klar. Für sie hatte es noch nie jemanden gegeben.

„Sieh nicht so elend drein.“ Mit dem Schwung, den sie auch auf der Bühne zeigte, sprang Francie aus dem Sessel auf. „Du warst noch nie verliebt, weil das Wort für dich nur eine Bedeutung hat. Du wirst schon merken, wenn es so weit ist.“ Sie legte aufmunternd die Hand auf Ruths Schulter. „Und das ist es dann. Du bist nicht unsicher, so wie ich. Du weißt, was du willst und was du brauchst. Und deshalb wirst du dich nie mit weniger zufrieden geben.“

„Du und unsicher?“ Verdutzt lächelte Ruth die Freundin an. „Ich hätte dich nie für unsicher gehalten.“

„Ich brauche immer jemanden, der mir sagt, dass ich hübsch bin, dass ich clever bin, dass ich geliebt werde. Du brauchst das nicht.“ Francie holte tief Luft. „Als wir noch zum Corps gehört haben, da wusstest du, dass du nicht lange dort bleiben würdest. Du hast nie daran gezweifelt, dass du weiterkommst.“ Sie lächelte wieder. „Auch niemand sonst hatte Zweifel. Wenn du jetzt auch noch einen Mann findest, der dir so viel bedeutet wie das Tanzen, dann hast du wirklich alles, was man sich wünschen kann.“

Ruth senkte den Blick. „Er müsste für mich aber genauso fühlen wie ich für ihn.“

„Das ist das Risiko bei der Sache. Das ist wie eine Muskelzerrung.“ Jetzt grinste Francie schon wieder keck. „Es tut höllisch weh, trotzdem tanzt du weiter. Du hast dir eben nur noch nie einen Muskel gezerrt.“

„Deine Vergleiche besitzen immer ihre ganz eigene Note.“

„Ich philosophiere grundsätzlich nur auf leeren Magen“, gab Francie verschmitzt zurück. „Wie sieht’s aus mit Lunch?“

„Ich kann nicht, ich treffe mich mit Donald.“ Ruth nahm ihre Armbanduhr und streifte sie über. „Ich bin schon spät dran.“

„Dann viel Spaß.“ Francie ging zur Tür. „George holt mich heute Abend nach der Vorstellung ab, dann kannst du einen Blick auf ihn werfen.“

„George?“

„George Middlemeyer.“ Über die Schulter warf Francie ein Lachen zu Ruth zurück. „Doktor Price Reynolds, ein Neurochirurg, dessen Ehe gerade in die Brüche geht und der zudem noch mit einer intriganten, möglicherweise schwangeren Geliebten gestraft ist. Schalt morgen den Fernseher ein.“ Damit war sie zur Tür hinaus.

Noch immer lachend, schlang Ruth sich ihre Handtasche über die Schulter.

Das kleine Bistro, in dem Ruth sich mit Donald treffen wollte, lag nur zwei Häuserblocks weit entfernt. Eilig lief sie darauf zu. Sie war zehn Minuten zu spät, und Donald war grundsätzlich pünktlich. Ihr blieb sowieso nur wenig Zeit, bevor sie wieder zurückmusste.

Der würzige Duft von Corned Beef und Dillgurken schlug ihr entgegen, als sie die Tür öffnete. Das Restaurant war nicht mehr voll besetzt, die übliche Lunchzeit war längst vorbei. Zwei alte Männer saßen an einem Tisch hinten in der Ecke und spielten Dame.

Ruth ließ den Blick suchend durch den Raum wandern, bis sie Donald erblickte. Er saß in den Stuhl zurückgelehnt und rauchte. Mit einer ihr unbewussten Grazie schlängelte sie sich durch die Reihen der kleinen Tische auf ihn zu. „Entschuldige, dass ich zu spät komme, Donald.“ Sie drückte einen flüchtigen Kuss auf seine Wange, bevor sie sich setzte. „Hast du schon bestellt?“

„Nein.“ Er tippte die Asche von seiner Zigarette. „Ich habe auf dich gewartet.“

Unwillkürlich zog Ruth eine Augenbraue hoch. Irgendetwas schwang bei diesen saloppen Worten noch mit, das sie aufhorchen ließ. So, wie sie Donald kannte, war es besser zu warten. Was immer er zu sagen hatte, würde er schon sagen, wenn er Lust hatte.

Sie schaute auf, als der korpulente ältere Mann in der weißen Schürze an ihren Tisch trat. „Was soll’s denn sein?“

„Einen Obstsalat und ein Glas Tee, bitte“, bestellte Ruth mit einem Lächeln.

„Ich nehme den Fisch und Kaffee." Donald sah den Mann nicht einmal an. Der sich mit einem Schnaufen umdrehte und zu seinem Tresen zurückschlurfte.

Ruth sah ihm mit einem kleinen Grinsen hinterher. „Wenn du um Mittag herkommst", wandte sie sich an Donald, „ist es hier proppenvoll. Dann hat der Alte noch eine Hilfe, aber sie beide bewegen sich im gleichen Tempo – *adagio*."

„Ich esse selten in solchen Restaurants wie diesem hier." Donald zog ein letztes Mal an seiner Zigarette und drückte sie dann im Aschenbecher aus.

Da war wieder dieser seltsame Unterton, doch Ruth wartete noch immer ab. „Zu mehr habe ich heute leider keine Zeit, Donald. Heute muss doch auch für dich ein hektischer Tag sein, mit der Modenschau und dem Empfang heute Abend." Sie hängte ihre Handtasche über die Stuhllehne. „Läuft alles nach Plan?"

„Scheint so. Natürlich gibt es in letzter Minute immer Chaos und hitzige Auseinandersetzungen zwischen dem Schnittmeister und der Schneiderin." Er zuckte mit den Schultern. „Das Übliche eben."

Bei seinem gleichgültigen Ton legte sie den Kopf fragend schief. „Aber diese Schau ist doch ziemlich wichtig für dich, oder nicht?"

„Ja, sie ist wichtig." Er sah sie direkt an. „Deshalb wünschte ich mir ja auch, dass du dabei bist."

Sie hielt dem vorwurfsvollen Blick schweigend stand. Gleich darauf kam auch schon die Bestellung und wurde unzeremoniell vor sie beide auf den Tisch gestellt. Sie nahm den Löffel auf, ließ ihren Obstsalat aber unangerührt. „Du weißt, warum ich nicht kommen kann, Donald. Darüber haben wir doch schon gesprochen."

Donald gab einen gehäuften Löffel Zucker in seinen schwarzen Kaffee. „Ebenso wie ich weiß, dass es immer einen Ersatz für dich gibt. Es wäre keine Katastrophe, wenn du eine Aufführung verpasst."

„Die Zweitbesetzung tanzt nur, wenn ein Notfall eintritt. Ich kann mir den Abend nicht für eine Verabredung freinehmen."

„Hier geht es ja nicht um Kino und Pizza", erwiderte er ärgerlich.

„Das weiß ich, Donald." Sie nippte an ihrem Tee. Ihre Schläfen begannen, dumpf zu pochen. „Ich würde doch kommen, wenn ich könnte."

„Ich habe dich in deiner Premieren-Nacht nicht hängen lassen."

„Das ist nicht fair, Donald." Ruth setzte die Tasse ab. An seinem distanzierten Gesichtsausdruck konnte sie erkennen, dass seine Meinung längst feststand. „Hätte deine Schau zur gleichen Zeit wie meine

Premiere stattgefunden, wärst du nicht zur Premiere gekommen. Ich hätte es auch niemals von dir erwartet."

„Du bist nicht bereit, mir oder meiner Arbeit auch nur das kleinste Entgegenkommen zu zeigen."

Sie musste an die Partys und die gesellschaftlichen Anlässe denken, die sie auf sein Drängen hin mit ihm besucht hatte. „Ich gebe dir so viel wie ich kann, Donald. Du wusstest von Anfang an, wo meine Prioritäten liegen."

Donald hörte auf, in seinem Kaffee zu rühren, und legte den Löffel ab. „Das reicht mir nicht", erwiderte er kühl. Ruths Magen zog sich zusammen. „Ich will dich heute Abend an meiner Seite haben."

Sie zog die Augenbrauen hoch. „Soll das etwa ein Ultimatum sein?"

„Genau."

„Es tut mir leid, Donald." Sie sprach leise, aber fest. „Ich kann nicht."

„Du willst nicht", konterte er.

„Es ändert nichts, ganz gleich, wie du es nennst."

„Dann nehme ich Germaine mit auf die Schau."

Ruth musterte ihn nachdenklich. Die Wahl seiner Begleiterin bewies eindeutiges Kalkül. Sich mit seiner größten Konkurrentin in der Öffentlichkeit sehen zu lassen war ihm bestimmt nützlicher, als wenn er mit einer Ballerina erschien.

„Ich bin ein paarmal mit ihr ausgegangen in letzter Zeit. Du warst ja zu beschäftigt."

„Ich verstehe." Sie hielt ihre Antwort neutral, auch wenn seine Worte sie verletzten.

„In letzter Zeit denkst du nur noch an dich selbst. Für dich gibt es nichts anderes als dein Ballett. Du weigerst dich, in deinem Leben Platz für mich zu machen – für mich oder irgendeinen anderen Mann. Du hast einen ausgeprägten Hang zum Egoismus, Ruth. Training, Proben und Vorstellungen ... Tanzen ist alles, was du hast, und alles, was du willst."

Seine Worte schockierten sie im ersten Moment, dann setzte der Schmerz ein. Ruth griff nach ihrer Tasche, wollte aufstehen und gehen, doch Donald packte ihren Arm.

„Ich bin noch nicht fertig." Er hielt sie auf dem Stuhl fest. „Stundenlang stehst du vor dieser Spiegelwand. Aber was siehst du dort? Einen Körper, der darauf wartet, dass ihm von einem Choreografen gesagt wird, was er zu tun hat. Wie oft bewegst du dich eigentlich noch aus freiem Willen, Ruth? Wie oft empfindest du noch etwas, das nicht in einem Skript steht? Was bleibt dir, wenn der Tanz vorüber ist?"

Sie biss sich auf die Lippen, um die Tränen zurückzuhalten, dennoch schimmerten ihre Augen feucht. „Bitte, das reicht jetzt."

Donalds Blick lag ernst auf ihrem Gesicht. Erst jetzt schien ihm klar zu werden, was er da von sich gegeben hatte. Er ließ ihren Arm los. „Ruth, es tut mir leid ..."

„Nein." Sie schüttelte wild den Kopf, schob ihren Stuhl zurück und stand auf. „Sag nichts mehr", meinte sie noch erstickt, bevor sie aus dem Restaurant floh.

Die schwüle Sommerhitze traf sie wie ein Schlag. Einen Moment lang blickte sie die Straße auf und ab, bevor sie sich in Richtung Company in Bewegung setzte.

Sie eilte an Passanten vorbei. Donalds beißende Worte hatten nicht nur einen wunden Punkt getroffen, sie waren ihr schneidend bis ins Mark gefahren. War sie wirklich nur ein Automat? Eine leere Hülle, die darauf wartete, von Choreografen und Komponisten aufgefüllt zu werden? Sahen andere sie so? Wie eine leblose Ballerina auf einer Spieldose, die sich drehte, bis die Musik verklang?

Sie fragte sich, wie viel Wahrheit in Donalds ärgerlichen Worten lag. Energisch stieß sie die Eingangstür zur Company auf, eilte geradewegs in ihre Garderobe. Dort verschloss sie die Tür und lehnte sich mit dem Rücken dagegen.

Sie zitterte am ganzen Körper. Ein paar knappe Bemerkungen von Donald hatten ein Nervenbündel aus ihr gemacht. Sie ging zum Spiegel, schaltete alle Lampen ein und musterte ihr Konterfei unerbittlich kritisch.

Hatte ihre Liebe und Leidenschaft für das Ballett sie egoistisch und eindimensional gemacht? War sie tatsächlich unfähig, tiefe Gefühle für einen Mann zu entwickeln und sich auf eine erfüllende Beziehung einzulassen?

Ruth presste die Hände an die Wangen. Die Haut war makellos weich und glatt, ihren Händen haftete ein weiblicher Duft an. Aber war sie denn auch weiblich? Wo hörte die Tänzerin auf, wo fing die Frau an? Kopfschüttelnd wandte sie sich von ihrem Spiegelbild ab.

Zu viele Spiegel. Der Gedanke schoss ihr aus dem Nichts in den Kopf. In ihrem Leben gab es zu viele Spiegel, und plötzlich war sie nicht mehr sicher, was ihr diese Spiegel zeigten. Was würde sie in zehn Jahren dort sehen, wenn der Ruhm der Tänzerin zu verblassen begann? Blieben ihr dann nur die Erinnerungen? Hatte sie dann nichts als das Sammelalbum mit Zeitungsausschnitten?

Mit geschlossenen Augen zwang sie sich, tief durchzuatmen. Nur noch drei Stunden bis zur nächsten Vorstellung. Sie konnte es sich nicht leisten, über Probleme zu grübeln. Nach den Antworten würde sie suchen, wenn der Vorhang gefallen war.

Sie brauchte etwas zu essen. Der geplante Lunch war ja abrupt ausgefallen; also ging Ruth hinunter in die Kantine, um sich mit einem Glas Tee und einem Apfel an einen der Tische zu setzen. Die vertraute Atmosphäre half ihr, sich zu beruhigen. Sie fing die Gesprächsfetzen auf – Klagen über schmerzende Muskeln, über unmögliche Schrittfolgen, über Nadines despotisches Regiment und über die Wasserleitungen im vierten Stock, die Geräusche von sich gaben, als hätten sie schon lange ausgedient. Als Ruth wieder in ihre Garderobe zurückkehrte, hatte sie sich wieder einigermaßen beruhigt.

„Ruth!"

Die Hand noch am Türknauf, sah sie über die Schulter zurück. „Hallo, Leah." Sie bemühte sich angestrengt um wenigstens ein Quäntchen Freundlichkeit, als sie die elegante blonde Tänzerin erblickte.

„Die Kritiken sind einfach fantastisch." Leah marschierte unaufgefordert in die Garderobe, als Ruth die Tür öffnete. Ruth kannte Leahs Hang zum Unruhestiften nur zu gut; im Moment war ihr wirklich nicht danach. Für einen Tag hatte sie bereits genug abbekommen.

„Ja. Es gab Rosen für das gesamte Ensemble." Ruth ging zum Schminktisch, während Leah sich auf einem Stuhl niederließ. „Aber ich kann mir nicht vorstellen, dass du da drin", sie zeigte auf das Boulevardmagazin, das Leah in der Hand hielt, „Kritiken über das Ballett gefunden hast."

„Man weiß vorher nie genau, über welche Namen man in diesen Zeitschriften stolpert." Mit einem Lächeln für Ruth blätterte Leah in der Zeitschrift. „Ich habe da nämlich zufällig einen Freund von dir gesehen … Wo ist es nur? Ah ja, hier. ‚Stardesigner Donald Keyser …'", sie begann vorzulesen, „‚… wurde in letzter Zeit häufig in Begleitung seiner feurigen rothaarigen Konkurrentin Germaine Jones gesehen. Scheinbar hat sich sein Interesse für das Ballett erschöpft.'" Leah hob den Blick und verzog die Lippen zu einem falschen Lächeln. „Männer sind ja so gemein, nicht wahr?"

Ruth schluckte den aufkeimenden Ärger. „Mag schon sein."

„Es ist auch so erniedrigend, wenn es dann auch noch in den Klatschspalten breitgetreten wird, dass man den Laufpass bekommen hat."

Ruth reckte unwillkürlich die Schultern. Erst wurden ihre Wangen rot, dann blass. „Nun, es stimmt“, sagte sie mit fester Stimme, „also macht es wohl keinen Unterschied.“

„Er sah wirklich gut aus.“ Leah besah sich angelegentlich die Fotos in der Zeitung und klappte sie dann zu. „Aber es gibt ja auch noch andere, nicht wahr?“

„Weißt du etwa noch nichts von meinem Texaner?“ Ruth überraschte sich selbst mit diesem Schwindel, aber Leahs verdutzte Miene war ihr Ansporn genug, die Lügen weiterzuspinnen.

„Texaner?“

„Oh, wir haben uns bisher bedeckt gehalten“, fuhr Ruth leichthin fort. „Er kann es sich nicht leisten, seinen Namen in sämtlichen Schmierblättern abgedruckt zu sehen, bis die Scheidung offiziell ist. Da ist viel Geld im Spiel, und seine zweite Ehefrau zeigt sich nicht gerade kooperativ.“ Sie lächelte vielsagend. „Du würdest es nicht glauben, wenn du die Höhe der Abfindung hören könntest. Er hat angeboten, ihr die Villa in Italien zu überlassen, aber sie hat es vor allem auf die Kunstsammlung abgesehen. Französische Impressionisten.“

„Ah, verstehe.“ Leah kniff die Augen zu schmalen Schlitzen zusammen. „Stille Wasser sind tief, was?“

„Wenn du meinst.“

„Du solltest nur vorsichtig sein, wie viel du Nick davon wissen lässt.“ Leah fuhr sich mit der Zungenspitze über die Lippe. „Du weißt doch, wie sehr er reißerische Schlagzeilen hasst. Gerade jetzt wird er vermutlich besonders vorsichtig sein wollen, wo er doch dieses große Special fürs Privatfernsehen plant.“

„Ein Special?“, wiederholte Ruth.

„Du wusstest nichts davon?“ Leah sah äußerst zufrieden drein. „Über die Company und alle Solotänzer. Ich werde natürlich die Aurora tanzen, wahrscheinlich die Hochzeitsszene. Soweit ich weiß, will Nick den Pas de deux aus ‚Le Corsaire‘ aufnehmen und natürlich einen aus ‚The Red Rose‘. Seine Partner stehen noch nicht fest.“ Sie machte eine bedeutungsvolle Pause, lächelte dann. „Zwei volle Stunden Sendezeit! Nick ist schon ganz aufgeregt.“ Sie warf Ruth einen berechnenden Blick zu. „Seltsam, dass er dir nichts davon gesagt hat. Aber vermutlich denkt er, dass du genug hast von dem Stress in den letzten Wochen.“ Leah stand auf. „Ich denke, er wird sicherlich bald eine offizielle Ankündigung machen. Irgendwo wird er dich schon einsetzen.“ Sie warf die Zeitschrift achtlos auf den Stuhlsitz. „Also dann, Hals- und Beinbruch“, sagte sie noch und zog leise die Tür hinter sich ins Schloss.

7. KAPITEL

Lange Minuten saß Ruth einfach nur reglos da und starrte auf die geschlossene Tür. Wieso wusste Leah von einem so enorm wichtigen Projekt, und sie hatte man darüber im Dunkeln gelassen? Es sei denn, natürlich, Nick hatte es ihr bewusst verschwiegen.

Sicher, sie und Nick hatten ihre persönlichen Probleme, aber was das Ballett betraf ... Was das Ballett betraf, so rief sie sich in Erinnerung, hatte sie ihm entgegengeschleudert, dass sie nach der Saison nie wieder mit ihm tanzen würde. Sie hatte die Worte ernst gemeint ... zumindest in diesem Moment. Doch sollte das etwa heißen, dass sie auch nie wieder mit einem anderen Partner eingesetzt werden würde? War Nick wirklich so rachsüchtig?

Sie wusste, dass sie eine gute Tänzerin war. Würde Nick sie nur aus persönlichen Gründen fallen lassen? Immerhin hatte sie ihm gedroht. Entsetzt schloss sie die Augen. Übelkeit stieg in ihr auf.

Seit jenem Abend hatte er nur das Nötigste mit ihr gesprochen. War das seine Strafe für sie, weil sie behauptet hatte, ihn als Partner weder zu wollen noch zu brauchen? Würde er eine andere die Carlotta tanzen lassen? Der Gedanke war unerträglich. Ruth sagte sich wieder und wieder vor, wie dumm es war, sich derart an eine Rolle zu hängen. Natürlich würden viele andere die Carlotta tanzen. Sie war einfach nur die Erste gewesen. Dennoch wusste sie, dass sie maßgeblich an der Erschaffung des Charakters mitgewirkt hatte, genau wie Nick. Sie hatte ihre ganze Seele für diese Rolle gegeben.

Sie öffnete die Augen und starrte zu der Zeitschrift auf dem Stuhl. Leah hatte gute Arbeit geleistet. Sie hatte Ruth absichtlich vor der Vorstellung aufregen wollen, und es war ihr gelungen. Alles, was Donald zu ihr gesagt hatte, war verstärkt und untermauert worden. Und jetzt musste sie auch noch befürchten, dass Nick sie aus der Company entlassen würde, sobald die Spielzeit von „The Red Rose“ beendet war.

Ruth barg das Gesicht in den Händen, versuchte, sich zusammenzunehmen. Sie hatte eine Vorstellung zu geben! Nichts durfte sie aus der Ruhe bringen. Sie war Balletttänzerin. Und das konnte niemand ihr nehmen.

Eine knappe Stunde später trat Ruth aus ihrer Garderobe, um sich hinter der Bühne aufzuwärmen. Noch immer aufgewühlt, richtete sie all ihre Gedanken auf die Rolle, die sie schon bald darzustellen hatte. Normalerweise ließ sie Ruth Bannion immer in der Garderobe zurück, doch heute Abend war es anders. Heute Abend würde es ihr schwerfallen, Carlottas stolzes Selbstbewusstsein und ihre Kühnheit zu porträtieren.

Ruth lockerte ihre Muskeln, bemühte sich, Donalds und Leahs Worte zu verscheuchen, doch immer und immer wieder blitzten die Szenen mit den beiden in ihrem Kopf auf.

Das Orchester begann die Instrumente zu stimmen. Irgendwie schien alles falsch – das Kostüm, das Licht, die Streicher, die ihre Instrumente stimmten. Ruth fror, ihre Glieder fühlten sich taub an. Sie konnte sich nicht mehr an die Schrittfolge für ihren Auftritt erinnern.

Am anderen Ende des Korridors trat Nick aus seiner Garderobe. Sofort suchte sein Blick nach Ruth. Es war ihm zur Gewohnheit geworden, und es ärgerte ihn. Jedes Zeichen von Schwäche, ganz gleich, wie gering, irritierte ihn. Ruth Bannion wurde immer mehr zu einer Schwäche. Hinter der Bühne war sie kühl wie ein Herbstabend und auf der Bühne schwül wie eine Sommernacht. Dieser ständige Wechsel zerrte an seinen Nerven. Eine Situation, auf die er gut und gerne hätte verzichten können.

Es war schwierig, mit Verlangen umzugehen, das nicht nachlassen wollte. Sie gab sich ihm gegenüber völlig gleichgültig; in dem Moment allerdings, in dem sie die Bühne betrat, lockte und reizte sie ihn bis zum Äußersten.

Schon von Weitem konnte er die Verspannung an ihr erkennen, auch wenn er ihr Gesicht nicht sah. Ihre Körperhaltung sprach Bände. „Ruth."

Als sie seine Stimme hörte, versteifte sie sich noch mehr. Langsam, mit bewusst ausdrucksloser Miene, drehte sie sich zu ihm um.

„Was ist los?"

„Nichts." Sie hoffte nur, dass ihre Stimme gelassen klang. Sie zuckte auch nicht zurück, als er ihr Kinn umfasste und sie genauestens musterte. Unter der Bühnenschminke wirkte sie blass, ihre Augen blickten traurig.

„Bist du krank?"

Hätte da auch nur das kleinste bisschen Mitgefühl in seinem Ton gelegen, wäre sie wahrscheinlich auf der Stelle in Tränen ausgebrochen. „Nein."

Nick studierte sie noch einen Moment, dann ließ er seine Hand sinken. „Dann reiß dich zusammen. Du musst gleich auf die Bühne. Wenn du Krach mit deinem Freund hast, werden deine Tränen bis nach der Vorstellung warten müssen."

Er hörte, wie sie nach Luft schnappte, sah den Schmerz in ihrem Blick aufflackern. „Ich werde tanzen, keine Sorge. Ganz gleich, wen du schon als Ersatz für mich im Auge hast … Niemand wird die Rolle je besser als ich tanzen."

Mit zusammengekniffenen Augen griff er nach ihrem Arm. „Wovon redest du überhaupt?"

„Lass mich." Sie riss sich los. „Ich habe heute genug einstecken müssen. Mehr verkrafte ich wirklich nicht." Ihre Stimme brach. Sich innerlich selbst verfluchend, ging Ruth zur Seitenkulisse und wartete auf ihren Einsatz. Sie atmete immer wieder tief durch und klärte ihren Kopf, verdrängte, so viel sie nur konnte.

Ihr Eröffnungstanz lief nicht besonders gut. Als sie abtrat, beruhigte sie sich damit, dass nur das schärfste Auge Mängel erkannt haben konnte. Technisch gesehen waren ihre Bewegungen und die Abläufe perfekt gewesen. Allerdings wusste Ruth, dass ein Tänzer mehr als nur seinen Körper in den Tanz einbringen musste. Mit dem Herzen war sie nicht dabei gewesen, und die Erkenntnis, dass sie nicht in der Lage war, ihr Bestes zu geben, wühlte sie auf.

Ihr zweiter Auftritt folgte, und schon tanzte sie zusammen mit Nick.

„Kannst du nicht etwas mehr Leben hineinbringen?", murmelte er ihr zu, als sie eine doppelte Pirouette in seinen Armen drehte. „Du tanzt wie ein Roboter."

„Ich dachte, das ist es, was du willst", zischelte sie zurück. Jeté, Jeté, Arabesque, wieder in seine Arme …

„Sei wütend." Wieder hob er sie hoch. „Hasse mich, wenn du willst. Aber denk an mich. *An mich.*"

Wie hätte sie überhaupt an etwas anderes denken können? Mit seinem Blick verlangte er es von ihr, für die gesamte Dauer der Aufführung. Im letzten Akt standen Ruths Nerven kurz vor dem Zerreißen. Gefühle tobten in ihr, so stark, dass sie Angst hatte, ihr könnte übel von dem inneren Tumult werden. Noch niemals hatte sie das Ende einer Vorstellung so sehr herbeigesehnt. Es hämmerte unerträglich hinter ihren Schläfen, aber sie zwang sich, bis zum Ende durchzuhalten. Als der Vorhang sich schloss, ließ sie sich gegen Nick sacken.

„Du hast gesagt, du seist nicht krank." Nick fasste sie bei den Schultern. „Schaffst du noch einen Vorhang?"

„Ja, sicher." Sie wollte sich aus seinem Griff freimachen, doch er wehrte ihre Anstrengungen mühelos ab. Als sie fragend den Blick zu ihm hob, ließ er sie los und fasste ihre Hand.

Der schwere Theatervorhang dämpfte den Applaus, der im Publikumsraum toste. Auf eine knappe Geste von Nick hin hob sich der Vorhang. Der Applaus war ohrenbetäubend. Ruth zuckte bei dem jähen Lärm unmerklich zusammen. Nur das Wissen, dass der Tag endlich fast zu Ende war, ließ sie in die anmutigen Knickse sinken.

„Für heute reicht's", sagte Nick, als der Applaus wieder gegen den geschlossenen Vorhang brandete. Er zog Ruth mit sich zum linken Bühnenausgang.

„Nick ...", setzte Ruth verwirrt an. Ihre Garderobe lag doch in die andere Richtung ...

„Miss Bannion ist krank", teilte er dem Bühnenmeister mit, als sie an ihm vorbeikamen. „Sie geht jetzt nach Hause und wird niemanden empfangen."

„Nick, ich will mich erst umziehen", protestierte Ruth.

„Später." Fast stieß er sie in den Aufzug. „Wir gehen in mein Büro." Er drückte den Etagenknopf. „Und reden."

„Ich kann nicht", begann sie panisch. „Ich will auch nicht!"

„Aber du wirst. Und jetzt sei still. Du zitterst ja."

Da sie wusste, dass er auch nicht davor zurückschrecken würde, seinen Kopf mit körperlicher Kraft durchzusetzen, gab sie nach. Die Lifttüren glitten auf, und Nick schob sie in den dunklen Korridor hinaus. Hier oben war niemand, alles lag still und düster da. Sein Büro befand sich am Ende des Ganges, Nick schob Ruth hinein und schaltete Licht ein. Dann verschloss er die Tür. „Setz dich", wies er sie knapp an und ging zu einer niedrigen Kommode mit reich geschnitzten Verzierungen.

Ruth war bisher nur selten hier gewesen. Dieser Raum zeigte einen anderen Nikolai Davidov – nicht den Tänzer oder den Choreografen. Das hier war der Bereich von Nikolai Davidov, dem Geschäftsmann. Hier verhandelte er mit den reichen Kunstmäzenen um die Summen, die die Company am Leben erhielten. Wie leicht es Ruth fiel, sich Nick vorzustellen, wie er hinter dem massigen alten Eichenschreibtisch saß und mit seinem Charme den geneigten Gönnern die Dollars aus den Taschen zog. Behauptete Nadine nicht immer, dass Nick hinter seinem Schreibtisch ebenso wichtig für die Company sei wie auf der Bühne?

Charme und Charisma, dieses hinreißende Lächeln, das es einem unmöglich machte, ihm irgendetwas abzuschlagen ... Auch das war ein Talent, genau wie man für die doppelten Drehungen in der Luft Talent brauchte. Und natürlich Stil. Was war schon Talent, wenn der Stil fehlte? Davidov besaß beides im Überfluss.

Ruth sah sich in dem imposanten Arbeitszimmer um, betrachtete die geschmackvollen antiken Möbel, die tiefen Ledersessel. Wie viel Tausende von Dollar mochten hier ihren Weg von seidengefütterten Brusttaschen zu Bühnenbildern, Kostümen und Beleuchtung begonnen haben? Welcher elegante Ballett-Liebhaber hatte wohl das Kostüm finanziert, das sie im Moment trug?

„Ich sagte, setz dich."

Nicks knapper Befehl riss Ruth aus ihren Überlegungen. Sie drehte sich um die eigene Achse, wollte etwas sagen, aber schon hatte Nick sie aufs Sofa und ihr einen Cognacschwenker in die Hand gedrückt.

„Trink." Er ging zurück zum Barschrank und holte sein eigenes Glas, kam zu Ruth und setzte sich neben sie, um sie einen Moment lang forschend zu mustern. Eine hochgezogene Augenbraue von ihm reichte als Wiederholung seiner Aufforderung aus, und Ruth nippte gehorsam an dem Brandy.

Schweigend beobachtete er sie, während er den eigenen Brandy im Glas schwenkte. Kein Laut war zu hören, es herrschte absolute Stille. Ruth starrte konzentriert auf einen kleinen Kratzer in der Rückwand des Schreibtischs.

„Also?" Als er sprach, wandte sie ruckartig den Kopf zu ihm hin. „Erzähl's mir."

„Es gibt nichts zu erzählen."

„Ruth." Er blickte in die goldene Flüssigkeit in seinem Glas, als würde er den Jahrgang abschätzen wollen. „Du weißt, in bestimmten Situationen kann ich ein sehr geduldiger Mann sein. Diese Situation hier", er hob den Blick und bohrte ihn in ihre Augen, „ist keine davon."

„Ich bin froh, dass wir das geklärt haben." Sie stürzte den Brandy in einem Schluck hinunter und stellte das Glas ab. „Danke für den Drink." Sie war noch nicht einmal im Ansatz aufgestanden, als seine Finger sich eisern um ihr Handgelenk legten.

„Du solltest dein Glück nicht auf die Probe stellen", warnte er leise. Er hielt sie unnachgiebig fest, während er langsam seinen Brandy nippte. „Antworte mir", verlangte er, „sofort."

„Solltest du nicht zuerst einmal eine Frage stellen?", meinte sie salopp, aber ihr Puls, der hart an seinen Fingerspitzen schlug, verriet sie.

„Was ist heute Abend los mit dir?"

„Ich habe einfach nicht reingefunden." Rastlos zuckte sie mit einer Schulter.

„Warum nicht?"

„Stimmungsschwankungen. Die habe ich manchmal." Erfolglos versuchte sie, ihren Arm zurückzuziehen. Es ärgerte sie, wie mühelos es ihm gelang, sie festzuhalten. „Habe ich etwa nicht das Recht dazu?", fauchte sie. „Das Recht auf Privatsphäre und persönliche Gefühle?"

„Nicht, wenn es deine Leistung einschränkt."

„Ich kann nicht auf Kommando tanzen." Das Temperament, das sie zu zügeln versucht hatte, schlich sich dennoch in ihre Stimme. Und ihre Augen blitzten sogar. „Ungeachtet dessen, was so mancher denken mag … Ich bin nicht nur ein Körper, der zu tanzen beginnt, wenn Musik erklingt. Und jetzt lass mich endlich los!" Sie zerrte an ihrer Hand. „Ich will nicht mit dir reden."

Er ignorierte sie und setzte nur sein Glas ab. „Wer setzt dir solche Flausen in den Kopf?" Er fasste sie bei den Schultern, zwang sie, ihn anzusehen, wenn sie doch nichts lieber getan hätte, als den Kopf abzuwenden. „Etwa dein Designer?" Auch wenn sie den Kopf schüttelte, verrieten sie ihre Augen.

Nick entwischte ein russischer Fluch, er verstärkte den Druck seiner Finger. „Sieh mich an", verlangte er. „Bist du jetzt etwa unfähig, kompletten Schwachsinn zu erkennen, wenn du ihn hörst?"

„Er hat mich praktisch gefühllos genannt." Verzweifelt versuchte sie, die Tränen zurückzudrängen. „Er meinte, mein ganzes Leben und meine Gefühle werden nur vom Ballett bestimmt. Und ohne das Ballett wäre ich …" Ihre Stimme erstarb, sie schüttelte den Kopf.

„Was weiß er schon?" Nick schüttelte sie leicht. „Er ist kein Tänzer. Wie sollte er wissen, was wir empfinden? Kennt er vielleicht den Unterschied zwischen springen und schweben?" Wieder fluchte er, doch dieses Mal hielt er sich nicht mehr zurück. „Er ist eifersüchtig. Er will dich in einen Käfig sperren."

„Er will mehr, als ich ihm gebe", erwiderte Ruth. „Und er hat sicherlich auch ein Recht darauf. Ich mag ihn, aber …" Mit beiden Händen schob sie ihr Haar zurück.

„Aber du liebst ihn nicht“, beendete Nick den Satz für sie.

„Nein. Aber vielleicht bin ich ja zu solchen Gefühlen gar nicht fähig. Vielleicht hat er tatsächlich recht, und ich …“

„Schluss damit!“ Dieses Mal schüttelte er sie heftiger, dann sprang er jäh auf und begann, im Zimmer auf und ab zu laufen. „Du bist eine Närrin, wenn du dir solchen Unsinn einreden lässt! Du bist nicht in den Mann verliebt, also lässt du dich von ihm überzeugen, dass du keine richtige Frau bist?!“ Mit einem angewiderten Schnauben wirbelte er zu ihr herum. „Was ist los mit dir?“, donnerte er los. „Wo bleibt dein Selbstbewusstsein? Dein Temperament? Hätte ich so etwas zu dir gesagt, hättest du mir die Augen ausgekratzt!“

Ruth massierte sich die Schläfen, versuchte Ordnung in ihre Gedanken zu bringen. „Du würdest so etwas aber nie zu mir sagen.“

„Nein.“ Die Antwort kam leise und ruhig. Er ging zu ihr. „Weil ich dich kenne. Weil ich weiß, was in dir steckt. Wir haben das hier.“ Er verschränkte seine Finger mit ihren, und Ruth starrte auf die vereinten Hände. „Wir haben unsere Welt, und dein Designer hat seine Welt. Gäbe es echte Liebe zwischen euch, dann könntet ihr in beiden Welten leben.“

Ruth ließ sich einen Moment Zeit, um seine Worte zu überdenken. „Das würde ich ja auch gern“, sagte sie dann langsam. „Ich versuche es. Aber …“

„Nein, kein Aber. Diese ständigen Aber erschöpfen mich nur.“ Er ließ sich neben sie fallen, und selbst diese formlose Bewegung wirkte bei ihm gekonnt. „Na schön, du hast dich also mit deinem Designer gestritten, und er hat diese idiotischen Dinge zu dir gesagt. Und das reicht, um dich unkonzentriert und farblos zu machen?“

„Es war auch nicht besonders hilfreich, mir damit vor der Nase herumzuwedeln, dass ich ersetzt werden soll“, funkelte sie ihn an. „Und ganz bestimmt hatte ich nicht darum gebeten, dass man vor der Vorstellung zum Besten gibt, was ‚Keyhole‘ über seine neue Beziehung zu sagen hat.“

„Keyhole?“ Nick runzelte verständnislos die Stirn. „Ah, das Schlüsselloch“, fiel ihm ein, bevor Ruth erklären musste. „Diese alberne Klatschzeitung mit den miserablen Fotos.“

„Ja. Genau die alberne Klatschzeitung, die darüber spekuliert, ob Donald Keyser wohl das Interesse am Ballett verloren hat.“

„Ah! Ich verstehe.“ Nick legte die Fingerspitzen aneinander. „Er hat dir die Zeitung in deine Garderobe gebracht?“

„Nein, nicht Donald …“ Abrupt brach sie ab, als sie seinen lauernden Blick sah. Sie befeuchtete ihre Lippen und erhob sich. „Es spielt keine Rolle, wer es war. Ich hätte mich davon nicht aufregen lassen sollen.“

„Bleib hier!“ Der Befehl kam leise und scharf. „Wer?“ Ein warnender Schauder rann Ruth über den Rücken. „Wer hat dir vor der Vorstellung die Zeitschrift gezeigt?“

„Nick, ich …“

„Ich habe dich etwas gefragt.“ Er stand ebenfalls auf. „Es ist absolut unentschuldbar für ein Mitglied der Company, ein anderes Mitglied vor dem Auftritt absichtlich aufzuregen. So etwas werde ich nicht dulden.“

„Und ich werde es dir nicht sagen. Nein, ganz bestimmt nicht“, bekräftigte sie, als sie die Rage in seinen Augen aufblitzen sah. „Ich hätte besser damit umgehen müssen. Sollte so etwas nochmals vorkommen, werde ich es auch tun. Auf jeden Fall gab es da noch mehr, was mich aus dem Tritt gebracht hat, als nur die Sache mit Donald.“ Ihr lag gar nicht unbedingt so viel daran, Leah zu schützen, aber sie war auch nicht bereit, irgendjemanden, gleich wen, Davidovs geballtem Zorn auszusetzen. Sie wusste, wie vernichtend der sein konnte.

„Ich will einen Namen.“

„Den ich dir nicht gebe. Ich kann es nicht.“ Sie legte die Hand auf seinen Arm und spürte, wie angespannt seine Muskeln waren. „Ich kann einfach nicht“, murmelte sie und legte ihre ganze Überzeugungskraft in ihren Blick. „Außerdem gibt es da etwas Wichtigeres, das wir noch klären müssen.“

Er versteifte sich noch mehr. Ruth suchte in seinem Gesicht nach einer Erklärung, doch da war absolut nichts zu erkennen. Was immer er denken mochte – niemand würde es je erfahren. Ruth fühlte regelrecht, wie er sich verschloss und auf Distanz ging. Sie zog die Hand zurück.

„Und was?“

Ihr Herz begann ungut gegen ihre Rippen zu pochen. „Ich denke, ich möchte vorher noch einen Brandy haben.“

Sie hatte mit einer verärgerten, abschlägigen Reaktion gerechnet, doch nach einem kurzen Zögern nahm er die Schwenker auf und ging zum Barschrank. Nur das leise gluckernde Geräusch des in die Gläser einlaufenden Brandys war zu hören. Als Nick mit den Gläsern zu ihr zurückkam, nahm sie ihres entgegen und nippte daran, bevor sie tief Luft holte.

„Hast du vor, mich aus der Company zu entlassen?“

Nick hatte den Schwenker zum Mund führen wollen, auf halbem Wege hielt er verdutzt mit dem Glas in der Luft inne. „Was sagtest du?“

Ihre Stimme klang sehr viel fester, als sie die Frage wiederholte. „Denkst du daran, mich aus der Company auszuschließen?“

„Sehe ich etwa wie ein Narr aus?“, stellte er die Gegenfrage.

Trotz ihrer Anspannung musste sie bei seinem ungläubigen Ton lächeln. „Nein, Davidov.“

„*Charaschow.* Gut, dann sind wir also endlich einmal einer Meinung.“ Er machte eine ungeduldige Geste mit der Hand. „Und da ich kein Narr bin, warum sollte ich meine beste Ballerina vor die Tür setzen?“

Fassungslos starrte sie ihn an. „Das hast du noch nie gesagt.“ Mehr als ein schockiertes Flüstern brachte sie nicht zustande.

„Was?“

Kopfschüttelnd massierte sie mit zwei Fingern ihre Nasenwurzel und wandte sich ab. „Solange ich denken kann, will ich tanzen.“ Sie lachte brüchig, und dann begannen die Tränen zu fließen. „All die Jahre habe ich mich angetrieben, für mich selbst, sicher, für den Tanz – und für dich. Aber du hast niemals etwas gesagt.“ Sie holte bebend Luft. „Und nach einem Tag wie heute, nach der Vorstellung heute, stehst du lässig da und sagst mir, dass ich die beste Ballerina bin, die du hast, wirfst es mir hin, einfach so.“ Unwirsch wischte sie sich mit dem Handrücken die Tränen fort. „Nur du, Nikolai, kannst dir einen solchen Zeitpunkt aussuchen.“

Sie hatte ihn nicht gehört, dennoch war sie nicht überrascht, als sie seine Hände auf ihren Schultern spürte. „Falls ich dir das noch nie gesagt habe, dann hätte ich es tun sollen. Andererseits … Worte habe ich eigentlich nie als übermäßig wichtig empfunden.“ Er schob seine Finger in ihr Haar, prüfte nahezu erstaunt den seidigen Glanz. „Du bist mir sehr wichtig. Ich lasse dich nicht gehen.“

Ihr Herz setzte einen Schlag lang aus, um dann umso heftiger zu pulsieren. Es rauschte in ihren Ohren. Wir reden hier über die Company, über nichts anderes, ermahnte sie sich in Gedanken. Sie drehte sich zu ihm um. „Wirst du die Carlotta fürs Fernsehen umbesetzen?“

„Fürs Fernsehen?“, wiederholte er verständnislos. Hin und wieder fiel es ihm immer noch schwer, auf Englisch zu denken. „Du meinst, für den Kabelkanal?“ Er las die Antwort von ihren Augen ab. „Das ist doch noch alles erst im Gespräch, die Pläne stehen nicht einmal fest.

Woher weißt du …?“ Er hielt inne, begriff plötzlich. „Das also meintest du damit, als du vorhin auf die Bühne gegangen bist. Ich nehme an, diese Information stammt von derselben Person, die dir auch die ‚Türklinke‘ gezeigt hat?“

„‚Keyhole‘ – Schlüsselloch“, korrigierte Ruth automatisch, doch er hatte bereits zu einer temperamentvollen Tirade angesetzt.

„Das ist unerhört! Ich erlaube nicht, dass meine Tänzer sich vor einer Vorstellung gegenseitig niedermachen! Lass dir eines gesagt sein: Welche Pläne ich ausarbeite und welche Besetzungen ich vornehme … Das ist allein meine Entscheidung. *Meine!*“ Er funkelte sie an. „Wenn ich will, dass du die Carlotta tanzt, dann tanzt du die Carlotta!“

„Ich hatte gesagt, dass ich nie wieder mit dir tanzen will“, begann Ruth. „Aber …“ Weiter kam sie nicht.

„Das interessiert mich genau …“, er schnippte mit den Fingern, „… so viel! Wenn ich bestimme, dass du mit mir tanzt, dann tanzt du auch mit mir! Es ist nicht deine Entscheidung.“

Eine Bemerkung, die Ruths Temperament aufbrodeln ließ. Ihre Wut stand der seinen jetzt in nichts nach. „Ich allein entscheide über mein Leben!“

„Ob du gehst oder bleibst, richtig“, stimmte er sofort zu. „Aber wenn du bleibst, dann tust du, was ich dir sage.“

„Bis jetzt hast du mir noch gar nichts gesagt“, erinnerte sie ihn. „Von deinen großen Plänen erfahre ich eine Stunde, bevor der Vorhang aufgeht. Seit Wochen schon redest du kaum mit mir.“

„Ich hatte dir nichts zu sagen. Ich verschwende grundsätzlich keine Zeit mit leerem Geschwätz.“

„Oh, du bist einfach unerträglich arrogant! Ich habe für dieses Ballett alles gegeben! Wenn du glaubst, ich lasse mich still und heimlich abschieben, nachdem ich mein Herzblut geopfert habe, dann bist du doch ein Narr! Es ist mir ganz egal, ob es ein zwei Minuten langer Pas de deux ist oder das gesamte Ballett – die Carlotta gehört mir!“

„So, das glaubst du also, Kleines, ja?“, fragte er gefährlich sanft.

„Ich weiß, dass es so ist!“, trumpfte sie auf. „Und nenn mich nicht Kleines. Ich bin eine Frau! Carlotta ist meine Rolle, bis ich sie nicht mehr tanzen kann.“ Sie musste Luft holen, um fortzufahren. „Ich werde sie noch jahrelang tanzen, nachdem du schon längst mit Prinz Stefan abgeschlossen hast.“

„Tatsächlich?“ Er legte seine Finger um ihren Hals und drückte leicht zu. Sie war wütend, aber sie war sich der Bedeutung dieser Geste bewusst. „Vergisst du da nicht etwas, *milaja*? Wer hat das Ballett komponiert? Wer hat die Choreografie entworfen? Wer hat dir die Rolle der Carlotta gegeben?“

„Nein, das habe ich nicht vergessen. Aber du scheinst vergessen zu haben, wer die Rolle für dich getanzt hat!“

„Du hast einen so schönen schlanken Hals“, murmelte er und fügte hinzu: „Bringe mich nicht dazu, dass ich ihn dir umdrehe.“

„Ich bin viel zu wütend, um Angst vor dir zu haben, Davidov. Ich will eine klare Antwort – tanze ich die Carlotta in diesem Special oder nicht?“

Sein Blick glitt über ihre Miene. „Ich werde es dich beizeiten wissen lassen. Die Spielzeit dauert nur noch eine knappe Woche. Wir werden sehen, wie es weitergeht, wenn sie vorbei ist.“ Über ihr frustriertes Schnauben runzelte er nur leicht die Stirn. „Betrachte es als Ansporn. Jetzt wirst du dir die Füße für mich blutig tanzen.“

„Du musst immer das letzte Wort haben, nicht wahr, Nick?“ Ruth wollte sich umdrehen und gehen, doch er hielt sie fest.

Sehr langsam, sehr bewusst neigte er den Kopf, bis sein Mund nur Millimeter von ihrem entfernt war. Einen langen, atemlosen Moment verharrte er in dieser Stellung, bevor er seine Lippen weiter hinuntersenkte. Er fühlte ihren Puls an seiner Handfläche, und noch immer verstärkte er den Druck nicht.

Zärtlich zeichnete er mit der Zungenspitze die Konturen ihrer Lippen nach, bis Ruth sie mit einem leisen Seufzer öffnete und ihm Einlass gewährte. Noch nie hatte er sie mit solch erlesener Zärtlichkeit geküsst. Konnte man sich überhaupt dagegen verschließen? Wie sollte man sich dagegen wehren? Als er sie vorher geküsst hatte, waren da auch immer Feuer und Glut und der Anflug von erregender Angst dabei gewesen. Jetzt jedoch fühlte Ruth nichts als pures Vergnügen.

Er knabberte an ihrer Unterlippe, fast bis zur Schmerzgrenze, und beschwichtigte dann mit seiner Zungenspitze. Er konnte die Theaterschminke riechen, vermischt mit Schweiß, und schmeckte den Brandy. Schwach und schwerelos ließ Ruth den Kopf in den Nacken fallen, lud Nick ein, die Führung zu übernehmen.

Die Lippen noch immer vereint, zog er sich langsam von ihr zurück. Er spürte ihren Atem auf seiner Haut, als sie ihre Augen öffnete und ihn benommen ansah. In ihrem Blick konnte er lesen, dass sie ihm gehörte. Er brauchte nichts anderes zu tun, als sie mit sich auf das Sofa zu ziehen oder auf den Boden. Sie waren allein, und sie war bereit für ihn. Noch immer schmeckte er ihren süßen wilden Honig auf seinen Lippen, der ihn so sehr erregte, der ihn marterte, der ihn nicht zur Ruhe kommen ließ.

„Kleines." Er ließ seine Hand von ihrem Hals zu ihrer Wange wandern und strich sanft mit den Fingerknöcheln über ihre Haut. „Was hast du heute gegessen?"

Verwirrt schaute sie ihn an. „Gegessen?", wiederholte sie verständnislos.

„Ja, Essen. Nahrung." Ein Hauch Ungeduld schlich sich in seine Stimme. „Hast du heute überhaupt schon etwas im Magen?"

„Ich …" Ruths Kopf war völlig leer. „Ich weiß es nicht", sagte sie schließlich und zuckte hilflos mit den Achseln. Nach dem Kuss pulsierte ihr ganzer Körper voller Sehnsucht.

„Wann hast du das letzte Mal ein Steak gehabt?"

„Ein Steak?" Sie fuhr sich mit der Hand durchs Haar. „Das ist schon Jahre her." Sie lachte schwach.

„Komm. Du brauchst eine anständige Mahlzeit." Er streckte ihr seine Hand hin. „Ich führe dich zum Dinner aus."

„Nick, ich verstehe dich nicht." Ruth ignorierte seine Hand, doch er fasste ihre und zog sie mit sich zur Tür.

„Du hast fünf Minuten, um dich umzuziehen."

Bei der Tür blieb sie stehen und drehte sich noch einmal zu ihm um. „Werde ich dich je verstehen?"

Breit grinsend zog er die Augenbrauen hoch. „Ich bin Davidov. Ist das etwa nicht genug?"

Sie lachte unsicher. „Es ist zu viel", antwortete sie schließlich. „Viel zu viel …"

8. KAPITEL

Das Dinner mit Nick war angenehm, aber nicht besonders aufschlussreich. Rückblickend wurde Ruth klar, dass sie überhaupt nicht über das Ballett gesprochen hatten. Nach einer rasanten Fahrt mit dem Taxi, die Nick ganz offensichtlich Spaß machte, hatte er sie vor ihrer Haustür abgesetzt und sich mit einem flüchtigen, eher kameradschaftlichen Kuss von ihr verabschiedet.

In dieser Nacht schlief Ruth tief und fest bis zum Weckerklingeln durch. Emotionelle Erschöpfung und reichhaltiges Essen erwiesen sich als wirkungsvoller als jedes Beruhigungsmittel.

Am nächsten Tag übernahm die Routine wieder die Führung. Auch wenn die Fragen in Ruth brannten, kannte sie Nick jedoch gut genug, um zu erkennen, dass er vorhatte, sie warten zu lassen. Je mehr sie ihn drängte, desto verstockter wurde er.

Als die zweiwöchige Spielzeit von „The Red Rose" sich ihrem Ende näherte, stellte sich ein gewisses Gefühl von Leere ein, wie immer, wenn ein Engagement vorüberging. Für eine Weile würde Ruth sich wie in einem Vakuum vorkommen und darauf warten, dass Nick ihr die nächste Rolle zuteilte. Nun, das war noch eine von den vielen unbeantworteten Fragen.

Als Ruth nach der letzten Vorstellung Carlottas Kostüm weghängte, glaubte sie, einen Teil von sich selbst abzulegen. Sie hatte überhaupt keine Lust auf die Party mit den Mitgliedern des Ensembles, um den Erfolg zu feiern. Eigentlich müsste sie sich zwar zumindest kurz sehen lassen, aber …

Ich wäre nur der Spielverderber. Sie lächelte schief. Nein, heute Abend war sie nicht in Champagnerlaune. Sie trug eine dicke Schicht Creme auf ihre Wangen auf und wischte sich die Theaterschminke vom Gesicht. Heute Abend würde sie sich ein großes Glas Milch und eine ganze Packung Kekse gönnen. Niemand, dem sie etwas abgeben musste! Außer Nijinsky vielleicht. Ruth schlüpfte in ihre Jeans. Nein, sie würde heute nicht grübeln, sondern ihrer Leidenschaft frönen!

Sie zog sich gerade das T-Shirt über den Kopf, als es an ihrer Garderobentür klopfte und Francie hereinlugte.

„Wo bleibst du denn?", fragte Francie munter. „Sie haben die Korken schon knallen lassen."

„Ich verschwinde." Ruth griff nach ihrer Handtasche.

„Oh nein, das darfst du nicht!" Francie trug noch Kostüm und Schminke. Sie verzog die blutroten Lippen zu einem Schmollmund. „Ich will dir doch meinen Neurochirurgen vorstellen."

„Heute nicht." Ruth blinzelte ihr grinsend zu. „Ich habe große Pläne."

„Aah." Francie schmunzelte wissend. „Warum hast du ihn nicht mitgebracht?"

„Nein, ich teile mit niemandem." Ruth seufzte genießerisch. „Alles für mich."

„Wow!" Francie riss die Augenbrauen in die Höhe. „Wie ist er denn so?"

„Köstlich." Ruth konnte nicht widerstehen und setzte lachend noch einen drauf. „*Absolut* köstlich!"

„Kenne ich ihn?", rief Francie ihr noch neugierig nach, doch da rannte Ruth schon zum Seitenausgang.

Zwei Stunden später lümmelte Ruth sich in ihrem Wohnzimmer im Sessel, Nijinsky zu ihren Füßen auf dem Rücken, die Vorderpfoten wie ein Preisboxer angewinkelt, der zu einem Haken ansetzte.

Sie gähnte ausgiebig. Im Fernsehen lief ein alter Film in der x-ten Wiederholung; er konnte ihre Aufmerksamkeit nicht fesseln. Trotzdem war sie froh, dass sie nicht zu der Feier gegangen war. Sie war einfach nicht in der Stimmung. Der ganze Trubel hätte sie nur deprimiert. Die ruhige Zeit allein war dagegen genau das Richtige gewesen, um ihre Laune zu heben. Sie überlegte, was sie morgen mit ihrer freien Zeit anfangen sollte. Sie würde einen Einkaufsbummel machen oder irgendetwas wunderbar Nutzloses. Nick würde sie schon früh genug wieder an die Kandare legen. Vielleicht sollte sie in einem Antiquitätenladen nach einer alten Dochtschere oder einem hübschen Pillendöschen suchen. Das würde bestimmt Spaß machen.

Sie schloss die Lider und reckte sich genüsslich. Vielleicht könnte sie sich ja auch ein paar Tage nehmen und zu Lindsay und Seth fahren … Als bei dem Gedanken prompt Nicks Bild in ihrem Kopf aufschoss, runzelte sie die Stirn.

Dieser stille, zärtliche Kuss … er hatte den Fundamenten ihrer Schutzmauern tiefe Risse zugefügt. Schon seit Tagen verbot sie sich, in anderer Hinsicht an Nick zu denken als in rein beruflicher. Jetzt musste sie sich auch eingestehen, dass er der Hauptgrund war, warum sie sich der Company-Party nicht gewachsen gefühlt hatte.

Sie begehrte ihn. Ganz gleich, wie oft sie diesen Gedanken in den letzten Tagen und Wochen verdrängt hatte, an ihrem Verlangen nach ihm hatte sich nichts geändert. Oder doch – es war stärker geworden. Das an sich war schon schlimm genug, doch sobald sich da noch etwas anderes einschleichen wollte, etwas viel Komplizierteres, schlug Ruth diesem Gefühl energisch die Tür vor der Nase zu.

„Ich bin zu müde, um mir jetzt darüber den Kopf zu zerbrechen", teilte sie einem völlig desinteressierten Nijinsky mit. „Ich gehe ins Bett." Als der Kater noch immer keinerlei Reaktion zeigte, stieg sie über ihn hinweg und schaltete den Fernseher aus. Den Teller mit den Kekskrümeln und das benutzte leere Glas ließ sie stehen, wo sie waren, und löschte auf dem Weg zu ihrem Schlafzimmer alle Lichter.

Nick sah zu den dunklen Fenstern von Ruths Apartment hinauf.

Es ist ein Uhr morgens, sie schläft, tief und fest. Wenn du auch nur einen Funken Verstand hättest, würdest du auch im Bett liegen und schlafen, schalt er sich streng in Gedanken. Er schob die Hände in die Taschen und setzte sich in Bewegung.

Du hast hier nichts verloren, Davidov. Aber das hast du ja schon vorher gewusst.

Die Nacht war kühl, die erste Andeutung von Herbst lag in der Luft. Nick zog die Schultern gegen die Kälte ein. Wie idiotisch von ihm, hierherzukommen. Das hatte er sich auch immer wieder vorgesagt, während er zu Fuß auf Ruths Apartmenthaus zugesteuert war.

Wäre sie zu der Feier gekommen, hätte er sie einfach nur anschauen können …

Er war längst weit über den Punkt hinaus, wo Anschauen ihm reichte. Die Nächte trieben ihn zum Wahnsinn, es nahm inzwischen verzweifelte Formen an. Keine andere war genug. Er brauchte Ruth.

Wie lange geht das jetzt schon so? fragte er sich. Er sah nicht einmal auf, als ein Streifenwagen mit Blaulicht an ihm vorbeiraste. Ein Monat? Ein Jahr? Fünf Jahre? Oder seit dem Moment, da er sie in Lindsays Studio an der Stange ihre Übungen hatte machen sehen? Er hätte es wissen müssen. Gleich bei jenem ersten unmöglichen Aufflammen von Verlangen. Großer Gott, sie war damals erst siebzehn gewesen!

Woher hätte er auch wissen sollen, als er sie küsste, wie verführerisch ihr Geschmack sein würde? Oder dass sie auf ihn reagieren würde, als hätte sie die ganze Zeit nur auf ihn gewartet? Wie hätte er beim ersten Blick auf diesen grazilen schlanken Körper ahnen können, dass es ihn von da an Tag für Tag, Nacht für Nacht quälen würde? Wenn er mit ihr tanzte, musste er immer daran denken, wie es sein musste, sie zu besitzen. Wie es sich anfühlen musste, wenn ihr Körper sich an seinen schmiegte. Und dann wurde er von Verlangen geflutet, bis er glaubte, verrückt werden zu müssen.

Er wandte sich zum Gehen, dann drehte er sich wieder zurück. Großer Gott, er wollte sie! Er wollte sie unbedingt. Jetzt. Heute Nacht.

Das Hämmern an der Wohnungstür ließ Ruth erschreckt aus dem Bett auffahren. Hatte sie etwa von Nick geträumt? Sie schüttelte den Schlaf ab und griff nach dem Wecker auf dem Nachttisch. Das Hämmern wollte nicht aufhören.

Sie rappelte sich aus dem Bett auf und warf den Morgenmantel über. „Ich komme ja schon!" Auf dem Weg zur Tür durch die dunkle Wohnung schob sie die Arme in die Ärmel. „Herrgott, Sie wecken ja die gesamte Nachbarschaft auf!"

Ruth schaute durch den Spion und blinzelte ungläubig, schaute noch einmal. Dann zog sie mit fahrigen Fingern die Sicherheitskette zurück, während das laute Klopfen anhielt.

In der offenen Tür starrten sie einander an. Ruth verstand den Ärger nicht, den sie in Nicks Augen sehen konnte. Das Haar floss ihr über die schief sitzenden Schultern des hastig übergezogenen Seidenmantels, ihre Wangen waren noch rosig, ihre Lider schwer vom Schlaf. Nick machte einen Schritt vor und wusste, er hatte mehr als nur die Schwelle übertreten.

„Ich brauche dich."

Bei den schlichten drei Worten, gepresst und rau gesprochen, so als hätte Nick sie sich abringen müssen, begann Ruths Herz zu schlingern. Sie streckte die Arme nach ihm aus, bevor sie überhaupt wusste, was sie tat.

Und dann standen sie eng aneinandergepresst, die Lippen miteinander verschmolzen. Der unbeherrschte Hunger riss sie mit sich auf einer mächtigen Welle. Es war ein langer Kuss, aus dem ein verzweifelter Kuss wurde, und Ruth klammerte sich an die losgelöste Wildheit.

Sie spürte Nicks Hände in ihren Haaren. Er zog ihren Kopf mit einer Heftigkeit zurück, als ob er wütend wäre. Nie verließ sein Mund den ihren. Er küsste sie so intensiv, als wollte er mit einem einzigen Kuss all seine Bedürfnisse stillen.

„Ich will dich.“ Sein Aufstöhnen schien aus seinem tiefsten Innern zu kommen. Mit glühenden Augen hielt er Ruth auf Armeslänge von sich ab. „Gott, ich will dich viel zu sehr.“

Ruth krallte sich in seinen Pullover. „Nein, nicht viel zu sehr“, flüsterte sie und zog ihn in die Wohnung.

Ihre Kehle war staubtrocken, ihr Herz klopfte zum Zerspringen, als sie die Tür schloss und sich zu Nick umdrehte. Sie beide waren nur Schemen in dem dunklen Apartment, standen reglos Zentimeter voneinander entfernt.

Ruth schluckte. Sie konnte spüren, dass Nick einen inneren Kampf um Selbstbeherrschung mit sich focht. Doch Beherrschung war nicht das, was sie von ihm wollte. Nicht heute Nacht. Sie wollte ihn gierig und sich wild verzehrend – nach ihr und durch sie. Das Verlangen, von ihm berührt zu werden, wurde übermächtig. Langsam und sich kaum bewusst, was sie tat, griff sie an ihren Morgenmantel und ließ ihn sich von den Schultern gleiten. Nackt stand sie vor Nick, die Seide zu ihren Füßen gebauscht.

„Liebe mich“, murmelte sie.

Sie hörte das Stöhnen tief in seiner Kehle, als er sie in seine Arme riss. Seine Lippen brannten, seine Hände waren rau und besitzergreifend. Sie konnte fühlen, wie drängend das Verlangen in ihm war.

Ruth zerrte ungeduldig an Nicks Pullover, während sie zusammen Richtung Schlafzimmer stolperten. Irgendwo auf halbem Wege zog sie ihn ihm über den Kopf; er fiel zu Boden. Sie spürte seine Muskeln unter ihren Fingerspitzen.

Bis sie bei der Schlafzimmertür angekommen waren, machte Ruth sich am Reißverschluss seiner Jeans zu schaffen. Nick sog scharf die Luft ein, murmelte etwas in Russisch und biss sie leicht in die Schulter. Er hatte so schmale Hüften, seine Haut war so warm … Er krallte die Finger in ihren Rücken, als sie ihn berührte.

„*Malenka*“, stieß er aus und lachte rau. „Warte, lass mich erst meine Schuhe ausziehen.“

„Ich kann nicht warten.“ Das Verlangen war übermächtig. Und sie hatte schon viel zu lange gewartet. „Leg dich zu mir.“ Sie zog ihn zum Bett. „Nimm mich, Nick. Nimm mich jetzt. Oder ich werde wahnsinnig.“

Und dann waren sie beide nackt, und er lag auf ihr. Sein Herz raste. Er atmete schwer. Als er in sie eindrang, zitterte er. Ihr Körper übernahm instinktiv die Führung, kannte seine eigenen Bedürfnisse, während sie unter dem Ansturm der Gefühle erschauerte. Im einen Moment war sie stark und im nächsten schwach. Nick barg sein Gesicht in ihrem Haar.

„Großer Gott, Ruth." Um Atem ringend stieß er die Worte aus. „Unberührt! Du warst noch unberührt! Und ich benehme mich wie ein Tier!" Er rollte sich auf die Seite, fuhr sich mit der Hand durchs Haar. Als er sich aufsetzte, konnte Ruth nur seine Silhouette erkennen und das Funkeln seiner Augen. „Ich hätte es wissen müssen. Es gibt keine Entschuldigung für mein Benehmen. Ich muss dir wehgetan haben."

„Nein." Sie fühlte sich benommen, ihr war schwindelig, aber da war kein Schmerz. „Du hast mir nicht wehgetan."

„So hätte es niemals sein dürfen."

„Willst du damit sagen, dass es dir leid tut?"

„Ja, um Himmels willen!"

Seine Antwort verletzte sie, aber sie setzte sich ruhig auf. „Warum?"

„Das ist doch klar, oder?" Er erhob sich. „Ich tauche mitten in der Nacht vor deiner Tür auf und zerre dich ins Bett, ohne das geringste Zeichen von …" Er suchte nach dem entsprechenden Ausdruck in Englisch.

„Du hast mich ins Bett gezerrt?", wiederholte Ruth verdattert. „Und ich hatte etwa nichts damit zu tun?" Sie warf ihr Haar zurück. Nick konnte das ärgerliche Blitzen in ihren Augen erkennen. „Du eingebildeter Pinsel! Wer hat denn hier wen ins Bett gezerrt?! Lass uns doch mal eines klarstellen, Davidov. *Ich* habe die Tür geöffnet, *ich* habe dir gesagt, was ich von dir will, *ich* habe dich ausgezogen. Jetzt tu nicht so, als ob das alles deine Idee gewesen wäre! Wenn du es unbedingt bereuen willst, dass du mit mir geschlafen hast, bitte, tu dir keinen Zwang an." Sie ließ ihn gar nicht erst zu Wort kommen, sondern wütete weiter. „Aber versteck dich nicht hinter einem unsinnigen Schuldgefühl, nur weil ich noch Jungfrau war. Ich war noch Jungfrau, weil ich es so wollte. Und ich habe den Zeitpunkt ausgesucht, um das zu ändern. *Ich* habe *dich* verführt!"

Lange blieb Nick still. „Tja", meinte er schließlich, „sieht aus, als wäre ich auf meinen Platz verwiesen worden."

„Du, Davidov?" Ruth lachte trocken auf. Sie war wütend und verletzt, und die Sehnsucht tobte noch immer in ihr. „Dieser Tag muss erst noch kommen!"

Nick kam zum Bett zurück und strich über ihr Haar. Manchmal wünschte er, er könnte Russisch mit ihr sprechen. Er konnte seine Gefühle und Gedanken in seiner Muttersprache viel besser beschreiben. „Ruth, manchmal, wenn ich aufgewühlt bin, fällt es mir schwer, mich richtig auszudrücken. Es tut mir leid, dass es bei deinem ersten Mal so sehr an Romantik gemangelt hat. Verstehst du?“ Er nahm ihr Gesicht in beide Hände und sah sie an. „Das ist nicht der richtige Weg, um eine Jungfrau in die Freuden einzuführen, die Mann und Frau miteinander teilen können.“

Sie sah zu ihm auf. Jetzt, da ihre Augen sich an die Dunkelheit gewöhnt hatten, konnte sie sein Gesicht als hellen Schatten erkennen, und sie sah das zärtliche Funkeln in seinen Augen. Die Wärme strömte in sie zurück.

„Es gibt also noch einen anderen Weg?“ Sie bemühte sich, das Lächeln aus ihrer Stimme herauszuhalten.

Er strich sanft über ihre Wange. „Viele andere Wege.“

„Ich denke, dann solltest du sie mir zeigen.“ Sie schlang die Arme um seinen Nacken. „Am besten jetzt gleich.“

„Ruth …“

„Jetzt“, wiederholte sie und presste ihre Lippen auf seinen Mund. Mit einem heiseren Laut ließ er sich von ihr herunterziehen, vertiefte den Kuss, reizte und erregte sie mit Lippen und Zähnen und Zunge. Ruth spürte, wie das Blut in ihren Adern zu rauschen begann.

Sanft umfasste Nick ihre Rundungen und strich mit dem Daumen über die harten Knospen. Sie hatte kleine feste Brüste, glatt und samten. Er streichelte und reizte sie, bis Ruths Atem unregelmäßig und schneller ging. An ihrem Ohr murmelte er Worte in einer Sprache, die sie nicht verstand, dennoch jagte allein der Klang und sein warmer Atem ihr prickelnde Schauer über die Haut. Sie bebte vor Verlangen, doch noch immer nutzte er nur seine Lippen, um sie noch mehr zu erregen.

Und dann, mit erlesener Langsamkeit, streichelte er sie, bis ihre Haut an seiner zu glühen begann. Die Haut an der Innenseite ihrer Schenkel schien unwiderstehlich für ihn zu sein.

Ihr Atem kam nur noch stoßweise, jeder Atemzug hallte wie Donnerhall in ihren eigenen Ohren. Als Nick sie küsste und auf das Bett zurückdrückte, stöhnte sie seinen Namen.

„Da ist noch mehr, *milaja*“, murmelte er und ließ seinen Mund an ihrem Hals hinunterwandern. „Noch so viel mehr.“

Scharf sog Ruth den Atem ein, als er die harte Knospe sanft zwischen seine Zähne nahm und mit der Zunge umkreiste. Sie rieb sich an ihm, ohne zu wissen, wie verführerisch der Rhythmus war, den ihr Körper vorgab. Als Nick sich ihrer anderen Brust widmete, rief sie immer wieder seinen Namen, verloren in ihren Gefühlen.

Nick führte sie, wie er sie auch zur Musik geführt hätte, bestimmte das Tempo für ihren intimen Pas de deux. Und wieder war er der Choreograf und sie die Tänzerin, die sich nach seinen Vorgaben bewegte. Alle Gedanken hatten sich verflüchtigt. Sie war ganz die Seine.

Er küsste sie leidenschaftlich, als sie bereit für ihn war, und dann glitt er in sie hinein. Er bewegte sich langsam in ihr, ignorierte verzweifelt das Drängen seiner Lenden, die ihn antrieben, sich dem eigenen Vergnügen zu ergeben. Er nahm Ruth in Besitz, als hätte er alle Zeit der Welt, um diesen exquisiten Genuss auszukosten.

Sekunden, Minuten, Stunden … Sie waren vereint, bis das Verlangen sie beide schier in den Wahnsinn trieb. Ihre Münder untrennbar verschmolzen, ließen sie sich gemeinsam von der überwältigenden Welle mitreißen.

Ausgelaugt schmiegte Ruth sich an ihn, den Kopf auf seiner Brust. Nick strich ihr träge übers Haar, wickelte sich spielerisch Strähnen um die Finger. Direkt an ihrem Ohr konnte Ruth seinen kräftigen Herzschlag hören. Im Zimmer war es dunkel und warm und still.

Das ist es, worauf ich gewartet habe, dachte sie verträumt. Das Ende ihrer Einsamkeit. Er kannte jetzt alle ihre Geheimnisse. Heute Nacht hatte sie ihm alles gegeben, was sie bisher in sich verborgen hatte.

„Du gehst nicht, oder?“ Sie schloss seufzend die Augen. „Du bleibst doch heute Nacht?“

Für einen Moment genossen sie einfach nur die intime Stille. „Nein“, antwortete er dann leise. „Nein, ich gehe nicht.“

Zufrieden glitt Ruth in den Schlaf hinüber.

9. KAPITEL

Nijinsky sprang aufs Bett. Es war Zeit für sein Frühstück. Einen Moment lang starrte er Nick aus schmalen Augen an, dann tappte er auf Samtpfoten über seinen Bauch hinauf bis zur Brust und blieb dort stehen. Nick, der das Gewicht auf sich spürte, öffnete die Augen – und sah direkt in die des Katers vor sich. Eine Weile taxierten sie sich reglos, dann hob Nick die Hand und kraulte dem Kater die Ohren.

„Nun, *prijatel*, du scheinst nichts dagegen zu haben, mich hier zu finden, oder?“

Nijinsky machte einen Buckel und streckte sich, um es sich dann der Länge nach auf Nicks Brust gemütlich zu machen. Den Kater streichelnd, drehte Nick den Kopf zur Seite und sah zu Ruth.

Sie hatte sich eng an ihn gekuschelt. Um genau zu sein: Es war sein Arm, der sie fest an seiner Seite hielt. Ihr Haar floss seidig über die Kissen, ihr Atem ging ruhig und regelmäßig, die Lippen waren leicht geöffnet. Sie sah unendlich jung aus – viel zu jung, um die ungestüme Leidenschaft in sich zu tragen, die sie ihm gezeigt hatte. Sie sah aus wie Dornröschen. Doch Nick wusste, sie war viel eher Carlotta. Sie war wie Feuer, nicht wie eine sanfte Blume. Nick beugte sich vor, um sie zu küssen.

Ruth erwachte, weil die Leidenschaft in ihr aufflammte und ein heißes Prickeln durch ihren Körper wanderte. Seufzend schmiegte sie sich enger an Nick, als er sie zu streicheln begann. Nijinsky, plötzlich zwischen ihnen eingeklemmt, gab seinem Unmut lautstark Ausdruck.

Ruth lachte, als Nick leise auf Russisch vor sich hin schimpfte. „Er besteht auf sein Frühstück.“ Mit noch verschlafenen Augen sah sie lächelnd zu Nick auf. „Das wollte ich schon immer tun … die Bartstoppeln eines Mannes am Morgen fühlen.“

Nick streichelte über ihre Seite, legte seine Hand auf ihre Brust. „Ich ziehe weiche Dinge vor. Wie deinen Mund.“ Er neigte den Kopf und knabberte an ihren Lippen. „So weich, so warm.“

Nijinsky stupste den Kopf zwischen ihre Gesichter. Mit zusammengekniffenen Augen taxierte Nick den Kater. „Mein Wohlwollen für dieses Tier schwindet rapide“, meinte er milde.

„Er mag es eben, die Routine einzuhalten“, erklärte Ruth „Er weckt mich immer Minuten vor dem Weckerklingeln auf.“ Prompt schlug der Wecker los. „Siehst du?“ Nick griff über sie hinweg und stellte mit einer unwirschen Bewegung das Klingeln ab. „Was zuerst?“, fragte sie. „Dusche oder Kaffee?“

Er verharrte über ihr, ein sinnliches Lächeln zog auf sein Gesicht. „Mir schwebt da eigentlich etwas anderes vor.“

„Training“, erinnerte sie ihn und schlüpfte hastig aus dem Bett.

Nick sah zu, wie Ruth nackt zum Kleiderschrank ging und einen Morgenmantel hervorzog. Sie war schlank wie eine Gerte, mit langen Beinen und schmalen Hüften – eigentlich eine knabenhafte Figur, wäre da nicht ihr weiblicher Gang. Als sie in den Schrank griff, erhaschte er einen Blick auf ihre Brust. Dann zog sie den Mantel über, schlug ihn zusammen und verknotete den Gürtel. Mit einem Lächeln drehte sie sich zu Nick um.

„Also?“ Sie zog sich mit einer eleganten Bewegung das Haar aus dem Mantelkragen. „Möchtest du Kaffee?“

„Du bist absolut exquisit“, murmelte er.

Ruths Hände verharrten auf der Gürtelschleife. Sie fragte sich, ob sie sich je an den Ton in seiner Stimme oder den Ausdruck in seinem Blick gewöhnen würde. Ihr war klar, was passieren würde, sollte sie zum Bett zurückgehen. Ihre Haut begann zu prickeln, als würden Nicks Hände sie bereits streicheln.

Nijinsky maunzte klagend.

„Da ich als Erste aufgestanden bin, dusche ich auch zuerst.“ Sie warf einen Blick auf den Kater, dann zu Nick. „Du kannst Kaffee machen. Und Nijinsky füttern“, sagte sie noch über die Schulter zurück, bevor sie im Bad verschwand.

Ruth drehte das heiße Wasser auf und schüttelte den Morgenmantel von den Schultern. *Sollte es sich derart richtig anfühlen?* fragte sie sich, als sie sich das Haar auf dem Kopf feststeckte. *Als ich neben Nick aufgewacht bin – sollte ich da das Gefühl haben, dass er genau dort hingehört?* Sie war sich eigentlich sicher gewesen, dass sie am Morgen nach ihrem ersten Mal Verlegenheit und Scheu empfinden würde. Doch nichts dergleichen, keine Spur. Sie trat unter die Dusche.

Aber ich habe gewusst, dass er es sein würde, überlegte sie weiter, während die heißen Strahlen auf sie niederprasselten. Habe es immer gewusst. Kopfschüttelnd griff sie nach der Seife. Schon verrückt. Wie hatte sie das wissen können? Wie hatte sie wissen können, dass es so sein würde? Sicher, sie hatten sich zusammen zum Essen hingesetzt, nach dem Training, zwischen den Proben. Sie waren auf denselben Partys erschienen. Aber so etwas wie konventionelle Verabredungen hatte es nie zwischen ihnen gegeben.

Hätte es die geben sollen? Selbst die Nacht entsprach in keiner Form dem, was man sich wohl unter einer normalen Beziehung vorstellte. Nick hatte ihren Schweiß, ihre Erschöpfung, ihre Wut miterlebt. Ihre Tränen. Er hatte die Krämpfe aus ihren Waden und ihren Füßen massiert. Und doch kannte sie ihn nur bis zu einem gewissen Grad – nur so weit, wie er ihr erlaubte, ihn zu kennen.

Ruth drehte das Wasser ab. Es war noch zu früh, um ihr Herz zu genau zu ergründen, entschied sie. Mit Schmerz konnte sie umgehen, lebte eigentlich ständig damit, aber sie legte es nicht darauf an, ihn zu fühlen. Nick konnte ihr Schmerzen bereiten. Auch das hatte sie immer gewusst.

Sie trocknete sich ab, zog den Morgenmantel wieder über und ging ins Schlafzimmer zurück. In der Küche konnte sie Nick mit Nijinsky reden hören. Vor sich hin lächelnd, zog sie ihr Trainingszeug aus der Schublade. Es war ein gutes Gefühl, Nicks Stimme in ihrer kleinen Wohnung zu hören. Der Kater war sicher viel zu beschäftigt damit, sein Frühstück zu verschlingen, um auf die Unterhaltung zu achten, aber ihr gefiel es umso mehr. Noch eine kleine Gemeinsamkeit. Wie oft hatte sie schon morgens auf einen völlig desinteressierten Nijinsky eingeredet?

Nick kam mit zwei dampfenden Bechern ins Schlafzimmer. Er war nackt. Er hatte einen faszinierenden Körper, schlank, muskulös und durchtrainiert. Er bewegte sich völlig natürlich, ohne die geringste Scham. Ein anderer Mann wäre wahrscheinlich in seine Jeans gestiegen. Aber nicht Davidov.

„Der Kaffee ist heiß." Er setzte die Becher ab und zog Ruth in seine Arme. „Du riechst gut." Er schnupperte an ihrem Hals. „Dein Duft verfolgt mich überall hin."

Die Bartstoppeln an seinem Kinn kratzten über ihre Haut. Ruth genoss es und lachte leise.

„Ich sollte mich wohl rasieren, oder?"

„Genau." Sie suchte seine Lippen. „Davidov kann auf gar keinen Fall unrasiert zum Training auftauchen." Sie küssten sich noch einmal, Nicks Hände wanderten zu ihren Hüften, um sie enger an sich heranzuziehen.

„Hast du einen Rasierer hier?", flüsterte er an ihrem Ohr.

„*Hmm.* Im Medizinschrank müsste einer sein." Sie strich mit den Fingerspitzen über seinen Rücken und stieß einen leisen Schrei aus, als er ihr leicht ins Ohrläppchen biss.

„Das Rasieren wird warten müssen", entschied er, schob sie von sich ab und griff nach dem Kaffee, nippte an dem Becher.

„Musst du zu dir nach Hause, um dich umzuziehen?“ Ruth verfolgte das Spiel seiner Muskeln, als er ins Bad ging.

„Ich habe frische Sachen in meinem Büro.“ Das Rauschen der Dusche setzte wieder ein. „Und einen Rasierapparat.“

Unter der Dusche sang Nick ein russisches Lied. Musik gehörte zu seinem Leben, war Teil seines Wesens. Ruth stellte fest, dass sie die Melodie mitsummte, als sie ins Bad ging, um sich die Zähne zu putzen. „Was für ein Lied ist das?“, fragte sie, den Mund voll Zahnpastaschaum.

„Ein altes Lied“, antwortete er. „Und ein trauriges Lied. Die besten russischen Lieder sind immer alt und traurig.“

„Ich war ein Mal in Moskau, mit meinen Eltern.“ Ruth spülte den Mund aus. „Es war wunderschön ... die alten Gebäude, der Schnee. Fehlt es dir nicht manchmal?“

Ihr blieb kaum die Zeit, um einen Schrei auszustoßen. Nick packte sie und zog sie mit sich unter die Dusche.

„Nick!“ Sie wischte sich das Wasser aus den Augen. Das Trikot klebte ihr an der Haut. „Bist du verrückt geworden?“

„Ich wollte, dass du mir den Rücken wäschst.“ Er zog sie noch enger an sich. „Aber ich glaube, da ist mir etwas Besseres eingefallen.“

„Dir den Rücken waschen?!“ Sie wand sich in seinen Armen. „Es mag dir nicht aufgefallen sein, aber ich bin bereits angezogen!“

„Tatsächlich?“ Er lächelte geradezu liebenswürdig. „Nun, keine Sorge, das lässt sich schnell richten.“ Er zog ihr das Trikot über die Schultern herunter.

„Ich hatte schon geduscht.“ Lachend wehrte sie sich.

„Ich bin eben ein großzügiger Mann, ich teile meine Dusche mit dir.“ Damit senkte er den Mund auf ihre Lippen. Das Wasser strömte über ihre Körper, während er sich daran machte, sie auszuziehen.

„Nick, das Training ...“ Doch ihr Protest erstarb, als seine Hände über ihre nackte Haut wanderten.

„Uns bleibt genügend Zeit.“ Seufzend senkte er seine Lippen auf ihre Brust. „Wir nehmen uns Zeit ...“ Und damit zog er ihr auch die Gymnastikhose von den Hüften.

Arabesque, Pirouette, Arabesque, Pirouette.

Ruth drehte und dehnte und beugte sich zu den Anordnungen. Das Training war hart und schonungslos, wie immer. Schweiß lief über ihre Haut, wie auch bei allen anderen der Truppe. Jeden Tag, sieben Tage die

Woche, wiederholten sie immer und immer wieder die Grundschritte. Der Unterricht gehörte zum Leben eines professionellen Tänzers dazu wie die Spitzenschuhe und die Beinwärmer.

Von klein auf wurden ihnen die winzigsten Details eingehämmert. Wem fielen schon die zwei Trippelschritte vor einem Jeté auf? Nur einem Tänzer.

Die Muskeln mussten konstant geschmeidig gehalten werden; der Körper musste die unnatürlichen Verrenkungen, die der Tanz forderte, klaglos akzeptieren. Fünfte Position. Plié. Ein einziger Tag Pause, und der Körper würde sich beschweren. Port de bras. Arme und Hände mussten automatisch wissen, was sie zu tun hatten. Eine falsche Bewegung, und das harmonische Bild wäre zerstört, die Atmosphäre dahin. Attitude. Und halten! Eins, zwei, drei, vier …!

„Danke, das war's."

Der Unterricht war beendet. Ruth griff nach ihrem Handtuch und wischte sich den Schweiß vom Hals. Duschen – das war der einzige Gedanke, der ihren Kopf beherrschte.

„Ruth."

Nick stand vor ihr. Auch er war schweißnass, sein Haar lockte sich feucht um das Stirnband.

„Wir treffen uns unten. In fünf Minuten."

„In fünf Minuten?" Alarmiert schlang sie sich das Handtuch um den Nacken. „Stimmt was nicht?"

„Ob etwas nicht stimmt?" Er beugte sich vor und küsste sie, ohne die anderen Mitglieder der Truppe zu beachten. „Warum, sollte es das?"

„Nun … nein, aber …" Leicht verwirrt schaute sie ihn mit gerunzelter Stirn an. „Was ist es dann?"

„Bei dir steht heute nichts mehr auf dem Plan." Es war keine Frage, sondern eine Feststellung. „Und bei mir auch nicht, wie ich gesehen habe." Er trat näher. „Wir gehen ein bisschen spielen."

Ein kleines Lächeln zog auf ihre Lippen. „Spielen?"

„New York ist doch eine unterhaltsame Stadt, nicht wahr?"

„Davon habe ich auch schon gehört."

„Fünf Minuten", bekräftigte er und drehte sich um.

Mit zusammengekniffenen Augen starrte sie auf seinen Rücken. „Fünfzehn."

„Zehn", kam es sofort von ihm zurück.

Ruth schnappte sich ihre Trainingstasche und spurtete Richtung Duschkabinen.

Nicht ganz zehn Minuten später kam Ruth, frisch geduscht, in Jeans und mauvefarbenem Pullover, nach unten. Ihr Haar hing frei und schwungvoll über ihren Rücken, damit entsprach es genau ihrer Stimmung. Nick wartete bereits auf sie. Ungeduldig wehrte er die Fragen zweier männlicher Tänzer ab.

„Ich kümmere mich morgen darum", sagte er zu den beiden und kam zu Ruth. „Du hast dich verspätet", behauptete er und zog sie zum Ausgang.

„Nein, ich bin pünktlich auf die Minute."

Zusammen schoben sie die Tür auf.

Der Lärm, der ihnen entgegenschlug, war überwältigend. Irgendwo links die Straße hinunter wurde der Bürgersteig aufgerissen, das rhythmische Rattern des Presslufthammers erfüllte die Luft. Direkt vor ihnen bremsten zwei Taxis mit quietschenden Reifen ab, bevor sie frontal zusammengestoßen wären. Die Fahrer ließen ihre Fenster hinunter und fluchten ausgiebig aufeinander ein. Die vorbeiströmenden Passanten wandten nicht einmal die Köpfe. Aus einem offen stehenden Fenster auf der anderen Straßenseite drang laut harter Punkrock.

„Wie schon gesagt, eine unterhaltsame Stadt." Nick hakte sich bei Ruth unter und verschränkte seine Finger mit ihren. Er grinste sie fröhlich an. „Und heute gehört sie uns."

Ruth stockte jäh der Atem. Weder all die Jahre, die sie einander kannten, noch die wilde Nacht mit ihm hatten eine solche Wirkung auf sie wie dieses wunderbar innige Lächeln.

„Wohin ... wohin gehen wir?", stammelte sie. Angestrengt bemühte sie sich, mit dem zurechtzukommen, was mit ihr geschah.

„Irgendwohin." Er zog sie an sich und küsste sie überschwänglich. „Du bestimmst."

Ruth konnte nicht anders, sie lachte. „Dahin!" Impulsiv streckte sie den Arm nach rechts.

Der Sommer hatte über Nacht die Stadt verlassen. Die frische Luft machte das Laufen angenehm, und sie liefen Meilen, wie es Ruth vorkam. Sie schauten in Galerien und Buchläden hinein, stöberten hier, suchten dort und kauften nicht ein einziges Teil.

Sie saßen auf dem Rand eines Brunnens und tranken heißen Tee mit Honig. Im Central Park sahen sie den unermüdlichen Joggern zu und fütterten die Tauben mit Brotkrumen. Es gab eine ganze Welt zu entdecken.

Bei Saks führte Ruth Nick eine Reihe von Pelzmänteln vor. Er saß da, die Fingerspitzen aneinandergelegt, und begutachtete sie kritisch.

„Nein.“ Er schüttelte den Kopf, als Ruth sich ihm in einer hüftlangen Blaufuchsjacke präsentierte. „Nein, das ist nicht gut.“

„Nicht gut?“ Sie rieb die Wange an dem wunderbar weichen Pelz und wusste nicht, wie sinnlich sie aussah. „Mir gefällt die Jacke.“

„Ich meinte nicht den Pelz, sondern dich.“ Er lachte, als Ruth pikiert die Augenbrauen hochzog. „Welches Model läuft schon mit nach außen gedrehten Füßen?!“

Ruth sah auf ihre Füße, dann grinste sie. „In Lycra fühle ich mich eben wohler als in Pelz.“ Sie drehte eine schnelle Pirouette, was ihr einen argwöhnischen Blick von der Verkäuferin eintrug. „Und fürs Training wäre die Jacke sowieso viel zu warm.“ Sie zog sie langsam aus, strich genüsslich über das Satinfutter.

„Soll ich sie dir kaufen?“

Sie wollte lachen, doch dann erkannte sie, dass er es ernst meinte. „Unsinn!“

„Wieso Unsinn?“ Nick stand auf, als Ruth die Jacke an die Verkäuferin zurückreichte. „Was ist unsinnig daran, Kleines? Magst du etwa keine Geschenke?“

Er nannte sie nur so, um sie zu ärgern. Doch anstatt sich provozieren zu lassen, warf sie ihm einen kühlen Blick zu. „Ich liebe Geschenke“, hauchte sie verführerisch und grinste in sich hinein, als die Verkäuferin leicht die Augen aufriss. „Aber wie kann ich ein solch kostbares Geschenk annehmen, wenn wir uns doch gerade erst kennengelernt haben?“ Sie himmelte ihn übertrieben an und streichelte seine Wange. „Und wie willst du das deiner Frau erklären?“

„Es gibt Dinge, die eine Ehefrau nicht wissen muss.“ Er sprach plötzlich mit starkem russischen Akzent. „In meinem Land wissen die Frauen noch, wo ihr Platz ist.“

„Hmm.“ Ruth hakte sich bei ihm ein. „Dann kannst du mir ja vielleicht auch zeigen, wo meiner ist.“

„Es wird mir ein Vergnügen sein.“ Er lächelte die entgeisterte Verkäuferin breit an. „Schönen Tag noch.“ Und dann zog er Ruth nach echter Kosaken-Art mit sich davon.

„Du bist ein Biest“, flüsterte er ihr zu, als sie das Geschäft verließen.

„Ich liebe es, wenn du den Russen herauskehrst, Nikolai.“

Er hob eine Augenbraue. „Ich *bin* Russe.“

„Manchmal mehr, manchmal weniger. Und manchmal kannst du amerikanischer sein als ein Farmer aus dem tiefsten Nebraska.“

„Tatsächlich?“ Für einen Moment wirkte er höchst interessiert. „Darüber habe ich noch nie nachgedacht.“

„Das macht dich ja auch so faszinierend“, sagte sie. „Du denkst nicht darüber nach, du bist es einfach.“ Sie gingen Hand in Hand weiter. „Ich habe mich oft gefragt, wie das bei dir ist ... Denkst du auf Russisch und übersetzt es dann im Kopf?“

„Auf Russisch denke ich dann, wenn ich ...“ Er suchte nach dem Wort. „Wenn ich emotional bin.“

„Das deckt einen ziemlich großen Teil deines Lebens ab.“ Sie grinste ihn an. „Du bist oft emotional.“

„Ich bin Künstler“, erwiderte er mit einem gleichgültigen Achselzucken. „Künstler haben ein Recht darauf, emotional zu sein. Bin ich wütend, dann fällt mir Russisch leichter. Außerdem kann man auf Russisch sehr viel zünftiger fluchen als auf Englisch.“

„Ich habe mich schon oft gefragt, was du da sagst, wenn du in Rage bist.“ Sie sah neugierig zu ihm hin, aber er schüttelte lachend den Kopf. „Du hast letzte Nacht Russisch mit mir gesprochen.“

„So?“ Der Blick, mit dem er sie ansah, ließ ihr das Herz bis zum Hals schlagen. „Vielleicht war ich ja ein wenig ... emotional.“

„Nach Fluchen hat es sich aber nicht angehört“, murmelte sie.

Plötzlich lag seine Hand an ihrem Nacken, er zog sie näher zu sich heran. „Möchtest du, dass ich es für dich übersetze?“

„Nicht jetzt.“ Ruth überschlug den Weg von der Fifth Avenue bis zu ihrem Apartment. Es war einfach zu weit. „Lass uns den Bus nehmen.“ Sie lachte ihn vielsagend an.

Nick verstand. „Nein, ein Taxi“, sagte er grinsend und hielt einen Wagen an.

Sonnenlicht flutete ins Schlafzimmer. Sie hatten sich nicht die Zeit genommen, die Jalousien zu schließen. Eng umschlungen lagen sie zusammen, nackt und still und matt nach dem leidenschaftlichen Sturm. Ruth döste zufrieden. Ihre Hand lag auf Nicks Brust. Im Halbschlaf spürte sie, wie sein Oberkörper sich ruhig hob und senkte. Er war eingeschlafen.

Auf ewig, dachte sie. So könnte sie auf ewig liegen bleiben. Sie rutschte noch näher an ihn heran, strich mit dem Fuß über seine Wade.

„Tänzerfüße“, murmelte er. Die leichte Berührung hatte ihn aufgeweckt. „Kraftvoll und hässlich.“

„Vielen Dank auch!“ Sie biss ihn sanft in die Schulter.

„Ein Kompliment.“ Er drehte sich um und sah sie an, unter halb geschlossenen Lidern hervor. „Große Tänzer haben immer hässliche Füße.“

Bei seiner Erklärung musste sie lächeln. „Ist es das, was dich an mir fasziniert hat?“

„Nein, das waren deine Kniekehlen.“

Lachend barg sie das Gesicht an seinem Hals. „Wirklich? Was ist denn so Besonderes an meinen Kniekehlen?“

„Wenn wir zusammen tanzen, dann sind deine Arme immer ganz weich und geschmeidig, und dann frage ich mich sofort, wie deine Kniekehlen sich anfühlen mögen.“ Nick stützte sich auf den Ellbogen auf und sah auf ihr Gesicht hinunter. „Wie oft ich deine Beine gehalten habe … bei den Tanzfiguren oder auch, um einen Krampf wegzumassieren. Aber da sind immer die Gymnastikhosen. Und dann frage ich mich, wie es wohl sein würde, dich richtig zu berühren.“ Er setzte sich auf und legte seine Hand an ihre Wade, hob das Bein leicht an. „Hier.“ Seine Finger glitten zu ihrer Kniekehle hinauf. „Und da.“ Er sah, wie ihre Augen dunkler wurden, spürte an seinen Fingerspitzen, wie ihr Puls sich beschleunigte. „Und es treibt mich halb in den Wahnsinn … diese Neugier, ob die seidige Geschmeidigkeit überall ist. Sanfte Stimme, sanfte Augen, seidiges Haar.“ Er senkte die Stimme, leise, verführerisch. „Ich halte dich bei der Hüfte, aber da sind immer Trikots und Kostüme. Und ich frage mich, wie die Haut sich dort wohl anfühlen mag.“ Während er sprach, glitt er mit der Hand an ihrer Seite hinauf, fuhr an ihren Rippen entlang, weiter bis zu der zarten Rundung ihrer Brust. „Kleine Brüste“, murmelte er, ohne ihr Gesicht aus den Augen zu lassen. „Ich habe sie gefühlt, wie sie sich beim Tanzen an mich pressten, habe gesehen, wie sie sich hoben und senkten, wenn du Atem holen musstest, und dann habe ich mich gefragt, wie sie sich in meiner Hand anfühlen würden. Welchen Geschmack mochte ich dort finden?“ Er senkte den Kopf und liebkoste, reizte, schmeckte.

Ruth versank in ihren Gefühlen, meinte unter dem Einfluss einer berauschenden Droge zu stehen. Ihre Gliedmaßen waren schwer, und doch schwebte sie. Sie lag still, genoss die sinnliche Entdeckungsreise seiner Hände und seines Mundes, während seine Worte und sein warmer Atem über ihre Haut strichen. Er berührte sie mit sinnlicher Langsamkeit, träge, erregend, ständig murmelnd.

„Selbst auf der Bühne, mit all den Lichtern und der Musik, habe ich mir jedes Mal vorgestellt, wie ich dich berühre. Hier.“ Er streichelte die Innenseite ihrer Schenkel. „Und wie ich dich schmecke. Hier.“ Seine

Lippen folgten der Spur seiner Finger. „Ich stellte mir vor, wie du mich ansiehst, mit deinen großen Augen. Fast konnte ich deine Gedanken durch diese großen Augen sehen, und dann würde ich mich fragen, ob du auch meine sehen kannst." Er presste den Mund auf ihren Bauch und fühlte den Schauer, der sie durchlief. „Was hättest du getan, *milaja*, hättest du gewusst, dass ich mich nach dir verzehre?"

Seine Zunge tauchte spielerisch in ihren Bauchnabel ein. Ruth stöhnte auf, bewegte sich unter ihm. Niemals zuvor hatte sie solches Vergnügen empfunden, so schwer, so erotisch. Ein Vergnügen, das ihren Körper zum Klingen brachte, das ihren Geist betäubte, bis selbst die Gedanken nichts anderes als Empfindungen waren.

„So lange", murmelte er und verstärkte noch: „Viel zu lange dauert das Verlangen schon an. Die Neugier, die Verwunderung."

Bisher waren seine Liebkosungen flüchtig gewesen, sanft. Jetzt wurden sie drängender, fordernder und durchbrachen den dunklen warmen Kokon, in dem Ruth bisher eingebettet gewesen war. Ihr Körper wurde lebendig, begann zu brennen. Ihre Sinne waren plötzlich geschärfter denn je zuvor: Sie war sich des Lakens an ihrem Rücken bewusst, sah die winzigen Staubkörnchen in den hellen Sonnenstrahlen tanzen, hörte das monotone Rauschen des Verkehrs auf den Straßen vor dem Fenster. Alles schien geradezu unwirklich klar zu sein. Und dann schwappte alles jäh in ein gleißendes Nichts über, wo nur noch Nicks Hände und sein Mund existierten.

Ruth hätte überall sein können – im Schnee, in der Wüste. Sie nahm nur noch Nick wahr. Sie lauschte auf seinen Atem, schneller als nach dem anstrengendsten Tanz. Mit ungezügelter Leidenschaft presste er seine Lippen auf ihre, und sie öffnete sie bereitwillig für ihn.

Der Kuss wurde tiefer, leidenschaftlicher, während Nicks Hände, seine Berührungen sie der Erfüllung immer näher brachten. Verloren im Rausch der Gefühle, klammerte Ruth sich an ihn. Und dann war er in ihr, und sie wurde weit über die Grenzen des Vorstellbaren hinaus katapultiert, mitten hinein in einen ekstatischen Taumel.

„Ljubow moja." Ruth hörte seine Stimme, so heiser, als würde sie sich tief aus seinem Innern emporarbeiten. „Sieh mich an."

Sie öffnete die Augen langsam, erschauerte wieder und wieder vor Verlangen und Lust.

„Ich habe dich", stieß er hervor. „Und ich will dich noch immer."

Ruth erstürmte den Gipfel und gab sich der Erfüllung hin. Und Nick verbarg sein Gesicht in ihrem Haar.

10. KAPITEL

Francie erwischte Ruth beim Arm und zog sie mit sich zur Stange, als sie am nächsten Morgen zum Training in den Probensaal strömten. „Wohin bist du denn gestern verschwunden?“

„Gestern?“ Ruth gelang es nicht, das verträumte Lächeln zu unterdrücken. „Oh, ich bin ein bisschen in der Stadt bummeln gegangen.“

Francie bedachte sie mit einem wissenden Blick. „Sicher. Stell ihn mir irgendwann vor, ja?“ Sie zog eine nachdenkliche Miene, als Ruth auflachte, doch dann fuhr sie auch schon fort: „Hast du schon gehört?“

Langsam begann der Saal sich mit dem Rest der Truppe zu füllen. Ruth übte ihre Pliés. Ihre Augen jedoch wanderten zu Nick, der am anderen Ende des Saals mit einigen männlichen Tänzern zusammenstand. „Was denn?“ *Wie die Sonne auf sein Haar fällt,* dachte sie. *Als ob es die Strahlen anzieht.*

„Diese Fernseh-Geschichte.“ Francie fiel in Ruths Rhythmus mit ein, sodass sie immer auf Augenhöhe blieben. „Weißt du etwa noch nichts davon?“

„Leah hat es erwähnt.“ Ruth sah zu der Blondine hinüber und musste an die Episode damals vor der Vorstellung denken. „Aber Genaueres hat man mir noch nicht gesagt.“

„Es findet tatsächlich statt. Jetzt.“ Zufrieden sah Francie, dass ihr Ruths Aufmerksamkeit jetzt endlich ausschließlich gehörte.

„Wirklich?“

„Nadine hat einen Riesendeal ausgehandelt.“ Francie zog ihre Beinwärmer höher. „Sie hatte ja auch den entsprechenden männlichen Köder, den sie ihnen vor die Nase halten konnte.“

Damit meinte Francie Nick, das war Ruth klar. Wieder glitt ihr Blick zu ihm. Jetzt hatten Leah und er die Köpfe zusammengesteckt. Die Ballerina unterstrich ihre Worte mit fließenden Handbewegungen. „Was für einen Deal?“

„Zwei volle Stunden“, antwortete Francie begeistert. „Zur Hauptsendezeit. Und Nick hat praktisch freie Hand als künstlerischer Leiter. Er hat schließlich den Namen, und nicht nur in der Ballettwelt. Selbst die Leute, die den Unterschied zwischen einem Plié und einer Pirouette nicht erkennen, wissen, wer Davidov ist. Offenbar soll das Ganze ein Paket werden, bei dem Nick sich verpflichtet, zwei weitere Projekte zu übernehmen. Was das für die Company bedeutet!“ Sie stellte sich auf die Spitze. „Kannst du dir vorstellen, wie viele Menschen wir damit erreichen? Mit zwei Stunden Sendezeit! So viel mehr als mit all unseren Aufführungen! Himmel, ich hoffe, dass ich auch tanzen darf! Dafür wäre ich sogar bereit, in das Corps zurückzukehren. Du wirst natürlich die Carlotta tanzen.“ Francie seufzte ein wenig neidisch.

Ruth war froh, als der Unterricht begann. Aber es fiel ihr schwer, sich zu konzentrieren. Ihr Körper gehorchte automatisch auf die Kommandos, doch ihre Gedanken schwirrten in tausend verschiedene Richtungen. Warum hatte Nick ihr nichts davon gesagt?

Ihre Hände lagen auf der Stange, während Madame Maximova prüfend an der Tänzerreihe entlangging. Ruth war bewusst, dass Nick direkt hinter ihr stand.

Sie hatten den gesamten gestrigen Tag zusammen verbracht und den heutigen Morgen, und nie hatte er auch nur ein Wort erwähnt. Würde sie tanzen? Sie legte das Bein auf die Stange, beugte sich vor. Oder war das, was zwischen ihnen passiert war, der Stolperstein?

Während sie sich mit dem Rest der Truppe im Saal aufstellte, versuchte sie, logisch zu bleiben. Es war noch nicht einmal eine Woche her, dass er ihr mitgeteilt hatte, alles sei noch in der Planung begriffen. Sie versuchte, sich an seine genauen Worte zu erinnern, an seine genaue Stimmung. Er war verärgert gewesen, weil sie nicht ihre übliche Leistung erbracht hatte. Besorgt, weil sie so aufgeregt gewesen war. Und wütend, weil sie den Namen der Person, die die Information hatte durchsickern lassen, nicht preisgeben wollte.

Was genau hatte er dann getan? Mit den Fingern geschnippt. Er bestimmte, und sie tanzte. So einfach war das. Mit gerunzelter Stirn tanzte Ruth die vorgegebene Schrittfolge. Aber wieso schien hier jeder mehr zu wissen als sie? Nick lobte sie als seine beste Ballerina, aber er hielt es nicht für nötig, sie über das wichtigste Projekt der Company in diesem Jahr zu informieren?

Wie sollte man aus einem solchen Mann schlau werden können? *Niemand kann das,* erinnerte sie sich. Sie drehte den Kopf und sah zu ihm hin. *Er ist Davidov,* dachte sie.

Nick erwiderte ihren Blick ein wenig spöttisch, doch das Tempo steigerte sich von Adagio zu Allegro und verlangte ihre volle Aufmerksamkeit.

„Danke, das war's.“ Eine halbe Stunde später entließ Madame Maximova dreißig schwitzende Tänzer. Sie hatte einen viel stärkeren russischen Akzent als Nick, obwohl sie schon seit über vierzig Jahren in den Staaten war.

„In einer Viertelstunde will ich die ganze Company auf der Bühne sehen."

Ruth hob den Blick und traf im Spiegel auf Nicks Augen, als er die Ankündigung machte. Sofort ging ein aufgeregtes Raunen durch die Truppe. In kleinen Grüppchen strebten die Tänzer auf die Tür zu. Davidov hatte gesprochen. Ruth warf sich ihre Trainingstasche über die Schulter und wollte sich anschließen.

„Einen Moment, Ruth."

Gehorsam blieb sie stehen; das Training war zu tief in ihr verwurzelt für etwas anderes. Er sagte auf Russisch etwas zu der Ballettmeisterin, was sie leise auflachen ließ – ein höchst seltenes Vorkommnis. Dann nickte Madame Maximova knapp und schritt mit einer Grazie aus dem Raum, als wäre sie mindestens fünfundzwanzig Jahre jünger, als sie es in Wirklichkeit war.

Nick kam auf Ruth zu, spielte abwesend mit seinem Handtuch und zog es sich durch die Finger. „Du warst mit deinen Gedanken nicht beim Unterricht."

„Nicht?"

Ihm fiel ihr forschender Blick auf. „Dein Körper hat sich bewegt, aber mit deinen Gedanken warst du meilenweit weg. Wo?"

Ruth musterte ihn noch einen Moment und versuchte den besten Weg zu finden, wie sie das Thema aufbringen könnte. Sie entschied sich für Direktheit. „Warum hast du mir nichts von dem Fernseh-Dreh erzählt?"

Er zog eine Braue hoch; eine stolze Geste. „Hätte ich das etwa tun sollen?"

„Ich bin Erste Solotänzerin."

„Richtig." Er ließ eine Sekunde vergehen, bevor er weitersprach. „Das beantwortet aber nicht meine Frage."

„Jeder andere hier scheint Bescheid zu wissen." Frustriert funkelte sie ihn an. „Bestimmt diskutiert schon der ganze Corps darüber."

„Vermutlich", stimmte er lässig zu und schlang sich das Handtuch um den Hals. „Es ist ja kein Geheimnis. Und selbst wenn ... Geheimnisse machen im Ensemble schnell die Runde."

„Du hättest es mir sagen sollen." Seine überhebliche Art machte sie wütend. „Ich hatte dich letzte Woche noch gefragt."

„Letzte Woche stand noch nichts fest."

„Gestern stand es aber fest, und du hast noch immer keinen Ton verlauten lassen.“

Sie sah, wie er die Augen leicht zusammenkniff – ein eindeutiges Warnsignal. Als er wieder sprach, geschah es mit einem anderem, einem kalten Ton. „Gestern waren wir einfach nur ein Mann und eine Frau.“ Er fasste das Handtuch an den Enden, zog es nach vorn. „Glaubst du, weil wir uns geliebt haben, lasse ich dir als Ballerina eine bevorzugte Behandlung zukommen?“

„Natürlich nicht!“ Ruth riss bei dieser Frage überrascht die Augen auf. Auf den Gedanken wäre sie niemals gekommen. „Wie kannst du so etwas von mir denken?!“

„Aah.“ Er nickte knapp. „Ich verstehe. Ich soll deiner Integrität vertrauen, aber meine ist natürlich suspekt.“

„Das habe ich nie behauptet …“, setzte sie an, doch er unterbrach sie mit einem herrischen Wedeln der Hand.

„Geh duschen. Jetzt bleiben dir nur noch zehn Minuten.“ Damit ging er davon und ließ sie mit offenem Mund zurück.

Als Ruth in den Zuschauersaal gerannt kam, waren die anderen schon da. Sie saßen auf der Bühne in kleinen Grüppchen zusammen oder standen an die Wände gelehnt. Atemlos ließ sie sich neben Francie nieder.

„Gut“, Nick ließ den Blick über die Anwesenden gleiten, „wir sind also jetzt vollzählig.“ Er stand in der Mitte der Bühne, die Hände tief in die Taschen seiner grauen Trainingshose vergraben, das Haar noch nass vom Duschen. Jeder sah zu ihm hin. Nadine saß in einem eleganten eisblauen Kostüm auf einem Stuhl zu seiner Rechten.

„Die meisten von euch scheinen schon davon gehört zu haben, dass wir an einem Projekt für den Fernsehsender WNT-TV arbeiten.“ Wieder glitt sein Blick über die versammelte Truppe, blieb kurz an Ruth hängen. „Nadine und ich werden euch jetzt die Details mitteilen.“ Er sah zu Nadine, die die Finger verschränkte und anhob.

„Die Company wird die Welt des Balletts in einer zweistündigen Produktion präsentieren. Die Aufnahmen für die einzelnen Episoden werden hier im Haus stattfinden und laufen über zwei Wochen. Anfang nächsten Monats wird mit den Dreharbeiten begonnen. Natürlich wollen wir so viele Tänze wie möglich aus unseren Repertoires einbauen. Nick und ich“, sie warf ihm einen kurzen Blick zu, „haben bereits mit Mark und Marianne“, jetzt ging ihr Blick zu den beiden Choreografen, „ein vorläufiges Programm zusammengestellt.“ Sie machte eine kleine

Pause, um größere Wirkung mit ihren nächsten Worten zu erzielen. „Ich denke, ich muss keinem von euch sagen, wie wichtig dieses Projekt für die Company ist. Ich setze voraus, dass ihr alle euer absolut Bestes gebt."

Damit war ihre kleine Rede beendet. Nick nahm das Klemmbrett zur Hand. „Die Proben beginnen mit sofortiger Wirkung", verkündete er und las die Liste der Ballette, der Tänze sowie der Nummern der zugeteilten Probesäle vor.

Es war ein mannigfaltiges Programm, wie Ruth mit angehaltenem Atem beim Zuhören feststellte: von Tschaikowskys „Nussknacker" – Francie stieß einen unterdrückten Jubelschrei aus, als sie erfuhr, dass sie für die Rolle der Zuckerfee eingeteilt war – bis zu „Rodeo". Nick wollte ganz offensichtlich die Vielfalt und übergreifenden Elemente des Tanzes aufzeigen.

Choreografen wurden bestimmt, Szenen aufgelistet. Ruth hielt unmerklich die Luft an, als die Rollen aufgeteilt wurden. Leah wurde als Aurora und Giselle aufgestellt. Das waren die Rosinen aus dem Kuchen, aber niemand hatte etwas anderes erwartet. Keil Lowell sollte mit Leah tanzen. Einer jungen Tänzerin liefen stille Tränen über die Wangen, weil sie zum ersten Mal ein Solo tanzen würde.

Nick las weiter vor, ohne aufzublicken. „Ruth ... der Grand Pas de deux aus ‚The Red Rose' und der Pas de deux aus dem zweiten Akt von ‚Le Corsaire'. Du tanzt mit mir."

Langsam ließ Ruth den Atem aus den Lungen entweichen, die Spannung fiel von ihr ab.

„Wenn es zeitlich möglich ist, werden wir auch noch eine Szene aus ‚Carnival' mit ins Programm aufnehmen."

Nick las mit sachlicher Stimme vor, aber Ruth hörte nur noch mit halbem Ohr zu. Am liebsten hätte sie die Tränen fließen lassen wie die junge Tänzerin aus dem Corps. Das war es, wofür sie gearbeitet hatte! Das waren die Früchte von fast zwei Jahrzehnten Training. Doch trotz der Freude fühlte sie Nicks Verärgerung.

Seine ständig schwankenden Stimmungen waren schrecklich frustrierend. Und er war so starrsinnig und begriffsstutzig! Es würde sie Nerven und Energie kosten, es ihm zu erklären. Sie zog die Beine an und musterte ihn aufmerksam.

Schon seltsam, überlegte sie weiter. Er war großzügig und liberal eingestellt, und dennoch ging er mit seinem Vertrauen so sparsam um. Plötzlich runzelte sie die Stirn. *Das tue ich doch auch,* dachte sie und stützte das Kinn auf die Knie. *Wir haben ein Problem, und ich bin mir nicht sicher, wie wir es lösen können.*

Auf jeden Fall würden die nächsten Wochen nicht leicht werden, weder in beruflicher noch persönlicher Hinsicht. Im Privaten würden sie und Nick sich überlegen müssen, was sie voneinander wollten und wie viel sie einander zu geben bereit waren. Dieses Problem schob sie erst einmal in den Hintergrund. Das war ihr ein wenig zu einschüchternd.

Was nun das Berufliche betraf ... Ihr grauste vor der Zeit, die vor ihr lag. Nick als Choreograf oder Ballettdirektor war schlimm genug; als Partner aber wurde er regelrecht zum Sklaventreiber. Mit weniger als Perfektion gab er sich nicht zufrieden. Und er war auch noch nie besonders feinfühlig gewesen, wenn es darum ging, seine Unzufriedenheit deutlich zu machen, sollte diese Perfektion nicht erreicht werden. Aber trotzdem ... Ruth wäre über glühende Kohlen gelaufen, um mit ihm zu tanzen.

Die Proben würden jedem das Letzte abfordern. Ihnen blieb nur wenig Zeit, die Erwartungen waren hoch, und ein großer Teil der Company-Tänzer stand die nächsten zwei Wochen allabendlich in „Dornröschen“ auf der Bühne. Nerven und Muskeln würden zum Zerreißen gespannt sein. Nach der Vorstellung würden sie dann nach Hause humpeln, um die Füße in Eiswasser zu baden, oder gleich in ein heißes Bad sinken. Sie würden sich gegenseitig die Zehen und Waden massieren, würden nur von Kaffee und Aufregung leben. Aber letztendlich würden sie triumphieren. Schließlich waren sie alle Tänzer.

Als Nick seine Liste zu Ende vorgetragen hatte und sich Nadine zuwandte, ging Ruth direkt weiter in den kleinen Probenraum, den er ihr zugeteilt hatte. Sie ließ die Tür offen stehen. Tänzer hasteten über den Gang, die aufgeregten Unterhaltungen hallten an den Wänden des Gebäudes wider. Aus irgendeinem Raum am Ende des Korridors schallte Musik bis zu ihr. Strawinsky, erkannte sie.

Ruth ging zur Bank, um ihre Spitzenschuhe anzuziehen. Einen Moment lang studierte sie sie prüfend. Die hier würden vielleicht noch zwei, drei Tage halten, länger nicht. Dabei waren sie nicht viel älter als eine Woche. Sie fragte sich, wie viele Paar sie in diesem Jahr schon durchgetanzt hatte. Und wie viele Meter Satinband hatte sie in diesem Jahr wohl schon verschlissen?

Sie wickelte das Band um ihre Knöchel und sah auf, als Nick den Raum betrat. Er schloss die Tür hinter sich, und das Stimmengewirr und die Musik waren nicht mehr zu hören.

„Lass uns mit ‚Le Corsaire‘ beginnen“, sagte er und kam zu ihr. „Wir werden vorerst ohne Klavierbegleitung arbeiten. Die Pianisten sind im Moment komplett überlastet, da muss ich mir noch etwas einfallen lassen.“ Er zog sich die weite Trainingshose aus und stand jetzt im eng anliegenden Tänzertrikot vor ihr.

„Nick, ich würde gern mit dir reden.“

„Hast du eine Beschwerde vorzubringen?“ Er streifte sich die Wadenwärmer über.

„Nein. Nick ...“

„Also bist du zufrieden mit deinen Einsätzen? Dann lass uns anfangen.“ Er stand auf, und Ruth erhob sich mit ihm.

„Spiel dich nicht wie der große Premier danseur auf!“, warnte sie ihn gereizt.

Mit einer hochgezogenen Augenbraue musterte er sie kühl. „Ich *bin* Premier danseur.“

„Du bist auch ein Mensch, aber darum geht es nicht.“ Obwohl sie sich geschworen hatte, sich zu zügeln, ging ihr Temperament mit ihr durch.

„Und worum genau geht es dann?“, fragte er gefährlich liebenswürdig.

„Was ich heute Morgen gesagt habe, hatte nichts mit der Besetzung zu tun.“ Sie stemmte die Hände in die Hüften.

„Nicht? Vielleicht hättest du die Güte, mich aufzuklären, womit es dann zu tun hatte? Möglichst kurz, ich habe nämlich noch eine Menge zu erledigen.“

Ihre Augen sprühten Funken, und ihr Temperament hatte die innere Schlacht gewonnen. „Dann geh und erledige es. Ich übe allein.“

„Ich bestimme, wann und mit wem du übst.“ Seine Augen blitzten ebenso wütend wie ihre. „Und jetzt sag, was du zu sagen hast, damit wir endlich anfangen können.“

„Also gut.“ Ruth riss ihren Arm aus seinem Griff los. „Es hat mir nicht gefallen, im Dunkeln gelassen zu werden. Ich denke, ich hätte es von dir erfahren sollen, geradeheraus und offen. Dass wir miteinander schlafen, spielt dabei keine Rolle. Wir sind professionelle Partner, wir tanzen zusammen. Du erzählst es der halben Company, aber mir nicht?“ Sie nahm sich kaum Zeit, um Luft zu holen. „Mir hat es auch nicht gefallen, dass ich hier und da Häppchen von anderen serviert bekomme, erst von Leah und dann ...“

„Ah! Es war also Leah“, unterbrach er ihre feurige Tirade. Ruth stieß frustriert die Luft aus. In ihrer Wut hatte sie sich verraten.

„Das ist jetzt unerheblich“, setzte sie an, doch ein Wink von ihm ließ sie verstummen.

„Sei nicht dumm“, knurrte er ungeduldig. „Es gibt keine Entschuldigung dafür, dass ein Tänzer den anderen kurz vor der Vorstellung aus der Fassung bringt. Du wirst mir doch jetzt nicht sagen, dass es nicht absichtlich geschah?“ Er wartete ab, taxierte ihre Miene. Ruth öffnete den Mund, schloss ihn wieder. Sie war alles andere als eine begnadete Lügnerin, eher das genaue Gegenteil. „Dann tu jetzt auch nicht so, als wäre es nicht wichtig“, schloss er.

„Na schön“, gab sie nach. „Aber es ist passiert und vorbei. Es wäre unsinnig, alles wieder aufzuwirbeln, vor allem jetzt.“

Nick dachte einen Moment nach. Ruth sah es an seinen Augen, die hart in die Ferne starrten. Sie wusste nur zu gut, wie mitleidlos er Strafen austeilen konnte. „Du hast recht“, sagte er schließlich. „Im Moment brauche ich sie. Niemand bei uns tanzt die Aurora so gut wie sie, aber …“ Er sprach nicht weiter, und sie ahnte, dass er sich bereits disziplinarische Maßnahmen zurechtlegte. Er würde einen Weg finden, um Leah zurechtzustutzen und dennoch seine Aurora von ihr zu erhalten. *Eine mit Samt überzogene Peitsche,* dachte Ruth bedrückt, *das ist Davidov.*

„Wie auch immer“, hob sie an, und er wandte ihr wieder seine Aufmerksamkeit zu. „Es geht hier nicht um Leah.“

„Richtig.“ Er nickte zustimmend. „Du wolltest mir gerade sagen, um was es geht.“

Jetzt war Ruth wieder etwas ruhiger. „Heute Morgen zu erfahren, dass alles bereits unter Dach und Fach ist … das hat mich geärgert. Wahrscheinlich habe ich mich ausgeschlossen gefühlt. Wir beide haben nicht mehr vernünftig über das Tanzen gesprochen seit jenem Abend, als wir für ‚The Red Rose‘ geprobt haben. Außerdem war ich wütend.“

„Und ich wollte dich“, sagte er schlicht. „Es war schwierig.“

„Für uns beide.“ Ruth holte tief Luft. „Ich bin nie davon ausgegangen, dass du mich plötzlich anders behandelst, nur weil wir Liebhaber geworden sind. Allein der Gedanke ist mir zuwider. Aber ich war nervös vor dem Casting. Das bin ich immer.“

„Nun, es war vielleicht nicht besonders klug von mir, so etwas zu sagen.“

Ein solches Zugeständnis von Davidov … das kam einer Entschuldigung so nahe wie überhaupt nur möglich. Ruth steckte lächelnd die Zunge in die Wange. „Ja, vielleicht.“

Seine Brauen ruckten hoch. „Du solltest mehr Respekt für Ältere zeigen."

„So? Wie wär's dann damit?" Sie streckte ihm die Zunge heraus.

„Sehr verführerisch." Nick zog sie in seine Arme und küsste sie hart. „Also, damit es absolut klar ist ..." Die Hände an ihren Schultern, hielt er sie von sich ab. „Ich habe dich als meine Partnerin gewählt, weil ich nur mit den Besten tanze. Wärest du nicht die Beste, hätte ich mir jemand anderen ausgesucht. Aber dann würde ich dennoch die Nächte mit dir verbringen wollen."

Eine tonnenschwere Last fiel ihr von den Schultern. Davidov begehrte sie um ihrer selbst willen und tanzte mit ihr, weil er ihre Fähigkeiten respektierte. „Nur die Nächte?", murmelte sie und trat näher an ihn heran.

Nick streichelte über ihre Arme. „Für die nächste Zeit werden wir kaum mehr Zeit für uns allein haben als die Nächte." Er küsste sie, hart, kurz, besitzergreifend. „Und jetzt tanzen wir."

Gemeinsam gingen sie in die Mitte des Raumes, drehten sich zur Spiegelwand und begannen.

11. KAPITEL

Es wurden lange, anstrengende Tage, mit immer neuen Aufregungen und immer neuen Enttäuschungen. Ruth arbeitete konzentriert mit Nick, der unablässig an ihrem Pas de deux aus „Le Corsaire" feilte. Die Choreografie musste auf die Kamera abgestimmt werden. Wenn der Tanz durch die Linse gesehen wurde, sagte Nick, dann musste er auch in die Linse hineinpassen. Es war ein völlig anderes Konzept, als wenn sie vor einem großen Publikumssaal tanzten. Schon bei der ersten improvisierten Probe war Ruth klar, dass Nick seine Hausaufgaben gemacht hatte. Er arbeitete Hand in Hand mit dem Regisseur.

Ruths Tage waren mehr als angefüllt mit Unterricht und Proben, doch ihre Nächte waren eher leer. Nicks Pflichten als Choreograf und künstlerischer Leiter hielten ihn oft bis spät in die Nacht beschäftigt. Da mussten andere Proben beaufsichtigt, andere Tänze vorbereitet, Budget-Meetings abgehalten und Besprechungen mit dem Fernsehteam durchgeführt werden.

Während der Proben blieb Ruth und Nick kaum private Zeit. Sie arbeiteten miteinander, wie ein Tänzer mit einer Tänzerin und eine Tänzerin mit dem Choreografen arbeitete. Sie übten die Abläufe zur Musik, stritten sich, einigten sich. „The Red Rose" machte ihnen nur wenige Probleme, Nick veränderte jedoch einige Abläufe, um dem neuen Medium besser zu entsprechen. „Le Corsaire" brauchte den größten Teil der Proben auf. Die Rolle war wie für Nick gemacht, es war das perfekte Ventil für seine Kreativität. Sein Elan stachelte Ruths Ehrgeiz an. Sie gab ihr Äußerstes.

Nick kritisierte winzige Kleinigkeiten wie den Winkel ihrer Finger zueinander, lobte die Haltung ihres Kopfes und trieb sie noch härter an. Mit seiner unerschöpflichen Energie zwang er Ruth, entweder mit ihm mitzuhalten oder zurückzufallen. Manchmal fragte sie sich, wie er das überhaupt schaffte … das Tanzen, die Konferenzen, das Planen.

Er hatte gesagt, die Nächte würden ihnen gehören, doch bisher war davon nicht viel zu bemerken. Zum ersten Mal, seit sie in ihre Wohnung gezogen war, fühlte Ruth sich einsam. Solang sie zurückdenken konnte, war sie immer zufrieden mit der eigenen Gesellschaft gewesen. Jetzt ging sie zum Fenster und zog die Jalousien zurück, um mit leerem Blick in die Dunkelheit hinauszustarren. Sie erschauerte leicht.

Ein Klopfen an der Wohnungstür ließ sie zusammenzucken, dann schüttelte sie den Kopf. Nein, das war nicht Nick; sie wusste ja, dass er heute noch zwei Sitzungen hatte. Sie ging, um zu öffnen, und sah erst durch den Spion. Sekundenlang blieb sie mit der Hand am Türknauf stehen, dann holte sie tief Luft und zog die Tür auf.

„Hallo, Donald."

„Ruth." Er lächelte. „Darf ich reinkommen?"

„Sicher." Sie trat beiseite, um ihn einzulassen, und schloss die Tür hinter ihm.

Er war wie immer makellos, aber lässig gekleidet, trug Lederjacke und Cordhose. Ruth wurde jäh klar, dass sie sich seit Wochen nicht gesehen hatten.

„Wie geht es dir denn?" Ihr fiel nichts anderes ein, was sie sagen könnte.

„Gut, danke. Mir geht es gut."

Sie spürte eine gewisse Verlegenheit in seinem sonst so selbstsicheren Auftreten, und es beruhigte sie. „Komm, setz dich. Kann ich dir etwas zu trinken anbieten?"

„Gern. Scotch, wenn du hast." Donald ging zu einem Sessel und setzte sich, sah Ruth dabei zu, wie sie das Glas einschenkte. „Trinkst du nichts?"

„Nein." Sie reichte ihm den Drink und ließ sich auf dem Sofa nieder. „Ich habe gerade eine Tasse Tee getrunken." Abwesend streichelte sie Nijinskys Kopf.

„Ich habe gehört, dass eure Company etwas fürs Fernsehen macht." Er schwenkte den Scotch im Glas, dann nippte er daran.

„Neuigkeiten verbreiten sich scheinbar schnell."

„Ihr lasst neue Kostüme anfertigen", bemerkte er. „So was spricht sich rum."

„Daran hatte ich gar nicht gedacht." Sie zog die Beine unter. „Läuft geschäftlich bei dir alles gut?"

Bisher hatte er in die goldene Flüssigkeit in seinem Glas geschaut, jetzt hob er den Blick. „Ja. Ende des Monats fliege ich nach Paris."

„Wirklich?" Sie lächelte ihn freundlich an. „Für wie lange?"

„Zwei Wochen. Ruth …" Er zögerte, setzte dann das Glas ab. „Ich muss mich entschuldigen. Für die Dinge, die ich gesagt habe, als wir uns das letzte Mal sahen."

Ihr Blick lag auf seinem Gesicht, ruhig, forschend. Was sie dort sah, besänftigte sie. Sie nickte. „Akzeptiert."

Donald stieß hörbar die Luft aus. Mit einer so leichten Absolution hatte er nicht gerechnet. „Deine Gesellschaft fehlt mir. Ich dachte, wir könnten vielleicht essen gehen."

„Nein, Donald." Ihre Stimme war ebenso milde und ruhig wie ihr Blick.

Er runzelte die Stirn. „Ruth, ich war aufgeregt und verärgert. Ich weiß, ich habe ein paar unmögliche Dinge gesagt, aber …"

„Das ist es nicht, Donald."

Er musterte sie forschend, dann setzte er sich zurück. „Ich verstehe. Ich hätte mir denken können, dass es da einen anderen gibt."

„Donald, du und ich, wir waren nie mehr als Freunde." In ihrer Stimme lagen weder eine Entschuldigung noch Ärger. „Ich sehe keinen Grund, warum sich das ändern sollte."

„Davidov?" Bei ihrer erstaunten Miene lachte er hart auf.

„Ja, Davidov. Woher wusstest du?"

„Ich habe Augen im Kopf", sagte er nur knapp. „Ich habe doch gesehen, wie er dich anschaut." Donald trank einen weiteren Schluck Scotch. „Vermutlich passt ihr zueinander."

Ruth musste lächeln. „Ist das nun ein Kompliment oder eine Beleidigung?"

Kopfschüttelnd stand Donald auf. „Ich weiß es nicht." Für einen Moment schaute er sie nachdenklich an. Ruth hielt dem Blick stand, begegnete ihm gelassen. „Leb wohl, Ruth."

Sie blieb, wo sie war. „Auf Wiedersehen, Donald." Sie sah ihm nach, wie er durch den Raum und zur Tür hinausging.

Erst nach einigen Augenblicken nahm sie sein Glas und trug es in die Küche. Den Scotch, den Donald übrig gelassen hatte, goss sie ins Spülbecken. Sie dachte an die Zeit zurück, die sie mit Donald verbracht hatte. Es war nett gewesen. Sie hatte sich wohl gefühlt in seiner Gesellschaft, nicht mehr und nicht weniger. Stimmte es vielleicht tatsächlich, dass es Frauen gab, die nur für einen Mann geschaffen waren? Gehörte sie dazu?

Ein neuerliches Klopfen riss sie aus ihren Gedanken. Sie kaute an ihrer Unterlippe. Sie hatte jetzt wirklich keine Lust, sich noch einmal mit Donald zusammenzusetzen. Resolut ging sie zur Tür, riss sie auf – und lächelte strahlend.

„Nick!"

Er trug zwei Schachteln unter dem Arm, eine flach, die andere größer, und eine Flasche Wein. „*Prewitj, malenka.*" Er trat über die Schwelle und schaffte es irgendwie, Ruth mit einem Kuss zu begrüßen, obwohl er so bepackt war.

„Aber du hast doch heute Abend zwei Meetings." Sie schloss die Tür, während er die Schachteln auf dem Esstisch abstellte.

„Hab ich abgesagt." Mit einem breiten Grinsen zog er sie an sich. „Du weißt doch, Künstler haben ein Recht auf exzentrisches Gehabe." Er machte den ersten kurzen Begrüßungskuss mit einem langen, innigen wett. „Hast du heute Abend schon was Bestimmtes vor?", flüsterte er dann in ihr Ohr.

„Nun …" Sie ließ sich absichtlich Zeit mit der Antwort. „Vermutlich könnte ich es verschieben, wenn es einen guten Grund gibt." Es fühlte sich so wunderbar an, von ihm umarmt zu werden, seine Lippen auf ihren zu spüren. „Was ist in den Schachteln?"

„Oh, dies und das." Nick schob sie von sich ab. „Dies ist für später", er zeigte auf den größeren Karton, „und das ist für jetzt." Mit einer schwungvollen Bewegung schlug er den Deckel zurück.

„Pizza!"

Nick beugte sich über die Pizza und schnupperte mit geschlossenen Augen. „Das riecht himmlisch. Los, hol schnell Teller, bevor sie kalt wird."

Eilig drehte Ruth sich um.

„Das werde ich dir morgen beim Training wieder abschwitzen." Er nahm die Weinflasche. „Und ich brauche auch einen Korkenzieher."

„Was ist in der anderen Schachtel?", rief Ruth aus der Küche, wo sie mit Tellern und Besteck klapperte.

„Später. Erst habe ich Hunger."

Als Ruth mit Geschirr und Gläsern beladen zurück ins Wohnzimmer kam, beugte Nick, die Weinflasche noch immer in der Hand, sich gerade herunter, um Nijinsky zur Begrüßung zu streicheln. „Du kriegst was ab, versprochen."

Sie beobachtete die kleine Szene, und ihr Herz floss über. „Ich bin so froh, dass du hier bist."

Nick richtete sich auf. „Wieso?" Lächelnd nahm er ihr den Korkenzieher aus der Hand.

„Ich liebe Pizza", sagte sie offenherzig.

„Liebe geht durch den Magen, sagt man, nicht wahr? Eine alte russische Weisheit." Mit einem leisen „Plopp" zog Nick den Korken aus dem Flaschenhals. „Ich kann also dein Herz über deinen Magen gewinnen?"

„Auf jeden Fall." Ruth legte Pizzastücke auf die Teller.

„Und dann hüpfst du bald wie ein kleiner Fleischklops auf der Bühne herum.“ Nick setzte sich ihr gegenüber und goss Wein in die Gläser. „Es sieht so aus, als hätten wir auch noch Zeit für ‚Carnival‘. Und du tanzt die Columbine.“

„Oh Nick!“ Ruth beeilte sich, hinunterzuschlucken.

„Die zusätzlichen Proben werden verhindern, dass du zu mollig wirst.“

„Mollig!“

„Ich will mir schließlich nicht mit dir den Rücken verheben.“ Frech grinste er sie an.

„Und was ist mit dir?“, flötete sie zuckersüß. „Wer will schon einen Harlekin mit einem Bauch?“

„Mein Stoffwechsel würde das nie zulassen“, erwiderte er im Brustton der Überzeugung, verschlang sein Stück Pizza und spülte mit Wein nach. „Ich habe mir Filme angesehen“, sagte er dann unvermittelt. „Fred Astaire, Gene Kelly. Großartige Bewegungsabläufe. Mit der richtigen Kameraeinstellung kann man genau sehen, was einen Tänzer ausmacht. Der Winkel ist der Schlüssel.“

„Hast du auch ‚Ein Amerikaner in Paris‘ gesehen?“ Ruth schluckte den letzten Bissen ihres Pizzastücks hinunter und griff nach dem Weinglas. „Ich würde wahnsinnig gern mal steppen.“

„Das würde auch ganz andere Muskeln fordern“, überlegte Nick laut. „Könnte interessant werden.“

„Woran denkst du jetzt?“

Sein Blick, der in die Ferne geschweift war, kehrte zu Ruth zurück. „Ein neues Ballett, mit euren typisch amerikanischen Bewegungsabläufen. Aber das muss noch warten.“ Er schüttelte den Kopf, schien die Idee sicher zu verstauen. „Hier, iss noch ein Stück. Wenn man schon sündigt, dann richtig.“

„Noch eine alte russische Weisheit?“, fragte sie grinsend.

„Genau!“ Er goss ihr auch noch Wein nach.

Sie aßen Pizza und tranken Wein, und für Nijinsky fiel sogar ein eigenes Stück Pizza ab. Nick erzählte Ruth vom Stand der Proben und ließ amüsante Anekdoten und den neuesten Company-Klatsch mit einfließen. Er fragte sie nach Tanzszenen in den Filmen, die er noch nicht gesehen hatte, und Ruth tat ihr Bestes, um sie ihm zu beschreiben.

„Denkst du daran, ein neues Ballett speziell fürs Fernsehen zu schreiben?“, fragte sie, als sie zusammen Geschirr spülten. „Für eines der beiden anderen Projekte, für die du deine Zusage gegeben hast?“

„Vielleicht.“ Er blieb vage. „Nadine wünscht sich auch eine Dokumentation über die Company. Sie überlegen es sich noch. Damals bei den Aufnahmen von ‚Ariel‘ und ein paar anderen Balletts konnte ich etwas lernen, aber die Kameras standen immer weit auseinander. Dieses Mal werden es mehr sein, der Regisseur versteht auch mehr vom Tanz als die anderen, mit denen ich gearbeitet habe. Es wird einen großen Unterschied machen.“ Er lächelte und trocknete den Teller ab, den Ruth gespült hatte. „Ich vermisse dich.“

Ruth sah zu ihm. Sie waren jeden Tag für Stunden zusammen, aber sie wusste, was er meinte. Hier zusammen in der Küche zu stehen hatte etwas Beruhigendes an sich. „Ja, ich vermisse dich auch.“

„Wenn das alles vorbei ist, nehmen wir uns frei, bevor die neuen Proben beginnen. Ein paar Tage.“ Er stellte den Teller ab und strich ihr übers Haar. „Kommst du mit mir nach Kalifornien?“

Sein Haus in Malibu, dachte sie und lächelte. „Ja.“ Sie vergaß das Geschirr und schlang die Arme um ihn. Für eine Weile standen sie still da, dann drückte Nick einen zarten Kuss auf ihr Haar. „Willst du denn nicht wissen, was in dem anderen Karton ist?“

Ruth stöhnte. „Ich bekomme keinen Bissen mehr hinunter.“

„Noch Wein?“ Seine Lippen glitten über ihre Schläfen.

„Nein.“ Sie seufzte. „Ich will nur dich.“

„Dann komm.“ Nick nahm sie bei der Hand. „Es ist zu lange her.“

Sie verließen die Küche, doch im Wohnzimmer fiel Ruths Blick auf die ungeöffnete Schachtel. „Was ist denn nun darin?“

„Ich dachte, du seist nicht interessiert?“

Doch die Neugier ließ sich nicht zügeln. Ruth nahm den Deckel ab. Sie konnte nur starren und bekam keinen Ton heraus.

Sie hatte eine große Torte erwartet oder eine Auswahl erlesenen Gebäcks, doch stattdessen schaute ihr die Blaufuchsjacke entgegen, die sie bei Saks für Nick vorgeführt hatte. Vorsichtig strich sie mit den Fingerspitzen über den weichen Pelz und schaute zu Nick.

„Es macht auch nicht dick“, sagte er.

„Nick.“ Ruth machte eine hilflose Geste und schüttelte den Kopf.

„Die stand dir am besten. Die Farbe passt gut zu deinem Haar.“ Er griff eine Hand voll Strähnen und ließ sie sich durch die Finger gleiten. „Es ist weich, so wie du.“

„Nick.“ Sie fasste seine Hand. „Ich kann nicht.“

Er hob eine Augenbraue. „Ich darf dir keine Geschenke machen?“

„Natürlich kannst du mir Geschenke machen." Sie stieß die Luft aus. Er lächelte sie an, machte es ihr schwer, es logisch zu erklären. „Aber kein solches Geschenk."

„Ich habe auch eine Pizza für dich gekauft", stellte er fest und zog ihre Hand an seine Lippen. „Du hattest nichts dagegen."

„Das ist nicht dasselbe." Sie stöhnte leicht auf, als er an ihrem Handgelenk knabberte. „Außerdem hast du die Hälfte davon selbst gegessen."

„Es hat mir Spaß bereitet", sagte er schlicht. „Genau wie es mir Spaß bereiten wird, dich in der Pelzjacke zu sehen."

„Sie ist doch viel zu teuer."

„Ah ... ich darf dir also nur billige Geschenke machen." Er schob ihren Ärmel hoch und hauchte einen Kuss auf ihren Arm.

Sie zog die Brauen zusammen. „Hör auf, dich über mich lustig zu machen."

„Dazu brauchst du meine Hilfe nicht." Bevor sie etwas erwidern konnte, hatte er sie an sich gezogen, was sie verstummen ließ. „Findest du den Pelz hässlich?"

„Nein, natürlich nicht. Er ist wunderschön." Mit einem Seufzer legte sie den Kopf an seine Schulter. „Aber du musst mir nichts kaufen."

„Müssen? Nein." Er streichelte ihren Rücken. „Die Dinge, die ich tun muss, kenne ich. Das hier ist etwas, das ich tun wollte." Er schob sie von sich weg und lächelte sie an. „Zeig mir, wie du darin aussiehst."

Ruth schaute ihm musternd ins Gesicht. Es war eine großzügige Geste, eine impulsive Geste – und so typisch für Nick. Wie sollte sie da ablehnen? „Danke", sagte sie so ernsthaft, dass er sie lachend an sich drückte.

„Jetzt siehst du mich an wie eine Eule, mit großen Augen und so weise und altklug. Aber jetzt ... bitte, lass mich sehen, wie sie dir steht."

Das „Bitte" verscheuchte die letzten Bedenken. Ruth konnte die Gelegenheiten, bei denen er „Bitte" zu ihr gesagt hatte, an einer Hand abzählen, dessen war sie sicher. Ohne weiteres Zögern griff sie in den Karton, ihre Finger tauchten ein in den weichen Pelz.

„Es ist traumhaft, Nick. Wirklich traumhaft!"

„Aber doch nicht über den Bademantel, *milaja*." Er schüttelte tadelnd den Kopf, als Ruth den Pelz anziehen wollte. „Man trägt keinen Blaufuchs zu Frottee."

Sie warf ihm einen Blick zu, dann löste sie den Gürtel, schüttelte sich den Bademantel von den Schultern und schlüpfte schnell in die

Pelzjacke. Nick spürte ein Ziehen in den Lenden, als sie sekundenlang nackt vor ihm stand. Ihr dunkles Haar fiel über bläulich weißen Pelz, und ihre Augen strahlten vor Aufregung.

„Ich muss mich ansehen!" Ruth wirbelte herum, um zum Spiegel im Schlafzimmer zu laufen.

„Ich liebe dich."

Sie blieb abrupt stehen. Sie hatte das Gefühl, als hätte man ihr die Luft aus den Lungen geschlagen, so als hätte sie einen schweren Sturz auf der Bühne einstecken müssen. Ihre Lungen verweigerten den Dienst. Sie schloss die Augen. Ihre Finger krallten sich so fest in den Pelz, dass es wehtat, aber sie konnte sie nicht lockern. Sehr, sehr langsam drehte sie sich zu Nick um. Ihre Kehle war wie zugeschnürt, deshalb klang es mehr wie ein Krächzen, als sie endlich sprach. „Was hast du gesagt?"

„Ich liebe dich. Auf Englisch. Auf Russisch habe ich es dir schon oft gesagt. *Ja tjebe ljublju.*"

Ruth erinnerte sich an die Worte, die er ihr ins Ohr geflüstert hatte, als sie sich liebten. Als er sie danach fest an sich gezogen hatte und sie zusammen eingeschlafen waren. Ihre Knie begannen zu zittern. „Ich wusste nicht, was es heißt."

„Jetzt weißt du es."

Sie starrte ihn an, merkte, wie das Beben ihren ganzen Körper erfasste. „Ich glaube", flüsterte sie, „ich warte schon seit Ewigkeiten darauf, diese Worte von dir zu hören, Nick." Sie schluckte, ihre Augen schimmerten feucht. „Und jetzt … jetzt habe ich schreckliche Angst. Ich fürchte, meine Beine wollen sich nicht mehr bewegen."

„Willst du zu mir kommen oder vor mir wegrennen?"

Seine Frage brachte sie zur Besinnung. Vielleicht hatte auch er Angst. Sie ging auf ihn zu. Als sie vor ihm stand, wartete sie ab, bis sie ihrer Stimme vertrauen konnte. „Wie sagt man es auf Russisch?", fragte sie ihn. „Ich will es zuerst auf Russisch sagen."

„Ja tjebe ljublju."

„Ja tjebe ljublju, Nikolai." Die fremden Worte klangen ungewohnt aus ihrem Mund. Doch seine Augen blitzten auf, und dann zog er sie auch schon fest an sich. *„Ja tjebe ljublju"*, wiederholte sie, und dann noch einmal in ihrer Sprache. „Ich liebe dich, Nick."

Sein Mund war überall, auf ihrem Haar, auf ihren Wangen, auf ihren Lidern, und endlich, endlich auf ihrem Mund. *„Wona moja"*, stieß er aus, fast wild. „Sie gehört mir."

Und die Pelzjacke fiel zu Boden.

12. KAPITEL

Nie zuvor in ihrem Leben hatte Ruth so hart gearbeitet. Es war beileibe nie einfach, ein ganzes Ballett durchzutanzen, aber die vier laufenden Kameras brachten sie zur Verzweiflung. Kurze Schrittkombinationen mussten immer und immer wieder wiederholt werden, sodass es ihr immer schwerer fiel, die entsprechende Stimmung zu halten. Die Scheinwerfer strahlten Hitze aus, aber daran war sie gewöhnt. Mehr Schwierigkeiten hatten sie mit den Kabeln und den Kamerabauten, die auf der Bühne Platz wegnahmen. Sie fühlte sich eingekesselt.

Ihre Muskeln begannen zu krampfen, weil sie ständig ansetzten und gleich darauf wieder abbrechen mussten. Die Theaterschminke musste für die Nahaufnahmen immer wieder aufgefrischt werden. Schweißperlen auf der Stirn einer eleganten Ballerina machten sich nun mal nicht gut auf dem Fernsehschirm. Vor im dunklen Publikumssaal weit entfernt sitzenden Zuschauern ließ sich die Illusion der mühelosen Grazie aufrechterhalten, aber die Fernsehkamera war da gnadenlos.

Wieder und wieder musste die schwierige Folge von weiten Sprüngen und Pirouetten vollführt werden. Nick schien nie zu ermüden, die Arbeit vor der Kamera faszinierte ihn. Er zeigte nicht das geringste Anzeichen von Ärger oder Frustration, wenn ein technisches Problem mit den Kameras auftauchte und sie abbrechen mussten. Er hörte einfach auf und unterhielt sich mit dem Regisseur, bis der Fehler behoben war und sie weitermachen konnten. Und dann setzte er mit frischer Energie erneut an.

Sie arbeiteten jetzt seit zwei Stunden an einer Aufnahme, die nicht mehr als drei Minuten dauern sollte. Es war ein Stück, das geradezu athletische Kraft von den Tänzern forderte, viel Verve und Leidenschaft, die Art von Tanz, die Nicks Markenzeichen war. Erneut drehte Ruth die dreifache Pirouette. Ein stechender Schmerz fuhr durch sie hindurch, sie landete hart auf dem Boden. Nick war sofort bei ihr.

„Nur ein Krampf“, murmelte sie und rang nach Atem.

„Hier?“ Er fasste vorsichtig an ihre Wade, fühlte den steinharten Muskel und begann leicht zu massieren.

Ruth nickte stumm, auch wenn sie am liebsten vor Schmerzen laut geschrien hätte. Sie legte den Kopf auf die Knie und schloss die Augen.

„Zehn Minuten Pause, bitte“, hörte sie Nick den Kameramännern zurufen. „Hast du dich bei dem Sturz verletzt?“, fragte er Ruth leise, ohne die behutsame Massage zu unterbrechen. Sie schüttelte nur den Kopf. „Der ist massiv“, murmelte er mit gerunzelter Stirn. „Es ist schwer ohne Beinwärmer.“

„Ich schaff's nicht!“ Jäh schlug sie mit der geballten Faust auf den Bühnenboden und hob ruckartig den Kopf. „Ich krieg's einfach nicht hin!“

Nick kniff die Augen zusammen. „Was soll dieser Unsinn?“

„Das ist kein Unsinn. Ich kann es nicht!“, stieß Ruth hitzig aus. „Es ist nicht zu schaffen. Ansetzen, aufhören, hin, zurück, immer und immer wieder ...! Wie soll ich etwas fühlen und ausdrücken können, wenn es überhaupt keinen Fluss gibt? Überall stehen Leute herum, praktisch direkt vor meinen Füßen. Wie soll ich da zu einem Sprung ansetzen?!“

„Ignoriere sie und tanze“, erwiderte er tonlos. „Es geht nicht anders.“

„*Es geht nicht anders?!*“, schleuderte sie ihm seine Worte zurück. „Ich sage dir, was nicht anders geht! Ich schwitze, das geht nicht anders. Aber nicht einmal das darf ich! Wenn dieser Typ mir noch einmal Puder ins Gesicht stäubt, schreie ich!“ Sie schnappte nach Luft, als ein Krampf auch in ihre andere Wade schoss. Ihre Füße fühlte sie schon längst nicht mehr. Sie ließ die Stirn zurück auf ihre Knie fallen. „Oh Nick, ich bin so müde.“

„Und was willst du jetzt tun? Nicht mehr weitermachen?“ Seine Stimme wurde barsch, als er auch ihr anderes Bein massierte. „Ich brauche eine Partnerin, kein jammerndes Baby.“

„Ich bin kein Baby!“ Ihr Kopf schoss wieder hoch. „Genauso wenig, wie ich eine Maschine bin.“

„Du bist Tänzerin.“ Er konnte spüren, wie der Muskel sich entkrampfte. „Also tanze.“

Ihre Augen sprühten Funken bei seinem brüsken Ton. „Vielen Dank auch für dein Verständnis.“ Sie stieß seine Hände fort und stand viel zu schnell auf. Ihre Beine wollten unter ihr nachgeben, doch sie fing sich.

„Es gibt einen passenden Zeitpunkt für Verständnis.“ Nick erhob sich ebenfalls. „Jetzt ist nicht dieser Zeitpunkt. Du hast eine Aufgabe zu erledigen. Und jetzt geh und lass dir das Gesicht pudern.“

Einen Moment lang starrte Ruth ihn wütend an, dann drehte sie sich wortlos um und stapfte von der Bühne.

Erst als sie gegangen war, fluchte Nick unterdrückt und setzte sich, um die Krämpfe aus den eigenen Beinen wegzumassieren.

„Du bist ein harter Mann, Davidov."

Nick blickte auf und sah Nadine aus dem Zuschauerraum auf sich zukommen. Er wandte sich wieder seiner Wade zu. „Das hast du mir schon öfter gesagt."

„So mag ich dich auch." Nadine stieg die Stufen zur Bühne hinauf. „Aber sie ist noch jung." Ihre Absätze klackten laut auf dem Holzboden, als sie über die Bühne lief und neben Nick in die Hocke ging, um mit erfahrenen Fingern seine Muskeln zu massieren. „Gute Füße, großartige Beine, sehr musisch." Sie warf ihm ein kurzes Lächeln zu. „Sie ist nicht so hart wie du."

„Umso besser für sie."

„Und schwieriger für dich, weil du sie liebst." Nick wandte ihr mit einer kritisch hochgezogenen Augenbraue das Gesicht zu. „Es gibt nichts, was ich von meinen Tänzern nicht weiß", fuhr sie fort. „Oft sogar noch, bevor sie es selbst wissen. Du liebst sie schon lange."

„So?", war alles, was Nick erwiderte.

„Tänzer suchen sich oft Tänzer. Sie sprechen dieselbe Sprache, haben die gleichen Probleme." Nadine setzte sich auf die Fersen zurück. „Aber wenn es sich dabei um meinen Premier danseur und künstlerischen Leiter handelt *und* um meine Primaballerina, mache ich mir Gedanken."

„Das ist nicht nötig, Nadine." Obwohl seine Stimme ruhig blieb, war die Verärgerung deutlich herauszuhören.

„Es gibt mehrere Wege, die eine Romanze einschlagen kann. Glaub mir, ich weiß das, aus Erfahrung." Nadine lächelte ein wenig wehmütig. „Tänzer sind eine emotionale Spezies. Ich will keinen von euch beiden verlieren, weil eure Beziehung nicht mehr funktioniert. Ruth ist es vorherbestimmt, Primaballerina assoluta zu werden."

Nicks Stimme klirrte jetzt vor Kälte. „Ist das ein Ratschlag, dass ich mich nicht mehr privat mit Ruth treffen sollte?" Vorsichtig stand er auf. Seine Augen blickten Nadine durchdringend an, sehr blau und sehr direkt.

Die musterte ihn nachdenklich. „Wie lange kennen wir uns schon, Davidov?"

Ein flüchtiges Lächeln huschte über seine Züge. „Wenn ich es sagte, würde es uns beide nur alt machen, Nadine."

Sie nickte zustimmend, streckte die Hand in die Luft. Nick zog sie zuvorkommend hoch. „Auf jeden Fall schon lange. Zu lange, um dir so etwas vorschlagen zu wollen." Sie lächelte dünn. „Über die Jahre konnte ich die Parade der Frauen miterleben, die durch dein Leben gezogen ist."

„*Spasibo.*"

„Das sollte kein Kompliment sein", sagte sie sofort. „Es ist lediglich eine Beobachtung." Sie hielt kurz inne, bevor sie nachdenklich wieder ansetzte. „Bannion ist anders."

„Richtig. Ruth ist anders", sagte er schlicht.

„Sei vorsichtig, Davidov. Ein Sturz, gleich welcher Art, ist gefährlich für einen Tänzer." Sie wandte sich zum Gehen, als Techniker auf die Bühne strömten. „Sie wird dich für eine ganze Zeit hassen."

„Damit werde ich dann wohl fertig werden müssen."

„Natürlich." Nadine erwartete auch nichts anderes.

Mit gefasster Miene und aufrechtem Gang kehrte Ruth auf die Bühne zurück. Die Zeit in der Maske hatte sie dazu genutzt, jeden anderen Gedanken als den an den Tanz, den sie vor der Kamera aufzuführen hatte, aus ihrem Kopf zu verbannen. Bis die Aufnahme abgeschlossen und im Kasten war, würde sie sich keine andere Emotion erlauben als die, die ihre Rolle vorschrieb. Sie ging zu Nick.

„Ich bin so weit."

Er sah sie an, wollte sie fragen, ob sie noch Schmerzen spürte, wollte ihr sagen, dass er sie liebte. Stattdessen meinte er nur: „Gut. Dann lass uns wieder anfangen."

Zwei Stunden später stand Ruth unter der Dusche. Ihr ganzer Körper war derart taub, dass sie nicht einmal mehr Schmerzen spürte. Vor Erschöpfung war ihr Kopf wie in Watte gepackt. Nur zwei Dinge stachen klar und deutlich hervor: Sie verabscheute es aus tiefster Seele, vor einer Kamera zu tanzen. Und als sie Nick gebraucht hatte, da hatte er sie im Stich gelassen. Er hatte mit ihr gesprochen, als wäre sie faul und schwach. Dass sie vor aller Augen die Beherrschung verloren hatte, war schlimm genug. Seine kalten Worte hatten es noch schlimmer gemacht.

Sie war immer stolz auf ihre Stärke und ihr Durchhaltevermögen gewesen. Es war eine bittere Erfahrung, mitten auf der Bühne gestürzt zu sein, erschöpft, geschlagen, gepeinigt von Schmerzen. Sie hatte Trost gebraucht, doch er hatte nur Verachtung für sie übrig gehabt.

Ruth trat unter der Dusche hervor und wickelte sich in ein großes Badelaken, als Leah in den Waschraum kam. Noch in Alltagskleidung, lehnte sie sich in die Waschbeckenreihe und lächelte.

„Hi." Sie musterte Ruths bleiche Wangen. „Harter Tag?"

„Ziemlich." Ruth ging zu ihrer Tasche und zog einen Pullover heraus.

„Ich hab gehört, ihr hattet ein paar Probleme mit eurer Nummer heute Nachmittag."

Immerhin blieben Sekundenbruchteile, um ein ungerührtes Gesicht aufzusetzen, während sie sich den Pulli über den Kopf zog. „Nichts Großes", gab Ruth salopp zurück, auch wenn es sie Mühe kostete. „Die Aufnahmen für ‚Le Corsaire' sind fertig."

„Ich kann's kaum abwarten, es zu sehen." Lächelnd nahm Leah ihre Bürste und zog sie sich durch das feine Haar. „Du bist blass", bemerkte sie, als Ruth ihre Jeans anzog. „Nur gut, dass du jetzt ein paar Tage frei hast, bevor sie ‚The Red Rose' aufzeichnen."

Ruth zog den Reißverschluss der Jeans mit einem Ruck hoch. „Du bist ja gut informiert."

„Ich weiß gern über alles Bescheid, was in der Company vorgeht."

Ruth setzte sich und nahm ihre Turnschuhe aus der Tasche, zog einen davon an. Dann hielt sie den anderen in der Hand und sah abschätzend zu Leah. „Was genau willst du eigentlich?"

„Nick", kam die Antwort wie aus der Pistole geschossen. Das Lächeln wurde breiter, als sie das Aufblitzen in Ruths Augen erkannte. „Oh, nicht so, wie du meinst, Darling. Auch wenn es natürlich sehr reizvoll wäre. Es scheint seine Vorteile zu haben, mit ihm zusammen zu sein, oder?"

Ruth hielt sich zurück, um der anderen nicht den Turnschuh an den Kopf zu schleudern. Stattdessen schlüpfte sie sehr bedacht hinein. „Was zwischen Nick und mir abläuft, ist unsere Privatsache und geht niemanden etwas an." Das Blut rauschte ihr in den Ohren, als sie aufstand.

„Oh, da ist schon noch etwas anderes." Leah legte Ruth die Hand auf den Arm, denn sonst wäre Ruth aus dem Umkleideraum hinausgestürmt.

Ruth war über sich selbst überrascht. Niemals hatte sie so knapp davor gestanden, wirklich jegliche Selbstbeherrschung zu verlieren. Sie ließ ihre Tasche, die sie schon in der Hand hielt, geräuschvoll zu Boden fallen. „Nämlich?"

Leah setzte sich und schlug die lang ausgestreckten Beine übereinander. „Ich gedenke, Primaballerina assoluta zu werden."

„Erzähl mir was Neues", stieß Ruth ironisch aus.

„Mir ist klar", fuhr Leah unbeeindruckt fort, „dass ich Nick als meinen Partner brauche, um dieses Ziel zu erreichen."

„Das ist schon dein erstes Problem." Ruth sah ihr direkt ins Gesicht. „Nick ist *mein* Partner."

„Im Moment ist er das", stimmte Leah bereitwillig zu. „Doch er wird dich fallen lassen, sobald er es leid ist, mit dir zu schlafen."

„Lass das nur meine Sorge sein", gab Ruth leise zurück.

„Nicks Gespielinnen halten sich nie sehr lange. Wir alle konnten es doch mitverfolgen. Erinnerst du dich noch an diese Anwältin vor sechs Monaten? Eine äußerst elegante Frau. Und davor war es ein Model. Normalerweise wildert er nicht in der Company. Sehr wählerisch, unser Nikolai."

„*Mein* Nikolai." Ruth nahm ihre Tasche wieder auf. „Du solltest dich besser mit den Partnern zufriedengeben, die dir zugeteilt werden."

„Er wird nicht mehr viel länger als zwei Jahre tanzen. Er macht ja schon jetzt die meiste Zeit nur noch die Choreografie. Und mehr als zwei Jahre brauche ich nicht", meinte Leah nüchtern.

„Zwei Jahre!" Ruth lachte trocken auf und schlang sich die Tasche über die Schulter. „Ich werde in sechs Monaten Primaballerina assoluta sein!" Sie ließ sich von ihrer Wut mitreißen. „Sobald das Special über den Äther gegangen ist, kennt man mich im ganzen Land. Wenn du mit der Konkurrenz nicht leben kannst, solltest du dir besser eine andere Company suchen."

„Konkurrenz?" Leah kniff die Augen zusammen. „Du hast doch kaum die erste Aufnahme durchgestanden." Sie bedachte Ruth mit einem strahlenden Lächeln. „Vielleicht kann man Nick ja davon überzeugen, die Rollen aufzuteilen und an Leute mit mehr Durchhaltevermögen zu geben."

„So wie dich?"

„Sicher."

„Davon träumst du", sagte Ruth leise und schob sich an Leah vorbei aus dem Raum.

Leahs Verbalattacke hatte Ruth zwar von ihrem schmerzenden Körper abgelenkt, aber ihre Nerven waren zum Zerreißen gespannt. Sie stieg die Treppe hinunter und spürte die Stiche in den Waden nicht einmal. Innerlich vor Wut schäumend, hielt sie auf den Ausgang zu.

„Ruth." Nick fasste sie beim Arm, als sie auf sein erstes Rufen nicht reagierte. „Wohin gehst du?"

„Nach Hause", antwortete sie knapp.

„Gut." Er musterte ihr erhitztes Gesicht. „Ich bringe dich hin."

„Ich weiß, wo es ist." Sie wollte sich wieder zur Tür drehen, doch sein Griff wurde fester.

„Ich sagte, ich bringe dich hin."

„Wenn du meinst ..." Sie zuckte mit einer Schulter. „Mach doch, was du willst."

„Das tue ich normalerweise immer", erwiderte er kühl. Er schob sie nach draußen und winkte ein Taxi heran. Ruth rutschte so weit wie möglich zur Seite an die Tür, die Sporttasche auf ihrem Schoß, und schaute verkniffen nach vorn. Nick lehnte sich in den Sitz zurück. Er versuchte nicht, ein Gespräch anzufangen. Ganz offensichtlich war er mit seinen eigenen Gedanken beschäftigt. Und Ruth schwieg aus reinem Trotz.

Die Szenen mit Nick auf der Bühne und Leah im Waschraum liefen immer wieder vor ihrem geistigen Auge ab. Und ihre Wut darüber drückte sich in eisigem Schweigen aus.

Als das Taxi vor ihrer Haustür hielt, hatte sie fest vor, auszusteigen und sich knapp bei Nick zu verabschieden. Doch da kam er schon um den Wagen herum und fasste sie beim Oberarm. Sein Griff blieb leicht und war doch unmissverständlich. Wortlos betrat Ruth zusammen mit ihm das Apartmenthaus.

Sie wusste genau, dass es nicht viel brauchte, damit sie den schönsten Streit vom Zaun brach. Die kleinste Provokation würde ihr Anlass genug sein. Sie kochte vor Wut. Sie schloss die Wohnungstür auf, ließ sie offen stehen und überließ es Nick, ihr zu folgen oder eben auch nicht.

Nijinsky erhob sich von seinem Schlafplatz auf dem Sofa und sprang auf lautlosen Tatzen zu Boden. Pflichtbewusst streifte er zuerst maunzend einmal um Ruths Beine, um dann sofort zu Nick weiterzulaufen. Sie hörte, wie Nick den Kater leise begrüßte, doch sie blieb hinter ihrer Mauer des Schweigens zurückgezogen, ging ins Schlafzimmer durch und begann, ihre Tasche auszuräumen.

Sie ließ sich bewusst Zeit. Aus dem Wohnzimmer war nichts zu hören, während sie sorgfältig ihre Spitzenschuhe in den Schrank hängte. Sie zog die Haarnadeln aus ihrem Knoten, langsam, eine nach der anderen, und ließ das Haar offen herunterfallen. Der drückende Kopfschmerz verminderte sich etwas. Sie kämmte ihr Haar aus, mit langen, sorgfältigen Strichen. In der Wohnung blieb es still.

Volle zehn Minuten blieb Ruth im Schlafzimmer, fand mindestens ein Dutzend kleiner unnützer Dinge, mit denen sie sich beschäftigte. Dann jedoch begann die Unruhe in ihr unerträglich zu werden. Sie brauchte etwas zu essen! Sie band sich das Haar lose zusammen und verließ das Zimmer.

Nick lag auf dem Sofa und schlief. Sein Atem ging tief und ruhig. Nijinsky hatte es sich auf seiner Brust gemütlich gemacht. Alle Wut in Ruth verpuffte.

Er ist völlig erschöpft, dachte sie unvermittelt. Die Zeichen waren deutlich auf seinem Gesicht zu sehen gewesen – Wieso war ihr das vorher nicht aufgefallen? Weil sie viel zu sehr mit ihren eigenen Gefühlen beschäftigt gewesen war, deshalb.

Tiefe Falten hatten sich in seine Wangen gegraben, unter seinen Augen lagen dunkle Ringe. Ruth seufzte. Vor lauter Elend und Schuldgefühl hätte sie weinen können. *Nein*, befahl sie sich, *keine Tränen.*

Sie nahm ein Mohairplaid vom Sessel und breitete es über seinen Beinen aus, zog die Decke bis zu seinen Hüften hoch. Nick rührte sich nicht, nur Nijinsky wandte den Kopf und warf ihr einen vorwurfsvollen Blick zu, bevor er sich wieder zusammenrollte.

Ruth setzte sich in den Sessel, zog die Beine unter und betrachtete den geliebten Mann im Schlaf.

Es war dunkel, als Nick aufwachte. Auf seiner Brust spürte er ein Gewicht. Er streckte die Hand aus, griff in weiches, warmes Fell und schnappte leise fluchend nach Luft, als Nijinsky sich genüsslich streckte. Er schob den Kater von sich herunter und setzte sich auf. In der Küche war noch Licht. Nick blieb noch einen Moment sitzen, bevor er aufstand und auf den warmen Schein zuging.

Ruth stand am Herd. Das Haar hatte sie am Hinterkopf zusammengebunden. So konnte Nick ihr Profil studieren – die feine Wangenlinie, das Kinn leicht angehoben, die schräg stehenden Augen. Ihre weichen Lippen, die er schmecken konnte, wenn er sie nur ansah. Ihr Hals war schlank, leicht gebogen – der typische Schwanenhals einer Ballerina. Und er wusste genau, an welcher Stelle die samtene Haut am empfindsamsten war.

Sie sah so jung aus! So jung wie damals im gleißenden Sonnenlicht auf dem Parkplatz vor Lindsays Ballettschule. Dort hatte er sie zum ersten Mal gesehen.

Ruth drehte sich plötzlich um, als hätte sie seine Anwesenheit gespürt. Ihre Blicke trafen aufeinander. Sie befeuchtete ihre Lippen.

„Du wurdest unruhig. Ich dachte, du hast vielleicht Hunger. Ist Omelette in Ordnung?“

„Ja, sicher."

Er lehnte sich an den Türrahmen, sah ihr zu, wie sie mit den Vorbereitungen fortfuhr. Ein Blick auf seine Armbanduhr sagte ihm, dass es kurz vor neun war. Er hatte nur knapp zwei Stunden geschlafen, aber er fühlte sich ausgeruht, als hätte er die ganze Nacht im Bett verbracht.

„Kann ich helfen?"

Ruth hielt den Blick auf die Eier in der Pfanne gerichtet. „Du kannst die Teller aus dem Schrank holen. Dein Omelette ist fast fertig." Neben ihr auf der Anrichte begann die Kaffeemaschine zu brodeln. Nick stellte Teller und Kaffeebecher bereit. „Hast du sonst noch einen Wunsch?" Sie verabscheute sich für die gezwungene Höflichkeit in ihrer Stimme.

„Nein, danke, das ist perfekt."

Geschickt ließ Ruth das erste Omelette aus der Pfanne auf den Teller gleiten. „Fang ruhig schon an, ich komme in einer Minute nach." Die geschlagenen Eier brutzelten in der Pfanne auf, als sie die zweite Portion zubereitete. „Ich bringe den Kaffee mit."

Nick nahm seinen Teller und ging zum Tisch hinüber. Ruth richtete ihre Aufmerksamkeit wieder auf die Pfanne. Wenig später kam sie mit der Kaffeekanne und ihrem Teller nach.

„Schmeckt es dir?" Sie setzte sich und schenkte Kaffee in die Becher.

„Ja, es ist gut." Er schob sich den nächsten Bissen in den Mund. Ruth wich seinem Blick aus, schenkte Kaffee ein und begann zu essen.

„Danke, dass du mich hast schlafen lassen." Er beobachtete, wie sie die Eier auf ihrem Teller herumschob. „Das habe ich gebraucht. Hier."

„Du hast so müde ausgesehen", murmelte sie. „Mir ist nie in den Sinn gekommen, dass es auch für dich schwer sein könnte."

„Ah." Leichte Amüsiertheit funkelte aus seinen Augen. „Der Eiserne Davidov."

Jetzt hob Ruth doch den Blick. „Vermutlich habe ich dich immer so gesehen. Wohl wir alle."

Seine Augen lagen ruhig auf ihr. „Aber du bist nicht alle." Er sah, wie ihr das Wasser in die Augen schoss. Sein Magen verkrampfte sich. „Iss", sagte er brüsk. „Es war ein langer Tag."

Sie nahm ihren Becher auf, mühte sich um Fassung. Für einen Tag hatte es genug Szenen gegeben. „Eigentlich habe ich gar keinen Hunger."

Nick zuckte nur mit den Schultern und nahm den nächsten Bissen. „Es riecht verbrannt", sagte er plötzlich. Mit einem leisen Schrei sprang Ruth auf und rannte in die Küche.

Aus der Omelettpfanne auf dem Ofen kräuselte sich eine graue Rauchfahne in die Luft, das Teflon knisterte von der Hitze. Fluchend drehte Ruth die Gasflamme ab und trat verärgert gegen den Herd.

„Vorsicht“, warnte Nick von der Tür her. „Eine Partnerin mit gebrochenen Zehen kann ich nicht gebrauchen.“

Sie steuerte auf ihn zu, auf der Suche nach einem Ventil für ihre Wut. Doch dann lächelte er, und es war, als hätte es den Damm zum Brechen gebracht.

„Oh Nick!“ Sie warf sich in seine Arme und klammerte sich an ihn. „Ich war so schlecht heute, ich habe nichts zustande gebracht!“

„Nein“, widersprach er und küsste sie aufs Haar. „Du hast wunderbar getanzt, und noch besser, als du wütend auf mich warst.“

Sie lehnte den Kopf zurück. Sie wusste mit absoluter Sicherheit, dass Davidov sie niemals loben würde, nur um sie zu trösten. „Ich hätte nicht wütend auf dich sein dürfen. Aber ich war so in mir selbst gefangen, in meinen eigenen Gefühlen, dass ich nie daran gedacht habe, wie schwierig es für dich sein muss. Bei dir sieht es immer so einfach aus.“

„Du magst die Kamera nicht.“

„Ich hasse sie! Sie ist grässlich.“

„Aber einträglich.“

„Ich weiß. Natürlich weiß ich das.“ Sie löste sich von ihm, trat einen Schritt zurück. „Ich habe mich unmöglich benommen – vor allen zu heulen, dich vor aller Augen anzuschreien.“

„Du bist Künstlerin. So etwas wird von dir erwartet.“

„Ich verabscheue öffentliche Szenen.“ Sie holte tief Luft. „Und ich mag es auch nicht, wenn ich mich egoistisch benehme und nur an mich selbst denke.“

„Du gehst zu hart mit dir ins Gericht, Ruth. Die Frau, die ich liebe, ist weder egoistisch noch gleichgültig gegenüber anderen.“

„Heute war ich es aber.“ Sie schüttelte den Kopf. „Ich habe erst aufgehört, an mich selbst zu denken, als ich dich völlig erschöpft auf dem Sofa gesehen habe. Ich weiß doch, wie hart du arbeitest. Nicht nur unsere Tänze … du überwachst all die anderen Proben, sitzt in den Planungsmeetings und arbeitest an der Aufstellung für die restliche Saison. Und ich … ich habe nur daran gedacht, wie sehr ich die Kameras hasse, die überall herumstehen, und wie sehr meine Beine wehtun.“ Sie seufzte schwer. „Mir gefällt es nicht, wenn ich mir eingestehen muss, dass ich eindimensional bin. Das erinnert mich zu sehr an das, was Donald mir vorgeworfen hat.“

„So, das reicht jetzt." Nick fasste sie bei den Schultern. „Wir *müssen* an uns selbst denken, an unsere Körper. Anders können wir nicht überleben. Du bist eine Närrin, wenn du glaubst, das mache dich zu einer charakterlosen Person. Wir sind anders als andere, ja. Aber so sind wir eben."

„Egoistisch?"

„Brauchst du unbedingt eine Definition?" Er zog sie an sich. „Wenn du meinst, dann eben egoistisch. Oder zielgerichtet. Besessen. Was für einen Unterschied macht das? Ändert es etwas daran, wer du bist? Wer ich bin?" Dann lag sein Mund jäh auf ihrem.

Ruth entschlüpfte ein Stöhnen. Seine Lippen waren zärtlich und gierig zugleich, der Kuss ließ kleine Flammen überall in Ruths Körper auflecken. Nick zog sie noch enger zu sich heran, bis ihre Körper nichts mehr trennte.

„So wollte ich dich küssen, als du auf dem Bühnenboden saßest, so wütend und von Schmerzen gepeinigt." Während er die Worte murmelte, glitten seine Lippen über ihr Gesicht. „Hasst du mich jetzt, weil ich es nicht getan habe?"

„Nein. Aber ich wünschte, du hättest es getan. Ich sehnte mich so danach."

„Du hättest nicht weitergetanzt, wenn ich dich getröstet hätte." Er bog ihren Kopf langsam zurück, sodass sie ihm in die Augen schauen musste. „Ich wusste es, weil ich dich kenne. Macht mich das gefühllos und egoistisch?"

„Es macht dich zu Davidov." Ruth seufzte und lächelte dann. „Das ist alles, was ich will."

„Und du bist Bannion." Er küsste sie erneut. „Und das ist alles, was *ich* will."

„Bei dir hört sich das so einfach an. Ist es wirklich so einfach?"

„Ja. Heute Abend ist es das." Und damit hob er sie zärtlich auf seine Arme.

13. KAPITEL

Ruth saß in der sechsten Reihe und sah den Dreharbeiten zu. Ihre drei Tanzszenen waren beendet und sicher im Kasten. Was in der fertigen Sendung vielleicht neun, zehn Minuten Zeit ausmachen würde, hatte hier drei grässlich nervenaufreibende Tage Aufnahmezeit in Anspruch genommen. Sie hatte gelernt, sich für die Kameras zu bewegen, hatte sich letztendlich sogar mit ihnen abgefunden. Doch niemals, das wusste sie, würde sie die Begeisterung verspüren, die Nick bei der Arbeit vor der Kamera empfand. Beim Pas de deux aus „Carnival" hatte er sie dazu gebracht, sich selbst zu übertreffen. Er war ein glühender, unglaublich leichtfüßiger Harlekin gewesen, der ihrer Columbine mehr Lebenslust eingehaucht hatte, als sie es überhaupt für möglich gehalten hätte.

Er sprüht regelrecht vor Energie, dachte sie jetzt, als sie ihm auf der Bühne zusah, *selbst wenn er nicht tanzt.*

Das Corps tanzte eine Szene aus „Rodeo". Inmitten der Cowboyhüte und karierten Trikots stand Nick in seinem charakteristischen grauen Trainingszeug und erteilte Anweisungen. Wäre er mit Gold und Silber behangen gewesen, er hätte die Aufmerksamkeit nicht mehr auf sich ziehen können.

Ruth wusste, wie wenig Freizeit er sich in den letzten Wochen gegönnt hatte. Und doch, während er jetzt seine Tänzer zum letzten Mal instruierte, war er enthusiastisch und forsch wie ein kleiner Junge. *Wie macht er das nur?* fragte sie sich.

Ihr fiel ein, was Leah gesagt hatte. Ob er wirklich in zwei Jahren mit dem Tanzen aufhören würde? Ruth hasste diese Vorstellung. Er sah doch so jung aus. In anderen Berufen würde er auch noch immer als jung gelten, überlegte sie. Als künstlerischer Leiter, als Choreograf und als Komponist konnte er noch endlos weiterarbeiten. Doch als Danseur noble war Zeit kostbar.

Es musste ihm klar sein. Natürlich war es ihm klar. Ruth sah, wie er jetzt aus dem Kamerabereich heraustrat. Wie mochte er dazu stehen? Was mochte er bei diesem Gedanken empfinden? Er hatte nie mit ihr darüber gesprochen. Es gab so viele Dinge, über die er nicht mit ihr sprach.

Natürlich merkte sie jedes Mal, wie geschickt er das Thema wechselte, sobald sie nach seinem Leben in Russland fragte. Es war mehr als nur reine Neugier, die sie dazu trieb, diese Fragen zu stellen. Aber wie sie ihm den Grund für ihre Fragen erklären sollte, das wusste sie auch nicht.

Es frustrierte sie, dass er einen Teil von sich vor ihr zurückhielt. Ruth respektierte den Wunsch nach Privatsphäre. Aber sie liebte Nick aus tiefstem Herzen, und sie sehnte sich danach, ihn durch und durch kennenzulernen. Er zog sich allerdings jedes Mal zurück, wehrte Gespräche über sein Leben oder seine Karriere in seinem Heimatland ab. Genauso, wie er ihr nie gesagt hatte, wie er sich bei dem Gedanken an das Ende seiner aktiven Karriere als Tänzer fühlte.

Er sah in ihr immer noch viel zu oft das kleine Mädchen. Wann würde es ihr gelingen, ihn davon zu überzeugen, dass er auch seine Probleme mit ihr teilen konnte? Ebenso, wie sie die Freuden miteinander teilten?

Die Musik setzte ein, füllte den Theatersaal. Der schnelle schroffe Western-Rhythmus schuf die Atmosphäre für den Tanz. Nick stand hinter einem der Kameramänner, die Hände in die Hüften gestemmt, und verfolgte jede Bewegung des Ensembles. Ruth stockte der Atem.

Werde ich immer so fühlen? fragte sie sich. So überwältigt von ihm, so fasziniert? Es war Furcht einflößend, eine lebende Legende zu lieben. Selbst in der kurzen Zeit, die sie jetzt zusammen waren, hatte ihrer beider Karriere unablässig Anforderungen an sie gestellt. Das Ballett war ein Band, und es war eine Belastung. Die Zeit, die sie gemeinsam in ihrer Wohnung verbrachten, schien in einer anderen Welt zu liegen. Dort konnten sie einfach nur Mann und Frau sein. Doch die Musik und die Bühne riefen sie jedes Mal zurück. Und hier, in der Welt, die den größten Teil ihres Lebens beherrschte, war er Davidov, der Meister.

„Er scheint alles im Griff zu haben. Wie immer." Nadine ließ sich neben Ruth in der Sitzreihe nieder, und Ruth riss sich aus ihren Gedanken.

Die Musik hatte ausgesetzt. Nick sprach mit seinen Tänzern, während der Kameramann mit einem Techniker redete. Ruths Blick folgte Nick.

„Ja, sieht so aus."

„Wie ein kleiner Junge mit seiner neuen Modelleisenbahn."

Ruth wandte Nadine fragend das Gesicht zu. „Modelleisenbahn?"

„Die Aufregung, die Begeisterung", meinte Nadine mit einer allumfassenden Handbewegung. „Er liebt das alles."

„Ja." Ruth sah zu Nick zurück. „Das ist nicht zu übersehen."

„Bei dir ist auch alles gut gelaufen." Als Ruth trocken auflachte, setzte Nadine sofort nach: „Oh sicher, ich weiß, du musstest dich erst daran gewöhnen. Aber so ist das Leben nun mal."

„Du warst hier?"

„Ich sehe immer zu."

„Du bist doch sonst nicht so nett, Nadine", merkte Ruth trocken an.

„Ich bin nie nett, meine Liebe. Das kann ich mir gar nicht leisten." Die Musik hob wieder an, und Nadine sah zur Bühne, während sie weitersprach. „Alles in allem sind sämtliche Aufnahmen großartig geworden. Das Band ist fantastisch."

Ruth horchte interessiert auf. „Du hast es schon gesehen?"

Nadine nickte mit hochgezogenen Augenbrauen. „Es hat alle Hoffnungen erfüllt. Ehrlich gesagt: Du und Nick seid als Paar das Beste, was ich seit Langem gesehen habe. Ich hätte nie damit gerechnet, dass er noch einmal eine Partnerin findet, die Lindsay gleichkommt. Natürlich sind dein und Lindsays Stil völlig verschieden. Lindsay stieg in die Luft, als wäre sie Teil davon, so mühelos, fast wie Zauberei. Du dagegen forderst die Luft heraus, so als wolltest du die Schwerkraft bezwingen."

Ruth dachte über den Vergleich nach. Ja, das beschrieb es perfekt. „Lindsay war die schönste Ballerina, die ich je gesehen habe."

„Wir haben sie verloren, weil sie zugelassen hat, dass sich ihr Privatleben einmischt", sagte Nadine tonlos.

„Sie hatte keine andere Wahl", eilte Ruth zu Lindsays Verteidigung. „Sie musste gehen, als ihr Vater ums Leben kam. Ihre Mutter war so schwer verletzt …"

„Wir alle treffen unsere Entscheidungen." Nadine drehte sich und sah Ruth direkt an. „Ich glaube nicht an das Schicksal. Wir bestimmen den Weg, den wir gehen."

„Lindsay hat getan, was sie tun musste."

„Wofür sie sich entschieden hat", korrigierte Nadine sofort. „So, wie wir alle uns entscheiden, was wir tun." Sie musterte die tiefe Falte auf Ruths Stirn. „In meinem ganzen Leben gab es nur einen Mittelpunkt. Ich wünschte, meine Tänzer würden ebenso denken, doch natürlich weiß ich, dass ich das nicht erwarten kann. Du besitzt das Talent, die Jugend und den Ehrgeiz, um dir einen unvergesslichen Platz in der Welt des Balletts zu erarbeiten. Lindsay hatte gerade erst damit begonnen, als sie ging. Dich würde ich ungern verlieren."

„Warum solltest du mich verlieren?" Ruth stellte die Frage vorsichtig, den Blick geradewegs auf Nadines Gesicht gerichtet. Was auf der Bühne vor sich ging, interessierte sie plötzlich nicht mehr.

„Tänzer sind temperamentvolle Menschen."

„Ja, das habe ich auch schon gehört", gab Ruth trocken zurück. „Aber das ist keine Antwort auf meine Frage."

„Ruth, ich brauche euch beide, dich und Nick. Aber Nick brauche ich mehr." Nadine hielt einen Moment lang inne, ließ ihre Worte wirken. „Solltet ihr beide an einen Punkt kommen, wo die Dinge ... nun, wo die Dinge nicht mehr so sind, wie sie jetzt sind, und ihr könnt – oder wollt – nicht mehr zusammen arbeiten, dann muss ich eine Wahl treffen. Und die Company kann es sich nicht leisten, Nick zu verlieren."

„Ich verstehe." Ruth wandte sich zur Bühne zurück und starrte auf die Tänzer.

„Ich habe lange überlegt, ob ich dich ansprechen soll. Ich hielt es schließlich für besser, meinen Standpunkt klarzumachen."

„Hast du auch mit Nick geredet?"

„Nein." Nadine sah zu ihm hinüber, wo er mit den Technikern zusammenstand. „Zumindest nicht so direkt. Sollte es nötig sein, werde ich das allerdings tun. Ich hoffe, dass es nicht so weit kommt."

„Hier in der Company gibt es doch viele Paare", stellte Ruth fest. „Manche sind sogar verheiratet. Mischst du dich auch in deren Privatleben ein?"

„Ich habe immer gewusst, dass da Feuer hinter den ausgewählten Manieren steckt." Nadine lächelte dünn. „Und es freut mich." Sie hielt einen Moment inne. „Solange nichts den Ablauf der Company stört, besteht für mich auch kein Grund zur Einmischung." Wieder sah sie Ruth direkt an. „Aber Nick ist nicht nur einfach einer meiner Tänzer. Das wissen wir doch beide."

„Was zwischen Nick und mir ist, hat keinerlei negative Auswirkungen auf die Company oder unsere Arbeit", entgegnete Ruth steif.

„Nein, bisher nicht. *Noch* nicht. Ruth, ich mag dich, nur deshalb habe ich dich offen darauf angesprochen. Und jetzt muss ich gehen, um einem weiteren Gönner die Dollars aus der Tasche zu ziehen." Damit stand Nadine auf, schob sich durch die Reihe und verließ das Theater.

Auf der Bühne verfolgte Nick aufmerksam jedes Detail bei seinen Tänzern. Er überprüfte deren Bewegungen als Individuum, als Paar und als Ensemble. Dieser Arm war nicht genug gebogen, dafür war jene Fußstellung perfekt. Im Ensemble gab es zwei junge Mädchen, gerade erst achtzehn, auf die er besonderes Augenmerk legte. Aus ihnen würde er sicher bald Solisten machen. Eine der jungen Frauen erinnerte ihn ein wenig an Lindsay, ihr ließ er sein spezielles Interesse zukommen. Sie besaß eine nahezu ätherische Schönheit und strahlte enorme Kraft und Schnelligkeit aus. Schon sah er sie als Klara im „Nussknacker" im nächsten Jahr. Er würde Madame Maximova bitten, ihr Einzelunterricht zu erteilen.

Der Regisseur hielt die Aufnahmen an, damit Nick seine Anmerkungen machen konnte. Sie arbeiteten jetzt ununterbrochen seit zwei vollen Stunden. Die Hitze der Scheinwerfer war gnadenlos.

Nadine, dachte er, als sie wieder anfingen, *ist beim Vortanzen für das Corps wie ein Habicht, der auf Hühnerjagd geht.* Die armen Kinder. Waren sie sich eigentlich bewusst, welche Schinderei sie erwartete? Nur so wenige würden es je aus dem Ensemble herausschaffen. Sein Blick kehrte zu der jungen Tänzerin zurück, die sich gerade in die Arme ihres Partners drehte. Die da würde es schaffen, dessen war er sicher. Schon in zwei Jahren würde sie in Ruths Fußstapfen treten können.

Ein Lächeln zog auf seine Lippen, als er sich an Ruths Tage im Corps erinnerte. Sie war so jung gewesen, so schüchtern. Nur wenn sie tanzte, hatte sie sich wirklich sicher gefühlt. Selbst damals – ja, schon damals – hatte er sie begehrt. Eine Tatsache, die ihn überrascht und verwundert hatte. Er hatte mitverfolgen können, wie sie selbstsicherer geworden war, wie sie aufgeblüht war, wie ihr Talent sich weiterentwickelt hatte.

Fünf Jahre, dachte er. Fünf lange Jahre, und jetzt endlich gehörte sie ihm. Und noch immer war es ihm nicht genug. Da waren die Nächte, wenn seine Aufgaben ihn bis spät in den Abend hinein festhielten. Und dann musste er allein in sein eigenes leeres Apartment zurückkehren, wissend, dass Ruth weit weg von ihm in einem anderen Bett lag.

Er fragte sich, ob seine Ungeduld jetzt noch angewachsen war, weil er schon so lange auf sie gewartet hatte. Tag für Tag musste er sich zügeln, um nicht auf eine viel festere Beziehung zu drängen. Er hatte gar nicht vorgehabt, sie wissen zu lassen, dass er sie liebte, schon gar nicht in dieser nüchternen, sachlichen Art. In den Sekunden, die es gedauert hatte, bevor sie sich zu ihm umdrehte und ihm die eigene Liebe gestanden hatte, war er vor Angst wie versteinert gewesen. Angst war ein bis dahin unbekanntes Gefühl für ihn gewesen. Noch dazu eines, auf das er gerne verzichtet hätte.

Ein Teil von ihm verabscheute die Macht, die sie über ihn hatte. Keine andere Frau hatte je seine Gedanken derart beherrscht. Und sie hielt auch noch immer einen Teil von sich zurück. Es quälte ihn, rieb ihn auf, machte ihn wütend.

Er wollte alles von ihr, ohne Einschränkungen, bedingungslos. Je länger sie zusammen waren, desto unmöglicher erschien es ihm, sie nicht zu drängen. Selbst jetzt, da seine Konzentration ganz seiner Arbeit gelten sollte, spürte er ihre Anwesenheit in dem dunklen Zuschauerraum.

Es sollte ihr nicht erlaubt sein, eine solche Macht über ihn zu haben. Jäh flammte Wut in ihm auf. Und doch wollte er Ruth genau da, wo sie war. Nah. Je mehr Zeit verging, desto mehr bewahrheiteten sich die Worte, die er ihr in jener Nacht gesagt hatte, als er vor ihrer Wohnung aufgetaucht war: Er brauchte sie.

Irgendwann schließlich war die Aufnahmesitzung beendet. Nick unterhielt sich mit dem Regisseur, während die Tänzer von der Bühne gingen. Sie würden sich jetzt unter der Dusche abkühlen und sich um ihre schmerzenden Glieder kümmern. Ruth erhob sich von ihrem Sitz und kam zur Bühne. Die Musiker setzten ihre Instrumente ab, reckten sich und begannen, sich zu unterhalten.

„In einer Stunde treffen wir uns wieder hier", rief Nick ihnen zu und erhielt ein gestöhntes Murren als Antwort.

Die Techniker schalteten die Spots aus, und die Temperatur kühlte sich prompt merklich ab. Der Vorschlag wurde laut, zum Lunch in das kleine italienische Restaurant an der Ecke zu gehen und mit Pizza und Pasta den Hunger zu stillen. Lachend lehnte Nick die Einladung, sich anzuschließen, ab. Seinem Gegenvorschlag, einen Joghurt in der Kantine zu essen, wurde mit allgemeinem Widerwillen begegnet.

„Und?" Nick zog Ruth in seinen Arm, als sie auf die Bühne kam. „Was sagst du?"

„Es war großartig", antwortete sie ehrlich. Sie versuchte, nicht an das Gespräch mit Nadine zu denken, als Nick ihr einen kurzen Kuss gab. „Amerikanische Folklore liegt dir ganz offensichtlich."

„Aus mir wäre ein guter Cowboy geworden." Grinsend hob er einen vergessenen Stetson auf und stülpte ihn sich schwungvoll auf den Kopf. „Jetzt fehlt mir nur noch der Revolver."

Ruth lachte. „Er steht dir." Sie zog ihm den Hut tiefer in die Stirn. „Gibt es in Russland Cowboys?"

„Kosaken", antwortete er. „Aber das ist etwas anderes." Lächelnd strich er ihr über die Arme. „Hunger? Wir haben eine Stunde, bevor wir weitermachen."

„Ja."

Er schlang den Arm um ihre Taille und schleuderte den Hut auf die Bühne zurück. „Lass uns eine Kleinigkeit mit in mein Büro nehmen. Ich will dich für mich allein haben."

Zehn Minuten später verschloss Nick seine Bürotür hinter ihnen. „Zu einem so üppigen Mal gehört Musik, nicht wahr?" Er ging zur Stereoanlage.

Ruth stellte die Schüsseln mit Obstsalat ab, während Nick Musik des russischen Komponisten Rimsky-Korsakow auflegte. Dann kam er zu Ruth herüber.

„Zuerst das." Er zog sie in seine Arme, und Ruth bot ihm ihre Lippen zu einem leidenschaftlichen Kuss.

Ihr Verlangen fachte das Feuer in ihm an. Mit einem heiseren Stöhnen schob Nick die Finger in ihr Haar und nahm plündernd ihren Mund in Besitz. Ihre Lippen waren wagemutig, hungrig, suchten nach dem Geschmack, den sie so sehr vermisste. Lust raste durch Ruth hindurch, mit einer alles verzehrenden Macht. Sie ließ die Hände unter sein Sweatshirt gleiten, fühlte dort die Muskeln auf seinem Rücken. Nick ließ die Lippen gierig über ihr Gesicht und ihren Hals wandern.

Doch ihre Lippen sehnten sich so sehr nach seinen ... „Küss mich", murmelte sie und suchte seinen Mund.

Es war ein überwältigender Kuss, gerade so, als würde Nick all seine Emotionen, als seine Bedürfnisse in diesen einen Kuss fließen lassen. Es erschütterte Ruth, ließ sie atemlos und zitternd vor Sehnsucht zurück. Nick knabberte jetzt an ihren Lippen, bis sie berauscht leise aufstöhnte. Mit seiner Zunge zerstörte er auch den Rest an Vernunft, an den sie sich bisher geklammert hatte. Sie konnte nur noch daran denken, wie sehr sie sich wünschte, er möge sie berühren.

Als hätte Nick ihre Gedanken gelesen, umfasste er mit einer Hand ihre Brust, und Ruth erschauerte. Mit der anderen Hand zog er ungeduldig die Bluse aus dem Jeansbund. Als seine Finger ihre nackte Haut fanden, atmeten sie beide scharf ein.

Und dann klingelte das Telefon auf seinem Schreibtisch. Nick stieß eine ganze Reihe von Flüchen aus. Abrupt schwang er herum und riss den Hörer hoch.

„Was ist?"

Ruth holte mehrmals tief Luft. Ihre Knie zitterten.

„Ich habe jetzt keine Zeit für ihn." Bei Nicks harschem Ton verspürte Ruth eine Spur Mitleid für den Anrufer. „Nein, er wird warten müssen. Ich bin beschäftigt, Nadine."

Ruths Augenbrauen schnellten hoch. Niemand redete so mit Nadine. Mit einem Seufzer betrachtete sie ihn. Nun, es war auch niemand wie Davidov.

„Ja, das ist mir klar. Dann eben in zwanzig Minuten. Nein, ich sagte zwanzig." Damit unterbrach er die Verbindung. Als er sich wieder zu Ruth umdrehte, stand der Ärger deutlich in seiner Miene zu lesen. „Sieht aus, als wäre ein locker sitzendes Portemonnaie aufgetaucht, um das ich mich kümmern muss." Fluchend schob er die Hände in die Hosentaschen. „Manchmal macht mich diese Geldeintreiberei wahnsinnig. Ständig muss man den Leuten Honig ums Maul schmieren. Früher reichte es aus, wenn man tanzte, aber das ist schon lange nicht mehr genug. Sie lassen uns zu wenig Zeit, Ruth."

„Komm und iss", versuchte sie ihn zu besänftigen. „Zwanzig Minuten reichen uns doch."

„Ich meine nicht nur jetzt!" Die Wut ließ ihn lauter werden, und Ruth machte sich auf eine stürmische Tirade gefasst. „Ich wollte gestern Nacht mit dir zusammen sein und all die anderen Nächte, die ich allein in meiner Wohnung verbringen musste. Ich brauche mehr als das, mehr als ein paar Minuten am Tag, ein paar Nächte in der Woche."

„Nick ...", wollte sie ansetzen, doch er fiel ihr sofort ins Wort.

„Ich will, dass du bei mir einziehst. Dass du mit mir zusammenlebst."

Was immer sie hatte sagen wollen, es war ihr entfallen. Er stand vor ihr, kochend vor Rage, und stellte Forderungen. „Bei dir einziehen?", wiederholte sie benommen.

„Ja. Heute noch."

Ihre Gedanken wirbelten durcheinander, während sie ihn anstarrte. „Zu dir in die Wohnung?"

„Ja!" Ungeduldig zog er sie auf die Füße. „Ich kann nicht – will nicht länger nach Hause in leere Zimmer kommen." Seine Finger umklammerten hart ihre Arme. „Ich will dich dort haben."

„Mit dir zusammenleben ..." Ruth hatte die Vorstellung noch längst nicht verdaut. „Und meine Sachen ..."

„Pack sie zusammen und bring sie mit." Frustriert schüttelte er sie leicht. „Ist das denn wichtig?"

Ruth schüttelte den Kopf, schob sich mit einer Hand von ihm ab. „Lass mir Zeit, darüber nachzudenken."

„Verdammt! Was gibt es da nachzudenken?!" Nick war so aufgewühlt, dass er sogar auf Englisch zu fluchen begann, aber Ruth fiel es nicht einmal auf. Sie hatte nicht damit gerechnet, dass er ihr einen solchen Schritt vorschlagen würde. Aber sie war noch viel weniger darauf vorbereitet gewesen, dass er sie dabei anschreien würde.

„Ich muss darüber nachdenken", fauchte sie zurück. „Du bittest mich, mein Leben zu ändern! Meine Wohnung aufzugeben! Das einzige Zuhause, das ich je gekannt habe."

„Ich bitte dich, ein Zuhause mit mir zu schaffen." Seine Finger gruben sich tiefer in ihr Fleisch. „Ich werde mir nicht weiterhin hier und da einen kurzen Moment mit dir stehlen."

„*Du* kannst nicht, *du* willst nicht, *du* wirst nicht! Noch habe ich das Sagen über mein Leben! Ich lasse mich nicht von dir unter Druck setzen!"

„Druck? Zum Teufel!" Nick stürzte zum Fenster, dann wieder zurück zu ihr. „Du sprichst mir gegenüber von Druck?! Fünf Jahre. Fünf Jahre habe ich auf dich gewartet. Ich musste warten, bis du endlich zur Frau geworden bist." Der Gefühlstumult in seinem Innern ließ seinen Akzent stark und schwer werden.

Ruths Gesicht bestand nur noch aus Augen. „Willst du damit sagen, dass du … dass du Gefühle für mich hattest, von … von Anfang an? Und du hast mir nie etwas davon gesagt?"

„Was hätte ich dir denn sagen sollen?", konterte er hitzig. „Du warst *siebzehn*!"

„Ich hatte immer das Recht, meine eigenen Entscheidungen zu treffen." Wild schüttelte sie ihr Haar zurück und funkelte ihn mit glühenden Augen an. „Du dagegen hattest *kein* Recht, für mich zu entscheiden."

„Ich habe dir deine Entscheidung gelassen, als die Zeit reif dafür war."

„*Du* hast *mir* gelassen?" Vor Entrüstung überschlug sich ihre Stimme. „Du bist vielleicht der Ballettdirektor, Davidov, aber nicht der meines Lebens. Wie kannst du dir nur anmaßen, Entscheidungen für mich zu treffen?!"

„Nun, ich war durchaus auch anderweitig beschäftigt", erinnerte er sie. Seine Augen blitzten. „Oder hast du das vergessen?"

„Du hast mich schon immer wie ein Kind behandelt." Auf seine rhetorische Frage ging sie gar nicht erst ein. „Dir ist nie aufgefallen, dass ich durch all das, was ich in meiner Kindheit erlebt habe, schon erwachsen war, bevor ich dich überhaupt kennengelernt habe. Und jetzt stehst du da und eröffnest mir, dass du mir etwas so Wichtiges verheimlicht hast, und behauptest auch noch, es sei zu meinem Besten gewesen! Nicht nur das! Du verlangst, dass ich meine Sachen packe und bei dir einziehe, ohne auch nur darüber nachzudenken."

„Ich konnte ja nicht ahnen, dass mein Vorschlag eine solche Beleidigung für dich sein würde", erwiderte er kalt.

„Vorschlag?", wiederholte sie fassungslos. „Du hast es mir praktisch befohlen. Aber ich lasse mir nicht befehlen, mit dir zu leben."

„Nun gut. Wie du willst." Er warf ihr einen langen, durchdringenden Blick zu. „Ich habe noch einen Termin." Damit ging er zur Tür.

Ruth kochte fast über vor Wut. „Ich nehme mir ein paar Tage frei", rief sie ihm nach.

Die Hand am Türknauf, drehte er sich zu ihr um. „Die Proben beginnen in einer Woche", sagte er mit eisiger Ruhe. „Dann bist du zurück. Wenn nicht, kannst du dich als gefeuert betrachten. Die Entscheidung überlasse ich dir."

Er verließ das Zimmer, ohne sich die Mühe zu machen, die Tür hinter sich zu schließen.

14. KAPITEL

Lindsay schob sich Amanda höher auf die Hüfte, während Justin ein Spielzeugauto über den Holzboden bugsierte. „In zehn Minuten gibt es Abendessen, junger Mann“, verkündete sie und stieg geschickt über die geparkten und die verunglückten Autos hinweg. „Geh und wasch dir die Hände.“

„Die sind aber gar nicht schmutzig.“ Den blonden Schopf über einen kleinen Sportwagen gebeugt, behob Justin konzentriert einen schlimmen Motorschaden.

Lindsay kniff die Augen zusammen und hielt Amanda fester, die unbedingt wieder auf den Boden gesetzt werden wollte. „Worth ist da sicherlich anderer Meinung.“ Das war ihre ultimative Waffe.

Justin ließ den Miniatur-Ferrari in die Hosentasche gleiten, stand umständlich auf und zog mit einem schweren Seufzer, in dem alles Leid der Welt lag, aus dem Zimmer ab.

Lindsay sah ihm lächelnd nach. Justin hatte gesunden Respekt vor dem peniblen britischen Butler. Sie lauschte auf das Quietschen seiner Turnschuhe, als er die Treppe in den ersten Stock hinaufstieg. Er hätte sich die Hände auch in der Gästetoilette hier unten waschen können. Aber wenn Justin Bannion sich entschloss, den unverstandenen Märtyrer zu spielen, dann tat er es mit Gusto.

Ihr Sohn war jetzt schon vier Jahre alt! Lindsay war immer wieder verwundert, wenn sie daran dachte. Aus dem pummeligen Kleinkindalter war er bereits herausgewachsen, war längst rank und schlank wie eine Gerte geworden. *Und*, dachte sie jetzt nicht ohne Stolz, *er hat das helle Haar seiner Mutter und ihre Augen geerbt.* Allerdings auch deren mangelnden Sinn für Ordnung. Sie schnitt eine kleine Grimasse, als sie auf die überall verstreut liegenden Spielzeugautos und Bauklötze sah.

„Du bist da ganz anders, nicht wahr?“ Sie blies sacht auf den Hals ihrer Tochter und erntete dafür ein helles Kichern.

Amanda war der dunkle Typ; sie kam ganz nach ihrem Vater. Ebenso, was die Ordnungsliebe betraf. In ihrem Zimmer gab es eine ganze Armee von Puppen, die aufgereiht waren wie Soldaten. Wenn sie mit Bauklötzen spielte, war es fast komisch, mitanzusehen, wie millimetergenau sie sie aufeinanderstapelte. Ihr Temperament aber schien sie von beiden Eltern zu haben. Sie war sich durchaus nicht zu schade, ihrem Bruder ein paar Bauklötze hinterherzuwerfen, wenn er uneingeladen in ihr Reich eindrang.

Lindsay drückte Amanda noch einen Kuss auf die Wange und setzte sie ab, um den Verkehrsstau zu beseitigen, den Justin hinterlassen hatte. Eines der Autos in der Hand, sah sie zu ihrer Tochter. „Daddy wird es nicht gefallen, dass ich die Autos aufräume."

„Justin ist schlampig", kam es von Amanda im inbrünstigen Ton schwesterlicher Verachtung. Sie war zwar erst zwei Jahre alt, aber sie hatte ein erstaunliches Talent dafür, prägnante Aussprüche aufzuschnappen.

„Dem kann niemand widersprechen." Abschätzend wog Lindsay das Auto in der Hand. „Und das muss sich auch dringend ändern. Aber wenn Worth das hier sieht ..." Sie überlegte, wessen Missfallensbekundungen niederschmetternder waren. Worth siegte mit Abstand vor Seth. Also beeilte sie sich, die Beweise zu vernichten. „Ich werde mir Justin schon noch vorknöpfen. Daddy brauchen wir ja nichts davon zu erzählen ..."

„Was braucht ihr Daddy nicht zu erzählen?", fragte Seth von der Tür her.

„Oh-oh." Lindsay schlug die Augen zur Decke auf und drehte den Kopf zu Seth. „Ich dachte, du arbeitest."

„Das habe ich auch getan." Mit einem Blick erfasste er die Situation. „Hältst du dem kleinen Satansbraten wieder die Stange, ja?"

„Ich habe ihn nach oben geschickt, damit er sich die Hände wäscht." Lindsay strich sich das Haar aus dem Gesicht, blieb aber auf allen vieren auf dem Boden sitzen. Amanda tappte zu ihrem Vater und schlang die Ärmchen um sein Bein. Die beiden bedachten Lindsay jetzt mit vorwurfsvollen Blicken. „Also gut." Lachend setzte Lindsay sich auf die Fersen zurück. „Ich liefere mich der Gnade des Hohen Gerichts aus."

„Na dann." Seth legte seiner Tochter die Hand auf das Köpfchen. „Wie sollte die Strafe ausfallen, was meinst du, Amanda?"

„Du kannst Mama keinen Klaps geben."

„Nicht?" Ein verschmitztes Grinsen auf dem Gesicht, ging er auf Lindsay zu und zog sie nach oben. „Um der Gerechtigkeit Genüge zu tun, könnte das aber eine durchaus notwendige Vorgehensweise sein." Er küsste sie leicht auf die Lippen.

„Lässt du dich vielleicht bestechen?", murmelte sie.

„Immer", sagte er, als sie den Mund fester auf seinen presste.

Justin kam in den Raum gerannt, seine jetzt sauberen Hände weit vor sich ausgestreckt. Als er sah, wie seine Eltern sich küssten, verzog er angewidert den Mund, dann sah er vielsagend zu seiner Schwester. „Ich dachte, es gibt Essen."

Eine Stunde später eilte Lindsay die Treppe hinunter zum abendlichen Ballettunterricht. Da lag doch tatsächlich noch eines von Justins Spielzeugautos! Sie bückte sich, um es aufzuheben, und steckte es sich in die Jackentasche.

„Gauner!", murmelte sie und öffnete die Haustür. „Ruth." Überrascht starrte sie Seths Nichte an.

„Hi. Habt ihr vielleicht ein Plätzchen für eine entflohene Tänzerin und einen leicht übergewichtigen Kater?"

„Oh, aber natürlich!" Sie zog Ruth über die Schwelle und umarmte sie herzlich. Nijinsky wand sich zwischen ihnen hervor, sprang zu Boden und stolzierte übellaunig davon. Er hielt überhaupt nichts von Reisen. „Es ist wunderbar, dich zu sehen! Seth und die Kinder werden sich so freuen!" Durch die erste Freude konnte Lindsay die Verzweiflung in Ruths Umarmung spüren. Sie hielt sie von sich ab und musterte ihr Gesicht, erkannte dort sofort, wie unglücklich Ruth war. „Alles in Ordnung mit dir?"

„Ja, sicher." Unter Lindsays Blick entschied Ruth sich für die Wahrheit. „Nein", gestand sie. „Ich brauche etwas Zeit und Abstand."

„Kein Problem." Sie hob Ruths Tasche ins Haus. „Du weißt ja, wo dein Zimmer ist. Geh nach oben und überrasche Seth und die Kinder. Ich bin in zwei Stunden wieder zurück."

„Danke."

Lindsay eilte zur Tür hinaus, und Ruth atmete erst einmal tief durch.

Zwei Tage später saß Ruth auf dem Sofa, eingerahmt von den Kindern, und las den beiden aus Justins Buch vor. Nijinsky döste in der Sonne, die durchs Fenster fiel. Und Ruth fühlte sich lange nicht mehr so rastlos wie zuvor.

Eigentlich war es nicht anders zu erwarten gewesen, dass sie hier genau das finden würde, was sie brauchte. Keine Fragen, kein Verhätscheln. Lindsay hatte ihr die Tür geöffnet, und seither war Ruth von Hingabe und Liebe umgeben.

Nachdem Ruth Nicks Arbeitszimmer verlassen hatte, war sie nach Hause gefahren, hatte ihre Reisetasche gepackt und sich auf den Weg gemacht. Groß geplant oder nachgedacht hatte sie nicht, sie war einfach ihren Instinkten gefolgt. Manchmal konnte eben nur die Familie helfen.

„Ich dachte schon, du hättest sie geknebelt und gefesselt.“ Seth kam ins Wohnzimmer. „So still sind sie nicht einmal, wenn sie schlafen.“

Ruth lachte. Kaum dass Seth sich setzte, kletterten die beiden auf seinen Schoß. „Sie sind wahre Engel, Onkel Seth. Du solltest dich schämen, die beiden so schlecht zu machen.“

„Dafür brauchen sie meine Hilfe nicht.“ Er zog leicht an Amandas Zöpfen. „Worth hat mir gesagt, dass er heute Morgen einen angefangenen Lutscher bei jemandem im Bett gefunden hat.“

„Den wollte ich heute Abend zu Ende essen.“ Justin sah mit ernstem Gesicht zu seinem Vater auf. „Er hat ihn doch hoffentlich nicht weggeworfen, oder?“

„Ich fürchte, ja.“

„Wie doof.“

„Er hat auch einen genauen Bericht über den Zustand des Bettlakens abgeliefert“, fügte Seth milde hinzu.

Justin zog einen Schmollmund – den Mund seiner Mutter. „Muss ich mich jetzt etwa schon wieder entschuldigen?“

„Das solltest du wohl besser tun.“

„Ich will zusehen.“ Amanda krabbelte schon voll gespannter Vorfreude vom Schoß ihres Vaters.

„Immer muss ich mich entschuldigen“, maulte Justin verdrießlich. Ruth sah ihm nach, wie er mit hängenden Schultern das Zimmer verließ, eine schadenfrohe Amanda im Schlepptau.

„Dir ist schon klar, dass Worth die beiden anbetet“, meinte Ruth lächelnd zu Seth, als die beiden außer Hörweite waren.

„Natürlich. Aber ich weiß auch, wie unangenehm es ihm wäre, wenn sein Geheimnis herauskäme.“ Er lauschte auf das Trippeln von Kinderfüßen Richtung Küche.

„Irgendwie hat er mich immer eingeschüchtert.“ Ruth legte das Buch weg. „In all der Zeit, die ich hier gelebt habe, habe ich mich nie wirklich an ihn gewöhnen können.“

„Keiner kann ihn besser um den Finger wickeln als Lindsay.“ Seth lehnte sich zurück und entspannte sich. „Und das Schöne daran … er merkt es nicht einmal.“

„Es gibt niemanden wie Lindsay“, sagte Ruth.

„Nein, niemanden“, stimmte er schlicht zu.

„War es eigentlich beängstigend, sich in jemanden zu verlieben, der so … so einzigartig ist?“

Er las die unausgesprochene Frage in ihren Augen und wusste, woran sie dachte. „Die Liebe ist immer beängstigend, wenn es wirklich wichtig ist. Wenn man sich in einen so besonderen Menschen verliebt, ist die Angst noch intensiver. Vor Lindsay hatte ich eine Heidenangst."

„Seltsam. Ich hatte dich immer für unerschrocken und unbesiegbar gehalten."

„Die Liebe macht uns alle zu Feiglingen, Ruth." Erinnerungen strömten auf ihn ein, an die ersten Monate mit Lindsay, die Zeit vor der Hochzeit. „Fast hätte ich sie verloren. Nichts im Leben hat mich mehr geängstigt als das."

„Ihr seid jetzt seit fünf Jahren zusammen." Ruth runzelte nachdenklich die Stirn. „Und an eurer Liebe hat sich nichts geändert. Sie ist immer noch so stark wie zu Anfang."

„Nein." Seth schüttelte den Kopf. „Ich liebe Lindsay jetzt viel mehr. Unendlich viel mehr. Und deswegen habe ich auch viel mehr zu verlieren."

In diesem Moment hörten sie, dass unten die Haustür geöffnet wurde.

„Der Himmel bewahre mich vor Müttern, die nach fünf Unterrichtsstunden eine zweite Anna Pawlowa erwarten!"

„Ah, sie ist wieder zu Hause", bemerkte Seth lächelnd.

„Mrs Fitzwalter will, dass ihre Mitzie in den gleichen Kurs kommt wie Janet Conner", setzte Lindsay an, als sie ins Zimmer gestürmt kam. „Dass Janet seit zwei Jahren Unterricht hat und Mitzie erst seit zwei Wochen, ist dabei natürlich völlig unerheblich!" Sie ließ sich in einen Sessel fallen und zog eine Grimasse. „Es interessiert sie einfach nicht, dass Janet Talent hat und ihre Mitzie Bleifüße. Mitzie will eben mit ihrer besten Freundin im selben Kurs sein, und außerdem ist Mrs Fitzwalter auf die Fahrgemeinschaft aus."

„Und du", Seth hob eine Augenbraue, „hast ihr natürlich diplomatisch erklärt, warum das unmöglich ist."

„Ich war sogar die Verkörperung der Diplomatie! Schließlich habe ich von Worth gelernt." Lindsay wandte sich Ruth zu. „Mitzie wiegt mindestens fünf Kilo zu viel und schafft nicht einmal eine anständige Erste Position. Janet dagegen steht schon seit Monaten auf der Spitze."

„Vielleicht kannst du Mrs Fitzwalter ja eine andere Fahrgemeinschaft organisieren."

„Das habe ich schon." Lindsay lächelte zufrieden. Das Lächeln jedoch erstarb, als ihr plötzlich die Stille auffiel. „Wo sind die Kinder?"

„Sich entschuldigen", antwortete Seth knapp.

„Ach du meine Güte, schon wieder?!" Sie seufzte. Dann erhob sie sich und ging lächelnd auf ihren Mann zu. „Hi." Sie beugte sich vor und küsste ihn. „Hast du das Problem mit der tragenden Wand gelöst?"

„Fast." Er zog sie näher heran für eine ausgiebigere Begrüßung.

„Du bist ja so klug." Sie setzte sich zu ihm.

„Selbstverständlich."

„Und du arbeitest so hart. Den ganzen Tag eingesperrt in dein Büro, sogar am Samstag." Sie griff nach seiner Hand. „Lass uns einen Spaziergang am Strand machen."

Seth wollte schon zustimmen, doch dann hielt er inne. „Geh du nur mit Ruth. Die Kinder brauchen ihr Nickerchen. Ich glaube, ich werde mich ihnen anschließen."

Lindsay schaute ihn verwundert an. Seit wann verschlief Seth einen wunderschönen Samstagnachmittag? Doch mit einem einzigen Blick kam die unausgesprochene Botschaft an, Lindsay verstand sofort. „Na schön." Es gab keinen Bruch zu bemerken, als sie sich zu Ruth umdrehte. „Dann lass uns gehen. Nach Mrs Fitzwalter brauche ich dringend frische Luft."

„Sollte ich eine Jacke überziehen?"

„Eine leichte, ja."

Als Ruth den Raum verließ, um sich die Jacke zu holen, sah Lindsay ihren Mann lächelnd an. „Habe ich dir heute schon gesagt, wie wunderbar du bist und wie sehr ich dich anbete?"

„Soweit ich mich entsinne, heute noch nicht." Er strich ihr übers Haar. „Dann sag es mir doch jetzt."

„Du bist wunderbar, und ich bete dich an." Sie küsste ihn, bevor sie sich erhob. „Ich sollte dich vorwarnen. Justin hat mir gestern offiziell mitgeteilt, dass er viel zu alt für einen Mittagsschlaf ist."

„Das werden wir dann besprechen."

„Aber diplomatisch bitte, ja?" Sie lächelte über die Schulter zurück, als sie aus dem Zimmer ging.

Es roch nach Meer. Ruth hatte vergessen, wie wunderbar klar und frisch der Geruch war. Die Wellen brachen sich tosend am langen, steinigen Strand. Ab und zu wehte ein Blatt aus dem kleinen Laubwald hinunter an den Strand. Eines fiel ihnen jetzt genau vor die Füße.

„Ich habe mich auf den ersten Blick in die Gegend hier verliebt." Lindsay steckte die Hände in die Jackentaschen.

„Und ich habe es am Anfang gehasst." Ruth ließ den Blick weit über den Strand schweifen. „Das Haus, das Rauschen der Wellen, einfach alles."

„Ja, ich weiß."

Ruth warf Lindsay einen kurzen Seitenblick zu. „Ich kann nicht einmal sagen, wann das aufgehört hat. Eines Morgens bin ich einfach aufgewacht, und mir wurde klar, dass ich zu Hause bin. Onkel Seth hat so viel Geduld mit mir gehabt."

„Er ist ein geduldiger Mann." Lindsay lachte leise. „Manchmal ist es geradewegs zum Verrücktwerden. Ich will toben und wüten, und er gewinnt die Schlacht mit seiner Ruhe. Seine Selbstbeherrschung kann schrecklich frustrierend sein." Sie studierte Ruths Profil. „Du bist ihm sehr ähnlich."

„Bin ich das?" Ruth überdachte das Gesagte. „Ich könnte nicht behaupten, dass ich in letzter Zeit sehr viel Beherrschung an den Tag gelegt habe."

„Nun, auch bei Seth bestätigen Ausnahmen die Regel." Lindsay hob einen Stein auf und ließ ihn in die Jackentasche gleiten; eine Angewohnheit, die sie nie aufgegeben hatte.

„Lindsay, du hast mich noch nicht gefragt, warum ich unangemeldet hier aufgetaucht bin und wie lange ich bleiben will."

„Es ist dein Zuhause, Ruth. Du musst nichts erklären, wenn du herkommst."

„Ich habe schon zu Onkel Seth gesagt, dass du etwas ganz Besonderes bist."

„Wirklich?" Lindsay lächelte und wischte sich eine Strähne fort, die der Wind ihr in die Augen geweht hatte. „Das ist wohl das schönste Kompliment, das man bekommen kann."

„Es ist Nick", sagte Ruth jäh.

„Ja, ich weiß."

Ruth atmete hörbar aus. „Ich liebe ihn, Lindsay. Und ich habe schreckliche Angst."

„Das Gefühl kenne ich. Ich nehme an, ihr habt euch gestritten?"

„Ja. Ach, da sind so viele Dinge." Plötzlich lag alle Frustration in Ruths Stimme. „In den letzten beiden Tagen habe ich versucht, in Ruhe nachzudenken und Ordnung in meine Gedanken zu bringen, aber nichts ergibt einen Sinn."

„Verliebt zu sein, hat nie etwas mit Vernunft zu tun. Das ist die grundlegende Regel." Sie kamen an eine Felsformation, und Lindsay setzte sich.

Genau hier an dieser Stelle, erinnerte sie sich, hatten Seth und sie damals gestanden. Sie war verliebt gewesen und völlig verängstigt, weil nichts mehr Sinn ergab. Ruth war mit einem kleinen Kätzchen in ihrer Jacke zu ihnen heruntergekommen. Sie war siebzehn Jahre alt gewesen und sehr darauf bedacht, niemanden zu nahe an sich heranzulassen. Vielleicht war sie ja auch heute noch übervorsichtig. „Willst du darüber reden?"

Ruth zögerte nur eine Sekunde. „Ja, ich glaube schon."

„Dann setz dich und fang ganz von vorn an."

Als sie erst damit begonnen hatte, fiel es ihr ganz leicht. Ruth beschrieb Lindsay, wie plötzlich Nick und sie zusammengekommen waren, nachdem sie jahrelang Seite an Seite gearbeitet hatten. Sie beschrieb, welch ein Schock es für sie gewesen war, zu erfahren, dass Nick sie liebte. Von der Frustration, weil ihnen kaum private Zeit miteinander blieb. Sie ließ nichts aus, berichtete von den Szenen mit Leah, von Nicks jähen Stimmungsschwankungen, von der eigenen Unsicherheit.

„Am Tag, als ich abfuhr, hat Nadine noch mit mir gesprochen. Sie wollte mich wissen lassen, dass sie mich gehen lassen würde, falls es zum Bruch zwischen Nick und mir kommen sollte. Falls wir nicht mehr zusammen tanzen wollen. Ich kochte vor Wut. Scheinbar ist es nicht möglich, das, was zwischen uns ist, zu bewahren." Ruth starrte auf die tosenden Wellen hinaus. Sie fühlte sich so machtlos. „Und bevor ich überhaupt die Möglichkeit hatte, mich zu beruhigen, kommt Nick daher und verlangt von mir, ich solle meine Wohnung aufgeben und zu ihm ziehen. Einfach so, von jetzt auf gleich." Sie wandte Lindsay das Gesicht zu. „Verlangt! Er war absolut unmöglich. Steht brüllend vor mir und schreit mir ins Gesicht, was er alles will, was er alles braucht. So ganz nebenbei lässt er dann auch noch verlauten, dass er mich schon seit fünf Jahren will. Und nie hat er auch nur ein Wort gesagt! Ich konnte es kaum fassen. Dieser Mann hat wirklich Nerven!"

Sie musste Luft holen, spürte erneut den Ärger in sich auflodern. „Ich konnte es einfach nicht ertragen, wie er über mein Leben bestimmen will. Er hat sich völlig unvernünftig verhalten, wurde praktisch mit jeder Sekunde russischer. Ich sollte meine Sachen zusammenpacken und bei ihm einziehen, ohne auch nur eine Minute nachzudenken. Er hat mich nicht gebeten, er hat es mir befohlen, so als würde er sein neuestes Ballett auf der Bühne inszenieren. Nein", korrigierte sie sich sofort und stand auf, hielt es nicht länger aus, stillzusitzen, „wenn er ein Ballett aufführt, ist er menschlicher! Nicht ein einziges Mal hat er mich gefragt, was ich fühle oder denke. Er hat's mir einfach vor die Füße geschleudert, und dann ausgerechnet auch noch nach der kleinen Episode mit Nadine und nach der grässlichen Woche mit den Dreharbeiten."

Der brennende Schwung war mit einem Schlag verpufft, Ruth sank zurück auf den Felsbrocken. „Lindsay, in meinem ganzen Leben war ich noch nie so durcheinander."

Lindsay spielte mit dem Stein in ihrer Tasche. Sie hatte Ruths langer Erzählung zugehört, ohne ein einziges Mal zu unterbrechen. „Nun", meinte sie schließlich, „eigentlich erteile ich ja nie einen Rat. Aber seine Grundsätze kann man auch mal über Bord werfen, nicht wahr?" Sie hielt kurz inne. „Wie gut kennst du Nick?"

„Nicht so gut wie du", antwortete Ruth sofort. „Er war in dich verliebt." Die Worte waren heraus, bevor sie sich überhaupt bewusst war, was sie da sagte. „Oh, Lindsay."

„In der Tat." Lindsay sah Ruth direkt ins Gesicht. „Als ich zur Company kam, hatte Nadine alle Mühe, sie überhaupt am Laufen zu halten. Nick war der ausschlaggebende Faktor. Er setzte den Betrieb in Gang. Es gab immer noch genügend Probleme, intern und finanziell, etwas, worüber Außenstehende fast nie Bescheid wissen. Ich weiß, du hältst Nadine für hart, und das ist sie auch, aber die Company ist alles für sie. Jetzt, mit ein wenig Abstand, fällt es mir leichter, ihre Beweggründe zu verstehen. Damals konnte ich das lange nicht. Nun, wie auch immer", fuhr sie fort, „mit Nicks Ankunft wendete sich das Blatt. Er war noch sehr jung und stand plötzlich im Scheinwerferlicht eines fremden Landes. Er konnte sich kaum verständigen, sprach zwar Französisch, Italienisch, ein wenig Deutsch, aber Englisch musste er erst von Grund auf lernen. Gerade du müsstest doch verstehen können, wie es ist, ein Fremder in einem fremden Land zu sein, mit fremden Regeln und Gebräuchen. Wo man automatisch zum Außenseiter wird."

„Ja", murmelte Ruth, „natürlich kenne ich das Gefühl."

„Also dann ..." Lindsay schlang die Arme um ihre Knie. „Stell dir vor, du bist zwanzig und hast soeben die schwierigste und wichtigste Entscheidung deines Lebens getroffen. Nick hat damals sein Land verlassen, seine Freunde, seine Familie. Oh ja, er hat noch Familie", bekräftigte sie, als sie Ruths erstaunte Miene sah. „Es war alles andere als leicht für ihn, und die ersten Jahre hier haben ihn misstrauisch und vorsichtig gemacht. Viele wollten ihn ausnutzen, wollten sich seinen Hintergrund und seine Geschichte zunutze machen. Er musste lernen, sein Leben zu überarbeiten. Als ich ihn kennenlernte, da war er bereits Davidov – ein Name in Großbuchstaben."

Lindsay sah eine Weile nachdenklich auf die Brandung hinaus, beobachtete, wie sich die Wellen schäumend an den Felsen brachen. „Es stimmt, es gab eine Zeit, da fühlte ich mich zu ihm hingezogen. Sehr stark sogar. Vielleicht war ich auch ein bisschen in ihn verliebt. Und es ist gut möglich, dass es für ihn ähnlich war. Wir waren Tänzer, waren jung und ehrgeizig. Wenn meine Eltern den Unfall nicht gehabt hätten, wenn ich die Company nicht verlassen hätte ... Wer weiß, vielleicht hätte sich dann etwas zwischen ihm und mir entwickelt. Ich kann es nicht sagen. Und dann traf ich Seth." Lächelnd sah sie zum Haus zurück. „Aber was ich mit Sicherheit sagen kann, ist, dass alles, was eventuell zwischen mir und Nick entstanden wäre, nicht richtig gewesen wäre, für keinen von uns beiden. Für mich gibt es niemand anderen als Seth. Wird es auch niemals geben."

„Lindsay, ich wollte nicht neugierig sein ..." Ruth machte eine entschuldigende Geste.

„Das hat mit Neugier nichts zu tun. Wir sitzen alle im gleichen Boot. Deshalb breche ich ja auch meine Regel." Lindsay hielt einen Moment inne. „Nick hat mir damals viel erzählt. Er brauchte jemanden, der ihm zuhörte. Er hatte wohl das Gefühl, dass er mir vertrauen konnte. Wenn es da Dinge gibt, über die er nicht spricht, dann liegt es daran, dass er sich angewöhnt hat, nicht an das zu denken, was er zurückgelassen hat. Nick ist ein Mann, der nach vorne schaut. Aber er ist auch ein Mann mit Gefühlen, Ruth. Glaub nicht, er besäße keine."

„Ich weiß, dass er Gefühle hat", erwiderte Ruth leise. „Aber ich wollte sie mit ihm teilen."

„Wenn er so weit ist, wird er sie mit dir teilen", meinte Lindsay schlicht. „Das Ballett ist zu Nicks absoluter Priorität geworden – ob nun aus freien Stücken oder durch die Umstände, vermag ich nicht zu beurteilen. Aber aus dem, was du mir erzählt hast, schließe ich, dass ein anderes Gefühl beginnt, die Regie zu übernehmen. Ich kann mir vorstellen, dass es ihn halb zu Tode ängstigt."

„Ja." Ruth erinnerte sich an die Worte ihres Onkels. „Ich habe nicht darüber nachgedacht, dass er ebenso fühlen könnte."

„Wenn ein Mann, vor allem ein so welt- und redegewandter Mann wie Nick, eine Frau so unbeholfen bittet, mit ihm zusammenzuleben, muss er ja geradezu panische Angst haben." Mit einem milden Lächeln legte sie ihre Hand auf Ruths. „Und was diese Leah anbelangt und den Unsinn, eure Beziehung würde Auswirkungen auf eure Karriere haben … Nach fünf Jahren Company solltest du es eigentlich besser wissen. Du solltest simple Eifersucht erkennen können, wenn sie sich dir so plump präsentiert."

Ruth ließ einen schweren Seufzer hören. „Bis jetzt habe ich sie auch immer erkannt."

„Dieses Mal steht wohl mehr auf dem Spiel. Die Liebe kann einem manchmal den Verstand vernebeln." Lindsay musterte Ruth einen Moment lang schweigend. „Wie viel warst du bisher bereit, ihm zu geben?"

Ruth öffnete den Mund, schloss ihn wieder. „Nicht genug", gestand sie dann leise ein. „Ich hatte ebensolche Angst. Er ist ein so starker Mann, Lindsay, seine Persönlichkeit ist überwältigend. Ich wollte mich selbst nicht verlieren." Sie blickte fragend zu Lindsay. „Ist das denn falsch?"

„Nein. Wenn du schwach wärst und jeder seiner Launen nachgeben würdest, würde er dich nicht lieben." Lindsay drückte Ruths Finger. „Er braucht eine Partnerin, Ruth. Nicht noch eine weitere Bewunderin."

„Er kann so arrogant sein, so absolut unmöglich."

„Oh ja! Und ich hoffe, er wird sich nie ändern."

Ruth lachte und umarmte Lindsay. „Nach Hause zu kommen, war genau das, was ich gebraucht habe."

„Und du bist gekommen." Lindsay erwiderte die Umarmung. „Sag, liebst du ihn?"

„Ja. Ja, ich liebe ihn."

„Dann fahr zu ihm, am besten gleich. Er ist in Kalifornien." Sie lachte über Ruths verdattertes Gesicht. „Ich hatte schon heute Morgen beschlossen, meine Regel zu brechen. Ich habe Nadine angerufen."

15. KAPITEL

Der Sand stob unter Nicks Füßen auf. Inzwischen legte er bereits seine dritte Meile zurück. Die Sonne ging langsam auf, ihre goldenen Strahlen tanzten auf dem Wasser. Und Nick lief, viel zu früh, selbst für die ganz hartgesottenen Jogger. Aber so hatte er den Strand für sich allein. Es gefiel ihm, wie der menschenleere lange Strand sich unter den ersten Sonnenstrahlen in ein goldenes Band verwandelte. Er lauschte auf den einsamen Schrei einer Möwe hoch oben am Himmel und das stete Rauschen des Meeres.

Der einzige Druck, den es hier gab, war der, den er selbst auf seinen Körper ausübte. Wie das Tanzen, so war auch das Laufen eine Herausforderung. Und wie beim Tanzen konnte er auch hier seinen Kopf freimachen und über den Schmerz stellen. Wenn er lange genug rannte, wenn er weit genug rannte, würde es ihm vielleicht heute gelingen, nicht an Ruth zu denken.

Wie hatte er nur so dumm sein können?! Sich in Gedanken verfluchend, erhöhte Nick sein Tempo. Was für ein erlesener Stil! Welch Gewandtheit! Er hatte vorgehabt, ihr Raum zu geben, ihr Zeit zum Nachdenken zu lassen. Wollte abwarten, bis der Zeitpunkt und die Szenerie genau richtig waren. Doch nichts war so gelaufen, wie er es geplant hatte. Hatte er ihr tatsächlich befohlen, ihre Sachen zu packen? Was war nur in ihn gefahren?! Die Antwort darauf kannte er – Ärger, Frustration, Verlangen. Und Angst. Die Choreografie, die er sich so perfekt zurechtgelegt hatte, war zu einer Folge von nicht abreißen wollenden Fehltritten geworden.

Er hatte es sich so perfekt ausgedacht. Erst wollte er sie bitten, mit ihm zu leben, und es ihr dadurch leicht machen, sich an eine feste Beziehung zu gewöhnen. Und dann wollte er ihr schließlich einen Antrag machen.

Doch jetzt hatte er alles mit seiner Unbeherrschtheit und seiner Arroganz zerstört. Als er erst einmal angefangen hatte, hatte er nicht mehr aufhören können zu wüten. Wie sie ihn angesehen hatte! Erst völlig perplex, dann wütend. Wie hatte er nur so ungehobelt und plump vorgehen können?! Es hatte unzählige Frauen in seinem Leben gegeben, und nie hatte er Schwierigkeiten damit gehabt, ihnen zu sagen, was er fühlte – oder nicht fühlte. In wie vielen Sprachen konnte er eine Frau umwerben? Und ausgerechnet dann, wenn es darauf ankam, führte er sich wie ein ungehobelter Klotz auf! Jeder

Schritt seines Werbens um Ruth war der eines ungehobelten Klotzes gewesen!

Von wegen Werben! Nick rannte weiter, während die Sonne immer höher stieg. Mit seinem Tempo wollte er sich selbst bestrafen. Werben konnte man das wirklich nicht nennen. Beim ersten Mal hatte er sie wie ein Wilder genommen, und als er ihr gestanden hatte, dass er sie liebte, war das ohne die geringste Finesse geschehen. Jeder Schuljunge hätte mehr Feingefühl bewiesen.

Draußen im Meer sprangen Delfine anmutig aus dem Wasser. Ein wunderschön choreografiertes Wasserballett. Nick rannte unablässig weiter.

Sie kommt nicht zurück, dachte er grimmig.

Und dann setzte die Verzweiflung ein.

Großer Gott, was soll ich nur tun? Sollte er sich etwa in der Company vergraben, nichts anderes mehr in seinem Leben haben, so wie die bedauernswerte Nadine? War das der Sinn all dieser Jahre? *Sie wird jedes Mal bei mir sein, wenn ich tanze,* schoss es ihm durch den Kopf. *Sie wird bei mir sein – und doch unerreichbar.* Vielleicht würde sie zu einer anderen Company gehen. Und mit Mitchell oder Kirminov tanzen!

Allein bei der Vorstellung begann sein Blut zu brodeln.

Ich hole sie zurück!

Seine Füße liefen weiter, trommelten auf den Sand ein.

Aber sie ist so jung! Ich habe nicht das Recht, sie dazu zu zwingen, zu mir zurückzukommen. Es war nicht richtig. Ein Mann zerrt eine Frau nicht an den Haaren zu sich zurück, wenn sie ihn verlassen hat! Es gibt auch noch so etwas wie Stolz. *Nein. Ich werde es nicht tun!*

Nein, auf gar keinen Fall!

Den Teufel würde er tun!

Mit dem gleichen rasanten Tempo drehte Nick um und lief auf das Haus zu.

Ruth fuhr mit dem Mietwagen vor dem Haus vor. Sie ließ den Motor laufen und blieb im Auto sitzen. Das zweistöckige Haus war ganz aus Glas und Zedernholz gebaut, das inzwischen von Wind und Wetter nachgedunkelt war. *Sehr beeindruckend, Onkel Seth,* dachte sie und bewunderte die klaren Linien und die perfekte Nutzung von Raum und Weite im Design.

Wohl zum hundertsten Mal fragte sie sich, wie sie anfangen sollte. Sie schluckte schwer. All die wohldurchdachten kleinen Reden, die sie im

Flugzeug noch geübt hatte, schienen ihr mit einem Mal erschreckend banal und hoffnungslos gezwungen.

„Nick, ich dachte, wir sollten miteinander reden", versuchte sie es laut und legte stöhnend die Stirn aufs Steuer. Brillant! Wie wär's mit: „Hallo Nick, ich war gerade in der Gegend und dachte mir, ich schau mal vorbei." Wie originell!

Tu's einfach, sagte sie sich still. *Geh hin, klopf an die Tür und lass es auf dich zukommen.*

Entschlossen stellte Ruth den Motor ab und stieg aus. Die sechs Stufen zur Haustür hinauf schienen ihr mit einem Mal unüberwindlich. Sie holte tief Luft, so wie sie immer Luft holte, bevor sie mit einem Jeté aus den Seitenflügeln auf der Theaterbühne erschien. Und dann stieg sie die Stufen hinauf.

Klopf an, befahl sie sich, als sie reglos vor der Haustür stand. *Heb die Hand und klopf.* Es dauerte eine volle Minute, bevor sie es über sich brachte. Sie wartete mit angehaltenem Atem. Keine Reaktion, kein Laut. Sie klopfte noch einmal, diesmal energischer. Und wartete.

Sie hielt die Spannung nicht länger aus, legte die Hand an den Türknauf und drehte. Sie machte praktisch einen Satz zurück, als die Tür aufsprang. Die Sicherheitsschlösser und Riegel in Manhattan waren ihr vertrauter.

Scheinbar das gesamte Parterre war für den Wohnraum reserviert. Die Rückwand bestand komplett aus Glas und bot einen atemberaubenden Blick auf den Pazifik. Für einen Moment war Ruth so hingerissen, dass sie ihre Aufregung vergaß. Sie kannte andere Gebäude, die ihr Onkel entworfen hatte, aber dieses hier war ein Meisterwerk.

Der Fußboden bestand aus schimmernden Holzplanken, geziert von einigen sandfarbenen Teppichen. An den Wänden hingen keine Bilder. Nichts sollte vom Blick auf den Ozean, das größte Kunstwerk, ablenken. Überhaupt gab es nur wenige Dekorationsstücke. Das Sofa war Mittelpunkt des Raumes, breit und einladend mit seinen vielen zusätzlichen Kissen. In einer Ecke des großen Raumes stand ein aufgeklappter Flügel, Notenblätter lagen auf dem Boden und den Tasten. Ruth ging hin und nahm ein Blatt zur Hand.

Die Notenlinien waren voll beschrieben, dazu Anmerkungen am Rand in Nicks Handschrift, allerdings in Kyrillisch, was Ruth nicht lesen konnte. Aber die Melodie konnte sie ablesen. Behutsam ließ sie die Finger einer Hand über die Klaviatur gleiten.

Arbeitete er an einem neuen Ballett? Sie lauschte auf das unbekannte Stück, das sie den Tasten entlockte. Lächelnd legte sie das Blatt ab. Er war einfach absolut erstaunlich. Davidov war der talentierteste Mensch, den sie je kennengelernt hatte.

Aber wo war er?

Ruth sah sich in dem Zimmer um. War er etwa nach New York zurückgekehrt? Nein, bestimmt nicht. Nicht, wenn die Tür unverschlossen war und überall die Seiten seines neuen Balletts verstreut lagen. Sie warf einen Blick auf ihre Armbanduhr. Und dann fiel es ihr jäh ein – sie hatte den Zeitunterschied zwischen der Ost- und der Westküste vergessen. Hier war es ja noch viel früher. Eilig überschlug sie im Kopf die Differenz. Nick lag wahrscheinlich noch schlafend im Bett.

Langsam näherte Ruth sich der Treppe und sah hinauf. *Ich kann doch nicht einfach da raufgehen,* dachte sie und presste die Lippen zusammen. *Vielleicht sollte ich rufen.* Aber was? Juhu, Nick! Zeit zum Aufstehen!

Sie schlug sich die Hand vor den Mund, um das Kichern zu unterdrücken. Dann setzte sie entschieden den Fuß auf die erste Stufe nach oben.

Nick schob die Glastüren auf, die von der hinteren Terrasse direkt ins Wohnzimmer führten. Er war außer Atem, sein T-Shirt nass geschwitzt. Aber es hatte ihm gut getan, sich so zu verausgaben. Er fühlte sich jetzt besser, ruhiger. Er würde nach oben gehen, duschen und sich umziehen und dann den ganzen Tag an seinem neuen Ballett weiterarbeiten. Diese Idee, Richtung Osten zurückzukehren und sich Ruth zurückzuholen, waren die Hirngespinste eines Verrückten.

Auf halbem Wege blieb er abrupt stehen. Der Duft nach Wildblumen überwältigte ihn. Herr im Himmel! Würde er dem je entfliehen können?

Wer gab ihr das Recht, ihm so etwas anzutun?! Ihn heimzusuchen, wo immer er auch war! *Verflucht!* dachte er wütend. *Es ist genug!*

Er marschierte zum Telefon und gab Ruths Nummer in New York ein. Zwar hatte er keine Ahnung, was er sagen sollte, doch während er vergeblich darauf wartete, dass am anderen Ende das Telefon abgenommen wurde, wurde er wütend und stieß einen deftigen Fluch aus. Wo zum Teufel war sie?! In der Company? Nein. Er schüttelte sofort den Kopf. Lindsay! Ja, natürlich. Wohin sonst sollte sie schon gehen!

Also begann Nick, Lindsays Nummer zu wählen. Vier Zahlen hatte er eingegeben, als ein Geräusch an sein Ohr drang. Mit gerunzelter Stirn drehte er sich um und sah zur Treppe. Ruth. Sie kam herein, und auch auf ihrer Stirn standen Falten.

Ihre Blicke hielten einander fest.

„Da bist du also." Sie hoffte inständig, dass die Worte nicht so albern wirkten, wie sie sich in ihren eigenen Ohren anhörten. „Ich habe dich gesucht."

Sehr, sehr behutsam legte Nick das Telefon ab. „So?"

Besonders ermutigend war seine Reaktion nicht, dennoch stieg Ruth auch noch die restlichen Treppenstufen hinunter. „Ja. Die Tür war nicht abgeschlossen. Ich hoffe, es macht dir nichts aus, dass ich einfach reingekommen bin."

„Nein."

Sie wurde immer nervöser, dennoch zwang sie sich zu einem Lächeln. „Wie ich gesehen habe, arbeitest du an einem neuen Ballett."

„Ich habe angefangen, ja." Er sprach betont langsam, ohne die Augen von ihr zu wenden.

Ruth hielt dem Blick nicht mehr stand. Sie begann, durchs Zimmer zu wandern. „Es ist schön hier. Ich kann verstehen, weshalb du so oft wie möglich herkommst. Ich habe das Meer immer geliebt. Wir haben früher einmal an der japanischen Pazifikküste gewohnt." Sie plapperte drauflos, ohne nachzudenken, wusste kaum, was sie sagte, getrieben von dem Drang, die seltsame Distanz mit Worten zu füllen. Nick schwieg beharrlich, starrte auf ihren Rücken, während sie aus dem Fenster über den Ozean hinaussah.

Ihm wurde plötzlich klar, wie verspannt seine gesamte Muskulatur war. Er zwang sich bewusst, sie wieder zu lockern und sich zu entspannen. Er hatte nicht ein Wort von dem gehört, was Ruth gesagt hatte.

„Bist du hergekommen, um die Aussicht zu bewundern?", unterbrach er sie.

Ruth zuckte zusammen, dann setzte sie eine beherrschte Miene auf, bevor sie sich umdrehte. „Ich wollte dich sehen", sagte sie. „Ich habe dir ein paar Dinge zu sagen."

„Nun gut." Er machte eine auffordernde Handbewegung. „Dann sag sie."

Die unbewusste überhebliche Geste ließ ihren Rücken gerader werden. „Oh, das habe ich auch vor. Setz dich."

Das war ein Befehl, und er riss die Augenbrauen hoch. Nach einem kurzen Zögern ging er zum Sofa. „Bitte … ich sitze."

„Sag, arbeitest du daran, unausstehlich zu sein, Davidov, oder ist das ein angeborenes Talent?"

Nick verharrte einen Moment reglos, dann lehnte er sich in die Polster zurück. „Du bist dreitausend Meilen gereist, um mir das zu sagen?"

„Und noch so manche andere Sachen", fauchte sie. „Ich gedenke nicht, mich von dir überrollen zu lassen, weder beruflich noch persönlich. Fangen wir mit dem Tanzen an."

„Wie du meinst …" Er hob die Hände, ließ sie wieder fallen. „Also?"

„Ich bin eine gute Tänzerin. Und ob ich nun mit dir tanze oder nicht, werde ich weiterhin eine gute Tänzerin bleiben. In der Company kannst du anordnen, dass ich tanzen soll, bis mir die Füße abfallen. Schließlich bist du der Ballettdirektor."

„Das ist mir durchaus bewusst."

Ruth funkelte ihn böse an. „Aber damit hört es auch schon auf. Mein Leben dirigierst du nicht. Was immer ich tue oder nicht tue, bestimme ich selbst, es ist allein meine Entscheidung. Ob ich mir nun ein ganzes Dutzend von Liebhabern zulege oder wie eine Einsiedlerin lebe … es geht dich nicht das Geringste an. Darüber hast du nicht zu bestimmen."

„Glaubst du also, ja?" Seine Stimme blieb ruhig. Er saß auch noch immer lässig zurückgelehnt, aber die Wut, die in seinen Augen aufflackerte, war nicht zu übersehen.

„Ich *kenne* dich." Ruth machte einen Schritt auf ihn zu. „Solange ich frei bin, solange ich keine feste Bindung eingehe, geht es niemanden etwas an, wie ich lebe, was ich tue. Du für deinen Teil würdest so etwas niemals zulassen, dass sich jemand in dein Leben einmischt. Nun, ich auch nicht." Sie stemmte die Hände in die Hüften. „Und wenn du dir einbildest, dass ich meine Sachen packe, wenn du mit dem Finger schnippst, dann irrst du dich gewaltig. Ich bin kein kleines Mädchen mehr! Niemand sagt mir, was ich zu tun oder zu lassen habe. Ich treffe meine eigene Wahl." Sie ging weiter auf ihn zu. „Du erwartest, dass sich jeder überschlägt, um deine Anordnungen auszuführen", fuhr sie fort. Sie schäumte innerlich. „Aber ich habe Neuigkeiten für dich, Davidov. *Ich* habe nicht die Absicht, deinen Untertan zu spielen. Partner, Davidov, und zwar in jeder Hinsicht. Und ich werde auch nicht einfach so mit dir zusammenleben. Das reicht mir nämlich nicht. Wenn du mich haben willst, dann wirst du mich wohl oder übel heiraten müssen! So. Das war's." Sie verschränkte die Arme vor der Brust.

Nick setzte sich erst langsam auf, ließ sich einen Moment Zeit, dann erhob er sich. „Soll das ein Ultimatum sein?"

„Allerdings."

„Ich verstehe." Er taxierte sie abwägend. „Sieht aus, als würdest du mir keine Wahl lassen. Möchtest du in New York heiraten?"

Ruth öffnete den Mund, doch es kamen keine Worte. Also blieb ihr nur, sich zu räuspern. „Nun, ich nehme an, ja."

„Denkst du an eine kleine Zeremonie oder an eine große Feier?"

Der Wind war ihr völlig aus den Segeln genommen. Fassungslos starrte Ruth ihn an. „Ich … ich weiß nicht, ich habe noch nicht genau darüber nachgedacht."

„Nun, das kannst du dir im Flugzeug überlegen, oder?" Er bedachte sie mit einem seltsamen kleinen Lächeln. „Soll ich den Flug jetzt buchen?"

„Ja. Nein!", sagte sie hastig, als er zum Telefon griff. Nick legte abwartend den Kopf leicht schief. „Na schön, dann mach." Ruth ging zum Fenster zurück und schaute hinaus. Es fühlte sich alles so falsch an …

„Ruth." Nick wartete ab, bis sie sich zu ihm umdrehte. „Ich habe dir gesagt, dass ich dich liebe. Die gleichen Worte habe ich bei Frauen benutzt, an deren Namen ich mich nicht einmal mehr erinnere. Worte bedeuten so wenig."

Sie schluckte, als der Schmerz dumpf einsetzte. Zwischen ihnen lag der gesamte Raum des großen Zimmers und trennte sie voneinander.

„Obwohl ich es wollte, habe ich dir nie gezeigt, wie ich wirklich für dich empfinde. In deiner Gegenwart werde ich linkisch und plump." Er streckte die Hände aus. „Es ist schwer für einen Tänzer, so etwas einzugestehen. Wäre ich nicht so unbeholfen, dann könnte ich dir sagen, dass ein Leben ohne dich nicht mein Leben ist. Ich könnte dir sagen, dass du mein Herz bist, mein Antrieb, mein Rückgrat. Ich könnte dir sagen, dass jeder Tag ohne dich leer ist und schmerzvoll. Und ich könnte dir sagen, dass ich mir nichts mehr wünsche, als dein Partner zu sein, dein Ehemann, dein Geliebter, und dass ich dich so sehr brauche wie die Luft zum Atmen. Aber …" Er schüttelte den Kopf. „Du machst mich so unbeholfen, und deshalb kann ich dir nur sagen, dass ich dich liebe. Und darauf hoffen, dass es genug ist."

„Nick!" Sie rannte auf ihn zu, und er fing sie auf, noch bevor sie in der Mitte des Zimmers angekommen war.

Er hielt sie fest an sich gedrückt und genoss das Glück, sie endlich wieder in seinen Armen halten zu können. „Ich dachte, ich träume, als ich dich auf der Treppe gesehen habe. Ich dachte, ich hätte endgültig den Verstand verloren."

„Ich dachte, du würdest noch schlafen."

„Schlafen? Schlaf hat es für mich nicht mehr gegeben, seit du mich verlassen hast." Er hielt sie von sich ab. „Niemals wieder!", stieß er wild aus. „Hasse mich, wüte, tobe, schreie mich an, aber verlass mich niemals wieder." Er erstickte ihr Versprechen mit einem leidenschaftlichen Kuss.

Sie erwiderte ihn mit dem gleichen Verlangen. Die Finger in seinem Haar vergraben, zog Ruth seinen Kopf noch näher zu sich heran, wollte nichts anderes, als sich in den tosenden Gefühlen zu verlieren. Eine übermächtige Sehnsucht schoss durch sie hindurch, ein drängender Hunger, Gefühle, die ihren Kuss verzweifelt werden ließen. Lust überrollte sie wie eine nicht aufzuhaltende Lawine, riss sie mit. Ihre Sinne explodierten, sie schmeckte Nick, sog seinen Duft in sich ein, fühlte sein Haar an ihren Fingern.

„Ich liebe dich." Ihre Lippen formten die Worte stumm. „Ich will dich."

Sie fühlte seine Hand an ihrem Rücken, fühlte, wie er den Reißverschluss ihres Kleides herunterzog, und dann lag es auch schon zu ihren Füßen. Mit einem heiseren Stöhnen ließ Nick seine Hände über ihre Seiten gleiten.

„Du bist so zerbrechlich, *ljubow moja*. Ich habe immer Angst, dass ich dir wehtue."

„Ich bin Tänzerin", erinnerte sie ihn und genoss es, seine Hände auf der feinen Seide ihres Unterkleides zu spüren. „Und stark wie ein Ochse." Zusammen sanken sie eng umschlungen auf das Sofa. „Aber ich hatte Angst." Ihre Lider schlossen sich, als er ihre Haut streichelte und sie zärtlich erregte. „Angst, dir zu vertrauen, Angst, dich zu lieben, Angst, dich zu verlieren."

„Wir beide hatten Angst." Er zog sie an sich und hielt sie einfach nur fest. „Aber das ist jetzt vorbei."

Ruth ließ ihre Hand unter sein T-Shirt gleiten, legte sie auf sein Herz. *Davidov*, dachte sie verwundert. Wie viele Jahre hatte sie nicht die Legende angebetet? Und jetzt gehörte er ihr. Und sie gehörte ihm. Sie konnte sein Herz unter ihrer Handfläche spüren und wusste jetzt mit unverbrüchlicher Sicherheit, dass es ihr gehörte. Mit einem kleinen Lächeln presste sie die Lippen auf seinen Hals, verharrte dort.

„Davidov?"

„Hm?"

„Wirst du das Ultimatum wirklich akzeptieren?"

Er berührte sanft ihre Brust. „Ich habe darüber nachgedacht, und es scheint mir die beste Lösung zu sein. Du warst sehr überzeugend. Ich denke, ich werde dir deinen Willen lassen."

„Ach, wirklich, ja?" Das Lächeln war in ihrer Stimme zu hören.

„Ja. Aber das mit dem Dutzend Liebhabern kann ich unmöglich erlauben. Es sei denn natürlich, es handelt sich bei ihnen allen allein um meine Person." Mit dem Mund setzte er zu einer sinnlichen Reise über ihre Haut an. „Ich bin ziemlich sicher, dass ich dich entsprechend beschäftigt halten kann."

„Hoffentlich." Sie seufzte genüsslich, als er einen Träger über ihre Schulter schob.

Nick küsste sie, während er sie weiter auszog. „Aber ich muss dich warnen. Ich werde ein sehr eifersüchtiger Ehemann sein. Unvernünftig und aufbrausend." Er hob den Kopf und lächelte. „Das Leben mit mir wird nicht leicht werden. Soll ich die Flugtickets trotzdem buchen?"

Ruth sah ihm tief in die Augen. „Ja", flüsterte sie. „Aber erst morgen."

– ENDE –

Emilie Richards

Zarte Küsse der Versöhnung

Roman

Aus dem Amerikanischen von
Louisa Christian

1. KAPITEL

Alex Grainger lockerte nervös den Krawattenknoten und fasste dann einen Entschluss. Warum so förmlich? Weg mit dem Ding. Zielstrebig öffnete er den Knoten, nahm die Krawatte aus brauner Seide ab und stopfte sie sich in die Hosentasche. Dann warf er einen Blick auf die Uhr. Wie lange würde er wohl noch warten müssen?

„Beeil dich!“ Eine helle Jungenstimme scholl die Treppe herunter, es folgte das Klappern von Nagelschuhen auf Holzstufen.

„Ich bin fertig! Du bist derjenige, der mich noch zu spät kommen lässt“, antwortete ein Mädchen. Kurz darauf sauste es, gefolgt von einem Jungen in blauen Jeans, zur Wohnzimmertür hinaus.

„Trixie? Oliver?“ Lydia steckte den Kopf zur Küchentür hinaus und rief den beiden nach: „Steigt schon ins Auto! Wir fahren in einer Minute.“ Dann drehte sie sich zu Alex um und wollte wissen: „Wie sehe ich aus?“

„Wunderbar.“ Er lächelte ihr beruhigend zu und unterließ es, eine Bemerkung über ihren angespannten Gesichtsausdruck zu machen.

„Bist du sicher, dass es so richtig ist, Alex?“ Lydia verzog sorgenvoll die Stirn. „Soll ich nicht doch lieber mit dir hier auf sie warten?“

„Darüber haben wir nun lang und breit diskutiert. So ist es am einfachsten. Ich nehme Jessica hier in Empfang und führe sie anschließend zu dir ins Restaurant, damit du sie dort kennenlernen kannst. So ist es am lockersten.“

„Ich fühle mich aber alles andere als locker.“

Alex trat an ihre Seite und umarmte sie tröstend. „Lydia, ich kann bestimmt nicht nachempfinden, was du in diesem Augenblick fühlst. Aber ich bin sicher, dass alles gut wird. Du wirst Jessica bestimmt mögen.“

„Wenn du meinst, das sei das größte Problem, begreifst du wirklich nichts.“

„Lydia, bist du so weit?“ Ein älterer Mann betrat das Zimmer. „Na, Alex“, zog er den jungen Mann auf. „Reichen dir die anderen Frauen in Lindleton nicht? Musst du auch noch hinter meiner her sein?“

Lydia tat, als müsse sie in die Arme ihres Mannes flüchten. „Ich versuche gerade, Alex davon zu überzeugen, dass ich besser bleiben und hier mit Jessica zusammentreffen sollte“, antwortete sie.

Alex und Ben, Lydias Mann, tauschten einen besorgten Blick. Dann schüttelte Alex den Kopf. „Jessica hat ziemlich viel durchgemacht“, sagte er mit fester Stimme. „Ich weiß nicht, was uns erwartet. Fest steht nur eins, erst einmal braucht sie eine Weile Ruhe. Lasst mich also zunächst bitte einmal mit ihr allein."

„Er hat recht", pflichtete Ben ihm bei. „Es ist für Jessica leichter, wenn wir im Restaurant mit ihr zusammentreffen."

„Mama!" Ein hübscher Teenager in einem gold-schwarzen Fußballdress drückte sich das Gesicht an der Scheibe der Haustür platt. Es war Trixi. „Ich komme zu spät zum Spiel!"

„Komm!" Ben streckte seiner Frau die Hand hin. Widerstrebend ergriff Lydia sie. „Wir treffen uns um halb sechs im Restaurant. Ruf uns an, falls Jessica zu spät kommt", bat er Alex.

„In Ordnung." Alex folgte dem Paar auf die Veranda und sah zu, wie es Hand in Hand hinter Trixie her den Pfad zur Auffahrt hinunterlief. Als die drei außer Sicht waren, setzte er sich in einen Korbstuhl und blickte auf die Straße hinunter. Er hatte nun viel Zeit zum Nachdenken.

Wie hatte er nur in solch eine Situation geraten können? Alex erinnerte sich gut an die schüchterne kleine Jessica Cassidy mit den riesengroßen braunen Augen und dem zaghaften Lächeln. Aber diese Jessica gehörte doch der Vergangenheit an, er hatte sie seit fünf Jahren nicht gesehen und wusste nicht, was aus ihr geworden war.

Die Bancrofts kannte er dafür umso besser. Ben war sein Kollege, und mit ihm und seiner Familie verband ihn aufrichtige Freundschaft. Als Lydia ihn um Hilfe bat, hatte er also nicht Nein sagen können.

Alex stemmte die Füße gegen die Verandabrüstung. Da stand er nun plötzlich als Vermittler in einem Familiendrama – und diese Rolle gefiel ihm nicht sonderlich. Er konnte nur hoffen, dass diese Begegnung einen für alle befriedigenden Ausgang nahm.

Alex wartete und wartete. Endlich entdeckte er in der Ferne einen Wagen langsam die Straße heraufkommen. Der Fahrer hielt häufig an, wahrscheinlich um die Namen an den Briefkästen zu lesen.

„Willkommen in Lindleton, Jessica", murmelte er, als das Fahrzeug in die Einfahrt bog. „Möge dir der Aufenthalt hier Glück bringen."

Mit einem Seufzer erhob er sich und ging ihr entgegen.

In Lindleton mit seinen saftig grünen Hügeln, auf denen Ahornbäume, Eichen und Platanen wuchsen, war Jessica fremd. Staunend betrachtete sie das Haus aus aschgrauem Granit, das vor ihr lag. Es würde für einige Monate ihre Heimat sein. Am Pfeiler der Veranda lehnte ein Mann – ja, das war Alex. Sie erkannte ihn auf den ersten Blick.

Jessica Cassidy bog mit ihrem Volvo in die von Bäumen gesäumte Auffahrt, parkte den Wagen vor der Garage und schaltete die Zündung aus. Eine Art Lampenfieber hatte sie erfasst, wie man es vielleicht vor den ersten Akkorden eines großen symphonischen Konzertes verspürt. Dann erklang plötzlich Vogelgezwitscher, und das löste die Spannung, die sich während der Fahrt nach Lindleton langsam aufgebaut hatte.

Im Grunde hatte Jessica nichts gegen den Aufenthalt in Lindleton einzuwenden. Im Gegenteil! Er leitete einen neuen Lebensabschnitt für sie ein. Der alte war vor Monaten mit dem Tod ihrer Eltern zu Ende gegangen. Jetzt war es an der Zeit, in die Zukunft zu blicken.

Durch das Grün der Pappelreihen sah Jessica Alex Grainger die Verandatreppe hinuntersteigen und auf ihren Wagen zukommen. Einen Augenblick lang durchströmte sie wieder jene Erregung, die sie als Teenager in seiner Gegenwart empfunden hatte, und sie lächelte. Immerhin war sie inzwischen zweiundzwanzig Jahre alt, und nicht siebzehn, und nicht mehr hoffnungslos in eine unerreichbare Idealgestalt verliebt. Jetzt war Alex nur noch ein Mann unter vielen anderen.

Trotzdem war Jessica froh, dass sie vor Kurzem auf einem Parkplatz angehalten, ihr Haar gekämmt und das Make-up aufgefrischt hatte. Zumindest sah sie bei dieser ersten Begegnung nach Jahren nicht unvorteilhaft aus. Jessica schaute noch einmal prüfend in den Spiegel und war mit ihrem Anblick zufrieden.

Dann öffnete sie die Tür, drehte sich zur Seite und strich den Rock ihres zimtfarbenen Kleides glatt. Einen Augenblick später schritt sie Alex zwischen den Bäumen entgegen und begrüßte ihn herzlich.

„Hallo, Alex. Wir haben uns lange nicht gesehen."

„Jessica?"

Die Verblüffung war ihm deutlich anzumerken.

„Mein Besuch kann dich kaum überraschen. Du hast doch selbst vorgeschlagen, ich solle kommen." Jessicas Stimme klang genauso leise und angenehm wie sie gehofft hatte. Gott sei Dank, man hörte ihr die Aufregung nicht an.

„Ich hatte jemand anders erwartet."

Netter konnte Alex es nicht sagen. Jessica wusste, was seine Worte bedeuteten: Er war auf das Kommen eines typischen Teenagers gefasst gewesen. Er hatte ein Mauerblümchen erwartet mit dünnen Armen und Beinen. Ein scheues Ding, das nichts vom Flirten und Kokettieren verstand.

Jessica konnte es nicht leugnen: Sie war nicht zuletzt nach Lindleton gekommen, um Alex' Reaktion auf ihr neues Aussehen zu testen. Jetzt wusste sie, dass ihr die Verwandlung gelungen war.

Alex trat näher und hob eine Strähne ihres kastanienbraunen Haares, das ihr wie schwere Seide auf die Schultern fiel. „Wenn ich mir vorstelle, wie oft ich dich damit aufgezogen habe …", murmelte er.

„Du hast immer behauptet, mein Haar hätte genau die Farbe der Paviane im Pittsburgher Zoo", sagte sie vorwurfsvoll.

Jessica war von Alex' Erscheinung ebenso überrascht wie er von der ihren. Er war immer noch derselbe wunderbare Alex. Vielleicht noch beeindruckender, denn er sah jetzt nicht mehr so jungenhaft aus: Alex wirkte außerordentlich männlich, und das war ihr früher nie so aufgefallen. Sein hellbraunes Haar fiel ihm in leichten Wellen von der Stirn bis über die Ohren, und er besaß funkelnde grüne Augen, die er jedes Mal zusammenkniff, wenn er lachte. Und Alex tat das gern.

Jessica musste zu ihm aufsehen, obwohl sie selbst nicht gerade klein war. Er war groß und breitschultrig und derart durchtrainiert, dass er auch für einen Fitnessclub werben konnte. Jessica hätte wetten mögen, dass er regelmäßig joggte, schwamm oder Tennis spielte. Und sie wäre ebenfalls jede Wette eingegangen, dass die Frauen in Lindleton sich darum rissen, ihm dabei Gesellschaft zu leisten – oder noch mehr für ihn zu tun.

„Wann bist du so hübsch geworden?", fragte Alex ohne Umschweife.

Jessica errötete vor Freude – wie gut, dass sie gekommen war! „In den beiden Jahren auf dem College, nehme ich an. Ich war ein Spätentwickler. Gerade als ich jede Hoffnung aufgab, kam alles gleichzeitig."

„Ganz sicher." Alex fuhr mit dem Zeigefinger über ihre Wange und beugte sich vor, um sie zu küssen. „Willkommen in Lindleton", sagte er feierlich.

„Danke." Glücklich nahm Jessica seinen freundschaftlichen Kuss entgegen.

Alex trat einen Schritt zurück und betrachtete sie prüfend. „Hast du schon viel von der Stadt gesehen?"

Jessica schüttelte den Kopf. „Eigentlich nichts. Ich bin ziemlich spät in Pittsburgh losgefahren. Deshalb hatte ich keine Zeit, mich hier umzusehen."

„Bist du problemlos hergekommen?"

„Ja. Zum Glück ist es nicht allzu weit. Jetzt verstehe ich, weshalb du dich hier niedergelassen hast. Du wohnst immer noch nahe genug, um deine Mutter von Zeit zu Zeit zu besuchen."

Alex nahm Jessicas Arm und schlenderte mit ihr in Richtung Haus. „Ich kann dir gar nicht sagen, wie leid mir das mit deinen Eltern tut", sagte er und drückte tröstend ihren Arm. „Ich glaube, ich weiß, wie schwer dieses Jahr für dich gewesen ist."

Wie oft hatte Jessica in den vergangenen Monaten höflich auf solche Trostworte antworten müssen. Diesmal war es anders. Alex und sie waren gemeinsam aufgewachsen und ihre Eltern Freunde gewesen. Jessica wusste, dass seine Anteilnahme von Herzen kam.

„Ich komme langsam darüber hinweg", antwortete sie schlicht. „Der bevorstehende Sommer wird mir sicher dabei helfen."

„Ich hoffe es sehr." Alex blieb auf der Veranda stehen und deutete auf einen Korbstuhl. „Setz dich einen Augenblick hin, und ruh dich aus. Lydia hat Limonade für uns kalt gestellt."

„Wo sind die Bancrofts?" Jessica war so mit Alex beschäftigt gewesen, dass sie beinahe vergessen hatte, weshalb sie nach Lindleton gekommen war. Jetzt wollte sie die Familie kennenlernen, bei der sie den Sommer als Klavierlehrerin verbringen sollte.

„Trixie hat ein Fußballspiel, und die ganze Familie schaut zu. Wir wollen uns anschließend zum Abendessen treffen."

Alex kümmerte sich wirklich rührend um Jessica, sodass sie nicht für einen Moment ein Gefühl von Fremdheit in dieser neuen Umgebung hatte.

Er verschwand im Haus, sodass Jessica sich ein wenig umsehen konnte. Das Haus stand inmitten unbebauten Ackerlandes. Dies war nicht die schicke Vorstadt, die sie erwartet hatte. Die Nachbarhäuser waren eher bescheiden und ländlich. Das Heim der Bancrofts glich allerdings einem Schmuckkästchen. Dr. Bancroft und Frau gehörten offensichtlich zu den besser gestellten Leuten. Obwohl Jessica immer in der Stadt gelebt hatte, fühlte sie sich hier sofort wohl.

„So, da haben wir sie." Alex kam mit einem Tablett voll Gläser und einem Krug geeister Limonade sowie einer Schale mit Schokoladenplätzchen heraus. Seine Bewegungen waren ein wenig gespannt und passten nicht recht zu seinem sonst ungezwungenen Verhalten. Jessica fragte sich, ob Alex irgendetwas vor ihr verbarg. Ein beunruhigender Gedanke …

Alex setzte das Tablett ab und goss ihnen beiden ein Glas Limonade ein.

„Die Bancrofts sollten sich Schafe anschaffen und den Mann auf der anderen Straßenseite dazu bringen, seinen Drahtzaun durch einen englischen Steinwall zu ersetzen“, sagte Jessica.

„Du müsstest diese Gegend im Winter sehen, wenn alles verschneit ist. Der Nordwesten Pennsylvanias kann es hinsichtlich seiner landschaftlichen Schönheit durchaus mit Neuengland aufnehmen.“

Jessica trank einen Schluck Limonade. „Dann bist du wegen der hübschen Umgebung hierher gezogen?“

„Du sagst das so skeptisch.“ Alex ließ sich auf einem Stuhl nieder und streckte die Beine aus. Jessica erinnerte sich, dass er das so schon mit achtzehn getan hatte.

„Ich weiß zwar, dass sich die Menschen verändern“, sagte sie. „Aber der Alex, den ich kannte, war ein Stadtmensch.“

„Ich fahre immer noch bei jeder sich bietenden Gelegenheit in die Stadt: Pittsburgh, Cleveland, Toronto … Dort finde ich alles, was ich an städtischen Attraktionen brauche.“

Jessica sah erstaunt auf. „Hast du so viel Freizeit?“

Alex lächelte und nahm ein Schokoladenplätzchen. „Du bist zwar erwachsen geworden, aber du hast dich nicht verändert, Jessica.“

Seine Stimme klang so warmherzig, dass Jessica unmöglich verletzt sein konnte. „Weshalb sagst du das?“

„Ich kenne niemanden außer dir, der allen Dingen gleich auf den Grund geht. Du hast schon immer jedes Wort auf die Goldwaage gelegt.“ Er nahm ein weiteres Plätzchen und reichte es ihr. „Ich fand das immer ganz reizend.“

„Das hättest du mir sagen sollen, als ich sechzehn war und unbedingt reizend sein wollte.“ Jessica aß den Keks und leckte sich anschließend die Schokolade von den Fingerspitzen.

„Heute hast du dieses Bedürfnis nicht mehr?“

„Nicht mehr so stark. Aber es kann nicht schaden.“ Jessica lehnte sich zurück, schloss die Augen und ließ die friedliche Umgebung auf sich einwirken. „Erzähl mir, wie du hier lebst.“

Alex schwieg so lange, dass Jessica endlich die Augen wieder öffnete. Er betrachtete eindringlich ihr Gesicht, als suche er etwas ganz Bestimmtes darin. „Alex?“

„Was möchtest du wissen?“

„Bring mich auf den neuesten Stand.“

„Du willst doch nicht behaupten, dass meine Mutter dich nicht auf dem Laufenden gehalten hat!“

„Nur mit Äußerlichkeiten. Wie ist es, wenn man Arzt wird? Bist du glücklich? Oder hast du zu viel Arbeit?" Noch persönlichere Fragen wollte Jessica lieber nicht stellen. Wahrscheinlich steckte Alex wieder mal mitten in einer heißen Liebesgeschichte. Sie kannte ihn nicht umsonst so lange.

„Ja, was die beiden Fragen betrifft. Meine Praxis geht ausgezeichnet. Ich habe mehr Patienten, als ich eigentlich betreuen kann, aber das Neinsagen liegt mir nicht."

Jessica konnte sich gut vorstellen, dass Alex' Warmherzigkeit und seine Intelligenz viele Kranke anzogen. Sein gutes Aussehen und seine charmante Art waren wohl auch nicht gerade ein Hindernis. „Und die Zusammenarbeit mit deinem Partner klappt?"

„Sehr gut sogar. Lindleton ist so klein, dass es hier nicht so viele Fachärzte wie in der Großstadt gibt. Wir haben in der Praxis viel unterschiedlichere Fälle, als dies in Pittsburgh der Fall wäre. Deshalb ist die Arbeit eines Hausarztes so interessant."

„Und zeitraubend."

„Das auch."

„Und manchmal enttäuschend."

Alex lächelte. „Wenn du mit zehn Jahren zu ernst wurdest, habe ich dich immer an deinem Pferdeschwanz gezogen. Und was mache ich jetzt?"

Jessica lächelte zurück. „Ich nehme an, wir müssen eine neue Art Beziehung entwickeln, nachdem die Zeit der Pferdeschwänze vorüber ist ..." Bevor Alex auf diese Bemerkung eingehen konnte, fuhr sie fort: „Erzähl mir von den Bancrofts."

„Was möchtest du wissen?"

„Genug, um nichts falsch zu machen, bevor ich sie richtig kennengelernt habe."

„Du kannst überhaupt nichts falsch machen. Alle freuen sich darauf, dass du den Sommer mit ihnen verbringst", versicherte Alex ihr.

Als Alex Jessica vor ein paar Wochen anrief und ihr die Stelle einer Klavierlehrerin bei den Bancrofts anbot, hatte sie bezweifelt, dass es wirklich um den Musikunterricht ging. Sie hatte den Verdacht, Alex hätte die Familie – vielleicht auf Drängen seiner Mutter – um die Anstellung gebeten, damit sie von Pittsburgh und den traurigen Erinnerungen fort kam. Alex' Mutter leugnete das aber entschieden, und mehrere Telefongespräche mit Lydia Bancroft hatten Jessica schließlich davon überzeugt, dass sie tatsächlich willkommen war.

„Erzähl mir, wie sie sind", bat Jessica.
„Unkompliziert, warmherzig und lustig."
„Das klingt wunderbar."
„Nach allem, was du befürchtet hast, wirst du die Familie für ideal halten."
„Ich war nach dem Tod meiner Eltern ziemlich hilflos", wechselte sie das Thema.
„Möchtest du darüber reden?"
Jessica spielte mit einer ihrer Haarsträhnen, wie immer, wenn sie ihrem Gegenüber nicht in die Augen blicken wollte.
„Es gibt nicht viel zu erzählen. Der Tod meines Vaters kam langsam, er war tragisch. Nachdem mein Vater gestorben war, wollte meine Mutter nicht mehr leben. Der Tod war deshalb für sie eine Erlösung."
„Und du musstest ganz allein damit fertig werden!"
„Lassen wir das Thema, ja? Es scheint mir keinen besseren Ort auf der Welt zu geben als Lindleton, um ein neues Leben anzufangen und sorgenfrei zu leben."
„Darf ich noch etwas dazu sagen, bevor wir das Thema abschließen?"
Jessica nickte.

Alex stellte die Füße hinter die Stuhlbeine und sah Jessica an. Ihr wurde dabei ganz warm ums Herz. „Ich war acht Jahre alt, als Maria und Robert dich adoptierten. Du warst ein winziges Bündel mit Armen und Beinen und vielen Locken, und ich konnte mir einfach nicht vorstellen, was sie an dir fanden. Bis dahin waren sie wie zweite Eltern für mich gewesen. Sie hatten mich so sehr verwöhnt, dass mein Vater wahrscheinlich aus diesem Grund deine Adoption in die Wege leitete."
„Ich habe niemanden gekannt, der so glücklich war wie deine Eltern. Jahrelang hatten sie versucht, ein eigenes Kind zu bekommen, und sie hatten wegen ihres Alters auch schon jede Hoffnung auf die Adoption eines Kindes aufgegeben. Als du zu ihnen kamst, betrachteten sie das als ein Wunder."
Alex ergriff ihre Hand und hielt sie fest. Er drückte ihre Finger und fuhr fort: „Wenn du an dein Leben mit Maria und Robert zurückdenkst, erinnere dich an den Anfang und nicht, wie es endete."
Jessicas Augen füllten sich mit Tränen. Sie konnte nicht mehr stillsitzen und schluckte. „Danke", brachte sie schließlich heraus.
Plötzlich wurde ihr bewusst, dass Alex immer noch ihre Hand hielt.

Es war eine tröstliche Geste, und sie half. Während sich seine Wärme auf sie übertrug, schöpfte sie neue Hoffnung.

„Wann treffen wir uns mit den Bancrofts?"

Alex drückte ihre Hand noch einmal, gab sie dann frei und sah auf die Uhr. „Wir können losgehen, nachdem wir deine Sachen ins Haus gebracht haben." Entschlossen stand er auf, und Jessica folgte ihm den Pfad zum Wagen hinab. Kurz darauf trugen sie die Koffer hinein.

„Lydia hat das Gästeapartment im zweiten Stück für dich hergerichtet", ließ er sie wissen.

Er führte Jessica durch mehrere Räume über eine reich geschnitzte Walnusstreppe in den zweiten Stock hinauf. Trotz des romantischen Äußeren war das Haus innen hell und modern. Die geschmackvolle Beleuchtung und die zwanglose Ausstattung bildeten einen gelungenen Gegensatz zu dem wuchtigen Gestein. Die Kamine und die Buntglasfenster erinnerten Jessica an ein englisches Landhaus.

„Ist das hübsch!" Sie stellte ihre Koffer in das Zimmer, das Alex ihr gezeigt hatte. Er folgte ihr und beobachtete sie mit offensichtlichem Vergnügen. „Ich habe so etwas Nettes nicht erwartet."

„Ich sagte doch, dass sich die Bancrofts auf dich freuen."

Jessica durchstreifte das Zimmer und betrachtete die Kirschbaummöbel und das Messingbett mit seiner weißen Tagesdecke, die wie handgewebt aussah. Sie steckte ihre Nase in die frischen gelben Rosen in dem Tonkrug auf dem Frisiertisch und meinte: „Ich komme mir wie ein Ehrengast vor."

Alex deutete auf eine Tür. „Dahinter befindet sich dein Bad. Auf der anderen Seite des Flures liegt ein kleines Wohnzimmer, das mit Trixies Zimmer verbunden ist. Aber das kannst du später auskundschaften. Wir sollten jetzt gehen."

„Haben wir noch Zeit für das Klavier?"

Alex lächelte über Jessicas Bitte. „Wir nehmen sie uns." Er führte sie zu einem Raum ganz hinten im ersten Stock und schaltete das Licht ein. „Hier bitte."

„Die Bancrofts müssen Musik wirklich ernst nehmen." Jessica hatte in diesem Haus kein Musikzimmer erwartet. Nur sehr große Musikfreunde oder sehr reiche Leute besaßen einen derartigen Luxus. An den Wänden befanden sich Regale mit Noten und Instrumentenkästen. Es gab zahlreiche Notenständer und einen Kasten, in dem Jessica eine Gitarre vermutete. Bei Weitem am eindrucksvollsten war jedoch der große Flügel in der Mitte des Raumes.

„Ein Bechstein! Ein richtiger altmodischer Bechstein aus Rosenholz." Jessica stürzte zu dem Instrument und legte die Finger auf die Elfenbeintasten. Sie spielte einige Akkorde und dann die erstbeste Melodie, die ihr in den Sinn kam. „Hör dir diese Tonqualität an! Ich bin ganz verliebt in das Instrument."

„Ich glaube, mit dem kommst du zurecht."

„Wenn ich mir vorstelle, da besitzt jemand solch einen wundervollen Flügel und will keine Klavierstunden nehmen ..." Jessica schüttelte den Kopf. „Hoffentlich kann ich die Kinder umstimmen. Ich habe zwar ein Diplom, aber nur wenig Lehrerfahrung."

„Trixie dürfte dir keine Schwierigkeiten bereiten. Oliver könnte sich dagegen als harter Brocken erweisen. Lydia ist der felsenfesten Überzeugung, dass beide Kinder die Musik lieben und nur eine neue Lehrerin brauchen – jemanden, bei dem die Musik nicht mit Bach endet." Alex hatte sich neben Jessica gestellt und den Arm zwanglos um ihre Schultern gelegt. „Ich bin sicher, du wirst mit ihnen fertig."

„Ich werde es versuchen." Einen Augenblick lang schmiegte sich Jessica an ihn, legte den Arm um seine Taille und spürte seine Nähe. Dies war der Alex, den sie so gut kannte. Wie viel Geborgenheit sie bei ihm empfand! Jessica war geradezu überwältigt vor Dankbarkeit. „Ich werde hier unzählige Stunden verbringen", sagte sie schließlich und bedauerte, dass sie sich von Alex lösen musste.

„Wir sollten jetzt gehen."

„Ja, das glaube ich auch", antwortete sie.

Beide rührten sich nicht. Dann traten sie aber doch entschlossen auseinander. Bevor Jessica zur Tür gehen konnte, hielt Alex sie noch einmal zurück. „Ganz gleich, wie dieser Sommer für dich wird", sagte er ernst, „du sollst wissen, dass ich mich über deinen Besuch freue. Und ich bin in der Nähe, falls du mich brauchst. Zu jeder Tages- und Nachtzeit."

„Ich bin auch froh, dich wieder zu sehen", antwortete Jessica. Sie wunderte sich, dass Alex so ernst war, und versuchte, ihn aufzuheitern. „Machst du ausnahmsweise bei alten Freunden auch Hausbesuche?"

„Nur wenn du es meinen anderen Patienten nicht verrätst."

„Das wird unser Geheimnis bleiben."

„Gehen wir zu den Bancrofts", sagte Alex und lächelte ihr aufmunternd zu.

„Ich bin so weit."

Nach einem letzten Blick durch das Zimmer folgte Jessica ihm zur Tür hinaus.

2. KAPITEL

„Zur durstigen Kuh?“ Jessica las das Schild an dem lang gestreckten, verwitterten Gebäude, das einsam in der Landschaft stand, und wunderte sich. „Kann man ein Restaurant wirklich so nennen?“

„Wieso? Hier hast du doch den Beweis.“ Alex bog mit seinem Porsche in eine Parklücke und stellte den Motor ab. „Lindleton ist eine Steak- und Spaghetti-Stadt. Wenn du ein Feinschmeckermenü möchtest, musst du nach Pittsburgh zurückfahren.“

„Ohne Feinschmeckermenü kann ich leben. Doch meine Gesundheit geht mir über alles. Kann ich mich dann der ‚durstigen Kuh‘ anvertrauen?“

„Es war Olivers Wunsch. Die Eltern aller seiner Schulfreunde kommen mit ihren Kindern sonntags hierher.“ Alex öffnete die Tür und stieg aus dem Wagen.

Jessica wartete nicht ab, bis Alex ihr half. Sie stieg ebenfalls aus und folgte ihm über den Parkplatz. Links und rechts neben der riesigen Tür zum Restaurant standen lebensgroße Kühe aus Plastik. Alex blieb vor einer stehen und zeigte auf die Nase. „Drück mal drauf, und warte ab, was dann passiert.“

Bei näherer Betrachtung stellte Jessica fest, dass die Nase in Wirklichkeit ein runder Knopf war. Sie tat, wie Alex ihr gesagt hatte, und ein Geräusch, das irgendwo zwischen dem Muhen einer Kuh, die dringend gemolken werden muss, und dem Röhren eines Jumbojets lag, ertönte.

„Jetzt weißt du, weshalb sie das Lokal ‚Zur durstigen Kuh‘ genannt haben“, stellte Alex amüsiert fest.

„Es klingt nicht, als habe sie Durst, sondern als müsse sie jeden Augenblick sterben.“

„Sag das dem Geschäftsführer, vielleicht ändert er den Namen dann in ‚Die sterbende Kuh‘. Dabei sind Essen und Getränke jetzt schon schlecht genug.“ Alex hielt die Tür auf, und Jessica ging hindurch.

Drinnen übertönten die heiseren Klänge einer Countryband die üblichen Restaurantgeräusche. Trauben von Menschen saßen um ein Salatbüfett herum, das auf dem Rücken eines riesigen Plastikrindes aufgebaut war. Als Cowboygirls verkleidete Kellnerinnen liefen, „bewaffnet“ mit Revolvern, hin und her und bedienten die Gäste. Die Wände waren mit allen möglichen Erinnerungen an den Wilden Westen geschmückt. Selbst Fahndungsplakate eigentlich recht vornehm wirkender Männer und Frauen fehlten nicht. „Darstellung der Kommunalpolitiker“, erklärte Alex, während er Jessica in den hinteren Teil des Restaurants führte.

Jessica war so von der merkwürdigen Atmosphäre des Lokals gefesselt, dass sie für einen Augenblick vergaß, weshalb sie hergekommen waren. Erst als sich ein nicht allzu großer Mann mit schönem grauen Haar erhob, kehrte sie in die Wirklichkeit zurück.

„Da sind wir, Jessica“, sagte Alex weich. Sein Griff um ihren Arm verstärkte sich, als wollte er ihr Sicherheit geben.

„Sie müssen Jessica sein.“ Der Mann trat auf sie zu. „Ich bin Ben Bancroft. Willkommen in Lindleton.“

„Danke, Dr. Bancroft“, antwortete Jessica und reichte ihm die Hand.

„Und das ist meine Frau Lydia.“

Jessica begrüßte die Frau, die an seiner Seite saß. Lydia Bancroft sah gut aus. Sie hatte hübsches Haar, und ihr jugendliches Gesicht strahlte vor Gesundheit. Ihre braunen Augen leuchteten. „Ich bin so froh, dass Sie gekommen sind.“ Sie reichte Jessica ebenfalls die Hand. „Bitte, lass uns gleich du sagen, wenn wir schon die nächsten Wochen miteinander verbringen wollen. Das klingt nicht so förmlich.“

Ben Bancroft legte seiner Frau mit einer beinahe schützenden Gebärde den Arm um die Schultern und fuhr fort: „Das dort ist Trixie.“

Ein Mädchen im Teenageralter am Ende des Tisches stand auf und streckte Jessica die Hand hin. „Hallo!“

„Tag, Trixie.“ Jessica betrachtete das hübsche sechzehnjährige Mädchen, das in einigen Jahren eine Schönheit sein würde. Trixie war schlank, hatte kurzes Haar von derselben Farbe wie ihre Mutter und besaß riesige braune Augen, die ihr ganzes Gesicht beherrschten. Jessica erkannte gleich, dass Trixie ebenso ein Spätentwickler war wie sie selbst.

„Oliver schwirrt irgendwo herum. Er verbringt seine Zeit lieber mit Freunden als mit seiner Familie“, erklärte Ben ohne den Anflug eines Bedauerns. Jessica hatte den Verdacht, dass Lydia und Ben heimlich dankbar waren, dass ihr vierzehnjähriger Sohn manchmal andere Gesellschaft vorzog.

Alex rückte für Jessica einen Stuhl zurecht und setzte sich neben sie. „Habt ihr schon bestellt?“, fragte er Ben.

„Nein, wir sind noch nicht lange hier.“ In diesem Augenblick begann Bens Funkgerät, das er immer bei sich trug, zu piepen. Er drückte auf den Knopf des schwarzen Kästchens an seinem Gürtel und erhob sich. „Entschuldigt mich bitte.“ Schon war er verschwunden.

„Ben hat diesen Anruf erwartet", erklärte Lydia Jessica. „Eine seiner Patientinnen liegt in den Wehen."

Jessica wusste bereits, dass Ben Bancroft der einzige Geburtshelfer in Lindleton war. Zwar halfen einige Hausärzte und Allgemeinpraktiker ebenfalls bei Geburten, doch wurden komplizierte Schwangerschaften grundsätzlich an Ben überwiesen. Der hatte deshalb kaum eine ruhige Minute.

Jessica kannte das schon von Alex' Vater. Hoffentlich arbeitete Alex nicht auch mehr, als für ihn gut war. Sie war froh, dass er sich die Zeit genommen hatte, sie mit der Familie Bancroft bekannt zu machen.

„Lasst uns bestellen", erklärte Lydia. „Ich weiß, was Ben essen möchte. Falls er nicht bleiben kann, nehme ich das Essen mit nach Hause und wärme es dort für ihn auf."

Jessica beobachtete Lydia. Ihre Augen strahlten, und sie hatte eine so weiche Stimme. Man fühlte sich in ihrer Gegenwart sofort wohl. Wieder war Jessica froh, dass sie die Stellung angenommen hatte.

„Was kannst du empfehlen?", fragte Jessica, während sie die Speisekarte studierte.

„Überhaupt nichts", meinte Lydia. „Allerdings sind die Steaks hier ziemlich zart."

„Ich will nur Zwiebelringe!", äußerte sich plötzlich ein schlaksiger Junge, der sich am anderen Ende des Tisches auf einen Stuhl warf.

„Wir sind nicht in dieses scheußliche Restaurant gegangen, damit du nur Zwiebelringe isst, Oliver. Du brauchst auch etwas Eiweiß", antwortete Lydia ruhig.

„In den Zwiebeln ist auch Eiweiß. Für den Teig, in dem man sie ausbackt, braucht man Eier."

„Woher weißt du das denn?", fragte Trixie und verzog das Gesicht. „Du hast doch keine Ahnung, wie so ein Teig aussieht."

„Such dir zu den Zwiebelringen noch etwas anderes aus", unterbrach Lydia ihre Tochter. „Sonst schicke ich dich ans Salatbüfett."

Jessica beobachtete, wie Oliver die Speisenkarte studierte. Der Junge hatte ebenso braunes Haar wie seine Mutter und seine Schwester, hatte aber himmelblaue Augen. Sein Gesicht sah aus, als könne er nie wirklich wütend werden.

Oliver bemerkte Jessicas prüfenden Blick. „Du musst die Klavierlehrerin sein", sagte er. „Ich heiße Oliver."

„Stimmt, Oliver. Ich bin Jessica."

„Oh, entschuldige", warf Lydia ein. „Ich habe völlig vergessen, dir meinen Sohn vorzustellen."

„Ich möchte einen Hotdog mit Zwiebelringen." Oliver schloss die Speisekarte und lächelte Jessica zu. „Ich will keine Klavierstunden. Mit mir wirst du deine Schwierigkeiten haben", erklärte er fröhlich.

„Ich liebe Herausforderungen", antwortete Jessica kein bisschen gekränkt. Sie stellte sich vor, dass sie mit vierzehn Jahren einem Erwachsenen so etwas unverblümt ins Gesicht gesagt hätte. Ihre Eltern hatten sie zwar heiß geliebt und umsorgt, aber erwartet, dass sie sich stets ruhig und gesittet benahm. In der Familie Bancroft wehte offensichtlich ein völlig anderer Wind.

„Wenn du Herausforderungen magst, magst du mich bestimmt auch", erklärte Oliver selbstzufrieden.

„Unmöglich", murmelte Trixie.

„Macht dir das große Angst?", fragte Lydia und legte ihre Hand auf Jessicas linke. „Soll ich lügen und behaupten, dass meine Kinder jetzt nur hungrig und müde sind und sich zu Hause nie so benehmen?"

Jessica tat, als müsse sie sich die Antwort sehr genau überlegen. Dann sagte sie: „Du ahnst nicht, wie recht sie mir sind."

Es entstand eine längere Pause. Dann tätschelte Lydia Jessicas Hand und antwortete geheimnisvoll: „Und du ahnst nicht, wie recht du mir bist! Sollten dir die Kinder zu viel werden, lass es mich wissen. Ich verspreche dir, dass ich sie zur Vernunft bringe."

Ben kehrte zurück, und sie gaben ihre Bestellung auf. Es dauerte natürlich eine Weile, bis alle ihre Wünsche geäußert hatten.

„Wie geht es der Patientin?", fragte Alex und kippte seinen Stuhl nach hinten.

„Es geht nur langsam weiter. Sie ist eine Primapara." Jessica blickte Ben verständnislos an, und er fügte hinzu: „Das ist eine Erstgebärende."

„Ach so. Es klang wie eine schlimme Krankheit."

„Du wirst dich an solche Fachgespräche gewöhnen", versicherte Lydia. „Ich habe inzwischen das Gefühl, ich könnte selbst ein Baby auf die Welt holen."

Alex lachte. „Das könntest du wahrscheinlich auch. Die meisten Geburten sind Routinesache, sodass Ärzte dazu gar nicht notwendig wären."

Während er sprach, schob Alex seine Hand unter Jessicas Haar und ließ sie auf ihrem Rücken liegen. Sie genoss diese vertrauliche Geste. Vor fünf Jahren hätte Alex nämlich nicht einmal bemerkt, dass sie neben ihm saß.

„Erzähl das lieber nicht deinen Patienten, Alex", meinte Trixie. „Sonst verweigern sie noch die Bezahlung."

Alex lächelte. „Wer sollte den Frauen sonst die Hand halten?"

„Ist das nicht eher die Aufgabe des Ehemannes?", fragte Jessica.

„Oje, jetzt bist du in eine Falle getappt", meinte Oliver und verdrehte die Augen. „Nun werden sie wieder stundenlang über ihr Lieblingsthema reden."

„Über Ehemänner?", fragte Jessica verblüfft.

„Nicht ganz." Lydia schüttelte den Kopf. „Über Ehemänner im Kreißsaal. Im Städtischen Krankenhaus von Lindleton herrscht noch tiefstes Mittelalter. Dort weigert man sich entschieden, Ehemänner bei der Geburt ihrer Kinder zuzulassen."

„Ich dachte, das wäre inzwischen überall der Fall!"

„Hier nicht. Im letzten Monat hat man endlich eingewilligt, die frischgebackenen Väter in die Wachstation zu lassen, damit sie ihr Baby ein oder zwei Minuten auf den Arm nehmen können. Weiter sind wir noch nicht."

„Wie schade." Jessica wandte sich an Alex. „Wie denkst du darüber? Und Sie, Dr. Bancroft?"

Ben lächelte Jessica zu. „Nenn mich Ben, Jessica. Ich glaube, dass Mann und Frau in solch einem wichtigen Augenblick zusammengehören."

„Ich ebenfalls", stimmte Alex ihm zu. „Ben und ich haben unser Möglichstes getan, um den Krankenhausvorstand umzustimmen. Aber Veränderungen setzen sich hier nur langsam durch. Manche Ärzte in der Stadt sind ganz entschieden dagegen. Selbst meinem Partner gefällt die Vorstellung nicht. Er fürchtet, dass die Väter während einer schwierigen Geburt vor Angst ohnmächtig werden könnten."

„Und was tun die Frauen, die mit dieser Regelung nicht einverstanden sind?", fragte Jessica

„Sie fahren in eine der größeren Städte, wenn das Wetter oder die Geburt es zulassen."

„Manche Frauen bringen ihr Kind auch zu Hause zur Welt", fügte Ben hinzu. „Ohne jede medizinische Hilfe."

„Ist dann nicht einmal eine Hebamme dabei?"

„Es gibt hier mehrere Frauen, die bei Hausgeburten helfen. Keine von ihnen ist jedoch richtig ausgebildet. Zum Glück rufen sie einen Arzt, wenn es nötig wird. Ungefähr vor sechs Monaten …"

„Genug jetzt", sagte Lydia entschlossen. „Jessica muss ja glauben, wir kennen nur dieses eine Thema."

„Oh nein, es fasziniert mich!", rief Jessica.

„Jessica ist viel zu gut erzogen, um zuzugeben, dass sie genug von einer Sache hat", erklärte Alex.

„Hat er dir immer schon solche Komplimente gemacht?", fragte Lydia und zog missbilligend die Augenbrauen in die Höhe. „Wie bist du all die Jahre mit ihm zurechtgekommen?"

„Ich habe eine Verteidigungsstrategie gegen Alex entwickelt", antwortete Jessica lächelnd. Alex lächelte herzlich zurück. In seinen Augen war beinahe so etwas wie Stolz zu lesen.

„Und hast du eine Verteidigungsstrategie gegen Jessica entwickelt?", fragte Oliver Alex, während die Kellnerin das Essen brachte.

„Ich glaube nicht", antwortete Alex. Er hatte den Blick immer noch auf Jessica gerichtet. „Und das könnte ich vielleicht noch einmal bedauern."

„Das war die Familie Bancroft, wie sie leibt und lebt", sagte Alex, während er Jessica in den Wagen half. „Was hältst du von ihnen?"

„Ich habe mich gerade gefragt, wie ich geworden wäre, wenn ich bei ihnen aufgewachsen wäre."

Alex sah sie seltsam an, kam aber erst auf dem Weg in die Stadt auf ihre Antwort zurück. Während des Abendessens hatte er ihr diese Stadtrundfahrt versprochen.

„Was wolltest du damit sagen: Wenn du bei solchen Leuten aufgewachsen wärst …"

„Nun, sie sind so ganz anders als meine Eltern. Lydia und Ben gehen so ungezwungen mit ihren Kindern um. Bei ihnen herrscht so viel Spontaneität und Fröhlichkeit. Ben ist lustig, und Lydia ist ungewöhnlich warmherzig."

„Und du kannst Wärme und Frohsinn gebrauchen."

Die Häuser standen immer näher beieinander, Alex lenkte den Porsche nun durch die beinahe verlassenen Straßen Lindletons. „Dies ist das Geschäftszentrum", erklärte er. Er drehte die Scheibe herunter und stellte die Klimaanlage ab. „Du kannst alles, was du brauchst, in Lindleton kaufen, vorausgesetzt, du stellst nicht zu hohe Ansprüche an Farbe, Qualität und Größe."

Jessica lachte und deutete auf ein winziges Holzhaus, vor dem sich ein dicht besetzter Parkplatz befand. „Und was ist das?"

„Das ist das Mekka der Teenager von Lindleton, die Pizzeria. Hier kannst du den wildesten Hardrock von Lindleton hören. Unglücklicherweise gibt es hier auch das beste Eis der Stadt, deshalb muss man sich an den Lärm gewöhnen, wenn man gern Süßes mag."

Ein paar Häuserblocks weiter deutete Alex auf ein dreistöckiges Gebäude. „Das ist das Städtische Krankenhaus von Lindleton. Darin befinden sich meine Praxisräume."

Sie fuhren kreuz und quer durch die Stadt, bis sie wieder nahe dem Zentrum waren. Alex parkte den Wagen am Rande eines großen grünen Platzes. „Dies ist der Hauptplatz der Stadt. Wer immer dir den Weg zeigt, wird diesen Platz zum Anhaltspunkt nehmen."

„Er ist sehr hübsch." Jessica stieg aus, als sie merkte, dass Alex seine Tür öffnete, und folgte ihm über den baumbestandenen Platz. In der Mitte befand sich ein Musikpavillon, der an einen hübschen weißen Aussichtsturm erinnerte.

„Nächste Woche beginnen die Konzerte wieder. Es gibt in Lindleton ein Laienorchester und einen Chor. Beide sind verhältnismäßig gut."

„Mir gefällt der Gedanke, dass hier jeder vor Publikum auftreten kann", meinte Jessica nachdenklich. „In der Stadt muss man Spitzenqualität besitzen, damit überhaupt jemand hinhört. Der Rest von uns bekommt nie eine Chance."

„Was heißt ‚uns'? Du bist Profi und kein Hobbykünstler wie die meisten, die hier auftreten."

„Ich bin gut, aber nicht hervorragend. Ich hatte nie den Wunsch, Konzertpianistin zu werden."

Jessica setzte sich auf eine grüne Bank im Schatten einer Eiche, und Alex folgte ihr.

„Was möchtest du dann werden?" Sein Blick glitt über ihre Figur, die sich unter dem zimtfarbenen Seidenkleid abzeichnete, und seine Miene drückte deutlich Anerkennung aus.

„Du musst versprechen, dass du mich nicht auslachst", antwortete Jessica.

„Habe ich dich jemals ausgelacht?"

„Mehr als genug."

Alex nahm eine ihrer Haarsträhnen und kitzelte ihre Nase. „Ich lache bestimmt nicht."

Jessica versuchte, das merkwürdige Gefühl in ihrem Bauch nicht zur Kenntnis zu nehmen, als Alex ihr so nahe rückte. „Ich würde gern irgendwo eine Klavierschule eröffnen und musikalische Kinder unterrichten."

„Um einen kleinen Mozart zu entdecken?"

„Nein. Obwohl sich natürlich jeder Lehrer über solche Ausnahmeschüler freut. Ich möchte ganz normale Kinder unterrichten. All die Olivers dieser Welt, die das Klavierspielen nicht ausstehen können." Jessica schob Alex' Hand fort. „Soll ich gleich niesen?"

„Du siehst so ernst aus. Ich sah dich gerade in fünfzig Jahren in einem überhitzten Wohnzimmer mit einer großen Perserkatze und einem alten hohen Klavier vor mir und ‚eins, zwei, drei', ‚eins, zwei, drei' zählen." Er ahmte eine alte Frauenstimme nach.

„Das ist eine Beleidigung", gab Jessica ohne jeden Groll zurück. „Außerdem kann ich Katzen nicht ausstehen."

„Und wie ist es mit einem französischen Pudel?"

„Lieber eine dänische Dogge, ja? Die richte ich ab zu bellen, wenn ein Schüler eine falsche Note spielt, und die Leute zu verschlingen, die mich aufziehen."

„Und wo soll diese geheimnisvolle Klavierschule eröffnet werden? Gibt es vielleicht irgendwo einen jungen Mann, der in diesem Augenblick schon eine Anzahlung für ein entsprechendes Haus leistet?"

Jessica sah Alex überrascht an. Hatte sie aus seiner Frage wirklich mehr als nur oberflächliches Interesse herausgehört? Sein Blick war verschleiert. Ihm konnte man unmöglich etwas ablesen. „Mehrere", sagte sie endlich fröhlich.

„Das überrascht mich nicht."

„Nett, so etwas zu hören", meinte Jessica und schlug die Augen nieder.

„In welchem Alter hast du so zu flirten gelernt? Offensichtlich habe ich diesen Zeitpunkt verpasst."

„Früh genug, um inzwischen einige Erfahrung zu besitzen." Jessica machte ein sinnliches Gesicht. Dann hob sie langsam wieder den Blick und zwinkerte Alex zu. „Und wie bin ich?", fragte sie.

„Du raubst mir geradezu den Atem."

„Ich kenne dich gut genug, um zu wissen, dass das bei dir ziemlich schwierig ist."

„Nimm dich lieber in Acht.“ Alex nahm erneut eine ihrer Haarsträhnen und wickelte sie sich um die Hand, dabei zog er Jessica zu sich heran, die ihn überrascht ansah.

Nun beugte er sich vor, und Jessica beobachtete, wie sein Gesicht näher kam. Falls er erwartet hatte, dass sie die Augen schloss, hatte er sich geirrt. Fasziniert sah sie zu, wie sein Mund wenige Zentimeter vor ihren Lippen innehielt. „Wir müssen zu den Bancrofts zurück“, murmelte er.

„Das stimmt.“ Jessica spürte beinahe körperlich, wie Alex innerlich mit sich kämpfte. Seine Lippen streiften ihren Mund. Sie schloss die Augen und genoss den Duft seiner Haut.

„So, jetzt kann ich wahrscheinlich glücklich sterben“, erklärte sie, als Alex sie endlich freigab. Diese Bemerkung verscheuchte alle Spannung zwischen ihnen.

Alex verzog das Gesicht und zupfte noch einmal an ihrer Haarsträhne. „Was soll das denn heißen?“

„Nun, mit sechzehn war ich sicher, dass ich nur einen einzigen Kuss von dir brauchte, um wunschlos glücklich zu sein.“

„Davon hatte ich keine Ahnung.“

„Zum Glück nicht. Das wäre mir garantiert nicht recht gewesen.“

„Darüber muss ich mal gründlich nachdenken.“

„Hab deshalb keine schlaflosen Nächte. Das liegt Lichtjahre zurück.“ Jessica stand auf und reckte sich. Ihre Knie waren ganz weich geworden, doch das durfte Alex auf keinen Fall merken. Der Kuss, so kurz und unverbindlich er auch gewesen war, hatte sie seltsam berührt.

„Ich habe mich in all den Jahren nicht verändert, Jessica. Du jedoch gewiss.“

„Selbst kleine Schwestern werden erwachsen.“

„Ich glaube nicht, dass wir noch länger so tun können, als wärest du meine kleine Schwester“, sagte Alex mit einer Stimme, die keinen Zweifel zuließ.

„Dann lass uns gute Freunde sein“, antwortete Jessica.

Alex antwortete nicht. Er streckte ihr nur die Hand hin, und sie ließ sich von ihm zum Wagen führen.

Bei den Bancrofts verabschiedete sich Alex bald, damit Jessica Ruhe finden konnte. Trixie sah zu, während sie auspackte. Sie hatte es sich auf Jessicas Bett bequem gemacht.

„Du kannst das Wohnzimmer gern für dich allein haben, wenn du möchtest“, erklärte Trixie. „Mir macht es nichts aus.“

„Ich teile es gern mit dir", antwortete Jessica. „Ich bin ohne Geschwister aufgewachsen und hätte es gern einmal anders."

„Als Einzelkind groß zu werden muss herrlich sein."

„Ist Oliver solch ein Quälgeist?" Jessica verschwand im Ankleidezimmer, um weitere Bügel zu holen.

„Oliver ist eine Nervensäge."

Jessica überlegte, was sie auf diese Feststellung antworten sollte. „Nun, sag dir immer, dass du auf diese Weise schon früh lernst, mit Nervensägen umzugehen. Ich kann dir versichern, dass du diese Fähigkeit später noch oft genug gebrauchen wirst."

Trixie lachte. „Von diesem Standpunkt habe ich es noch nie betrachtet."

„Es klingt, als hättet ihr beide viel Spaß." Lydia hatte den Kopf durch die geöffnete Tür gesteckt. „Ich wollte nur fragen, ob du noch irgendetwas brauchst, Jessica."

„Danke, ich habe alles. Das Zimmer ist wunderbar."

Lydia stand noch immer auf der Türschwelle. „Hat Alex dich überall herumgeführt?"

„Ich glaube, ich habe alles gesehen."

„Hat er dir auch sein Haus gezeigt?", fragte Trixie. „Es ist das Stadtgespräch."

„Nein, das lag wohl nicht auf unserm Weg. Erzähl mir davon."

„Er besitzt einen Hotpool, den einzigen in Lindleton", erklärte Trixie, und ihre Augen leuchteten vor Begeisterung.

„Das passt zu Alex." Jessica öffnete eine Schublade und legte ihre Nachthemden hinein.

„Das Haus, das Alex gekauft und umgebaut hat, war ursprünglich ein altes Stallgebäude", fügte Lydia hinzu.

„Ein Stall mit Pferden und Kühen?"

„Genau. Es war ein Wahrzeichen dieser Gegend und nach dem Brand eines alten Gehöftes vor einigen Jahren allein übrig geblieben. Alex hat es für einen Apfel und ein Ei, wie man so schön sagt, gekauft. Jeder erwartete, dass er ein modernes Haus an seine Stelle setzen würde. Aber du kennst ja Alex."

„Alex hat nie getan, was man von ihm erwartete." Jessica nahm einen weiteren Arm voll Kleidungsstücke aus ihrem letzten Koffer. „Das macht einen Teil seines Charmes aus."

„Und davon hat er eine ganze Menge", warf Trixie ein. „Zumindest für einen älteren Mann", fügte sie hinzu.

Jessica gelang es, ernst zu bleiben, und sie legte die letzten Sachen in den Schrank.

„Trixie, Jessica ist bestimmt müde", sagte Lydia, als sie sah, dass Jessica mit dem Auspacken fertig war. „Wir sollten sie jetzt allein lassen, damit sie sich richtig ausschlafen kann."

Jessica merkte, dass sie tatsächlich ziemlich erschöpft war, und sie wünschte den beiden eine gute Nacht.

Die Dunkelheit war hereingebrochen, als Jessica endlich zwischen die Laken schlüpfte. Nur das Zirpen von Grillen und gelegentlicher Vogelgesang waren zu hören. Im ersten Stockwerk lief leise ein Fernsehgerät, und es gab Gemurmel auf dem Flur: normale Geräusche eines Hauses. Die hatte Jessica in den vergangenen Monaten am meisten vermisst. Jetzt fühlte sie sich richtig geborgen.

Der erste Tag in Lindleton war ein voller Erfolg gewesen. Sie mochte die Bancrofts, und sie spürte, dass sie hier willkommen war. Außerdem ahnte sie, dass Trixie und Oliver als Klavierschüler keine schlimme Herausforderung für sie sein würden.

Außerdem war da noch Alex.

Alex Grainger … Wie viel Nächte hatte sie als Teenager wach gelegen und davon geträumt, dass er sie in den Armen hielt? Er war immer noch der Mann, von dem sie geträumt hatte, aber eins war nun anders: Er war nicht länger unerreichbar.

Es war wunderbar, von Alex bestätigt zu bekommen, wie attraktiv sie geworden war. Allerdings würde er sich auf keine ernste Beziehung einlassen, denn er war immer noch der unbekümmerte Mann, in den sie sich als Teenager leidenschaftlich verliebt hatte. Und das sollte sie besser nicht vergessen.

3. KAPITEL

Jessica lag wach im Bett und beobachtete, wie es im Zimmer langsam hell wurde. Draußen sangen die ersten Vögel, und unten im Haus hantierte schon jemand. Jessica war voller Energie. Sie konnte einfach nicht länger faul im Bett liegen.

Schnell stand sie auf, duschte, wusch sich das Haar und kämmte es mit einem breit gezinkten Kamm. Das war jedes Mal eine schwierige Arbeit, denn das Haar fiel halb auf den Rücken hinab. Doch nach dem Trocknen sah man, dass sich die Anstrengung gelohnt hatte.

Was sollte sie an ihrem ersten Tag bei den Bancrofts anziehen? Jessica wählte einen apfelgrünen Faltenrock und eine dazu passende, einen Ton hellere Bluse. Dazu zog sie weiße Ballerinaschuhe an. Obwohl sie sich so viel Zeit wie möglich gelassen hatte, war es erst sieben Uhr, als sie auf Zehenspitzen die Treppe hinunterstieg.

Die Haustür stand weit offen, und kühle Morgenluft drang herein. In der Küche spielte ein Radio. Jessica durchquerte die Diele und blieb auf der Schwelle stehen. Lydia machte sich dort zu schaffen und summte leise vor sich hin.

„Guten Morgen, Lydia. Du bist ja auch eine Frühaufsteherin."

„Guten Morgen." Lydia wandte Jessica das Gesicht zu und strahlte. Wieder spürte Jessica, wie sehr sie bei den Bancrofts willkommen war.

„Ich stehe immer mit den Hühnern auf", sagte Lydia, ging zur Anrichte und begann, einen Eierkuchenteig in einer Tonschüssel anzurühren.

„Ich auch", meinte Jessica. „Damit habe ich meine Eltern immer ganz verrückt gemacht, denn sie waren Nachtmenschen, und ich war schon vor dem Hauspersonal auf den Beinen."

„Und was hast du getan, während die anderen schliefen?"

„Ich habe mich selbst unterhalten. Damals begann mein Interesse für Musik." Jessica saß auf einem Hocker an der Anrichte und sah Lydia zu.

„Sollten deine Eltern davon aufwachen?"

Jessica lachte. „Zuerst vielleicht. Ich könnte mir aber vorstellen, dass sie mir das rasch ausgetrieben hätten. Nein, ich erinnere mich, dass ich auf den Klavierhocker geklettert bin, sobald ich groß genug dafür war, und eine Taste nach der anderen so leise wie möglich hinuntergedrückt habe."

„Hast du immer noch einen leichten Anschlag?“

„Ja, tatsächlich. Mein Pianissimo ist fantastisch, am Fortissimo muss ich dagegen ständig arbeiten.“

„Unser Flügel wird dir gefallen. Man braucht nur darüberzuhauchen, schon senken sich die Tasten.“ Lydia öffnete den Kühlschrank, holte ein Schälchen Blaubeeren heraus und schüttete sie in den Teig.

„Ich habe ihn gestern schon ausprobiert. Er ist wunderbar.“

„Ich besaß als Kind einen ähnlichen Flügel“, erzählte Lydia und begann, den Teig in die Kuchenform zu gießen.

„Spielst du immer noch?“

„Ja, aber nicht sehr gut.“ Lydia hielt inne und lehnte sich an die Anrichte. Sie schien in Gedanken ganz weit fort zu sein. „Als ich noch jünger war als du, wollte ich Konzertpianistin werden.“ Sie zögerte. „Dann – nun, dann ist etwas dazwischengekommen. Und als ich wieder Zeit zum Üben hatte, war der Schwung dahin.“

„Macht dir die Musik immer noch Freude?“

„Ja, besonders wenn ich anderen beim Klavierspielen zuhöre. Ich würde mich freuen, wenn du mir später etwas vorspielen könntest.“

Jessica dachte über Lydias Bitte nach. „Natürlich, gern. Aber – und ich sage das nicht ohne Grund – ich bin als Lehrerin und nicht als Pianistin ausgebildet.“

„Trotzdem möchte ich dich spielen hören.“ Lydia stellte die Kuchenform in den Backofen und schaltete die Zeituhr ein. Dann nahm sie einige Eier aus dem Kühlschrank und schlug sie in eine Schüssel.

„Erzähl mir etwas über Trixies und Olivers Kenntnisse im Klavierspielen.“

„Möchtest du nicht zunächst etwas von dir erzählen?“, schlug Lydia vor, während sie die Eier mit einem Schneebesen schlug. „Wir müssen uns unbedingt besser kennenlernen.“

Jessica wurde es richtig warm ums Herz. Sie wurde nicht oft aufgefordert, von sich selbst zu erzählen, und sie fühlte, dass Lydias Interesse aufrichtig war. „Was möchtest du wissen?“

Lydia lächelte. „Was immer du mir berichten willst.“

Über ihre Eltern konnte Jessica noch nicht unbefangen sprechen. Deshalb erzählte sie von ihrer Zeit im College. Lydia hörte zu, stellte gelegentlich eine Frage und nickte verständnisvoll.

„Es fasziniert mich, auf welche Weise Menschen lernen und wie wichtig die richtige Umgebung ist“, schloss Jessica. „Meine Zimmerkameradin war nicht besonders musikalisch. Deshalb gab ich ihr als

Experiment Klavierunterricht und stellte dabei fest, dass ich mich jede Woche mehr als alles andere auf diese Stunde freute. So erkannte ich, dass ich die geborene Lehrerin war."

„Ich bin froh, dass dir das klar geworden ist, denn das hat dich ja zu uns geführt." Lydia nahm den Kuchen aus dem Ofen und setzte ihn oben auf den Herd. „Spielst du mir jetzt etwas vor?"

Es schien Lydia so viel zu bedeuten, dass Jessica ihr gern sofort ins Musikzimmer folgte und sich an den Flügel setzte. „Was möchtest du hören? Schubert, Bach, Beethoven, Debussy?"

„Debussy."

Jessica begann mit einem träumerischen, ausdrucksvollen Stück mit zarten Schattierungen und einer gefälligen Melodie.

„Ich war sicher, dass du Debussy spielst, nach dem, was du über deinen Anschlag sagtest", erklärte Lydia. Ihre Stimme klang vor Freude ganz heiser. „Spielst du noch etwas?"

„Magst du Brahms?"

„Sehr sogar."

Diesmal spielte Jessica einen temperamentvollen Satz aus einem Stück von Brahms

„Ich mochte diesen Satz immer besonders gern", sagte Lydia, als sie geendet hatte. „Du spielst wunderbar, Jessica. Noch ein letztes Stück?"

Jessica hatte plötzlich Lust zu etwas Schwierigerem. „Soll ich eine der schwerblütigen Balladen von Brahms spielen? Ich habe bei einer Veranstaltung der Meisterklasse alle Balladen vorgetragen." Jessica holte tief Luft und begann. Das Stück war technisch schwierig, und sie ließ sich bald von seiner leidenschaftlichen Schönheit fortreißen, bis sie den ruhigeren Mittelteil erreicht hatte. Sie spielte die zarte Melodie des Soprans unendlich einfühlsam und endete mit der gleichen Leidenschaft, mit der sie den Anfang des Stückes gespielt hatte.

Nachdem der letzte Ton verklungen war, stand Lydia hinter ihr und legte ihr die Hand auf die Schulter. „Das hat mir mehr bedeutet, als du ahnen kannst!", sagte sie. Sie schob Jessicas Haar zurück und küsste sie auf die Wange. „Danke, dass du hier bist."

Schon beim Frühstück durchschaute Jessica den Tagesablauf der Bancrofts. Es war ganz einfach, es gab keinen festen Stundenplan. In den Sommerferien ließ sich die Familie treiben. Oliver und Trixie tauchten zu unterschiedlichen Zeiten auf und kochten sich die Frühstückseier selbst. Ben war schon vor Tagesanbruch ins Krankenhaus gefahren und erwartete dort die Geburt des eigensinnigen Babys, wegen dem er im Restaurant angerufen worden war.

„Man kann nie im Voraus wissen, ob Vater zu Hause ist", erzählte Trixie. „Wenn er mal da ist, nutzen wir es so weit wie möglich aus."

„Und das heißt, es wird nicht gearbeitet: also auch keine Klavierstunden", ergänzte Oliver, den Mund voll Blaubeerkuchen.

„Glaubst du etwa, ich werde dir Tag und Nacht pausenlos Unterricht geben?", zog Jessica ihn auf. „Auf diese Weise lernt niemand gut Klavierspielen."

„Die alte Mrs Trover war da anderer Ansicht. Sie hätte rund um die Uhr mit uns gearbeitet, wenn sie gekonnt hätte. ‚Eins, zwei, drei ... eins, zwei, drei. Das ist nicht richtig, Benjamin Oliver. Es ist ein Dreivierteltakt und kein Viervierteltakt. Was soll ich nur mit dir machen! Wir spielen dieses Stück nun schon seit sechzehn Stunden, und du kannst es immer noch nicht. Deine arme Mutter wirft ihr Geld zum Fenster hinaus. Eins, zwei, drei ...' Wahrscheinlich unterrichtet sie jetzt die Möwen ..."

„Das reicht!", erklärte Lydia und sah Jessica an. „Wenn es mit Oliver gar nicht klappt, konzentriere dich einfach auf Trixie."

„Sollte ich wirklich so viel Glück haben?", fragte Oliver pathetisch.

„Nein, das hast du nicht", dämpfte Jessica seine Begeisterung. „Je schlimmer du dich benimmst, desto stärker werde ich es als Herausforderung empfinden."

„Du wirst vorzeitig graue Haare bekommen", warnte Oliver sie.

„Nun, dann fahre ich zu Mrs Trover und helfe ihr, die Möwen zu unterrichten", antwortete Jessica entschlossen. „In der Zwischenzeit werden wir beide uns miteinander befassen."

„Eins zu null für Jessica", rief Trixie triumphierend.

Erstaunlicherweise verliefen die Klavierstunden ausgesprochen harmonisch. Trixie spielte offensichtlich gern. Sie besaß eine angeborene Musikalität, die sich weiterentwickeln ließ. Und sie war mit ihren sechzehn Jahren richtig romantisch. Während des Spiels vergaß sie alles um sich herum.

Jessica erinnerte sich, wie sie selbst mit sechzehn gewesen war, und beschloss, ein Präludium von Chopin mit Trixie einzustudieren. Das würde ihr bestimmt gefallen. Um es Trixie schmackhaft zu machen, spielte sie es zunächst selbst. Genau wie sie vermutet hatte, war das junge Mädchen sofort begeistert, und sie verbrachten die restliche Unterrichtsstunde damit, die schwierigsten Passagen zu erarbeiten.

Trotz seiner Erklärung beim Frühstück war Oliver sehr darauf bedacht, einen guten Eindruck auf Jessica zu machen. Er spielte mit festem, sicherem Anschlag und guter Handhaltung. Zwar benötigte er Hilfe beim Takthalten, besaß jedoch ein feines Gehör für andere Fehler. Jessica erkannte, dass sie zwei entschieden begabte Schüler vor sich hatte.

„Hast du schon mal etwas von Joplin gespielt?“, fragte sie, als Oliver geendet hatte.

„Ist der nicht bei den Rolling Stones?“

„Nein, das ist Mick Jagger. Von ihm können wir auch etwas nehmen, wenn du möchtest. Joplin gehört ins 19. Jahrhundert. Schon mal was von Ragtime gehört?“ Jessica begann das Hauptmotiv aus „Der Entertainer“.

„Ich habe den Film im Fernsehen gesehen.“

„Richtig.“ Sie schlug die ersten Takte des „Maple Leaf Rag“ an.

„Das gefällt mir.“

„Du wirst den Takt zählen müssen“, warnte Jessica ihn. „Möchtest du damit beginnen? Dann besorge ich dir nachher das Notenmaterial.“

„Sind wir etwa für heute fertig?“

„Ja, wir sind fertig“, antwortete Jessica. Dann spielte sie ihre letzte Karte aus. „Nach dem Essen fahre ich in die Stadt. Vielleicht habt ihr Lust mitzukommen und zeigt mir, wo es Eis gibt. Ich esse nämlich sehr gern Schokoladeneis.“

Erst als sie mit Oliver und Trixie in die Stadt fuhr, merkte Jessica, dass Alex ihr fehlte. Wie gern hätte sie ihm von dem heutigen Tag berichtet und erfahren, wie es ihm ging! Zwar maß sie dem Kuss auf dem Hauptplatz nicht allzu viel Bedeutung bei, doch sie konnte ihn nicht vergessen. Alex hatte ein Feuer in ihr geschürt, das seit Jahren erloschen sein sollte.

„Da ist das Musikgeschäft!“, schrie Oliver plötzlich. „Halt!“

Jessica hielt den Wagen an und stieg vor einem Geschäft aus, das von einer Klimaanlage bis zum Xylophon alles zu führen schien. Sie erhielt die Noten für den „Maple Leaf Rag“ sofort und bestellte die gesammelten Werke von Scott Joplin für später.

„Und wohin jetzt?“, fragte Jessica harmlos, als sie wieder auf der Straße standen. „Zum ‚Pizza-Stop‘“, sagten Trixie und Oliver gleichzeitig.

Kurz darauf standen sie vor dem Holzhaus, das Alex Jessica bereits gezeigt hatte. Jessica folgte Oliver und Trixie zu einem Tisch am Fenster und wünschte, sie hätte Ohrenschützer dabeigehabt. Abgesehen von einem alten Mann hinter dem Tresen, war sie mit Abstand die Älteste im Lokal.

Für Jessica war „Pizza-Stop“ eine völlig neue Erfahrung. Trixie und Oliver waren verschwunden, bevor sie auch nur einen Einwand erheben konnte. Sie saß allein am Tisch und beobachtete das Treiben der hiesigen Teenager. Oliver hatte sich inzwischen zu ein paar Jungen seines Alters gesetzt.

Trixie wollte gerade zu Jessica zurückkehren, da betrat ein junger Mann das Lokal. Jessica merkte sofort, dass Trixie ihn erwartet hatte. Der junge Mann ergriff Trixies Hand und zog sie in eine Nische. Dort flüsterten die beiden miteinander und zeigten häufig auf Jessica. Endlich standen sie auf und kamen zu ihr an den Tisch.

„Jessica, ich möchte dir Mike vorstellen. Mike, das ist Jessica Cassidy.“

Mike war nur etwas größer als Trixie. Er sah gut aus und trug, ebenso wie Jessica, saubere Jeans und ein dazu passendes T-Shirt. Er war höflich, besaß gute Manieren und wollte offensichtlich mit Trixie allein sein.

„Hast du etwas dagegen, wenn Mike und ich einen kleinen Spaziergang machen?“, fragte Trixie und sah Jessica flehentlich an.

„Durchaus nicht. Seid aber bitte in einer halben Stunde zurück, damit wir heimfahren können, bevor sich eure Mutter Sorgen macht.“

Jessica blickte den beiden nach und fragte sich, weshalb Trixie ihr wegen einer so kleinen Gefälligkeit so dankbar war.

Gerade hatte sie ihren Eisbecher geleert, da sah sie Alex mit einer kleinen blonden Frau in Schwesterntracht zur Tür hereinkommen. Alex mit einer anderen Frau! Jessica wurde zwischen der Freude, ihn wiederzusehen, und einem unerwarteten Anflug von Eifersucht hin und her gerissen. War das nicht ein ernstes Anzeichen dafür, dass ihr Interesse an ihm ein gefährliches Ausmaß annahm?

Bevor sich Jessica über ihre Gefühle klar werden konnte, hatte Alex den Arm der Schwester ergriffen und führte sie zu Jessicas Tisch.

„Hallo“, sagte er und zog einen Stuhl hervor. „Dürfen wir dir Gesellschaft leisten?“

Jessica nickte und zwang sich zu einem Lächeln für Alex’ Begleiterin.

„Hallo, Jessica“, sagte die junge Frau mit einer dunklen Stimme, die überhaupt nicht zu ihrem puppenhaften Äußeren passte. „Ich bin Debby Greene. Willkommen in Lindleton.“

„Danke“, antwortete Jessica. Sie sah zu, wie Alex und Debby ihre Wahl zwischen einem Erdbeersorbet und marmoriertem Schokoladeneis trafen. Das gab ihr Zeit, sich wieder zu fassen.

„Dies ist nicht gerade der geeignete Ort, um sich einen Überblick über die männliche Bevölkerung von Lindleton zu verschaffen“, meinte Alex an Jessica gewandt. „Es sei denn, du interessierst dich für sehr junge Männer.“

„Ich bin mit Oliver und Trixie hier.“

„Ich sehe sie nirgends.“

„Oliver ist vor ein paar Minuten mit seinen Freunden zu einem Kiosk gegangen, um eine Zeitschrift zu kaufen. Und Trixie macht einen Spaziergang mit einem sehr netten Jungen namens Mike“, erklärte Jessica.

„Dann bist du in eine Falle getappt, Jessica“, antwortete Alex. Bevor Jessica fragen konnte, was er damit meinte, wandte Alex sich an Debby. „Wie ist dein Eis?“

„Genau wie ich es mag: kalt und voller Kalorien.“ Debby ließ den Blick über Jessicas schlanke Gestalt wandern. „Ich wette, Sie haben damit keine Probleme.“

Jessica zuckte mit den Schultern. „Ich kümmere mich nicht darum. Wir werden ja sehen, was dabei herauskommt.“

„Jessica war schon immer schlank“, stimmte Alex Debby zu.

„Kennt ihr beide euch schon lange?“, fragte Debby neugierig.

„Schon eine Ewigkeit“, erklärte Alex feierlich.

„Dann können Sie mir sicher etwas über Alex’ Kindheit erzählen“, frohlockte Debby.

„Womit soll ich anfangen?“, fragte Jessica. „Ich weiß eigentlich so ziemlich alles über ihn.“

„Als er die Mädchen zu entdecken begann … Wie alt war er damals?“, fragte Debby neugierig.

„Neun. Er verliebte sich in die Bademeisterin des Country-Clubs. Ich erinnere mich, dass meine Eltern darüber redeten. Er lief ständig hinter dieser Frau her, die angeblich sowohl innerhalb als auch außerhalb ihrer Dienstzeit stets nur einen Bikini trug.“

Alex erinnerte sich. „Einen hellgrünen Bikini mit einer kleinen Schleife genau in der Mitte der …“ Er hielt inne. „Wen interessiert das schon?“

„So jung fing er an?“, zog Debby Alex auf.

„Es ist nicht auszuschließen, dass er noch früher begann“, meinte Jessica. „Ich war nur nicht dabei, um es für die Nachwelt festzuhalten.“

„Erzählen Sie weiter", bat Debby.

„Nun, als er vierzehn war ..." Jessica wandte sich an Alex. „Warst du mit vierzehn oder mit fünfzehn in deine Französischlehrerin verschossen?"

„Du brauchst meine Hilfe gar nicht", meinte Alex lächelnd.

„Mit vierzehn verliebte sich Alex in seine Französischlehrerin", fuhr Jessica fort. „Sie war ungefähr hundert Jahre alt und hatte eine Warze auf der Nase."

„Es war ein Leberfleck", unterbrach Alex sie.

„Also, sie hatte einen Leberfleck auf der Nase. Alex mochte besonders ihren Akzent. Damals begann er, sich in alle Frauen zu verlieben, die zumindest eine Besonderheit aufwiesen. Am liebsten natürlich gleich mehrere", fügte sie hinzu.

„Kannst du dir jetzt ein Bild von mir machen?", fragte Alex trocken. „Oder soll Jessica alle Frauen aufzählen, hinter denen ich her war?"

Debby überhörte Alex' Bemerkung. „Das ist für mich nichts Neues", erklärte sie Jessica. „Ich könnte Ihnen jede Menge Geschichten über Frauen erzählen, in die er sich in Lindleton verliebt hat. Alex gehört zu jenen Männern, die eine Frau vernaschen und dann wieder laufen lassen."

„Glauben Sie, dass Lindleton groß genug für ihn ist?", fragte Jessica mit ernster Miene. „Wie viele Frauen mag es hier geben?"

„Sie müssen wissen, dass Alex in seiner Praxis ziemlich viel zu tun hat. Dadurch ist seine Freizeit begrenzt."

„Und wie viele seiner Patientinnen sind alleinstehende Frauen?", forschte Jessica weiter.

„Könnten die Damen vielleicht aufhören, meinen guten Ruf zu ruinieren?" Alex hatte sein Eis gegessen und lehnte sich zurück.

„Sind wir denn schon fertig?", fragte Jessica.

Debby sah auf ihre Armbanduhr und stand auf. „Tut mir leid, ich muss mich beeilen. Harry geht heute Abend zum Bowling, und ich möchte ihn vorher noch sprechen." Sie beugte sich zu Alex und gab ihm einen Kuss auf die Wange. „Nett, Sie kennengelernt zu haben, Jessica."

„Wer ist Harry?", fragte Jessica, nachdem Debby gegangen war.

„Debbys Ehemann", antwortete Alex lächelnd und beobachtete gespannt ihre Reaktion.

„Verstehe", meinte Jessica.

„Es überrascht dich nicht, dass sie verheiratet ist? Du dachtest, sie wäre meine augenblickliche Geliebte, nicht wahr?“

„Schließlich trägt sie keinen Ehering“, verteidigte sich Jessica.

„Sie will ihn nicht bei der Arbeit tragen. Sie meint, das sei unhygienisch.“

Jessica hob die Schultern. „Alex, dein Liebesleben geht mich nichts an. Allerdings gebe ich zu, dass ich meine Schlussfolgerungen gezogen hatte, nachdem ich dich so gut kenne.“

„Dir ist klar, dass Debby ebenfalls zu gewissen Schlussfolgerungen kommen musste. Insbesondere nach deinem bemerkenswerten Vortrag über Alex, den Frauenjäger.“

„Glaubst du, dass dich das bei der Suche nach der vollkommenen Frau um ein oder zwei Nächte zurückgeworfen hat?“, zog sie ihn auf.

„Mindestens.“

„Bedenk mal, wie herrlich du dann ausschlafen kannst! Und wenn sich der Klatsch gelegt hat, bist du ein völlig neuer Alex.“

„Nach eurer Theorie gibt es aber in Lindleton eine ganze Anzahl von Frauen, die nichts gegen den alten Alex einzuwenden hat.“

„Was wissen die schon …“ Jessica legte eine Hand tröstend auf die seine. Die Neckerei gefiel ihr. Es war ein wunderbares und dazu ungefährliches Spiel. „Außerdem ist dein guter Ruf ja sowieso in ein paar Tagen wiederhergestellt. Behandle mich nur wie früher, dann kommt kein Mensch auf die Idee, dass zwischen uns irgendetwas sein könnte.“

„Mit einem Unterschied“, meinte Alex und schob Jessicas Haar über die Schulter zurück. „Wir fühlen uns nicht mehr so wie früher, stimmt's?“

Jessica fiel dazu keine scherzhafte Bemerkung mehr ein, und ihr Mund wurde ganz trocken.

Alex lehnte sich zurück. „Ich möchte gern mit dir über Trixie reden, solange wir allein sind“, wechselte er das Thema.

Jessica war ihm dafür dankbar und nickte. „Du hast vorhin gesagt, ich wäre in eine Falle getappt. Was sollte das heißen?“

„Ich sprach von Trixies Beziehung zu Mike. Das Mädchen ist ganz verrückt nach dem Jungen, und das beruht offensichtlich auf Gegenseitigkeit. Das Problem ist Lydia. Sie will Trixie wie ein Kleinkind beschützen und verhindern, dass sie eine engere Beziehung zu einem Jungen eingeht.“

„Mike scheint doch sehr nett zu sein. Er ist höflich und …“

„Er könnte Herr Saubermann persönlich sein. Lydia würde trotzdem nie ihre Zustimmung geben."

„Trixie darf sich also nicht mit ihm treffen?"

„Ich kenne nicht die ganze Geschichte. Soweit ich aber weiß, treffen Trixie und Mike sich seit dem vergangenen Herbst. Alles ging gut, bis sich daraus eine feste Beziehung entwickelte. Lydia verbot Trixie da kurzerhand jeden weiteren Kontakt. Jetzt ist Trixie am Boden zerstört und Lydia für keine vernünftige Diskussion zugänglich."

„Dann war es also ein Riesenfehler, Mike und Trixie diesen Spaziergang zu erlauben."

Alex nickte. „Du solltest unbedingt verhindern, dort hineingezogen zu werden, Jessica."

„Ich will das ja auch nicht, Alex. Aber ich lebe eng mit Trixie zusammen. Es dürfte sich beinahe nicht vermeiden lassen." Jessica trommelte mit den Fingern auf die Tischplatte, während sie über Alex' Worte nachdachte. „Auf jeden Fall vielen Dank für die Aufklärung. Ich werde versuchen, das Beste daraus zu machen."

„Du schaffst es schon." Alex stand auf. „Ich bin nach der Arbeit noch nicht zu Hause gewesen. Ich glaube, ich verschwinde jetzt."

„Es war nett, dich zu treffen, Alex", sagte Jessica.

„Wir sehen uns bald wieder", antwortete er. Auf dem Weg zum Ausgang unterhielt er sich noch mit einer ganzen Reihe von Jugendlichen, dann verließ er das Lokal.

4. KAPITEL

„Bravo, Oliver!“ Jessica stand auf und klatschte Beifall. Oliver erhob sich zufrieden und verbeugte sich. Er wusste, dass er soeben eine Meisterleistung vollbracht hatte.

„So toll war es doch gar nicht“, meinte er bescheiden und sah dabei aus, als würde er gleich vor Stolz platzen.

„Doch“, antwortete Lydia und applaudierte ebenfalls. „Ich habe dich noch nie so spielen hören. Es war wunderbar.“

„Das war wirklich gut, mein Sohn“, sagte Ben. „Siehst du, was du erreichen kannst, wenn du es dir ernsthaft vornimmst?“

„Jessica hatte es sich ernsthaft vorgenommen. Ich habe nur getan, was sie gesagt hat. Und wenn ihr jetzt nicht auch noch meine Fingerübungen hören wollt, war das alles.“ Ohne eine Antwort abzuwarten, lächelte er allen Anwesenden freundlich zu und verließ schleunigst das Musikzimmer.

„Oliver wird es vielleicht nicht zugeben, aber ihm macht der Klavierunterricht mit dir Spaß“, sagte Lydia zu Jessica. „Er hat noch nie so viel geübt. Trixie beschwert sich schon, dass er ständig am Klavier sitzt.“

„Beide kommen gut voran. Du hast ziemlich begabte Kinder.“

Zwei Wochen waren vergangen, seit Jessica nach Lindleton gekommen war. Sie hatte mit Oliver und Trixie intensiv gearbeitet. Alle zwei Tage erhielten die beiden eine offizielle Klavierstunde, und zwischendurch war sie zur Stelle, wenn jemand beim Üben Hilfe benötigte.

„Du bist so geduldig mit ihnen. Die Kinder sind ganz vernarrt in dich.“ Lydias Tonfall ließ keinen Zweifel daran, dass sie Jessica ebenfalls mochte.

„Mir gefallen die beiden auch sehr.“ Sie waren inzwischen in die Küche gegangen, und Jessica begann, die Gläser und das Silber vom Abendbrottisch abzuwaschen. „Ich bin ohne Geschwister aufgewachsen und habe mir immer welche gewünscht. Im Idealfall hätten sie wie Oliver und Trixie sein müssen.“ Das war Jessicas ehrliche Meinung.

Lydia schwieg eine Weile. Offensichtlich dachte sie über Jessicas Worte nach. „Ich möchte nicht indiskret sein“, sagte sie schließlich, „wenn du von dir erzählst, habe ich manchmal den Eindruck, dass du als Kind sehr einsam warst.“

„Ich glaube, das stimmt.“ Jessica suchte nach den richtigen Worten. „Weißt du, meine Eltern waren älter, als die meisten Väter und Mütter sonst sind. Sie waren vierzig, als ich zu ihnen kam, und einen ganz anderen Lebensstil gewohnt. Sie hatten dazu nicht die üblichen neun Monate Zeit, sich auf die Veränderung vorzubereiten. Ganz plötzlich mussten sie sich um ein zweijähriges Mädchen kümmern, das keine Mutter mehr hatte."

„Daran kannst du dich doch bestimmt nicht erinnern?" Lydias Stimme klang ganz rau.

„Entschuldigung, es sollte nicht wie ein Melodrama klingen", sagte Jessica.

„Der Gedanke an solch eine Situation macht mich ganz traurig", antwortete Lydia. Sie hatte sich immer noch nicht ganz in der Gewalt.

„Meine Eltern waren wunderbare Menschen", versicherte Jessica. „Sie taten alles, damit ich glücklich wurde. Mein Vater war ein erfolgreicher Börsenmakler. Jeden Abend kam er ins Kinderzimmer, setzte sich zu mir auf den Boden und errichtete kunstvolle Häuser aus Bauklötzen, damit ich sie wieder umstoßen konnte. Meine Mutter hatte außerordentlich viele gesellschaftliche Verpflichtungen. Trotzdem ließ sie mich nur selten mit dem Personal allein. Sie nahm mich mit zu Nachmittagstees und zu Versammlungen und Wohlfahrtsveranstaltungen der Pittsburgher Gesellschaft. Mit vier Jahren hatte ich bessere Manieren als die meisten Debütantinnen nach dem Mädchenpensionat."

„Deine Eltern müssen dich sehr geliebt haben."

„Ganz bestimmt. Und ich habe sie geliebt. Sie fehlen mir sehr."

„Das glaube ich dir gern." Lydia wirkte jetzt ruhiger. Sie fuhr fort: „Du sagtest, du warst bei der Adoption schon zwei Jahre alt. Das hat die Anpassung doch sicher erschwert."

„Wahrscheinlich. Ich war zwar alt genug, um zu erkennen, dass sich mein Leben verändert hatte, aber zu jung, um den Grund dafür zu begreifen."

„Erinnerst du dich überhaupt an deine leibliche Mutter?"

„Nein, nicht richtig. Da sind nur unbestimmte Eindrücke. Ich erinnere mich, dass ich umarmt und gewiegt wurde, und ich weiß noch, dass ich nach ihr verlangte, als sie nicht mehr da war."

„Bitte entschuldige", sagte Lydia, und ihre Stimme klang dabei brüchig. „Ich hätte nicht davon anfangen dürfen."

„Das ist schon in Ordnung", versicherte Jessica. „Es tut gut, darüber zu reden. Ich habe es noch nie getan."

„Hast du je versucht, deine leibliche Mutter zu finden?"

Jessica begann, das Spülbecken zu säubern. Lydia hatte das Geschirr schon fortgeräumt. Sie stand an der Anrichte und beobachtete Jessica.

„Nein, das habe ich nicht", antwortete sie. „Es hätte meine Eltern entsetzt. Meine leibliche Mutter ist sehr jung und unverheiratet gewesen. Als ich geboren wurde, lebte sie in Pittsburgh. Mehr weiß ich nicht von ihr. Meine Eltern haben mir erzählt, sie sei ein entzückendes junges Mädchen gewesen, das mir nicht das Leben bieten konnte, das ich verdient hätte. Sie hätte mich so geliebt, dass sie mir ein besseres Leben verschaffen wollte."

„Ich bin sicher, dass sie dich sehr geliebt hat", stimmte Lydia ihr zu, den Tränen nahe. „Bestimmt hatte sie keine andere Wahl."

Jessica wurde es bei so viel Anteilnahme richtig warm ums Herz. Sie sah Lydia deshalb zärtlich an. „Weißt du übrigens, dass Alex' Vater meine Adoption vermittelt hat?"

„Ja, Alex hat es mir erzählt."

„Unsere Eltern waren Freunde. Alex' Vater war ebenfalls Geburtshelfer. Er brachte mich auf die Welt und blieb mit meiner leiblichen Mutter in Verbindung. Eines Tages hat sie ihn dann um die Vermittlung von Adoptiveltern gebeten. Ich hatte ihn später nach Einzelheiten fragen wollen. Aber er ist vor vier Jahren gestorben. Vielleicht ist es auch besser so. Meine leibliche Mutter lebt inzwischen ihr eigenes Leben, und ich ebenfalls."

„Es wäre trotzdem möglich, dass sie gern wissen möchte, was aus dir geworden ist."

Jessica dachte über Lydias Wort nach. „Für solche Fälle gibt es eine Organisation, bei der ich mich registrieren lassen könnte. Sie bringt Eltern und Kinder zusammen, wenn beide es wünschen. Kann sein, dass ich mich eines Tages bei ihr melde."

„Ob Alex Näheres weiß?"

„Alex interessieren nur zwei Dinge ernsthaft: seine Praxis und die Frauen."

„Du hast also bemerkt, dass Alex ein Draufgänger ist."

„Fürchtest du, ich hätte es übersehen?" Jessica trocknete sich die Hände. „Ich kenne Alex sehr lange und habe ihn beobachtet. Du brauchst dir keine Sorgen zu machen."

Im Augenblick glaubte Jessica, was sie sagte. Während der vergangenen beiden Wochen hatte sie sich allerdings einige Mal gefragt, ob sie Alex wirklich so gut durchschaute.

„Man macht in deinem Alter so leicht Fehler", warnte Lydia Jessica.

„Darf ich dich etwas fragen?“
„Natürlich.“
Jessica versuchte, so taktvoll wie möglich vorzugehen. „Hast du Angst, dass Trixie einen Fehler begehen könnte? Darf sie sich deshalb nicht mit Mike treffen?“
„Sie hat also mit dir darüber gesprochen.“
„Wir sind viel zusammen“, antwortete Jessica. Dass Trixie mindestens dreimal pro Tag auf Mike Dempsey zu sprechen kam, erwähnte sie lieber nicht.
„Wahrscheinlich möchte ich Trixie zu sehr behüten.“
„Bist du mir böse, wenn ich dem zustimme?“
Lydia lächelte aufrichtig. „Nein, gewiss nicht. Aber nach all den Fehlern, die ich selber in meiner Jugend gemacht habe, muss ich mich einfach so verhalten.“
„Auf jeden Fall glaube ich, dass Oliver und Trixie sehr glücklich sind“, versicherte Jessica und drückte Lydia die Hand.
„Ich bin die Glückliche, Jessica, denn ich habe liebenswerte Kinder“, sagte Lydia mit glänzenden Augen.

Am nächsten Morgen half Jessica Trixie beim Streichen ihres Schlafzimmers. Es war Sonnabend, und Ben war zu Hause. Deshalb fielen die Klavierstunden aus. Jeder tat einfach das, was ihm Spaß machte.
Jessica, deren Zimmer zu Hause immer zurückhaltend weiß tapeziert gewesen war, hatte Freude an der ungewohnten Arbeit. Sie warf den Kopf zurück und betrachtete die leuchtend goldgelb gestrichenen Wände, die zu vibrieren schienen.
„Wie, in aller Welt, kannst du darin schlafen?“, fragte sie Trixie.
„Ich klebe Poster darüber“, erklärte die unbekümmert.
„Warum machen wir uns dann diese Arbeit?“
„Damit ich weiß, dass es darunter so aussieht.“
Jessica dachte immer noch über Trixies Antwort nach, da kam Oliver herein und verkündete, dass Alex unten auf sie warte.
„Geh nur“, meinte Trixie. „Mit dem Rest werde ich schon allein fertig. Ich glaube, die Blende male ich schwarz.“
Jessica war froh, dass sie die Arbeit beenden konnte. Ohne sich umzuziehen, lief sie in Shorts, einem verwaschenen T-Shirt von Trixie und Olivers Mütze die Treppe hinunter.
„Wer ist denn das?“, zog Alex sie auf, als Jessica die Küche betrat. „Doch nicht die stets korrekte Miss Jessica Cassidy?“

„Höchst persönlich“, antwortete sie fröhlich.

Alex stand auf und nahm Jessica die Mütze vom Kopf. So fiel ihr das Haar, das sie daruntergesteckt hatte, nun auf die Schultern hinab.

„Ach ja, jetzt erkenne ich dich.“

„Und du bist ganz überwältigt von meiner Schönheit“, neckte Jessica ihn.

„Ich bin ganz überwältigt, wie zerzaust du aussiehst“, meinte Alex lächelnd.

„Ich muss wohl dringend duschen“, stimmte Jessica kleinlaut zu. Sie zog dic Nasc kraus, denn sie stellte jetzt fest, dass sie über und über mit winzigen gelben Spritzern bedeckt war.

Alex war, wie immer, äußerst gepflegt. Er trug ein grünes Polohemd, das seine grüne Augenfarbe noch betonte, und sah besser aus als je zuvor.

„Wie schnell kannst du dich umziehen?“, fragte er. „Ich möchte dich zu einer Party mitnehmen.“

Jessica dachte nach. Ein Nachmittag mit Alex wäre natürlich wunderbar, aber auch ziemlich gefährlich. „Was für eine Party?“, fragte sie.

„Ein Freund von mir besitzt ein Sommerhaus am Conneaut-See. Er hat mich zu einem Grillfest eingeladen. Da ich Bereitschaftsdienst habe, wollte ich schon absagen. Aber mein Kollege übernimmt meinen Dienst, bis ich zurück bin.“

Alex hob eine von Jessicas Haarsträhnen und betrachtete sie. „Du brauchst dir nicht einmal das Haar zu waschen. Es hat keine Farbe abbekommen.“

„Was soll ich anziehen?“

„Etwas Attraktives. Du lernst dort garantiert viele junge Männer kennen.“

Jessica glaubte nicht richtig zu hören. „Habe ich dich richtig verstanden, Alex? Du lädst mich zu einer Party ein, damit ich viele junge Männer kennenlerne? Seit wann übernimmst du für mich die Vermittlung von Bekanntschaften?“

„Ich fühle mich für dich verantwortlich. Schließlich habe ich dich hierher gebracht. Nun möchte ich, dass du ein paar annehmbare Leute kennenlernst.“

Jessica schluckte eine wütende Antwort hinunter. Sie stand da und überlegte, was sie erwidern sollte. Dann fasste sie einen Entschluss. Sie würde es Alex zeigen!

„Wie nett von dir, Alex“, flötete sie mit süßlicher Stimme. „Ich ziehe mich nur rasch um.“

Bald stand Jessica vor ihrem Schrank und betrachtete ihre Garderobe. Normalerweise bevorzugte sie klassisch-elegante Kleidung. Sie besaß jedoch einige Fehlkäufe – Sachen, die sie aus einer Laune heraus gekauft hatte und selten zu tragen wagte. Darunter musste etwas Passendes sein.

Jessica entschied sich für einen türkisfarbenen Hosenanzug mit rückenfreiem Oberteil. Vorn war das Oberteil hochgeschlossen, hinten jedoch beinahe den halben Rücken hinab ausgeschnitten. Außerdem war es so kurz, dass an ihrer Taille eine Handbreit Haut unbedeckt blieb. Die Hose, die bis zur Mitte der Waden reichte, saß wie angegossen und betonte ihre langen Beine.

Jessica duschte und zog sich an. Dann fasste sie ihr Haar zu einem Schwanz oben auf der linken Seite des Kopfes zusammen, legte ein dezentes Make-up auf, gab einige Tupfer Parfüm hinter das Ohr und befestigte ein paar modische Ohrhänger.

„Trixie, kommst du bitte einmal herüber?“, rief Jessica durch das Wohnzimmer. „Was hältst du davon?“, fragte sie, als das junge Mädchen mit einem Pinsel in der Hand auftauchte.

„Lass dich bloß nicht so vor Mutter sehen“, kicherte Trixie. „Sonst musst du dich gleich wieder umziehen.“

„Ich schleiche mich durch die Hintertür hinaus“, versprach Jessica.

Alex saß mit Ben im Wohnzimmer.

„Ich bin so weit“, erklärte Jessica so gelassen wie möglich.

Beide Männer stießen gleichzeitig einen Pfiff aus.

„So attraktiv hatte ich eigentlich nicht gemeint“, sagte Alex später, als er Jessica in den Wagen half. „Du sollst ja nicht gleich jeden Mann auf der Party verführen.“

Jessica legte spontan die Arme um seinen Hals, zog seinen Kopf herunter und küsste ihn auf die Wange. „Mach dir meinetwegen keine Sorgen“, sagte sie, „ich werde schon zurechtkommen.“

Mit sicherer Hand lenkte Alex den Porsche die beinahe leeren Landstraßen entlang. Sie fuhren nicht allzu schnell. Jessica hatte sich bequem zurückgelehnt und betrachtete die Landschaft. Sie sprachen kaum ein Wort. Eine Dreiviertelstunde später erreichten sie den Conneaut-See.

Alex’ Freund lebte am Ostufer des Sees in einem weitläufigen zweistöckigen Holzhaus, das in den Farben Graubraun und Olive gestrichen war. Auf der Seeseite befand sich eine große, verglaste Veranda. Dort stellte Alex Jessica den anderen Partygästen vor.

Eigentlich ist es keine Party, sondern ein riesiges Fest, dachte Jessica. Der Conneaut-See war das größte natürliche Gewässer in Autoreichweite von Pittsburgh. Im Sommer war er deshalb restlos überfüllt. Heute schienen sich die meisten seiner Besucher in diesem Haus versammelt zu haben.

Fünf Minuten nach ihrer Ankunft hatte Jessica Alex schon aus den Augen verloren. Es hatte sich ganz von selbst ergeben. Sie hatte sich mit mehreren jungen Männern unterhalten, die sie bei der Vorstellung neugierig betrachteten, und war bald mit ihnen hinunter zum See gegangen. Dort war unter einem gestreiften Baldachin das Büfett aufgebaut. Jemand hatte ihren Teller hoch beladen, ein anderer hatte ihr Bier aus einem Silberfass gezapft. Schließlich saß sie in einem bequemen Clubsessel inmitten eines Kreises von Bewunderern.

Jessicas Witz und ihr Lächeln entzückten und beeindruckten die jungen Männer. Ein Arzt aus dem benachbarten Verwaltungsbezirk, Grant Peters, schien ganz besonders fasziniert zu sein. Jessica hatte ihn zwar nicht stärker ermutigt als die übrigen, doch bald war sie mit ihm allein, und ihre Unterhaltung wurde ernster.

„Sie sind mit Alex Grainger gekommen, nicht wahr?“, fragte Grant sie.

Jessica betrachtete den blonden Mann mit den ernsten blauen Augen. „Das ist richtig.“

„Kennen Sie ihn schon lange?“

„Ganz bestimmt.“ Alex war plötzlich aufgetaucht. „Rutsch mal ein Stück.“ Er schob Jessica etwas zur Seite, setzte sich neben sie in den Sessel und legte ihr besitzergreifend den Arm um die Schultern.

Jessica versuchte, sich ihm zu entwinden. Doch sie war zwischen seiner linken Hüfte und der Armlehne eingeklemmt.

„Jessica und ich kennen uns schon seit Ewigkeiten“, erklärte Alex mit großer Selbstverständlichkeit.

Grant verstand. „Ich schaue einmal nach, ob noch Kuchen da ist“, sagte er. Er sprang auf, als könnte er gar nicht schnell genug davonkommen. „Soll ich Ihnen etwas mitbringen?“

„Bemühen Sie sich unseretwegen nicht“, antwortete Alex. „Ich kümmere mich schon um Jessica.“

„Würdest du mir dein Benehmen bitte erklären?“, sagte Jessica, nachdem Grant gegangen war.

„Grant hat einen fürchterlichen Ruf.“

„Einen genauso schlimmen wie du?"

„Nun, mich kennst du ja."

„Ich dachte, Sinn dieses kleinen Ausflugs sei es, mich ein paar geeigneten Männern vorzustellen."

„Richtig. Aber nicht ganz so geeigneten wie Grant Peters."

„Du redest Unsinn."

Alex antwortete nicht. Hatte er den Widerspruch in seinen Worten bemerkt?

„Alex?"

„Schon gut." Alex rutschte nach vorn und stand auf.

Jessica war nicht sehr zufrieden mit sich. Das Gefühl, das Alex' Nähe in ihr auslöste, war zu eindeutig. Sie konnte es nicht missverstehen.

Grant hielt sich nun von ihr fern. Jessica begann deshalb eine Unterhaltung mit einem gut aussehenden Rechtsanwalt. Sie hatten sich ein wenig abseits auf eine Wolldecke gesetzt. Schon bald gesellte sich Alex zu ihnen.

„Hat Jessica Ihnen erzählt, dass sie erst zweiundzwanzig ist?", fragte er den Anwalt.

Der war nicht so leicht aus der Fassung zu bringen. „Ich war nie der Meinung, dass das Lebensalter eine besondere Rolle spielt."

„Richtig", fuhr Alex gut gelaunt fort. „Ich hatte ganz vergessen, dass Ihre zweite Frau beinahe noch ein Teenager war."

Jessica sah Alex scharf an. „Musst du dich nicht um jemand anders kümmern?", fragte sie ihn bissig.

„Nur um dich", antwortete er, ergriff ihre Hand und hielt sie fest, obwohl Jessica sich ihm entziehen wollte. „Immerhin bist du meine Partnerin."

Der Rechtsanwalt schien zu wissen, wann er unerwünscht war. „Es war nett, mit Ihnen zu reden, Jessica", erklärte er, nickte Alex zu und verschwand.

„Ich bin nicht deine Partnerin." Diesmal gelang es Jessica, Alex die Hand zu entziehen. „Mach, dass du von meiner Wolldecke kommst, sonst werde ich böse."

Alex betrachtete Jessica nachdenklich. „Ich glaube, ich habe dich noch nie so wütend gesehen", sagte er.

„Herunter von der Wolldecke. Sofort!"

„Jetzt benimmst du dich wie eine temperamentvolle Wildkatze."

„Und du redest in Klischees." Jessica stand auf. „Wenn du nicht willst, gehe ich." Schon verschwand sie in der Menge.

Irgendjemand hatte die Stereoanlage in Betrieb gesetzt. Überall drehten sich die Paare zur Musik. Nachdem Alex nicht mehr den Wachhund an ihrer Seite spielte, wurde Jessica endlich zum Tanzen aufgefordert.

Als junges Mädchen hatte Jessica immer den Eindruck gehabt, sie besäße zwei linke Füße. Inzwischen hatte sich das aber restlos verloren. Sie tanzte leidenschaftlich gern. Auf dem Rasen war eine so große Menschenmenge versammelt, dass sie manchmal nicht sicher war, mit wem sie gerade tanzte.

Alex hielt sich abseits, bis sie den dritten Tanz mit einem jungen Mann begann, dessen Namen sie nicht einmal verstanden hatte. Sie bewegten sich zu einer langsamen Melodie, und Jessica war für die Erholungspause dankbar. Plötzlich ließ ihr Partner sie jedoch los. Gleich darauf fand sie sich in Alex' Armen wieder.

„Deine Energie ist ja unerschöpflich", sagte er, legte den Arm um ihre Taille und zog sie an sich.

„Dein Beschützerinstinkt auch. Was ist denn nun schon wieder nicht in Ordnung?"

„Dein letzter Tänzer steckt gerade in einem scheußlichen Scheidungsprozess. Ich möchte nicht, dass du dort mit hineingezogen wirst."

„Wir haben getanzt und nicht miteinander geschlafen!"

Alex zog Jessica enger an sich. Wie oft hatte sie sich als junges Mädchen gewünscht, in Alex verliebt zu sein und mit ihm über einen Tanzboden zu schweben!

Seine Hand glitt nun ihren Rücken hinauf, und er strich ihr über den Nacken. Einen Augenblick später hatte er die Spange ihres Pferdeschwanzes gelöst, und das Haar fiel ihr über die Schultern.

„Soll mich das vor den Blicken der anderen schützen?", fragte Jessica. Ihre Stimme klang nicht ganz so scharf, wie sie eigentlich sollte, denn sie spürte immer noch Alex' Finger auf ihrer Haut.

„Sei still, und genieß den Tanz."

Jessica schwieg, weil ihr keine passende Antwort einfiel. Alex' Schenkel an ihren und seine Hände auf ihrer nackten Taille hatten sie völlig verwirrt.

Als die Musik endete, trat er einen Schritt zurück, nahm seine Hände jedoch nicht fort.

„Ich muss zurückfahren", sagte er. „Kommst du mit?"

Jessica lächelte keck und behauptete: „Ich habe schon ein Angebot für die Heimfahrt."

„Vergiss es."

Sie verabschiedeten sich von ihrem Gastgeber und waren wenige Minuten später auf dem Rückweg nach Lindleton. Jetzt, ohne direkten körperlichen Kontakt zu Alex, konnte Jessica endlich wieder vernünftig denken. Es war an der Zeit, ihre Beziehung klarzustellen.

„Sieh mal, Alex", begann sie, „du kennst mich beinahe ein Leben lang. Das macht dich wohl so besorgt. Trotzdem begleite ich dich garantiert nie wieder, wenn du mir nicht versprichst, die Rolle des großen Bruders aufzugeben." Ihre Stimme klang ganz ruhig, und sie blickte weiterhin geradeaus.

Alex gab keine Antwort.

Jessica fuhr fort: „Ich bin inzwischen erwachsen geworden, Alex. Ich kann auf mich selbst aufpassen."

„Kannst du das wirklich?" Alex schien es zu bezweifeln.

„Jawohl", versicherte sie ihm. „Das waren nicht die ersten Männer, die mir schöne Augen machten."

„Und wie waren die anderen – wie war der erste?"

Jessica glaubte ihren Ohren nicht zu trauen. Alex hatte kein Recht zu solch einer persönlichen Frage!

„Das geht dich überhaupt nichts an", erklärte sie und wunderte sich, dass ihr Tränen in die Augen stiegen.

„Stimmt. Bitte entschuldige."

Jessica wandte Alex den Kopf zu und sah, dass er das Lenkrad fest umklammert hielt. Selbst im Dämmerlicht waren seine Knöchel ganz weiß.

„Du bist so stolz auf deinen Ruf als leidenschaftlicher Liebhaber, dass du es dir offensichtlich nicht vorstellen kannst, dass nicht jede Frau gleich mit einem Mann ins Bett springt, nur weil er ein bisschen attraktiv ist."

„Ich habe mich bereits entschuldigt, Jessica."

„Ich möchte nicht, dass du dich für mich verantwortlich fühlst, Alex", erklärte Jessica.

„Das kann ich nicht so ohne Weiteres abstellen." Plötzlich erhöhte er die Geschwindigkeit, und sie rasten gleich darauf die Straße entlang. Jessica betrachtete die Bauernhöfe und die dunklen Silhouetten der Bäume, die sich gegen den Abendhimmel abhoben. Wie konnte sie sich Alex nur verständlich machen?

Sie war mit dem Vorsatz auf die Party gegangen, Alex eifersüchtig zu machen. Aber dass sie dadurch nur einen heftigen Beschützerinstinkt bei ihm auslöste, hatte sie nicht erwartet. Zwar hätte sie selbst nicht sagen können, was genau sie von ihm erwartet hatte, doch ganz gewiss keinen Schutz.

Alex verringerte die Geschwindigkeit erst, als sie sich Lindleton näherten. Schweigend fuhren sie durch die Straßen und schlugen den Weg zum Haus der Bancrofts ein.

In der Einfahrt des Hauses stellte Alex den Motor ab. Jessica war schon aus dem Wagen und lief den Pfad hinauf, bevor er ihr helfen konnte.

„Jessica?"

Alex hatte das so gesagt, dass es wie eine Frage klang. Sie blieb deshalb stehen, drehte sich aber nicht um.

„Ja?"

Er umschloss ihre Taille mit beiden Händen und legte die Wange an ihr Haar. „Ich weiß nicht, was heute Abend in mich gefahren ist. Du bist in meinen Augen bestimmt kein kleines Mädchen mehr. Ich bin ganz durcheinander."

Jessica seufzte tief, denn er streichelte sie nun. „Ich finde das alles so verwirrend. Erst willst du mir jede Menge Männer vorstellen, und dann tust du alles, damit ich diese Männer gar nicht erst richtig kennenlerne."

„Sieh mich an." Alex legte ihr die Hände auf die Schultern und drehte sie zu sich. „Ich war einfach nicht richtig ich selbst, weißt du."

Er schob ihr eine Haarsträhne aus dem Gesicht und nahm ihren Kopf zwischen beide Hände. Mit den Daumen strich er dabei über ihren Mund, als wäre er nicht sicher, ob das richtig sei. Endlich beugte er sich ganz nahe über sie und streifte mit den Lippen die ihren.

Jessica nahm den Kuss, wie er gedacht war, nämlich als Bitte um Verzeihung. Für den zweiten Kuss galt diese Erklärung allerdings nicht.

Zunächst wusste Jessica nicht, wie sie reagieren sollte. Bisher waren Alex' Küsse nur zwanglos und freundschaftlich gewesen. Aber diesmal war es anders. Er küsste sie voller Leidenschaft, und das versetzte sie in einen Taumel des Entzückens.

Jessica wollte sich eigentlich zurückhalten. Alex' Gefühlen konnte sie nicht trauen, und sie musste ihren eigenen Gefühlen gegenüber ebenfalls wachsam sein. Doch es schien kein Entrinnen zu geben. Bevor sie merkte, was sie da tat, hatte sie die Lippen einladend geöffnet und fuhr ihm durch das Haar.

Alex zog sie enger an sich. Wie war es nur möglich, dass er mit seinen Küssen ihren Willen und ihren Verstand so rastlos ausschalten konnte? Was machte es, dass er schon so viele Frauen gehabt hatte? Was machte es, dass sie eigentlich zu unerfahren war, um mit ihm fertig zu werden? Nur seine Nähe, seine Zärtlichkeiten und seine Aufmerksamkeit für sie zählten noch.

„Meine Güte, was tun wir?“

Jessica war nicht sicher, wer von ihnen das ausgesprochen hatte. Sie trat einen Schritt zurück und rang nach Luft. Ihre Augen waren vor Leidenschaft geweitet.

„Jessica ...“ Alex strich ihr das Haar glatt und schob für einen Augenblick die Hände hinein, als könne er noch nicht von ihr lassen.

Jessica hätte gern etwas Kluges gesagt. Etwas, das ihm bewies, wie intelligent sie war und wie mühelos sie mit solch einem intimen Augenblick fertig wurde. Aber leider fiel ihr nichts ein.

„Gute Nacht, Alex“, sagte sie stattdessen und war stolz, überhaupt einen Ton herauszubekommen. Sie drehte sich um und ging in Richtung Haus.

„Jessica?“, rief Alex ihr nach.

„Träum was Schönes.“

Sie wartete, bis sie seinen Wagen fortfahren hörte, erst dann öffnete sie langsam und bedächtig die Tür. Ob Alex ahnte, wovon sie heute Nacht träumen würde?

5. KAPITEL

Trixie Bancroft war zwar eigentlich ein scheues und eher bescheidenes junges Mädchen, sie konnte aber ebenso hartnäckig wie ihr Bruder werden, wenn sie etwas durchsetzen wollte. Am Sonnabend nach dem Grillfest am Conneaut-See bekam Jessica eine Probe davon.

„Alex ist auch dabei. Du musst mitkommen, Jessica. Es macht bestimmt keinen Spaß, wenn du nicht mitmachst."

Eines der Dinge, die Jessica im Hause Bancroft schätzen gelernt hatte, war die Spontaneität. Das Wetter war die letzten Tage trüb und regnerisch gewesen. Heute versprach es jedoch ein sonniger Tag zu werden. Ben war nicht zu Hause, es stand auch keine Geburt bevor: eine wunderbare Gelegenheit für eine Radtour zum fünfzehn Kilometer entfernten Drake's Well, um die älteste noch funktionierende Ölpumpe der Vereinigten Staaten und den Industriepark zu besichtigen. Die ganze Familie wollte fahren, und sie hatten alle Jessica automatisch in den Ausflug einbezogen.

Jessica sah Trixie prüfend an. Man konnte ihr nur schwer eine Bitte abschlagen. Mühsam suchte sie nach einer Ausrede.

„Ich weiß nicht, ob ich für solch eine lange Tour in Form bin", erklärte sie. „Ich habe seit einer Ewigkeit auf keinem Fahrrad gesessen." Dass es genau vierzehn Jahre her war, erwähnte sie lieber nicht. Das Rad hatte einem Freund gehört. Jessica hatte es nicht einmal gefahren, sondern nur auf dem hohen Sattel gesessen und erst den einen, dann den anderen Fuß gehoben, um festzustellen, ob sie das Gleichgewicht halten konnte. Anschließend hatte sie sich ebenfalls ein eigenes Rad gewünscht, doch die stets überbesorgten Eltern waren entsetzt gewesen.

Trixie ließ Jessicas Ausrede nicht gelten. „Der Radweg hat nur eine ganz leichte Steigung, und zurück geht es bergab. Der Weg ist gut asphaltiert und breit. Vor dem Verkehr brauchst du keine Angst zu haben. Es wird dir bestimmt Spaß machen."

„Es ist sehr nett, dass ihr mich mitnehmen wollt", antwortete Jessica und fragte sich, weshalb sie nicht einfach die Wahrheit sagte. „Aber ich bleibe lieber zu Hause und lese mein Buch zu Ende."

„Was ist mit dir los, Jessica? Hast du Angst vor der frischen Luft?" Alex stand auf der Türschwelle und hatte einen Ellbogen gegen den Rahmen gestemmt.

„Alex, bring du Jessica dazu, mitzukommen", bat Trixie.

„Lass uns mal fünf Minuten allein. Ich werde sie schon überreden."

Triumphierend verließ Trixie das Zimmer, um sich für den Ausflug fertig zu machen.

„Hallo, Alex." Jessica hatte ihn seit acht Tagen nicht gesehen. Sie beschloss, so zu tun, als hätte es den Kuss, an den sie ständig denken musste, nie gegeben. „Wie ist die Woche für dich gewesen?"

„Arbeitsreich, aber einsam. Und wie war es bei dir?"

„Ich hatte auch viel zu tun." Jessica erwiderte sein Lächeln und schwieg verlegen.

„Weshalb möchtest du nicht mitkommen?"

Alex hatte sie früher so oft aufgezogen, dass Jessica ihm die Wahrheit nicht eingestehen wollte. „Ein ruhiger Tag wird mir gut tun."

„Ist das wirklich der Grund? Oder hast du nach dem letzten Wochenende Angst, einen weiteren Tag mit mir zu verbringen?" Alex lächelte verführerisch.

„Wovor sollte ich Angst haben?", fragte sie zurück. Es war sinnlos. Weshalb gab sie nicht auf? Wenn sie Alex nicht die Wahrheit sagte, glaubte er mit Sicherheit, dass sie seinetwegen nicht mitkam. „Ich werde schon mit dir fertig – falls du das meinen solltest", fügte sie hinzu.

„Gut. Dann gibt es keinen Grund, weshalb wir nicht gemeinsam fahren. Ich werde nämlich bestimmt auch mit dir fertig."

„Ein Nein lässt du wohl nicht gelten."

„Bitte, komm mit, Jessica." Alex sagte das sehr ernst, er blickte sie beinahe flehentlich an.

Jessica war entschlossen gewesen, nicht nachzugeben. Einem fordernden Alex wäre sie auch gewachsen gewesen. Aber seinem sanften Überredungsversuch konnte sie nicht widerstehen.

„Nun gut denn", sagte sie schließlich seufzend.

Du liebe Güte, worauf ließ sie sich da ein? Sie wollte an einer dreißig Kilometer weiten Radtour teilnehmen, obwohl sie nicht einmal Rad fahren konnte?

„Kann man hier irgendwo Fahrräder leihen?", fragte sie kläglich und fügte stumm hinzu: mit Stützrädern?

„Ja, aber keine besonders guten. Du wirst dich wahrscheinlich mit einem ohne Gangschaltung begnügen müssen."

Jessica nickte und flehte innerlich, dass alle Räder verliehen waren.

Was sollte sie nur zu der bevorstehenden Fahrradtour anziehen? Jessica überlegte hin und her. Die angemessene Kleidung wären ein Helm,

Knie- und Ellbogenschoner und ein Kissen für den Sattel gewesen. Stattdessen entschied sie sich aber für einen apfelgrünen Jogginganzug mit einem kurzärmeligen Pullover. Nach einem kurzen Blick in den Spiegel ging sie zu den anderen.

Lydia und Trixie packten gerade Brote und Dosengetränke für alle in ihre Rucksäcke. Jessica und Alex übernahmen die Kekse und das Obst. Oliver und Ben zogen sich an. Viel zu schnell waren alle für den Ausflug bereit.

Oliver wollte unbedingt mit Alex und Jessica im Porsche fahren. Jessica war ihm dafür dankbar, denn dadurch verbot sich eine anzügliche Unterhaltung.

Ob Rad fahren schwierig war? Immerhin war sie erwachsen und konnte einen Fuß vor den anderen setzen, ohne das Gleichgewicht zu verlieren. Und lenken konnte sie auch. Eigentlich brauchte sie sich nur auf den Sattel zu setzen und loszufahren. Was war schon dabei?

Sie stellten ihren Wagen in der Nähe des Fahrradverleihs ab. Ben und Alex holten die vier Räder der Bancrofts vom Dach des Kombis, dann wandte sich Alex an Jessica. „Macht es dir etwas aus, wenn die anderen schon losfahren? Wir holen sie bestimmt wieder ein."

„Kein Problem", sagte Jessica erleichtert. Es reichte, wenn sie sich vor Alex lächerlich machte.

„Wir warten", erklärten Lydia und Trixie.

„Bitte nicht", bat Jessica.

„Sie holen uns schon ein", meinte Ben lächelnd, denn er vermutete, dass Alex und Jessica gern eine Weile allein sein wollten.

Jessica war es gleichgültig, was die anderen von ihr dachten.

„Wir fahren langsam", versprach Lydia und lenkte ihr Rad quer über den Parkplatz zum Radweg. „Falls ihr uns doch nicht einholt, treffen wir uns beim Drake's Well."

Während sich Jessica draußen ein passendes Fahrrad aussuchte, ging Alex ins Büro und bezahlte die Leihgebühr. Jessica hätte es sich am liebsten im Kombi der Bancrofts bequem gemacht und den Tag verschlafen. Aber das ging ja nicht. Wieso war sie nur zu stolz gewesen, die Wahrheit einzugestehen!

Alex kehrte zurück, steckte seine Brieftasche wieder ein, wählte das größte Fahrrad und schwang sich auf den Sattel. „Fertig?"

„Alex, ich bin seit einer Ewigkeit nicht Rad gefahren." Das war nicht gelogen, immerhin hatte sie es früher einmal probiert. „Es könnte eine Weile dauern, bis ich es wieder kann. Fahr los. Ich hole dich schon ein."

„Ich lasse dich doch nicht allein! Du wirst dich wundern, wie schnell es wieder geht.“ Er fuhr vom Parkplatz herunter. Jessica folgte ihm und schob das Rad in sicherem Abstand steif neben sich.

Auf der Straße, die sie zum Radweg überqueren mussten, war wenig Verkehr. „Ich fühle mich nicht sicher genug, um zwischen den Autos auf dem Rad zu sitzen“, rief Jessica Alex zu. „Fahr los. Ich schiebe lieber und steige drüben auf.“

Alex stieg stattdessen vom Rad und wartete auf Jessica. An seinem Gesichtsausdruck erkannte sie, dass er die Wahrheit bereits ahnte.

„Jessica“, sagte er weich. „Das waren nur zwei Wagen, und die bogen zum Parkplatz ab.“

„Man kann nie vorsichtig genug sein.“

„Meine Güte, das klingt ja wie bei deiner Mutter!“

„Das war ein schlechter Scherz, Alex.“

„Es sollte kein Scherz sein.“ Alex wartete, bis Jessica bei ihm war. „Meinen Eltern hat es nie gefallen, wie sehr du behütet wurdest. Und manchmal, wenn Vater sah, worauf du verzichten musstest, weil dein Vater und deine Mutter so viel älter waren …“

„Alex, das reicht!“

Alex ließ sich nicht beirren. „Du durftest nicht Rad fahren, habe ich recht?“

Zumindest brauchte sie ihm die Wahrheit nicht selbst zu sagen. „So ist es. Auch nicht Schlittschuh laufen oder Ski fahren. Den Führerschein habe ich erst als Studentin gemacht, und ein Pferd kenne ich nur vom Karussell. Und selbst dort stand meine Mutter neben mir.“ Jessica hob den Kopf. „So, jetzt weißt du Bescheid.“

Alex hatte ihr schweigend zugehört. Nun legte er den Kopf auf die Seite und sah sie warmherzig an. „Ich habe wirklich Glück, dass ich dir noch so viel beibringen darf.“

Jessica hätte beinahe das Fahrrad fallen gelassen. Sie hatte befürchtet, dass Alex sie aufziehen oder schlimmstenfalls bemitleiden würde. Diese aufrichtige Hilfsbereitschaft kam für sie überraschend. Eine Welle der Zuneigung zu ihm erfasste sie. Eines war gewiss: Alex sorgte sich um sie, er würde sie nie im Stich lassen.

„Also“, fuhr er fort, „beginnen wir gleich mit der ersten Unterrichtsstunde.“ Er drehte sich um und schob sein Rad zum Anfang des Radwegs. Jessica folgte ihm.

Oliver hatte im Porsche erzählt, dass der Radweg auf dem ehemaligen Bahndamm verlief und asphaltiert worden war. Trotzdem hatte

Jessica keinen so breiten ebenen Weg erwartet. Ihre Furcht legte sich ein wenig.

„Ich wollte deine Eltern nicht kritisieren", sagte Alex. „Du solltest nur wissen, dass ich begriffen habe, was los ist."

„Danke."

„Und jetzt werden wir gemeinsam Rad fahren." Bevor Jessica einen Einwand erheben konnte, fuhr er fort: „Lektion Nummer eins: Zunächst musst du ein Gefühl für das Rad bekommen. Sitz auf! Das Rad ist zu klein für dich, Jessica."

„Ich bin ganz gern etwas näher am Boden."

„Am Ende der Fahrt bist du garantiert anderer Ansicht. Du kannst die Beine nicht richtig ausstrecken und wirst einen Krampf bekommen."

Das schien Jessica das geringste Übel zu sein. „Und was jetzt?", fragte sie.

„Lektion Nummer zwei: Setz die Füße auf die Pedale. Sobald du zu schwanken beginnst, nimm sie wieder herunter." Alex zeigte ihr mit seinem Rad, was sie tun sollte.

Jessica versuchte es und war erstaunt, dass eine erwachsene Frau wie sie nicht in der Lage war, auf diesem eigensinnigen Gefährt das Gleichgewicht zu halten. Sie stellte die Füße wieder auf den Boden.

„Im Fahren ist es viel leichter. Versuchen wir es mal."

Alex schob sein eigenes Rad zur Seite und lehnte es an die Böschung. „Ich werde dich jetzt schieben, damit du lernst, beim Treten gleichzeitig das Gleichgewicht zu halten. Ich halte dich gut fest, du stürzt bestimmt nicht."

„Ich probiere es lieber allein ... Alex!"

„Lenk nur immer geradeaus, dafür ist der Lenker da."

„Und wie kann ich bremsen?"

„Das erzähl ich dir, wenn es nötig wird. Sonst bremst du mir pausenlos und kommst nicht voran."

Obwohl Jessica immer schneller fuhr, merkte man Alex, der neben ihr lief, die Anstrengung nicht an. Sie erkannte, dass das Fahrradfahren doch nicht so schwierig war, wie sie zunächst angenommen hatte, und konzentrierte sich darauf, das Rad auf dem Pfad zu halten. Instinktiv begann sie kräftiger zu treten. Es war fantastisch: Je schneller sie fuhr, desto leichter wurde es, das Gleichgewicht zu halten. Sie fuhr jetzt schon fast allein. Alex lief hinter dem Rad her und konnte ihr von dort nicht mehr viel helfen.

„Das ist toll!“, rief Jessica zuversichtlich. „Lass mich einmal für einen Moment los. Ich möchte wissen, ob ich es auch allein kann.“

Sie erhielt keine Antwort. Da sich nichts veränderte, wiederholte sie: „Lass mich los!“

Wieder passierte nichts. Jessica wagte einen kurzen Blick nach hinten und stellte entsetzt fest, dass Alex gerade sein eigenes Rad am Anfang des Pfads von der Böschung nahm!

Sie konnte später nicht sagen, ob es der Schreck war oder die Tatsache, dass sie sich umgedreht hatte: Bevor sie wusste, wie ihr geschah, lag sie mitten auf dem Weg, über ihr das Rad.

„Alles in Ordnung?“ Alex sprang von seinem Rad, um ihr aufzuhelfen.

Jessica stöhnte und hielt die Augen fest geschlossen, bis er ihr Rad hochgehoben hatte. Dann wartete sie, bis er sich besorgt neben sie hockte, fuhr nun in die Höhe und begann, ihn kräftig durchzukitzeln.

„Du hast mich im Stich gelassen, du gemeiner Kerl!“

Erleichtert ergriff Alex ihre Hände, verlor dabei aber das Gleichgewicht und stürzte zu Boden. Jessica rollte mit ihm und kämpfte, um ihre Hände freizubekommen.

„Gehört sich so etwas?“ Trotz seiner misslichen Lage musste Alex lachen. Er versuchte, sich aufzurichten, ohne Jessicas Hände freizugeben. „Gleich werden uns irgendwelche Radfahrer überrollen!“

„Ich werde in letzter Sekunde fortspringen und dich deinem Schicksal überlassen“, versicherte Jessica ihm.

„Das lasse ich nicht zu.“ Langsam zog Alex sie sich auf die Brust. „Du bist dir hoffentlich darüber im Klaren, was für ein komisches Bild wir hier abgeben.“

„Ja, und ich hoffe, alle deine Patientinnen sehen uns so.“

„Das ist aber sehr hässlich, Mädchen!“ Bevor Jessica seine Absicht erkannte, verschloss er ihr den Mund mit einem Kuss. Dann rollte er auf die Seite, stand auf und zog sie hoch.

„Dir kann man tatsächlich nicht trauen“, murmelte Jessica.

Alex klopfte den Straßenstaub von Jessicas Jogginganzug, dann holte er einen Kamm aus der Hosentasche und kämmte sie. Erst wehrte sie sich, dann aber gefiel ihr die Geste, und sie ließ ihn gewähren.

Anschließend säuberte Jessica Alex’ Jeans und sein Polohemd vom Staub, mied dabei aber tunlichst alle heiklen Stellen. Zum Abschluss öffnete sie die beiden oberen Knöpfe seines Hemdes. „Dir wird sonst zu heiß“, erklärte sie mit geröteten Wangen.

„Was mache ich jetzt mit dir?"

Diese Frage hatte sich Jessica auch schon gestellt, aber keine Antwort gefunden. Sie wich Alex' Blick aus und untersuchte ihr Fahrrad. „Es hat nichts abbekommen."

„Hast du Hautabschürfungen?"

Jessica schüttelte den Kopf. „Ich habe Glück gehabt. Mir fehlt nichts."

„Dann ist es an der Zeit für Lektion Nummer drei: Sei ganz locker und genieß, was du bisher gelernt hast." Alex bestieg sein Rad. „Bist du bereit?"

Zwar war sie durchaus nicht bereit, wollte das aber nicht zugeben. Sie durfte jetzt nicht aufgeben, wie sah das aus! Widerstrebend ging sie deshalb zurück zu ihrem Rad.

Jessica wankte und schwankte und wäre beinahe gestürzt, bis sie endlich so schnell fuhr, dass sie verhältnismäßig sicher das Gleichgewicht halten konnte. Alex sagte kein Wort. Er fuhr langsam neben ihr und hielt einen ordentlichen Sicherheitsabstand.

Jessica fing gerade an, Freude am Radeln zu bekommen, als der Weg plötzlich anstieg. „Du liebe Güte!", rief sie entsetzt aus.

„Tritt so fest, wie du kannst. Es ist doch nur ein kleiner Hügel", sagte Alex ruhig. „Du fährst großartig. Er könnte gar nicht besser sein." Er machte Jessica immer wieder Mut und überschüttete sie mit Komplimenten, während sie pustend und schimpfend in die Pedale trat. Das musste der Mount Everest, der Kilimandscharo oder zumindest der Brennerpass sein. Kein normaler Mensch fuhr eine solche Strecke freiwillig!

Oben angekommen, setzte Jessica sofort die Füße auf den Boden, um Atem zu schöpfen.

„Das war ausgezeichnet", versicherte Alex ihr. „Und jetzt kommt die Belohnung. Guck zu, wie ich es mache. Achte nur auf das Lenken, während du hinabfährst. Das Übrige erledigt das Rad ganz allein."

Alex sauste wie der Blitz den Hügel hinunter, und Jessica sah ihm von oben dabei zu. Sein fröhliches Lachen drang bis zu ihr hinauf. „Jetzt bist du dran!", rief er ihr zu.

Ob es schwierig war? Das Schlimmste hatte sie ja schon hinter sich. Nun kam der angenehme Teil. Entschlossen fuhr Jessica los. Erst nach einem Viertel des Weges wurde ihr klar, dass Alex ihr nie gesagt hatte, wie man das Rad bremste. Sie flog nur so dahin, wurde mit jedem Meter schneller. Und sie hatte keine Ahnung, wie sie das Rad wieder zum

Halten bringen konnte. Wenn sie es mit den Füßen versuchte, flog sie garantiert kopfüber in den Sand.

„Alex, wie bremst man das Ding?“, schrie Jessica.

„Tritt rückwärts, aber nicht zu stark!“

Jessica brauste den Hügel hinab und überlegte fieberhaft. Rückwärts sollte sie treten? Entschlossen stieg sie auf die Bremse.

„Jessica, ist alles in Ordnung?“

Sie lag auf dem grasbewachsenen Seitenstreifen des Radweges und hätte nicht sagen können, wie es dazu gekommen war.

„Würdest du bitte mal schauen, ob irgendwelche Teile von mir auf dem Radweg herumliegen?“, fragte sie Alex höflich, nachdem sie sich orientiert hatte.

Der hob das Rad beiseite und zog Jessica in die Arme. „Armes Kind. Bist du verletzt?“

„Solltest du mich nicht ruhig liegen lassen, bis der Krankenwagen eintrifft?“

Alex küsste sie auf die Stirn und betrachtete prüfend ihr Gesicht. „Äußerlich scheint alles in Ordnung zu sein.“ Sachte strich er ihr über die Arme: „Tut irgendetwas weh?“

„Mein Allerwertester. Und mein Stolz ist verletzt. Außerdem habe ich mir das Knie aufgeschlagen.“

„Für die beiden ersten Dinge kann ich im Moment wenig tun. Aber lass mich mal dein Knie sehen.“ Alex begann sogleich, Jessicas Hosenbein aufzurollen. „Das gibt morgen einen hässlichen blauen Fleck“, verkündete er und zog sie wieder an sich. „Mal sehen, ob du stehen kannst. Jetzt wärst du sicher froh, wenn du einen anderen Lehrer gehabt hättest, nicht wahr?“

Jessica konnte das nicht bestätigen. Es gab nichts auf der Welt, was Alex ihr nicht beibringen sollte, absolut nichts. Sie drehte sich ein wenig und schmiegte sich an ihn. „Du kannst manchmal richtig nett sein“, sagte sie und legte den Kopf an seine Schulter. „Ich behalte dich lieber.“

Alex fasste sie fester und küsste sie auf das Haar. Als er den Griff endlich lockerte, richtete Jessica sich erleichtert auf. Die Versuchung war beinahe zu groß gewesen. Vorsichtig setzte sie den linken Fuß auf. Das Knie trug ihr Gewicht ohne Schwierigkeiten. Sie bewegte es ein paar Mal und war froh, dass es nicht zu sehr wehtat.

Alex war ebenfalls aufgestanden.

„Wir gehen zurück. Lass uns bis zum Parkplatz laufen und dann zum Drake's Well fahren."

„Oh nein! Dem Rad ist doch nichts passiert." Jessica begann, ihren Jogginganzug zu säubern, klopfte Blätter und Erde ab.

„Nein, das Rad ist heil."

„Dann fahren wir weiter."

„Bist du sicher?"

Jessica lachte. „Absolut sicher. Sieh mal: Ich kann treten und das Gleichgewicht halten. Ich kann anfahren und nun auch bremsen. Und ich habe gelernt, wie man einen Berg hinauf- und nicht wieder hinabfährt. Das habe ich alles hinter mir. Jetzt kann der Spaß also beginnen."

„Morgen könnte dir alles wehtun", warnte Alex sie. „Du solltest es lieber nicht übertreiben."

Jessica stellte sich auf die Zehenspitzen und küsste ihn auf die Stirn. „Nett von dir, dass du dir solche Gedanken um mich machst", sagte sie gerührt.

Alex stand ruhig da und sah zu, wie Jessica ihr Fahrrad wieder bestieg. Dann erst holte er sein eigenes Rad und folgte ihr.

Der Radweg war mit Meilensteinen versehen. Jessica jubelte jedes Mal auf, wenn sie an einem weiteren Stein vorüberfuhren. Nach sechs Kilometern ohne weiteren Unfall bestand Alex darauf, dass sie eine Pause einlegten. Sie bogen in eine kleine Lichtung mit Picknicktischen ein und stellten dort ihre Räder ab. Nie zuvor war Jessica so froh gewesen, dass sie die Beine ausstrecken und auf einer richtigen, breiten Bank sitzen konnte.

„Sag es mir, wenn ich mich irre", begann Alex und legte die Weintrauben aus seinem Rucksack auf den Tisch. „Ich habe den Eindruck, es macht dir jetzt richtig Spaß."

Spaß? Das Wort war viel zu schwach für Jessicas Gefühle. Ihr war unendlich wohl. Die warme Sonne auf ihrer Haut, der Wind, der ihr das Haar zerzauste, der Anblick der hohen alten Bäume und des plätschernden Flüsschens, an dessen Ufer der Fahrradweg gelegentlich entlangführte, machten sie so frei und glücklich, wie sie es seit Langem nicht mehr gewesen war.

„Ich finde alles wunderschön", antwortete sie, denn sie wusste nicht, wie sie ihre Gefühle besser beschreiben sollte.

„Dir geht so etwas bis tief unter die Haut, nicht wahr?"

Jessica nickte und fragte sich, ob es gut war, dass er das bemerkt hatte.

„Wie ist es mit dir, Alex? Versetzt dich solch ein Tag nicht auch in ein Hochgefühl?"

„Deine Anwesenheit löst es in mir aus."

Jessica erwartete, dass Alex nun die Augen zusammenkniff oder spöttisch lächelte. Aber nichts davon geschah. Er schien stattdessen über seine spontane Antwort ebenso erschrocken wie sie.

Jessica steckte eine Weintraube in den Mund, um die Stille zu überbrücken.

Nach dem Essen ergriff Alex ihre Hand, und sie spazierten durch den Wald. Jessica war entzückt, dass er so naturverbunden war.

„Ich bin ein begeisterter Skilangläufer", erzählte Alex. „Ich könnte mir vorstellen, dass du ebenfalls Gefallen daran findest."

„Ganz bestimmt", versicherte Jessica ihm. Sie stellte sich schon vor, wie Alex es ihr mit derselben Geduld beibrachte, die er heute an den Tag gelegt hatte. „Ich mag den Winter und ich bin gern draußen. Ski laufen wäre wohl für mich ein geeigneter Sport."

„In Pittsburgh gibt es auch Langlaufloipen."

Aber dort war kein Alex. „Du hast sicher recht", Jessica zögerte ein wenig. „Ich weiß noch nicht, ob ich für immer dort bleibe."

„Nanu!"

„Ich habe mich noch nicht endgültig entschieden."

„Das klingt vernünftig." Alex legte den Arm um Jessicas Taille und führte sie zu den Fahrrädern zurück. „Du hast noch jede Menge Zeit, um einen Lebensplan aufzustellen. Die ganze Welt steht dir offen."

Dieser Gedanke behagte Jessica zwar nicht recht, doch sie stimmte Alex höflich zu.

Bevor sie die Räder bestiegen, untersuchte Alex noch einmal ihr Knie. Es war ein herrliches Gefühl, wenn seine Hände ihre Haut hinauf- und hinabstrichen, und am liebsten hätte Jessica ihn gebeten, sich auch noch das andere Bein anzusehen.

Die nächsten sechs Kilometer legten sie rasch zurück, obwohl Jessica spürte, dass ihre Kräfte langsam nachließen. Am Ende des Radwegs überquerten sie eine Brücke und mussten ein Stück die Straße entlangfahren. Doch Jessica fühlte sich nun sicher genug, um das Rad durch den Verkehr zu lenken. Trotzdem war sie froh, dass sie kurz darauf in den Industriepark einbogen und sie sich ausruhen konnte.

Sie stellten ihre Räder in einen Fahrradständer, und Alex kettete sie mit dem Schloss an, das Oliver ihnen geliehen hatte.

„Da sind sie endlich!", rief Trixie und winkte ihnen zu.

Jessica und Alex setzten sich zu den Bancrofts auf die Wolldecke. Jessica stöhnte leise.

„Arme Jessica“, sagte Alex mitfühlend.

„Was hast du nur mit ihr gemacht?“, fragte Lydia Alex streng. „Sie sieht ja völlig erschöpft aus.“

„Wie zerschlagen“, stimmte Oliver ihr zu.

„Ich hatte einen Unfall“, erklärte Jessica, bevor Alex ihr Geheimnis verraten konnte. „Alex musste mich aufsammeln und mir wieder auf die Beine helfen.“

„Und wir dachten, ihr hättet es euch so richtig gemütlich gemacht“, zog Ben sie auf.

Jessica lächelte. Dann bemerkte sie Lydias bekümmertes Gesicht. Echte Sorge war darin zu lesen.

„Gemütlich war die Fahrt bestimmt nicht. Ich musste mich anstrengen, um mit Alex mitzuhalten“, versicherte sie.

Auch Alex wollte Lydia beruhigen. „Auf dem Rückweg fahre ich mit Oliver“, erklärte er. „Der kann jedenfalls ordentlich Rad fahren und fällt nicht so oft um.“

6. KAPITEL

Jessica stand stocksteif am Flügel, und Trixie saß neben ihr auf der Bank. „Ich habe das Gefühl, mein Körper gehört mir nicht mehr!“, seufzte sie.

Trixie lachte und legte erschrocken die Hand vor den Mund, denn sie wollte Jessica nicht verletzen.

„Lach mich ruhig aus.“ Jessica versuchte, gerade zu stehen und das Kinn anzuheben. Selbst das tat weh, und sie stöhnte leise.

„Du hast dich den ganzen Tag noch nicht hingesetzt.“

„Ich fürchte, sobald ich mich nur rühre, falle ich in Ohnmacht.“

Wieder lachte Trixie, und diesmal gelang Jessica ein Lächeln.

„Ich glaube, die lange Radtour war für einen Anfänger zu anstrengend“, sagte Trixie, als sie wieder sprechen konnte.

„Wie kommst du darauf, dass ich eine Anfängerin bin?“

„Ich bin mit dir zurückgefahren. Du warst sehr unsicher.“

„Ich konnte es nicht verheimlichen, stimmt’s?“

„Jetzt musst du für deine Sünden büßen: Hochmut kommt stets vor dem Fall“, sagte Trixie selbstgerecht.

„Du bist mir eine schöne Hilfe. Ich hoffe auf dein Mitgefühl, und du hältst mir eine Predigt. Lass mich sofort die D-Dur-Tonleiter in Triolen über drei Oktaven hören!“

Jessica beugte sich vor, korrigierte Trixies Handhaltung und stöhnte erneut.

„Eins, zwei, drei …“, skandierte Trixie. „Eins, zwei, drei … Jes-si-ca … wa-rum lässt … du-dir-nicht … von-mir-helfen?“, fragte sie im Rhythmus der Triolen.

Jessica wartete, bis Trixie die Tonleitern beendet hatte, dann sagte sie: „Wie denn? Ich würde alles Mögliche tun.“

„Überlass das nur mir.“

„Ich habe irgendwie das Gefühl, du hast etwas vor …“

Lydia öffnete in diesem Moment die Tür zum Musikzimmer und kam herein. „Na, wie geht’s?“, fragte sie.

„Gut.“ Jessica betrachtete sie aufmerksam und meinte bewundernd: „Du siehst ja fantastisch aus.“

Trixies Mutter drehte sich zufrieden einmal um sich selbst, um das braungoldene Kleid von allen Seiten zu zeigen.

„Hm, Mutter, ist das neu?“

„Ja. Dein Vater führt mich heute zum Abendessen aus. Ich wollte

dich fragen, ob ich so gehen kann."
„Ganz bestimmt", versicherte Trixie.
„Ich treffe mich mit Ben am Krankenhaus. Bis später."
„Das erleichtert meine Pläne erheblich", meinte Trixie, nachdem die Mutter gegangen war.
„Wieso?"
„Du wirst schon sehen."

Eine Stunde später hatte sich Jessica mühsam auf dem Sofa ausgestreckt und dic Füßc auf cin Kissen hochgelegt. Da betrat Alex das Wohnzimmer. „Ich habe gehört, hier wird ein Arzt gebraucht."
Jessica stöhnte auf und versteckte das Gesicht in den Sofakissen. Jetzt begriff sie, weshalb Trixie ihr nichts über ihre Behandlungsmethode gegen Schmerzen verraten wollte. „Mach, dass du wegkommst. Es ist alles deine Schuld."
„Wie kannst du so was sagen? Wer hat denn sein Geheimnis für sich behalten wollen, bis es für jede Hilfe zu spät war?"
Jessica weigerte sich, Alex anzusehen. Sie wusste auch so, dass er lächelte. „Geh wieder, und lass mich in Ruhe leiden."
„Ich bin gekommen, um dich zu heilen."
„Das kann nur die Zeit."
„Mein Hotpool kann den Prozess erheblich beschleunigen."
Jessica wollte schon ablehnen. Aber dann stellte sie sich vor, wie angenehm es wäre, jetzt in heißem Wasser zu sitzen. Ja, das war genau das Richtige.
„Ich weiß nicht …" Das klang nicht gerade überzeugend. Es war eher eine Bitte um Überredung.
„Sieh mich an, Jessica."
Mit Anstrengung drehte Jessica sich herum. Da stand der Mann ihrer Jungmädchenträume, und sie mochte ihn wie eh und je. Aber was war mit ihm? Konnte er sich entschließen, in ihr endlich eine begehrenswerte Frau zu sehen? Vielleicht brachte der heutige Abend die Entscheidung? Nun, ganz gleich, was dabei herauskam – sie war entschlossen, mit Alex zu gehen.
„Komm mit zu mir." Alex streckte ihr die Hand hin.
Jessica nahm sie und ließ sich auf die Füße ziehen.
„Trixie hat mir erzählt, dass Lydia ausgegangen ist", sagte Alex.
„Das ist richtig."
„Um so besser." Jessica dachte über Alex' Worte nach, während sie

langsam die Treppe hinaufstieg, um einen Badeanzug und ihren Bademantel zu holen. Alex wusste also auch, dass Lydia sich wegen ihrer Beziehung Gedanken machte. Aber weshalb? Die Tatsache, dass Lydia ihre Tochter so überbehütete, hatte Jessica schon neugierig gemacht. Jetzt wollte sie dafür eine Erklärung.

Aber erst auf der Fahrt in Richtung Norden hatte Jessica Gelegenheit, Alex zu fragen. Alex hatte ihr ein Kissen auf den Beifahrersitz gelegt, damit sie etwas bequemer saß.

„Ich möchte gern wissen, was eigentlich mit Lydia los ist“, begann sie.

„Was meinst du damit?“

Jessica wunderte sich, dass Alex' Stimme so erschrocken klang. „Irre ich mich, oder betrachtet Lydia unsere Beziehung ebenso argwöhnisch wie die zwischen Trixie und Mike?“

Alex schwieg, bis er von der Hauptstraße abgebogen war und eine kurvige Nebenstraße entlangfuhr. „Du irrst dich nicht“, sagte er endlich. Er wirkte erleichtert. Hatte er eine andere Frage erwartet?

„Ich verstehe – nein, ich verstehe es zwar nicht, aber ich erkenne es an, dass sie Trixie so behandelt. Weshalb sie sich plötzlich meinetwegen auch Gedanken macht, ist mir ein Rätsel.“

Alex schüttelte den Kopf. „Mir nicht. Lydia mag dich. Ich nehme an, sie betrachtet dich ...“ Alex zögerte und sah Jessica kurz an. „Sie betrachtet dich beinahe wie eine Tochter, weil du den ganzen Sommer mit ihr verbringst. Deshalb macht sie sich um dich nun genauso viel Sorgen wie um Trixie.“

Wahrscheinlich hatte Alex recht. Doch Jessica wollte noch mehr wissen.

„Weshalb ist sie wohl so geworden?“

„Vermutlich hatte sie als sehr junges Mädchen ein ausgesprochen unangenehmes Erlebnis mit einem Mann. Und sie möchte verhindern, dass ihr beide Ähnliches durchmacht.“

„Trotzdem ist es mir unverständlich, dass sie Trixie und mich derart streng abschirmen will. Wir müssen doch alle unsere eigenen Fehler machen.“

„Manchmal reagiert man nicht mit dem Verstand, Jessica. Das ist wohl auch bei Lydia der Fall. Normalerweise ist sie eine äußerst überlegt handelnde Frau. Nur bei einer möglichen Gefahr für ihre Tochter oder jemanden, den sie so schätzt wie dich, handelt sie rein gefühlsmäßig.“

„Meinst du, Lydia wäre entsetzt, wenn sie wüsste, weshalb ich hier neben dir im Porsche sitze?“

„Weißt du, ich mag die Bancrofts sehr. Deshalb bin ich ganz froh, dass ich es Lydia nicht ins Gesicht zu sagen brauchte.“

„Was hat dich anderen Sinnes werden lassen? Gestern bist du wie ein Wilder fortgefahren und hast mich in einer Staubwolke zurückgelassen.“

Alex wandte ihr kurz den Kopf zu, und Jessica erschauerte unter seinem eindringlichen Blick. „Wir möchten eben beide Lydia nicht wehtun. Andererseits können wir die Zeit nicht zurückdrehen und wieder so zueinander stehen wie vor fünf Jahren.“

„Als die kleine Jessica und der große Bruder Alex?“

Alex nickte. „Auch wenn es manches leichter machte.“

„Na, was meinst du dazu?“, fragte Alex Jessica, als sie den Wagen vor dem Haus abgestellt hatten.

„Ich bin neugierig auf das Innere.“

„Es wird dir gefallen.“

Über den ursprünglichen Zweck des Gebäudes konnte es keinen Zweifel geben. Sie stand vor einer ehemaligen Scheune. Das Haus bestand aus zwei Stockwerken, war völlig quadratisch und besaß keinerlei Vor- oder Anbauten, die sonst zu einem Wohnhaus gehörten.

Alex hatte den Scheunencharakter des Hauses erhalten, als er es umbaute. Das Gebäude war immer noch dunkelrot gestrichen. Das Doppeltor, das ins Innere führte, öffnete sich nur schwer und wurde durch zusätzliche gekreuzte Bretter verstärkt. Allerdings war es nicht mehr das Originaltor, sondern eine ausgezeichnete handwerkliche Arbeit aus herrlichem Holz.

„Deine Wohnräume sind oben, nicht wahr?“, fragte Jessica. Sie hatte im zweiten Stockwerk eine Reihe von Fenstern entdeckt, die sich unauffällig in das schlichte Gebäude einfügten.

„Sieh es dir an.“ Alex schloss die Tür auf.

Jessica erkannte, dass sie in eine Garage führte. Sie wartete, bis Alex den Porsche hineingefahren hatte, und folgte ihm.

In der Garage hatten mindestens drei Wagen Platz. Alex benutzte die freie Fläche als Vorratsraum. Jessica entdeckte Regale mit sauber beschrifteten Kartons, und an einer Wand hingen mehrere Paar Langlaufski neben einem Rodelschlitten.

Er öffnete nun die Verbindungstür zum Wohnteil und ließ Jessica vorangehen. Jessica fand sich in einem Mehrzweckraum wieder, der das ganze erste Stockwerk einnahm. Er wurde durch Sitzgruppen und Zwischenwände aus demselben Holz wie die Vertäfelung in mehrere Abschnitte eingeteilt. Die größte Überraschung waren jedoch die Fenster. Sie waren von vorn nicht zu sehen gewesen. Die letzten Strahlen der untergehenden Sonne fielen durch sie herein und vergoldeten alles mit ihrem Licht.

„Das ist wunderschön, Alex. All die Fenster!"

„Bei uns scheint die Sonne nicht so häufig. Deshalb wollte ich jeden Strahl einfangen. Zwar musste ich den Charakter des Gebäudes etwas verändern, aber das war immer noch besser, als es abzureißen."

„Viel besser." Jessica ging umher und betrachtete jede Ecke des Raumes. Ein weicher, curryfarbener Teppich bedeckte den Boden. Diese Farbe wiederholte sich mehrmals im Mobiliar. Überall standen Pflanzen, und es gab eine leuchtende Wandbespannung aus handbedrucktem Gewebe.

An der Westseite des Hauses hatte Alex einen Backsteinkamin mit einer Sitzbank ringsum bauen lassen. An der Ostseite befand sich der Hotpool.

„Du bist dir hoffentlich darüber klar, wie verrucht das alles wirkt", meinte Jessica.

„Genau darauf kam es an!" Alex trat hinter Jessica und legte ihr die Arme um die Taille. „Ich muss doch meinen Ruf wahren."

„Ich bin sicher, damit ist es dir glänzend gelungen."

Der Hotpool befand sich in einem Raum mit Glastüren. Jessica nahm an, dass Alex die Türen im Sommer zurückschob, sodass man den Eindruck hatte, im Freien zu sein. Im Winter konnte man gemütlich im Bad sitzen und vom geheizten Raum aus die verschneite Landschaft betrachten.

„Warst du schon einmal in solch einem Pool?", fragte Alex und fasste sie fester.

„Nur einmal."

„Schade. Ich dachte, es wäre auch zum ersten Mal."

„Nun, es ist das erste Mal mit dir."

Jessica legte ihre Hände auf die seinen und lehnte sich an ihn. Sie gab sich keinen Illusionen hin: Alex und sie waren nicht nur aus medizinischen Gründen hier. Jessica musste sogar zugeben, dass sie ihre Muskeln kaum noch spürte, seit sie aus dem Wagen gestiegen war.

„Hast du schon zu Abend gegessen?", fragte Alex ganz nah an ihrem Ohr.

Jessica wollte sich ganz dem erotischen Gefühl hingeben, das sein warmer Atem an ihrem Ohrläppchen in ihr ausgelöst hatte. Sie seufzte leise und schmiegte sich an ihn. „Nein."

Alex strich mit den Lippen zärtlich über ihre Wange. „Ich auch nicht", sagte er. „Ich hole uns Käse und Cracker. Wir können später etwas Richtiges essen."

Wenn sie sich jetzt umdrehte, würde Alex sie bestimmt küssen. Und was würde daraus werden …

Bevor sie einen Entschluss gefasst hatte, ließ Alex sie los. „Komm, sieh dir das obere Stockwerk an. Dies ist mein Freizeitbereich, oben lebe ich. Dort kannst du dich auch umziehen."

Der zweite Stock war in mehrere kleinere Zimmer aufgeteilt und wesentlich konventioneller. Leuchtende Wollbrücken bedeckten den Holzdielenboden, und für das Wohnzimmer und ein kleines Arbeitszimmer hatte Alex bequeme Polstermöbel. Auch sein Schlafzimmer wies alle Anzeichen von Bequemlichkeit auf.

„Hier kannst du dich umziehen." Alex führte sie in sein Zimmer und trat zurück, um ihren Gesichtsausdruck zu beobachten. Jessica stockte beinahe der Atem.

„Mich wundert, dass du dich hier morgens losreißen kannst", sagte sie. Jessica war stolz, dass sie überhaupt etwas herausbekam. Dieses Schlafzimmer konnte wirklich nur einem Junggesellen gehören, der darin nicht nur schlief. In der Mitte des Raumes stand ein Bett, das garantiert extra für ihn angefertigt worden war. Es musste für Orgien gedacht sein. Oder für einen ganzen Harem.

„Wo sind denn das Rotlicht und die integrierte Bar am Bett? Und der Spiegel an der Decke?" Jessica schlenderte um das Bett herum und betrachtete das übrige Zimmer, das im Verhältnis dazu richtig harmlos wirkte.

„Das Bett sollte ein Scherz sein. Meine Kollegen haben es mir geschenkt, als ich mich in die Praxis einkaufte. Es besteht in Wirklichkeit aus vier Einzelbetten, die mit …" Alex bemerkte Jessicas skeptisches Gesicht. „Du glaubst mir wohl nicht?", fragte er lächelnd.

„Wo oder wie du schläfst, ist deine Sache."

„Und mit wem ich schlafe, ist das auch meine Sache?"

Jessica setzte sich behutsam auf den Rand des Bettes und begann, ihre Schuhe auszuziehen. Sie ging nicht auf Alex' Bemerkung ein. „Kann man sich hier tatsächlich gefahrlos umziehen? Oder finde ich mich im nächsten Monat als Hauptdarstellerin des Films ‚Jessica entblättert sich' in einem schlüpfrigen Kino wieder?"

„Meine Infrarot-Videoausrüstung ist zurzeit in Reparatur."

Mein gesunder Menschenverstand offensichtlich auch, dachte Jessica. Was tue ich hier? Das passt überhaupt nicht zu mir.

„Ich sollte wohl hinausgehen", meinte Alex. Er lehnte am Türrahmen und machte nicht den Eindruck, als wolle er sich auch nur einen Zentimeter von der Stelle rühren.

„Nur wenn ich mich umziehen soll. Sonst kannst du gern da stehen bleiben, und wir unterhalten uns. Ich sitze hier ganz bequem."

„Ich hole den Käse und setze mich schon ins Wasser."

„Ziehst du keine Badehose an?"

„In meinem eigenen Haus?" Alex hob abwehrend die Hände, damit Jessica gar nicht erst protestierte. „Bis gleich."

Nachdem Alex gegangen war, blieb Jessica noch eine ganze Weile reglos sitzen. Wie viele Frauen haben wohl schon in diesem Bett gelegen? fragte sie sich. Alex war immer ein Schürzenjäger gewesen, das machte sogar einen Teil seines Charmes aus. Aber er war trotzdem ein anständiger Mann. Jessica war sicher, dass er den Frauen keinerlei Versprechungen machte, sondern im Gegenteil solche wählte, die sich nicht an ihn klammerten. Doch weshalb hatte er sich nie in den eigenen Netzen verfangen? Weshalb hatte sich aus einer Liebesbeziehung bei ihm nie echte Liebe und das Gefühl von Verantwortlichkeit entwickelt?

Seufzend stand sie auf und zog ihr gelbes Polohemd über den Kopf. Nachdem sie sich ausgekleidet hatte, stellte sie sich nackt vor den großen Standspiegel hinten im Zimmer. Konnte sich Alex in eine Frau wie sie verlieben? Sie war jünger als die anderen und sich der eigenen Anziehungskraft nicht so sicher. Und es fehlte ihr die Blasiertheit, um eine Affäre einfach abzuschreiben. Konnte sie Alex tatsächlich fest an sich binden?

„Pass auf, Jessica", sagte sie zu ihrem Spiegelbild. „Du hast noch keinen Fuß ins Bad gesetzt, und das Wasser steht dir jetzt schon bis zum Hals."

Alex lag entspannt im Wasser, als Jessica herunterkam. Sie hatte ihren Bademantel bewusst nicht eng gegürtet, denn sie wollte gar nicht erst versuchen, sich seinen Blicken zu entziehen. Immerhin bedeckte der grüne Bikini alles, was der Anstand verlangte. Außerdem war Alex Arzt. Er hatte also schon mehr als genug unbekleidete Frauen gesehen.

„Ich dachte schon, du wärst eingeschlafen", zog er sie auf.

„Wie ist das Wasser?", wollte sie wissen.

„Fabelhaft."

Betont lässig öffnete Jessica den Bademantel. „Ich hoffe, es hilft meinen schmerzenden Gliedern", sagte sie, zog den Bademantel aus, faltete ihn zusammen, nahm eine Spange aus der Tasche und steckte ihr Haar oben auf dem Kopf zusammen. Die ganze Zeit sah sie Alex nicht ein einziges Mal an.

„Alle Achtung, Jessica. Du hast ganze Arbeit geleistet, als du endlich erwachsen wurdest."

Jessica konnte seinem Blick nicht länger ausweichen. „Ich leiste immer ganze Arbeit, Alex."

Sie beugte sich zum Wasser hinab und prüfte es mit dem Fuß. „Noch ein Grad heißer, und man könnte einen Hummer darin kochen."

„Je heißer, desto entspannender."

Jessica nahm ein Stück Käse vom Tablett und aß es auf. Dann glitt sie ins Wasser und seufzte zufrieden. Ah, die Hitze tat den schmerzenden Muskeln gut! „Du hattest recht. Dies ist genau richtig für mich." Sie setzte sich Alex gegenüber und nahm ein weiteres Stück Käse.

„Weshalb sitzt du so weit weg?"

Jessica kaute nachdenklich auf ihrem Käsestück. „Hast du schon mal was von einem Sicherheitsabstand gehört?"

„Mir kannst du doch trauen." Alex lächelte sie aufreizend an. „Ich bin dein alter Freund, dein großer Bruder und Hausarzt Alex."

„Und ich bin Jessica, die dich ebenso durchschaut wie deine eigene Mutter." Jessica versuchte, ihren Käse hinunterzuschlucken. Doch ihr Hals war plötzlich ganz eng geworden.

Alex rutschte näher. „Und was hast du durchschaut?"

„Mir ist klar, dass normalerweise die Fürsorge selbst eines guten Arztes – der du wahrscheinlich bist – kein gemeinsames Bad in einem Hotpool am Sonntagabend einschließt." Jessica schloss die Augen und rutschte tiefer ins Wasser.

Alex' Stimme war ganz nahe an ihrem Ohr. „Weshalb hast du dann trotzdem einen Bikini mitgebracht?"

„Das war, bevor ich dein Bett sah."

Alex lachte heiser. „Was hat denn mein Bett damit zu tun?"

„Du gehst immer aufs Ganze, nicht wahr, Alex?" Sie öffnete die Augen wieder. Alex hatte sich beinahe über sie gebeugt. „Ein Flirt reicht dir nicht."

„Reicht er dir?"

„Bis jetzt schon."

Bereitwillig ließ Jessica sich von Alex küssen. Sie legte die Arme um seinen Hals und „schwebte" mit ihm davon. Die bisherigen Küsse waren nur ein Vorspiel gewesen. Dieser hier war die Grundlage für Weiteres.

Alex nahm ihr Gesicht in beide Hände und zog es gierig zu sich heran. Seine Lippen waren ebenso warm und köstlich wie das Wasser ringsum, deshalb wehrte Jessica sich nicht. Sie umfasste Alex mit beiden Armen und gab sich ganz dem herrlichen Gefühl hin, das sie durchströmte. Sie wollte nicht mehr vernünftig sein, und als Alex fordernd über ihre nackten Schultern strich, konnte sie nur ergeben seufzen.

Alex riss sie an sich und streifte mit einem Griff ihr Bikinioberteil ab. Jessica stöhnte wollüstig und schmiegte ihre nackten Brüste an seinen Oberkörper. Voll Verlangen fasste sie ihm ins Haar und suchte erneut seine Lippen.

Alex streichelte sie zärtlich weiter. Wusste er, dass er jungfräuliches Gebiet betrat? Keinen Zentimeter an ihr ließ er aus und streichelte sie immer wieder, bis sie vor Lust schier verging.

Jessica hatte immer geahnt, wie solch ein Augenblick mit Alex sein würde. Sie hatte gewusst, dass er ihre Bedürfnisse erkennen und ihr genügend Sicherheit geben würde. Er flüsterte ihr liebevolle Worte ins Ohr, löste ihr Haar und wartete geduldig ab, bis sich ihre Spannung gelegt hatte. Dann hob er sie auf die Arme, betrachtete sie und ließ seinem Blick Lippen und Zunge folgen.

„Wo bist du nur die ganze Zeit gewesen?", fragte er rau.

Jessica schrie vor Wollust leise auf. Sie wusste, dass sie Alex restlos ausgeliefert war.

„Ich hatte keine Ahnung, dass du dich so herrlich anfühlst." Alex drückte sie fest an sich. Es bestand kein Zweifel, dass auch er einen Punkt erreicht hatte, wo es bald kein Zurück mehr gab. „Ich wusste nicht, dass es mir so schwerfallen würde, dich nur in den Armen zu halten."

„Mehr willst du nicht? Nur mich halten?" Jessica staunte selbst, wie herausfordernd ihre Worte klangen.

„Ich weiß gar nicht mehr, was ich will. Ich habe mir wohl etwas vorgemacht.“ Alex presste seine Lippen fest auf die ihren, als wolle er dadurch jeden weiteren Gedanken ausschließen.

Jessica gab sich so seinem Kuss hin, dass sie es beide kaum noch ertragen konnten. Dann hob Alex sie hoch, und sie legte ihm die Beine um die Hüften.

„Möchtest du es heute Abend wirklich zum ersten Mal – mit mir? Du weißt doch, wohin das hier führt, Jessica.“ Alex wollte ihr Gelegenheit geben, selbst zu entscheiden, und Jessica begriff, dass es anschließend kein Zurück mehr gab.

„Ich möchte, dass du der Erste bist.“ Sie legte ihr Gesicht an seinen Hals. „Und ich möchte, dass du der Letzte bist.“

Ängstlich erwartete sie, dass Alex nun erstarrte, sich zurückzog und sie vorsichtig im Wasser absetzte. Stattdessen hielt er sie noch fester.

„Das kann ich dir nicht versprechen, Jessica. Du darfst auf keine langfristige Liebesbeziehung hoffen. Ich will keine ernste Bindung. Ich bin noch nie eine solche Beziehung eingegangen und möchte es auch jetzt nicht. Nicht einmal mit dir.“

„Was willst du dann?“

„Ich möchte uns beide glücklich machen. Ich möchte deinen Körper kennenlernen und dein Gesicht sehen, wenn wir uns lieben. Ich möchte dich nach oben auf das Bett tragen und dort für den Rest des Abends mit dir bleiben.“

„Und morgen?“

„Morgen ist ein anderer Tag.“

„Wie vielen Frauen hast du das schon gesagt?“ Jessica versuchte, sich ihm zu entziehen. Doch Alex ließ sie nicht los.

„Längst nicht so vielen, wie du dir ausmalst. Du bist nicht eine von vielen, Jessica. Du bist immer etwas Besonderes für mich gewesen.“

„Was ist, wenn ich das nicht mehr bin?“

„Du wirst es immer bleiben. Ich werde mir die größte Mühe geben, dir nicht wehzutun, wenn diese Beziehung einmal zu Ende geht. Das verspreche ich dir.“

„Und du bist sicher, dass sie eines Tages zu Ende geht, ja? Du willst uns nicht einmal die Chance geben, dass sich mehr daraus entwickelt?“

„Es gibt dafür keine Chance“, antwortete Alex ernst. „Ich möchte keine Ehefrau und keine Familie.“

„Dann wirst du mich also bedenkenlos fallen lassen, wenn du mich leid bist.“ Jessica stemmte sich empört gegen Alex’ Brust, und diesmal ließ er sie los.

„Du bist immer noch dieselbe viel zu ernste Jessica Cassidy.“ Alex wünschte offenbar, dass sie sich auch in dieser Hinsicht verändert hätte. Sonst blieb die Verwandlung für ihn wohl unvollkommen.

„Ich nehme es an“, antwortete Jessica. Und sie fuhr fort: „Du begreifst nicht, in welch eine unmögliche Lage du mich gebracht hast. Ich bin bereit, der Liebe eine Chance zu geben – aber doch nicht zu solchen Bedingungen!“ Jessica wandte sich ab und stieg die Treppe aus dem Wasser hinaus. In Windeseile warf sie sich den Bademantel über und knotete den Gürtel fest.

„Ich bin in ein paar Minuten fertig. Es ist noch früh am Abend. Du findest sicher jemand anders, der die Nacht mit dir verbringt.“

Oben nahm Jessica ihre Sachen, ging ins Badezimmer und zog sich wieder an. Sie fuhr sich mit der Bürste durch das nasse Haar und kämmte sich. Als ihre Hände nicht mehr zitterten, ging sie wieder zu Alex hinab. Er hatte sich ebenfalls angekleidet und führte Jessica schweigend nach draußen.

Erst als sie kurz vor dem Haus der Bancrofts waren, sprach Alex wieder. „In dem Augenblick, als du bei Ben und Lydia den Pfad heraufkamst, wusste ich, dass es Schwierigkeiten geben würde, Jessica. Nicht im Traum wäre mir der Gedanke gekommen, dass ich dich begehren könnte. Ich wollte aus deiner früheren Jungmädchenschwärmerei für mich keine Vorteile ziehen. Vor allem wollte ich unsere Freundschaft nicht zerstören.“

„Ich weiß.“

„Trotzdem haben sich die Dinge anders entwickelt. Ich begehre dich, Jessica. Stärker, als ich es je für möglich gehalten hätte.“

„Dieser Gedanke macht mich nicht gerade glücklich. Und das hatte ich mir eigentlich anders vorgestellt.“ Jessica konnte Alex’ Anblick kaum noch ertragen.

„Ich möchte über das, was heute Abend geschehen ist, nachdenken, Jessica. Wir wollen uns eine Weile nicht sehen, damit du feststellen kannst, ob du dich richtig entschieden hast.“

„Das brauche ich mir nicht lange zu überlegen, Alex. Ich will keine Beziehung für eine Nacht. Nicht einmal mit dir.“

Alex bog in die Auffahrt zum Haus der Bancrofts ein und hielt an. „Ich habe nie etwas von einer Nacht gesagt. Ich will unserer Beziehung keine zeitlichen Grenzen setzen. Ich sage nur, dass sie eines Tages zu Ende gehen könnte und du darauf vorbereitet sein solltest."

„Schließt du mit allen Geliebten solch einen Vertrag?"

„Das hat doch nichts mit irgendeinem Vertrag zu tun!" Alex beugte den Kopf, umfasste zärtlich ihren Nacken und gab ihr einen Kuss.

Nachdem er sie freigegeben hatte, öffnete Jessica die Wagentür. „Bitte, komm nicht mit hinein." Alex nickte. Sie schloss die Tür und sah zu, wie der Porsche davonfuhr.

Alex war schon lange außer Sichtweite, bevor sie sich endlich umwandte und langsam unter den Bäumen auf das Haus zuging.

7. KAPITEL

Lydia und Jessica beschäftigten sich in der Küche.

„Die Krämers möchten unbedingt, dass du hier bleibst und eine Klavierschule eröffnest." Lydia trocknete die Edelstahlpfanne ab, die Jessica gerade gereinigt hatte.

„Die Krämers? Sind das die Eltern von Trixies Freundin Patty?" Jessica sah sich vergeblich nach weiterem schmutzigen Geschirr um.

„Richtig. Sie sind nicht die Ersten, die mich nach deinen weiteren Plänen gefragt haben. Wenn du bekannt gibst, dass du eine Schule aufmachst, hast du im Handumdrehen genügend Schüler."

Jessica lächelte über Lydias Begeisterung. „Es scheint tatsächlich ein Bedarf dafür zu bestehen. Gestern hat mich sogar eine Frau in der Stadt darauf angesprochen. Sie hatte erfahren, dass ich Klavierlehrerin bin. Sie sagte, sie suche seit einem Jahr jemanden, der ihre Kinder unterrichtet."

Jessica blickte nachdenklich aus dem Fenster. Der Gedanke, in Lindleton zu bleiben und hier die Klavierschule zu eröffnen, kam ihr nicht zum ersten Male. Ihr gefiel die kleine Stadt, und sie wusste, dass sie hier glücklich werden konnte. Die Bancrofts waren beinahe wie eine eigene Familie und würden ihr am Anfang bestimmt helfen. Finanziell war sie sowieso unabhängig und konnte sich überall ein Haus kaufen. Es gab nur ein Problem: Alex.

Lydia legte den Arm um Jessicas Taille und streckte ihre Hand in das Abwaschwasser, um den Stöpsel herauszuziehen. „Ich weiß, es ist keine leichte Entscheidung, Jessica. Wenn es nicht klappt, könntest du später immer noch umziehen."

„Ich brauche noch etwas Zeit zum Überlegen", gab Jessica zu. „Zum Glück ist es nicht zu eilig."

„Natürlich kannst du so lange bei uns wohnen bleiben, wie du möchtest", versicherte Lydia ihr. „Übereile nichts. Wir freuen uns, dass du noch hier bist."

Jessica wusste, dass Lydias Worte ernst gemeint waren. Trotzdem musste ihre Entscheidung bis zum Ende des Sommers gefallen sein.

Lydia erriet ihr Problem. „Es geht um Alex, nicht wahr?"

Trixie betrat die Küche und enthob Jessica einer Antwort. „Vater kann seine Krawatte mit den roten und gelben Sternen nicht finden. Du möchtest ihm suchen helfen", erklärte sie.

„Ich habe sie schon eingepackt", antwortete Lydia. „Ben muss die Koffer doch gesehen haben."

„Sag es ihm lieber selbst“, meinte Jessica und schob Lydia freundschaftlich zur Tür. „Ich räume den Rest auf.“

„Weißt du, dass Vater und Mutter seit Jahren zum ersten Mal wieder allein verreisen?“, fragte Trixie, nachdem Lydia hinausgegangen war. „Das ist beinahe ein Wunder.“

„Ich freue mich, dass Lydia mir das Haus anvertraut, während sie fort ist“, sagte Jessica. Sie wischte die Anrichte sauber und trocknete sich die Hände.

„Hat sie gesagt, dass ich Mike nicht sehen darf, während sie weg sind?“

„Nicht ausdrücklich.“

„Frag sie bitte nicht danach, Jessica. Bitte nicht.“

Jessica stöhnte auf und warf mit einem Geschirrtuch nach Trixie. „Ich bekomme deinetwegen wohl noch graue Haare, bevor sie zurückkommen.“

„Sie sind doch nur drei Tage weg. In drei Tagen kann überhaupt nichts passieren“, meinte Trixie.

Jessica erinnerte sich nur allzu gut, wie es war, wenn die Eltern ihre Tochter zu sehr behüteten. Die Jungen hatten sich bei den Cassidys zwar nicht gegenseitig die Klinke in die Hand gegeben, doch die Eltern hatten jeden, der sie ausführen wollte, so ausgefragt, dass Jessica am Ende alle Einladungen ausschlug, um sich diese Peinlichkeit zu ersparen.

„Ich werde das Thema nicht anschneiden“, versprach sie Trixie. „Wenn deine Mutter allerdings von sich aus verlangt, dass du dich in ihrer Abwesenheit nicht mit Mike triffst, muss ich mich an ihre Anweisung halten.“

Abends stellte Trixie die entscheidende Frage. Jessica und sie bereiteten gerade einfache Hamburger mit Kartoffelbrei zu. Lydia und Ben waren schon seit Stunden fort.

„Jessica, Mike hat mich für morgen Abend zu einem Sommerfest eingeladen“, begann sie. „Es findet im Ferienhaus einer Freundin auf dem Lande statt. Ihre Eltern werden auch da sein. Ich habe deren Telefonnummer, falls du sie anrufen und es nachprüfen möchtest.“ Trixie schlug energisch den Kartoffelbrei. Offensichtlich hatte sie Angst, dass Jessica ihr den Besuch des Festes nicht erlauben könnte.

„Wann musst du normalerweise abends zu Hause sein?“

„Um halb zwölf.“

„Gut. Ich rufe die Eltern deiner Freundin an. Wenn alles in Ordnung ist, kannst du hingehen. Aber du bist spätestens um halb zwölf wieder hier."

„Das ist kein Problem. Mike sorgt immer dafür, dass ich pünktlich zurück bin."

Jessica fragte sich, ob Trixies Beziehung weiterging, als das junge Mädchen erzählt hatte. Sie forschte vorsichtig nach. „Ist zwischen dir und Mike irgendetwas geschehen, was deiner Mutter Sorgen bereiten könnte?"

Trixie schüttelte den Kopf. „Nicht dass ich wüsste. Alles war in Ordnung, bis Mike und ich uns regelmäßig trafen. Dann ließ meine Mutter mich plötzlich nicht mehr mit ihm ausgehen."

„Und dein Vater?"

„Vater bat mich, Mutter nicht zu drängen. Er sagte, sie würde sich schon wieder beruhigen. Inzwischen wäre es gut für mich, wenn ich auch andere Jungen kennenlernte. Ich will aber nicht mit anderen Jungen gehen. Ich will nur Mike!"

Jessica wendete die Hamburger und pfefferte und salzte sie. „Du bist noch ziemlich jung für solch eine feste Freundschaft."

„So fest ist sie nun auch wieder nicht", antwortete Trixie. „Schließlich will ich ihn nicht gleich heiraten. Ich bin nur gern mit Mike zusammen. Die anderen interessieren mich zurzeit einfach nicht." Sie stemmte die Hände in die Hüften. „Klingt das nicht völlig logisch?"

Jessica gab Trixie im stillen recht. Trixie war ein vernünftiges Mädchen. Sie war intelligent, einfühlsam und wesentlich reifer, als sie selbst und vermutlich auch Lydia in diesem Alter gewesen waren.

„Ich finde das ganz verständlich, Trixie", gab Jessica endlich zu. „Ich möchte nur nicht zwischen Mutter und Tochter geraten. Ich lasse dich mit Mike ausgehen, weil ich mich auf mein eigenes Urteil verlasse. Ich hoffe, du verbringst einen schönen Abend."

Am nächsten Morgen schliefen alle lange aus. Es war beinahe Mittag, bis sie aufgestanden waren. Der Nachmittag ging rasch vorüber, und bald wurde Trixie zum Sommerfest abgeholt.

„Halb zwölf!", rief Jessica Trixie und Mike nach, die Hand in Hand den Pfad hinunterwanderten.

„In Ordnung", versicherte ihr Mike. „Bis später."

Mit einem Anflug von Neid sah Jessica die beiden davonfahren. Sie hatte sich während der beiden letzten Wochen ständig beschäftigt, um nicht an Alex denken zu müssen. Jetzt stand ihr ein ruhiger Abend bevor, und das gefiel ihr gar nicht. Wie gern wäre sie mit dem Mann, den sie liebte, irgendwohin ausgegangen.

„Oliver?", rief Jessica, als sie wieder im Haus war. Der Junge wollte bei einem Freund übernachten. „Soll ich dich zu Mark fahren?" So hätte sie zumindest etwas zu tun.

„Nicht nötig", antwortete Oliver. „Er wohnt nur drei Häuser weiter."

„Dann ist es ja gut." Also musste sie eine andere Beschäftigung finden.

Oliver kam mit seinem Rucksack die Treppe herunter. „Schönen Abend noch, und bis morgen", sagte er und zwinkerte ihr zu. Jessica konnte sich ziemlich genau vorstellen, wie er in ein paar Jahren sein würde. Lindleton konnte sich da auf etwas gefasst machen.

„Viel Spaß!", rief Jessica ihm nach. Dann war sie allein.

Das Schlimmste ist, dass ich gar nicht allein zu sein brauchte, überlegte Jessica eine Stunde später. Sie konnte Alex jederzeit anrufen. Der würde sie sofort aus ihrer Einsamkeit erlösen.

Nein, Erlösung war das falsche Wort, denn es würde sich nur um eine zeitweise Besserung handeln. Später war sie vielleicht einsamer als je zuvor. Jessica hatte sich in den beiden letzten Wochen manchmal gefragt, ob sie wirklich etwas Befriedigenderes brauchte als eine kurze Liebesbeziehung. Hatte die Erziehung sie vielleicht zu vorsichtig, zu prüde gemacht? Doch sie wusste, dass ihre Entscheidung richtig war.

Weshalb hatte sie sich nur ausgerechnet in Alex Grainger verliebt? Weil er unerreichbar war? Wohl kaum. Weil er der Beweis dafür war, dass sie sich in eine attraktive Frau verwandelt hatte? Nein, so einfach war es auch nicht.

Sie liebte Alex um seiner selbst willen. Deshalb begehrte sie ihn trotz seiner Fehler, trotz seiner vielen Freundinnen, trotz seiner Weigerung, eine ernste Beziehung einzugehen.

Jessica machte es sich im Bademantel auf dem Sofa bequem und sah sich einen Fernsehfilm an, bei dem sie ständig heulen musste. Dabei war sie nicht einmal sicher, ob der Inhalt wirklich so traurig war.

Gegen halb zwölf wurde sie langsam ruhiger. Die Zweifel, ob sie sich richtig verhalten hatte, waren verflogen. Irgendjemand musste es Alex einmal zeigen. Frauen waren schließlich kein Spielzeug, das man beiseite legte, wenn es einem zu langweilig wurde. Vielleicht gab ihr Verhalten Alex ja zu denken.

Jessica stand auf, ging ins Badezimmer, wusch sich das Gesicht und kämmte sich das Haar. Ihre Augen waren nur ganz wenig gerötet. Trixie würde wahrscheinlich gar nicht merken, dass sie geweint hatte. Anschließend lief Jessica in die Küche, um frischen Puffreis zu machen. Vielleicht wollte Trixie noch ein bisschen aufbleiben, wenn sie gleich heimkam, und mit ihr reden.

Gegen Viertel vor zwölf war die geschmolzene Butter auf dem Puffreis wieder hart geworden, und Jessica begann, sich Sorgen zu machen. Mike hatte ihr ebenfalls versichert, sie würden sich nicht verspäten. Fünf Minuten vor zwölf hielt es Jessica nicht mehr aus. Sie wählte die Nummer der Freundin, bei der die Party stattgefunden hatte.

Nachdem sie den Hörer wieder aufgelegt hatte, war Jessica ernsthaft besorgt. Trixie und Mike hatten das Haus schon vor einer ganzen Weile verlassen. Trixies Freundin konnte sich nicht erklären, weshalb sie noch nicht zu Hause war.

Was sollte sie nur tun? Sollte sie nach den beiden suchen? Sollte sie am Telefon bleiben, falls jemand anrief? Viertel nach zwölf war sie vor Sorge außer sich.

„Wenn man so etwas mit allen Kindern durchmacht, züchte ich lieber Goldfische“, schwor sie sich und lief vor dem Telefon auf und ab. „Wo können sie nur sein?“

Gegen halb eins verlor Jessica fast die Nerven. Alle möglichen Bilder standen ihr vor Augen. Vielleicht war Mike doch nicht der nette Junge, für den ihn alle hielten? Vielleicht war er wütend geworden und hatte Trixie irgendwo auf der Landstraße aus dem Wagen geworfen, sodass sie zu Fuß heimkehren musste? Das wäre entsetzlich.

Allein konnte sie Trixie nicht finden, denn sie hatte nur eine ungefähre Vorstellung davon, wo das Fest stattgefunden hatte. Jemand musste mitkommen, der sich in dieser Gegend auskannte und wusste, was zu tun war.

Ohne lange zu überlegen, was für einen Eindruck das vielleicht machte, wählte Jessica Alex' Nummer. Das Telefon schien eine Ewigkeit zu läuten, bevor er endlich den Hörer abhob, und Jessica fragte sich schon, was er gerade tat. War er mit einer anderen Frau zusammen?

„Hallo, Alex. Hier ist Jessica.“

„Na, du hast dir ja eine interessante Zeit zum Anrufen ausgesucht.“

„Wirklich?“, gab Jessica zurück. Die Sorge um Trixie ließ sie jede Vorsicht vergessen. „Für die meisten Leute ist dies wohl kaum eine interessante Zeit. Bei dir weiß man das allerdings nicht.“

Es folgte eine längere Pause. Jessica biss sich entmutigt auf die Unterlippe. Endlich antwortete Alex: „Wolltest du kontrollieren, was ich gerade tue? Ich habe geschlafen. Und zwar allein, um es genau zu sagen.“

„Bitte entschuldige.“ Dies war nicht der richtige Zeitpunkt, die Eifersüchtige zu spielen. „Ich wollte dich nicht kontrollieren. Ich bin nur halb wahnsinnig vor Angst. Lydia und Ben sind auf Reisen, und Trixie sollte von einer Verabredung mit Mike schon seit einer Stunde zurück sein. Ich brauche deine Hilfe.“

Erneut herrschte Schweigen. Endlich meinte Alex: „Jessica, ich habe dir doch dringend geraten, dich nicht von Trixie in ihre Angelegenheiten mit Mike hineinziehen zu lassen.“

„Ich will jetzt keine Moralpredigt, ich brauche deine Hilfe!“

Alex stieß einen Seufzer aus. „Nun gut. Ich bin in ein paar Minuten bei dir.“

Jessica lief nach oben und zog sich wieder an. Als Alex kam, war sie gerade in der Küche und schüttelte Puffreis in eine Schüssel. Sie hatte auch schon Kaffee aufgebrüht.

„Lass die ganze Geschichte hören“, sagte Alex zur Begrüßung.

Trotz ihrer Sorge um Trixie geriet Jessica aus dem Takt, als sie Alex gegenüberstand. Er war lässig wie immer gekleidet, sein Haar war noch vom Schlaf zerzaust, und er sah aus, als müsse er sich rasieren.

„Ich warte“, sagte Alex. Er goss sich eine Tasse Kaffee ein und setzte sich auf einen Küchenstuhl.

Jessica erzählte, ohne Alex aus den Augen zu lassen. Wie er so dasaß, war er noch viel unwiderstehlicher, als sie gedacht hatte. Wie gern wäre sie zu ihm gegangen und hätte ihn in die Arme genommen! Sie wollte ihren Kopf an seiner Schulter bergen und seinen ganzen Körper spüren.

„Das hast du ganz schön verpatzt“, meinte Alex, als Jessica geendet hatte.

„Hinterher sagt sich das leicht.“

„Ein bisschen weise Voraussicht wäre in diesem Fall ganz angebracht gewesen. Was hast du damit beweisen wollen? Dass man Trixie und Mike vertrauen kann?“

Warum verstand Alex sie nicht? Jessica wollte ihm ihr Verhalten so gern erklären. „Du weißt nicht, was es bedeutet, Eltern zu haben, die einen in Watte packen und daran hindern, eigene Fehler zu begehen. Ich erinnere mich nur allzu gut. Die eigene Erfahrung hat mich wahrscheinlich alle Vernunft beiseiteschieben lassen."

„Hast du Mikes Eltern schon angerufen?"

Jessica nickte. „Da geht niemand ans Telefon."

„Wie kann ich dir helfen?"

„Ich möchte Trixie suchen, aber ich kenne den Weg nicht. Kommst du mit?"

„Sollte nicht jemand beim Telefon bleiben, falls sie anruft?"

„Ich habe den Anrufbeantworter eingeschaltet und Trixie gebeten, eine Nachricht zu hinterlassen. Um diese Zeit ruft ja sonst keiner an."

„Dann lass uns gehen."

Lindletons Umgebung wirkte in der Dunkelheit nicht gerade einladend. Der Mond stand nur als schmale Sichel am Himmel, da wirkten selbst die Schatten bedrohlich. Alex schüttelte den Kopf, als Jessica ihm sagte, wo die Party stattgefunden hatte. Sie hatte nicht gewusst, dass es so weit war.

Sie fuhren auf direktem Weg zu dem Haus und benutzten für den Rückweg die Nebenstraßen. Eine Stunde später waren sie wieder zu Hause. Von Trixie und Mike gab es immer noch keine Spur.

„Und wenn sie durchgebrannt sind?" Schon bei dem Gedanken hätte Jessica beinahe losgeheult.

„Nun zieh keine voreiligen Schlüsse!"

„Das kann man wohl nicht mehr als voreilig bezeichnen, Alex. Trixie ist seit zwei Stunden überfällig."

„Aber sie ist nicht so verliebt in Mike, dass sie ihn gleich heiraten will. Sie ist im Grunde noch ein Kind."

„Hast du dich mit sechzehn wie ein Kind gefühlt? Ich bestimmt nicht."

„Wie dann?" Sie waren ins Wohnzimmer hinübergegangen, und Alex hatte Jessica neben sich auf das Sofa gezogen.

„Ich fühlte mich wie eine Frau, die alles für den Mann, den sie liebte, getan hätte."

„Und wer war der Glückliche?"

„Du."

Alex hielt sie fester, sagte aber nichts.

„Trixie ist viel reifer als ich in ihrem Alter. Wer weiß, was sie tut, falls sie dasselbe fühlt wie ich damals …"

„Und was fühlst du heute?"

„Darüber kann ich jetzt nicht reden, Alex. Nicht solange Trixie verschwunden ist."

„Ich habe dir viel Zeit gelassen."

„Ich weiß."

Alex strich Jessica über das Haar und zog sie näher. „Ich bin kein geduldiger Mann."

„Das weiß ich auch. Geduld zu haben, hast du wohl nie gelernt."

„Du hast es erkannt."

Jessica war sich Alex' Anwesenheit an ihrer Seite schmerzlich bewusst. Trotz ihrer Sorge um Trixie konnte sie das Prickeln, das sie in seiner Nähe befiel, nicht ignorieren.

Alex beugte sich über sie und streifte ihre Lippen, und bevor Jessica einen Einwand erheben konnte, flüsterte er: „Du hast den Anrufbeantworter noch nicht überprüft."

Einen Augenblick wusste Jessica nicht, wovon Alex redete. Dann sprang sie auf, lief in Bens Arbeitszimmer und stellte aufgeregt fest, dass der kleine rote Knopf am Anrufbeantworter blinkte. Endlich!

Alex blieb auf der Schwelle stehen, während Jessica das Band zurückspulte. Dann erklang Trixies klare Stimme aus dem Lautsprecher. „Jessica", sagte sie langsam und deutlich, „mir geht es gut, und ich bin auf dem Weg nach Hause. Mikes Wagen hatte eine Panne, und wir mussten lange bis zum nächsten Telefon laufen. Sein Onkel fährt uns jetzt heim. Ich bin gegen zwei Uhr da."

„Bin ich froh, dass alles in Ordnung ist", sagte Jessica und stellte erleichtert das Gerät ab.

„Ich dachte es mir zwar, aber ich bin auch froh", antwortete Alex.

„Jessica?" Trixies Stimme kam in diesem Moment von der Eingangstür. Alex und Jessica liefen sofort in die Diele.

„Bitte entschuldigt die Verspätung", fuhr Trixie fort, bevor einer von ihnen etwas sagen konnte.

Jessica war heilfroh, dass Trixie nichts passiert war. Jetzt erst bemerkte sie, dass ein älterer Herr neben Lydias Tochter stand.

„Ich bin Mitchell Dempsey, Mikes Onkel", stellte er sich vor.

Jessica und Alex murmelten ihre Namen und gaben ihm die Hand.

„Die Kinder sind auf einem völlig abseits liegenden Bauernhof gelandet", erklärte er. „Ich hatte größte Schwierigkeiten, sie zu finden. Mike ist schon bei mir zu Hause. Den beiden geht es gut. Sie sind nur völlig erschöpft."

„Ich bin wirklich todmüde", stimmte Trixie ihm zu. „Wir sind meilenweit gelaufen."

„Sie hatten eine landschaftlich besonders schöne Strecke für den Heimweg gewählt und sind mitten im Gebiet einer Sekte liegen geblieben, die aus Prinzip keinerlei moderne Geräte auf ihrem Grund und Boden duldet. Deshalb gab es dort kein Telefon."

„Geh ins Bett", sagte Jessica zu Trixie. „Du kannst mir die ganze Geschichte morgen erzählen."

Mit einem dankbaren Lächeln stieg Trixie die Treppe hinauf.

„Haben Sie vielen Dank, Mr Dempsey", wandte sich Jessica an Mikes Onkel.

„Nicht der Rede wert. Mike ist häufig bei mir, wenn seine Eltern auf Geschäftsreise sind. Er hat mir heute zum ersten Mal einen Grund zur Sorge geliefert. Ich bin froh, dass den beiden nichts geschehen ist."

Kurz darauf verabschiedete er sich und ging.

„Nun, Jessica?", fragte Alex, als sie wieder allein waren. „Was ist?"

„Ein ganz großes Dankeschön und gute Nacht", antwortete sie.

„Nicht so schnell!"

Jessica konnte nicht so tun, als habe sie Alex nicht verstanden. „Jetzt ist wohl nicht der rechte Zeitpunkt zum Reden. Es ist nach zwei Uhr!"

„Ich gieße noch einmal Kaffee für dich auf. Wir beide werden unser Problem heute Nacht noch ausdiskutieren."

Jessica ließ sich von Alex ins Wohnzimmer zurückführen und saß schweigend auf dem Sofa, während er sich in der Küche zu schaffen machte. Sie hatte diese Aussprache nicht hinausschieben wollen, weil sie Zweifel hatte, sondern weil sie das Ende ihrer Beziehung bedeutete. Und sie wünschte immer noch, sie könnte das verhindern.

„Der ist für dich." Alex kehrte ins Wohnzimmer zurück und reichte Jessica eine Tasse, die sie auf den Beistelltisch stellte.

Dann setzte er sich neben sie. „Ich warte", sagte er.

Jessica faltete die Hände auf dem Schoß und überlegte, wie sie sich verhalten sollte.

„Es ist nicht so einfach", begann sie.

„Es braucht gar nicht schwierig zu sein. Sag mir ganz einfach, wie du über uns beide denkst und ob du bereit bist …" Alex hielt inne, als wäre es ihm unangenehm, das Weitere laut auszusprechen.

„Bereit für eine Affäre mit dir, meinst du? Bereit, mir für eine gewisse Zeit einen Geliebten zu nehmen?" Jessica legte den Kopf auf die

Sofalehne und schloss die Augen. „Dazu bin ich nicht bereit, Alex. Ich stehe für ein Abenteuer nicht zur Verfügung, nicht einmal mit dir."

„Was heißt das: nicht einmal mit mir?"

Jessica war erstaunt über die Wärme in seiner Stimme. Diesen geduldigen, besorgten, fürsorglichen Alex hatte sie immer geliebt. Das machte ihr die Antwort noch schwerer. Aber sie waren es einander schuldig, sich die wahren Gefühle einzugestehen.

„Nicht einmal mit dir möchte ich eine Affäre, Alex", wiederholte sie. „Sieh mal, ich habe dich ein Leben lang geliebt. Sicher, ich habe das zeitweise für eine jugendliche Schwärmerei gehalten, die vorübergeht. Doch dann stellte ich fest, dass ich als erwachsene Frau auch den erwachsenen Alex liebte. Ich kann einfach keine vorübergehende Beziehung mit dir haben, denn ich frage mich ständig, was aus mir wird, wenn du mich verlässt."

Jessica strich ihm zärtlich über die Wange. „Ich bin dir nicht böse", sagte sie. „Nur solltest du meiner Ansicht nach inzwischen gelernt haben, welcher Typ Frau mit deinen Bedingungen fertig wird und welcher nicht."

„Glaub mir, das Ganze passierte wider besseres Wissen." Alex nahm ihre Hand und küsste die Fingerspitzen. Dann legte er sie sich an die Wange. „Wie hätte ich ahnen können, dass mich die kleine Jessica Cassidy derart durcheinander bringt?"

Jessica begriff, dass Alex das Thema wechseln wollte, doch sie ließ es nicht zu. „Verstehst du nicht, dass ich mehr brauche als eine lose Beziehung? Dass du selbst mehr brauchst?"

„Ich brauche ganz bestimmt mehr", erklärte Alex, legte sich Jessicas Arme um den Hals und zog sie an sich. „Ich brauche dich ganz, Jessica. Verschließ dich nicht vor mir."

„Ich lasse mich nicht von dir benutzen und anschließend in die Ecke stellen." Jessica stemmte die Hände gegen Alex' Brust und befreite sich.

„Du machst ja aus einer Mücke einen Elefanten." Alex ließ sie los, seiner Stimme war die Verärgerung anzumerken. „Ich habe keine Lust, mich von dir noch länger zu einem egoistischen Playboy abstempeln zu lassen. Ich möchte dir ein paar schöne Stunden bereiten. Du hast sie nach all dem, was hinter dir liegt, doch wirklich verdient. Wo bleibt dein Sinn für die richtigen Proportionen, Jessica?"

Jessica starrte ihn entgeistert an. „Schöne Stunden? Solange du nur ein Mann für schöne Stunden bist, entwickelst du bestimmt keinen Sinn für Proportionen, Alex."

Sie holte tief Luft. „Das hat dir noch niemand gesagt, nicht wahr, Alex? Weder dein Vater noch deine Mutter noch sonst jemand. Nun, dann bin ich eben die Erste. Ich möchte dich nicht für ein paar schöne Stunden, wenn ich dich nicht ganz haben kann."

„Ich habe dir gesagt, dass das unmöglich ist."

„Dann lass mich in Ruhe, Alex Grainger." Jessica stand entschlossen auf, ging zur Tür und öffnete sie. „Such dir jemand anderes für diese Rolle, die du mir da zugedacht hast."

Alex ging schweigend hinaus. Auf der Veranda drehte er sich noch einmal um und sah Jessica an. „Ich habe mich gründlich in dir getäuscht, Jessica. Ich dachte, du wärst erwachsen genug, um dich vernünftig zu benehmen."

„Du hast dich tatsächlich getäuscht, Alex. Ich bin zu erwachsen, um solch eine Situation zu wollen."

Alex wandte sich ab und ging ohne ein weiteres Wort zu seinem Porsche hinüber. Jessica sah ihm nach und brach erst in Tränen aus, als der Motor aufheulte und die Stille der Nacht störte. Sie war sehr unglücklich.

8. KAPITEL

Jessica spürte, wie die Klaviertasten unter ihrem Anschlag vibrierten. Eine Woche war seit ihrem letzten Beisammensein mit Alex vergangen. In dieser Zeit hatte sie ihr gesamtes Repertoire mit einer Leidenschaft gespielt, die einer Konzertpianistin zur Ehre gereicht hätte.

„Das war schön, Jessica, aber auch sehr traurig."

Jessica drehte sich herum und sah Lydia auf der Türschwelle stehen. „Habe ich dich gestört?", fragte sie verlegen. Hoffentlich hatte sie nicht die ganze Familie aufgeweckt.

„Überhaupt nicht. Es ist wunderbar, bei Musik aufzuwachen. Auch wenn ich es lieber sähe, wenn du nicht so bekümmert wärst."

Jessica lächelte kläglich. „Meine Mutter behauptete auch immer, sie könnte allein schon an dem Klavierstück, das ich gerade übte, erkennen, wie es um mich steht. Das war allerdings nicht schwierig: Wenn ich verärgert war, spielte ich immer den ersten Satz aus Beethovens ‚Pathétique'."

„Und wenn du glücklich warst?"

„Walzer von Chopin. Vor allem den so genannten Minutenwalzer."

„Ich habe dich die Walzer noch nie spielen hören."

„Eines Tages werde ich sie dir einmal vorspielen." Jessica stand auf und hoffte, dass sie die Unterhaltung damit beenden konnte. Sie fühlte sich nicht dazu in der Lage, über Alex zu reden.

Doch Lydia hatte noch ein Anliegen. „Ich weiß, dass du Trixie mit Mike ausgehen lassen hast, während wir fort waren, Jessica", sagte sie. „Trixie hat es mir erzählt. Du brauchst deshalb aber keine Gewissensbisse zu haben. Ich nehme es dir nicht übel", fügte sie hinzu.

„Trixie wollte so gern auf die Party, und sie wirkte so verantwortungsbewusst", antwortete Jessica. Sie wünschte, dass Lydia ihr Verhalten begriff. „Außerdem ist Mike meiner Meinung nach wirklich ein netter Junge."

„Hilf mir beim Frühstück", bat Lydia. „Ich will dir eine Geschichte erzählen."

Jessica folgte ihr in die Küche. Sie holte die Tassen und Teller aus dem Schrank und stellte sie auf den Tisch. Lydia schwieg eine Weile, dann begann sie zu reden.

„Ob du es glaubst oder nicht, ich war auch einmal sechzehn. Zwar war ich nicht so reif wie Trixie, glich ihr aber in vieler Hinsicht. Ich war ebenso romantisch, unschuldig und vertrauensselig wie sie. Ein Junge aus meiner Klasse schenkte mir besonders viel Aufmerksamkeit. Ich war das, was man einen Spätentwickler nennen könnte, und hatte noch nicht viele Freunde gehabt. Ich habe mich deshalb sehr in diesen Jungen verliebt."

Jessica wollte Lydia nicht unterbrechen. Deshalb nickte sie nur.

„Meine Eltern waren über diese Freundschaft so froh, dass sie gar nicht auf den Gedanken kamen, ich könnte den Kopf verlieren. Schließlich gingen wir fest miteinander, und meine Eltern hinderten mich nicht daran. Ich war ja noch so naiv. Später ..." Lydia hielt inne, als müsste sie ihre Worte genau überlegen. „Später, mit siebzehn, musste ich einen hohen Preis für diese Naivität zahlen. Ich wurde uninteressant für den Jungen, nachdem er bekommen hatte, was er wollte, und konnte sehen, wie ich mit den Scherben meines Lebens fertig wurde."

Jessica wartete, bis sie sicher war, dass Lydia nichts mehr hinzufügen wollte. Dann sagte sie: „Und du hast Angst, dass Trixie ebenso verletzt werden könnte, nicht wahr?"

„Das ist richtig."

„Es muss ziemlich schwierig sein zuzuschauen, wie die eigenen Kinder Fehler machen." Jessica fiel ein, wie sie verzweifelt darauf gewartet hatte, dass Trixie von der Party zurückkehrte.

„Ich glaube, ich verstehe das heute etwas besser. Aber ich weiß auch etwas anderes." Sie sah Lydia an. „Trixie ist nicht so, wie du oder ich mit sechzehn waren. Sie ist intelligent und denkt praktisch. Und sie besitzt etwas, was wir beide mit sechzehn wohl nicht hatten: Selbstvertrauen. Deshalb musst du ebenfalls Vertrauen in deine Tochter setzen."

„Ich weiß es ja." Lydia trat hinter Jessica und legte ihr eine Hand auf die Schulter. „Ben erzählt mir seit Monaten dasselbe. Ich musste in Ruhe darüber nachdenken, deshalb bin ich ein paar Tage fortgefahren. Ich habe Trixie gestern Abend gesagt, dass sie sich mit Mike treffen darf, wenn sie möchte, solange sie sich an die Spielregeln hält."

„Das tut sie bestimmt." Jessica wandte sich um und versuchte ein Lächeln. Seit dem Gespräch mit Alex fiel ihr das schwer. „Danke, dass du mir mein Verhalten in der Geschichte nicht übel nimmst."

„Schon gut", sagte Lydia. „Und nun wollen wir mal sehen, was ich für dich tun kann."

Jessica richtete sich auf. Sie war nicht bereit, über ihre Gefühle zu sprechen – nicht einmal mit Lydia.

„Du machst einen ziemlich unglücklichen Eindruck, und ich glaube nicht, dass es an Trixie liegt. Bereitet Alex dir Kummer, Jessica?“ Lydia traf den Nagel auf den Kopf.

Jessica hatte die letzte Woche wenig geschlafen und eine große innere Unruhe in sich. Sie konnte sich kaum noch beherrschen und Lydias Besorgnis gab ihr nun den Rest.

„Du bist nicht meine Mutter, Lydia“, sagte sie aggressiv. „Du kannst mir nicht bei meinen Schwierigkeiten helfen. Bitte, versuch es gar nicht.“ Und bevor Lydia antworten konnte, hatte sie sich umgewandt und war aus der Küche geflohen.

In ihrem Zimmer überlegte Jessica, was sie seit ihrer Ankunft in Lindleton alles falsch gemacht hatte: Erstens hatte sie sich wieder in Alex Grainger verliebt, zweitens hatte sie sich in einen Mutter-Tochter-Konflikt eingemischt, der sie nichts anging, und drittens hatte sie nun auch noch Lydia gekränkt, die sich stets als mütterliche Freundin erwiesen hatte.

Wenn sie noch einen Funken Selbstachtung besaß, sollte sie jetzt aufstehen, ihre Koffer packen und nach Pittsburgh zurückkehren. Aber eines war noch wichtiger: Sie musste sich auf der Stelle bei Lydia entschuldigen.

Lydia war allein in der Küche und aß ein Müsli. „Es tut mir leid, dass ich so unhöflich war“, sagte Jessica von der Türschwelle aus. „Ich bin es nicht gewöhnt, mit jemandem über meine Gefühle zu sprechen. Und ich kann es auch nicht gut.“

Lydia sah auf, und Jessica merkte, dass sie geweint hatte. Ihr selbst war auch zum Heulen zumute.

„Ich hätte dich nicht drängen dürfen.“ Lydia versuchte zu lächeln.

Jessica betrat die Küche, hockte sich neben Lydia und umarmte sie. „Es war meine Schuld. Ich habe meine Probleme immer für mich behalten. Bitte entschuldige, dass ich dich so angefahren habe.“ Jessica war böse über sich selbst.

„Natürlich entschuldige ich es.“ Lydia legte den Arm um Jessica.

„Wenn es nicht mehr so wehtut, erzähle ich, was mit mir los ist“, versprach Jessica.

„Nur, wenn du es wirklich möchtest.“ Lydia richtete sich auf und hob Jessicas Kinn an. „Ich weiß, ich kann dir deine Mutter nicht ersetzen“, sagte sie weich. „Aber wenn du eine gute Freundin brauchst, bin ich immer für dich da.“

Vierzehn Tage später band Jessica sich das Haar zu einem Schwanz zusammen und sicherte ihn mit einer großen Spange. Dann trat sie von dem Spiegel zurück und musterte sich. „Was hältst du davon?“, fragte sie Trixie.

„Ich lasse mein Haar auch wachsen, damit ich mir solch eine Frisur machen kann“, erklärte sie. Sie stellte sich neben Jessica und betrachtete sich ebenfalls. „Sieh mal, wir haben dieselbe Gesichtsform. Deine Frisur würde mir bestimmt auch stehen.“

Jessica sah Trixie im Spiegel genauer an. „Stimmt“, sagte sie. „Wir haben tatsächlich ein bisschen Ähnlichkeit. Das ist mir noch nie aufgefallen.“

Trixie setzte ihre Betrachtungen fort. „Dieselbe Gesichtsform, dieselbe Augenfarbe und dieselben komischen Augenbrauen.“ Sie schüttelte den Kopf. „Nur das Kinn ist anders.“

„Zwillinge sind wir nicht“, meinte Jessica. „Trotzdem würde dir meine Frisur stehen.“ Sachte schob sie eine der kurzen Haarsträhnen aus Trixies Gesicht fort.

„Ich lasse es wachsen“, erklärte Trixie entschlossen.

„Seid ihr fertig?“, rief Ben die Treppe hinauf.

„Wir kommen!“, schrie Trixie. Dann wandte sie sich an Jessica. „Ich bin froh, dass du mit zum Picknick gehst.“

Seit vielen Jahren fand das Picknick des Städtischen Krankenhauses von Lindleton am ersten Augustwochenende statt. Die Bancrofts hatten Jessica dazu eingeladen, und sie hatte zögernd zugesagt. Jessica hatte Alex seit zwei Wochen nicht gesehen, und sie wusste nicht recht, ob sie ihm schon wieder gegenübertreten konnte. Als ahnte Ben den Grund für ihr Zögern, hatte er beiläufig erwähnt, dass Alex vermutlich nicht dabei sein werde, da er an diesem Wochenende Bereitschaftsdienst habe.

Jetzt, während sie vor dem Spiegel stand und das apricotfarbene Sommerkleid betrachtete, das sie extra für das Fest gekauft hatte, wünschte Jessica beinahe, dass Alex doch käme. Er sollte sehen, was ihm entging!

Der Park, in dem das Picknick des Krankenhauspersonals und deren Familien stattfand, bestand aus mehreren Hektar Wald mit großen Lichtungen und einem richtigen Baseballfeld. Als die Familie Bancroft ihren Kombiwagen auf dem Parkplatz abstellte und die Picknickkörbe und die Klappstühle herausholte, fand dort gerade ein Ballspiel statt. Jessica entdeckte Alex zwischen den Spielern. Er hatte sie auch schon gesehen und bemühte sich gleich um Ablösung.

Jessica wartete ruhig, bis er zu ihr kam. Schweigend nahm er ihre Hand und führte sie zu einer kleinen Baumgruppe, wo sie allein sein konnten.

„Ich habe gehofft, dass du mitkommst", sagte Alex, als Jessica seine Hand losließ und sich an eine große Platane lehnte.

„Und ich habe gehofft, dass du hier bist", antwortete sie ehrlich.

Alex hob die Hand und strich mit den Fingerspitzen über ihre Wange. Jessica schloss die Augen. Alles an ihr reagierte viel zu heftig auf sein Streicheln.

„Jessica", sagte Alex weich. „Was machen wir nur?"

„Ich dachte, ich wüsste genau, was ich tat", antwortete sie. „Wahrscheinlich habe ich mir selbst etwas vorgemacht."

„Dann hast du deine Meinung geändert?"

„Nein." Sie öffnete die Augen und sah Alex an. „Können wir uns nicht mehr Zeit lassen?"

Alex blickte zweifelnd drein. „Bittest du mich, nur dein Freund zu sein? Nur deine Hand zu halten, während ich viel lieber alles an dir spüren möchte?"

„Ich bitte dich, uns beiden Zeit zu lassen. Wenn du mehr für mich fühlst als Verlangen ..."

„Das weißt du doch."

„Dann verdirb unsere Freundschaft bitte nicht mit Ansprüchen, denen keiner von uns gerecht werden kann."

„Du begehst schon wieder eine Selbsttäuschung", warnte Alex sie warmherzig. „Wir wären zwar zusammen, aber es würde uns beiden nicht genügen. Einer von uns würde garantiert die Selbstbeherrschung verlieren, und wir wären wieder dort, wo wir schon einmal waren. Nur wird es dann noch schwieriger sein."

„Das Risiko gehe ich ein." Jessica trat wieder näher an Alex heran und legte die Hände auf seine Schultern. „Kannst du es nicht auch?"

„Du bist entschlossen, mir Selbstbeherrschung beizubringen, nicht wahr?"

„Das war nie meine Absicht."

„Was ist es dann?" Alex legte die Hände um Jessicas Taille und zog sie näher.

„Ich glaube, das müssen wir beide noch herausfinden." Sie stellte sich auf die Zehenspitzen und küsste Alex auf den Mund.

„Nur so weiter, Jessica!", rief Oliver hinter ihr.

Jessica drehte sich in Alex' Armen herum und lachte Oliver an. „Verschwinde, du störst hier."

„Ich habe es ja gewusst: Du brauchst einen Freund!" Oliver strahlte sie beide an und sprang davon.

„Es klingt, als stünde Oliver auf meiner Seite", sagte Alex.

„Komisch, dass Männer immer glauben, ein Mann sei für eine Frau die Lösung aller Probleme." Jessica wunderte sich.

„Männer sind eben klug."

Jessica entzog sich ihm und streckte ihm die Hand hin. Sie lächelte kläglich. Alex hatte leider recht: Sie schob das Unvermeidliche nur vor sich her, wenn sie kein klares Ende ihrer Beziehung herbeiführte. Doch sie war noch nicht davon überzeugt, dass es nur ein endgültiges Aus geben konnte. „Ich möchte an Wunder glauben", flüsterte sie.

„Was hast du gesagt?"

„Ich habe nur laut nachgedacht", antwortete Jessica seufzend auf seine Frage.

Alex hielt noch immer ihre Hand. „Lass uns diesen Tag unbeschwert verbringen", sagte er weich.

Die Bancrofts nahmen Alex wie ein Familienmitglied in ihrer Mitte auf. Er hatte sein eigenes Essen mitgebracht. Doch Lydia behauptete, sie habe genügend für alle eingepackt. So aßen sie gemeinsam gebratene Hähnchen und Kartoffelsalat und vertilgten anschließend einen scharf gewürzten Kuchen, den Oliver gebacken hatte. Später tranken die Erwachsenen kühlen Wein, und Trixie und Oliver brachen auf, um sich mit Freunden zu treffen.

Jessica merkte, wie ihre Nerven auf Alex' Nähe immer mehr reagierten. Er gefiel ihr von Mal zu Mal besser. Seine Haut war in den letzten Wochen tief gebräunt, und Jessica fragte sich, was er in der Sonne getan haben mochte. Im Gegensatz dazu wirkte sein Haar jetzt beinahe blond, und das Grün seiner Augen fiel noch stärker auf.

Alex schien von rastloser Energie erfüllt und suchte immer wieder nach einem Anlass, sie zu berühren. Jessica wusste, wohin das führen würde. Lange konnte sie ihm bestimmt nicht mehr widerstehen.

„Lass uns beim Tauziehen zusehen", schlug Lydia vor. Sie stand auf und gab Ben einen Wink.

„Kommt ihr mit?", fragte Ben Jessica und Alex.

Jessica hielt es für das Beste, sich irgendwie zu beschäftigen. Sie erhob sich und zog Alex auf die Füße. In diesem Augenblick begann Alex' Funkgerät zu piepen.

Alex stöhnte auf, und Ben lachte. „Besser Sie als ich", meinte er zufrieden. „Am Parkeingang ist die nächste Telefonzelle."

„Ich bin gleich zurück", versprach Alex.

Jessica sah zu, wie Alex im Laufschritt davoneilte. Dann schloss sie sich Lydia und Ben an.

„Schade", sagte Lydia. „Alex hat kaum einmal Zeit für sich selbst. Nicht einmal Ben arbeitet so viel wie er."

„Wie kommt denn das?", fragte Jessica erstaunt. Alex hatte einen Partner, während Ben seine Praxis allein führte. Außerdem war Ben der einzige Geburtshelfer in der Stadt.

„Er engagiert sich viel zu stark", erklärte Ben entschieden. „Ich habe es ihm schon ins Gesicht gesagt. Alex ist geradezu besessen, wenn es um medizinische Fragen geht. Er hat die Medizin zu seinem Lebensinhalt gemacht." Ben legte den Arm tröstend um Jessicas Schultern. „Ich frage mich manchmal, ob da überhaupt noch Platz für anderes bleibt."

„Das frage ich mich auch", erwiderte Jessica.

Alex kam zurück, musste während der beiden nächsten Stunden jedoch noch zweimal fort. Er wurde immer ernster und zog Ben schließlich zu einem Gespräch beiseite. Obwohl er Jessica nicht aus den Augen ließ, wurde er ihr gegenüber immer zurückhaltender. Als das Funkgerät zum vierten Mal ertönte, war sie beinahe froh, dass er zum Telefon ging.

„Ich muss fort", erklärte Alex bei seiner Rückkehr. „Eine meiner Patientinnen braucht meine Hilfe."

Jessica war zwar enttäuscht, doch sie wusste, dass seine Aufmerksamkeit längst auf etwas anderes gerichtet war. „Ich verstehe", antwortete sie.

„Möchtest du mitkommen?"

Die Frage kam überraschend, aber Jessica nickte spontan. Sie war glücklich, dass Alex sie trotz seiner Sorgen bei sich haben wollte. Erst als sie im Auto saßen, erklärte er ihr, worum es sich handelte.

„Erinnerst du dich noch an das Abendessen in der ‚Durstigen Kuh'?"

Jessica nickte.

„Wir haben uns damals darüber unterhalten, dass Väter bei Geburten im Städtischen Krankenhaus nicht anwesend sein dürfen."

Jessica nickte erneut.

„Ich habe eine ganz junge Patientin, die zur Schwangerschaftsvorsorge in meine Praxis kam und mit dieser Maßnahme ebenso wenig einverstanden ist wie Ben oder ich. Sie beschloss daher, ihr Baby zu Hause zur Welt zu bringen. Die Wehen haben heute Morgen begonnen, aber Ken, Jannas Mann, hat mich erst heute Nachmittag benachrichtigt."

„Sie glauben doch wohl nicht, dass du das Kind im Schlafzimmer holst? Kannst du da nicht belangt werden, wenn etwas passiert?" Jessica nagte besorgt an ihrer Unterlippe.

„Natürlich könnte ich es. Es kämen eine Menge Unannehmlichkeiten auf mich zu. Das habe ich den beiden auch erklärt, als sie mir ihren Entschluss mitteilten. Ich dachte, sie hätten es begriffen und würden zur Geburt in die nächste Stadt fahren."

„Sie haben es nicht getan?"

„Leider nein. Sie sind ziemlich naturverbunden und züchten Ziegen, Hühner und Gemüse auf ihrem kleinen Bauernhof. Einige ihrer Vorstellungen klingen ganz vernünftig. Alles wäre gar nicht so schlimm, wenn ich bei der letzten Untersuchung nicht festgestellt hätte, dass das Baby falsch liegt und eine Steißgeburt zu erwarten ist."

„Hast du es Janna gesagt?"

„Selbstverständlich. Es hat sie nicht sonderlich beunruhigt. Die beiden besorgten sich ein Buch über die natürliche Geburt und lasen darin, dass sich die meisten Babys während der letzten Tage vor der Geburt noch drehen. Nach Kens Meinung gibt es alle möglichen Maßnahmen, um eine Steißgeburt zu verhindern." Alex schlug verärgert mit den Händen auf das Lenkrad. „Die beiden Dummköpfe weigern sich nach wie vor, ins Krankenhaus zu kommen und das Baby dort zur Welt zu bringen."

„Willst du das Kind etwa zu Hause holen?", fragte Jessica entsetzt mit aufgerissenen Augen.

„Ich werde die beiden höchstpersönlich ins Krankenhaus zerren. Inzwischen braucht Janna vermutlich einen Kaiserschnitt, und den kann ich sowieso nicht vornehmen. Sobald ich sie davon überzeugt habe, dass sie ins Spital muss, kommt Ben dazu. Er weiß schon Bescheid."

Alex fuhr so schnell er konnte, bis sie an eine Abzweigung kamen, an der er die Geschwindigkeit verringern musste. Langsam ging es nun über zahlreiche Schlaglöcher weiter.

„Dort ist das Haus", sagte Alex und nickte zu einem verwitterten Holzgebäude am Ende der Einfahrt hinüber.

„Wie hast du das denn so schnell gefunden?"

„Ich bin hier schon einmal zum Abendessen gewesen. Janna kocht die beste Gemüselasagne der Welt."

Jessica dachte einen Augenblick nach. „Bezahlt sie deine Rechnungen mit Eiern und Getreide?"

„Und Gemüselasagne." Alex stieß die Wagentür auf und lief zum Haus hinüber. Jessica folgte ihm.

„Wie geht es ihr?", fragte Alex einen jungen Mann, der zur Begrüßung auf die Veranda getreten war.

Ken zuckte mit den Schultern. Die Sorgenfalten in seinem Gesicht redeten eine deutliche Sprache. „Es ist nicht so einfach, wie es in dem Buch klingt", gab er leise zu.

Alex schob ihn zur Seite und betrat das Haus, Jessica blieb auf der Veranda. Sie stellte sich Ken vor, dann warteten sie beide auf irgendwelche Geräusche aus dem Haus. Nur einmal hörten sie einen unterdrückten Schrei.

„Ich versuche seit heute Mittag, Janna ins Krankenhaus zu bringen", sagte Ken und blickte starr geradeaus. „Sie weigert sich standhaft und ist davon überzeugt, dass es bei der ersten Geburt immer schwieriger ist."

Jessica wusste nicht, wie sie Ken trösten sollte. Immerhin gefährdete Janna das Leben ihres Kindes. „Es war sicher richtig, Dr. Grainger zu rufen", sagte sie endlich.

„Janna ist bestimmt wütend. Sie wusste nämlich nichts davon."

„Ich finde, es geht jetzt nicht mehr darum, was Ihre Frau möchte, sondern was das Beste für alle ist. Es ist schließlich auch Ihr Baby."

Alex knallte die Tür hinter sich zu, und Ken und Jessica sprangen auf.

„Sie ist in keiner guten Verfassung", sagte er geradeheraus. „Die Wehen kommen ziemlich schnell hintereinander, und das Kind hat sich immer noch nicht gedreht. Hier kann ich es unmöglich holen. Ich habe bereits einen Krankenwagen bestellt, aber Janna weigert sich immer noch. Gehen Sie hinein und machen Sie ihr klar, dass sie unbedingt ins Krankenhaus muss."

„Ich weiß nicht …", begann Ken.

„Sie sollten es aber wissen!" Alex packte ihn an den Armen und drehte ihn zu sich. „Wollen Sie die ganze Wahrheit wissen? Ich habe keine Ahnung, ob wir das Baby noch retten können. Wollen Sie vielleicht Ihre Frau verlieren?"

Kens Gesicht verlor alle Farbe. „Nur das nicht!"

„Dann benehmen Sie sich wie ein vernünftiger Ehemann und nicht wie ein störrisches Kind, verdammt noch mal." Alex ging wieder ins Haus, und Ken folgte ihm. Jessica hörte Stimmengemurmel und nach einer Weile auch die Sirene eines Krankenwagens.

Die junge Frau wurde kreidebleich auf einer Trage hinausgebracht. Alex gab Jessica seinen Schlüssel und bat sie, zu sich nach Hause zu fahren und dort auf ihn zu warten. Dann stieg er mit Ken zu Janna in das Fahrzeug.

Äußerst vorsichtig lenkte Jessica den Sportwagen aus der mit Schlaglöchern übersäten Einfahrt auf die Landstraße und fuhr dann zu Alex' Haus. Die Garage war unverschlossen. Sie probierte die Schlüssel aus, bis sie den Torschlüssel fand, ging ins Haus, setzte sich auf das große Sofa in der Nähe des Hotpools und wartete dort auf Alex.

Im Haus war es völlig still. Keine Uhr tickte, kein Tier strich umher. Jessica war erstaunt, wie abgeschieden es hier war, und sie fragte sich, ob Alex sich nicht manchmal einsam fühlte. Oder war er so wenig daheim, dass es ihm gleichgültig war?

Die ungewohnte Stille machte Jessica schläfrig. Sie schloss die Augen, kuschelte sich in die Kissen und träumte, dass Alex sie in den Armen hielt.

„Jessica?"

Sie öffnete die Augen und zog Alex näher. Es schien ihr dabei völlig natürlich, dass sie neben ihm lag und ihren Kopf an seiner Schulter barg. „Ich bin eingeschlafen."

„Ich habe es gemerkt."

Jessica wunderte sich über Alex' Stimme. Sie klang so anders. „Wie lange bist du schon zurück?" Sie war immer noch etwas verwirrt.

„Erst seit ein paar Minuten."

„Und das Baby?", fragte sie leise. „Ist es da?"

Alex nickte.

Jetzt war Jessica richtig wach, und es durchfuhr sie eiskalt. „Ist das Kind gesund?"

Alex zog sie enger an sich. „Nein", antwortete er traurig.

„Oje!" Jessica richtete sich entsetzt auf. „Es tut mir leid", flüsterte sie. „Es tut mir so leid."

Alex schwieg eine ganze Weile, dann entspannte er sich langsam. Endlich löste er die Spange aus Jessicas Haar, sodass es sich auf dem Kissen ausbreitete. „Ben sagt auch, dass das Kind schon gestorben ist, bevor Ken mich rief. Ich war auch der Meinung, dass es nicht mehr zu retten war, als ich Janna untersuchte."

Jessica war froh, dass Alex sich nicht die Schuld für den Tod des Kindes geben konnte. Aber sie irrte sich.

„Ich hätte es verhindern können."

„Wie kannst du das behaupten?", fragte sie entsetzt.

„Ich hätte dafür sorgen müssen, dass Janna ins Krankenhaus geht. Ich hätte bitten, betteln und drohen sollen. Irgendwie hätte ich es schon erreicht."

„Janna ist ebenso erwachsen wie Ken. Du kannst Erwachsene zu nichts zwingen, Alex. Das weißt du selbst."

„Ich weiß nur, dass wir einen wunderschönen Jungen verloren haben."

„Geht es Janna wenigstens gut?" Vielleicht konnte Alex der Gedanke trösten, dass er der Mutter helfen konnte.

„Körperlich ist sie völlig in Ordnung. Sie ist nur ganz von Sinnen vor Kummer."

„Wärest du nicht zu ihr gefahren, um sie ins Krankenhaus einzuweisen, hätte sie sterben können. Kein anderer Arzt hätte sich so viel Mühe mit ihr gegeben wie du." Jessica rutschte ein wenig zur Seite, damit sie Alex ins Gesicht sehen konnte. „Du hast doch alles getan, was du konntest!", meinte sie eindringlich.

„Und ich bin gescheitert."

„Das stimmt doch nicht." Jessica sah ihn an, um die Wirkung ihrer Worte zu erkunden. In diesem Augenblick liebte sie Alex mehr, als sie es je für möglich gehalten hätte. Wie schön, dass er zu ihr gekommen war, um seinen Kummer mit ihr zu teilen und sich von ihr trösten zu lassen!

Als wäre er sich der Bedeutung dieses Augenblicks ebenfalls bewusst, strich Alex Jessica über das Haar und versuchte zu lächeln. „Was würde ich nur ohne dich anfangen?"

Jessica hätte ihm gern versichert, dass sie immer für ihn da war, wenn er sie brauchte. Stattdessen lächelte sie nur und sagte: „Ich bin froh, dass ich hier bin."

„Ich auch, Jessica." Er küsste sie und wiederholte: „Ich bin auch froh, dass du hier bist."

9. KAPITEL

Jessica breitete eine Decke auf dem Rasen hinter dem Haus der Bancrofts aus, legte sich auf den Bauch und stützte das Kinn auf die gefalteten Hände. Die Sonne stand hoch am Himmel, und obwohl es leicht bewölkt war, spürte Jessica eine wohlige Wärme auf ihren nackten Armen und Beinen. Ihr Buch lag unberührt neben ihr, und das Kofferradio, das sie mitgebracht hatte, schwieg.

Der 18. August war für Jessica immer ein Zeitpunkt der Rückschau – ein Tag, an dem sie das vergangene Jahr überdachte und die Erfolge und Misserfolge abwog. Es war ihr Geburtstag.

Bei den Cassidys hatten Geburtstage eine wichtige Rolle gespielt. Normalerweise waren die Eltern mit ihrer Tochter in ein gutes Restaurant gegangen und hatten ihr einen liebevollen Vortrag darüber gehalten, was sie im kommenden Jahr noch besser machen könnte. Eine richtige Geburtstagsparty hatte es dagegen nur selten gegeben.

Diesmal hielt Jessica sich nicht lange bei der Vergangenheit auf. Das letzte Jahr war zwar das schwerste ihres Lebens gewesen, doch sie musste sich auf die Zukunft konzentrieren. In vierzehn Tagen begann für Trixie und Oliver wieder die Schule. Dann hatten sie nicht mehr so viel Zeit zum Klavierspielen.

Jessica war sich immer noch nicht sicher, wie sie ihre Zukunft gestalten sollte. Ihre Beziehung zu Alex hatte sich nicht gefestigt, sie hatte ihn zuletzt auf der Beerdigung von Janna und Kens Baby gesehen. Unter diesen Umständen war es gewiss sinnvoll, nach den Ferien nach Pittsburgh zurückzukehren, das Elternhaus zu verkaufen und etwas Passenderes für sich zu suchen. Sie würde in der Stadt genügend Klavierschüler finden, und die Möglichkeiten zu geselligen Kontakten waren dort größer für sie.

„Ich weiß ein Geheimnis!“

Jessica war so in Gedanken versunken, dass sie Trixie nicht hatte kommen hören. Sie drehte sich um und klopfte auf die Decke neben sich. „Setz dich zu mir.“

„Du sahst so ernst aus, dass ich dich nicht stören wollte.“

„Ich habe nur gerade über etwas nachgedacht. Was ist das für ein Geheimnis?“

Trixie schnitt eine Grimasse. „Wenn ich es dir erzähle, ist es ja keines mehr …“

„Wenn ich will, bekomme ich es schon aus dir heraus.“

„Auf keinen Fall." Trixie rollte auf die Seite und sah Jessica an. „Bleib doch in Lindleton, Jessica. Ich möchte nicht, dass du wieder fortgehst. Ich mag dich."

Jessica erstaunte es immer wieder, wie leicht die Bancrofts ihre Gefühle ausdrücken konnten. Ihr selbst gelang das nur mit Mühe.

„Ich mag dich auch, Trixie. Du bist für mich wie die Schwester, die ich mir immer gewünscht habe. Wir bleiben bestimmt in Verbindung. Außerdem kannst du mich ja in Pittsburgh besuchen."

Trixie verzog das Gesicht. „Das ist nicht dasselbe."

„Bitte, glaub nicht, dass es irgendetwas mit dir zu tun hat. Vielleicht ist Lindleton für mich nicht der richtige Ort."

„Daran ist nur Alex schuld. Ich werde ihm beim Abendessen einmal gründlich die Meinung sagen." Trixie schlug sich mit der Hand vor den Mund. „Au weia!"

„So, so, beim Abendessen! Und was versuchst du mir sonst noch zu verheimlichen?"

„Ich verschwinde lieber, bevor ich noch etwas sage. Versuch bitte nicht, mich auszufragen. Du weißt sowieso schon zu viel", fügte sie hinzu.

Weshalb kam Alex zum Abendessen? Jessica rollte sich auf den Rücken und legte einen Arm über die Augen, um die Sonne abzuschirmen. Hatten die Bancrofts etwa herausbekommen, dass heute ihr Geburtstag war? Alex konnte sich an das Datum erinnert haben, aber das war äußerst unwahrscheinlich, denn er hatte nur ein einziges Mal mitgefeiert. Damals hatte man ihr zum fünfzehnten Geburtstag im Country-Club einen riesigen Kuchen mit einer Wunderkerze an den Tisch gebracht. Alex' Anwesenheit war ihr schönstes Geschenk gewesen.

Nein, Alex erinnerte sich bestimmt nicht an diesen Tag. Es musste einen anderen Grund für seinen Besuch geben.

Jessica überlegte gerade, was sie zum Abendessen anziehen sollte, da betrat Lydia ihr Zimmer. „Hallo, Jessica."

„Hallo, wo bist du den ganzen Tag gewesen?"

„Ich habe Besorgungen gemacht", erklärte Lydia. „Und ich bin nicht einmal fertig geworden. Ich habe vergessen, Bens Anzug von der Reinigung zu holen, und er braucht ihn morgen. Wärst du so nett und würdest schnell für mich hinfahren?"

„Natürlich. Vielleicht hat Trixie Lust mitzukommen."

„Glaube ich nicht", meinte Lydia. „Sie sagte vorhin irgendetwas von anderen Plänen."

Jessica überlegte, ob sie Lydia fragen sollte, weshalb Alex zum Abendessen eingeladen worden war. Doch sie unterließ es. „Ich bin in ein paar Minuten fertig", antwortete sie.

Sie zog einen lila Baumwollpullover mit einem passenden Rock an, bürstete sich das Haar und ging zu Lydia in die Küche.

Lydia sah ganz zerknirscht aus. „Jessica, ich habe Ben versprochen, heute Abend seine Lieblingssoße mit Artischocken zuzubereiten. Jetzt sind mir aber die Artischockenherzen ausgegangen. Könntest du mir auf dem Rückweg ein paar Dosen mitbringen?"

„Natürlich." Jessica wartete, bis Lydia eine kleine Liste aufgestellt hatte, auf der noch einige weitere Lebensmittel standen. „Noch einen Wunsch?", fragte sie.

„Nein, das reicht." Lydia umarmte Jessica kurz. „Du bist sehr nett."

Jessica wunderte sich über den starken Verkehr in einer so kleinen Stadt wie Lindleton. Am Freitagnachmittag schien jeder irgendwohin ins Wochenende zu fahren. An den Ampeln stauten sich die Fahrzeuge, und auf den Gehsteigen drängten sich die Menschen. Bei der Reinigung reichte die Schlange bis zur Tür hinaus, und im Lebensmittelgeschäft warteten an jeder Kasse mindestens vier Kunden. Als hätte sich die ganze Stadt gegen sie verschworen, musste sie wegen einer Baustelle auch noch einen riesigen Umweg fahren.

Alex' Porsche stand in der Auffahrt, als Jessica endlich zurückkehrte. Sie stellte ihren Wagen ab und nahm Bens Anzug und das Lebensmittelpaket. Ganz gleich, weshalb Alex gekommen war: Es war großartig, dass sie ihren Geburtstag mit ihm verbringen konnte.

Die Eingangstür war verschlossen, was selten vorkam. Jessica schob den Schlüssel ins Schloss, drehte ihn herum und betrat das Haus. Es wirkte völlig verlassen. „Ist jemand da?", rief sie.

Sie erhielt keine Antwort.

Auf dem Weg in die Küche hörte sie jemanden im Esszimmer kichern. „Trixie?"

Wieder keine Antwort.

Misstrauisch und neugierig stieß Jessica die Tür zum Esszimmer auf.

„Herzlichen Glückwunsch! Herzlichen Glückwunsch!"

Das Esszimmer, das offiziellen Anlässen vorbehalten blieb, hatte sich in ein Wunderland mit bunten Luftballons und Papiergirlanden verwandelt. Überall hingen Plakate mit der Aufschrift „Herzlichen Glückwunsch, Jessica“, und der Tisch war mit dem besten Tafelgeschirr und dem Silber gedeckt. Alex und die gesamte Familie trugen lustige Partyhüte. Bei Jessicas Eintritt begannen alle zu singen: „Alles Gute für dich, alles Gute für dich …“

Jessica blieb wie angewurzelt stehen. Dann wurde sie ins Zimmer gezogen und von allen Seiten gleichzeitig umarmt und geküsst.

„Wie habt ihr das erfahren?“, fragte sie und unterdrückte die Tränen, die ihr vor Freude in die Augen steigen wollten.

„Ich wusste das Datum“, sagte Alex. Er beugte sich vor und küsste Jessica auf die Wange. „Alles Gute, Jessica.“

„Du kannst dich doch nicht daran erinnert haben!“

Alex zeigte auf das Zimmer. „Da ist der Beweis.“

„Wir haben alle deine Lieblingsspeisen gekocht“, erklärte Trixie mit leuchtenden Augen. „Und nachher werden wir deine Lieblingsmusik spielen und deinen Lieblingskuchen essen.“

„Ja, und dann musst du deine Geschenke auspacken“, warf Oliver ein.

„Danke“, sagte Jessica und bemühte sich, nicht zu weinen. Alle waren so nett zu ihr! Noch nie war sie von so viel Wärme und Liebe umgeben gewesen. Wider Willen verglich sie diesen Augenblick mit ihren ruhigen Kindergeburtstagen. Von einer solchen Party hatte sie immer geträumt.

„Hier ist dein Hut“, sagte Trixie. Sie setzte Jessica einen glänzenden Silberkegel auf den Kopf und befestigte ihn mit einem Gummiband unter dem Kinn. „Setz dich hierher.“ Jessica wurde an den Kopf des Tisches geführt, wo Ben sonst saß.

„Einverstanden?“, fragte sie ihn.

„Das ist Familientradition“, versicherte er. „Du erlebst heute eine richtige Bancroftfeier. Wir betrachten dich als einen vollwertigen Teil unseres Clans.“

„Ich kann mir überhaupt nichts Schöneres vorstellen“, sagte Jessica aufrichtig.

Das Abendessen versetzte Jessica in Staunen. Die Bancrofts mussten sie genau beobachtet haben, denn alle ihre Lieblingsspeisen wurden aufgetischt. Die Vorspeise bestand aus einem Krabbencocktail, weil jemand bemerkt hatte, dass sie gern Fisch aß. Lydias Cäsarsalat folgte, denn bei dem hatte sie meistens zweimal zugelangt, und es gab knusprigen

Schweinebraten mit Kirschglasur, Jessicas Lieblingsessen in der Kindheit, woran Alex sich erinnert hatte. Auch frisch gebackenes Brot und schaumig gerührte Butter fehlten nicht. Trixie hatte sogar einen geeisten Kräutertee zubereitet, den Jessica einmal bei einem Mittagessen in der Stadt bestellt hatte.

„Ich bekomme keinen Bissen mehr hinunter“, erklärte Jessica und schob ihren Teller beiseite.

„Du musst noch den Kuchen essen“, sagte Oliver. „Ich habe ihn persönlich für dich gebacken.“

„Gewürzkuchen mit Schokoladenglasur, den du auch für das Picknick des Krankenhauses gebacken hast?“, fragte Jessica.

„Du hast aufregend viel davon gegessen“, antwortete Oliver. „Wir haben genau aufgepasst.“

„Hier bleibt wirklich nichts geheim.“ Jessica lächelte die anderen an. „Ausgenommen diese Party.“

„Und nun musst du die Geschenke auspacken!“ Trixie sprang auf und stellte sich hinter Jessicas Stuhl.

„Vielleicht möchte Jessica erst einmal eine kleine Pause machen“, wandte Lydia fürsorglich ein.

„Dafür besteht wohl keine Chance“, meinte Jessica. Sie stand auf und ließ sich von Trixie ins Wohnzimmer führen. Die anderen folgten ihr.

Alex setzte sich auf das Sofa neben sie, und Trixie und Oliver hockten sich zu ihren Füßen nieder. Lydia überreichte ihr ein Geschenk. „Das ist von Ben und mir“, sagte sie.

Jessica wickelte das große rechteckige Paket vorsichtig aus. Darin befand sich eine weitere Schachtel und darin noch eine. „Ich glaube, hier war ein Witzbold am Werk“, meinte sie und lachte leise. Fünf Schachteln später fand sie einen kleinen Schlüssel mit dem Hinweis: „Steck mich ins Schloss.“

Jessica schwenkte den Schlüssel hin und her. „Und was nun?“

„Jetzt musst du wohl das passende Schloss dafür suchen“, schlug Lydia vor.

Jessica stand auf. „Gibt mir jemand einen Tipp, wo ich anfangen soll?“

„Nur so viel, dass es unübersehbar ist, wenn du in seiner Nähe bist.“

Während Alex ihre Hand hielt, zog Jessica mit allen Bancrofts durch das Haus. Nichts schien sich verändert zu haben. Es gab nicht die geringste Spur von einem Schloss.

„Alex, weißt du etwas mehr?"

„Ich weiß alles."

„Und du willst es mir nicht verraten?"

„Nein."

Als sie wieder in der Diele stand, überlegte Jessica, wo sie noch suchen sollte. Alex hatte den Arm um sie gelegt und zog sie eng an sich.

„In der Garage könnte ich es einmal versuchen", überlegte sie laut.

Die ganze Familie spendete Beifall. Jessica machte sich von Alex los und lief zur Haustür. „Oder soll ich lieber auf dem Dachboden nachsehen?"

Alle buhten sie aus.

Wie der Blitz war Jessica zur Tür hinaus und eilte in die Garage. Vor dem Kombi der Bancrofts stand ein leuchtend blaues Dreigangrad. Es war mit Bändern geschmückt und trug ein weiteres Glückwunschschild.

„Das ist ja fantastisch!" Jessica klatschte vor Freude in die Hände. „Es ist wunderbar. Danke, Ben, danke, Lydia." Sie umarmte die beiden herzlich, dann beugte sie sich hinunter und öffnete das Schloss. „Möchte jemand eine Fahrt machen?"

„Noch nicht. Du musst noch die übrigen Geschenke auspacken", forderte Trixie sie auf.

„Noch mehr?"

„Natürlich. Oliver und ich haben etwas besorgt, und Alex hat auch etwas für dich." Trixie nahm ein seltsam geformtes Paket aus dem Werkzeugregal. „Von Oliver und mir ist das."

Jessica entfernte das Papier und entdeckte einen Fahrradhelm und Knieschützer.

„Damit du dich nicht damit umbringst", erklärte Oliver unnötigerweise in Erinnerung an die gemeinsame Radtour.

„Ihr kleinen Schlawiner!" Jessica nahm Trixie und Oliver fest in die Arme. „Ab morgen wird die doppelte Anzahl von Tonleitern geübt."

„Alex hat auch noch ein Geschenk", erinnerte Trixie Jessica, als sie wieder sprechen konnte.

„Ist dein Geschenk auch in der Garage?", fragte Jessica ihn. Alex hatte etwas abseits gestanden und dem fröhlichen Treiben zugesehen. Jetzt kam er wieder näher.

„Mein Geschenk steht dort in der Ecke." Er deutete zur gegenüberliegenden Seite der Garage, und Jessica lief sofort hin. Dort fand sie, ebenso geschmückt wie das Fahrrad, ein herrliches Paar Langlaufski mit Stiefeln und Stöcken. „Ich bin spezialisiert auf alles, was jemand zum ersten Mal tut", erinnerte Alex sie so leise, dass nur Jessica es hören konnte.

„Und du bringst mir das Skilaufen bei?", fragte Jessica ebenso leise.

„Es wird mir ein Vergnügen sein."

Der Rest des Abends verging wie im Rausch. Alex legte den Arm um Jessica und führte sie hinter der Familie Bancroft her ins Haus zurück.

Trixie und Oliver übernahmen den Unterhaltungsteil. Alle begaben sich ins Musikzimmer, wo jeder ihr etwas vorspielte. Und was kommen musste, geschah: Jessica begann vor Rührung zu weinen.

Oliver trug den „Maple Leaf Rag" fließend ohne Noten vor und schloss eine Melodie von Joplin an, die Jessica noch gar nicht mit ihm durchgearbeitet hatte. Er beendete seinen Vortrag mit einem Potpourri der größten Erfolge von Billy Joel. Trixie spielte drei Préludes von Chopin und endete mit dem Minutenwalzer, den Jessica immer spielte, wenn sie glücklich war.

Anschließend brachten Lydia und Ben den Geburtstagskuchen herein, und alle sangen noch einmal: „Alles Gute für dich!"

„Eine Rede, eine Rede!", rief Oliver, nachdem Jessica die Kerzen ausgeblasen und den Kuchen aufgeschnitten hatte.

Was sollte Jessica sagen? Wie konnte sie diesen lieben Menschen verständlich machen, was sie ihr bedeuteten? Sollte sie zugeben, dass in ihrem Kreis alle Einsamkeit vergessen war? Dass Alex' Anwesenheit den Abend für sie vollkommen machte? Dass sie immer noch hoffte, er würde sie eines Tages doch lieben?

„Es war einmal ein kleines Mädchen", begann Jessica, „das lebte mit seinen Eltern in einem großen Haus ..."

Es wurde ganz still im Raum, während sie sprach. Doch Jessica war so mit ihrer kleinen Rede beschäftigt, dass sie es nicht bemerkte. „Das Mädchen liebte seine Eltern sehr. Aber manchmal war es sehr einsam, und es wünschte sich, sein Leben verliefe anders. Es wäre gern irgendwo gewesen, wo es Rad fahren durfte, einen Bruder und eine Schwester zum Spielen hatte und sich auch einmal schmutzig machen durfte.

Eines Tages starben die Eltern, und das Mädchen erkannte, dass sie gute Menschen gewesen waren, ganz gleich, welche Fehler sie gemacht haben mochten. Es war bei ihnen sehr glücklich gewesen.

Das Mädchen reiste weit fort in ein anderes Land, und es wurde von einer neuen Familie aufgenommen. Die Menschen dort waren genau so, wie sie es sich immer erträumt hatte. Dort lernte das Mädchen, sich frei zu fühlen, Spaß zu haben und seine Wünsche zu äußern.

In diesem Land lehrte sie auch ein schöner Prinz, was es heißt, jemanden zu lieben …" Jessica sah Alex an. „Das Mädchen verbrachte viele Monate in dem neuen Land. Und als es Zeit zur Abreise wurde, wollte es gar nicht mehr fort. Die neue Familie war zu seiner eigenen geworden und der schöne Prinz der beste Freund, den es je besessen hatte …"

Jessica versagte die Stimme. Sie konnte nicht mehr weiterreden. Lydia stand deshalb auf und nahm sie in die Arme. „Wir mögen dich auch. Du bist ein Teil unserer Familie – für immer. Geh nicht fort. Bleib hier bei uns in Lindleton."

Lydia trat beiseite, und Alex stand plötzlich vor ihr. „Ich möchte auch, dass du bleibst, Jessica."

Jessica war von den eigenen Gefühlen ganz überwältigt. „Ich weiß noch nicht, wie ich mich entscheide", erklärte sie zögernd. „Ihr seid mir alle ans Herz gewachsen und könnt euch gar nicht vorstellen, was diese Monate mir bedeutet haben."

Alex legte den Arm um sie und gab ihr vor aller Augen einen atemberaubenden Kuss.

„Können wir jetzt den Kuchen essen?" Olivers ungeduldige Frage löste die Spannung. Jessica wischte sich die Tränen ab, verteilte den Kuchen und stimmte bald in das Gelächter der anderen ein. Auch wenn ihr nicht ganz klar war, was Alex' Worte und sein Kuss bedeuteten, war sie nun sicher, dass sie ihm nicht gleichgültig war. Dieser Abend hatte ihr das deutlich bewiesen.

„Wir brauchen noch ein Foto für das Festtagsalbum", sagte Trixie, als sie den Kuchen beinahe aufgegessen hatten.

„Was für ein Festtagsalbum?", fragte Alex.

„Das ist ein ganz besonderes Fotoalbum", erklärte Trixie. „Nur die wichtigsten Bilder kommen hinein: von Geburtstagen, Weihnachten und ähnlichen Feiern. Ich hole meinen Fotoapparat." Schon lief sie aus dem Zimmer.

„Das ist für heute das letzte Mal, dass du dich der Familientradition beugen musst", meinte Ben.

„Mir hat das Ganze sehr gefallen", versicherte Jessica.

Einige Minuten später machte Trixie eine Sofortbildaufnahme von Jessica. Dreißig Sekunden später war das Bild entwickelt, und Trixie zeigte es herum. „Ich klebe es gleich ins Album", verkündete sie.

Jessica konnte nicht mehr stillsitzen. Ihr schwirrte der Kopf von all den Ereignissen. „Lass mich das Album mal sehen“, sagte sie und folgte dem Teenager.

Sie setzte sich neben Trixie auf das Sofa und sah zu, wie sie das Foto sorgfältig in das Album klebte. Die anderen waren ebenfalls ins Wohnzimmer gekommen. Nur Lydia hantierte mit dem Geschirr in der Küche.

„Nun langweile Jessica bloß nicht mit all den Fotos“, warnte Ben seine Tochter. „Verschon sie damit wenigstens an ihrem Geburtstag.“

Trixie hörte nicht auf ihren Vater, sondern begann, das Album durchzublättern, und erklärte Jessica die Aufnahmen. Sie waren nicht besonders geordnet, sondern glichen eher einer zufälligen Sammlung fröhlicher Motive. Jessica bewunderte sie alle.

„Dies sind Bilder von Vaters Verwandten“, sagte Trixie und blätterte rasch weiter. „Natürlich nur die wichtigsten. Unwichtige Leute kommen nicht in das Album hinein.“

In diesem Augenblick kam Lydia mit einem Tablett ins Wohnzimmer. „Hier ist für alle Kaffee“, verkündete sie.

Jessica sah auf und lächelte Lydia dankbar an. Ihr fiel auf, dass Lydias Gesicht einen ganz merkwürdigen Ausdruck angenommen hatte. Man hätte glauben können, sie fange jeden Moment an zu weinen.

„Trixie, Jessica hat bestimmt keine Lust, all die Bilder anzusehen“, sagte sie. Auch ihre Stimme klang verstört.

Aber Trixie blätterte weiter, und da erregte ein Foto Jessicas Aufmerksamkeit. „Warte mal.“

Trixie hielt inne. „Ich glaube, das ist eine meiner Cousinen. Mama, wer ist das hier?“

Jessica starrte auf das hübsche Foto eines kleinen Mädchens, das vor seinem großen Geburtstagskuchen an einem Tisch saß. Die Kleine hatte riesengroße Augen und braunes Haar und blickte feierlich drein. Jessica kannte diese Aufnahme. Sie befand sich auf Seite sechs des wohlgeordneten Albums ihrer Eltern.

Lydia setzte sich an Jessicas Seite und ergriff ihre Hand. Keine der beiden Frauen sagte ein Wort.

„Was ist los?“, fragte Trixie endlich.

„Lydia“, begann Jessica, „woher hast du dieses Foto?“

„Deine Eltern schickten es mir durch Alex’ Vater.“ Lydia verstummte.

„Und weshalb?"

Diesmal zitterte Lydias Stimme. „Weil sie sehr nette, einfühlsame Menschen waren und ahnten, dass ich einen Beweis dafür brauchte, dass es dir gut ging."

Einen Augenblick lang empfand Jessica nur eine ungeheure Leere. Dann nahm ein neues Gefühl von ihr Besitz: Sie wurde wütend, war verletzt und verwirrt und fühlte sich von allen betrogen. Weshalb war ihr dieser Verdacht nicht schon selbst gekommen?

Jessica versuchte, ihrer Stimme so viel Festigkeit wie möglich zu geben. Im Zimmer war es totenstill. „Du hast es die ganze Zeit über gewusst, nicht wahr?"

Lydia nickte. „Ja, schon lange."

„Das erklärt auch, weshalb du mein Geburtsdatum kanntest."

„Diesen Tag werde ich nie vergessen."

Jessica schloss die Augen. Es stimmte also. Doch die Wahrheit war so erschütternd, dass sie sie kaum begreifen konnte. „Dann war das alles eine abgemachte Sache", sagte sie langsam. „Du hast gewusst, wer ich bin, hast mir aber nicht genug vertraut, um dich gleich zu erkennen zu geben."

„Jessica, was ist los?" Trixies Stimme war die Verwirrung deutlich anzumerken. „Weshalb bist du plötzlich so böse auf meine Mutter?"

„Deine Mutter!" Jessica schluckte trocken. Sie brachte es nicht fertig, Trixie die Wahrheit zu sagen, denn die wusste offensichtlich ebenso wenig von ihrer verwandtschaftlichen Beziehung wie sie selbst noch vor wenigen Minuten. Wie konnte sie Trixie beibringen, dass Lydia auch ihre Mutter war?

„Schon gut, Jessica. Es ist an der Zeit, dass es alle erfahren", sagte Lydia.

„Nein!" Jessica stand auf. „Bitte, entschuldigt mich."

„Warte, Jessica." Lydia legte eine Hand auf Jessicas Arm. „Lass uns miteinander reden."

„Ich kann jetzt nicht." Jessica entzog sich Lydias Griff und wollte hinauseilen, aber Alex verstellte ihr den Weg. Jessica sah ihn vorwurfsvoll an.

„Du hast es ebenfalls gewusst, nicht wahr?"

„Ja."

„Deshalb hast du mich nach Lindleton eingeladen."

Alex nickte.

Jessica schob ihn beiseite und eilte hinaus.

Mit Tränen in den Augen begann Jessica, ihre Sachen aus dem Schrank zu zerren und die Koffer zu packen. Sie kümmerte sich nicht um das Klopfen, ja, sie vergewisserte sich nicht einmal, wer hereingekommen war, als sich die Tür öffnete und wieder schloss.

„Ich begreife deine Verärgerung", sagte Alex. Er legte die Hände um Jessicas Taille und versuchte, sie an sich zu ziehen. Aber Jessica riss sich von ihm los.

„Wirklich?", fragte sie. „Nachdem ihr mich alle angelogen und so lächerlich gemacht habt?"

„Niemand hat dich lächerlich machen wollen."

„Warum hast du mir dann nicht sofort die Wahrheit gesagt?" Jessica stemmte die Hände auf die Hüften und sah Alex empört an.

„Ich würde dir gern die ganze Geschichte erzählen, wenn du mich lässt."

Jessica zögerte einen Moment, dann nickte sie. „Meinetwegen. Du kannst erzählen, während ich packe."

Alex setzte sich auf das Bett und sah zu, wie Jessica ihre Kleider zusammenfaltete und in den Koffer legte. „Ich war etwa drei Monate in Lindleton, da kam Lydia zu mir in die Praxis. Ich hatte sie schon einige Male auf Partys gesehen und kannte Ben inzwischen ganz gut. Lydia erzählte mir, dass sie in Pittsburgh einen Dr. Grainger gekannt habe und fragte, ob ich irgendwie mit ihm verwandt sei."

„Wie praktisch!" Jessica warf einen Stapel fein zusammengelegter Wäsche in den offenen Koffer.

„Ich bestätigte ihr, dass er mein Vater gewesen sei", fuhr Alex fort, „der einige Jahre zuvor verstorben war. Lydia gestand mir, dass mein Vater ihr erstes Kind, ein Mädchen namens Jessica, auf die Welt geholt habe. Zwei Jahre später habe sie ihn um Vermittlung einer Adoption bitten müssen, da sie das Kind nicht mehr angemessen versorgen konnte."

„Damals hättest du sofort zu mir kommen müssen."

„Das konnte ich nicht, Jessica." Alex' Stimme klang ganz weich. „Deine Eltern waren beide sehr krank, du hattest schon Aufregung genug. Ich sagte Lydia, dass ich dich kenne. Du kannst dir gar nicht vorstellen, wie dankbar sie mir war. Seit Jahren hatte sie versucht, dich aufzuspüren. Doch weil mein Vater gestorben war und die Adoptionsunterlagen bei Gericht nicht eingesehen werden können, hatte sie keine Möglichkeit, dich zu finden. Sie hatte schon alle Hoffnung aufgegeben."

„Sie hätte sich ins Adoptionsregister eintragen lassen können."

„Das hat sie getan. Aber du bist dort nicht registriert."

Jessica nickte. Das entsprach den Tatsachen.

Alex erzählte weiter. „Lydia bat mich, ein Treffen herbeizuführen. Ich zögerte, denn ich wollte dir weitere Aufregungen ersparen. Als deine Eltern gestorben waren, drängte Lydia. Sie meinte, dass du jetzt ihre Hilfe brauchst. Ich wusste ja, wie einsam du sein musstest, und ich war sicher, dass die Bancrofts dir gefallen würden. Allerdings nahm ich Lydia das Versprechen ab, dir erst die Wahrheit zu sagen, wenn ich den Zeitpunkt für geeignet hielt."

„Und wann wäre dieser geeignete Zeitpunkt gekommen, Alex?" Jessica schloss den letzten Koffer. „Wann wäre ich deiner Meinung nach erwachsen genug gewesen, um die Wahrheit zu verkraften?"

Alex schwieg.

„Es ist wirklich merkwürdig", fuhr Jessica fort, „ich war für dich alt genug, um mit dir ins Bett zu steigen, aber noch zu jung, um zu erfahren, wer meine leibliche Mutter ist." Sie legte den Kopf auf die Seite und musterte ihn aufmerksam.

„Ich begreife deine Verärgerung."

„Du begreifst überhaupt nichts." Jessica stellte ihren Koffer auf den Boden. „Vor allem eins sollte dir klar sein, Alex: Vertrauen und wechselseitiges Geben und Nehmen sind für eine Beziehung zwischen Mann und Frau das Wichtigste. Alles andere ist nur eine angenehme Zugabe. Solange du das nicht begriffen hast, wirst du niemals eine befriedigende Beziehung zu einer Frau aufbauen können."

Alex stand auf. „Fortlaufen löst dein Problem auch nicht."

„Hör auf, dich ständig um mich zu kümmern."

Alex schob Jessica das Haar aus dem Gesicht und strich mit den Daumen über ihre Wangenknochen. „Und wenn ich dich bitte, hier zu bleiben?"

„Weshalb?"

„Weil ich es möchte."

„Und Alex Grainger bekommt immer, was er möchte." Jessica trat beiseite. „Diesmal nicht." Sie wandte sich um und ergriff ihre Koffer.

„Du bist zumindest Lydia mehr als ein kühles Adieu schuldig."

„Danke, Dr. Grainger. Ich glaube, ich kann meine Beziehung zu Lydia von nun an ohne deine Hilfe regeln." An der Tür drehte sie sich noch einmal um. „Auf Wiedersehen, Alex. Es war mir eine Lehre."

Unten stellte Jessica die Koffer neben die Haustür. Sie überlegte noch, was sie Trixie und Oliver zum Abschied sagen sollte, da kam Lydia zu ihr in die Diele.

„Ich muss erst mal irgendwohin gehen und mit der neuen Situation fertig werden", erklärte Jessica ihr geradeheraus. „Ich habe nämlich das Gefühl, mein ganzes Leben ist durcheinander geraten."

„Bitte, komm zurück, wenn du so weit bist." Lydia sah sie eindringlich an, während sie das sagte.

Jessica nickte und drehte sich zur Tür.

„Jessica?"

Sie hielt inne, die Hand schon auf dem Türgriff. „Ja?"

„Bitte glaube mir, dass ich nie aufgehört habe, dich zu lieben. Weder als ich dich fortgeben musste, noch all die Jahre, die ich keine Verbindung zu dir hatte. Und daran wird sich nie etwas ändern."

Mit einem Seufzer öffnete Jessica die Tür, nahm ihre Koffer und lief den Pfad zu ihrem Wagen hinab.

10. KAPITEL

Jessica parkte den Wagen auf der gegenüberliegenden Straßenseite vor ihrem Haus und wartete, bis der dunkelgrüne Wagen die Einfahrt verlassen hatte und im Verkehrsgewühl verschwunden war. Neugierig hatte sie die älteren Herrschaften betrachtet, die mit dem Immobilienmakler Carl Perkins davonfuhren.

Perkins hatte sie heute Morgen angerufen und sie gebeten, nicht dabei zu sein, wenn er das Haus noch einmal mit dem Ehepaar besichtigte. Es war bereits der dritte Besuch, und Perkins war sicher, Jessica noch am Abend ein gutes Angebot unterbreiten zu können.

Jessica liebte das alte Haus. Es stammte aus der so genannten guten alten Zeit und lag in einem der besseren Viertel von Pittsburgh.

Deshalb mischte sich nun ein Anflug von Wehmut in ihre Erleichterung über den bevorstehenden Verkauf. Sie fuhr den Wagen hinüber, stellte ihn in die Einfahrt, schloss die Haustür auf und betrat das Haus. Abgesehen von einem frischen Blumenstrauß, den sie auf Anraten des Maklers auf den Mahagonitisch in der Diele gestellt hatte, wirkte das Gebäude irgendwie unbewohnt. Während der drei Wochen, die sie nun schon in Pittsburgh war, hatte Jessica alles für ihren Umzug vorbereitet. Die Erinnerungsstücke waren eingepackt und das Mobiliar, das sie behalten wollte, mit einem Etikett versehen. Das Übrige sollte ein Antiquitätenhändler verkaufen.

Nur die Entscheidung, wohin sie nach dem Verkauf des Hauses ziehen würde, hatte sie noch nicht getroffen. Und die ließ sich nun nicht mehr länger hinausschieben.

Das Läuten der Hausglocke schreckte Jessica aus ihren Gedanken auf. Sie öffnete die Tür und sah gerade noch ein Taxi die Einfahrt verlassen. Dann erst widmete sie ihre Aufmerksamkeit der Besucherin.

„Trixie, was machst du denn hier?" Überrascht breitete Jessica die Arme aus.

„Würdest du mir glauben, wenn ich behaupte, ich komme ganz zufällig vorbei?"

Tränen stiegen Jessica in die Augen, und sie umarmte Trixie herzlich. „Komm herein", sagte sie, nachdem sie sich wieder gefasst hatte. Dann betrachtete sie das junge Mädchen. „Wie bist du nach Pittsburgh gekommen?"

„Mit dem Bus."

„Allein?“

Trixie nickte.

Jessica bemerkte den schuldbewussten Ausdruck in ihrem Gesicht und begriff plötzlich. „Und du hast niemandem erzählt, dass du mich besuchen wolltest, stimmt’s?“

Trixie schüttelte den Kopf.

„Oh Trixie!“ Jessica lief in Richtung Küche. „Ich hole dir schnell etwas zu trinken, dann können wir uns unterhalten.“

Einige Minuten später saßen Jessica und Trixie auf einem zweisitzigen Sofa in der Glasveranda. Dieser helle, luftige Raum war immer Jessicas Lieblingsplatz gewesen.

„Ich glaube, du solltest mir jetzt sagen, weshalb du hier bist“, begann Jessica ohne jede Vorrede. „Und dann musst du deine Mutter anrufen. Sie wird ganz krank sein vor Sorge.“

Trixie sah auf die Uhr. „Ich glaube, sie hat noch gar nicht bemerkt, dass ich fort bin. Statt zur Schule bin ich heute Morgen direkt zum Busbahnhof gegangen. Wenn mich nicht zufällig jemand dort gesehen und sie angerufen hat, meint sie, ich wäre in der Schule.“

„Und wenn jemand angerufen hat?“

„Dann dürfte sie ziemlich beunruhigt sein“, gab Trixie zu.

„Weshalb bist du gekommen?“

Trixie spielte mit dem Glas Eistee, das Jessica ihr vorgesetzt hatte. Offensichtlich überlegte sie, wie sie ihre Gefühle in Worte fassen sollte. Endlich sah sie Jessica an. „Ich wollte herausfinden, ob du böse auf mich bist.“

Jessica war beschämt. Die eigenen Gefühle hatten ihr so zu schaffen gemacht, dass sie nur ganz beiläufig an Trixie und Oliver gedacht hatte. Sie beugte sich vor und legte ihre Hand auf Trixies Knie. „Natürlich bin ich dir nicht böse. Du hast mir doch nichts getan. Absolut nichts!“

„Aber du bist so plötzlich abgereist.“

„Ich weiß. Das hatte nichts mit dir oder Oliver zu tun.“

„Das stimmt nicht ganz.“ Trixie lehnte sich zurück und sah Jessica an. „Es hatte sogar eine ganze Menge mit mir zu tun.“

Jessica wartete.

„Ich weiß jetzt, dass du meine Halbschwester bist“, sagte Trixie endlich. „Oliver natürlich auch.“

Jessica war erleichtert. „Und was haltet ihr beide davon?“

„Es hat eine Weile gedauert, bis wir den Schock überwunden hatten." Trixie zog die Stirn kraus. „Eigentlich freuen wir uns ja, dass du unsere richtige Schwester bist. Es kam nur alles so plötzlich. Das war schwer zu verkraften."

Jessica nickte. „Und jetzt?", fragte sie leise.

„Jetzt sind wir alle völlig durcheinander."

„Weshalb?"

„Wir verstehen nicht, weshalb du so schnell abgereist und auf Mutter böse bist."

Jessica versuchte, ihr Verhalten so gut wie möglich zu erklären. „Für mich war es noch ein viel größerer Schock, Trixie. Ich hatte euch alle lieb gewonnen und nicht die geringste Ahnung, dass Lydia – meine Mutter ist. Ich fühlte mich getäuscht und belogen und kam mir ein bisschen dumm vor, dass ich die Wahrheit nicht selbst erkannt habe."

„Ich verstehe auch nicht, weshalb uns dieser Gedanke nicht gekommen ist", erklärte Trixie. „Wir haben sogar zusammen vor dem Spiegel gestanden und festgestellt, wie ähnlich wir uns sind. Trotzdem hat keine von uns daran gedacht, dass wir tatsächlich miteinander verwandt sein könnten."

„Wo man keine Erklärung sucht, wird man nur in den seltensten Fällen eine finden", meinte Jessica. „Wir hatten beide nicht vermutet, dass meine Einladung nach Lindleton einen anderen Grund haben könnte, als euch während der Sommerferien Klavierunterricht zu geben."

„Ich verstehe ja, weshalb du zunächst verwirrt und verärgert warst", sagte Trixie. „Ich begreife nur nicht, weshalb du nicht wieder zu uns gekommen bist, nachdem du Zeit zum Nachdenken hattest."

Wie konnte sie über Gefühle sprechen, die sie selbst nicht begriff? Jessica überlegte, wie sie sie in Worte fassen sollte.

„Ich fühlte mich getäuscht", begann Jessica langsam. „Wäre Lydia zu mir gekommen und hätte mir erzählt, wer sie ist, hätte ich sie bestimmt akzeptiert. So aber gewann ich euch alle lieb, ohne zu wissen, wer ihr wirklich seid. Ich kann deiner Mutter nicht verzeihen, dass ihr meine Gefühle so wenig bedeutet haben und sie nicht gleich aufrichtig zu mir war."

Trixie stellte ihr Teeglas auf den Couchtisch und sah Jessica an. „Ich finde, du bist ganz schön egoistisch", stellte sie unverblümt fest.

Zum ersten Mal erlebte Jessica Trixie ungehalten. Das überraschte sie derart, dass sie zunächst nicht antworten konnte. „Weshalb?", fragte sie schließlich.

„Weil du nur an dich denkst und überhaupt nicht an Mutter und was sie durchmachen musste, nachdem sie gezwungen war, dich wegzugeben."

Jessica nickte „Du hast recht, Trixie. Aber offen gestanden, ich hatte wirklich gerade eben die Kraft, mit mir selbst fertig zu werden. Zu mehr reichte sie nicht."

Dieses Geständnis schien Trixie milder zu stimmen. „Ich glaube, das verstehe ich", sagte sie. „Aber jetzt ist es an der Zeit, auch an Mutter zu denken."

„Was erwartest du von mir?"

Trixie schlug die Beine unter, als mache sie sich auf eine lange Diskussion gefasst. „Wie viel weißt du eigentlich von uns?"

„Offensichtlich nicht so viel wie du", antwortete Jessica. Sie lehnte sich gegen die Kissen und wartete ab.

„Ich würde dir gern die ganze Geschichte erzählen, wenn du magst."

Trixies Stimme klang so mitfühlend, dass Jessica ganz unsicher wurde. Es gab tatsächlich noch eine Menge offene Fragen. Sie nickte deshalb, und Trixie begann.

„Mutter war erst siebzehn, als sie feststellte, dass sie schwanger war. Ihr Freund, dein Vater, war auch erst siebzehn. Mutter sagt, dass er zwar im Grunde seines Herzens ein anständiger Junge war, aber auf dem Standpunkt beharrte, eine Ehefrau und ein Kind würden sein Leben ruinieren."

„Damit hatte er wahrscheinlich recht", meinte Jessica.

Trixie zuckte mit den Schultern. „Das sagt Mutter auch. Auf jeden Fall weigerte sich der Junge, Mutter zu heiraten, obwohl ihr Vater ihm drohte. Seine Eltern waren ziemlich bekannte Leute, und sie nahmen ihren Sohn in Schutz. Immerhin waren sie bereit, die Kosten für eine Pension in Pittsburgh zu übernehmen, damit Mutter das Kind hier auf die Welt bringen konnte. Anschließend sollte sie es dann zur Adoption freigeben.

Mutters Eltern waren der Ansicht, sie habe keine andere Wahl. Doch als du dann auf der Welt warst, weigerte sich Mutter, die Adoptionspapiere zu unterzeichnen.

„Meine Großeltern …", Trixie hielt inne. „Unsere Großeltern waren wütend, weil Mutter dich behalten wollte. Sie hatten ebenso wie die Eltern des Jungen alles darangesetzt, um die Sache geheim zu halten. Und nun wollte Mutter plötzlich mit dir nach Ohio zurückkehren."

„Sie stammt aus Ohio?", warf Jessica ein.

Trixie nickte. „Ja, aus Youngstown. Also, sie wollte zurück und dich mit Hilfe ihrer Eltern aufziehen. Doch die weigerten sich. Und als Mutter dich immer noch nicht zur Adoption freigab, strichen sie ihr alle Mittel, um sie gefügig zu machen."

Jessica hatte plötzlich so viel Mitleid mit Lydia, dass sie kein Wort sagen konnte.

„Inzwischen war Mutter achtzehn geworden", fuhr Trixie fort. „Sie fand Arbeit als Kellnerin, und die Frau, der die Pension gehörte, passte abends auf dich auf."

„Und das hielt sie zwei Jahre durch?"

Wieder nickte Trixie. „Sie schaffte es ohne jede weitere Hilfe. Dann starb die Frau, und Mutter musste sich eine andere Wohnung suchen. Das Schlimmste war jedoch, dass sie niemanden fand, der dich ordentlich versorgte.

Eines Nachts kam sie heim und stellte fest, dass die Frau, die auf dich aufpassen sollte, nicht da war. Die Tür stand halb offen, und es war fast ein Wunder, dass dir nichts passiert war. Mutter sagt, das habe den Ausschlag gegeben. Sie erkannte, dass sie dir niemals das Leben bieten konnte, auf das du Anspruch hattest. Ohne eine richtige Ausbildung konnte sie nicht genug für sich und ein Kind verdienen. Die einzige Möglichkeit, dir ein sicheres, glückliches Zuhause zu verschaffen, bestand darin, auf dich zu verzichten und dich zur Adoption freizugeben."

„Und was war mit ihren Eltern?"

„Sie weigerten sich immer noch, ihr zu helfen. Den Rest der Geschichte kennst du."

„Nicht ganz. Ging Lydia anschließend nach Ohio zurück?"

Trixie schüttelte den Kopf. „Nein, sie ist nie wieder dorthin zurückgekehrt. Oliver und ich haben unsere Großeltern nicht kennengelernt, auch wenn wir nicht wussten, weshalb. Mutter blieb in Pittsburgh und beendete ihre Schulausbildung. Anschließend besuchte sie zwei Jahre das College. Dann lernte sie Vater kennen, der schon im letzten Ausbildungsjahr war, und heiratete ihn zwölf Monate später."

„Dieses glückliche Ende hatte sie wirklich verdient", sagte Jessica weich.

„Es war eben kein glückliches Ende", antwortete Trixie verärgert. „Begreifst du das nicht? Mutter ging sozusagen durch die Hölle, um dich zu behalten. Sie liebte dich mehr als ihre Eltern, mehr als …" Trixie suchte nach dem richtigen Wort. „Mehr als ihre eigene Sicherheit. Der Gedanke, dass sie dich fortgab, machte sie halb wahnsinnig. Sie hat mir erzählt, dass sie jahrelang Albträume hatte, in denen dich jemand misshandelte. Sie hatte nie das Gefühl, das Richtige getan zu haben, und vermisste dich sehr."

Tränen liefen Jessica die Wangen hinab.

„Kannst du ihr nicht verzeihen, dass sie Angst hatte, dich erneut zu verlieren, wenn sie dir die Wahrheit erzählte?", fragte Trixie weich.

Da gab es wohl nichts zu verzeihen. Lydia hatte auf ihre Weise versucht, Jessica eine gute Mutter zu sein. Sie hatte kein Recht, ihr Vorwürfe zu machen.

„Unsere Mutter ist schon eine liebenswerte Frau", flüsterte Jessica und wischte die Tränen fort, die ihr die Wangen hinabliefen.

„Meine große Schwester ist es auch", erklärte Trixie. Sie rutschte näher heran und tätschelte schüchtern Jessicas Knie.

Je näher sie Lindleton kamen, desto stärker wurde sich Jessica bewusst, wie sehr sie sich nach dieser kleinen Stadt gesehnt hatte. Nein, das stimmte nicht ganz. Die Familie Bancroft hatte ihr gefehlt – und der Mann, den sie liebte.

„Hast du Alex gesehen, seit ich fort war?", fragte sie Trixie, die auf dem Beifahrersitz neben ihr saß.

„Nein. Vater hat Mutter erzählt, dass Alex sich in letzter Zeit nicht mehr so häufig blicken lässt."

Was meinte Ben damit? Blieb Alex wegen der Arbeit kaum noch Zeit für gesellschaftliche Verpflichtungen?

„Liebst du Alex?", fragte Trixie plötzlich neugierig.

„Ja, leider."

„Weshalb sagst du das?"

„Weil Alex der ungeeignetste Mann ist, um sich zu verlieben. Er nimmt Frauen und ihre Gefühle nicht ernst." Jessica musste Acht geben, dass sie in ihrer Enttäuschung nicht das Gaspedal durchtrat.

„Du meine Güte, Jessica, das klingt ja, als sei es dir so ernst, dass es für euch beide reicht!"

Jessica schwieg und dachte über Trixies Worte nach. Sie hatte geglaubt, sie könnte Alex ändern. Das war ein Fehler gewesen. Wahre Liebe bedeutete, einen Menschen so zu nehmen, wie er war. Das hatte sie nie getan. Liebte sie eigentlich Alex oder das Bild, das sie sich von ihm machte?

„Jessica!"

Jessica stellte fest, dass sie gerade an der Abzweigung zum Haus der Bancrofts vorbeigefahren war. Sie verlangsamte die Geschwindigkeit und fuhr weiter, bis sie eine Wendemöglichkeit fand. „Offensichtlich bin ich ziemlich nervös", gab sie zu.

„Dazu hast du keinen Grund. Mutter war begeistert, als ich ihr am Telefon erzählte, dass du mich heimfährst. Und Vater sagt, dass du wie eine Tochter für ihn bist. Ich habe selbst gehört, wie er Mutter gegenüber erklärte, wenn du nicht bald Vernunft annähmest, würde er nach Pittsburgh fahren und dich persönlich herzerren."

Trotz ihrer Beklemmung musste Jessica bei dieser Vorstellung lachen.

Das Haus der Bancrofts lag nun vor ihnen. Bald würde sich das Laub der schönen alten Bäume ringsum verfärben und der Sommer nur noch Erinnerung sein.

„Für alles gibt es eine Jahreszeit", sagte Jessica nachdenklich. „Bisher habe ich nicht gewusst, was diese Worte bedeuten."

„Mutter erwartet dich auf der Veranda", erklärte Trixie und drückte Jessica die Hand. „Lass mich erst ins Haus gehen. Ich möchte dich mit ihr allein lassen." Sie öffnete die Wagentür und stieg aus.

Jessica wartete. Was sollte sie zu Lydia sagen? Sie wünschte nur, dass ihr die richtigen Worte einfielen und sie ihre Gefühle erklären konnte. Endlich durfte sie den Augenblick nicht länger hinausschieben. Sie schloss die Wagentür hinter sich und ging langsam zwischen den Bäumen den Pfad hinauf.

Lydia stand auf der Veranda und blickte ihr entgegen. „Ich habe jeden Tag gehofft, dass du zurückkommst", sagte sie. „Mir tut nur leid, dass es unter diesen Umständen geschieht."

„Mir nicht", antwortete Jessica und stieg erleichtert die Treppe hinauf. „Manchmal braucht man einen Anstoß, um in die richtige Richtung zu gehen."

Lydia zeigte auf einen Korbstuhl. „Setzt du dich ein bisschen zu mir, damit wir miteinander reden können?"

Jessica nickte, und sie nahmen nebeneinander Platz.

„Du musst erstaunt gewesen sein, dass Trixie plötzlich bei dir vor der Tür stand." Lydia blickte geradeaus, und Jessica betrachtete ihr Profil. Weshalb hatte sie nicht früher erkannt, wie ähnlich sie ihr sah? Trixie glich ihrer Mutter zwar noch stärker, trotzdem hatten sie vieles gemeinsam.

„Erzählst du mir, was aus meinem Vater geworden ist?" Diese Frage brannte ihr schon lange auf der Seele.

„Nachdem ich dich gefunden hatte, spürte ich ihn in Kalifornien auf. Ich meinte, er sollte dich kennenlernen, falls er es möchte."

„Mich wundert, dass du daran gedacht hast. Immerhin hat er dich sitzen lassen."

„Vergiss nicht, dass er gerade siebzehn war. Er stand vollkommen unter dem Einfluss seiner Eltern und deren Wertvorstellungen."

„Hast du schon Kontakt mit ihm aufgenommen?"

Lydia zog einen Brief aus der Hosentasche. „Er hat dir geschrieben. Er ist auch verheiratet und hat drei Kinder. In seinem Brief erzählt er, dass er sich oft gefragt hat, wo du seist und was aus dir geworden ist. Vielleicht besuchst du ihn eines Tages."

Jessica steckte den Brief in die Handtasche. Sie wollte ihn erst später lesen.

„Leben meine Großeltern noch?"

„Ja, von beiden Seiten. Aber sie gehören einer anderen Generation an, Jessica. Überleg es dir zweimal, bevor du Kontakt mit ihnen aufnimmst."

„Wissen deine Eltern, dass du mich gefunden hast?"

Lydia schüttelte den Kopf. „Ich habe seit deiner Adoption nicht mehr mit ihnen gesprochen."

„Ging das von ihnen aus?"

„Manche Dinge kann man einfach nicht verzeihen, Jessica."

„Ich hoffe, du verstehst eines Tages, weshalb sie sich so verhalten haben", sagte Jessica. „Auch meine Großeltern haben ja eine Tochter verloren. Vielleicht möchten sie sie, auch wenn es schwierig ist, wieder finden."

„Wie ich meine Tochter?" Lydia legte die Hand auf Jessicas Stuhllehne. „Oder hätte ich mich aus deinem Leben heraushalten sollen? War es unfair von mir, Kontakt zu dir zu suchen?"

„Nein, das war es nicht. Ich bin froh, dass du mich gefunden hast – dass wir uns gefunden haben." Sie ergriff Lydias Hand und hielt sie fest. „Immer wieder habe ich mich gefragt, weshalb meine leibliche Mutter mich fortgab. Irgendetwas muss mit dir nicht in Ordnung gewesen sein, dachte ich als Kind. Ich muss sie wohl enttäuscht haben ..."

Lydia umklammerte ihre Hand. „Du warst so, wie du sein solltest. Ich liebte dich heiß und innig."

„Das weiß ich jetzt. Es ist ein schönes Gefühl für mich, zu wissen, dass du mich all die Jahre vermisst und gesucht hast. Ich möchte dich nicht wieder verlieren.“

Sie hielten sich an den Händen und waren beide sehr gerührt.

„Ich weiß, dass du mich nie als ganz richtige Mutter betrachten kannst“, sagte Lydia. „Aber ich hoffe, es wird immer einen besonderen Platz in deinem Herzen für mich geben.“

Jessica dachte über Lydias Worte nach und erkannte, wie viel Schmerz sich dahinter verbarg. „Sieh mal“, begann sie und versuchte, nicht zu weinen. „Du hast zwei Töchter und liebst die eine deshalb nicht weniger als die andere.“

Lydia nickte.

„Nun, und ich habe zwei Mütter. Meine Liebe wird dadurch nicht geringer.“

„Danke“, sagte Lydia bewegt. „Du weißt nicht, was das für mich bedeutet.“

„Ich glaube, das weiß ich doch.“ Jessica sah Lydia an. „Immerhin haben wir beide uns zwanzig Jahre nacheinander gesehnt.“

Lydia lächelte traurig. „Ich hoffe, wir haben in Zukunft mehr Zeit füreinander. Bleibst du nun in Lindleton?“

Jessica drückte ihre Hand. „Ich bleibe. Soviel ich gehört habe, braucht man hier dringend eine Klavierlehrerin.“

„Und eine Tochter“, sagte Lydia, stand auf und breitete die Arme aus.

11. KAPITEL

Jessica wurde von allen mit Herzlichkeit aufgenommen. Oliver erklärte ihr grinsend, er könne sich nichts Schlimmeres vorstellen als eine weitere Schwester. Trixie hielt den Telefonhörer vom Ohr und fragte Jessica, ob sie Mike Klavierunterricht geben könne. Und Ben umarmte sie zur Begrüßung väterlich.

Das erste gemeinsame Abendessen verlief in entspannter Atmosphäre. Jessica wurde dabei ausgiebig über den neuesten Lindletoner Klatsch unterrichtet. Der einzige Name, der während des ganzen Abends nicht fiel, war der von Alex.

Nach dem Abendessen ging Jessica mit Lydia und Ben auf die Veranda, während Oliver und Trixie die Küche aufräumten. Es wehte ein kühler Wind, und Lydia lief noch einmal ins Haus, um Jacken für sie alle zu holen.

Jessica blieb mit Ben allein zurück. Sie wollte ihn so gern nach Alex fragen und hatte gleichzeitig Angst vor der Antwort. Aber endlich schnitt Ben dieses Thema selber an.

„Hast du Kontakt zu Alex gehabt?“, erkundigte er sich.

„Nein“, antwortete Jessica. „Wir haben uns gestritten, bevor ich Lindleton verließ. Seitdem habe ich nichts mehr von ihm gehört.“

„Ich sehe ihn auch kaum noch.“

„Weshalb nicht? Arbeitet er nicht mehr im Krankenhaus?“

„Nicht so viel wie früher. Sein Partner scheint wieder etwas mehr zu übernehmen.“

Jessica wurde unruhig. „Was willst du damit sagen?“

„Nun, Tom Starke, Alex’ Partner, ist ein ausgezeichneter Arzt. Er und Alex hatten sich die Patienten ursprünglich teilen wollen“, erklärte Ben. „Aber Alex übernahm nach und nach immer mehr. Er kann einfach nicht Nein sagen. Außerdem besitzt er keinen vernünftigen Arbeitsrhythmus.“

„Alex brauchte also gar nicht so viel zu arbeiten?“

„Nein. Es gibt genügend Ärzte in der Stadt. Doch Alex nimmt jeden neuen Patienten an, der seine Schwelle überschreitet.“

„Und weshalb?“ Jessica begriff nicht, weshalb Alex so überaus pflichteifrig war. Er verstand es doch, das Leben zu genießen.

„Ich dachte, du wüsstest Näheres.“

Jessica zuckte mit den Schultern. „Keine Ahnung.“

Lydia kehrte mit einer Strickjacke für Ben und einer weiteren für Jessica zurück. „Ich habe eure letzten Worte gehört“, sagte sie und legte

Jessica die Jacke um die Schultern. „Ich könnte mir denken, weshalb Alex so geworden ist."

Ben nahm seine Strickjacke und zog Lydia neben sich in den breiten Korbstuhl. „Weshalb denn?", fragte er.

„Er verhält sich genauso wie sein Vater."

Jessica dachte über Lydias Worte nach. Bevor sie antworten konnte, fuhr Lydia fort: „Ich kannte Dr. Grainger nur als Patientin. Aber wenn er sich für die anderen Patienten ebenso viel Zeit nahm wie für mich, kann er so gut wie nie zu Hause gewesen sein."

„Das kommt der Wahrheit ziemlich nahe", sagte Jessica. „Ich erinnere mich, dass meine Mutter einmal sagte, Alex sei ein Einzelkind, weil sein Vater ständig Babys auf die Welt holt und deswegen keine Zeit für seine Frau habe."

„Das muss eine erhebliche Belastung für die Ehe der Graingers gewesen sein", meinte Lydia.

Nachdem Ben und sie wieder ins Haus gegangen waren, um dies und das zu erledigen, ließ Jessica sich die Unterhaltung noch einmal durch den Kopf gehen. Die Nacht war dunkel und sternenlos, und ein Gefühl der Einsamkeit beschlich sie. Das Leben bei den Bancrofts konnte ihre innere Leere nicht ausfüllen. Es war an der Zeit, auch mit Alex ins Reine zu kommen.

„Kommst du ins Haus, Jessica?" Lydia stand auf der Türschwelle und sah sie besorgt an.

„Nein", antwortete Jessica. „Ich fahre noch einmal fort, um etwas zu erledigen."

Lydia nickte, war aber immer noch sehr ernst. „Viel Glück", sagte sie. „Alex ist es wert, auch wenn er dir Kummer bereitet", fügte sie hinzu.

„Das habe ich endlich eingesehen", sagte Jessica. „Und ich will es ihm heute Abend sagen."

Die Bäume zu beiden Seiten der Auffahrt von Alex' Haus bogen sich im Wind, und Jessica schauderte es bei dem Gedanken an den bevorstehenden kalten Winter. Der hatte es hier im Nordwesten Pennsylvaniens immer in sich.

In Gedanken sah sie Alex vor dem Kamin sitzen, während draußen alles unter einer dicken Schneedecke lag. Sie selbst saß an seiner Seite, fütterte ihn mit heißen Kastanien und kuschelte sich in seine Arme. Alex küsste sie, das Feuer brannte langsam nieder, weil sie nicht mehr darauf achteten, und dann … Dann schliefen sie vor den glühenden Scheiten gemeinsam ein …

Jessica stellte ihren Wagen vor dem Haus ab. Sie stieg aus und lief nach hinten zu der Terrasse, die zu seinem Hotpool führte.

Im Freizeitraum brannte Licht. Alex war auf dem Sofa eingeschlafen. Zum Glück war er allein. Jessica wurde es siedend heiß bei dem Gedanken, dass es auch anders hätte sein können.

Sie klopfte vorsichtig an die Glastür, da stand Alex auf, strich sich verschlafen das Haar aus der Stirn und blieb eine ganze Weile reglos stehen. Jessica wartete. Endlich kam er zu ihr und öffnete die Tür.

Es war zu windig, um lange draußen zu bleiben. Jessica betrat das Haus und seufzte dankbar auf. „Es ist kalt geworden“, murmelte sie und rieb sich die Arme.

„Du bist also zurückgekommen“, stellte Alex kühl fest.

„Offensichtlich gerade rechtzeitig“, antwortete Jessica und ärgerte sich über ihre belanglosen Worte. „Ich glaube, wir bekommen Sturm.“

„Wenn du mir nur den Wetterbericht geben willst, hättest du dir die Fahrt ersparen können. Ich besitze einen Fernseher und sehe mir immer um elf Uhr die Nachrichten an.“

„Ich bin gekommen, um dir einen Bericht über uns zu geben“, antwortete Jessica. Alex’ Worte hatten sie verletzt, aber sie war entschlossen, fortzufahren.

„Kein Interesse.“

Noch nie war Alex so grob zu ihr gewesen, und Jessica wollte schon aufgeben. Er schien ihre Gedanken aber zu erraten, denn er drehte sich um und ging zurück zum Kamin.

„Du kannst jetzt nicht weg“, brummte er. „Es hat angefangen zu regnen. Bis der Sturm vorüber ist, musst du hier bleiben.“ Während er das sagte, zerknüllte er eine Zeitung und holte einige Kienspäne aus einer Kupferschüssel auf der Kaminplatte. Einen Moment später loderte das Feuer auf. Alex wartete, bis die Kienspäne brannten, dann legte er mehrere Holzscheite nach.

Jessica stand an der Tür und sah ihm zu. Jede seiner Bewegungen bewies, wie verärgert er war. Oder war das ein gutes Zeichen? Nur jemand, der ihm viel bedeutete, konnte ihn doch so wütend machen. Das wusste Jessica.

Jessica wagte deshalb einen Vorstoß. „Ich habe dich noch nie so böse gesehen. Sagst du mir, was los ist? Willst du tatsächlich im Feuer herumstochern, bis der Regen und der Sturm vorüber sind?“

„Versuch gar nicht erst, witzig zu sein, Jessica. Ich bin dafür nicht in der richtigen Stimmung.“ Alex beugte sich erneut vor und verschob ein Holzscheit, was völlig überflüssig war.

„In welcher Stimmung bist du denn?“ Sie trat zögernd etwas näher an das Feuer heran, das inzwischen eine wohlige Wärme ausstrahlte.

„Wenn ich es dir sagte, würdest du mir doch nur einen Vortrag halten“, murmelte er.

Jessica dachte einen Augenblick nach. „Ich verspreche dir, dass ich nichts sagen werde.“ Sie trat noch etwas näher, zog sich jedoch wieder zurück, als Alex sich aufrichtete und zu ihr herumdrehte.

„Das wäre das erste Mal“, meinte er spitz.

Das Feuer warf einen hellen Schein auf Alex’ Haar. Sein Gesicht war längst nicht mehr so gebräunt wie vor drei Wochen, und Jessica entdeckte zahlreiche Fältchen um seine Augen herum. Alex sah sehr müde aus.

„Alex, passt du genug auf dich auf?“, fragte sie weich.

Er lächelte verärgert. „Sorgst du dich um mich wie um ein Kind? Weshalb bist du hier, Jessica?“

„Um mich zu entschuldigen. Ich sehe ein, dass ich egoistisch war, und ich bitte dich, mir zu verzeihen.“ Sie lächelte ihn versöhnlich an.

„Weshalb? Brauchst du Absolution? Einverstanden. Ich spreche hiermit Miss Jessica Cassidy von allen Sünden frei, die sie die letzten dreiundzwanzig Jahre begangen haben könnte.“

„Ich brauche keine Absolution, Alex. Ich brauche dich.“

„Zu welchen Bedingungen?“

Auf diese Frage wusste Jessica immer noch keine Antwort. „Bevor wir über Bedingungen reden, möchte ich dir erzählen, was ich fühle.“

„Oje, da sehe ich schon eine weitere Predigt auf mich zukommen.“

Jessica streckte ihm die Hand hin. „Bitte!“

Alex ließ sich viel Zeit. Endlich ergriff er Jessicas Rechte und zog sie neben sich auf die Kaminbank. Jessica umschloss ihre Knie mit den Händen und machte es sich auf den Kissen bequem.

„Bist du in Stimmung für ein Geständnis?“, fragte sie ihn, als das Schweigen beinahe unerträglich wurde.

„Das wage ich zu bezweifeln.“

„Darf ich trotzdem etwas sagen?“

Alex antwortete nicht, und Jessica schloss daraus, dass er ihr zuhören wollte.

„Ich habe mich geirrt, als ich glaubte, dass ich dich liebe, Alex", begann sie. „In Wirklichkeit liebte ich den Mann, den ich in dir sehen wollte. Ich will sagen: Ich habe die ganze Zeit versucht, dich zu verändern. Inzwischen weiß ich aber, dass du genau der Mann bist, den ich mir wünsche. Ich hatte leider gar kein Vertrauen zu dir. Zwar halte ich es immer noch für falsch, dass du mir nichts von Lydia erzählt hast, aber ich weiß jetzt, dass es zu meinem Besten sein sollte."

„Als ich diesen Entschluss fasste, hatte ich dich seit Jahren nicht gesehen", antwortete Alex. „In meiner Vorstellung warst du noch ein unreifer Teenager. Ich erkannte meinen Irrtum aber sehr schnell. Doch da hattest du dich schon bei den Bancrofts eingelebt und ..." Seine Stimme erstarb.

„Und was?", fragte Jessica. Sie rückte ein wenig näher an Alex heran und streifte dabei sein Knie.

„Und in meinem Herzen auch. Das wollte ich nicht aufs Spiel setzen." Alex rutschte ein Stück beiseite, lehnte sich an die Kaminecke und beobachtete von dort die Flammen.

Jessica unterdrückte die Tränen, die ihr in die Augen steigen wollten. „An meinem Geburtstag hast du versprochen, mir das Skilaufen beizubringen", fuhr sie fort, und jedes Wort fiel ihr schwer. „Wolltest du mich auf diese Weise wissen lassen, dass ich in Lindleton bleiben soll?"

„Wahrscheinlich."

„Und ich habe alles verdorben." Jessica wandte sich ab und wischte sich über die Augen.

„Es war auch meine Schuld."

Sie nickte. „Ja, das stimmt. Aber ich bin stärker dafür verantwortlich als du."

„Wir haben beide einen schönen Schlamassel daraus gemacht." Alex rührte sich immer noch nicht.

„Ist es zu spät, es noch einmal zu versuchen?" Jessica sah ihn an. „Ich habe beschlossen, nach Lindleton zu ziehen und hier ein Haus zu kaufen."

„Hängt dieser Entschluss von meiner Antwort ab?"

„Nein. Ich möchte in der Nähe meiner neuen Familie sein. Ich liebe sie, und ich liebe Lindleton ..." Jessica hielt inne und fuhr dann fort: „Und ich liebe dich. Ganz gleich, was du jetzt sagst, Alex, ich bleibe in dieser Gegend."

Alex zog Jessica über die glatte Kaminbank zu sich und legte ihren Kopf an seine Brust. „Weshalb?", fragte er grob. „Hast du immer noch die Hoffnung, dass du mich in den Mann verwandeln kannst, der dir gefallen würde?"

„Du bist der Mann, den ich möchte." Jessica strich ihm über die Wange, um seine harten Züge so zu glätten. „Ich will dich nicht verändern."

„Nein?" Sein Mund suchte ihre Lippen, aber er war alles andere als ein zärtlicher Liebhaber. Mit wilder Entschlossenheit streichelte und küsste er sie.

Jessica lehnte sich entspannt an ihn und gab sich ganz dem Strudel der Sinnlichkeit hin. Alex war immer noch wütend. Offensichtlich wollte er ihr irgendetwas beweisen. Doch Jessica hatte keine Angst vor ihm. Inzwischen lag sie der Länge nach auf ihm. Ihr Haar, das im Schein des Feuers rötlich leuchtete, fiel lose hinab und hüllte sie beide ein. Sie wollte ihn erneut küssen, doch er wandte sich ab, so fuhr sie ihm mit den Lippen über seine Wange, sein Ohr, seine Nasenflügel und seine Mundwinkel. Sie strich sein Haar zurück, küsste ihn auf die Stirn und versicherte ihm immer wieder, dass sie ihn liebe und immer lieben werde.

Jessica spürte, wie Alex' Verärgerung sich langsam legte. Er entspannte sich und umschloss sie fester. Dann küsste er sie noch einmal, und diesmal war sein Kuss zärtlicher. Er strich über Jessicas Taille, voller Verlangen, sie ganz zu besitzen.

„Was ist, wenn ich dir gestehe, dass ich immer noch der Mann nur für schöne Stunden bin, wie du einmal behauptet hast?"

Jessica sah Alex fasziniert in die Augen. Wie geheimnisvoll ihre grüne Farbe wirkte!

„Weshalb setzt du immer alles daran, dass die Leute diesen Eindruck von dir haben?", fragte sie ihn liebevoll und strich ihm über die Wange. „Du hast selbst mich eine Weile getäuscht."

„Und wenn es doch zutrifft?"

„Tut es aber nicht", widersprach Jessica energisch.

Alex schloss die Augen und seufzte ergeben. „Nun gut, ich gebe es zu: Ich habe mich verstellt. Weißt du, es ist viel leichter, wenn die Leute nicht wissen, was man fühlt."

„Weshalb?" Jessica küsste ihn zärtlich.

„Weil man dann nicht Gefahr läuft, verletzt zu werden. Deshalb wollte ich keine feste Beziehung."

Jessica zog die Stirn kraus, und Alex öffnete die Augen. „Zumindest nicht, bis ich dich wiedertraf."

Sie setzte sich auf und ergriff Alex' Hand. Schweigend führte sie ihn zu dem breiten Sofa, auf dem er bei ihrer Ankunft geschlafen hatte. Dort legte sie sich hin, und Jessica streckte einladend die Arme nach Alex aus.

„Hast du solche Angst, dass man dir wehtut?", fragte sie weich. „Wolltest du deshalb nie eine ernsthafte Beziehung eingehen?"

„Weißt du, ich habe mitangesehen, wie meine Eltern sich jeden Tag wegen der beruflichen Pflichten meines Vaters stritten, bis ich ins Internat kam. Unser Haus war kein Zuhause."

„Das wusste ich nicht." Jessica legte einen Arm um Alex und zog ihn näher. „Ich fand deine Eltern immer großartig."

„Sie waren großartig im Verbergen von allem, was bei uns vor sich ging." Alex wickelte sich eine Strähne von Jessicas Haar um die Hand und fuhr fort: „Meine Mutter verlangte ständig, mein Vater solle mehr Zeit für uns haben. Dann wurde Vater wütend und erfand weitere Gründe, um fortbleiben zu können. Dieser Kreislauf blieb bis zu seinem Tod. Meine Eltern haben sich vielleicht wirklich einmal sehr geliebt. Doch jedes Gefühl füreinander erstarb unter der Belastung, die der Beruf meines Vaters mit sich brachte."

„Als du Arzt wurdest, warst du also der Ansicht, dass du keine Frau ernsthaft an dich binden darfst, weil sonst dasselbe geschieht."

„Das war kein bewusster Entschluss …" Alex wählte seine Worte sorgfältig. „Aber jedes Mal, wenn eine Beziehung zu einer Frau enger wurde, fühlte ich mich wie in einer Falle. Schließlich suchte ich mir nur noch Frauen, die mir im Grunde gleichgültig waren."

Jessica hätte Alex gern gefragt, ob sich das inzwischen geändert habe – ob jetzt eine Verpflichtung für ihn in Betracht käme. Doch das hätte nach Misstrauen ausgesehen.

„Ich muss dich zu Tode erschreckt haben", sagte sie schließlich. „Ich wollte dich unbedingt in eine feste Beziehung drängen."

„Soll das eine Entschuldigung sein?", fragte Alex zärtlich. Er rückte näher an sie heran und küsste ihr Haar. „Das ist nicht nötig, Jessica. Wärst du nicht gewesen, hätte ich vielleicht nie meine Ängste erkannt."

Jessica spürte jeden Zentimeter von Alex und konnte kaum noch richtig denken. Heißes Verlangen hatte sie erfasst. Wie gern hätte sie alle Hindernisse niedergerissen, damit sie sich endlich auf ihre Gemeinsamkeiten konzentrieren konnten und nicht länger auf das, was sie trennte!

„Ich liebe dich", sagte sie an seiner Wange. „Ich liebe dich so sehr, dass ich deine Bedingungen annehme, Alex. Ganz gleich, wie sie lauten."

„Und du hoffst, dass ich dich am Ende doch lieben werde, nicht wahr? Dass ich mir schließlich selbst eine feste Beziehung wünsche." Alex rückte etwas von Jessica ab, damit sie sich in die Augen sehen konnten. „Sei ehrlich, Jessica. Du willigst ein, meine Geliebte zu werden, und hoffst in Wirklichkeit auf eine Heirat. Habe ich recht?"

Jessica nickte. „Ja."

„Du glaubst also, anstatt deiner überdrüssig zu werden, werde ich dich immer stärker lieben. Statt mich in der Falle zu fühlen, werde ich endlich frei sein."

Jessica hätte es nicht besser ausdrücken können. Sie nickte erneut. „Ja."

Alex schüttelte den Kopf. „Nun, du irrst dich."

Jessica lächelte. Seine Worte hatten so herzlich geklungen, dass ihnen noch etwas folgen musste. „Wirklich?"

Diesmal nickte Alex. „All das habe ich nämlich schon hinter mir."

Erst einmal begriff Jessica nicht den Sinn seiner Worte. Dann fragte sie atemlos: „Du liebst mich auch?"

„Genau."

„Und du möchtest mehr als nur ein Verhältnis mit mir?"

„Ich möchte dich heiraten."

Jessica zog die Stirn kraus. „Bist du sicher?"

Alex lachte laut auf. „Ich bin völlig sicher", antwortete er. „Unbedingt."

„Eben warst du doch noch wütend auf mich." Jessica verstand das alles nicht, denn ihr schwirrte der Kopf wegen seines Heiratsantrags. Das hatte sie nun gar nicht erwartet.

„Ich war verärgert. Ich dachte, nun habe ich dich endlich gefunden und schon wieder verloren."

„Und wann hast du mich gefunden?"

Alex küsste Jessica auf das Haar. „Am Tag nach der Beerdigung von Ken und Jannas Baby bin ich in mich gegangen. Ich erkannte, dass ich nie jemanden an mich herangelassen habe. Doch dir ist es irgendwie gelungen, mein Abwehrsystem zu durchbrechen. Zunächst erschreckte mich diese Vorstellung zu Tode. Dann begann ich zu begreifen, weshalb ich solche Angst dabei empfand. An deinem Geburtstag war ich so weit. Ich sah ein, dass es gar nicht so viel Mut erforderte, dich zu lieben."

Jessica hätte am liebsten losgeheult. „Aber da habe ich dir doch so schreckliche Dinge an den Kopf geworfen!"

„Ja, da hatte ich es gerade erkannt."

„Und ich habe gleich alles verdorben."

„Hast du wirklich das Gefühl, dass alles verdorben ist?" Alex wandte Jessica das Gesicht zu und überschüttete sie mit winzigen Küssen.

„Als ich vorhin hereinkam, schon."

„Ich konnte mir nicht vorstellen, dass du einen Fehler einsehen kannst. Wie dumm von mir!"

Wie empfindsam Alex im Grunde seines Herzens war! Seine Küsse zeigten ihr, dass nicht mehr viel Zeit zum Reden blieb. „Glaubst du jetzt, dass wir unser Leben gemeinsam gestalten können, obwohl dein Beruf dich so viel Kraft kostet?"

„All die Jahre habe ich aus der Beziehung meiner Eltern einen falschen Schluss gezogen. Ein Arzt kann durchaus eine gute Ehe führen, er muss sich nur mehr Mühe geben. Ich habe schon begonnen, etwas weniger zu arbeiten", sagte Alex. „Ich bin kein solcher Fanatiker wie mein Vater. Ich will ein guter Arzt sein. Das wird mich jedoch nicht davon abhalten, ebenfalls ein guter Ehemann und Vater zu werden."

Jessica hielt bei Alex' Worten den Atem an. „Du möchtest auch Kinder?"

„Mindestens ein kleines Mädchen."

„Und einen kleinen Jungen", entgegnete Jessica. Sie legte die Arme um Alex' Hals und zog ihn näher. „Ich muss gerade daran denken, dass wir Lydia dann zur Großmutter machen."

„Wenn du mich weiterhin mit einem derartig verführerischen Glanz in den Augen ansiehst, fangen wir garantiert schon damit an, bevor wir die Heiratsurkunde in Händen haben."

„Bist du etwa für eine lange Verlobungszeit?", fragte sie missbilligend.

Alex schüttelte den Kopf. „Ich bin ein Freund schneller Entschlüsse."

Mit sicheren Griffen begann Jessica, sein Hemd aufzuknöpfen. „Wir haben eine Menge gemeinsam", meinte sie nachdenklich. „Mich wundert nur, dass wir es nicht schon vor Jahren erkannt haben."

Alex wartete, bis Jessica sein Hemd aufgeknöpft hatte. Dann setzte er sich auf und löschte die Lampe neben dem Sofa. Nur der sanfte Schein des Feuers erleuchtete nun noch den Raum.

Jessica strich über Alex' Brusthaar und schob sein Hemd zurück, um seinen Rücken zu streicheln. „Wir werden bestimmt glücklich", flüsterte sie, während er ihre Bluse öffnete.

„Ganz sicher", stimmte er ihr zu und ließ seinen Händen die Lippen folgen. „Und wir fangen am besten gleich damit an."

Jessica überließ sich ganz dem herrlichen Gefühl, Alex so nahe bei sich zu haben. In diesem Augenblick begann sein Funkgerät zu tönen.

„Alex?", sagte Jessica und riss sich aus ihrer Verzückung. „Man ruft dich!"

Alex murmelte etwas und setzte sich auf. Verlegen zog Jessica ihre Bluse zu und richtete sich ebenfalls auf.

„Ich muss in meiner Praxis anrufen", erklärte er und fuhr sich mit den Fingern durch das Haar.

Jessica hätte am liebsten das Telefonkabel aus der Wand gerissen, stattdessen nickte sie nur. Alex wollte seine Arbeit auf ein gewisses Maß beschränken, und sie würde ihm beweisen, dass sie Verständnis für die normalen Anforderungen seines Berufes hatte. Wenn die Enttäuschung auch noch so groß war.

Sie sah zu, wie Alex das Zimmer durchquerte und verärgert eine Nummer wählte. „Grainger", brummte er dann in die Sprechmuschel.

Alex hörte seinem Gesprächspartner einen Augenblick zu und nickte. „Sagen Sie ihm, er soll zwei Aspirin nehmen, und rufen Sie mich morgen früh wieder an", erklärte er und legte den Hörer auf die Gabel zurück. Dann besann er sich eines Besseren, hob ihn wieder ab und packte ihn unsanft neben den Apparat. Anschließend löste er das Funkgerät von seinem Gürtel und warf es neben den Hörer. „Wobei waren wir gerade?", fragte er Jessica zärtlich.

Jessica blickte ihm tief in die Augen, wollte ihn jedoch nicht so leicht davonkommen lassen. „Du hättest nicht so kurz angebunden sein dürfen", tadelte sie ihn. „Und wenn es etwas Ernstes gewesen ist?"

„Das war eine Nachricht von meinem Partner", erklärte Alex und legte sich wieder neben Jessica. „Er hat heute Abend Bereitschaft, musste aber noch irgendetwas erledigen. Die Zentrale hat mir nur mitgeteilt, dass er wieder im Dienst ist."

„Wir haben also die ganze Nacht für uns?"

Alex richtete sich auf und küsste Jessica lange. „Wir haben den ganzen Abend", verbesserte er sie. „Lydia verzeiht es mir nie, wenn ich dich nicht um Mitternacht nach Hause bringe."

„Dann schlage ich vor, dass du sofort mit der Behandlung beginnst", erklärte Jessica.

Alex zog eine Augenbraue hoch. „Behandlung?"

Jessica nickte und zog ihre Bluse aus. „Ja. Weißt du, ich habe da nämlich so ein gewisses Leiden, das nur du heilen kannst."

Alex' Augen leuchteten im Schein des Feuers. „Könnte sein, dass die Behandlung ein Leben lang andauern muss", warnte er Jessica und legte die Hände auf ihre nackten Schultern.

„Mit recht häufigen Anwendungen, wie ich hoffe", erwiderte sie und hielt seinem Blick stand.

„Sehr, sehr häufigen."

„Nun, ich bin zwar kein Arzt", meinte Jessica und zog Alex in die Arme, „aber mir scheint, je früher wir damit beginnen, desto besser sind die Heilungsaussichten."

– ENDE –

Debbie Macomber

Prinz sucht reiche Erbin

Roman

Aus dem Amerikanischen von
Renate C. Michel

PROLOG

Prinz Stefano Giorgio Paolo brauchte dringend eine Frau, möglichst eine sehr reiche, und das so schnell wie möglich. Eine Heirat war unausweichlich geworden, er konnte die Angelegenheit nicht länger vor sich herschieben, jedenfalls nicht, wenn er sein Land vor dem Staatsbankrott und der internationalen Blamage retten wollte.

Er überflog noch einmal den letzten Bericht seines Finanzministers, während er unruhig in dem weitläufigen, königlichen Arbeitszimmer auf und ab ging. Dabei kam er an einer Galerie sechs Fuß hoher, sandsteinverzierter Fenster vorbei, um die schwere, rote Samtvorhänge drapiert waren.

In seinem Kopf schwirrte es, er nahm keine Notiz von der herrlichen Aussicht auf den Innenhof mit dem riesigen Marmorbrunnen aus dem siebzehnten Jahrhundert. Früher hätte ihn diese Szenerie in Entzücken versetzt, aber jetzt war alles anders. Nun empfand er nur noch Beklemmung dabei, denn der Schlosshof war gähnend leer, kein einziger Tourist war zu sehen.

San Lorenzo, ein winziges, europäisches Fürstentum, galt früher als malerisches, romantisches Fleckchen, es war ein Land wie aus dem Märchenbuch und hatte Touristen und Besucherströme aus aller Welt angezogen. Aber seit den Balkanunruhen und dem Bürgerkrieg dicht vor der Grenze hatten die Urlauber es vorgezogen, die Sehenswürdigkeiten anderer Staaten zu besichtigen. Die Touristen blieben also aus.

Ein weiterer Grund lag darin, dass San Lorenzo keinen eigenen, internationalen Flughafen besaß und der nächstliegende zurzeit wegen der Kämpfe für den normalen Linienverkehr gesperrt war.

Ein lautes Pochen an der schweren Eichentür ließ ihn aus seinen Gedanken hochfahren. „Was ist?“, stieß Stefano ungeduldig hervor. Er hatte doch ausdrücklich angeordnet, dass er nicht gestört zu werden wünschte. Nur ein Verrückter konnte es wagen, trotzdem zu kommen.

In dem Moment trat Pietro ins Zimmer, sein Privatsekretär und Begleiter auf allen seinen Reisen. Stefano berichtigte sich im Stillen. Nur ein Verrückter oder ein wahrer Freund durfte es wagen, ihn zu diesem Zeitpunkt zu unterbrechen.

„Ich dachte, du könntest dies hier gebrauchen“, meinte Pietro, während er ein verziertes Silbertablett mit zwei Gläsern und einer Kristallkaraffe hereintrug.

„Du weißt doch, dass ich tagsüber nicht trinke“, sagte Stefano, aber ohne Zurechtweisung in der Stimme.

„Das stimmt zwar“, nickte Pietro, „aber ich weiß auch, dass du über deine Hochzeit nachgrübelst. Und dieses Thema macht dich immer schwermütig.“

„Du hast wieder einmal recht, mein Freund.“ Stefano fuhr sich mit der Hand sorgenvoll über die Stirn, ließ die Schultern hängen und sah mit düsterer Miene aus dem Fenster. Er blickte auf sein kleines Märchenreich.

„Hast du schon eine Entscheidung getroffen?“, fragte Pietro vorsichtig, während er den Stöpsel von der Karaffe entfernte und die Gläser zwei Fingerbreit füllte. Er überreichte das eine Stefano, der es dankbar annahm.

„Habe ich denn eine andere Wahl, als reich zu heiraten?“ Stefano fühlte sich, als hätte man ihn zum Tod am Galgen verurteilt. Er liebte sein Junggesellenleben und die Freiheit, die es ihm ermöglichte, die Gesellschaft der schönsten Frauen der Gesellschaft zu genießen.

Wenn er ehrlich war, so genoss er es, den Titel, „Junggesellen-Prinz“ zu tragen, den die Boulevardpresse ihm verliehen hatte. Die Zeitungen berichteten von ihm als dem idealen Märchenprinz, sie priesen ihn als romantischen, großen und stattlichen Mann mit dunklem Teint und genügend Charme, um alle Mädchenherzen zu brechen.

Er war allerdings hochgewachsen, immerhin ein Meter achtundachtzig, überlegte Stefano, und seine Haut hatte einen angenehmen Bronzeton, weil er sich oft draußen aufhielt.

War er stattlich? Stefano lächelte. Vermutlich wirkten seine Gesichtszüge aristokratisch, er hatte eine hohe Stirn und ein kantiges Kinn, das Durchsetzungsvermögen verriet. Aber das war kein Wunder, immerhin regierte seine Familie seit nun schon fast siebenhundert Jahren über San Lorenzo.

„Weißt du schon, wer die Glückliche sein soll?“, fragte Pietro in seiner unvergleichlich ruhigen Art, mit der er stets Stefanos Sorgen herunterspielte, sodass dem Prinz alle Probleme nur noch klein erschienen.

Stefano überlegte mit gefurchter Stirn, legte eine Hand auf den Rücken und ballte sie zur Faust. „Nein.“ Dann machte er eine herrische Geste zu seinem Freund hinüber, sodass das Glas, das er hielt, beinahe überschwappte. „Ich will eine Amerikanerin heiraten!“, entschied er von einem Augenblick auf den andern.

„Nun, du warst an der Duke-Universität, da bist du ja mit ihrer Lebensweise vertraut. Amerikanerinnen können höchst charmant sein."

Stefano stellte seinen Drink entschlossen auf den Schreibtisch. Es gab ein hartes Geräusch. „Ich brauche keinen Charme. Was ich benötige, ist Geld."

„Verlass dich auf mich, Stefano, ich bin informiert." Pietro griff in die Innentasche seines perfekt maßgeschneiderten schwarzen Anzugs und entnahm ihm ein Blatt Papier, das er sorgfältig entfaltete. „Ich habe mir die Freiheit genommen, einige Amerikanerinnen aufzulisten, die für dich infrage kämen. Wenn du einen Blick darauf werfen willst?"

Stefano hielt in seinem Rundgang inne und betrachtete den Freund aufmerksam. Schon öfters hatte er sich gefragt, ob Pietro Gedanken lesen konnte. „Wie gut du mich doch kennst."

Pietro verbeugte sich leicht. „Meine Vermutungen waren zufällig richtig", spielte er sein Einfühlungsvermögen herunter.

Stefano lachte. „Das bezweifle ich." Pietro war viel zu gründlich bei seiner Arbeit, um etwas dem Zufall zu überlassen. In mancher Beziehung kannte sein Sekretär Stefano sogar besser als der sich selbst.

Der Prinz setzte sich in einen Ohrensessel und lehnte sich gegen den bequem gepolsterten Plüschrücken. Wie ein unartiges Kind hatte er sich bisher geweigert, den Ernst der Lage anzuerkennen und sich mit dem unangenehmen Thema zu befassen. Auch jetzt wollte er die Namensliste nicht selbst durchgehen. „Sag mir, wie deine Aufstellung aussieht", befahl er daher.

„Es gibt da etliche junge Frauen, unter denen du wählen kannst", begann Pietro.

Während der nächsten halben Stunde erläuterte er dem Prinz, wer infrage kam, und gab ihm Informationen zu jeder einzelnen Heiratskandidatin. Es war aber nicht eine Einzige dabei, die Stefanos Neugier auch nur ein wenig geweckt hätte. Aber vielleicht war Stefano auch nur altmodisch, weil er eine Liebesheirat wollte. Er hätte sich gewünscht, eine Braut zu wählen, die er tief und ehrlich liebte, ohne ein Auge auf ihr Vermögen zu werfen. Aber mit diesen Idealvorstellungen konnte man San Lorenzo nicht retten.

„Nun?", fragte Pietro, nachdem er ans Ende der Aufstellung gekommen war.

Stefano winkte abwehrend und schwach mit der Hand. „Such du eine aus."

Pietro hob die Brauen. „Wenn du möchtest.“ Er fuhr mit dem Zeigefinger die Liste nochmals herunter, hielt an mehreren Namen inne und suchte dann weiter. Seine Miene verdunkelte sich, er dachte angestrengt nach und gab sich Mühe, so zu entscheiden, wie Stefano es getan hätte.

„Priscilla Rutherford“, erklärte er schließlich.

„Priscilla“, wiederholte Stefano. Er versuchte, sich zu erinnern, was Pietro über sie gesagt hatte. „Ist das nicht die Tochter dieses reichen Reeders?“

„Ganz genau, ihr Vater hat eine Riesenflotte und ist steinreich.“ Pietro entspannte sich und nahm den ersten Schluck aus seinem Glas. Er hatte seine Wahl getroffen.

„Warum gerade sie?“

Pietro zuckte die Achseln. „Ich bin natürlich nicht sicher, aber ich habe ein Foto von ihr gesehen.“

„Sie ist demnach hübsch?“

Pietro brauchte einen Augenblick, bis er antwortete. „Ja.“

„Das klingt, als wärst du selbst nicht ganz überzeugt davon.“

Pietro verzog ein wenig den Mund. „Sie ist keine makellose Schönheit, falls du diese Art von Frau wünschst, sondern sie ist ein warmherziges, sympathisches junges Mädchen, das ganz San Lorenzo lieben und verehren wird.“

„Und du bist dir sicher, dass sie sich in mich verlieben wird?“, fragte Stefano skeptisch.

„Ja, natürlich.“ Pietro ging zur anderen Seite des Raums hinüber und öffnete dort eine Schrankschublade. „Ich habe mir sogar schon überlegt, wie ihr beide einander kennenlernen könnt.“

Stefano schüttelte sprachlos den Kopf. „Du versetzt mich immer wieder in Erstaunen, mein Freund.“

„Erinnerst du dich an den Brief, den wir letzte Woche von Mrs Marshall aus Seattle erhalten haben?“

„Marshall, Marshall“, wiederholte Stefano und ging im Geist einige Namen durch. „War das nicht die, die mich als Ehrengast eingeladen hat? Es sollte eine Konferenz stattfinden ... irgendein Unsinn ... ich weiß nicht mehr genau, worum es ging, es interessierte mich nicht im Geringsten.“

„Stimmt, das ist die Dame, und es ging um Liebesromane und eine Schriftsteller-Versammlung.“

„Ich hoffe zu deinen Gunsten, dass du abgesagt hast“, sagte Stefano mit einem lang gezogenen Seufzer. „Um Himmels willen, für diese Art von Unfug habe ich nun wirklich keine Zeit." Im Leben eines Mannes, der gezwungen war, des Geldes wegen zu heiraten, war kein Platz für Romanzen.

„Glücklicherweise habe ich hinhaltend geantwortet und weder zu- noch abgesagt."

„Glücklicherweise?" Stefano blickte seinen Freund zweifelnd an.

„Ich habe aus erster Quelle, dass Priscilla Rutherford der Versammlung beiwohnen wird. Das wäre doch die beste Gelegenheit, sie ‚rein zufällig' zu treffen."

Stefano nahm seine Wanderungen wieder auf, er ging durchs Zimmer und umrundete etliche Male seinen Schreibtisch. Dabei hielt er die Hände auf dem Rücken verschränkt.

„Du kannst doch wohl nicht im Ernst glauben, ich würde die Einladung annehmen? Diese Mrs Marshall ist mir mit der lächerlichen Idee gekommen, mich – oder besser, ein Treffen mit mir – als Tombola-Preis anzubieten. Lieber Himmel, Pietro … ist es schon so weit mit uns gekommen?"

„Diese Konferenz kann dir helfen, dein Ziel zu erreichen."

Stefano kniff die Augen zusammen. Sein Freund sprach doch unmöglich im Ernst! Er hatte keine Lust, auf der Bühne zu stehen und an den Höchstbietenden versteigert zu werden – oder so ähnlich.

„Die Sitzung der ‚Romance Lovers' bietet dir die beste Gelegenheit, Priscilla Rutherford zu treffen", wiederholte Pietro erneut.

„Meinst du das im Ernst?"

„Ja, Euer Hoheit, das meine ich."

Die offizielle Anrede mit Stefanos Titel war der eindeutige Beweis, dass Pietro tatsächlich nicht scherzte. „Dann triff die nötigen Vorbereitungen", ordnete der Prinz an, aber seine Stimme klang brüchig. Welch ein Tiefpunkt in seinem Leben! Er wurde vorgeführt wie ein Zirkustier. Aber wenn er nur damit sein Land retten konnte, wollte Stefano sich sogar erniedrigen und gern seinen Stolz opfern, wenn es auch schwerfiel.

1. KAPITEL

„Da ist jemand für dich am Telefon."

Hope Jordan warf einen verzweifelten Blick zur Decke ihres kleinen Coffeeshops in Seattles Fifth Avenue. Ergeben wischte sie sich die feuchten Hände an der sorgfältig gestärkten, weißen Schürze ab, die sie um die Taille gebunden hatte. Dann eilte sie zum Apparat und griff nach dem Hörer.

„Hallo, Mom", sagte sie in die Muschel, ohne abzuwarten, dass sich ihre Mutter am anderen Ende meldete.

„Woher wusstest du denn, dass ich in der Leitung bin?", fragte Doris Jordan mit erstaunter Stimme.

„Weil mich niemand sonst anruft, wenn ich gerade so viel zu tun habe."

„Ach, das tut mir aber leid, Sweetheart", hauchte ihre Mutter, aber es klang nicht ein bisschen schuldbewusst. „Du arbeitest einfach zu viel."

„Mom, wenn es nicht um etwas wirklich Wichtiges geht, muss ich jetzt einhängen. Ich habe drei Gäste, die auf ihre Bestellung warten." Hope lächelte entschuldigend zu den Dreien hinüber.

„Rufst du auch bestimmt zurück?"

„Ja ... ich verspreche es dir. Aber irgendwann heute Nachmittag, einverstanden?"

„Gut. Es handelt sich um eine wichtige Angelegenheit, Hope. Die Einzelheiten erzähle ich dir später, aber du sollst schon jetzt wissen, dass ich fünfundzwanzig Dollar für Lose ausgegeben habe, um ein Treffen mit Prinz Stefano Giorgio Paolo von San Lorenzo zu gewinnen."

Hope zuckte bei der Nennung jedes einzelnen Namens zusammen. Erst neulich hatte sie einen langen Artikel über Prinz Stefano und seinen malerischen Besitz gelesen.

„Du willst einen Abend mit einem Mann verbringen, der jung genug ist, um dein Sohn sein zu können?"

„Ach, natürlich nicht", wehrte Doris ungeduldig ab. „Ich habe die Lose für dich gekauft."

„Mom ..."

In der Leitung klickte es unvermittelt, die Verbindung war abgebrochen. Hope starrte den Hörer sekundenlang an, bevor sie fähig war aufzulegen. Ihre Mutter war fest entschlossen, sie endlich verheiratet zu sehen, aber dass sie deswegen Glückslose für Hope kaufte, um ein Treffen zu inszenieren, ging entschieden zu weit.

Nicht, dass es etwas genützt hätte, mit ihrer Mutter darüber zu diskutieren. Doris wollte unter allen Umständen die Hochzeitsglocken läuten hören, wobei es ihr eigentlich gar nicht in erster Linie auf die Heirat ankam. Sie wünschte sich nur Enkelkinder, denn ihre drei engsten Freundinnen hatten alle welche. Das nagte an ihrem Selbstbewusstsein, und es war eine Frage der Ehre für sie geworden, Hope verheiratet und schwanger zu sehen. In dieser Reihenfolge natürlich, deshalb war sie so versessen auf eine baldige Ehe. Und wenn Hope ein wenig Ermunterung brauchte, nun, so war Doris genau die richtige Frau, um ihrer Tochter die nötige Hilfe zu bieten. Unglücklicherweise war Hope nicht sehr erbaut darüber und fand, dass ihre Mutter durch ihre dauernden Einmischungen Hopes ohnehin stressiges Leben unnötig komplizierte.

„Wir sind bereit, falls du fertig bist", mahnte Jimmy, der nette, neunzehnjährige College-Student, und lächelte ein wenig ironisch.

„Schon gut, schon gut", murmelte Hope, griff nach den Einwegtassen mit Kaffee und verteilte sie auf die Serviertabletts.

„Die Grundidee ist eigentlich, den Kaffee auszutragen, während er noch heiß ist", stichelte Jimmy.

Hope stieß ihm dafür ihren Ellbogen in die Rippen.

„He", protestierte Jimmy, „was soll das denn heißen?"

„Das war nur eine kleine Ermunterung, damit du dich ein bisschen schneller bewegst", meinte Hope und lächelte aufreizend.

„Ich verlasse diesen Laden."

„Tu das, Jimmy, mein guter Junge." Sie lachte, als er durch den rückwärtigen Ausgang verschwand, denn dahinter war das Federal Building, in dem die größte Anzahl ihrer Kundschaft arbeitete.

Nachdem endlich die letzte Bestellung draußen war, brühte sich Hope einen Milchkaffee auf und ließ sich in einen Sessel fallen. Diese Stunden am Morgen konnten einen umbringen.

Die Gründung der Firma „Coffee Break" war ihre Idee gewesen, und wenn die Umsatzzahlen der letzten Monate nicht täuschten, dann hatte sie genau zur richtigen Zeit eine Marktlücke entdeckt. Hope hatte das Geschäft mit drei Mitarbeitern begonnen, die täglich die verschiedensten Sorten exotischen Kaffees zubereiteten und auch auslieferten. Die Angestellten in den Bürogebäuden der Umgebung waren hier, im lebhaften Zentrum Seattles, ihre besten Abnehmer.

Schon bald war Hope gezwungen, ihre Leute auf fünfzehn aufzustocken, und erweiterte ihr Angebot. Man konnte nun auch einen leichten, kalorienarmen Imbiss bei ihr bestellen. Hope belieferte damit jeden Morgen und Nachmittag etliche Geschäftshäuser der Innenstadt.

„Was ist los?“, fragte Lindy, die in der Küche das Schmalzgebäck zubereitete. Sie kam herbei, zog sich einen Stuhl heran und ließ sich neben Hope nieder.

Hope hob in leichter Verzweiflung die Hände, sie war zu müde, um sich zu beklagen.

„Meine Mutter fängt wieder mit ihren alten Spielchen an.“

„Ach, hat sie ein anderes Eheanbahnungs-Institut gefunden?“

Hope musste leise in sich hineinlächeln. Unglücklicherweise hatte die Dame des Instituts, das ihre Mutter damals beauftragt hatte, nicht recht verstanden, dass Doris einen Mann für ihre Tochter suchte, und nicht für sich selbst. Deshalb hatte man Hope einen dreiundsechzigjährigen Mann angeboten, der angeblich ausgezeichnet zu ihr passen sollte. Doris bekam einen Wutanfall und forderte ihr Geld zurück. Aber am Ende war doch alles gut ausgegangen. Der Heiratskandidat fand Doris sehr sympathisch, und die beiden waren während der letzten Monate mehrere Male zusammen zum Essen ausgegangen.

„Hat sie noch ein Treffen mit dem Neffen ihres Hausarztes ausgemacht?“, wollte Lindy wissen.

Obwohl sie so müde war, musste Hope nun doch laut auflachen. „Diesen Fehler wird sie wohl kaum ein zweites Mal machen.“ Ihre liebe Mutter, die sie immerzu verkuppeln wollte, hatte aus dem letzten Fiasko wohl doch etwas gelernt. Doris meinte unbedingt, dass Hope Arnold sowieso kennenlernen müsste, der bestimmt eine gute Partie bedeutete, wo er doch mit einem Arzt verwandt war. Dieser Arnold war gewiss der Richtige für ihre störrische, widerspenstige Tochter.

Hope war es leid, beständig zu argumentieren, und willigte am Ende ergeben in das Treffen mit dem Unbekannten ein. Doris hatte ihr diesen Neffen in den schönsten Tönen geschildert, sie tat, als wäre er der perfekte, wunderbarste Ehemann, und Hope würde das schon feststellen, wenn sie ihn nur ein einziges Mal selber in Augenschein nehmen würde.

Leider aber war Arnold ein wenig gestört, er litt an Kleptomanie und stahl alles, was ihm unter die Finger kam. Deshalb wurde er auch bereits von der Polizei in drei verschiedenen Bundesstaaten gesucht. Das Treffen war von Anfang bis Ende ein einziger Albtraum. Kaum saßen sie zusammen im Restaurant, begann Arnold auch schon, alle

Päckchen Würfelzucker und Süßstoff einzustecken, die er bekommen konnte. Nein, dieser Mann war bestimmt nicht der Traumprinz, den sich Doris vorgestellt hatte.

„Mom hat sich diesmal etwas anderes ausgedacht", erklärte Hope. Ihre Mutter war fest entschlossen, den Märchenprinz zu finden, nur, dass es diesmal tatsächlich ein echter war.

Lindy brachte ihr ein Schmalzteilchen mit Apfelsauce und Rosinen. Es war noch warm, denn sie hatte das Gebäck gerade aus dem Ofen geholt. „Was hat sie diesmal vor?"

„Ich bin mir noch nicht ganz sicher", sagte Hope, während sie die schmerzenden Füße hob, um die Beine auf den Sitz ihr gegenüber zu legen. „Sie erzählte etwas von Losen, die man kaufen kann, um ein Treffen mit einem Prinzen zu gewinnen."

„Ach", erwiderte Lindy, „davon habe ich gelesen. Diese Lotterie findet auf der Tagung der ‚Madeline Marshall Romance Lovers' statt. Es ist nächste Woche im Convention Center."

„Welche Tagung?" Hope wischte sich eine widerspenstige Strähne ihres blonden Haars aus der Stirn.

„Nun komm, Hope, du musst doch von dieser Konferenz gehört haben. In den Klatschspalten steht seit Tagen nichts anderes. Es beginnt am Donnerstag mit einer tollen Cocktailparty. Romanautoren und -autorinnen aus der ganzen Welt fliegen hierher, um ihre Fans zu sehen. Es ist das fantastischste Ereignis der letzten Jahre."

„Du willst mich auf den Arm nehmen."

„Nein, bestimmt nicht. Liebesromane sind das ganz große Geschäft, bei Weitem größer, als sich der einfache Leser vorstellen kann."

„Willst du damit andeuten, dass du auch Liebesromane liest?", fragte Hope verwirrt. Doch wohl nicht Lindy, die Stütze in ihrer Küche. Lindy stand mit beiden Beinen auf dem Boden der Tatsachen.

„Natürlich lese ich sie. Du etwa nicht?"

„Um Himmels willen, nein." Hope schüttelte heftig den Kopf. „Im Moment komme ich überhaupt nicht zum Lesen, ich habe keine Zeit." Ihr aufstrebendes Geschäft ließ ihr kaum Gelegenheit für persönliche Interessen.

„Dann verpasst du etwas, Mädchen", meinte Lindy und nickte wichtig. „Jeder muss von Zeit zu Zeit ausspannen und sich vom rauen Alltag erholen."

„Ob Liebesromane dafür das Richtige sind?" Ihre Mutter hatte die Hefte jahrelang gelesen, um sich darüber hinwegzutrösten, dass Hopes

Vater sie verlassen hatte. Obwohl Doris viele ihrer Lieblingsromane auch Hope anbot, war diese nie dazu gekommen, eins der Bücher zu lesen. Sie las fast nur Artikel und Abhandlungen in Illustrierten.

„Magst du Liebesromane nicht?", wollte ihre Küchenhilfe wissen und erhob sich. Sie war fast ein wenig aufgebracht und stemmte die Hände in die Hüften.

„Ich wollte dich nicht kränken", beschwichtigte Hope die Frau und musste ein Lächeln unterdrücken, weil Lindy die Sache so todernst nahm.

„Schon gut", lenkte Lindy rasch ein. „Ich meine nur, man muss sich doch erst ein Urteil bilden, bevor man etwas ablehnt."

„Eines Tages werde ich bestimmt einmal einen Liebesroman lesen", versprach Hope, obwohl sie bezweifelte, dass das bald geschehen würde. Diese Art von Büchern interessierte sie überhaupt nicht. Vielleicht später einmal, wenn „Coffee Break" finanziell abgesichert war und sie Zeit hatte, sich nach einem Ehemann umzusehen.

„Ich habe mir auch ein Los gekauft", vertraute ihr Lindy geheimnisvoll an. „Ich weiß gar nicht, was ich machen würde, falls ich gewänne. Bestimmt ist Prinz Stefano der tollste Mann, den es gibt."

Hope hatte oft genug in den Zeitungen Fotos des Prinzen gesehen, und sie musste der Freundin zustimmen. Man sprach davon, dass Stefano der begehrteste Junggeselle der Welt war.

„Wenn du nun den Abend mit ihm gewinnst, worüber wolltest du dich mit ihm unterhalten?"

Lindy zog fragend die Brauen hoch. „Reden? Bist du verrückt? Wenn ich ein Rendezvous mit Prinz Stefano gewinnen würde, würde ich doch nicht die kostbare Zeit mit einer Unterhaltung vergeuden."

Hope schüttelte lachend den Kopf. „Natürlich müsstet ihr euch unterhalten. Wie anders willst du sonst den Abend verbringen?"

Die Freundin blickte verträumt ins Leere. „Selbst wenn wir nichts täten und uns nur den ganzen Abend gegenübersäßen und ansähen, wären es doch die aufregendsten Stunden meines Lebens."

Hope war da anderer Ansicht. Wenn sie den Prinz einen Abend für sich hätte, würde sie die Zeit sorgfältig verplanen, um keine kostbare Minute zu vergeuden. Ach, worüber grübelte sie denn nach! Welch ein Unsinn, diese Möglichkeit überhaupt zu erwägen.

„Du brauchst deine Mutter nicht mehr anzurufen", verkündete Lindy plötzlich.

„Warum denn nicht?"

„Weil ich sie gerade drüben über die Straße kommen sehe.“

Hope ging zum Frontfenster des Geschäfts hinüber. Tatsächlich, dort war ihre herzensgute, liebe Mutter und steuerte geradewegs Hopes Coffee-Shop an.

„Mom“, sagte Hope und atmete tief durch, „was willst du denn hier?“

„Ich dachte, ich müsste einmal mein einziges Kind wiedersehen, das seine Mutter überhaupt nicht mehr besucht.“

Hope blickte schuldbewusst zur Seite. Sie wollte ihrer Mutter nicht vorhalten, dass ja jeder Besuch stets in einem Kuppeleiversuch endete und sie deshalb keine Lust mehr hatte, nach Hause zu kommen.

„Mom, du weißt doch, wie viel ich diesen Sommer über zu tun hatte. Und außerdem habe ich erst vor zwanzig Minuten mit dir telefoniert. Glaubst du mir nicht, wenn ich dir verspreche, dass ich zurückrufen werde?“

„Ich weiß nicht recht. Außerdem war ich sowieso gerade in der Nähe.“

Das war gewiss eine Ausrede, denn ihre Mutter hasste es, sich in das Gewühl der Innenstadt zu stürzen.

„So? Was machst du denn hier?“

„Hazel und ich haben in diesem schicken Hotel in der Fourth Street ein Zimmer für nächste Woche reservieren lassen. Gladys und Betty, Hazel und ich wollen unser Glück versuchen und während der Tagung im Hotel bleiben.“

„Ihr wollt wirklich in einem Hotel in Seattle wohnen? Wir leben doch in Seattle!“

„Wir möchten aber unseren Spaß haben und die ganze Feier miterleben. Wer weiß, was wir alles verpassen würden, wenn wir schon mit dem Fünf-Uhr-Bus nach Lake City zurückmüssten. Das wollten wir nicht riskieren.“

„Ich verstehe“, nickte Hope, aber sie war sich nicht recht sicher, ob sie das wirklich tat.

„Wir teilen den Preis für das Zimmer durch vier, dann kostet es uns fast nichts. Du kannst es uns doch nicht übel nehmen, dass wir ein bisschen Unterhaltung haben wollen, oder?“

„Wo ist Hazel?“

„Sie ist im Hotel geblieben und sieht sich den Raum an, den wir bekommen sollen. Wir haben gehört, dass Prinz Stefano seine Suite im neunzehnten Stockwerk hat.“

Sie schwieg einen Augenblick, und ihre Augen bekamen ein verschwörerisches Funkeln. „Hazel hat den Leuten im Hotel eine Geschichte erzählt, sie habe ein Kreislaufleiden und Herzbeschwerden. Je höher ihr Zimmer läge, desto besser wäre das für ihr Herz." Doris lächelte verschmitzt. „Sie glaubten ihr das Märchen, und nun haben wir ein Zimmer im achtzehnten Stock."

Jetzt wurde Hope alles klar. Vier pensionierte Lehrerinnen würden auf dem Korridor herumschlendern und darauf warten, einen Blick von Prinz Stefano zu erhaschen. „Ihr möchtet also die Königliche Hoheit hautnah erleben."

„Aber bedenk doch nur, Hope. Wir könnten den Prinz zum Beispiel ganz einfach im Aufzug treffen."

„Nun ja, möglich wäre es." Hope erschien ihre Mutter wie ein verrückter Teenager, der nach dem Blick seines Lieblings-Rockstars schmachtet.

„Wir gönnen uns doch nur einen kleinen Spaß, Hope." Doris sah ihre Tochter ein wenig scheu von der Seite an, als fürchtete sie, sich lächerlich zu machen.

„Es wird sicher toll, Mom", beschwichtigte sie Hope, obwohl sie ein Lachen unterdrücken musste. „Du und deine Freundinnen, ihr kommt sicher auf eure Kosten."

„Und du hältst uns nicht für ein paar alte, schwärmerische Tanten?"

„Natürlich nicht."

„Wir sind ja schon so aufgeregt!"

„Weil ihr einem Prinz begegnen werdet?"

„Das natürlich auch. Aber denk nur, wir haben die Gelegenheit, einmal alle unsere Lieblingsautorinnen zusammen zu treffen, wir können uns Fotos und Autogramme holen. Das ist, als wenn ein Traum Wirklichkeit wird." Plötzlich wurde sie ernst. „Weißt du noch, Hope, dass ich immer wieder gesagt habe, eines Tages würde dein Prinz kommen? Jetzt ist die Zeit reif, und er wird sich Hals über Kopf in dich verlieben, Darling."

Hope ahnte, was in Doris vorging und dass sich ihre Gedanken und Hoffnungen wieder einmal überschlugen. Sie versuchte, ihre Mutter in die Wirklichkeit zurückzubringen.

„Mutter, dass meine Nummer gezogen wird und ich das Treffen mit Prinz Stefano gewinne, ist doch so gut wie ausgeschlossen. Soweit ich informiert bin, sind an die tausend Lose verkauft worden."

„Noch viel mehr! Aber das macht nichts", meinte Doris vertrauensvoll. „Warte nur, du wirst gewinnen."

Es hatte wohl keinen Sinn, Doris die mathematischen Chancen auszurechnen und ihr zu erklären, dass ihre Hoffnungen gleich Null waren. Vielleicht sollte Hope ihrer Mutter die Tagträume lassen, das schadete ja niemand. Überhaupt war es ein harmloser Spaß, und Hope hatte so wenig Aussichten, den ersten Preis zu ziehen, wie den Mann im Mond zu besuchen.

„Bei der Ziehung bist du doch dabei, ja?", fragte Doris in Hopes Gedanken hinein.

„Wann denn?" Hope hatte keine Lust zu kommen, aber das wollte sie ihrer Mutter nicht eingestehen.

„Die glückliche Gewinnerin wird Donnerstagabend auf der Cocktailparty bekanntgegeben."

„Da kann ich nicht", antwortete Hope sofort. „Ich treffe mich mit meinem Steuerberater, um die Rechnungen des letzten Vierteljahrs durchzugehen. Du vertrittst mich, ja? Geh doch an meiner Stelle."

„Ich muss ja wohl." Doris sah ein wenig enttäuscht aus, aber dann schien sie Gefallen an der Idee zu finden. Je länger sie darüber nachdachte, desto zufriedener wurde sie. „Natürlich wollen Hazel und die anderen Prinz Stefano auch sehen."

„Natürlich", ermunterte sie Hope. „Weißt du, Mom, wenn ich tatsächlich das Treffen mit Prinz Stefano gewinne, dann bekommt ihr vier bestimmt die Gelegenheit, mit ihm zu sprechen, und müsst nicht auf eine Chance im Aufzug warten." Es war einfach, Doris glücklich zu machen, und es kostete sie ja nicht mehr als ein paar freundliche Worte.

Doris' Gesicht verklärte sich. „Das wäre zu schön, um wahr zu sein."

Garantiert, dachte Hope bei sich.

Prinz Stefano warf einen Blick über den überfüllten Ballsaal und fröstelte leise. Gläser klangen, und der Champagner floss in Strömen. Der große Raum war festlich beleuchtet, von den riesigen Kristallkronleuchtern blitzte und funkelte das Licht und brach sich in dem geschliffenen Glas. Stefano hatte das Gefühl, als folgten tausend Augenpaare jeder seiner Bewegungen.

Er war kein Typ, der sich gewöhnlich leicht einschüchtern ließ, aber in dieser Situation wäre wohl jedem Mann unwohl gewesen. Wenn ich nicht auf der Bühne stände, sondern mich unters Volk mischte, dann würde man mir die Kleider vom Leib reißen, dachte Stefano. Die Menge wirkt wie ein Schwarm hungriger Piranhas.

Stefano kannte seinen Sekretär schon sehr lange und hatte ihm bisher blind vertraut. Aber jetzt fragte er sich zum ersten Mal, ob Pietro sein Freund oder Feind war. Schließlich hatte er es dessen Idee zu verdanken, dass Stefano auf der Auktion jetzt wie ein Pfund frisches Fleisch angepriesen wurde.

Stefanos Blick glitt über die Menge, er suchte nach seinem Sekretär. Dort an der Säule stand sein guter Freund und Begleiter. Er unterhielt sich mit einer zierlichen, jungen Frau, die ein tief ausgeschnittenes Kleid trug, in dem sie sich aber anscheinend nicht recht wohlfühlte. Denn jedes Mal, wenn er zu ihr hinblickte, glättete sie nervös ihr Kleid oder zupfte unsicher an den Spaghettiträgern herum.

Das also war Priscilla Rutherford. In den vergangenen Wochen hatte sich Stefano genau über die junge Frau informiert und Erkundigungen über sie eingezogen. Ihr Vater war einer der reichsten Männer Amerikas und sie sein einziges Kind. Pietro hatte nicht zu viel versprochen, sie war wirklich ein sympathisches Mädchen, freundlich und hübsch anzusehen. Priscilla Rutherford galt als warmherzige Frau und liebte Kinder und Tiere. Sie wohnte mit ihren Eltern auf ihrem Anwesen in Lake Washington und widmete sich vielfältigen Wohltätigkeitsaufgaben.

Aber was Stefano abschreckte, war ihre herrschsüchtige, willensstarke Mutter, die unbedingt wollte, dass ihre Tochter eine vorteilhafte Ehe einging. Wahrscheinlich würde sie an Stefano nichts auszusetzen finden, aber der Prinz war nicht begierig darauf, einen Drachen als Schwiegermutter zu bekommen. Diese Frau war vermutlich in der Lage, sein schönes, friedliches Königreich auf den Kopf zu stellen.

„Ich hoffe zutiefst, dass Sie sich bei uns wohlfühlen, Hoheit“, sagte Madeline Marshall, während sie in einen tiefen Hofknicks vor ihm versank. Sie bot ihm die Hand, und Stefano beugte sich galant darüber, um einen Kuss anzudeuten.

„Wie könnte es mir nicht gefallen, wenn Sie hier sind?“, murmelte er höflich.

Madeline Marshall war eine Frau, die immer wieder überraschte. Obwohl ein wenig überspannt und seltsam, war sie doch gleichzeitig eine kühl rechnende Geschäftsfrau, die genau wusste, was sie wollte und wie sich ihr Produkt am besten verkaufte. Und sie handelte mit Romantik und Träumen, eben Liebesromanen. Der Prinz beobachtete respektvoll, mit welchem Talent sie alles organisierte und wie sie sich in den Medien ins beste Licht zu rücken wusste.

Am Vormittag dieses Tages hatte Pietro den Prinzen darüber informiert, dass sich zu der Sitzung, die auf Samstag angesetzt war, fast achttausend eifrige Leserinnen angemeldet hatten. Stefano war sehr interessiert und schlug Madeline an diesem Abend vor, doch die nächste Konferenz in San Lorenzo abzuhalten. Sein Land würde sich hervorragend als Treffpunkt eignen, und über das Reisebüro ließe sich alles einfach regeln.

„Wir haben über dreizehntausend Lose verkauft", flüsterte ihm Madeline gerade zu und zwinkerte verschwörerisch.

„Ich fühle mich geehrt, weil so viele schöne Frauen gern einen Abend in meiner Gesellschaft verbringen möchten", antwortete der Prinz mit einer Gewandtheit und Würde, die er schon von Kindesbeinen an eingeübt hatte.

„Soweit ich gehört habe, hat Priscilla Rutherford allein schon tausend Scheine gekauft. Und ich gestehe, dass ich auch ein paar für mich erstanden habe", offenbarte Madeline mit einem kleinen, nervösen Kichern.

„Ich wäre überglücklich, falls ich Ihren Namen ziehen würde, Mrs Marshall", antwortete Stefano höflich und verbeugte sich noch einmal.

Seine Gastgeberin seufzte tief auf und presste die Hände gegen die Brust. „Wenn ich doch nur zehn Jahre jünger wäre! Dann wüsste ich schon, was ich täte."

Das bezweifelte Stefano nicht.

Madeline seufzte noch einmal. „Können wir mit der Ziehung beginnen?", fragte sie.

„Natürlich, ich bin bereit." Er blickte in den brodelnden Hexenkessel. Auf was hatte er sich da bloß eingelassen?

Madeline Marshall trat zum Podium. Die Gäste verstummten und beobachteten gespannt, wie ein großer Plastikbehälter auf die Bühne gerollt wurde. Er enthielt alle Glücksgutscheine. Zu beiden Seiten der Lostrommel bauten sich zwei muskulöse Hoteldiener auf.

„Meine Damen und Herren", begann Madeline, „ich bitte um Ihre Aufmerksamkeit." Eigentlich war diese Aufforderung unnötig, denn die Gäste hingen gebannt an ihren Lippen. „Der entscheidende Augenblick, auf den wir alle gewartet haben, ist gekommen. Unsere Leser haben über dreizehntausend Lose gekauft, und alle hoffen auf die einmalige Chance in ihrem Leben, ein Zusammensein mit Prinz Stefano Giorgio Paolo zu gewinnen, dem Kronprinzen von San Lorenzo – und zugleich dem begehrtesten Junggesellen der Welt."

Ein Gemurmel ging durch den Saal, Stefano erschien es so, als drängten die Teilnehmer noch dichter zur Bühne heran.

„Wie ich schon vorher erklärt habe", fuhr Madeline Marshall fort, „ist der Hauptpreis der Verlosung ein Abend mit Prinz Stefano in einem Restaurant Ihrer Wahl. Alle Kosten dafür werden von uns übernommen. Und ich möchte mich bei dieser Gelegenheit noch einmal bei unseren Geldgebern bedanken, die durch freundliche Spenden diesen Preis ermöglicht haben." Sie zählte die Namen der Sponsorfirmen auf.

Applaus folgte, die beiden untersetzten Wächter auf der Bühne traten näher an die Plastiktrommel, griffen energisch zu und rührten und mischten die Träume von dreizehntausend Frauen. Die weißen Scheine wurden auf- und abgewirbelt.

Schließlich waren sie mit ihrer Arbeit fertig, Madeline Marshall öffnete eine kleine Klappe an der Seite des Behälters und winkte Stefano heran. „Prinz Stefano, würden Sie uns die Ehre erweisen und freundlicherweise hineingreifen?", fragte sie.

Stefano nickte, machte ein paar Schritte nach vom und beugte sich seufzend über die durchsichtige Trommel. Er fuhr mit seiner behandschuhten, königlichen Hand in den Wust von Losen, griff sich ein Bündel Scheine und schüttelte, bis er nur noch einen Abschnitt in den Fingern hielt. Diesen einen zog er heraus.

Er ging zum Podium, während er über die atemlose Menge hinblickte. Tausende erwartungsvolle Frauenaugen sahen zu ihm auf. Priscilla Rutherford hatte die Arme über der Brust gekreuzt, sie hielt die Augen geschlossen und drückte beide Daumen. Stefano dagegen wagte nicht zu hoffen, dass er den Namen der Frau gezogen hatte, die er zur Braut haben wollte. So leicht machte es einem das Schicksal nicht.

Es war so still im Saal, dass man eine Stecknadel hätte fallen hören können. Er entfaltete den Schein und blickte darauf.

„Hope Jordan", sagte er ins Mikrofon.

Aus der hinteren Ecke des Ballraums kam ein Aufschrei, eine ältere, grauhaarige Frau warf die Hände in die Luft. Stefano suchte mit den Augen, woher das Kreischen gekommen war, und dann sank ihm der Mut.

Die Würfel waren gefallen, er musste mit einer Teilnehmerin ausgehen, die alt genug war, um seine Mutter sein zu können.

2. KAPITEL

„Du hast gewonnen!“, schallte eine überschnappende Stimme in Hopes Ohr.

Hope zog mit äußerster Anstrengung ein Augenlid hoch und blinzelte verschlafen. Sie blickte auf die Digitalanzeige ihres Uhrenradios. Es war fast elf Uhr nachts. Sie hielt krampfhaft mit einer Hand den Telefonhörer fest, während ihr anderer Arm kraftlos über die Bettkante baumelte. Den Kopf heben konnte sie nicht.

„Wer spricht denn da?“

„Hier ist Lindy!“

„Um Himmels willen, warum rufst du mich mitten in der Nacht an?“

„Weil ich dir unbedingt mitteilen musste, dass Prinz Stefano deinen Namen gezogen hat.“

Auf einmal riss Hope beide Augen auf. Sie flog förmlich hoch und setzte sich senkrecht im Bett auf. Nervös strich sie sich das Haar aus dem Gesicht und presste die eine Hand an die Stirn, als müsste sie erst zur Besinnung kommen. „Warum rufst du mich an und nicht meine Mutter?“

„Weil deine Mutter, als dein Name aufgerufen wurde, aufschrie, die Hände in die Luft warf und ohnmächtig wurde.“

„Oh mein Gott …“ Hope sprang entsetzt hoch. „Ist sie in Ordnung? Geht es ihr wieder besser?“

„Ich glaube schon. Sie murmelt andauernd etwas von Schicksalsfügung und Vorsehung und dass die Sterne heute günstig standen. Die Sanitäter wissen nicht, was das heißen soll.“

„Die Sanitäter?“

„Aus dem Grund rufe ich auch an“, erklärte Lindy. „Sie möchten, dass du ihnen ein paar Fragen beantwortest.“

„Ich komme, so schnell ich kann“, versprach Hope und stolperte fast über die Bettkante, als sie losstürmte. Noch nie hatte sie sich so schnell angekleidet wie jetzt, sie streifte einfach nur Jeans und Sweatshirt über und zog sich, auf einem Bein hüpfend, erst den linken und dann den rechten Turnschuh an.

Während sie in die Stadt fuhr, erhaschte sie zufällig einen Blick von sich im Rückspiegel. Sie zuckte zusammen, offensichtlich hatte sie recht tief geschlafen, denn auf der einen Wange malten sich die Abdrücke ihrer Matratze ab, und die Haare auf der anderen Kopfseite waren völlig verlegen. Hopes tiefblaue Augen aber wirkten glanzlos und so müde, als ob sie durch alles hindurchsähen. Tatsächlich hatte sie Mühe, sich auf die Strecke zu konzentrieren.

Hope überließ ihr Auto dem Hoteldiener, lief um den Ambulanzwagen herum, der vor dem Eingang parkte, und stürmte in die Halle, wo Lindy sie erwartete. Hopes Aussehen musste wohl noch schlimmer sein, als sie selbst glaubte, denn die Freundin schrak zurück und griff dann wortlos in ihre Handtasche, um Hope einen Kamm in die Hand zu drücken.

„Der Prinz ist bei deiner Mutter", erklärte sie, weil Hope fragend auf den Kamm blickte.

Es dauerte eine Weile, bis Hope die Mitteilung verarbeitet hatte und ihr zu Bewusstsein kam, was Lindy ihr da erzählte. „So?"

„Ich ... ich dachte, du wolltest dich vielleicht ein wenig frisch machen."

„Lindy, meine Mutter ist in Ohnmacht gefallen, und die Sanitäter wissen nicht, was mit ihr los ist. Ich nehme an, dass es Prinz Stefano gleichgültig ist, ob ich mir die Zähne geputzt habe."

„Ja, ja, schon gut. Ich habe nicht darüber nachgedacht."

Wenn Prinz Stefano so umwerfend war, dass ihre Mutter bei seinem Anblick bewusstlos wurde und Riechsalz benötigte, legte Hope eigentlich wenig Wert darauf, ihn kennenzulernen.

Lindy führte sie zum Fahrstuhl, mit dem sie zusammen zum achtzehnten Stock hochfuhren. Hazel, Gladys und Betty, die Freundinnen ihrer Mutter, stürzten alle auf Hope zu, als sich die Fahrstuhltüren oben öffneten. Alle drei Frauen redeten durcheinander, jede wollte aus ihrer Sicht erzählen, was geschehen war, nachdem Prinz Stefano Hopes Namen vorgelesen hatte.

„Deine Mutter wurde weiß wie die Wand", erklärte Hazel.

„Ich habe immer gesagt, dass sie nicht genug Karottensaft trinkt", meinte Betty wichtig. „Sie bekommt nicht ausreichend Vitamine."

Gladys nickte bestätigend. „Das passiert, wenn man nicht genügend für die Gesundheit tut."

„Sie fragt nach dir", meinte Hazel, kümmerte sich nicht um das Geschnatter der beiden anderen Freundinnen, sondern griff nach Hopes Arm. Sie schob sie zur Tür und öffnete sie einladend. „Die Leute vom Rettungswagen wollen uns nicht hereinlassen. Bitte sag deiner Mutter, dass wir hier draußen auf sie warten." Hope nickte. „Ich richte es ihr aus", erwiderte sie und betrat das Zimmer.

Sie fand ihre Mutter auf einem Ruhebett, eine Hand gegen die Stirn gepresst. Die andere Hand hielt ein atemberaubender, unglaublich gut aussehender Mann. Noch nie hatte Hope einen so markanten Typ wie ihn getroffen. Wenn das wirklich Prinz Stefano war, wunderte es sie nicht, dass ihre Mutter schwach geworden war.

Er trug eine nachtblaue Uniform mit goldenen Epauletten an den Schultern. Eine leuchtend rote Schärpe war quer über seiner Brust befestigt, die drei Reihen fremdländischer Orden schmückten.

Plötzlich wünschte sich Hope inständig, sie hätte Lindys Vorschlag befolgt und sich wenigstens übers Haar gekämmt. Sie musste fürchterlich aussehen. Aber nun war es zu spät, sie konnte nichts mehr daran ändern.

Ihre Mutter stöhnte unterdrückt auf, während Prinz Stefano, der Hope jetzt erst bemerkte, sich aufrichtete und Hope entgegenblickte.

„Bist du da, Hope?“, fragte Doris. Ihre Stimme klang so hohl, als wäre sie ein Geist. Und dann seufzte sie wieder tief auf.

„Mom“, rief Hope und fiel an dem Sofa auf die Knie. „Was ist denn bloß geschehen?“

„Ich … ich glaube, ich bin ohnmächtig geworden.“

„Könnten Sie uns wohl einige Informationen geben?“, fragte ein Sanitäter behutsam, während er sich an Hope wandte.

„Natürlich.“ Hope wandte sich zögernd um. Sie ließ die Mutter nur ungern allein.

„Wir brauchen Antwort auf ein paar Fragen“, erklärte der Mann.

Hope nannte den Namen ihrer Mutter, Adresse und Telefonnummer sowie deren Alter und Einzelheiten über ihren Gesundheitszustand.

„Soweit wir das hier feststellen können“, erklärte der Sanitäter, nachdem die Formalitäten erfüllt waren, „bekam ihre Mutter einen plötzlichen Blutdruckabfall. Das hat die Ohnmacht ausgelöst. Jetzt geht es ihr wieder einigermaßen gut, aber sie sollte doch vorsichtshalber innerhalb der nächsten Tage einen Arzt zur Kontrolle aufsuchen.“

„Ich kümmere mich darum, dass sie das macht“, nickte Hope.

Die beiden Männer packten ihre Instrumententaschen zusammen. „Haben Sie noch Fragen?“

Einen verrückten Augenblick lang wollte Hope die Sanitäter fragen, ob eine Ohnmacht daher rühren konnte, dass man zu wenig Karottensaft trank. Aber in letzter Minute verschluckte sie die ironische Anmerkung.

„Nein danke.“ Sie steckte den Untersuchungsbogen, den man ihr als Information für den Hausarzt mitgab, in ihre Hosentasche. „Vielen Dank für Ihre Bemühungen.“

Die Männer entfernten sich, und Hope wandte sich wieder ihrer Mutter zu.

„Mom, ich sollte dich nach Hause bringen", schlug sie vor, während sie wieder neben ihrer Mutter am Bett niederkniete.

Doris überhörte das Angebot. Stattdessen drehte sie den Kopf nach hinten, damit sie Prinz Stefano besser sehen konnte. „Hope, das ist Prinz Stefano", stellte Doris vor und blickte ihn dabei an, als wäre er ein römischer Gott. Allerdings war er, was seine Figur und das männlich geschnittene Gesicht betraf, einem römischen Denkmal aus der Antike gar nicht unähnlich.

„Ich freue mich, Ihre Bekanntschaft zu machen", meinte Prinz Stefano höflich.

„Ganz meinerseits." Hope streckte zur Begrüßung die Hand aus und ließ sie rasch wieder sinken, weil ihr einfiel, dass das bei einem Prinzen vielleicht unschicklich war.

Stefano reichte ihr genau in dem Augenblick die Hand, als sie ihre wieder fallen ließ. Deshalb zog er seine zurück, aber im selben Moment wollte Hope reagieren und hob ihre wieder.

Ihre Augen trafen sich, und sie erkannte, wie es vor Belustigung in seinen tiefbraunen Augen funkelte.

„Prinz … Hoheit", flüsterte Doris schwach, „bitte entschuldigen Sie das Aussehen meiner Tochter. Normalerweise ist sie … nicht so ungepflegt."

Hope spürte, wie sie feuerrot wurde.

„Die Tochter ist genauso schön wie ihre Mutter", antwortete Stefano galant.

Doris seufzte erleichtert auf.

„Ich verstehe vollkommen und werde selbstverständlich morgen Abend mit Ihnen dinieren", sagte der Prinz lächelnd zu Hope gewandt. Er war von ausgesuchter Höflichkeit, aber so unnahbar und steif wie ein Standbild. „Mögen Sie chinesisches Essen?", wollte Hope wissen.

„Du willst doch nicht ins Chinarestaurant?" Ihre Mutter fuhr von der Liege hoch, als wäre es ein Trampolin. „Du dinierst mit Prinz Stefano Giorgio Paolo, nicht mit Otto Normalverbraucher. Wir beginnen mit Cocktails im Matchabelles, dann nehmen wir das Dinner im Space Needle … nein", unterbrach sich Doris selbst. „Dort hat man keine Privatsphäre. Die Touristen würden euch ständig angaffen."

Hope und Prinz Stefano waren beide sprachlos über Doris' plötzliche Gesundung.

„Wir müssen jede Einzelheit ganz genau planen", sagte Hopes Mutter und begann, im Zimmer auf und ab zu gehen. Ihre Stimme klang schrill vor Erregung und Vorfreude. „Hazel und die anderen müssen mir unbedingt helfen. Ihr zwei überlasst alles uns, einverstanden?"

„Also ..." Hope kam gar nicht so schnell mit.

„Ganz wie Sie wünschen", antwortete Prinz Stefano, höflich wie immer. „Ich bin sicher, dass Sie und Ihre Freundinnen für Ihre Tochter und mich einen wundervollen Abend planen werden."

Doris wurde rot vor Freude. „Ich verspreche Ihnen, Hope wird nicht wiederzuerkennen sein, sie wird nicht so unordentlich aussehen wie jetzt."

„Mutter!"

Prinz Stefano blickte flüchtig zu Hope hinüber, aber sie sah doch, dass in seinen Augen ein amüsiertes Funkeln aufkam. Er griff galant nach der Hand ihrer Mutter, berührte ihre Fingerspitzen mit den Lippen. „Ich freue mich, dass es Ihnen besser geht, Mrs Jordan. Wenn Sie noch etwas brauchen, zögern Sie nicht, sich entweder an mich persönlich oder an meinen Assistenten zu wenden." Mit diesen Worten griff er in seine Innentasche und überreichte ihr eine Visitenkarte.

„Es war mir eine Ehre, Sie kennenzulernen", murmelte Hope, nachdem sie ihre Stimme wiedergefunden hatte.

Der Prinz sah sie mit warmem Lächeln an. „Die Ehre war ganz auf meiner Seite, und ich freue mich schon auf unseren gemeinsamen Abend, Miss Jordan."

„Ich ... ich auch."

Erst nachdem er das Zimmer verlassen hatte, kam Hope zum Bewusstsein, dass sie ihre Worte auch ehrlich so meinte.

Priscilla Rutherford lehnte sich leicht gegen das Balkongeländer, nippte an ihrem Champagnerglas und tat sich selbst leid. Sie hatte fest damit gerechnet, dass eins ihrer Lose gezogen wurde und sie das Treffen mit Prinz Stefano gewinnen würde. Für sie wäre ein Märchen wahr geworden, wenn sie mit Seiner Königlichen Hoheit ausgegangen wäre. Priscilla schwärmte nämlich für den gut aussehenden Prinz, war schon halb verliebt in ihn, und nur wegen der Möglichkeit, ihn hier zu treffen, hatte sie an dem „Romance Lovers"-Kongress teilgenommen. Nun war eine Zusammenkunft mit ihm nicht mehr wahrscheinlich, aber was sollte sie auch mit ihm reden, wenn er tatsächlich vor sie trat?

Vermutlich wären sie beide nur verlegen gewesen, wenn sie ihn unverwandt angeblickt hätte, und bestimmt hätte sie vor Beklemmung kein Wort herausgebracht.

Die Nacht war wunderbar, die Sterne strahlten wie Diamanten im samtblauen Himmel, und der Mond schien honigfarben auf sie herab, zumindest kam es ihr so vor.

Die meisten Leute beneideten Priscilla, weil sie glaubten, sie führte ein vollkommenes Leben. Denn sie hatte eine gute Erziehung genossen, weite, interessante Reisen unternommen und war Erbin eines Riesenvermögens. Aber wonach sie wirklich suchte, war unerreichbar für sie. Priscilla sehnte sich danach, Frau und Mutter zu sein und einen Mann zu finden, der sie um ihretwillen und nicht wegen des Geldes liebte.

Sie wünschte sich nur ein schlichtes Leben mit einem Ehemann, der freudig abends zu ihr nach Hause kam und ihre selbst gekochten Mahlzeiten aß. Aber noch mehr als das träumte sie davon, Mutter zu werden. Sie war so ganz anders als ihre eigene, ehrgeizige Mutter, und es verwunderte sie oft, dass sie, die vom Charakter her so häuslich und bescheiden war, ausgerechnet Eltern hatte, die das gesellschaftliche Leben liebten und immer im Mittelpunkt standen.

Die Cocktailparty war in vollem Gang, aber Priscilla hielt sich abseits. Sie war dankbar, dass sie wenigstens einige Augenblicke aus der Menge verschwinden konnte.

Zwar mochte sie Leute, aber wenn sie von Fremden umringt war, fühlte sie sich oft unsicher und benahm sich kindisch.

Sie trank gerade den Rest ihres Champagners, blickte über das nachtschwarze Wasser des Puget Sound und hörte ein Nebelhorn in der Ferne, das von einer der Fähren herüberklang. Da wurde sie angesprochen.

„Darf ich Ihnen Gesellschaft leisten?“

Priscilla wandte sich um und erblickte einen hochgewachsenen, seriös wirkenden Mann, der am Türeingang stand. Er war nur eine schwarze Silhouette, denn das Licht des Festsaals beleuchtete ihn von hinten. Priscilla vermutete, dass er zu den Begleitern des Prinzen gehörte, war sich aber nicht sicher. Sie hatte ihn bereits mehrmals an diesem Abend bemerkt, und seltsamerweise stand er dann immer in ihrer Nähe.

Er hatte einen hervorragenden, männlichen Körperbau, war muskulös und fast so gut aussehend wie der Prinz selbst.

„Ich … ich wollte gerade wieder hineingehen", sagte Priscilla scheu.

„Bitte, tun Sie das nicht", bat er und lehnte sich neben sie an das Balkongeländer. Er stützte sich mit den Armen an der Balustrade ab und blickte über die Stadt. „Ein herrlicher Abend, nicht wahr?"

Er hatte einen ganz leichten Akzent, aber seine Aussprache war fehlerfrei.

„Ja, sehr", hauchte sie. Der Abend wäre noch vollkommener gewesen, wenn ihr Name von Prinz Stefano gezogen worden wäre.

„Sind Sie sehr enttäuscht?" Der Fremde wandte sich völlig unerwartet zu ihr hin.

Einen Moment lang wollte sie so tun, als verstehe sie seine Frage nicht, dann entschied sie sich, bei der Wahrheit zu bleiben. Wahrscheinlich sah man ihr ihre Enttäuschung auch an.

„Ein bisschen schon."

Er straffte sich. „Vielleicht sollte ich mich erst einmal vorstellen. Ich heiße Pietro und bin Privatsekretär des Prinzen."

„Pietro", wiederholte sie langsam. „Haben Sie nur einen Namen?"

Er zögerte ein wenig, bevor er antwortete. „Ja. Der Prinz hat sechs, aber ich finde, einer ist weniger verwirrend."

Priscilla lächelte leise. „Dürfte ich Sie etwas über Prinz Stefano fragen?" Sie hoffte, er fand sie nicht unverschämt.

„Mit dem größten Vergnügen."

Priscilla blickte zu Boden, obwohl sie sich Mühe gab, selbstbewusst zu erscheinen. „Ist der Prinz so charmant wie Sie?"

„Ich würde sagen, viel mehr."

Priscilla wandte den Kopf noch mehr zu ihm um, damit sie ihr Gegenüber im Dunkel besser erkennen konnte. Dieser fremde, beeindruckende Mann mit den breiten Schultern hatte ein markantes, gut geschnittenes Gesicht, dessen Züge durch das Mondlicht scharf modelliert wurden. Prinz Stefano mochte stattlich und sehr männlich sein, aber Pietro stand ihm bestimmt in nichts nach. „Wie ist es, wenn man immer mit Hoheiten umgeht? Ich meine, gibt es viel Prunk und Etikette?"

„Aber überhaupt nicht", versicherte ihr Pietro. „Natürlich gibt es gesellschaftliche Verpflichtungen, an denen der Prinz teilnehmen muss, aber ich richte seinen Terminplan so ein, dass ihm genügend Freizeit bleibt. Der Prinz ist ein ausgezeichneter Reiter, er liebt das Degenfechten, und …"

„Degen? Aber wer würde es wagen, den Prinzen herauszufordern?"

Pietro zögerte erneut, und Priscilla spürte, dass ihn ihre Fragen amüsierten. „Niemand fordert den Prinzen zum Duell, Miss Rutherford. Meistens ist er derjenige, der einen Zweikampf wünscht."

„Aber mit wem kämpft er denn?"

Pietro lachte leise. „Meistens muss ich dafür herhalten."

„Haben Sie ihn schon einmal bezwungen?" Priscilla wusste selbst nicht, warum sie unbedingt wissen wollte, in welcher Beziehung Pietro zu Prinz Stefano stand. Aber dieser Mann faszinierte sie einfach.

„Wir sind beinahe gleich gut", erklärte Pietro.

„Dann haben Sie also auch schon gegen ihn gewonnen?"

„Von Zeit zu Zeit."

Obwohl Priscilla alles, was sie von Prinz Stefano wusste, nur aus der Klatschpresse erfuhr, konnte sie sich doch nicht vorstellen, dass er gern verlor. Pietro hatte sie jetzt auch gerade erst kennengelernt, trotzdem hatte sie das untrügliche Gefühl, dass auch dieser Mann nicht der Typ war, der einem anderen den Sieg ließ.

„Haben Sie ihn schon jemals gewinnen lassen?"

„Nein, noch nie." Er antwortete so schnell, dass er gewiss die Wahrheit sprach.

„Wie ist der Prinz privat? Ich meine, was hat er für einen Charakter?"

Pietro musste nicht lange überlegen. „Er ist ein echter Gentleman, großzügig, auch wenn man einmal einen Fehler gemacht hat. Ich finde, er ist sympathisch und ehrlich, und er liebt sein Land und die Leute aufrichtig."

„Das klingt, als sei er ein Heiliger."

Pietro hob eine Augenbraue. „Ich war noch nicht fertig."

„Entschuldigung", murmelte sie betreten.

„Er gerät nicht leicht in Wut, aber wenn er ärgerlich ist, so ist es besser, man geht ihm aus dem Weg, bis er sich abreagiert hat und die Angelegenheit bereinigt ist."

„Mein Vater ist auch so", meinte Priscilla grüblerisch. „Aber er ist nie sehr lange böse."

„Stefano auch nicht."

„Sie sind sein Freund, nicht wahr?", vermutete Priscilla. „Sie sind viel mehr als nur sein Privatsekretär."

Pietro antwortete nicht. Stattdessen überraschte er sie mit einer Gegenfrage. „Würden Sie den Prinz gern kennenlernen?"

Sie hob die Hände und presste sie erschrocken gegen die Brust. „Ist das denn möglich? Ich dachte, er ist nur einige Tage in dieser Gegend, und ich kann ihm unmöglich seine kostbare Zeit stehlen."

„Prinz Stefano würde sich freuen, Ihre Bekanntschaft zu machen." Pietros Stimme klang seltsam monoton, förmlich und geschäftsmäßig, als ob er nur eine notwendige Pflicht erfüllte.

„Ich würde den Prinzen furchtbar gern treffen. Ich glaube, jede Frau hier im Saal würde ihr Leben dafür geben." Sie konnte kaum glauben, dass wirklich sie die Auserwählte sein sollte, der die Chance geboten wurde, mit dem Prinzen zu sprechen.

„Er würde sich ebenfalls freuen."

„Mich kennenzulernen?"

„Warum wundert Sie das?", fragte Pietro. „Sie sind eine schöne, junge Frau."

Es tat ihr gut, dass der Privatsekretär des Prinzen so von ihr sprach. Ach, wenn sie doch bloß nicht immer so befangen und schüchtern wäre!

„Was halten Sie davon, morgen gegen zehn Uhr zum Tee zu kommen?", schlug Pietro vor.

„So bald schon? Ich … ich meine … natürlich, mir ist jede Zeit recht."

Pietro zog eine kleine Karte aus dem Jackett, holte einen Stift aus der Innentasche und schrieb eine Notiz auf die Rückseite. „Ein Diener Seiner Königlichen Hoheit wird Sie unten in der Hotelhalle um zehn Uhr erwarten. Wenn Sie ihm diese Karte überreichen, führt er Sie zur Suite des Prinzen."

„Werden Sie auch dort sein?"

Es dauerte lange, bis Pietro antwortete. „Ich fürchte, das wird nicht möglich sein."

„Oh", flüsterte sie, und man hörte ihr die Enttäuschung an. Er wollte schon gehen, als sie ihn noch einmal zurückhielt.

„Pietro, wenn ich dem Diener die Karte gezeigt habe, kann ich sie wohl wieder zurückbekommen? Ich würde sie gern als Andenken behalten."

„Das geht in Ordnung."

„Gute Nacht, und ich danke Ihnen vielmals."

Er straffte sich und verbeugte sich höflich vor ihr, bevor er sich umwandte und in den vollen Ballsaal zurückging.

„Hast du sie gesprochen?", bedrängte Stefano Pietro, als er zu ihm in die Suite kam.

„Ja. Priscilla Rutherford ist damit einverstanden, dich morgen früh um zehn Uhr zum Tee zu treffen."

Stefano wartete, aber als sein Freund nicht gleich weitersprach, hob er ungeduldig die Hände.

„Was ist, willst du mich auf die Folter spannen, oder erzählst du mir endlich etwas über sie?"

„Die Fotos, die du von ihr gesehen hast, werden ihr nicht gerecht. Sie ist viel hübscher, eine Schönheit."

Stefano fragte sich im Stillen, ob sie von derselben Frau sprachen. Die Priscilla Rutherford, die er von der Bühne aus gesehen hatte, war klein und schüchtern. Sie sah aus wie ein furchtsames Seelchen, das vor Angst davonlief, wenn jemand sie laut ansprach. Nicht, dass es von Bedeutung war, er wollte schließlich nicht sie, sondern nur das Geld ihres Vaters. Aber er hatte einen bitteren Geschmack im Mund, als ihm dieser Gedanke kam.

„Ich könnte einen Drink gebrauchen", murmelte er. „Ich ebenfalls." Pietro machte ein paar Schritte zur Hausbar hinüber, griff nach zwei Gläsern, füllte sie mit Eiswürfeln und schenkte einen doppelten Brandy ein.

„Wie geht es der älteren Dame, die ohnmächtig wurde? Wie hieß sie noch ... ich kann mich nicht erinnern", erkundigte sich Pietro. Stefano hatte den Eindruck, als wollte sein Freund nicht über die reiche Erbin sprechen und lieber das Thema wechseln.

Stefano blickte in sein Glas und sah zu, wie die Eiswürfel schmolzen. „Sie heißt Hope. Hope Jordan. Die Frau, die aufschrie und in Ohnmacht fiel, ist nicht die Gewinnerin. Sie ist nur die Mutter der jungen Frau, mit der ich morgen Abend zusammen zum Dinner gehe."

„Du kennst sie?"

„Ja, flüchtig."

„Und die Mutter?"

„Es geht ihr wieder gut ... Sie ist zwar ein wenig erregt, aber ich würde sagen, sie hat sich wieder komplett erholt."

„Und die Tochter?"

„Die Tochter", wiederholte Stefano gedankenvoll, während er noch einmal überlegte, wie er mit Hope zusammengetroffen war. Er lächelte leicht. Sie hatte unglaublich blaue Augen, die wie Feuer sprühten, und einen Blick, der einem durch und durch ging. Sie wirkte völlig natürlich und unkompliziert, was sich darin zeigte, dass sie als Treffen ein Chinarestaurant vorgeschlagen hatte.

Ja, genau danach war ihm jetzt zumute! Er hätte es genossen, mit ihr auf dem Boden auf Kissen zusammenzusitzen und mit Stäbchen zu essen. Und sie hätte ihm von sich erzählt, von ihrem bisherigen Leben. Hope Jordan, die Frau mit der etwas ungewöhnlichen Haarpracht, interessierte ihn. Natürlich war ihm klar, dass er sie nach diesem einen Abend nicht mehr treffen konnte.

Obgleich er tief in Gedanken versunken war, fühlte Stefano doch, dass sein Sekretär ihn fragend anblickte. „Entschuldigung, Pietro. Was wolltest du wissen?“

„Ich habe mich nach Hope Jordan erkundigt.“

„Ach ja. Nun, wir haben uns kurz gesehen.“

„Ich verstehe. Zu welcher Uhrzeit hast du dich zum Dinner verabredet?“

„Ich bin mir nicht sicher“, antwortete Stefano zögernd. „Hopes Mutter und deren Freundinnen wollen sich um alles kümmern. Übrigens sorg dafür, dass Blumen zu Doris Jordan geschickt werden. Sie ist Hopes Mutter und wohnt, soweit ich weiß, auch hier im Hotel.“ Er hielt inne und überlegte, was man ihr auf die beiliegende Karte schreiben könnte. „Sag ihr, es passiert mir nicht oft, dass mir eine hübsche Frau ohnmächtig zu Füßen fällt.“

Pietro lachte, wurde aber schnell wieder ernst. „Kannst du mir die genaue Zeit nennen, wann du vom Dinner zurück bist?“

„Warum das?“

„Ich dachte, du magst vielleicht, dass ich eine Verabredung für dich mit Priscilla zu einem späten Drink treffe.“

„Nein“, sagte Stefano abweisend und wunderte sich selbst, weil er so heftig reagierte. „Miss Jordan hat einen Abend mit mir gewonnen, und ich will sie keinesfalls darum betrügen, indem ich das Dinner vorzeitig beende. Und dann auch noch, um eine andere Frau zu treffen.“

„Du gehst unnötig großzügig mit deiner Freizeit um, findest du nicht?“

„Vielleicht“, sagte Stefano leichthin, aber im Stillen dachte er nicht so. Er hatte das Gefühl, dass er den Abend mit Hope Jordan genießen würde. Vielleicht war es selbstsüchtig, dass er noch eine schöne Zeit mit ihr verbringen wollte, aber er hatte keine Gewissensbisse. Schließlich musste er danach ein Leben mit Priscilla Rutherford verbringen, und diese Vorstellung bedrückte ihn. Sein Leben würde von großer Leere sein …

„Erzähl mir mehr von diesem Rutherford-Mädchen.“ Pietro zögerte erneut, und das ließ Stefano stutzig werden. Es geschah nicht oft, dass seinem Freund die Worte fehlten. „Findest du sie nicht sympathisch?“

„Ganz im Gegenteil, sie ist wunderbar.“

„Aber wird sie die passende Frau für mich sein?“

„Ja“, gab Pietro reserviert zur Antwort. „Sie hat Stil und ist genau die richtige Braut für dich. Die königliche Familie kann stolz auf sie sein, und das Volk von San Lorenzo wird sie anbeten.“

„Ausgezeichnet.“

Pietro nahm einen tiefen Schluck aus seinem Glas und erhob sich förmlich. „War das alles für heute Abend, oder benötigst du mich noch?“

Stefano war enttäuscht. Er hätte es gern gesehen, wenn Pietro noch geblieben wäre. Denn er war gerade in der Stimmung, um sich zu unterhalten, allerdings mochte er den Freund nicht drängen.

„Geh nur zu Bett“, nickte Stefano.

„Willst du noch lange aufbleiben?“

„Nein“, meinte der Prinz, aber er fragte sich, wie lange er wohl grübeln würde, bis er endlich Schlaf fand.

„Lasst mich nur nicht im Stich, Leute“, beschwor Doris die Freundinnen. Sie saß im Schneidersitz auf ihrer Matratze, hatte die Haare um den Kopf festgesteckt und trug einen flauschigen, weichen Bademantel. „Ich habe Hope und dem Prinzen versprochen, dass wir vier uns um alles kümmern würden. Wir müssen Vereinbarungen treffen, ein gutes Restaurant aussuchen und sehen, dass jede Kleinigkeit termingemäß klappt.“

„Können wir das nicht morgen erledigen?“, fragte Hazel, quengelig wie ein kleines Schulkind. Nachdem sie beinahe dreißig Jahre lang Erstklässler unterrichtet hatte, hatte ihre Stimme beinahe selbst einen kindlichen Singsang angenommen.

„Ich weiß nicht, wie ihr euch fühlt, aber ich bin ziemlich erschöpft.“

Die anderen nickten bestätigend, als Gladys sprach.

„Ich dachte, ihr wolltet zum ‚Romance Lovers‘-Kongress gehen?“, murmelte Betty mit halbgeschlossenen Augenlidern.

Gladys hob mühsam den Kopf eine Handbreit vom Kissen hoch. „Wie lang soll denn dieses grelle Licht noch brennen?“

Doris stemmte die Hände in die Hüften. „Was ist mit euch dreien eigentlich los?“

„Ich bin müde", wiederholte Gladys.

„Es ist kaum Mitternacht", sagte Doris entrüstet. „Wie könnt ihr da schon erschöpft sein?"

Die drei redeten alle durcheinander, und die Begründungen reichten von einem großen Dinner über Cocktails bis hin zu der Aufregung, einen echten Prinz gesehen zu haben.

„Wieso wolltet ihr ins Hotel und das Nachtleben genießen, wenn ihr jetzt doch schon schlappmacht?" Doris konnte kaum glauben, dass sie es mit solchen Schlafmützen zu tun hatte. „Wolltest nicht du, Betty, deinen Sohn um drei Uhr nachts anrufen und ihn einladen, mit dir in den Morgen zu tanzen?"

„Ja ... aber das habe ich doch nicht ernst gemeint."

„Und du, Gladys", wies Doris die andere Freundin zurecht, die den Kopf im Kissen vergraben hatte, „ich dachte, du wolltest den Kopf aus dem Fenster strecken und dem Prinz ein Ständchen bringen."

Das Kissen, in dem man Gladys Kopf vermuten konnte, bewegte sich leicht. „Die Fenster sind alle verriegelt und nicht zu öffnen. Hier oben gibt es nur eine automatische Belüftung durch die Klimaanlage."

„Leute, Leute", versuchte es Doris noch einmal. „Große Aufgaben warten auf uns."

Die Debatte ging noch eine ganze Weile so fort, aber nach einer Stunde waren sie noch nicht weit gekommen. Sie hatten sich erst darauf geeinigt, welche Drinks Hope und dem Prinz vor dem Essen serviert werden sollten. Danach gingen ihre Meinungen auseinander. Jede der vier Frauen hatte einen anderen Vorschlag, wo das Paar zu Abend essen sollte.

Hazel war für das Restaurant, in dem sie und ihr Mann ihren dreißigsten Hochzeitstag gefeiert hatten. Aber Betty dachte, dem Prinz wäre ein Steakhouse vielleicht nicht fein genug.

Gladys meinte, Hope würde blutiges Steak auch bestimmt nicht mögen.

„Können wir das, bitte, nicht morgen früh entscheiden?"

„Na gut", gab Doris nach. Ihre Freundinnen waren schon eine herbe Enttäuschung für sie. Sie streckte den Arm aus und löschte das Licht der Nachttischlampe.

„Wäre das nicht wunderbar, wenn Hope den Prinzen heiraten würde?", seufzte Betty plötzlich in die Stille hinein. Sie war schon immer etwas romantisch veranlagt.

„Das würde nie passieren."

„Warum eigentlich nicht?“, meinte Doris bockig.

„Schon deshalb nicht, weil Männer wie Prinz Stefano Prinzessinnen oder eine andere standesgemäße Frau heiraten müssen.“

„Prinz Rainier von Monaco hat auch Grace Kelly genommen.“

„Ja … aber das war in den fünfziger Jahren.“

Stille trat ein.

„Hat Hope irgendetwas gesagt, als sie den Prinz gesehen hat?“ Die Frage kam von Betty.

„Nicht mit Worten“, gab Doris zurück. „Aber ihr Blick sprach Bände. So verklärt hat sie noch nie ausgesehen. Ich sage euch, es war wie ein geheimer Zauber, das konnte ich spüren. Der Prinz fühlte es auch. Es war, als ob sie elektrisiert gewesen wären, es hat gleich zwischen ihnen gefunkt.“

„Geht deine Fantasie auch nicht mit dir durch?“

„Entweder das, oder sie hat in der letzten Zeit zu viele Liebesromane gelesen“, ließ sich Hazel vernehmen.

„Ich schwöre euch, dass ich nicht übertreibe“, beharrte Doris. „Prinz Stefano war wie vom Donner gerührt.“

Erneut trat Stille ein. Doris fielen die Augen zu. Jemand seufzte auf, zwei andere holten ebenfalls tief Luft, und dann …

„Was haltet ihr von McCormick?“

„Wir haben uns doch schon gegen ein Steakhouse entschieden“, murmelte Betty verschlafen.

„Ja, aber da gibt es auch Meeresfrüchte, und ich kenne den Geschäftsführer dort, der mir noch einen Gefallen schuldet. Gewiss würde er ihnen einen Abend bereiten, der für Prinz Stefano und Hope unvergesslich sein wird.“

Das Nachtlicht wurde wieder angeknipst, und Doris setzte sich im Bett auf.

„McCormick“, überlegte Hazel laut. „Das wäre vielleicht eine Möglichkeit.“

3. KAPITEL

Am folgenden Morgen wartete Priscilla in der Hotelhalle. Sie spielte ununterbrochen nervös mit der Karte, die Pietro ihr gegeben hatte. Da erschien auch schon ein hochgewachsener, livrierter Diener und nahm die Einladung entgegen, die sie ihm reichte. In seinem Gesicht zuckte kein Muskel.

„Können Sie mir die Karte bitte wiedergeben?", fragte sie leise. „Ich möchte sie in mein Autogrammbuch legen."

Er nickte knapp und händigte sie ihr aus. Priscilla folgte ihm atemlos zum Aufzug. Sie hatte ihre Kleidung für das Treffen mit dem Prinzen sorgfältig ausgewählt. Ihre Mutter bestand darauf, dass sie zu einem weißen Zweiteiler aus Leinen eine zartrosa Bluse mit Diamantbrosche trug, denn das hätte sie auch für sich selbst ausgesucht, wenn sie zu einem Tee-Empfang gegangen wäre. Wenn Priscilla sich nach ihrem eigenen Geschmack hätte kleiden dürfen, wäre es ihr lieber gewesen, ein geblümtes Sommerkleid anzuziehen und einen breitkrempigen, weißen Hut dazu zu tragen. Aber sie wusste im Voraus, es war unnütz, mit ihrer Mutter darüber zu diskutieren. Außerdem interessierte sich Elisabeth stets für die neuesten Modetrends und war, was Kleidung anging, keine schlechte Beraterin.

Ihre Eltern waren beide ganz außer sich, dass Priscilla zu einer Audienz bei Prinz Stefano eingeladen war. Dabei hatte sie doch gleich hinzugefügt, dass die Aufforderung dazu von einem Palastmitglied, nicht vom Prinz persönlich kam.

Priscilla fürchtete, ihre Eltern nahmen die einfache Einladung zum Tee zu wichtig, vermutlich hatte sie gar nichts zu bedeuten. Außerdem erwarteten sie offensichtlich von ihr, dass sie den Prinz mit ihrem Charme und einem unterhaltsamen Gespräch bezauberte, aber genau das konnte sie nicht. Und Priscilla hasste es, die beiden zu enttäuschen.

„Könnten Sie mir einen Gefallen erweisen?", fragte Priscilla, während der Diener mit einem Spezialschlüssel den Lift in Gang setzte, damit er auf dem neunzehnten Stockwerk hielt.

„Wenn ich kann", antwortete er und sah sie etwas erstaunt an.

„Ich muss nach der Audienz beim Prinzen unbedingt mit Pietro sprechen. Würden Sie ihm bitte bestellen, dass es wichtig ist? Ich verspreche auch, dass ich seine wertvolle Zeit nicht lange in Anspruch nehme, und ich würde ihn nicht stören, wenn es sich nicht um etwas wirklich Wichtiges handeln würde. Bitte richten Sie ihm das aus, falls es möglich ist."

„Ich werde Ihren Auftrag umgehend erledigen."

„Vielen Dank."

Der Aufzug hielt mit einem kleinen Ruck. Priscilla spürte, wie ihr das Herz im Hals pochte, und fürchtete, dass sie kein Wort herausbringen könnte, wenn sie dem Prinzen vorgestellt wurde. Ihre Hände fühlten sich kalt und abgestorben an, die Knie wurden ihr weich. Sie konnte sich nicht erinnern, jemals so aufgeregt gewesen zu sein.

Die Türen des Aufzugs glitten lautlos zur Seite, Priscilla wurde in eine vornehme Suite geführt, von der aus man einen herrlichen Blick über Seattle und den eindrucksvollen Puget Sound hatte. Sie blickte gebannt aus den riesigen Panoramafenstern und war, wie schon oft, begeistert von der Schönheit der Stadt.

„Ihre Heimatstadt ist wundervoll", sagte eine wohltönende, männliche Stimme hinter ihr.

Als ob sie etwas Verbotenes getan hätte, wirbelte Priscilla erschreckt herum. Als sie sich Prinz Stefano dicht gegenübersah, knickste sie so tief, dass ihre Knie den dicken Wollteppich berührten. Der Prinz machte einen Schritt nach vom, ergriff ihre Hand und half ihr auf.

Aus der Nähe war er noch viel bezaubernder, als sie angenommen hatte, und auch gar nicht furchteinflößend. Priscilla versuchte, sich an das zu erinnern, was ihr Pietro von Seiner Königlichen Hoheit erzählt hatte. Sie gab sich Mühe, sich zu beruhigen, denn Stefano war doch angeblich ein Gentleman. Wenn ich daran denke, was mir Pietro gesagt hat, brauche ich mir doch keine Sorgen zu machen, dass ich mich falsch benehme, tröstete sie sich.

„Ich freue mich, Ihre Bekanntschaft zu machen, Miss Rutherford", begann Prinz Stefano das Gespräch. „Pietro hat mir schon von Ihnen erzählt."

„Ich fühle mich sehr geehrt und danke Ihnen, dass Sie mir eine Audienz gewährt haben, Hoheit", sagte Priscilla dumpf und kämpfte gegen den Kloß in ihrem Hals an. „Sicher opfern Sie meinetwegen Ihre wertvolle Zeit, und ich bringe Ihren Terminplan durcheinander. Aber ich verspreche, Sie nicht zu lange in Anspruch zu nehmen."

„Das ist Unsinn. Natürlich ist in meinem Terminkalender immer noch Zeit genug, um mit einer schönen und charmanten Frau wie Ihnen zusammen zu sein."

Priscilla wurde feuerrot.

„Bitte, nehmen Sie doch Platz." Der Prinz wies mit der Hand auf eine Zweiersitzgruppe aus weißem Leder.

„Vielen Dank", hauchte Priscilla und fragte sich, wie lange sie wohl bleiben musste, bevor sie mit Pietro sprechen konnte. „Ich habe hier einen Brief meiner Eltern an Sie", sagte sie dann und überreichte ihm eine handschriftliche Einladung ihrer Mutter.

Er öffnete das Papier, las die wenigen Zeilen und lächelte. „Ich fühle mich sehr geehrt, Ihre Familie kennenlernen zu dürfen. Bitte richten Sie Ihren Eltern aus, dass sie mich um drei Uhr erwarten können."

Der Prinz verwickelte Priscilla in eine angeregte Konversation, und als es nichts mehr zu sagen gab und sie verstummte, übernahm er selbst die Unterhaltung. Er erzählte ihr von der Schönheit seines Landes, wobei er sie einlud, San Lorenzo so bald wie möglich einen Besuch abzustatten. Er versprach sogar, sie selbst herumzuführen und ihr die Sehenswürdigkeiten höchstpersönlich zu zeigen.

Fünfundvierzig Minuten später, als es Zeit wurde zu gehen, erhob sich Priscilla erleichtert und dankte ihm für seine großzügige Gastfreundschaft sowie die Einladung nach San Lorenzo.

Derselbe Diener, der sie auch unten in der Halle abgeholt hatte, begleitete sie wieder hinaus. Kaum waren sie außer Hörweite, hielt Priscilla inne. „Haben Sie Pietro erreicht?"

„Ja. Er bat mich, Sie in sein Büro zu führen."

„Ich hoffe, dass ich ihn nicht bei wichtigen Aufgaben störe."

„Das hat er mir nicht mitgeteilt, Miss." Mit diesen Worten führte er sie einen langen Korridor entlang, bis sie zu einem großen Büro kamen.

„Bitte, nehmen Sie Platz", forderte er sie auf. „Pietro wird augenblicklich bei Ihnen sein." Er schloss die Tür, und sie war allein im Raum. Priscilla sank in einen gepolsterten Sessel. Sie war froh, dass sie nicht stehen musste, denn ihre Knie gaben nach. Ein wenig erschöpft presste sie eine Hand auf ihr Herz, schloss sekundenlang die Augen und atmete tief.

„Was ist so schrecklich dabei, wenn man Prinz Stefano vorgestellt wird?", kam Pietros belustigte Stimme von hinten.

„Es ist nicht direkt schrecklich", rechtfertigte sie sich und setzte sich gerade. „Aber ich glaube, ich habe die ganze Zeit nicht gewagt, richtig durchzuatmen."

„Was halten Sie von ihm?" Pietro ging durch den Raum und setzte sich ihr gegenüber hinter einen hochglanzpolierten Schreibtisch.

„Von wem? Von Prinz Stefano?" Sie hatte sich so schnell gar keine Meinung bilden können, dazu war sie viel zu sehr damit beschäftigt gewesen, keine Fehler zu machen und den Tee nicht zu verschütten. „Er … ist ein Gentleman, genau wie Sie gesagt haben. Und er hat mir von San Lorenzo erzählt und mich dorthin eingeladen."

„Seien Sie sicher, das hat er ehrlich gemeint", nickte Pietro.

„Ich war schon zweimal in San Lorenzo", bekannte Priscilla, „aber das ist Jahre her. Ich war übrigens froh, dass der Prinz das Reden übernahm."

„Sie baten darum, mich zu sprechen?", erkundigte sich Pietro.

„Ja." Ihr fiel auf, dass der Privatsekretär des Prinzen heute viel reservierter und förmlicher war als gestern Abend auf dem Ball. „Ich möchte Sie nicht aufhalten, aber ich dachte, ich sollte Ihnen wegen der Einladung meiner Eltern eine Erklärung geben."

Fünfundvierzig Minuten hatte sie mit Prinz Stefano zusammengesessen und kaum ein Wort herausgebracht, und nun konnte sie kaum aufhören zu reden.

„Meine Eltern haben den Prinzen für morgen Nachmittag zu einem Besuch gebeten. Ich habe vergeblich Mom und Dad versucht klarzumachen, dass ich den Prinzen nie kennengelernt hätte, wenn nicht Sie alles in die Wege geleitet hätten. Aber sie haben mir gar nicht zugehört und reden sich ein, ich hätte Seine Hoheit so entzückt, dass er mich kennenlernen wollte."

„Ich bin sicher, Prinz Stefano wird sich über die Einladung bei Ihren Eltern freuen."

Priscilla ließ entmutigt die Schultern hängen. Das wollte sie eigentlich nicht von Pietro hören.

Pietro zögerte. „Verstehe ich Sie richtig? Sie sähen es lieber, der Prinz würde absagen?"

Sie nickte heftig.

„Gibt es einen wichtigen Grund dafür? Hat Prinz Stefano Sie in irgendeiner Weise beleidigt?"

Sie hob rasch den Kopf. „Oh nein, er ist ein wunderbarer Mensch. Es ist nur, dass … also, ich fürchte, wenn der Prinz wirklich erscheint, werden meine Eltern glauben, er wäre irgendwie interessiert an mir … hätte romantische Gefühle für mich."

„Denken Sie nur an die vielen tausend Lose, die verkauft wurden. Ich glaube, eine Menge Amerikanerinnen würden sich das wünschen, was Ihnen in den Schoß fällt." Pietro verstand offenbar nicht, was ihm Priscilla klarmachen wollte, und sie konnte Pietro gegenüber schlecht ihre Gefühle beschreiben, die sie für den Prinzen empfand.

„Wenn er sich mit meiner Familie trifft, erzählt er vielleicht, dass er mich nach San Lorenzo eingeladen hat. Sie dürfen darauf wetten, dass meine Eltern sofort begeistert zustimmen würden."

„Sie wollen also mein Heimatland nicht besuchen?"

„Ich liebe San Lorenzo. Wem würde dieses schöne Land nicht gefallen?" Sie wusste nicht mehr, was sie sagen sollte. So kam sie nicht weiter, und mit jedem Mal, wenn sie den Mund öffnete und ihm ihre Befürchtungen erklären wollte, wurde alles noch schlimmer.

„Dann verstehe ich nicht, wo Ihr Problem liegt."

„Nein", flüsterte sie, „Sie verstehen mich nicht."

„Sagen Sie es mir, Priscilla."

Zum ersten Mal nannte er sie wieder beim Namen. Obgleich sein Englisch fehlerfrei war, sagte er „Priscilla" in einer Art, die exotisch und unvergleichlich war. Als wenn er sie für eine ganz besondere Frau hielt.

„Haben Sie heute Nachmittag Zeit?", fragte sie unvermittelt, nachdem sie allen Mut zusammengenommen hatte. „Es wäre doch schade, wenn Sie in Seattle gewesen wären, ohne etwas von der Stadt zu sehen. Ich könnte Ihnen den Pike Place Market zeigen, und wir könnten die Einschienenbahn ins Seattle Center nehmen." Priscilla hatte noch nie so mit einem Mann gesprochen und von sich aus die Initiative ergriffen. Sie konnte selbst kaum glauben, was sie da sagte.

Der teure Goldfüller entglitt Pietros Händen und rollte zu Boden. Er blickte betreten, bückte sich und hob ihn auf.

Als er ihr nicht sofort antwortete, wurde ihr klar, dass sie einen schrecklichen Fehler begangen hatte. Ein Mann wie Pietro, Freund und Privatsekretär des Prinzen Stefano, hatte für eine Frau wie sie keine Zeit. Indem sie ihn so einfach einlud, hatte sie ihn in eine unmögliche Situation gebracht. Er konnte schlecht ablehnen, ohne sie zu verletzen, zusagen konnte er aber ebenso wenig. Ein Mann in seiner Stellung würde nicht herumschlendern und sich die Stadt ansehen. Und wenn er es täte, würde er es vermutlich nicht gerade mit ihr.

„Natürlich können Sie nicht … Entschuldigen Sie, dass ich Sie gefragt habe. Ich habe einfach nicht nachgedacht." Priscilla war so peinlich berührt, dass sie es nicht wagte, ihn dabei anzusehen. Unvermittelt stand sie auf, griff nach ihrer Handtasche und hielt sie sich wie zum Schutz vor den Körper. „Wenn Sie mich jetzt entschuldigen, werde ich …"

„Priscilla", kam seine Stimme, und sie hatte wieder diesen unvergleichlich weichen Tonfall, „setzen Sie sich."

Sie fühlte sich so elend, dass sie sich immer wieder entschuldigte. „Es tut mir so leid“, flüsterte sie und ließ den Kopf hängen vor Scham.

„Es gibt nichts, wofür Sie sich entschuldigen müssten.“ Sie widersprach ihm nicht, obwohl sie nicht seiner Meinung war.

„Zuerst erzählen Sie mir, warum Sie die Einladung des Prinzen nach San Lorenzo nicht annehmen wollen.“

Sie schluckte krampfhaft. „Wegen meiner Eltern. Sie hoffen, es wäre eine Chance, dass sich der Prinz in mich verliebt. Sie verstehen nicht, dass er nur höflich ist.“

„Und Ihre Eltern sind auch der Grund, warum Sie es lieber sähen, dass der Prinz die Einladung morgen absagt?“

Sie nickte. „Ich hätte lieber nicht darüber reden sollen, ich weiß. Es war taktlos und unhöflich von mir. Aber ich hoffte ...“

„Ja?“, drängte Pietro, als sie zögerte und schwieg.

„Ich hoffte, er würde von selbst absagen.“

Pietro seufzte schwer. „Ich fürchte, das ist unmöglich. Prinz Stefano hat mich bereits beauftragt, für ihn offiziell zuzusagen.“

„Ich verstehe.“ Sie konnte also nichts mehr tun.

„Ich meine, Sie sollten sich selbst nicht so niedrig einschätzen, Priscilla. Der Prinz war ganz von Ihnen angetan. Er erklärte mir wörtlich, was für eine wunderschöne Frau Sie sind.“

Priscilla blinzelte ihn unsicher an, sie konnte kaum fassen, was er ihr da sagte. „Das hat er Ihnen wirklich mitgeteilt?“

„Ja, natürlich. Warum sind Sie darüber so überrascht?“

„Ich bin es eben.“

„Das sollten Sie nicht. Sie sind ein wunderbares Geschöpf, Priscilla Rutherford.“ Pietro lächelte sie so warm und herzlich an, dass Priscilla dahinschmolz.

„Danke ...“, flüsterte sie tief berührt.

Pietros Blick hielt sie gefangen, aber dann sah er plötzlich beiseite, und der magische Bann brach. „Prinz Stefano wird morgen um drei Uhr bei Ihnen sein“, sagte er auf einmal wieder sehr kühl und geschäftsmäßig.

„Werden Sie ihn begleiten?“ Noch während sie sprach, fühlte sie, wie die Antwort lauten würde.

„Bedaure, nein.“

Sie seufzte tief auf und nickte. Selbst diese Hoffnung war ihr genommen.

„Und jetzt ... zu Ihrer Einladung.“

Sie sah ihn erwartungsvoll an, ihre Augen trafen sich und ließen einander sekundenlang nicht los. Priscilla legte alles in ihren Blick. Ihre Wünsche standen ihr ins Gesicht geschrieben, und sie schämte sich nicht dafür.

Pietro wandte schließlich zögernd die Augen ab, und Priscilla spürte, dass ihm das Sprechen schwerfiel.

„Ich muss leider ablehnen, aber dass Sie mich darum gefragt haben, wird immer einer der schönsten Augenblicke meines Lebens sein."

Sie brachte ein mageres Lächeln zustande. Ob er fühlte, dass es ebenfalls einer ihrer größten Augenblicke gewesen wäre, wenn er ihre Einladung angenommen hätte?

Hope wusste nicht mehr, wo ihr der Kopf stand. Ihre Mutter und deren drei gutherzige Freundinnen brachten sie beinahe zur Verzweiflung, denn sie legten jede Minute fest und besprachen jede Einzelheit mit ihr. Ihre Frisur, ihre Nägel, die Farbe des Nagellacks, das Make-up und vor allem die Kleidung verursachten langwierige Diskussionen. Sie wählten ein Kleid aus schwarzem Seidencrepe, das eng an den Hüften anlag und fast den ganzen Rücken freiließ. Sie allein hätte sich niemals ein solches Kleid selbst ausgesucht, wusste nicht einmal, dass es so etwas gab, aber Betty kannte jemanden, der eine Frau kannte, die dieses Kleid besaß.

Die hochhackigen Schuhe waren noch ein Überbleibsel aus Hopes Schulzeit. Sie hatte sie damals zur Examensfeier getragen. Vielleicht waren die Pumps nicht mehr ganz so toll, aber für einen einzigen Abend gingen sie noch an. Dazu sollte sie tropfenförmige Diamanten tragen – natürlich keine echten –, die als Halskette, Armband und Ohrgehänge zusammenpassten.

Mit dieser Steinladung kann man ja ein Kriegsschiff versenken, dachte Hope.

Das Telefon stand seit acht Uhr morgens nicht mehr still. Die Seattle Times hatte um ein Exklusivinterview nach dem Treffen gebeten. Hope sagte zwar ab, aber das hielt fünf andere Lokalzeitungen nicht davon ab, ebenfalls einen Versuch zu starten.

Wie die Presse überhaupt ihre Adresse herausgefunden hatte, war Hope schleierhaft. Danach kam das Fernsehen für die Sendung „Entertainment Tonight" und schickte gleich ein ganzes Kamerateam. Hope floh und bestimmte ihre Mutter von jetzt an zu ihrer offiziellen Kontaktperson, mit der verhandelt werden musste. Das hielt Doris die meiste Zeit des Nachmittags beschäftigt. Sie war gar nicht unglücklich darüber, denn es gab ihr das Gefühl von Wichtigkeit. Schließlich war sie die Mutter der Frau, mit der Prinz Stefano eine Verabredung hatte. Doris sonnte sich in diesem Ruhm.

„Das bestellte Auto wird jeden Augenblick hier sein", kündigte Hazel an und warf einen Kontrollblick auf ihre Armbanduhr. „Seid ihr fertig?"

„Beinahe fix und fertig", meinte Hope. Eins war sicher, wenn sie nicht den Prinz am Vortag persönlich kennengelernt hätte, hätte sie sich nicht diesen ganzen nervenaufreibenden Vorbereitungen unterworfen.

Sie wusste, dass sie gestern nicht sehr vorteilhaft ausgesehen hatte, deshalb war sie fest entschlossen, den ersten Eindruck wieder gutzumachen. Hope wünschte sich, ihn zu verblüffen, er sollte vor Staunen stumm sein, wie verführerisch sie aussehen konnte.

„Das Auto ist eingetroffen", rief Gladys aufgeregt. Sie wirkte wie der Matrose im Ausguck, der endlich Land gesichtet hat. Doris und die beiden anderen Frauen eilten zum Fenster, und Hope hörte sie alle zusammen aufseufzen. Man hätte glauben können, Prinz Stefano wäre erschienen, um Hope in einer Kutsche mit sechs weißen Pferden abzuholen.

„Ach, du meine Güte", flüsterte Betty und blickte sehnsüchtig aus dem Fenster. „Er sieht ja so männlich und stark aus."

„Ich öffne die Tür", erklärte Doris mit Bestimmtheit, als ob diese Ehre nur Hopes Mutter zukäme.

„Du kannst nicht hier herumstehen", meinte Hazel entrüstet, nahm Hope bei der Hand und führte sie über den Korridor zu einem der Schlafzimmer. „Der Prinz könnte dich ja sehen."

„Aber Hazel, er will mich zum Dinner ausführen. Deshalb ist er doch gekommen."

„Ich weiß. Aber wir wollen nicht, dass er dich gleich zu Gesicht bekommt. Das wäre nicht schicklich."

„Du bringst da etwas durcheinander", meinte Hope und musste ein Lächeln unterdrücken. „Die Braut wird vor dem Bräutigam versteckt, bis es zur Trauung geht. Aber beim ersten Treffen verbirgt man sich doch nicht."

„Ich weiß das, Liebes, aber hier geht es um ein ganz besonderes erstes Zusammensein, findest du nicht? Wir wollen doch Eindruck auf ihn machen."

Da Hope selbst auch genau das wollte, ließ sie sich schließlich dazu bewegen, im Schlafzimmer zu warten.

Die Türglocke schrillte, und auf dem Flur hörte man das Geräusch von schnellen Schritten. Die vier Frauen liefen anscheinend alle durcheinander. Was Doris und ihre Freundinnen eigentlich machten, konnte Hope nur raten.

Sie hörte die Stimme des Prinzen und fand es sympathisch, mit wie viel Geduld er mit den älteren Frauen umging. Sie verwickelten ihn in ein langes Gespräch und erklärten ihm, wie der Abend ablaufen sollte, den sie so sorgfältig im Voraus geplant hatten.

„Hope“, rief ihre Mutter schließlich, als ob sie sich wunderte, wo ihre Tochter so lange blieb.

Als sie ihr Stichwort hörte, trat Hope ins Wohnzimmer, wo Prinz Stefano sie erwartete. Zum zweiten Mal war sie von der Erscheinung des Prinzen überwältigt. Es war, als ob es im ganzen Zimmer nur noch ihn gäbe. Alle andern verblassten vor ihm.

Hope hielt den Atem an und sah vorsichtig zu ihm hinüber. Sie wünschte sich, sie könnte ihn beeindrucken, wollte gern sicher sein, dass er es nicht bedauerte, ihr Los für diesen Abend gezogen zu haben. Aber stattdessen geschah etwas Seltsames. Nicht Stefano, sondern sie war diejenige, die sich wie elektrisiert fühlte, als hätte sie einen Stromschlag bekommen. Sie spürte eine seltsame Beklemmung in der Brust und konnte keine Luft schöpfen. Dieser Mann war so überwältigend in seiner Männlichkeit, dass er mit keinem anderen Typ zu vergleichen war, den sie vorher gekannt hatte.

Hope glaubte eigentlich nicht an die Liebe auf den ersten Blick. Das war etwas für romantische Naturen, für Frauen, die Zeit hatten zum Träumen, und nicht für schwer arbeitende Coffee-Shop-Unternehmerinnen.

Bisher hatte der Gedanke, einen Abend mit einem leibhaftigen Prinzen zu gewinnen, sie nur amüsiert. Sie fand es unglaublich, dass es tatsächlich Frauen gab, die dafür bezahlten, um sich mit einem bestimmten Mann zu treffen. Und sie konnte sich auch nicht vorstellen, warum sie so versessen darauf waren, unbedingt mit einer Königlichen Hoheit zusammen zu sein.

Aber plötzlich verstand sie seine Bewunderer, sie fühlte sich, als ob sie das glücklichste weibliche Wesen auf der Welt wäre, dieser Abend würde der wichtigste ihres ganzen Lebens sein. Hope spürte, wie die nächsten Stunden mit diesem Mann aus ihr für immer eine andere Frau machen würden.

Prinz Stefano sah sie an, und ihr Leben war verändert. Er war ein Mann von Welt, gebildet und erfahren. Er hatte schon Verabredungen mit den bekanntesten, reichsten Frauen des Kontinents gehabt, und schon wenn er Hope anblickte, fühlte sie sich wie eine Prinzessin, wie seine Prinzessin. Sie, in ihrem geliehenen Kleid und den falschen Juwelen um den Hals.

„Miss Jordan, Sie sind atemberaubend schön."

Hopes Mutter und ihre Freundinnen falteten vor Rührung die Hände, als ob sie beten wollten, und seufzten hörbar auf.

„Vielen Dank", flüsterte Hope.

Das war, genau betrachtet, zwar keine sehr geistreiche Antwort, aber viele tausend andere Frauen hätten an ihrer Stelle vermutlich auch nicht anders reagiert.

„Mein Wagen wartet unten, wenn Sie fertig sind."

Sie griff nach ihrer Abendtasche, einem strassbestickten Beutel, der früher einmal Hazels Großmutter gehört hatte, küsste jede der wohlwollenden, gutmütigen Frauen auf die Wange und wandte sich dem Prinzen zu.

Prinz Stefano führte sie zu der Limousine. Als sie auf den Gehweg traten, hörte sie das Klicken von Kameras, obwohl sie niemand sah.

„Die Presseleute sind mit den Jahren immer erfinderischer geworden", meinte Stefano leichthin. „Ich würde mich nicht wundern, wenn sich einige von ihnen auf den Bäumen dort versteckt haben. Mit der Zeit habe ich gelernt, mit den Medien zu leben. Alles, was ich sage und tue, scheint sie maßlos zu interessieren. Ich möchte mich dafür entschuldigen, dass man Sie jetzt auch belästigt, aber ich habe wenig oder gar keine Möglichkeit zu kontrollieren, was sie schreiben."

„Ich verstehe."

„Die Leute sind lästig, aber es muss sie ja geben."

„Ich bin nicht beleidigt", versicherte Hope. „In meinem Coffee-Shop habe ich täglich mit allen Arten von Menschen zu tun, und es ist mir egal, ob sie eine Kamera um den Hals tragen. Es gibt keinen Grund, unhöflich oder ungehalten zu sein, denn die Journalisten tun nur ihre Arbeit, ebenso wie wir."

„Wir? Heute Abend?" Er hob fragend seine dichten, dunklen Brauen.

„Heute ist natürlich eine Ausnahme. Sie und ich, Prinz Stefano, werden heute einen höchst angenehmen Abend verbringen."

Er lächelte, wobei Hope den Eindruck hatte, dass es wahrscheinlich schon sehr lange her war, seit er sich das letzte Mal entspannt und amüsiert hatte. Wie lange schon hatte er nicht mehr herzhaft gelacht, richtig unbekümmert gelacht und sich gefreut? Hope wünschte sich sehnlichst, ihn einmal so zu erleben, und wenn auch nur, damit er sich später an sie erinnerte. Er sollte gern an die kurze Zeit zurückdenken, in der er mit ihr zusammen war.

Der Chauffeur öffnete ihnen die Autotür, damit Hope und der Prinz sich auf den Rücksitz setzen konnten. Das Erste, was Hope in die Augen fiel, war eine Champagnerflasche in einem Eiskühler sowie zwei Kristallgläser.

Der Prinz folgte ihrem Blick. „Der Champagner wurde mit besten Empfehlungen von Madeline Marshall abgegeben."

„Ach … die Vorsitzende der Konferenz … Wie nett von ihr."

„Die Blumen sind allerdings von mir", sagte er, indem er ihr ein Bukett langstieliger, roter Rosen überreichte, die von einem weißen Schleifenband zusammengehalten wurden.

Hope umfasste den Strauß mit beiden Armen und beugte den Kopf, um den Duft zu genießen, der von ihnen ausströmte. Es war das erste Mal, dass ihr ein Mann ein Dutzend Rosen geschenkt hatte, und sie war tief berührt. „Sie sind wunderschön."

„Genau wie Sie." Die Worte wurden nur geflüstert. Hope kam es so vor, als wäre Prinz Stefano selbst überrascht, dass er laut gesprochen und sie ihn verstanden hatte.

„Wenn ich die Damen richtig verstanden habe, nehmen wir das Abendessen bei McCormick ein", begann der Prinz rasch ein anderes Thema. Er hatte sich schnell wieder gefangen.

„Ja, Hazel war es, die uns dieses Restaurant empfohlen hat. Soweit ich weiß, ist das Essen dort fantastisch, obwohl ich vermute, dass Mom und ihre Freundinnen wohl mehr an der Atmosphäre liegt." Die vier unverbesserlichen Romantikerinnen waren fest entschlossen, alles zu tun, dass der Prinz gar nicht anders konnte, als sich in Hope zu verlieben. Als wenn so etwas möglich wäre, dachte Hope.

Sie hatte sich ihnen gefügt … ja, warum eigentlich? Weil … nun, weil sie schon selbst halb in ihn verliebt war, seit sie ihn das erste Mal gesehen hatte.

Im Restaurant angekommen, wurden sie zuvorkommend von der Geschäftsführerin begrüßt. Hope hörte staunendes Gemurmel und Flüstern, während sie quer durch den Raum zu einer abgetrennten Sitzecke geführt wurden, die von drei Seiten nicht einzusehen war und ihnen genügend Privatsphäre gab.

„Ich wünsche Ihnen guten Appetit“, sagte die Geschäftsführerin und überreichte ihnen eine besonders für sie angefertigte, handgeschriebene Speisekarte, damit sie sich über die verschiedenen Gänge informieren konnten.

Prinz Stefano legte das Menü beiseite. „Ich lasse mich überraschen. Wie mir gesagt wurde, ist bereits alles vorbereitet.“

„Sie meinen, Mom hat das Essen schon zusammengestellt, ja“, bestätigte Hope.

Sie hatte kaum ausgesprochen, als schon ein Körbchen mit warmem Brot aufgetragen wurde. Der Weinkellner erschien sofort danach und brachte eine Flasche Weißwein, die er dem Prinz zum Vorkosten anbot.

Prinz Stefano überflog das Etikett und nickte zustimmend. Ja, die Sorte war nach seinem Geschmack. Daraufhin löste der Kellner das Siegel, zog geschickt den Korken ab und füllte zwei Weingläser, nachdem der Prinz den Wein vorgekostet und seine Zustimmung gegeben hatte.

„Ich habe nicht zu hoffen gewagt, dass eine so schöne Frau den ersten Preis gewinnen würde“, bemerkte er und hob sein Glas in ihre Richtung. „Worauf wollen wir anstoßen?“

„Auf die romantische Liebe“, sagte Hope, ohne nachzudenken.

Ihre impulsiven Worte schienen ihn nachdenklich zu machen und irgendwie schwermütig, denn er furchte die Stirn. Aber er fasste sich schnell, nickte rasch und wiederholte: „Auf die romantische Liebe.“

Die Gläser klickten gegeneinander, dann führte Hope ihres an die Lippen. Aber plötzlich überkam sie eine unverständliche Traurigkeit, die sie selbst nicht verstand. Schließlich saß sie mit dem begehrtesten Junggesellen der Welt in einem vornehmen Restaurant beim Abendessen.

Die Zeitungen hatten ausposaunt, wie bewundernswert glücklich sie sei, sie hatten sie als die strahlende Gewinnerin gepriesen, mit der sich Seine Hoheit, Prinz Stefano, treffen wollte. Endlich kam ihr zu Bewusstsein, dass diese seltsame Traurigkeit, dieses melancholische Gefühl von Stefano ausging.

Gerade wollte sie ihn danach fragen, als sie eine Geige spielen hörte. Ein Wandermusikant kam herein, er spielte ein gefühlvolles, schönes Lied und durchquerte den Raum bis zu ihrem Tisch. Die Melodie des Liedes war ergreifend und bittersüß, wie es Volkslieder an sich haben, die besonders zu Herzen gehen.

„Das war wundervoll“, flüsterte Hope, noch ganz bezaubert, nachdem der Geiger sich entfernt hatte. In ihren Augen brannten ungeweinte Tränen, und obwohl sie das Lied noch nie vorher gehört hatte, fand sie es ergreifend, allerdings traurig und sorgenvoll.

„Kennen Sie die Melodie?", wollte Prinz Stefano wissen.

„Nein", gab Hope zu.

„Es ist ein Lied aus meinem Heimatland und handelt von einer Prinzessin, die sich unsterblich in einen Kaufmannssohn verliebte. Ihre Familie hatte bestimmt, sie müsste einen Adligen heiraten, und widersetzte sich ihren Bitten. Man verbot ihr, den Mann wiederzusehen, den sie liebte, und bestand auf der Hochzeit."

„Sagen Sie nicht, sie nahm sich das Leben", bat Hope. „Das könnte ich nicht ertragen."

„Nein", beschwichtigte sie Stefano sanft. „Der Kaufmannssohn wusste, dass er der Prinzessin mit seiner Liebe nur Unglück brachte, und verließ sie deshalb. Er reiste in ein anderes Land, um nie wieder zurückzukehren."

„Aber was geschah mit der Prinzessin? Hat sie den ungeliebten Mann geheiratet? Ach, wie konnte sie das über sich bringen?"

„Nein, sie hat niemals geheiratet. Gegen den Willen ihrer Familie ging sie ins Kloster und trauerte für immer der Liebe ihres Herzens nach."

„Oh, wie traurig."

„Im Lied heißt es, ihre Liebe füreinander – wenn sie auch nur kurz Erfüllung fand – war ein Trost für sie und tief genug, um sie ihr einsames Leben ertragen zu lassen."

„Ich … ich verstehe Geschichten wie diese nicht", meinte Hope unvermittelt. „Sie sind so traurig und unnütz. Wenn sich zwei Menschen lieben, echt und wahrhaftig lieben, dann kann es doch keine Hindernisse mehr geben." Der Prinz lächelte traurig. „Wie naiv Sie doch sind, meine schöne Hope."

Ihr schien, als wollte er noch mehr sagen, aber da wurde eine Platte mit Krabben und Pilzen aufgetragen. „Ich vermute, das soll unsere Vorspeise sein", sagte Stefano, und es klang so, als wäre er für die Unterbrechung dankbar.

Sie waren gerade beim Hauptgang und aßen von einer Platte mit den verschiedensten Sorten Fleisch und Gemüse, als Hope unterdrückte Stimmen hörte, die bis in ihre Sitzecke drangen. Einen Augenblick lang glaubte sie, ihre Mutter reden zu hören, verwarf den Gedanken aber wieder. Gerade Doris hatte ja darauf bestanden, dass Hope und der Prinz nicht gestört werden sollten.

Sie grübelte noch, als sie hörte, dass ein Lied angestimmt wurde.

„Was war das?“, fragte Prinz Stefano.

„Ich weiß es auch nicht, aber ich wage nicht, nachzusehen.“

Tatsächlich, da stand ihre liebe Mutter, zusammen mit ihren drei Freundinnen, die auf die Idee gekommen waren, dem Paar ein Ständchen zu bringen. Sie sangen Liebeslieder von Henry Mancini. Hope verzog schmerzhaft das Gesicht und lächelte gequält, als sie bei „Moon River“ einen Ton nicht richtig trafen. Sie blickte verstohlen zu Stefano hinüber, und sie mussten beide unterdrückt kichern.

Als die Gesangsgruppe schließlich zum Ende kam, hatte sich der Prinz wieder genügend gefasst, um aufzustehen und den vier eifrigen Damen formvollendet zu danken. Er applaudierte sogar. Doris lächelte verklärt und küsste Hope noch schnell auf die Wange, bevor sie das Lokal verließ.

„Es tut mir so furchtbar leid“, begann Hope, als der Prinz wieder Platz genommen hatte.

„Ihre Mutter und ihre Freundinnen sind …“ Er suchte nach dem passenden Ausdruck.

„Hoffnungslose Romantikerinnen“, half ihm Hope.

„Und Sie, Hope Jordan? Sind Sie auch romantisch veranlagt?“

Sie war nicht ganz sicher, was sie darauf antworten sollte. Noch vor wenigen Tagen hätte sie sich selbst eine absolute Realistin genannt, ohne verträumte Ideen und Vorstellungen. Liebesromane … das war etwas für versponnene Typen. Sie aber stand mit beiden Beinen auf dem Boden der Tatsachen, für sie zählten nur realistische Dinge. Hope war Geschäftsfrau und hatte weder Interesse noch Zeit für diesen Unsinn.

Ja, bis jetzt.

Wie dumm sie doch war. Wenn sie sich schon so sehr zu einem Mann hingezogen fühlte, warum, ja warum musste es dann ein Prinz sein? Warum nicht ein ganz normaler Mensch? Die Wahrscheinlichkeit, ihn noch einmal nach diesem Abend wiederzusehen, war gleich null. Schließlich hatte sie es mit Prinz Stefano Giorgio Paolo von San Lorenzo zu tun.

Nach dem Dinner verließen sie das Restaurant und stellten fest, dass die Limousine durch eine von Pferden gezogene Kutsche ersetzt worden war. Hope lachte laut heraus. „Meine Mutter und ihre Freundinnen haben aber auch an alles gedacht“, meinte sie und wandte sich Stefano zu. „Haben Sie etwas gegen eine Kutschfahrt einzuwenden?“

„Wie könnte ich?“, fragte er höflich zurück.

Mit ihrem hauteng geschnittenen Kleid war es ein kleines Abenteuer, auf den Wagen zu klettern. Aber da hatte Prinz Stefano sie auch schon um die Taille gefasst und hob sie hoch, sodass sie mit dem Fuß den Kutschentritt erreichen konnte, um einzusteigen.

Seine Berührung war fest und trotzdem sehr sanft, und seine Hände hielten sie einige Sekunden länger als nötig umschlungen. Hope spürte, wie ihr Herz schneller schlug. Denn jetzt stieg er zu ihr in den Innenraum und setzte sich nicht, wie sie erwartet hatte, ihr gegenüber, sondern dicht neben sie.

Er umschlang ihre Schultern, während er auf sie herablächelte. „Ich denke, es ist nur fair, dass wir die Erwartungen Ihrer Mutter ein wenig erfüllen, finden Sie nicht?“

„Ja, natürlich“, stimmte sie zu.

Als sie bequem saßen, trieb der Kutscher die Pferde an. Die eisenbelegten Kutschenräder klangen metallisch, als sie über die gepflasterte Straße rollten, die durch Seattle zum Hafen führte.

Die Nacht hätte nicht schöner und malerischer sein können.

Hope gingen hundert Dinge durch den Kopf, aber sie sprach keins von ihnen aus. Die Stille hatte ihre eigene Sprache in dieser besonderen Nacht, in diesem Moment waren Worte nicht nötig. Es war, als hätten der Prinz und sie sich schon immer gekannt, als wären sie ein Leben lang die besten Freunde gewesen und wüssten die geheimsten Gedanken des andern.

Der Prinz umarmte sie fester, und auf einmal, Hope wusste nicht, wie es geschehen war, fand sie ihren Kopf an seine Schulter geschmiegt.

Hope war unerfahren in diesen Dingen. Sie schloss die Augen, um jede Sekunde dieses Augenblicks zu genießen. Denn sie wusste, dieses kurze Glücksgefühl musste ihr ein Leben lang reichen, es würde keinen zweiten so innigen Moment geben.

„Wie kommt es, dass ich Sie ausgerechnet jetzt finde?“, seufzte der Prinz tief.

Hope begriff nicht, warum er diese Frage stellte, und hob den Kopf, um ihm in die Augen zu sehen. Sein Blick zeigte diese Bitternis und Traurigkeit, die sie schon früher am Abend an ihm bemerkt hatte.

„Ich verstehe nicht“, antwortete Hope.

„Das können Sie auch nicht“, sagte er und holte erneut tief Luft. Sie lehnte sich wieder an seine Schulter und fühlte, wie er sich herabbeugte und die Lippen in ihr Haar presste.

Hope legte die Hand gegen seine Brust, sie spürte den starken, gleichmäßigen Herzschlag. Er bedeckte mit seinen Fingern beschützend ihre Hand, und so hielten sie sich auf dem ganzen Weg am Wasser entlang umschlungen, bis die Kutsche abdrehte und wieder die Straße zum Hotel zurückfuhr, wo sie ihr Wagen erwartete.

Bald würde ihre gemeinsame Nacht vorbei sein, und dabei wünschte sich Hope sehnlichst, sie würde nie zu Ende gehen.

Als sie das Hotel erreichten, hatte sich eine kleine Menschenmenge dort versammelt. Prinz Stefano kletterte höflich als Erster hinunter und half Hope dann fachkundig herab. In dem Moment flammte ein regelrechtes Blitzlichtgewitter auf. Alle Kameras waren auf die beiden gerichtet.

Während Prinz Stefano noch früh am Abend großzügig und ruhig geblieben war, fiel es ihm jetzt schwer, die Fassung zu bewahren. Er deckte Hope, so gut er konnte, vor den Fotografen ab, hielt ihr schützend die Hände vor das Gesicht, damit das grelle Blitzlicht sie nicht blendete, und führte sie schnell zu der wartenden Limousine.

Der Fahrer gab Vollgas, und das Auto fuhr mit quietschenden Reifen davon, sobald sie die Tür hinter sich geschlossen hatten.

Hope hatte dem Fahrer keine Adresse gegeben, aber er schien zu wissen, wo sie wohnte. Jedenfalls fuhr er geradewegs zu dem kleinen Mietshaus, in dem sie lebte.

Prinz Stefano ergriff ihre Hände. „Dieser Abend wird für mich immer eine kostbare Erinnerung sein, Hope."

„Für mich auch", sagte sie leise und zwang sich zu einem Lächeln.

Sie hatte nicht erwartet, dass er sie küssen würde, aber als er sie an sich zog und sie seinen Mund auf dem ihren fühlte, kam ihr das ganz selbstverständlich und natürlich vor.

Im Lauf der Jahre war Hope schon von manchen Männern geküsst worden, aber nie hatte sie die Liebkosung eines Mannes so berührt wie dieser Kuss des Prinzen Stefano. Sie konnte kaum Luft schöpfen, so sehr überkam sie die Leidenschaft. Hope hatte das Gefühl, das Herz müsste ihr in der Brust zerspringen.

Sie öffnete bereitwillig die Lippen und seufzte, als er tiefer in sie drang. Er schien nicht genug von ihr bekommen zu können, und auch Hope hielt ihn, als wollte sie ihn nie wieder loslassen. Als er sie endlich freigab, waren sie beide atemlos vor Lust. Sie hielten sich umschlungen, als gäbe es auf der Welt keinen anderen festen Halt mehr, Zeit und Raum waren um sie herum versunken.

Stefano küsste sie immer wieder mit wachsendem, drängendem Begehren. Dann auf einmal riss er sich los und straffte die Schultern. Er umfasste ihr zartes Gesicht mit beiden Händen und sah ihr mit seinem traurigen Blick in die Augen, als wollte er bis in ihre Seele blicken.

„Ich muss mich entschuldigen."

„Nein. Bitte, nicht." Sie griff nach seinem Handgelenk, fasste seine Finger und liebkoste dann mit den Lippen seine Handfläche.

„Ich wollte sicher sein …"

„Sicher?", fragte sie verständnislos.

Stefano schüttelte abwehrend den Kopf und schloss für eine Sekunde die Augen. „Ich danke dir für den schönsten Abend meines Lebens." Er hielt inne, und sie beobachtete, wie es in seinen Gesichtszügen arbeitete. Es schien, als müsste er sich einen Ruck geben, um stark zu sein für seine nächsten Worte.

„Bitte versteh und vergib mir, wenn ich dir jetzt sage, dass ich dich nie wiedersehen darf."

4. KAPITEL

Bist du fertig?"

Pietro riss Stefano aus seinen Gedanken. Der Prinz stand an dem großen Panoramafenster seiner Hotelsuite und blickte in die Ferne. „Fertig?", wiederholte er zerstreut und wandte sich um. Er war nie weniger bereit gewesen als ausgerechnet jetzt.

„Du wirst in knapp dreißig Minuten den Rutherfords vorgestellt", mahnte sein Freund.

„Ach … ja." Er brachte es nicht zuwege, ein wenig Vorfreude auf das Treffen mit der reichen Erbin und ihrer Familie zu heucheln.

„Das Auto wartet bereits."

Stefano wandte sich vom Fenster ab. „Pietro, hast du schon einmal jemand … eine Frau getroffen und sie vom ersten Moment an, als du ihr in die Augen schautest, geliebt?"

„Eure Hoheit", antwortete Pietro drängend, „wenn Sie jetzt nicht abfahren, kommen Sie zu Ihrer Verabredung zu spät." Er sprach jetzt als Berater des Prinzen, nicht als sein Freund, und er wurde immer nur förmlich, wenn es um etwas sehr Wichtiges ging.

Stefano konnte sich nicht aufraffen. „Offensichtlich hast du dieses Gefühl noch nicht kennengelernt, sonst würdest du nicht meine Frage einfach beiseiteschieben." Zögernd griff Stefano nach seinem Jackett und knöpfte es entschlossen zu.

„Übrigens, wie hießen die Rutherfords mit Vornamen?"

Pietro hatte sie ihm sicher schon ein halbes Dutzend Mal genannt, und Stefano konnte sich nicht erklären, warum er sie ständig wieder vergaß.

Oder doch? Ein Name ging ihm durch den Kopf. Hope.

Und jetzt wusste er, warum in seinem Gedächtnis kein Platz mehr für andere Dinge war.

Er hatte, seit sie sich trennen mussten, nicht aufhören können, an sie zu denken. Am Anfang, als ihm klar war, wie chancenlos ihre Beziehung war, hatte er entmutigt resigniert. Aber als die Nacht verging und der Morgen anbrach, konnte er nicht mehr länger gegen seine Gefühle ankämpfen und wollte es auch nicht.

Am Vormittag ging er wie benommen umher, und so fühlte er sich auch. Ihm war, als wäre er in einer Nebelwand gefangen. Er erträumte sich das Unmögliche, wusste, dass es ja doch nie sein konnte … und war trotzdem nicht fähig, sie sich aus dem Kopf zu schlagen.

„James und Elizabeth Rutherford“, hörte er wie von Weitem die Stimme seines Sekretärs.

„Ach ja.“ Leise wiederholte er die Namen ein paarmal, um sie sich endlich einzuprägen.

„Soweit ich informiert bin, sind sie beide sehr gespannt, deine Bekanntschaft zu machen“, fügte Pietro hinzu, während er Stefano ins nächste Zimmer folgte. „Um auf Priscilla zu kommen“, fügte er hinzu, „hast du schon überlegt, wann ein nächstes Treffen mit der Erbin stattfinden soll?“

„Nein“, gestand Stefano. „Sollte ich?“

„Allerdings.“ Das klang fast wie eine Zurechtweisung. „Ich denke, der Zweck unserer ganzen Reise ist es, sie zur Heirat zu bewegen.“

Stefano wandte sich um, er blickte seinen Freund verwundert an und fragte sich, weshalb Pietro in so seltsamer Laune war.

„Ich weiß, schließlich warst du es, der mir vorgeschlagen hat, sie als Braut zu wählen.“

„Ja“, antwortete Pietro, aber das klang beinahe bedauernd. „Ich war der Meinung, dass Priscilla als Prinzessin eine ausgezeichnete Figur machen würde.“

Stefano versuchte, sich Priscilla Rutherford als seine Frau vorzustellen, aber es war ihm unmöglich. Ihm schien, als wären hundert Jahre vergangen, seit er die Erbin zum ersten Mal getroffen hatte, und dabei war es doch erst vierundzwanzig Stunden her. Er rief sich ihre Unterhaltung ins Gedächtnis und erinnerte sich, dass er den Hauptteil der Konversation bestritten hatte. Fast jedes Wort, das sie sagte, musste er ihr aus der Nase ziehen.

Stefano hielt Priscilla wirklich für ein liebenswürdiges, sanftmütiges Mädchen. Aber sie hatte sich in seiner Gegenwart benommen wie ein nervöses, aufgescheuchtes Kaninchen und immer wieder verstohlen auf ihre Armbanduhr geblickt, wenn sie glaubte, dass er es nicht bemerkte. Nun ja, wenn sie einander erst besser kennengelernt hatten und sie sich ein wenig beruhigte und an ihn gewöhnte, würden sie vermutlich recht gut zusammen auskommen. Mehr konnte man von einer Vernunftehe eben nicht erwarten.

„Ich dachte, du wolltest Priscilla sicher bitten, dass sie dich auf das Festbankett heute Abend begleitet“, schlug Pietro vor. Seine Stimme klang spröde.

„Ach ja … das Bankett.“ Nach seinen Informationen sollte der „Romance Lovers“-Kongress mit einem Gala-Dinner ausklingen.

Stefano war um ein kurzes Schlusswort gebeten worden, aber er hatte nicht im Traum daran gedacht, eine Begleiterin mitzubringen.

„Es wäre eine nette Geste, Priscilla einzuladen“, schlug Pietro vor. „Findest du nicht?“

Stefano nickte und nahm sich vor, die Erbin nachher, wenn er mit ihr zusammentraf, danach zu fragen. Sie erwartete vermutlich, ausgeführt zu werden, also musste er tun, was getan werden musste. Denn nur so war es möglich, sein Land vor dem finanziellen Ruin zu retten. In Wirklichkeit aber wünschte er sich nicht Priscilla, sondern Hope an seiner Seite.

Mit größter Willensanstrengung zwang er sich, seine Gedanken von Hope loszureißen und sich auf Priscilla zu konzentrieren.

„Miss Rutherford ist recht hübsch, nicht wahr?“, meinte Stefano mehr zu sich selbst als zu seinem Freund.

Obwohl er darauf keine besondere Erklärung erwartete, war Stefano doch überrascht, dass sein Freund stumm und abweisend dastand. Er forschte in Pietros Zügen und fragte sich, weshalb sich sein Sekretär in der letzten Zeit so ungewöhnlich benahm. Zu einer anderen Zeit hätte er ihn darauf angesprochen, aber weil Stefano sehr mit seinen eigenen Problemen beschäftigt war, tat er es schließlich doch nicht.

Pietro ging starr vor Ablehnung vor ihm her, durchquerte das Zimmer und hielt dem Prinzen die Tür auf. „Der Fahrer wartet unten, es wird höchste Zeit.“

„Ich möchte, dass du mitkommst“, meinte Stefano plötzlich entschlossen.

„Ich soll dich begleiten?“, wiederholte Pietro, als hätte er nicht richtig gehört.

„Ganz richtig.“ Er war froh, dass er es gesagt hatte. Eigentlich mochte er gar nicht ohne seinen Freund zu diesem Höflichkeitsbesuch gehen. „Du könntest Priscillas Eltern in ein Gespräch verwickeln, damit ich mich ungestört mit der jungen Dame unterhalten kann. Mit deinem Vorschlag, sie zu dem Festbankett einzuladen, bin ich einverstanden. Ich wüsste nicht, wie ich das vor der ganzen Familie machen sollte, das wäre mir peinlich.“

„Ich würde lieber nicht mitkommen.“

Stefano wischte den Einwand des Freundes beiseite. „Ich wünsche, dass du dabei bist, also beeil dich. Sonst kommen wir noch zu spät.“

Priscilla liebte ihre Eltern von ganzem Herzen, und sie verstand nicht, wie solche berühmten Eltern, die im öffentlichen Leben standen, eine so furchtsame und ängstliche Tochter haben konnten, die am liebsten zurückgezogen leben wollte. Priscilla wäre lieber von einem Hochhaus herabgesprungen, als freiwillig eine Rede vor vielen Leuten zu halten. Ihre Eltern dagegen waren stets Mittelpunkt der Gesellschaft.

Priscilla wusste, dass ihre Eltern sie ebenso sehr liebten, wie es umgekehrt der Fall war. Aber es war ihr auch klar, dass sie als Tochter für die beiden eine schmerzliche Enttäuschung sein musste.

Als kleines Mädchen hatte sie vergeblich versucht, so zu sein, wie die Eltern sie sich gern wünschten, denn sie wollte so gern ihre Anerkennung. Aber jetzt, als erwachsene Frau, hatte sie erkannt, dass sie nur sie selbst sein konnte. Manchmal fühlte sie sich wie ein Fisch, der vergebens gegen die Stromschnellen ankämpft, wenn sie versuchte, sich gegen ihre Eltern zu behaupten.

„Lass dich ansehen, mein Kind." Zum dritten Mal in fünfzehn Minuten ermahnte Elizabeth Rutherford ihre Tochter wie ein kleines Schulkind. „Denk unbedingt daran, dass du die Schultern straffst und dich aufrecht hältst. Du willst doch nicht so zusammengesunken dasitzen, wenn der Prinz dich ansieht."

„Ja, ich denke daran", nickte Priscilla geduldig. Sie hatte drei Semester in einer teuren Charme-Schule mitgemacht, gutes Benehmen gelernt und wusste, was man tun und lassen musste.

„Und bitte, Priscilla, du musst lächeln. Schließlich ist es ein freudiger Anlass." Ihre Mutter piekste ihr je einen Finger in die Wangen, wandte ihr den Kopf zur Seite, weil sie fand, das sähe verführerisch aus, und machte ihr vor, wie Priscilla lächeln sollte. Aber es sah eher aus wie ein Grinsen, denn sie verzog den Mund so künstlich, dass ihr Gesicht auf keinen Fall anziehend war. „Bedenk doch, der Prinz von San Lorenzo interessiert sich für dich."

„Mutter, bitte. Prinz Stefano hat bloß deine Einladung angenommen. Sein Besuch hat nur wenig oder vielleicht gar nichts mit mir zu tun." Priscilla wusste selbst nicht, warum sie sich stritt. Vielleicht, weil sie im Geheimen fürchtete, ihre Eltern wollten sie unbedingt an den Prinzen verkuppeln. Stefano ahnte gar nicht, was er damit anrichtete, dass er die Einladung angenommen hatte.

Sie versuchte, Pietro zu warnen, aber er wollte nicht auf sie hören. Er verstand offenbar nicht, was es für ihre Eltern bedeutete, dass sie ein Prinzen besuchte. Sie fühlten sich gesellschaftlich aufgewertet und dachten, sie wären nun etwas ganz Besonderes.

Priscilla konnte sie einfach nicht davon überzeugen, dass sie das Treffen mit Prinz Stefano ja nur seinem Sekretär zu verdanken hatte.

Pietro als rechte Hand des Prinzen traf für ihn alle Vereinbarungen und bestimmte die Termine.

Aber ihre Eltern wollten das von Anfang an nicht wahrhaben. Sie behaupteten, der Prinz hätte angeordnet, dass Pietro sie zum Tee einladen sollte. Der Sekretär würde unmöglich ein Treffen ausmachen, ohne vorher Seine Hoheit um Erlaubnis zu fragen.

Als die Nachricht kam, der Prinz habe die Einladung angenommen, stand das ganze Haus Kopf. Alle liefen eilfertig durcheinander, das Hausmädchen hatte jedes Silbertablett und jeden Silberlöffel poliert, und Mrs Daily, die Köchin, stellte Delikatessen zusammen, die für zwei volle Tage gereicht hätten.

Die Hausangestellten waren schon jahrelang bei den Rutherfords, und deshalb fühlten sie sich persönlich geschmeichelt, dass so hoher Besuch zu ihnen kam. Sie empfanden es als Ehre, in diesem Haus zu arbeiten, und hofften mit Priscillas Eltern, dass sich der Prinz in die Tochter des Hauses verliebte. Jeder war geehrt, weil Priscilla die Aufmerksamkeit Seiner Hoheit erregt hatte.

Endlich war alles bereit für die Ankunft des Prinzen. In beinahe jedem Raum des Hauses standen frische Blumendekorationen, die aus dem weitläufigen Garten des Anwesens stammten.

Priscilla und ihre Eltern gingen in den Besucherraum, der geschmackvoll ganz in Mauve und Grau gehalten war. Dort warteten sie ungeduldig auf die Ankunft des Prinzen.

Priscilla konnte sich nicht erinnern, ihre Mutter jemals so nervös gesehen zu haben. Sogar ihr Vater, den nichts so schnell aus der Fassung brachte, war seltsam gespannt. Nur ab und zu blickte er zu Priscilla hinüber und sagte ihr lächelnd, wie schön sie aussähe. Das hatte er sonst noch niemals getan. Eigentlich hatte sie ihr ganzes Leben auf ein anerkennendes Wort von ihm gewartet, und nun, wo es endlich kam, fühlte sie sich schlapp und krank.

Die Türglocke ertönte, Priscillas Eltern wechselten einen Blick und taten erstaunt, als wüssten sie nicht, welcher Gast sich ankündigte.

„Bestimmt ist das der Prinz“, sagte Priscilla unnötigerweise.

Ihr Vater räusperte sich und reckte sich zu voller Größe auf. Dabei straffte er die Schultern wie ein Zinnsoldat.

Im Stillen flehte Priscilla, dass er nichts sagte oder tat, was ihr peinlich sein könnte. Wenn doch nur ihre Eltern endlich begreifen wollten, dass Prinz Stefano überhaupt keine romantischen Gefühle für sie empfand!

Als sie schüchtern hochblickte, war der erste Besucher nicht, wie sie angenommen hatte, Prinz Stefano, sondern Pietro. Sie sahen sich kurz in die Augen, und sie wusste in derselben Sekunde, dass er nicht aus freien Stücken mitgekommen war. Priscilla allerdings war glücklich über sein Erscheinen. Im selben Moment, als sie ihn sah, schien für sie die Sonne aufzugehen, und ihr Herz tat einen Sprung.

Es war wohl nicht sinnvoll, den Eltern ihre Gefühle anzuvertrauen und zu gestehen, dass es Pietro war, der ihr Herz schneller schlagen ließ, und nicht Prinz Stefano.

Pietro wandte sich nun an ihre Eltern und stellte ihnen den Prinz vor. Nachdem Höflichkeiten ausgetauscht worden waren, setzten sie sich zu fünft zusammen, tranken Kaffee und probierten eine Reihe delikater kleiner Pasteten.

Priscilla merkte bald, wie ihr Vater und Prinz Stefano sich angeregt unterhielten und etliche gemeinsame Interessen feststellten. Sie waren so in ein Gespräch vertieft, dass sie die anderen gar nicht mehr beachteten. Ihre Mutter verwickelte Pietro in eine höfliche Konversation. Obwohl er immer respektvoll Antwort gab, spürte Priscilla doch, wie unwohl er sich hier fühlte.

Nach einer Weile fragte Priscilla, ob ihr Gast sich nicht vielleicht den Garten ansehen wollte. Ihre Mutter hatte ihr eingeschärft, sie sollte diesen Vorschlag machen. Das war natürlich ein offensichtlicher Versuch von Elizabeth Rutherford, den Prinz eine Zeitlang mit Priscilla allein zu lassen.

Zu Priscillas Überraschung und großer Freude aber winkte Prinz Stefano seinem Sekretär. „Pietro ist unser Gartenliebhaber. Ich bin sicher, er wird überglücklich sein, in Ihrem spazierengehen zu dürfen.“ Und er vertiefte sich wieder in die Unterhaltung mit James Rutherford.

Priscilla warf ihrer Mutter einen bedauernden Blick zu, aber in Wirklichkeit musste sie an sich halten, um nicht einen Freudensprung zu tun.

Sie erhob sich, während sie Pietros wütenden Seitenblick in Richtung des Prinzen bemerkte. Trotzdem folgte er ihr aber ohne Widerrede durch die großen Flügeltüren nach draußen. Sie wanderten den mit Steinen ausgelegten Fußweg entlang und besichtigten die dichten Blumenbeete links und rechts des Wegs.

Natürlich hatte Priscilla längst verstanden, dass Pietro nicht im Geringsten an dem malerischen Garten interessiert war. Deshalb führte sie ihn zu einer großen, in weißem Marmor gehaltenen Aussichtsplattform, von der aus man den Lake Washington überblicken konnte. Eine leichte, kühle Brise wehte vom Wasser herüber und kräuselte Priscillas Haar. Segelschiffe zogen vorüber und brachten mit ihren weißen und bunten Segeln einen Hauch Farbe ins Bild.

„Sie können hier sitzen und warten, wenn Sie möchten“, meinte sie höflich zu ihrem Gast.

„Warten?“, fragte er zurück.

„Ich weiß, dass der Garten Sie nicht interessiert. Es ist mir allerdings unverständlich, warum der Prinz darauf bestand, dass Sie mich hinausbegleiteten, wo es Ihnen doch so unangenehm ist.“ Es fiel ihr schwer, die Worte auszusprechen, aber dann sagte sie es schließlich doch. „Ich verstehe, Sie würden lieber nicht mit mir Ihre Zeit verbringen.“

Er schwieg einen Moment, als müsste er seine Worte sorgfältig bedenken. „Was Sie glauben, muss nicht unbedingt stimmen, Priscilla.“

Sie mochte die Art, wie er ihren Namen aussprach, und sie schloss die Augen, um dem Klang seiner Stimme nachzulauschen. Dann riss sie sich zusammen.

„Wenn Sie möchten, kann ich auch gehen.“

„Tun Sie das nicht“, sagte er rasch.

Priscilla fand, dass dies die schönsten Worte waren, die ihr jemals ein Mann gesagt hatte. Es war traumhaft, mit Pietro zusammen auf der sonnenbeschienenen Marmorbank zu sitzen und übers Wasser zu blicken. Damit hatte sie nicht gerechnet, dass dieser Nachmittag ihr so viel Freude bringen würde.

„Ich verstehe Sie nicht“, begann sie, während sie Pietro aufmerksam betrachtete. „Entweder finden Sie mich völlig uninteressant und bedauern jede Minute, die Sie mit mir zusammensein müssen, oder …“

Pietro brach in Lachen aus.

„Oder“, fuhr sie fort und lächelte ihn an, „Sie mögen mich viel mehr, als Sie zugeben wollen.“

Sein Lachen erstarb so schnell, wie es begonnen hatte.

„Wollen Sie mich nicht küssen?“, fragte Priscilla.

Pietro sprang von der Bank hoch und ging einen Schritt rückwärts, als hätte sie von ihm verlangt, ein Verbrechen zu begehen.

Sie lachte amüsiert und schüttelte den Kopf über sein Entsetzen. „Vielleicht würde es Ihnen helfen, sich über Ihre Gefühle klar zu werden, wenn Sie mich küssen.“

Er ging vor ihr auf und ab wie ein gefangener Panther in seinem Käfig. Die Hände hatte er tief in den Taschen zu Fäusten geballt, und er vermied es, sie anzusehen.

„Das wird nicht nötig sein."

Nun erhob sich auch Priscilla, sie vertrat ihm den Weg und stellte sich direkt vor ihn. Er war sehr viel größer als sie – bestimmt ein Meter achtzig –, und sie musste sich auf die Zehenspitzen stellen, um seinen Blick aufzufangen. Beim Versuch, die Balance zu halten, stützte sie sich mit den Händen gegen seine Brust.

Sein Herz schlägt schneller als normal, es hämmert wie wild, stellte sie im Stillen fest.

Pietro reagierte nicht. Er versuchte allerdings auch nicht, sie abzuwehren, sondern blieb steif und unbeweglich auf demselben Fleck. Sie spürte seinen heftigen Pulsschlag, und in seinem Gesicht arbeitete es, als müsste er gegen etwas ankämpfen.

Priscilla fühlte sich ermutigt, weil er keinen Widerstand leistete, deshalb schloss sie die Augen, hob die Arme und schlang sie ihm um den Nacken. Dann näherte sie langsam ihre Lippen seinem Mund.

Sie liebkoste ihn ganz sanft, es war ein eher hingehauchter Kuss und nicht leidenschaftlich.

Danach ließ sie die Arme sinken, sah ihn noch einmal an und ging einen Schritt zurück. Aber da zog sie Pietro in seine Arme zurück, sie verharrte ganz still und unbeweglich, so wie er eben auch, und sie erlaubte ihm, sie zu küssen. Allerdings beließ er es nicht bei einem sanften Kuss, so wie Priscilla es getan hatte, und seine Lippen streiften auch nicht bloß ihren Mund. Seine Liebkosung war drängender und fordernder, sodass sie ein Kribbeln im ganzen Körper spürte. Ihr wurde heiß und kalt, ihre Knie gaben nach, dass sie dachte, sie müsste umsinken.

„Beantwortet das Ihre Frage?", flüsterte Pietro dicht an ihrem Ohr.

Sie nickte stumm, denn sie brachte kein Wort heraus. Er schien nicht zu verstehen, wo ihr Problem lag. Schon am ersten Abend auf dem Balkon war ihr klar geworden, welche Gefühle sie für ihn empfand. Sie fragte sich nur, weshalb er sich so unverständlich benahm.

Pietro lehnte seinen Kopf an ihre Stirn. Es vergingen einige Augenblicke, bevor er sprach. „Ich hätte Sie nicht küssen sollen."

„Aber warum denn nicht? Ach, Pietro, weißt du nicht, dass ich mich schon die ganze Zeit danach gesehnt habe? Schon seit dem Augenblick, als ich dich das erste Mal sah."

Er lachte leise, aber es klang nicht ironisch.

„Ich mag es, wenn du mich küsst." Sie schlang die Arme um seinen Körper und schmiegte sich ganz eng an ihn, als wollte sie ihn nie wieder loslassen.

„Priscilla, das ist ja alles recht nett, aber ich befürchte, Sie verstehen mich nicht recht. Ich möchte Ihnen nicht weh tun, aber ich teile Ihre Gefühle nicht.“ Sein Stimmungswechsel kam so unvermittelt wie Schneefall im August. Er fasste nach ihren Armen, um sich zu befreien.

Tief getroffen und verletzt ließ ihn Priscilla freiwillig los und ging einen Schritt zurück. Sie wurde feuerrot, als hätte sie Fieber. Wie entsetzlich, sie hatte ihn missverstanden und sich beide in eine unmögliche Situation gebracht, weil sie sich Pietro an den Hals geworfen hatte.

Ihre Kehle war wie zugeschnürt, und sie musste erst einige Male schlucken, bis sie wieder Worte fand. „Es tut ... mir ganz furchtbar leid.“ Dabei presste sie die Hände gegen ihr brennendes Gesicht. „Bitte ... ich bitte Sie, meine Entschuldigung anzunehmen.“ Damit wandte sie sich um und eilte, so schnell sie konnte, zum Haus zurück.

Sie lief die ganze Strecke durch den großen Garten, und als sie endlich an dem Kiesweg und den Blumenbeeten ankam, war sie völlig atemlos. Das Herz klopfte ihr, als wollte es zerspringen. Sie stand noch einen Augenblick bewegungslos und rang nach Fassung, als ihre Mutter unerwartet an der Terrassentür auftauchte.

„Ich wollte gerade nach euch suchen. Wo ist Pietro?“

Es war Priscilla unmöglich, auch nur ein einziges Wort herauszubringen, aber da kam schon Pietro in Sichtweite, sodass sie keine Erklärung abgeben musste. Er eilte mit großen Schritten über den Rasen, stockte aber, als er Priscilla mit ihrer Mutter zusammen sah.

„Ich hoffe, der Spaziergang durch den Garten hat Ihnen gefallen“, wandte sich Elizabeth Rutherford an ihn.

„Ich finde Ihre Anlagen wunderschön“, hörte Priscilla ihn antworten.

Sie zwang sich, ihn nicht anzublicken, und rang nach Fassung, denn sie war zu stolz, um sich anmerken zu lassen, wie tief er sie verletzt hatte. Noch nie in ihrem ganzen Leben hatte Priscilla einem Mann gegenüber so ehrlich ihre Gefühle gezeigt. Und nun? Sie durfte gar nicht daran denken, wie unmöglich sie sich gemacht hatte.

Mit pochendem Herzen betrat Priscilla das Wohnzimmer und fand dort ihren Vater und den Prinzen im angeregten Gespräch.

Priscilla ließ sich in einen Sessel sinken und faltete die Hände im Schoß. Ihr Vater sah wohlwollend zu ihr herüber und lächelte sie an.

Ihre Mutter dagegen spürte, dass etwas nicht stimmte. „Fühlst du dich auch wohl, Priscilla?“, forschte sie. „Du siehst erhitzt aus.“

„Danke, es geht mir gut.“ Die Lüge ging ihr seltsamerweise glatt über die Lippen.

„Es liegt wahrscheinlich an der Aufregung, weil uns der Prinz besucht hat“, meinte ihr Vater verständnisvoll.

Zum ersten Mal seit seiner Ankunft wandte sich Prinz Stefano jetzt an Priscilla. „Hat Pietro der Garten gefallen?“, wollte er wissen.

Sie öffnete den Mund zu einer Antwort, brachte aber trotz größter Mühe keinen Ton heraus. Eine peinliche Stille trat ein.

„Der Gang durch den Garten war sehr unterhaltsam“, kam ihr Pietro zu Hilfe. „Miss Rutherford ist eine gute Fremdenführerin.“

Die Röte in ihrem Gesicht vertiefte sich.

„Ich denke, dieser Nachmittag war viel zu kurz, Priscilla“, meinte der Prinz freundlich. „Deshalb würde es mir eine Ehre sein, Sie zum heutigen Abschlussbankett der ‚Romance Lovers‘ einzuladen.“

Priscilla wollte kaum ihren Ohren trauen. Diese Einladung kam völlig überraschend, weil er sich doch die ganze Zeit nicht für sie interessiert hatte.

„Sie wäre entzückt“, antwortete ihre Mutter an Priscillas Stelle und sah sie auffordernd an.

„Ich … ich wäre entzückt“, wiederholte sie folgsam, während ihr Mut sank. Jetzt war genau das eingetreten, was ihre Eltern herbeigesehnt hatten.

Priscilla sah sich den Prinzen genauer an. Von dem Moment an, als er ihr Zuhause betrat, kümmerte er sich nicht im Geringsten um sie, und trotzdem bat er sie jetzt um ihre Gesellschaft. Dabei hätte sie schwören können, dass ihm überhaupt nichts an ihr lag.

Unwillkürlich glitten ihre Blicke zu Pietro hin, und ihr Herz krampfte sich zusammen. Vom ersten Augenblick an hatte sie den Freund des Prinzen faszinierend gefunden und geglaubt, er erwiderte ihre Gefühle. Jetzt wusste sie sicher, dass sie sich irrte.

Pietro wollte nichts von ihr wissen.

„Das halte ich nicht aus“, jammerte Lindy, nachdem der letzte Kellner den Coffee-Shop verlassen hatte, um die Bestellungen auszutragen. Sie warf sich mit Schwung in einen Armsessel und griff nach einem frischen Berliner mit Puderzucker.

„Was kannst du nicht aushalten?“, fragte Hope, obwohl sie sich schon denken konnte, worum es ging.

„Aus dir ist kaum ein Wort herauszubekommen. Wie war das Treffen mit Prinz Stefano? Ich frage dich, wie es lief, und du sagst nur ‚toll‘. Muss ich mir denn den ganzen Rest zusammenreimen?“

„Toll ist aber genau das richtige Wort, um unseren gemeinsamen Abend zu beschreiben“, antwortete Hope.

„Siehst du, genau das meine ich“, sagte Lindy mit schriller Stimme. „Du gehst meinen Fragen immer aus dem Weg. Das ist nicht fair.“

„Also, ich hatte einen märchenhaften Abend mit einem Märchenprinz.“

„Hat er dich geküsst?“

„Lindy!“ Hope wurde rot und wischte furchtbar geschäftig auf der Theke herum.

Lindy lächelte mit Kennermiene. „Er muss wohl, sonst wärst du nicht so aus der Fassung.“

„Das geht dich einfach nichts an.“

„Hast du ein Interview mit John Tesh von ‚Entertainment Tonight‘ gehabt?“

„Ja, aber nur kurz.“ Es war lästig, wie sie von Reportern bedrängt wurde.

„Ich wette, dem hast du mehr als mir erzählt.“

Das hatte Hope zwar nicht, aber sie gab keine Antwort, weil Lindy ihr vermutlich sowieso nicht glauben würde.

„Wirst du den Prinz noch einmal wiedersehen?“ Das schien anscheinend alle am meisten zu interessieren.

Hope spürte, wie eine plötzliche Traurigkeit sie überfiel. Sie schüttelte den Kopf. „Nein.“

„Warum denn nicht?“ Lindy gab nicht auf. „Bist du ihm etwa nicht gut genug? Das macht mich richtig wütend, wenn ich bedenke, wie viel Mühe sich deine Mutter und ihre Freundinnen gegeben haben, um dich herauszuputzen ...“

Da konnte Hope nicht anders, sie musste laut herauslachen.

Die Freundin runzelte die Stirn, denn sie fand keine Erklärung, was Hope daran so lustig fand.

Mit einem schönen Kleid lässt sich doch kein Mann einfangen, dachte Hope. Wenn das so leicht ginge, würde ich mir zehnmal so viel Mühe geben, damit mich der Prinz verführerisch findet und wir uns noch einmal treffen können. Aber so einfach liegen die Dinge nicht.

Es ist unmöglich, er hat es selbst gesagt.

„Es waren ja auch nicht allein deine Mutter und ihre Freundinnen“, fuhr Lindy fort. „Du hast dir doch auch so große Mühe gegeben, damit der Abend ein Erfolg wird. Bist du denn kein bisschen enttäuscht?“

„Das Los versprach der glücklichen Gewinnerin einen Abend zusammen mit Prinz Stefano, nicht mehr und nicht weniger. Ich habe meine Verabredung gehabt, und es wurde die schönste Nacht meines Lebens. Mehr zu verlangen wäre unverschämt."

„Ist er wirklich so, wie ihn die Presse beschreibt?"

Hope hatte die Artikel über Stefano auch gelesen. Der Prinz wurde als charmant, sehr männlich, verführerisch und gut aussehend beschrieben.

„Er ist noch wundervoller, einfach fantastisch." Hope bereute keine Minute mit ihm, die Erinnerung an die märchenhafte Nacht mit Prinz Stefano würde sie ihr Leben lang nicht vergessen. Irgendwann später einmal würde sie ihre Enkelkinder auf dem Schoß halten und ihnen die Geschichte von ihrem zauberhaften Märchenprinzen aus einem fernen Land und dem Abend mit ihm erzählen. Aber dass der Prinz es fertiggebracht hatte, ihr im Handumdrehen ihr Herz zu stehlen, sollte für immer ihr Geheimnis bleiben.

„Wie hat deine Mutter die Neuigkeit aufgenommen, dass du Prinz Stefano nicht mehr wiedersehen wirst?"

Hope schloss die Augen, sie wusste, das würde ein Problem werden. „Sie weiß es noch gar nicht, aber Mom wird es schon verstehen", meinte Hope und gab sich zuversichtlich, obwohl sie wusste, dass damit nicht zu rechnen war.

„Wann verlässt Prinz Stefano Seattle wieder?", wollte Lindy jetzt wissen.

„Ich weiß nicht, vermutlich bald." Bitte, hoffentlich nicht zu bald, dachte sie im Stillen.

„Was machst du heute Abend?", fragte Lindy zwischen zwei Bissen. Sie tunkte den Berliner zuerst in den Kaffee, führte ihn dann zum Mund und hinterließ dabei eine braune Spur auf dem Tisch. „Ich weiß überhaupt nicht, warum ich dieses Ding esse. Vermutlich nur, weil ich so neidisch bin."

„Worauf bloß?"

„Auf dich und Prinz Stefano natürlich."

„Dein Prinz wird auch noch kommen", versicherte ihr Hope.

„Mag sein, aber meiner ist bestimmt als Frosch verkleidet. Das Leben ist ungerecht. Ich hätte alles darum gegeben, wenn ich den ersten Preis gewonnen hätte, und du machst dir gar nichts daraus. Aber vielleicht ist das mein Problem, ich muss aufhören, mir alles zu Herzen gehen zu lassen."

Hope hätte der Freundin am liebsten gesagt, dass sie den Abend mit Stefano nicht so leichtnahm, wie Lindy glaubte. Dass Hope den ersten Preis gewonnen hatte, war nur ein glücklicher Zufall gewesen, und doch hatte diese eine Nacht ihr ganzes Leben gezeichnet. Sie konnte das Gefühl nicht loswerden, als wäre es ihnen beiden bestimmt gewesen, einander zu treffen, vorherbestimmt, sich ineinander zu verlieben, doch zugleich auch, dass ihnen nur ein einziger Abend geschenkt wurde.

„Ich werde einen Liebesroman lesen", kündigte Hope feierlich an. „Du hast mich gefragt, was ich heute Abend tun werde. Nun gut, jetzt weißt du es." Das war ein schwacher Ersatz nach der romantischen Kutschfahrt mit Prinz Stefano, aber doch wenigstens eine Möglichkeit, sich noch ein wenig in die Empfindungen zu versetzen, die sie vergangene Nacht bei Stefano gespürt hatte.

„Na endlich", kreischte Lindy triumphierend. „Wenn man bedenkt, dass du erst mit einem Prinzen ausgehen musstest, um deine Vorliebe für Romane zu entdecken."

Sie unterhielten sich noch ein wenig, als sie vom Schrillen des Telefons unterbrochen wurden. Die beiden Frauen warfen sich einen verständnisinnigen Blick zu, sie wussten beide, das konnte nur Doris sein.

„Wenigstens hat sie heute gewartet, bis die Stoßzeit vorbei war", meinte Lindy, während Hope zum Hörer griff.

Obgleich ihre Mutter eigentlich schon jede Einzelheit über den gestrigen Abend wusste, musste Hope ihr unbedingt noch einmal alles von Anfang an erzählen. Allerdings verschwieg sie Einzelheiten, die nur sie allein etwas angingen.

„Wie romantisch", flüsterte Doris.

„Ja, Mutter, das war es wirklich."

„Du magst ihn, nicht wahr, Hope?"

Hope brauchte einen Augenblick, bis sie eine Antwort geben konnte. „Ja, Mutter, natürlich, aber ich kenne keine Frau, die ihn nicht lieben würde. Schließlich ist Stefano … ein Prinz."

Ihre Mutter seufzte wieder.

Hope brauchte zwanzig Minuten, bis ihre Mutter endlich zufrieden war und auflegte. Danach beschäftigte sich Hope in der Küche, um auf andere Gedanken zu kommen, aber ihr Herz blieb schwer.

Wie sehr sie sich auch bemühte, die traurigen Gedanken wegzuwischen, sie hatte das Gefühl einer großen Leere.

Es würde lange dauern, bis sie diese Empfindungen überwinden würde.

Ihr Problem war, dass sie sich immer wieder an den märchenhaften Abend erinnerte, aber der Gedanke daran machte ihr das Herz schwer.

Sie stand gerade vor dem Geschirrspüler und lud Tassen auf ein Tablett, um sie zum Säubern in die Maschine zu schieben, als Lindy zu ihr hereinkam.

„Da draußen steht ein Mann, der dich sprechen will."

„Ich bin nicht in der Stimmung, um mich mit Vertretern herumzuschlagen. Erledige du das für mich, ja?"

„Nein." Lindy sah sie verschmitzt lächelnd an. „Dieser Typ besteht darauf, mit dir persönlich zu reden."

„Ich bin beschäftigt." Sie hatte keine Lust, ihre Arbeit zu unterbrechen und den Geschirrspüler halb beladen stehen zu lassen. Was wollte dieser Vertreter? Wahrscheinlich Kaffeefilter verkaufen.

„Kommst du jetzt oder nicht?", fragte Lindy ungeduldig.

„Nein, wenn jemand so dringend etwas mit mir besprechen will, wenn ich mitten in der Arbeit stecke, dann soll er sich gefälligst hierher bequemen."

Lindy sah die Freundin zweifelnd an und schüttelte den Kopf. „Das halte ich nicht für klug." Ihre Stimme klang seltsam, als unterdrückte sie ein Lachen.

„Ich habe nie behauptet, besonders klug zu sein", murmelte Hope ungehalten.

„Willst du, dass ich mir seine Visitenkarte für dich geben lasse?" Mürrisch nickte Hope und stimmte zu. „Wenn es denn sein muss."

„Ich denke schon."

Lindy ging an der Theke vorbei aus der Küche, während Hope ihr mit den Blicken folgte. So, wie sich die Freundin aufführte, könnte man glatt glauben … Ihre Gedanken überstürzten sich. Prinz Stefano? War das möglich?

Nein, das war unmöglich. Stefano hatte ihr selbst gesagt, dass ihre Beziehung keine Zukunft haben durfte. Hope erinnerte sich noch genau an seinen bedauernden Blick, als er ihr das mitteilte.

Langsam zog sie sich die gelben Gummihandschuhe aus, die sie zur Küchenarbeit trug, und ging hinter Lindy her. Sie blickte angestrengt und seltsam gespannt zum Eingang des Coffee-Shops hinüber.

Und dann blieb ihr beinahe das Herz stehen, sie vergaß zu atmen, als sie ihn sah. Dort drüben im Türrahmen stand er, aufrecht und unbeweglich wie eine Marmorstatue.

5. KAPITEL

Was machst du denn hier?" Hopes Frage war nur ein Flüstern. Sie stand wie angewurzelt da und schaute ihn sprachlos an, denn er sah heute noch überwältigender und verführerisch-männlicher aus, als sie ihn in Erinnerung hatte. Dazu wirkte er edel und königlich.

Prinz Stefano lächelte geheimnisvoll und ging bis zum Kaffee-Ausschank. „Ich hatte plötzlich das dringende Verlangen, deinen Kaffee zu probieren", erklärte er und setzte sich auf einen der Hocker.

Sie glaubte ihm keinen Moment lang, aber das konnte sie ihm wohl kaum ins Gesicht sagen. „Möchtest du einen Milchkaffee versuchen?" Es fiel ihr schwer, das Zittern in der Stimme zu verbergen.

„Ist das in Seattle beliebt?"

Hope nickte. Sie hatten am Vorabend kurz über ihr neugegründetes Geschäft gesprochen, aber sie glaubte, dass er sich nur aus Höflichkeit danach erkundigte. Dass er sich tatsächlich dafür interessierte, hatte sie für unwahrscheinlich gehalten.

Hope fühlte, wie ihr jemand mit dem Ellbogen in die Seite stieß, und verstand, dass Lindy darauf wartete, dem Prinzen vorgestellt zu werden.

„Das klingt ein wenig wie Café au Lait."

„Es ist auch das gleiche Getränk", erklärte Hope und lächelte zu ihrer Freundin herüber. „Darf ich dir Lindy Powell vorstellen? Sie macht alle unsere Backwaren selbst."

„Es freut mich, Sie kennenzulernen, Lindy."

„Ich hole Ihnen einige von unseren Berlinern und Schmalzgebäck", bot Lindy an. „Sie kommen gerade frisch aus dem Ofen."

Als ihre Freundin außer Hörweite war, lehnte sich Hope über die Theke hinüber. „Ich dachte, du wolltest …"

Er fasste nach ihrer Hand. „Ich weiß." Er schloss sekundenlang die Augen, und als er sie wieder öffnete, sah sie den schmerzlichen Ausdruck darin. „Ich bin gekommen, weil ich es einfach nicht aushalten konnte. Letzte Nacht … konnte ich nicht schlafen, weil ich immer an dich denken musste. Ich hätte nicht herkommen sollen. Meine Selbstsucht wird dich nur unglücklich machen."

„Wenn du nicht gekommen wärst, wäre ich noch trauriger gewesen", flüsterte sie zurück.

Der Druck seiner Hand über der ihren verstärkte sich. „Hast du geschlafen?"

„Nein“, gab sie freimütig zu.

Hopes Antwort schien ihn glücklich zu machen, denn er lächelte auf einmal. „Dann hast du es also auch gespürt?“

Sie konnte nicht lügen und nickte nur.

Die Tür zum Coffee-Shop wurde aufgestoßen, und als Hope hochblickte, sah sie, dass sich vor dem Schaufenster ein Menschenauflauf gebildet hatte. Einige ganz Neugierige hatten sogar die Gesichter gegen die Scheibe gepresst, um einen Blick nach drinnen zu werfen. Jeder wollte Prinz Stefano sehen. Im selben Moment betrat Stefanos Leibwächter den Laden. Er machte ein besorgtes Gesicht und stellte sich neben die Eingangstür, um Eindringlinge fernzuhalten.

„Wir müssen gehen, Eure Hoheit“, mahnte der Bodyguard und machte ein ernstes Gesicht.

Stefano kniff die Lippen zusammen, aber er nickte.

„So schnell willst du schon wieder fort?“ Hope konnte ihre Enttäuschung nicht verbergen. Das Schicksal war grausam, dass sie ihn nur für ein paar Minuten wiedersehen durfte. Am liebsten hätte sie ihn gebeten, noch zu bleiben, aber ihr Stolz hielt sie zurück.

„Treffen wir uns heute Abend wieder“, flüsterte er rasch.

„Am Hafen, in der Abfertigungshalle für die Fähren. Wirst du da sein?“

„Ja, aber um welche Uhrzeit?“

„Zehn Uhr … Vielleicht lieber halb elf. Ich werde so früh kommen wie irgend möglich.“

Hope sah noch einmal zu der schnell wachsenden Zahl von Schaulustigen hinüber, die sich vor dem Fenster drängten. Hoffentlich würde den Prinz niemand erkennen, sonst hätten sie keine Minute Ruhe.

„Wirst du dort sein?“

Hope war sich darüber klar, dass ihre Liebe zueinander keine Zukunft haben konnte. Und doch sträubte sie sich innerlich, das Treffen abzusagen. „Ich werde dort sein“, versprach sie.

Er lächelte freudig, und ihr schien, die Sonne ginge im Zimmer auf. Stefano griff nach ihrer Hand, küsste sie zärtlich, wandte sich dann unvermittelt um und ging. Der muskulöse Begleiter des Prinzen hielt ihm die Tür auf und bahnte ihm einen Weg durch die Gaffer bis zu seinem Luxusauto. Es gab eine wilde Drängelei unter den Zuschauern, Hope hörte etliche Leute um Autogramme bitten. Aber da heulte schon der Motor des schweren Wagens auf, und in Sekundenbruchteilen war Stefano verschwunden.

„Er hat nicht einmal auf das Gebäck gewartet", beklagte sich Lindy und stellte sich neben Hope.

„Ich weiß." Beide standen sie unbeweglich da und schauten aus dem Fenster, als ob der Prinz wie durch ein Wunder wieder auftauchen könnte.

Und genau das wünschte sich Hope im Stillen.

Priscillas Eltern reagierten auf die Dinnereinladung des Prinzen, als hätte er um ihre Hand angehalten. Kaum war Stefano aus der Tür, klatschten sie überglücklich in die Hände und hörten nicht auf, Priscilla zu umarmen.

„Aber Mom ... Dad, es handelt sich doch nur um eine Einladung zum Essen. Macht bitte nicht mehr daraus, als es ist", wehrte sie ab, aber sie stieß auf taube Ohren. Ihre Eltern waren viel zu aufgeregt, um auf ihre Proteste zu hören.

„Es muss noch so viel vorbereitet werden", rief ihre Mutter nervös. „Er will dich in ..." Sie blickte auf ihre diamantenbesetzte Armbanduhr. „... oh, um Himmels willen, in weniger als drei Stunden abholen. Komm, Priscilla, schnell, wir müssen noch tausend Dinge erledigen." Sie rauschte zur Tür und rief Befehle zu Mrs Daily hinüber. Als sie sah, dass ihr Priscilla nicht direkt folgte, lief sie zurück, fasste ihre Tochter am Arm und zog sie mit sich fort.

Priscilla hatte keine Möglichkeit, ihr zu widersprechen. Sie wurde zu einem teuren Modeladen gezerrt und gezwungen, zwei Stunden lang Kleideranproben über sich ergehen zu lassen. Elizabeth bestand auf einem kostbaren Abendkleid, und nachdem sie mindestens fünfzig begutachtet und zurückgewiesen hatte, war Priscilla einfach zu kraftlos, um schließlich das bauschige Chiffon-Modell abzulehnen, das ihre Mutter ihr aussuchte.

Sie selbst kam sich ein wenig wie Scarlett O'Hara vor, wenn sie auch nicht so eine schmale Taille hatte wie die Romanheldin. Priscilla war mit der Wahl ihrer Mutter nicht recht einverstanden, denn in dem Ballkleid ähnelte sie einer Prinzessin aus Grimms Märchen.

Elizabeth überließ nichts dem Zufall, alles wurde genau geplant. Als Prinz Stefano eintraf, hatte man Priscilla gekämmt, manikürt, gecremt und gepudert, sodass sie sich wie ein getrimmter Zirkuspudel vorkam.

Aber das größte Problem war, dass sie nicht mit dem Herzen bei der Sache war und eigentlich gar nicht zu dem Dinnerabend gehen mochte. Wenn man sie um ihre Meinung gefragt hätte, wäre sie lieber mit einem guten Buch in ihr Zimmer hinaufgegangen und hätte es sich auf der Couch bequem gemacht. Sie mochte es lieber, sich ihren Fantasien hinzugeben. Vielleicht konnte sie so den Schmerz vergessen, den ihr Pietro heute Nachmittag bereitet hatte.

Als sie sich wieder daran erinnerte, was heute im Garten vorgefallen war, wurde sie erneut rot. Sie hoffte inständig, dass sie Pietro an diesem Abend nicht wiedersah, aber weil er eigentlich immer in der Nähe des Prinzen war, fürchtete sie, dass sie einem Treffen mit Pietro nicht entgehen konnte.

Der Prinz erschien auf die Minute pünktlich um sieben Uhr. Er hatte militärische Ehrenzeichen angelegt und kam in voller Uniform. Das belustigte sie ein wenig, denn außer der Palastwache gab es – soweit sie wusste – gar keine Soldaten in San Lorenzo.

Er lächelte, als er sie ansah. „Sie sehen noch schöner aus als heute Nachmittag", sagte er und bot ihr den Arm. „Mein Auto wartet vor der Tür."

Auf dem Weg nach Seattle in die Innenstadt gab sich der Prinz schweigsam und in sich gekehrt, als habe er über etwas Wichtiges nachzudenken. Priscilla wunderte sich zwar ein wenig, aber im Grunde war sie über die Stille froh, denn auch sie war nicht in der Stimmung, sich zu unterhalten. Sie hoffte nur darauf, dass dieser Abend schnell vorüberging, damit sie wieder nach Hause konnte und ihr Leben sich normalisierte.

Dieses ganze Erlebnis hatte ihr eine wichtige Erkenntnis eingebracht. Man musste sich gut überlegen, was man sich erträumte. Priscilla hatte sich aus ganzem Herzen gewünscht, den ersten Preis und ein Treffen mit Prinz Stefano zu gewinnen. Es schien ihr das Wunderbarste von der Welt, mit einem echten Prinzen zusammenzukommen. Doch jetzt, als sie bekam, was sie sich erhofft hatte, lief alles falsch.

Die Limousine war inzwischen beim Hotel eingetroffen, das Bankett hatte bereits begonnen. Der Prinz begleitete Priscilla zu einem der ersten Tische vorn im Ballsaal, damit er dicht an der Bühne saß und nicht durch die Reihen musste, wenn er seine Rede hielt.

Madeline Marshall rauschte gleich auf die beiden zu, sie stellte ihnen ihren Ehemann vor, einem weiteren Paar – und, wie Priscilla bereits befürchtet hatte, danach erschien auch Pietro an ihrem Tisch. Freundlichkeiten wurden ausgetauscht, man sagte ein paar unbedeutende Worte.

Zu ihrem großen Unbehagen bekam Priscilla ausgerechnet den Sitz zwischen dem Prinzen und Pietro.

„Guten Abend, Priscilla", sagte Pietro ruhig und freundlich, sobald sie Platz genommen hatten.

„Guten Abend", erwiderte sie, ohne aufzublicken.

Ihr sowieso geringer Appetit verschwand völlig, der Magen war ihr wie zugeschnürt. Sie pickte nur an ihrem Salat herum, schob das Essen auf dem Teller von einer Seite zur andern, ohne es zum Mund zu führen, und beteiligte sich hin und wieder an der höflichen Konversation. Und immer war ihr dabei schmerzlich bewusst, wie dicht Pietro neben ihr saß.

Sie konnte förmlich seine Körperwärme spüren, roch den dezentherben Geruch seines Aftershaves, das ihre Sinne betörte. Priscilla kämpfte gegen die Erinnerung an, wie sie in seinen Armen gelegen und seinen Atem gefühlt hatte, und ihr schien, als empfände sie immer noch seinen Kuss und den Druck seiner Lippen auf ihrem Mund. Aber die Schönheit dieses Augenblicks war für immer zerstört. Doch wie sehnlichst sie sich auch wünschte, seine zärtlichen Worte zu vergessen und nicht mehr an die Episode zu denken – sie konnte es einfach nicht.

Sie hatte sich zum Narren gemacht, und weil sie es nicht bemerkte, hatte ihr Pietro – um ihr weitere Peinlichkeiten zu ersparen – schonungslos die Wahrheit gesagt. Er war aufrichtig gewesen, fast brutal in seiner Ehrlichkeit.

Er konnte ihre Gefühle nicht teilen und mochte auch nicht, dass sie sich ihm aufdrängte. Das kam ihr alles wieder zu Bewusstsein, und sie schämte sich furchtbar, weil sie nun noch ausgerechnet neben ihm saß. Priscilla wünschte sich insgeheim, sie könnte sich in einem Mauseloch verkriechen.

„Ist etwas mit Ihrem Dinner nicht in Ordnung?", wandte sich der Prinz an sie, als sie nach einem Bissen nichts mehr anrührte. Während es allen anderen Gästen sichtlich schmeckte, brachte Priscilla keinen Bissen mehr über die Lippen.

„Oh nein, danke, es ist alles sehr gut", beeilte sie sich, ihm zu versichern. „Ich bin bloß nicht hungrig."

Stefano sah sie prüfend an. „Fühlen Sie sich nicht wohl?"

„Ich habe nur ein wenig Kopfschmerzen."

„Möchten Sie, dass ich Sie nach Hause zurückbringe?"

„Oh nein, danke. Das ist nicht nötig. Es geht schon."

„Wollen Sie vielleicht ein Aspirin? Ich schicke meinen Privatsekretär, damit er Ihnen die Tabletten holt." Er blickte zu Pietro hin, aber sie legte ihm bittend die Hand auf den Arm.

„Nein, danke, ich habe selbst welche in der Handtasche."

Dass der Prinz ihr seine Aufmerksamkeit schenkte, verwirrte sie. Nur zu gern hätte sie sein Angebot angenommen und sich nach Hause fahren lassen, aber sie mochte ihren Eltern nicht erklären, warum sie schon so früh am Abend wieder zurückkam. Sie hätten ihr die Sache mit dem Kopfweh gewiss nicht geglaubt, und es stimmte ja auch in Wirklichkeit nicht. Nicht der Kopf tat ihr weh.

Nein, es war vielmehr ihr Herz, das schmerzte.

Als das Programm begann, wandten alle am Tisch die Köpfe herum und rückten die Stühle in Richtung zur Bühne, um besser sehen zu können. Der Prinz erhob sich und ging, um seine Rede zu halten, und Priscilla wurde steif vor Ablehnung, weil sie nur noch Pietro als Tischnachbarn hatte.

„Sie fühlen sich nicht wohl?", forschte Pietro, während der Prinz die Stufen zur Bühne emporstieg.

„Doch, es geht mir gut", flüsterte sie und blickte starr geradeaus, um Pietro nicht anschauen zu müssen.

Die Stille zwischen ihnen war spannungsgeladen, sie fürchtete, er würde in ihre Richtung schauen, und das hätte sie getroffen wie ein elektrischer Schlag. Eine Unterhaltung war undenkbar. Priscilla wäre nicht fähig gewesen, einen Satz herauszubringen, ohne dass er nicht sofort ihre innere Qual erkannt hätte.

Die Rede des Prinzen war kurz und eindrucksvoll. Er sprach von Romantik und Liebe, rühmte ihre Kraft, die Berge versetzen könnte. Seine Worte waren anrührend und echt, es schien, als spräche er aus tiefster Seele und wäre selbst in Liebe zu einer Frau entbrannt.

Priscilla merkte, dass sie zum Mittelpunkt der allgemeinen Aufmerksamkeit wurde, vor allem, als der Prinz nach seiner Rede wieder an ihren Tisch trat. Ein Blitzlichtgewitter flammte auf, sodass sie sekundenlang völlig geblendet war. Offensichtlich glaubten die Presseleute, dass sie die Frau war, an die Prinz Stefano sein Herz verloren hatte. Sie selbst fand das geradezu lächerlich, aber sie wusste auch, dass ihre Eltern überglücklich sein würden, wenn sie diese Gerüchte in der Gesellschaftsspalte der Seattle Times lasen.

Ihr Tisch war schon bald von Autogrammjägern und Bewunderern belagert, die mit dem Prinzen sprechen wollten. Priscilla wollte nicht stören, sie ging schüchtern beiseite und wartete geduldig.

Der Prinz warf ihr einen entschuldigenden Blick zu, aber sie versicherte ihm lächelnd, dass er sich Zeit nehmen sollte. Wenn die letzten

Tage ein wenig anders verlaufen wären, hätte sie jetzt vielleicht selbst unter den Bittstellern gestanden und ihm ihre Autogrammkarte hingehalten.

„Wir müssen unbedingt miteinander reden", hörte sie plötzlich Pietros Stimme unvermittelt hinter sich. Sie nahm sich zusammen, gab sich einen Ruck und wandte sich zu ihm um. Aber der Schmerz wollte ihr das Herz zerreißen. „Das ist nicht nötig, Pietro, ich verstehe schon, wirklich. Wenn noch etwas zu sagen bleibt, dann nur, dass es mir unendlich leid tut, Sie in diese unmögliche Situation gebracht zu haben."

„Sie verstehen gar nichts." Er presste die Lippen zusammen, bis sie nur noch ein schmaler Strich waren. Es arbeitete in seinem Gesicht.

„Vielleicht wirklich nicht", stimmte sie ihm zu, „aber was macht das jetzt noch aus? Sie und der Prinz werden in wenigen Tagen abreisen, und es ist unwahrscheinlich, dass wir noch einmal zusammentreffen."

„Es macht sehr viel aus."

Priscilla musste glücklicherweise nicht mehr darauf antworten, denn der Prinz winkte seinen Freund zu sich heran. Pietro gehorchte sofort und verließ sie, allerdings kam er schon nach wenigen Augenblicken verärgert zurück.

„Der Prinz hat mir aufgetragen, Sie nach Hause zurückzubegleiten. Er wird hier doch noch länger aufgehalten werden, als er vorher angenommen hat, und will nicht, dass Sie unnötig lange auf ihn warten, wo Sie sich ja nicht wohlfühlen."

Priscilla spürte, wie ihr ein Stein vom Herzen fiel, weil dieser Abend für sie endlich zu Ende war. Gleichzeitig aber bedrückte sie, dass sie den Rest der noch bleibenden Zeit mit Pietro verbringen musste.

„Das wird nicht nötig sein", sagte sie rasch und suchte nach einem Ausweg. „Wirklich, das brauchen Sie nicht … ich rufe mir ein Taxi."

„Unsinn, das würden weder der Prinz noch ich zulassen. Ich begleite Sie selbstverständlich."

Sein Ton ließ keinen Einwand zu, und da sie spürte, dass es zwecklos war, wenn sie sich dagegen wehrte, folgte sie ihm gehorsam nach draußen. Er führte sie durch den Ballsaal zu einem Hinterausgang, an den Räumen für das Küchenpersonal vorbei, und sie hörte, wie die Angestellten hinter ihnen flüsterten.

Zu ihrer Überraschung ließ er nicht die Limousine des Prinzen vorfahren, sondern schickte einen Diener, der ihm seinen persönlichen Wagen, ein teures, kompaktes Sportauto, vor den Nebeneingang bringen sollte.

„Was hat das zu bedeuten?“, fragte sie unwillig. Sie mochte nicht so eng neben Pietro sitzen. In der großen Limousine war es einfacher, von ihm abzurücken.

Pietro hielt ihr höflich die Beifahrertür auf und überhörte ihren Einwand. Was spielt er für ein Spiel, ging es ihr durch den Sinn. Erst vor Kurzem musste sie sich von ihm zurückweisen und sagen lassen, dass ihm an ihrer Gesellschaft nichts lag. Priscillas Stolz hatte einen herben Schlag erhalten, und sie fühlte sich noch nicht stark genug, erneut mit ihm allein zu sein.

„Vielen Dank, dass Sie mich nach Hause fahren wollen, aber ich ziehe ein Taxi vor.“ Sie überhörte seinen Protest und hob die Hand, um einen Mietwagen auf der Straße herbeizuwinken. Aber natürlich war ausgerechnet jetzt, wo sie so dringend eins benötigte, weit und breit kein Taxi zu sehen.

„Priscilla, machen Sie sich doch nicht lächerlich“, wandte er ein.

Statt einer Antwort stellte sie sich auf die Zehenspitzen und winkte verzweifelt. „Taxi!“, rief sie laut.

„Prinz Stefano hat mir aufgetragen, Sie persönlich nach Hause zu begleiten“, erklärte Pietro.

„So? Machen Sie immer das, was Ihnen der Prinz befiehlt?“, fauchte sie und ging bis zur Straßenmitte, um besser sehen zu können.

„Ja“, nickte er bitter. „Bitte, erlauben Sie mir, Sie nach Hause zu bringen.“

Als er sie so sanft und bittend ansprach, schmolz ihr Widerstand, und sie lenkte schließlich ein. Als rechte Hand des Prinzen war er daran gewöhnt, Befehle zu empfangen und auszuführen. Er gehorchte ohne Widerrede, das durfte sie ihm nicht übel nehmen.

„Bitte“, sagte er noch einmal.

Priscilla gab sich geschlagen. Sie senkte den Arm und ging in die Haltebucht am Straßenrand zurück. „In Ordnung“, seufzte sie resigniert.

„Ich danke Ihnen, wirklich.“

Sie ging ergeben zu seinem Sportwagen und setzte sich auf den Beifahrersitz. Der bauschige Stoff ihres Kleides nahm ihr die Sicht nach draußen, sodass sie gezwungen war, es zusammenzudrücken. Priscilla kam sich vor, als habe man sie in eine Schachtel gepresst.

Pietro trat um den Wagen herum und setzte sich neben sie. Er hatte Mühe, in den Metern von Chiffon den Schalthebel zu finden. Priscilla zog den Rock zu sich heran, so gut sie konnte, aber die vielen Meter Stoff ihres Märchenkleides ließen sich nur schwer bändigen.

Pietro startete und reihte sich in den Verkehr ein, aber als sie an der ersten roten Ampel halten mussten, blickte er zu ihr hinüber. Priscilla fühlte seine Augen auf sich gerichtet, doch sie konnte wegen der Berge von Tüll und Chiffon nicht viel von ihm sehen.

Ihre Lage war wirklich komisch. Sie wusste nicht, wer als Erster zu lachen begonnen hatte, aber sie konnten alle zwei ihre Belustigung nicht mehr verbergen, plötzlich wollten sie sich beide fast ausschütten. Pietro war vor Lachen nicht mehr fähig, richtig zu lenken, deshalb fuhr er aus Sicherheitsgründen in eine Parkbucht. Aber ihre Fröhlichkeit erstarb ebenso schnell, wie sie gekommen war, und peinliche Stille breitete sich aus.

„Sie sind eine wunderschöne Frau", sagte Pietro ernst, „doch dieses Kleid passt nicht zu Ihnen."

Das hatte Priscilla bereits vom ersten Augenblick an gedacht, als sie es anprobierte. Aber ihre Mutter hatte sie ja unbedingt wie eine Prinzessin herausputzen wollen, um Stefano zu imponieren. Elizabeth wollte ihm beweisen, dass ihre Tochter eine würdige Frau für ihn war.

„Habe ich Sie nun beleidigt?"

„Nein", versicherte sie.

Er machte eine Pause, sodass Priscilla annahm, er wollte noch etwas sagen, aber sie irrte sich. Als die Fahrspur frei war, reihte er sich wieder in den Straßenverkehr ein.

Priscilla lehnte sich zurück und war nicht mehr ganz so verkrampft. „Sie … Sie haben gesagt, Sie wollten mit mir sprechen", erinnerte sie ihn.

Er zögerte erneut. „Nicht jetzt."

Sie hasste es, dass er so von oben herab sprach, als müsste sich jeder nach seinem Willen richten.

„Warum nicht?", fragte sie ärgerlich.

„Weil ich wütend bin."

„Auf mich?"

„Nein … nein." Plötzlich sprach er sanfter. „Auf Sie niemals, Priscilla. Niemals."

Aber sie wollte sich nicht so schnell zufriedengeben. Dieser Mann war ihr ein Rätsel und verwirrte sie. „Auf wen dann?"

Er schwieg sekundenlang, bis er sich zu einer Antwort durchrang. „Auf Prinz Stefano."

Seine Antwort brachte sie aus der Fassung. „Aber wieso denn?"

„Sie würden es vermutlich nicht verstehen."

„Und wenn doch?"

„Nein, meine geliebte Priscilla, es ist zu kompliziert und bleibt am besten ungesagt."

Er nannte sie seine geliebte Priscilla! Was sollte sie davon halten? Einen Nachmittag stieß er sie zurück und ließ sie in Scham und Verzweiflung zurück, und jetzt hatte er für sie die süßesten Koseworte.

Priscilla wollte sich nicht erneut von ihm verletzen lassen. Sie hob stolz und unnahbar den Kopf und zog sich innerlich von Pietro zurück.

Nur das Brummen des Motors war zu hören, die Straße zog sich endlos dahin. Sie fühlte, dass Pietro sie in der Dunkelheit forschend ansah.

„Sei nicht böse mit mir", bat er. „Das kann ich nicht ertragen."

„Dann nennen Sie mich nicht Ihre geliebte Priscilla", antwortete sie hitzig. Ihre Stimme zitterte so, dass es schien, als würde sie gleich in Tränen ausbrechen.

Er gab keine Antwort darauf, aber bei der nächsten Gelegenheit bog Pietro von der Straße ab und hielt auf dem Randstreifen. Er stützte sich mit den Händen auf das Lenkrad und seufzte tief.

„Ich werde dich jetzt küssen, Priscilla."

Sie blinzelte ungläubig und war sich nicht sicher, ob sie richtig gehört hatte. „Mich küssen?" Er redete, als wäre es das Schlimmste, das ihm zustoßen konnte. „Aber warum …"

„Ich glaube, ich kann mich nicht länger beherrschen."

„Aber Sie haben doch gestern gesagt …"

„Vergiss einen Moment, was ich gesagt habe." Langsam näherte er seine Lippen ihrem Mund. Priscilla wollte den Kopf wegdrehen, und wenn auch nur, um sich ein letztes bisschen Stolz zu erhalten, aber sie konnte kein Glied rühren. Und in dem Augenblick, als sich ihre Lippen trafen, wurde ihr klar, dass alles auf der Welt bedeutungslos wurde, wenn sie in Pietros Armen lag.

Hope saß auf einer harten Holzbank in der Wartehalle am Hafen und vergrub die Hände in ihrer Windjacke. Sie wartete nun schon vierzig Minuten, und von Stefano war noch immer nichts zu sehen. Es wäre vermutlich besser gewesen, zu Hause zu bleiben und ins Bett zu gehen, überlegte sie.

Da hörte sie feste, schnelle Schritte auf dem Betonboden. Sie drehte erwartungsvoll den Kopf, ihr Herz begann wild zu klopfen, und dann sah sie, dass es nicht der Prinz war. Sie traute ihren Augen nicht, aber wer da auch kommen mochte, er sah aus wie Elvis Presley.

Traurig sank sie in sich zusammen und ließ den Kopf auf die Brust sinken. Wie dumm sie war! Keine andere Frau hätte so lange gewartet, niemand sonst hätte immer noch gehofft, wenn es offensichtlich war, dass er doch nicht erscheinen würde.

„Hope."

Ihr Kopf flog hoch, sie blickte den Mann, der da vor ihr stand, angestrengt an. Es war Elvis, und doch …

„Stefano?"

Er lachte verschmitzt, atmete heftig vom schnellen Gehen und setzte sich neben sie. „Habe ich dich an der Nase herumgeführt?"

„Ja, allerdings", gab sie amüsiert zu. Selbst wenn sie genau hinsah, hatte sie Mühe, Stefano in dieser Verkleidung zu erkennen. Er trug eine weiße, strassbestickte Hose, ein dazu passendes Oberteil und hatte einen weißen Schal umgeschlungen. „Was hast du nur gemacht?"

„Ich musste aus dem Hotel verschwinden, ohne dass mich jemand gehen sah."

„In diesem Aufzug?"

Er lachte. „Spotte nur. Ich habe ziemlich viel Geld dafür gegeben, dass ich es mir ausleihen durfte."

„Woher, um alles in der Welt, hast du das Kostüm bloß bekommen?"

„Von dem Elvis-Imitator, der in der Cocktailbar die Gäste unterhalten hat." Er kam endlich wieder zu Atem. „Ich kann es kaum glauben, dass du noch hier bist, denn ich fürchtete schon, du hättest die Hoffnung aufgegeben. Aber es war unmöglich, unbemerkt früher zu entwischen."

„Aber wieso?", fragte sie neugierig.

Sein Gesicht wurde ernst, das Lachen in seinen Augen erstarb. „So kann ich doch wenigstens allein mit dir sein. Wenn ich als Prinz käme, würden wir ständig gestört. Ich bin aber selbstsüchtig und möchte diese Augenblicke mit dir mit niemand sonst teilen."

Er erhob sich und griff nach ihrer Hand. „Komm."

„Wohin gehen wir?"

Er wusste keine Antwort auf ihre Frage. „Ich weiß noch nicht. Ich bin aber schon zufrieden, wenn wir zusammen sind."

Sie gingen gemeinsam aus der Wartehalle und auf den Fußweg. Obgleich es beinahe elf Uhr war, waren die Straßen noch recht belebt, Fußgänger hasteten an ihnen vorbei.

Der Prinz legte Hope den Arm um die Taille, während sie langsam den Weg entlangschlenderten. Stefano machte es anscheinend gar nichts aus, dass er mit seiner Verkleidung Aufsehen erregte. Ab und zu rief ihm jemand „Hallo, Elvis“ zu, und dann winkte Stefano jedes Mal freundlich zurück. An einer Straßenecke bog er ab und führte Hope in die Richtung, die zum Pier führte. Touristen- und Andenkenläden säumten den Weg zum Hafen, aber sie gingen immer weiter, bis sie schließlich am Ende des Uferwegs stehen blieben, um über das tiefe, dunkle Wasser zu blicken.

Es war eine himmlische Nacht. Die Lichter von West Seattle und den kleinen Inseln von Puget Sound leuchteten herüber, dass es aussah wie die Lichter an einem Weihnachtsbaum.

Stefano zog Hope in die Arme und umschlang sie fest. Sie seufzte beglückt und empfand dabei eine Geborgenheit und Sicherheit, die sie sich selbst nicht erklären konnte.

Der Prinz von San Lorenzo küsste ihre Wangen, Ohren und Haare, bevor er sich zu ihr niederbeugte und ihren Mund in Besitz nahm. Hope fühlte ein tiefes, beinahe schmerzhaftes Sehnen nach ihm und schmiegte sich fester an ihn. Stefano erbebte, und da wusste sie, dass ihre Küsse ihn ebenso erregten, wie es umgekehrt ihr erging.

Hope presste den Kopf fest an seine Schulter und schloss die Augen, um sich diesem schönen Gefühl ganz hinzugeben. Sie spürte, wie sie dahinschmolz, und biss sich auf die Lippen, um zur Vernunft zu kommen. Diese ganze Situation war doch unmöglich! Wo sollte das hinführen?

„Ich habe mich davor gefürchtet“, sagte Stefano leise in ihr Haar hinein.

„Wovor?“, wollte sie wissen.

„Vor deinen Küssen. Sie waren noch schöner als der erste.“ Seine Worte klangen traurig und waren so voll Bitterkeit, dass sie den Kopf hob, um ihm forschend in die Augen zu sehen. Aber er ließ es nicht zu.

„Bitte“, sagte er zärtlich, „lass mich dich noch ein wenig länger in meinen Armen halten.“

Hope war weder stark genug, noch wollte sie sich ernsthaft dagegen wehren. Sie kuschelte sich zufrieden wieder in seine Umarmung und vergaß dabei alles um sich herum. Ihr schien, als wären auf einmal alle Probleme dieser Welt in unendliche Ferne gerückt.

„Als ich noch ein kleines Mädchen war, habe ich oft von einem stattlichen Prinz geträumt“, erzählte sie ihm und lächelte über die seltsame Ironie des Lebens. „Meine Mutter las mir jeden Abend eine Gutenachtgeschichte vor, gab mir dann einen Kuss und sagte mir, dass eines Tages mein Prinz zu mir kommen würde.“

„Ach ja, deine Mutter", sagte er, und sie hörte, dass er sich amüsierte. Ein Augenblick verstrich, und er lachte wieder leise in sich hinein.

Hope hob misstrauisch den Kopf. „Was hat sie jetzt wieder angestellt?"

„Nichts", beschwichtigte er und drückte ihren Kopf wieder an seine Schulter zurück. „Sei doch nicht so aufgeregt."

„Stefano, ich kenne meine Mutter. Bitte sag mir, was sie nun wieder ausgeheckt hat."

Er lachte erneut leise und küsste sie liebevoll. „Heute Nachmittag habe ich einen Brief von ihr bekommen."

„Und ...", forschte Hope.

„Sie wollte wissen, welche Absichten ich dir gegenüber hätte."

„Nein!" Tief beschämt verbarg sie den Kopf an seiner Brust. „Ich entschuldige mich für sie ... oh Stefano, du musst ihr vergeben, sie meint es nicht böse. Es ist nur so, dass ..." Hope hielt hilflos inne, sie wusste nicht, wie sie ihm die Gedankengänge ihrer Mutter erklären sollte. „Es ist nur so, dass ..."

„Vielleicht glaubt sie, dass ich der Prinz bin, von dem sie dir die ganzen Jahre über erzählt hat."

„Mom und ihre Freundinnen sind unverbesserliche Romantikerinnen", versuchte Hope, die Lage zu beschönigen. „Sie verstehen nicht, dass es im Leben nicht immer ein Happy End gibt."

Ihr war, als zöge er sie noch fester an sich. „Lass uns nicht von der Zukunft sprechen, nicht heute Nacht. Es ist eigensüchtig von mir, wenn ich mich mit dir treffe, das weiß ich selbst. Aber es ist wenigstens etwas, und ich hoffe, irgendwann einmal wird die Zeit kommen, dann wirst du mir dafür vergeben."

Auch Hope wollte jetzt nicht an die Zukunft denken, sie stimmte ihm stumm zu. Sie wusste ebenso wie er, dass sie nie an seinem Leben teilhaben konnte, aber wie Stefano war sie dankbar für die kurze Zeit, die ihr blieb. Bald würde es für sie nur noch die Erinnerung an diese wenigen, kostbaren Momente geben.

Sie sprachen nicht viel, setzten sich nur zusammen auf eine Bank am Pier, wobei Stefano ihr den Arm um die Schultern legte. Ab und zu beugte er sich herab, um sie zu küssen. Anfangs waren seine Liebkosungen sanft und zärtlich, aber schon bald wurden die Küsse heißer, fordernder, dass es Hope fast den Atem nahm.

Unvermittelt hielt er dann inne, wischte ihr eine Haarlocke von der Wange und strich ihr wehmütig über das Gesicht. Er sah sie unverwandt an, kämpfte mit sich, und dann konnte er doch nicht länger widerstehen und küsste sie erneut. Ihre Lippen gaben nach, er suchte mit der Zunge nach ihrer, und sie fanden sich in einem verlangenden, erotischen Spiel.

Hopes Atem ging stoßweise. Sie hob den Kopf, ihre Blicke trafen sich, und sie erkannte das Verlangen in seinen Augen. Und sie wusste, dass auch er spürte, wie erregt sie war.

Ihre Lippen fanden sich erneut, danach legte er seine Stirn gegen ihre. „Ich darf dich nicht mehr küssen“, flüsterte er mit äußerster Beherrschung.

„Warum nicht?“, fragte sie und bedeckte ihm ihrerseits sein Gesicht mit Küssen. Sie liebkoste sein markantes Kinn, seine Wangen, und dann umspielte sie verführerisch mit der Zunge seinen Mund.

„Hope …“ Er nahm ihr Gesicht in beide Hände.

„Hmm?“

Er zog ihren Mund zu sich heran, und dann küssten sie sich, als wären sie ein Jahr voneinander getrennt gewesen. Sie umklammerten einander wie zwei Ertrinkende. Als er sich endlich von ihr losmachte, sah Hope, dass seine Augen dunkel vor Verlangen waren.

„Wir müssen damit aufhören“, flüsterte er verzweifelt.

„Ich weiß … aber ich begehre dich so sehr.“

„Das ist das Problem“, sagte er unterdrückt. „Ich begehre dich auch, ich wusste nur nicht …“

„Was wusstest du nicht?“

„Wie sehr ich dich brauche“, sagte er. „Bitte, führ mich nicht mehr in Versuchung. Du machst mich schwach und … stark zugleich.“

„Das klingt verrückt.“

„Ich weiß, aber es ist die Wahrheit.“ Er zog ihre Finger an die Lippen und küsste sie. „Ich möchte, dass du mir mehr von deiner Kindheit erzählst.“

„Aber Stefano, ich … ich bin doch nichts Besonderes. Erzähl mir lieber von deiner.“

„Ich habe keine Lust, mich selbst reden zu hören. Sag mir alles, was es über dich an Informationen gibt.“

„Wie wäre es mit meinen verflossenen Freunden? Möchtest du von denen auch hören?“

„Nein“, wehrte er ab und lachte. „Es würde dir nicht schwerfallen, mich rasch eifersüchtig zu machen.“

„Eigentlich wäre es nur gerecht“, neckte sie. „Ich habe schon viel von dir gelesen. Umsonst nennt man dich nicht den Junggesellen-Prinz.“

Sie wollte einen Scherz machen, aber er wurde ernst und fasste sie bei den Schultern. Ihre Blicke trafen sich.

„Es stimmt, es hat viele Frauen in meinem Leben gegeben."

„Ich weiß." Sie senkte die Augen und wollte nicht an all die schönen Freundinnen denken, die ihn geliebt hatten. Und schlimmer noch, die er geliebt hatte.

Stefano hob ihr Kinn in die Höhe. „Aber es hat nur eine einzige Frau gegeben, der mein Herz in Wahrheit gehört." Er ergriff ihre Finger und küsste die Innenflächen ihrer Hände. „Diese Frau bist du, Hope Jordan."

6. KAPITEL

Stefano kam erst in den frühen Morgenstunden in sein Hotel zurück, und er war glücklicher als jemals zuvor in seinem Leben.

Sein ganzes Leben lang war er dazu erzogen und vorbereitet worden, Prinz von San Lorenzo zu sein, hatte gelernt, dass die Interessen seines Landes an erster Stelle standen und er dann erst seine Privatwünsche berücksichtigen durfte. Es wurden Pflichtbewusstsein und Opfer von ihm verlangt, ehrenhaftes und charaktervolles Auftreten, und er wusste, er musste in seiner Lage Priscilla Rutherford oder eine mindestens ebenso reiche Frau heiraten. Eine andere Möglichkeit gab es nicht.

Ausgerechnet jetzt war sicher nicht die Zeit, sich zu verlieben. Er durfte nicht sein Herz an eine Frau verlieren, die er bald verlassen musste.

Nur eine einzige Woche, sagte er zu sich. Diese Zeit wollte er sich und Hope zum Geschenk machen, sieben Tage mussten ausreichen, um das Andenken an sie in seinem Herzen zu bewahren. Aber diese wenigen glücklichen Momente würde er brauchen, um ein Leben im Dienst seines Landes durchzustehen.

Von Anfang an war er aufrichtig zu Hope gewesen. Sie verstand und wusste, dass es keine Zukunft für sie geben würde. Aber trotzdem hatte sie ihm ihre Liebe geschenkt und war zu ihm gekommen.

Als Stefano seine Suite betrat, spürte er erst, wie müde er war, obwohl er daran zweifelte, einschlafen zu können. Der Schlaf würde ihm die kostbaren Momente rauben, während der er an Hope denken, sich an den verführerischen Geschmack ihrer Küsse erinnern konnte und daran, wie schön es gewesen war, sie in den Armen zu halten.

„Wo bist du gewesen?“ Pietros harte Stimme ließ Stefano herumfahren. Niemals hatte jemand gewagt, in diesem Ton mit ihm zu sprechen.

„Pietro?“ Sein Freund stand am Panoramafenster, hatte die Hände auf dem Rücken verschränkt und blickte mit finsterer Miene hinaus. „Stimmt etwas nicht?“

„Nichts, außer dass du plötzlich verschwunden bist“, fauchte sein Sekretär. Er ging zum Telefon hinüber, wählte mehrere Nummern und informierte James, Stefanos Bodyguard, in knappen Worten davon, dass der Prinz wohlbehalten zurückgekehrt sei.

„Ich entschuldige mich dafür, mein Freund, ich habe nicht über die Konsequenzen nachgedacht.“

„Was bedeutet dieses … dieses lächerliche Kostüm?" Pietro deutete geringschätzig auf die Elvis-Maskerade.

„Na, wie sehe ich damit aus?" Stefano wollte seinen Sekretär nur ein wenig aufziehen, aber Pietro war nicht nach Scherzen zumute. Er war so erzürnt, dass er alle Ehrerbietung vergaß und seine Zuständigkeit überschritt. Schließlich hatte er sich nur um die Termine und politischen Auftritte des Prinzen zu kümmern, aber nicht um seine Garderobe.

„Du siehst aus, als wolltest du einen Narren aus dir machen", fauchte Pietro hitzig.

„Pietro", Stefano wurde laut und streng, „es ist wohl besser, wenn wir unsere Unterhaltung morgen fortsetzen. Ich sagte bereits, es tut mir leid, wenn ich dir und den andern Unannehmlichkeiten bereitet habe. Lassen wir diese Diskussion, es ist spät, und du bist aufgebracht."

„Ich bin mehr als nur aufgebracht." Sein Sekretär ging zum Schreibtisch hinüber, griff nach einem maschinengeschriebenen Blatt, das zuoberst war, und riss es mit so viel Schwung an sich, dass die darunterliegenden Aktenbögen zu Boden flatterten. Er tat, als sähe er nicht, was er angerichtet hatte, ging zum Beistelltisch, an dem Stefano stand, und knallte das Schreiben mit hörbarer Wut auf die Platte.

„Das ist mein Kündigungsbrief! Ich verlasse dich, und zwar auf der Stelle." Er sprudelte die Worte förmlich hervor, stürmte dann wieder ans Fenster und drehte Stefano den Rücken zu.

Stefano stand wie geschockt, er wäre auch nicht überraschter gewesen, wenn sein Freund plötzlich eine Pistole gezogen und auf ihn gerichtet hätte.

Der Prinz sank auf eins der Sofas und konnte kaum glauben, was er las. Pietro lebte doch schon seit vielen Jahren bei ihm und bedeutete ihm unendlich mehr als ein gewöhnlicher Sekretär und Begleiter. Pietro war sein Freund, der beste, den er hatte.

„Gibt es außer meinem Zuspätkommen heute Abend noch einen anderen Grund für deine Kündigung?", brachte er schließlich nach einer langen Zeit des Schweigens heraus.

Pietro wirbelte herum und sah ihn durchdringend an. Ihre Blicke trafen sich, Stefano schaute durchbohrend. Keiner gab nach, und beide atmeten schwer.

„Ja", gab Pietro widerstrebend zu.

„Es steht dir frei, mir zu sagen, womit ich dich beleidigt habe."

Pietro setzte sich dem Prinz gegenüber in einen Sessel. „Ich kann und will nicht zulassen, dass du Priscilla Rutherford so beleidigend behandelst“, begann er hitzig. „Sie ist eine bewundernswürdige Frau und wert, deine Braut zu werden.“

„Ich bin vollkommen damit einverstanden, die Frau zu heiraten“, nickte Stefano gleichmütig, aber er sah, dass diese Bestätigung Pietro kaum beruhigen konnte.

„So“, fauchte er. „Dann gib mir einen guten Grund, warum sie dich nach deiner verächtlichen Behandlung noch heiraten sollte.“

Stefano hatte nicht die geringste Ahnung, wovon Pietro sprach. „Vergib mir, wenn ich schwer von Begriff bin, aber welche unverzeihliche Sünde habe ich denn begangen?“

Pietro brauchte nicht lange nachzudenken.

„Erstens hast du ihre Familie besucht und sie dabei komplett links liegen lassen, du hast Priscilla einfach ignoriert.“

Jetzt, wo Pietro ihn darauf hinwies, fiel Stefano ein, dass er tatsächlich tief in ein Gespräch mit James Rutherford vertieft gewesen war. Er hatte sie völlig vergessen, aber Priscilla schien nicht verärgert darüber zu sein.

„Und dann gibt es keine Entschuldigung, was diesen Abend betrifft“, vollendete Pietro.

„Du meinst, auf dem Bankett heute Abend?“ Stefano dachte doch, er wäre ein sehr aufmerksamer und freundlicher Begleiter gewesen. Von Anfang an konnte man sehen, dass Priscilla sich nicht wohlfühlte. Da war es doch besser, sie von Pietro nach Hause bringen zu lassen, als dass er sie damit quälte, auf ihn zu warten, während er von Verehrerinnen und Autogrammjägern umringt war.

„Ich wollte sie in keiner Weise beleidigen. Aber da sie mir sagte, sie fühlte sich nicht wohl, dachte ich, ich tue ihr nur einen Gefallen, wenn ich ihr anbiete, dass sie sich zurückziehen kann.“

Das stimmte sogar. Er brannte darauf, von dem Bankett fortzukommen, um sich mit Hope zu treffen. Aber das hatte nichts mit seinem Verhalten Priscilla gegenüber zu tun. „Ich werde ihr sofort morgen Blumen schicken und ein paar freundliche Worte dazu“, versprach Stefano. Er hoffte, seinen Sekretär damit beruhigen zu können.

Pietro wischte sich erschöpft über das Gesicht, und Stefano fiel auf, dass er seinen Freund noch nie so müde gesehen hatte. „Dafür habe ich schon gesorgt“, wehrte er ab.

„Danke“, murmelte Stefano, während er den Kopf senkte.

Pietro verschränkte die Hände über den Knien. „Sag mir nur eins.“

„Natürlich.“

„Magst du Priscilla?“

Wenn er nachgeforscht hätte, ob der Prinz sie liebte, hätte es Stefano ehrlich verneint. Aber Priscilla Rutherford war eine sympathische Frau, deshalb mochte er sie durchaus. Er war fest davon überzeugt, dass mit der Zeit sicher ein tieferes Verständnis füreinander entstehen konnte. „Ja, ich habe sie recht gern.“

„Dann beabsichtigst du also, sie zu heiraten?“

Stefano blieb keine Wahl, das wusste Pietro doch besser als sonst jemand. „Wenn sie meinen Antrag annimmt, werden wir uns so schnell wie möglich trauen lassen.“ Pietro blickte zu Boden.

„Also gut.“

„Ich hoffe, dass sie uns nach unserer Rückkehr nach San Lorenzo mit ihrer Familie bald einen Besuch abstatten wird. Wenn sie erst einmal bei uns im Palast wohnt und sieht, wie das Leben dort abläuft, werde ich mich intensiv um sie kümmern und sie umwerben.“ Er zögerte, denn er überlegte, ob die Erbin Pietro vielleicht etwas gesagt hatte, was von Interesse war. „Weißt du, welche Gefühle sie mir gegenüber hat?“

„Nein“, kam die abweisende Antwort.

Stefano wartete noch einen Augenblick und riss dann Pietros Kündigung in der Mitte durch. „Können wir jetzt diesen Unsinn vergessen? Es ist sehr spät, und wir sind beide müde.“

Pietro blickte auf die Papierfetzen. „Ich werde bei dir bleiben, bis wir nach San Lorenzo zurückgekehrt sind“, sagte er mit düsterem Blick. „Wenn du es wünschst, werde ich persönlich die neuen Bewerber für meinen Posten prüfen, und ich verlasse dich, sobald mein Nachfolger in seine Arbeit eingewiesen ist.“

Stefano nickte betroffen. „Wie du willst.“

Stefano erwachte mit schwerem Herzen, denn der Morgen konnte ihm auch keine Hoffnung bringen. Er kleidete sich an, und als sein Frühstück kam, setzte er sich ganz allein an den Tisch und trank niedergedrückt eine Tasse Kaffee.

Ganz aus Gewohnheit griff er nach der Morgenzeitung, um die Schlagzeilen zu überfliegen. Er kam an die Gesellschaftsseite, von der ihm sein eigenes Gesicht entgegenlächelte. Er war es gewohnt, dass er hin und wieder Fotos von sich in den Zeitschriften fand, denn er wurde auf Schritt und Tritt von Kameraleuten verfolgt.

Aber dieses Foto war anders als die andern, denn Priscilla Rutherford stand dicht bei ihm. Die Fotografen hatten sie in dem Moment erwischt, als es so aussah, als sähen sich die beiden tief in die Augen. Für den Betrachter musste es so wirken, als wären sie unsterblich ineinander verliebt. Und zu allem Überfluss wurde in der Schlagzeile vermutet, Prinz Stefano hätte sein Herz an eine Amerikanerin verloren.

Die Spekulationen in dem Artikel waren noch schlimmer. Je weiter er las, desto unruhiger wurde Stefano. Der ganze Bericht handelte nur davon, wie der Prinz die Erbin umwarb und wohin diese Romanze wohl führen würde.

Stefano fürchtete, Hope könnte die Geschichte lesen und schlecht von ihm denken. Er musste unbedingt mit ihr sprechen und ihr versichern, dass er sie nicht zum Narren gehalten hatte. Aber gerade, als er nach dem Telefonhörer greifen wollte, brachte ihm Pietro einige Dokumente, die er unterzeichnen musste.

Stefano wollte kein Risiko eingehen und wagte deshalb nicht, mit Hope zu reden, während Pietro anwesend war. Er beabsichtigte, seine Freundschaft zu Hope, wenn es irgend möglich war, geheim zu halten. Allein schon deshalb, um ihr unnötige Belästigungen von Seiten der Presse zu ersparen, wenn er sie verlassen musste.

Es blieb ihm nur eine Möglichkeit, Pietro fortzuschicken. „Ich möchte gern, dass du einen Botengang für mich erledigst", wandte sich Stefano an seinen Sekretär und griff nach seinem goldenen Stift sowie einem Blatt mit königlichem Monogramm.

„Selbstverständlich", antwortete Pietro steif.

Stefano schrieb rasch ein paar Zeilen darauf, faltete das Papier und steckte es in einen Briefumschlag, den er verschloss.

„Übergib es bitte Miss Rutherford persönlich", ordnete er an, „und warte auf ihre Antwort."

Pietro zögerte ein wenig zu lang, deshalb wurde Stefano aufmerksam. „Soll ich jetzt gleich gehen?", fragte Pietro.

„Ja, bitte", nickte Stefano. Er wusste nicht, was mit dem Freund los war, aber dessen Ton verriet, dass er den Auftrag nur sehr ungern ausführte. Wenn er nicht so dringend Hope hätte anrufen wollen, hätte der Prinz Pietro gewiss näher befragt. Aber so wartete er nur ungeduldig darauf, dass sein Sekretär endlich das Zimmer verließ.

Pietro nahm den Umschlag widerwillig entgegen, und nachdem er sich entfernt hatte, griff Stefano zum Telefon. Eine Ewigkeit verging, bevor der Kontakt zustande kam. Ein erstes Klingeln, ein zweites, drittes, viertes, und dann schaltete sich der Anrufbeantworter ein.

Seine Laune hob sich, er lauschte ihrer Stimme, wenn sie auch nur aus einem Sprechapparat kam. Nach dem Pfeifton musste er reagieren und sich melden …

„Hope, meine süße Prinzessin …" Er hasste diese Maschinen! Jetzt, wo er reden konnte, fiel ihm nicht ein, wie er beginnen sollte. „Bitte, Darling, lass dich nicht von den Gerüchten in den Zeitungen beeinflussen. Mein Herz gehört dir. Bitte komm heute Abend zu dem vereinbarten Treffpunkt. Es ist nötig, dass wir etwas besprechen." Damit legte er den Hörer auf die Gabel zurück und war überzeugt, dass seine Worte auf dem Band ziemlich unzusammenhängend klingen mussten.

Er vergrub das Gesicht in den Händen und seufzte tief auf. Wenn sie den Zeitungsartikel nicht schon gesehen hatte, würde sie ihn spätestens jetzt lesen. Vielleicht hatte er mit diesem einen Telefonanruf die Beziehung zu der einzigen Frau zerstört, die er jemals geliebt hatte.

Priscilla saß mit ihren Eltern beim Frühstück und musste sich anhören, wie die beiden Prinz Stefano und seine Vorzüge priesen, als wäre er ein Gott. So wie sie es sahen, war der Prinz in jeder Weise vollkommen.

Keiner fragte, wie der Abend gewesen war, offenbar betrachteten sie es als selbstverständlich, dass das Bankett von Anfang bis Ende traumhaft gewesen war. Priscilla lag nichts daran, ihnen die Wahrheit zu sagen, und schwieg dankbar.

Als ihre Mutter die Morgenzeitung aufschlug und darin das Foto Priscillas mit dem Prinzen fand, kannte die Begeisterung ihrer Eltern keine Grenzen mehr. Der Klatschartikel nahm fast die halbe Seite ein. Elizabeth las alles begierig und sprach hinterher jede Einzelheit mit ihren Freundinnen am Telefon durch.

So schnell sie konnte, flüchtete Priscilla mit einem Buch zu ihrem Lieblingsplatz, der Terrasse am Seeufer, wo sie auch mit Pietro gesessen hatte. Sie wollte sich ein wenig ablenken, aber ihre Gedanken wanderten ständig von den gedruckten Seiten zu Pietro.

Statt sich in den Roman zu vertiefen, musste sie dauernd an die Zeit denken, die sie mit Pietro zusammen verbracht hatte. Dieser Mann brachte sie völlig durcheinander. Kein anderer hatte jemals in ihr diese Gefühle geweckt und sie behandelt, als ob sie etwas ganz Besonderes wäre, wunderschön und charmant.

Priscilla erkannte, dass alle Eigenschaften, mit denen er den Prinz charakterisiert hatte, ebenfalls auf ihn selber zutrafen. Er war höflich, zuvorkommend und sensibel.

„Ich habe kaum noch gehofft, Sie hier zu finden, Miss“, sagte Mrs Daily, die Köchin, hinter ihr. Sie trug ein schwarzes Kleid, das eng anlag und sie gut kleidete, dazu eine gestärkte Schürze. „Ich suche Sie schon seit zwanzig Minuten.“

Priscilla schloss ergeben ihr Buch. „Will meine Mutter mich sprechen?“

„Nein, ein Herr will zu Ihnen. Er hat mir seine Karte überreicht.“

Priscilla warf einen kurzen Blick darauf und fuhr vom Sitz hoch. Pietro. Ihr Herz schlug wie wild. „Ist er wieder fort?“

„Nein, er hat, wie ich glaube, einen Brief für Sie und soll ihn persönlich abgeben. Er sagte auch, dass er auf Antwort wartet. Im Moment ist er im Büro Ihres Vaters.“

„Weiß … sonst jemand, dass er hier ist?“

Mrs Daily wischte sich den Schweiß von der Stirn. „Meines Wissens nicht.“

„Vielen Dank, Mrs Daily“, sagte Priscilla und küsste die ältere Frau impulsiv auf die Wange. „Sie sind ein Engel.“ Und schon war sie fort, lief quer über den großen Rasen und nahm eine Abkürzung durch die Beete. Atemlos erreichte sie das Arbeitszimmer und betrat es durch den Garteneingang.

Sie hielt einen Moment auf der Schwelle inne und beobachtete Pietro, der vor dem Kamin stand. Er schien die geschnitzten, hölzernen Tierfiguren zu betrachten, die ihr Vater zur Dekoration auf das Sims gestellt hatte.

Beim Knarren der großen Flügeltüren wandte er sich um.

„Hallo“, begrüßte sie ihn und war schrecklich verlegen, weil ihr bewusst wurde, dass sie nur Shorts und T-Shirt trug. Ihre Mutter hätte das sehr unpassend gefunden, aber Priscilla hatte keine Zeit gehabt, sich für den Besuch umzuziehen.

„Priscilla.“ Sie überraschte ihn, und für einen Moment zeigte er seine wahren Empfindungen. Aber dann wurde er gleich wieder steif und geschäftsmäßig. Pietro öffnete sein Jackett, zog einen Umschlag hervor und überreichte ihn ihr.

„Wie geht es Ihnen heute?“, fragte sie freundlich.

„Sehr gut, danke, und Ihnen?“, antwortete er.

„Hervorragend“, nickte sie, und sie fühlte sich wirklich so, obwohl es schwer war, in diesem steifen, unterkühlten Mann den Pietro von gestern wiederzuerkennen, der sie in den Armen gehalten und geküsst hatte.

„Wollen Sie nicht wissen, was in dem Brief steht?", drängte er, nachdem sie stumm blieb.

„Natürlich", antwortete sie und musste über sich selbst lächeln. Es genügte ihr völlig, ihn bloß anzuschauen. Nichts, was Prinz Stefano ihr geschrieben hatte, konnte damit konkurrieren.

Priscilla spürte seine Nervosität, während sie die rasch hingeworfenen, schwer leserlichen Zeilen überflog. „Der Prinz scheint in Eile gewesen zu sein", stellte sie fest. „Können Sie das entziffern?"

Er beugte sich über den Brief. „Der Prinz entschuldigt sich für den Artikel, der über ihn und Sie heute in der Zeitung stand. Er wollte Sie nicht in den Klatsch hineinziehen."

„Haben Sie den Bericht gelesen?", fragte sie Pietro.

„Nein."

„Dann glauben Sie mir, Sie haben nichts versäumt. Es sind nur Vermutungen über eine Romanze. Niemand mit Verstand würde den Unsinn glauben, ich jedenfalls nicht." Sie winkte ihn zu einer Sitzecke mit dicken, burgunderrot bezogenen Plüschsesseln, und sie nahmen beide Platz.

„Leider denkt meine Mutter ganz anders darüber. Sie war ganz aus dem Häuschen."

„Dann sind Ihre Eltern also erfreut darüber, dass sich der Prinz für Sie interessiert?"

Sie zog die Nase kraus und nickte. „Vielleicht sollte ich ihre Hoffnung nicht zerstören, sie werden schon selber merken, dass sie sich irren. Bisher habe ich ihnen sowieso nicht viel Freude gemacht, mit mir kann man keine Ehre einlegen."

Er sah sie bewundernd an. „Das stimmt absolut nicht."

„Ich meine, ich bin nicht musikalisch und auch nicht sportlich. Ich habe nichts an mir, womit Eltern so gern ihren Freunden gegenüber angeben. Nur mit einer Ausnahme", fügte sie hinzu. „Im College habe ich alle Kurse mit Auszeichnung gemacht. Mutter wollte unbedingt meinen Intelligenzquotienten testen lassen, aber das habe ich abgelehnt."

„Warum?", fragte er nach.

„Ich denke, der Intelligenzquotient spielt keine Rolle, ich bleibe doch immer die Gleiche, oder nicht?"

„Da haben Sie recht."

„Meine Mutter kam nicht darüber hinweg. Nun ist sie doppelt froh, dass sie endlich einmal mit mir prahlen kann. Sie liebt es, im

Rampenlicht zu stehen und ihren Freundinnen zu imponieren. Deshalb freut sie sich riesig, dass Prinz Stefano mir seine Aufmerksamkeit schenkt."

Ihre Blicke trafen sich, und Pietro lächelte.

„Was stand sonst noch in dem Brief? Ich konnte es nicht entziffern."

„Er hat Sie und Ihre Eltern morgen früh zum Brunch um elf Uhr eingeladen."

„Oje", seufzte Priscilla entmutigt. „Und ich dachte, die Angelegenheit wäre mit dem Bankett gestern Abend zu Ende gewesen."

Pietro furchte die Stirn. „Zu Ende?", fragte er nach.

„Ja, ich glaubte, er würde das Interesse an mir verlieren. Ehrlich gesagt, ist mir nicht klar, was er von mir wollte."

Pietro sah sie forschend an, er wurde wieder offiziell. „Nehmen Sie Prinz Stefanos Einladung nun an?", fragte er knapp.

„Ich denke, das lässt sich einrichten", antwortete sie. Einerseits wünschte sie, der Prinz würde Seattle verlassen, dann konnte sie wieder ihr Leben so gestalten, wie sie wollte. Aber auf der anderen Seite hätte sie dann auch Pietro nicht mehr gesehen, und das wollte sie auf keinen Fall.

„Müssen Sie nicht vorher noch mit Ihren Eltern sprechen?"

„Das wird nicht nötig sein. Es geschieht schließlich nicht jeden Tag, dass ein Vater seine Tochter in königliche Kreise einführt." Es sollte ein Scherz sein, aber Pietro lachte nicht.

„Wenn Prinz Stefano Sie zu seiner Braut wählt, kann er sich glücklich schätzen. Wie kommt es, dass Ihre Eltern nicht erkennen, welches Juwel Sie sind?"

Priscilla brauchte einige Augenblicke, bevor sie antworten konnte. Die Kehle war ihr wie zugeschnürt.

„Ach, Pietro, Sie sprechen von mir, als ob ich eine Prinzessin wäre."

Er öffnete den Mund und wollte gerade etwas erwidern, als die Tür geöffnet wurde und Priscillas Mutter hereinrauschte.

„Priscilla, ich suche dich schon seit einer geschlagenen Stunde", sagte sie vorwurfsvoll. Dann entdeckte sie Pietro.

Er erhob sich. „Guten Tag, Mrs Rutherford."

„Hallo, Pietro", grüßte sie freundlich. „Wieso hat mir niemand gesagt, dass Sie hier sind?"

„Prinz Stefano schickt mich, ich sollte einen Brief für Priscilla abliefern."

„Einen Brief?“ Elizabeths Augen begannen zu funkeln. „Ich wollte Priscilla gerade erzählen, dass der Prinz ein überwältigendes Blumenbukett geschickt hat. So ein großes hast du noch nicht gesehen, Kind“, erklärte sie und überreichte ihrer Tochter die zugehörige Karte. Aber anstatt sie zu lesen, beobachtete Priscilla lieber ihre Mutter, die eifrig den Brief überflog, den Pietro gebracht hatte.

„Wir fühlen uns natürlich sehr geehrt und nehmen die Einladung gern an“, sagte sie zu Pietro.

„Priscilla hat mir das schon bestätigt, auch in Ihrem Namen“, erklärte Pietro.

„Sehr gut“, meinte Elizabeth zufrieden, und dann kam wieder dieser unheilvolle „Blick“ über sie – den Priscilla nur zu gut kannte. Der Gesichtsausdruck besagte, dass in den drei vollgestopften Kleiderschränken kein einziges Kleid dazu taugte, dass Priscilla es beim Brunch trug. Dieser Augenaufschlag kündigte an, dass Priscilla wieder einmal den ganzen Tag mit Einkäufen und Anprobieren verbringen musste.

„Wir haben uns gefreut, Sie zu sehen, Pietro“, wandte sich Elizabeth gnädig an den Privatsekretär. Damit war für sie der Besuch beendet.

Priscilla musste an sich halten, um nicht laut zu protestieren. Sie wollte durchaus nicht, dass er schon ging, denn sie hatten ja kaum Gelegenheit gehabt, miteinander zu sprechen. Wortlos bat ihn ihr Blick zu bleiben, doch er schaute in eine andere Richtung und tat, als sähe er das Flehen in ihren Augen nicht.

„Ich muss ins Hotel zurück, um mich um unsere Reisevorbereitungen zu kümmern“, erklärte er höflich, als er sich verabschiedete.

Sie blickte ihn entsetzt an. „Wann … wollen Sie nach San Lorenzo abreisen?“, fragte Priscilla. Ihre Stimme war nur ein Hauch. Seine Erklärung traf sie wie ein Schock, nicht ein Mal hatte er erwähnt, dass die Abreise so bald bevorstand.

„Wir werden nach San Lorenzo zurückkehren, sobald ich alle Formalitäten erledigt habe“, meinte Pietro.

„Und wann wird das sein?“, forschte Priscillas Mutter.

Pietro zögerte. „In zwei, möglicherweise auch drei Tagen wird alles vorbereitet sein.“

„Oh!“, hauchten Mutter und Tochter gemeinsam und blickten enttäuscht.

Hope hatte einen besonders hektischen Tag. Sie war schon von morgens an auf den Beinen, hatte eine Menge Besorgungen zu machen, die sie schon seit Wochen hinausschob, weil sie einfach nicht dazu kam, sie zu erledigen.

Da sie am Nachmittag sowieso einen Termin bei ihrem Zahnarzt hatte, entschied sie sich, gleich den ganzen Tag freizunehmen. Sie musste einmal aus dem Arbeitsleben heraus, wollte ein wenig Zeit, um zur Ruhe zu kommen und sich auf den Abend mit Prinz Stefano vorzubereiten.

Wenn sie ins Geschäft ging, wie gewöhnlich, wäre sie vermutlich mit zahllosen Fragen bestürmt worden. Obgleich Hope Lindy nichts über den Prinz erzählt hatte, vermutete sie doch, dass die Freundin mitgehört hatte, als sich Stefano mit Hope am Terminal verabredete. Und dann war da ja auch noch ihre Mutter. Hope wollte allen neugierigen, bohrenden Fragen aus dem Weg gehen, deshalb benutzte sie den Tag als eine willkommene Gelegenheit, einmal zu verschwinden.

Da sie sich nicht einmal Zeit für den Lunch genommen hatte, war Hope halb verhungert, als sie endlich wieder nach Hause kam. Sie warf einen Blick auf die Uhr und sah, dass sie bis zum Treffen mit Stefano noch drei Stunden Zeit hatte. Im Stillen fragte sie sich, ob er wohl heute Abend wieder im Elvis-Kostüm erscheinen würde.

Das Telefon klingelte genau in dem Moment, als sie die Kühlschranktür öffnete. Rasch griff sie sich eine rohe Möhre und langte nach dem Hörer. „Hallo."

„Hope, Darling." Es war ihre Mutter. „Geht es dir gut?" Hope runzelte die Stirn und wunderte sich. „Natürlich fühle ich mich wohl. Sollte ich nicht?"

„Ja also … Ich weiß ja nicht wie du dich nach dem Treffen mit Prinz Stefano und der ganzen Aufregung fühlst. Du schienst ja ganz von ihm angetan zu sein."

„Mutter, ich dachte, das hätten wir bereits ausdiskutiert." Hope hatte bei ihrer Mutter und deren Freundinnen nicht erwähnt, dass sie sich ein zweites Mal mit Stefano verabredet hatte.

„Ich weiß, es ist nur so, dass … also, ich möchte nur nicht, dass du irgendwie traurig bist."

Hope biss sich auf die Lippen, am liebsten hätte sie Doris zur Rede gestellt, weil sie dem Prinz einen Brief geschrieben und darin nach seinen Absichten gefragt hatte. Aber das durfte sie nicht. Dann hätte Doris sofort gewusst, dass Hope noch in Kontakt mit Stefano war.

„Es geht mir gut, Mom."

„Wirklich?"

Der Telefonapparat schnarrte, ein Zeichen, dass ein weiterer Anruf eingegangen war. „Ich muss Schluss machen, Mom."

„In Ordnung, Liebes. Ich wollte mich nur vergewissern, dass dir die Angelegenheit nicht zu Herzen gegangen ist."

„Bestimmt nicht." Der Apparat schnarrte wieder, und Hope nahm den zweiten Anruf entgegen. „Hallo."

Auf der anderen Seite war eine kurze Pause. „Hope?"

„Stefano." Ihre Stimme klang überglücklich.

„Wo warst du den ganzen Tag? Ich versuche seit Stunden, dich zu erreichen."

„Ich habe eine Menge Einkäufe gemacht, die ich schon seit Wochen erledigen musste. Du kannst dir nicht vorstellen, was man alles besorgen muss, wenn man ein kleines Geschäft hat. Und dann hatte ich noch einen Termin beim Zahnarzt."

„Wann bist du nach Hause gekommen?"

„Gerade erst vor wenigen Minuten." Sie überlegte blitzschnell, warum er sie so dringend sprechen wollte. Es gab nur einen Grund für seinen Anruf: Er wollte gewiss die Verabredung absagen. Ihr Herz wurde schwer bei dem Gedanken. „Du kannst wohl heute Abend nicht kommen", meinte sie und wollte ihm das Wort aus dem Mund nehmen. Das war leichter zu ertragen, als es von ihm zu hören.

„Nichts auf der Welt könnte mich davon abhalten, dich wiederzusehen. Ich schwöre, mir ist noch nie ein Tag so lang geworden wie dieser." Seine Stimme klang warm und leidenschaftlich. Fast hatte sie das Gefühl, wieder in seinen Armen zu liegen. Und genau danach sehnte sie sich ja auch.

„Mir auch", flüsterte sie.

Er schien zu zögern. „Ich habe heute Abend einen Termin, es gibt ein Abendessen mit dem Bürgermeister und seiner Frau."

„Ja, ich weiß. Du hast mir schon erklärt, warum wir uns nicht früher treffen können. Ich verstehe das schon, mach dir darüber keine Gedanken, Stefano."

„Ich lasse mich von meinem Chauffeur unmittelbar nach dem Dinner zu deiner Wohnung fahren. Bist du da?"

„Natürlich, aber …"

„Es tut mir leid, dass ich dich unterbrechen muss, aber ich muss einhängen. Im Augenblick bin ich nämlich im Haus des Bürgermeisters, und man teilt mir gerade mit, dass das Essen serviert ist. Das verstehst du doch, oder?"

„Natürlich."

Es knackte im Hörer, und die Leitung war tot. Hope stand da und rätselte, aus welchem Grund Stefano wohl angerufen hatte. Alles war so schnell gegangen, dass sie kaum einen klaren Gedanken fassen konnte. Er hatte zwar ihren Treffpunkt geändert, aber sie ahnte, dass das nicht der einzige Grund war, weshalb er mit ihr sprechen wollte.

Hope kaute noch immer an ihrer Möhre, als sie ins Schlafzimmer zurückging und in ihren Schrank sah, was sie wohl anziehen könnte. Schließlich entschied sie sich für eine Jeans und eine karierte Bluse.

Dann ging sie zum Kühlschrank und suchte, was sich rasch in der Mikrowelle warm machen ließ, als ihr einfiel, dass sie noch gar nicht den Anrufbeantworter abgehört hatte.

Der erste Anruf kam von Lindy und bezog sich auf das Geschäft. Dann kam ein langer Pfeifton und danach Stefanos Stimme. Er bat sie, nicht zu glauben, was in der Morgenzeitung stand.

Die Zeitung? Sie holte das Blatt mit der Post herein, denn sie hatte den ganzen Tag noch nicht in den Briefkasten gesehen. Hope suchte alle Artikel auf der ersten Seite durch, konnte aber nichts über Stefano finden. Als sie aber bis zur Gesellschaftsseite durchblätterte, sprang ihr das Bild gleich in die Augen. Der Prinz blickte eine andere Frau verliebt an. Ihr war, als habe sie einen Schlag ins Gesicht erhalten.

Einen Augenblick lang fühlte sich Hope regelrecht krank. Dass sie auf diese Art herausfinden musste, dass der Prinz etwas mit einer anderen Frau hatte! Ihr Magen krampfte sich zusammen, alles Blut wich aus ihren Wangen, und ihr wurde so schwindlig, dass sie einen Moment lang fürchtete, sie würde ohnmächtig.

Zitternd ließ sie sich auf einen Küchenstuhl fallen und wartete, dass die Übelkeit vorüberging. Dreimal versuchte sie, den Artikel zu lesen, aber sie kam nicht über die ersten Zeilen hinaus. Doch das genügte ihr bereits, denn sie erfuhr, dass die reiche Erbin Priscilla Rutherford offensichtlich das Herz des begehrtesten Junggesellen der Welt, Prinz Stefano, erobert hatte. Mit einem baldigen Heiratsantrag wurde in informierten Kreisen gerechnet.

Hope wusste nicht, wie lange sie so dasaß und ins Leere starrte, während sie versuchte, die Fassung wiederzuerlangen.

Wie dumm sie doch gewesen war! Dieser Mann war in der ganzen Welt als Playboy bekannt. Wie konnte sie so auf ihn hereinfallen und ihm ihr Herz schenken? Denn das war es, was ihr am meisten zusetzte, dass sie sich innerhalb dieser zwei Tage rettungslos in ihn verliebt hatte.

In Stefano, einen Mann, der die Zuneigung der Frauen sammelte wie andere Leute Briefmarken oder Münzen.

Er war ein guter Liebhaber – das musste sie ihm lassen. Sie hatte ihm ernsthaft vertraut und gedacht, dass er sie mochte. Vielleicht deshalb, grübelte sie, weil sie sich so inständig wünschte, es zu glauben.

Hope weinte nicht, ihr Schmerz war zu groß, als dass ihr Tränen gekommen wären. Er hatte sie betrogen. Hope saß wie versteinert, aber das Seltsame daran war, dass sie Stefano nicht einmal große Vorwürfe machen konnte. Denn die Rivalin auf dem Foto, diese Priscilla Rutherford, sah sehr sympathisch und wirklich schön aus. Sie war eine Frau, die Hope gern zur Freundin gehabt hätte.

Aber die andere war eine reiche Erbin und aus feinen Kreisen. Hope dagegen konnte Stefano nur ihr Herz anbieten. Und unglücklicherweise hatte sie das bereits.

Die Klingel schrillte, sie blickte sekundenlang zur Tür, ohne zu reagieren.

„Hope, bitte." Es war Stefano.

„Geh weg", flehte sie verzweifelt, „geh doch fort."

7. KAPITEL

„Ich gehe nicht eher, als bis wir uns ausgesprochen haben", sagte der Prinz und blieb hartnäckig vor Hopes Tür stehen.

„Ich habe nicht die Absicht, dir die Haustür zu öffnen", erwiderte Hope störrisch. „Du hast nur mit mir gespielt!" Sie wurde laut.

„Alles, worum ich dich bitte, sind fünf Minuten deiner Zeit", bat Stefano. „Hör mich an, und wenn du mich dann nicht mehr sehen willst, verspreche ich, ohne Aufhebens zu gehen."

Es war nicht so, dass Hope ihm nicht glaubte, eher misstraute sie sich selbst. Wenn er zu ihr sprach, wurde sie weich, er konnte sie eher verletzen als jeder andere Mann. Wenn sie auch eine selbstständige Frau war und sich durchsetzte, hatte sie doch andererseits von ihrer Mutter die romantische Natur geerbt und konnte schwärmerisch und leidenschaftlich sein.

Nun war sie auf sich selbst böse. Wenn ich mich nicht so blindlings verliebt hätte, dachte Hope, dann wäre mir viel früher klar geworden, dass es ein Mann wie Prinz Stefano unmöglich ernst mit mir meinen konnte.

„Hope", bettelte er erneut, „alles, was ich möchte, sind fünf Minuten deiner Zeit."

„Beantworte mir nur eins", sagte sie fest und spürte, dass sie schwankend wurde. „Willst du Priscilla Rutherford heiraten, ja oder nein?" Alles, was sie wollte, war die Antwort auf diese Frage.

Der Prinz zögerte. „Lass mich dir erklären ..."

„Beantworte meine Frage." Sie vertraute darauf, dass er aufrichtig zu ihr war, denn sie hielt ihn für einen ehrenhaften Mann.

„Glaub mir, Priscilla hat nichts zu tun mit uns beiden und meinen Gefühlen zu dir."

„Stefano, wenn du willst, dass ich diese Tür öffne, dann gib mir eine Antwort."

Sie zögerte.

Vielleicht war es dumm, aber dann machte sie doch einen Spaltbreit auf. Es war unmöglich und lächerlich, eine Unterhaltung auf diese Weise zu führen, sie mussten sich beide durch die dicke, eichene Haustür verständigen. Aber den Sicherheitsriegel löste sie nicht. So standen sie sich gegenüber, er auf der einen und Hope auf der anderen Seite.

Stefano suchte ihren Blick. Sie las die Verzweiflung in seinen Augen, den Schmerz und die schreckliche Wahrheit.

„Es gibt viele Dinge, die du nicht verstehst", sagte er gepresst.

„Ich verstehe genug, nämlich dass du mit Miss Rutherford elegant ausgehst und dich dann fortstiehlst, um mich in einer dunklen Ecke zu treffen. Du hast nur an eins nicht gedacht, Stefano. Ich mag ein Nichts sein, ich bin keine bekannte Persönlichkeit, aber ich habe auch meinen Stolz, und den hast du mit Füßen getreten."

Sie zitterte, aber sie schaffte es noch, zu Ende zu reden. Dann brach sie ab und schluckte krampfhaft, um die aufsteigenden Tränen zu unterdrücken.

Stefano hatte sich geirrt, wenn er glaubte, er könnte sie so schäbig behandeln.

Stefano schloss einen Moment lang die Augen. „Ich möchte lieber sterben, als dich verletzen."

Sie sah ihm an, dass er die Wahrheit sprach, aber warum wollte er eine andere Frau heiraten, wenn er Hope wirklich so sehr mochte, wie er behauptete? Es gab nur eine Erklärung, er schämte sich für sie. Ihre Familie war nicht gut genug für seine königliche Linie. Der Name Rutherford dagegen war weltbekannt und die Tochter eines steinreichen, berühmten Reeders natürlich als Braut willkommen.

„Willst du Priscilla Rutherford heiraten?", fragte sie noch einmal scharf.

Er ließ den Kopf sinken und nickte. „Ja."

„Das ist alles, was ich wissen musste", flüsterte sie mit brechender Stimme. Und dann schloss sie die Tür. Einen Augenblick lang war ihr Schmerz so groß, dass sie ihn nicht ertragen konnte, die Wahrheit war zu furchtbar. Sie lehnte sich hart mit dem Rücken an das dicke Holz, weil ihre Knie sie kaum noch trugen, und sie glaubte, sie müsste zusammenbrechen.

Dann holte sie tief Luft, löste sich von der Tür und ging zum Fenster hinüber. Stefano war gerade bei seinem Auto angekommen. Er setzte sich auf den Rücksitz und blieb ein paar qualvolle Augenblicke lang unbeweglich sitzen, bevor er in der Lage war, seinem Chauffeur das Zeichen zur Abfahrt zu geben.

Die große Luxuslimousine bog aus der Parknische aus und entfernte sich im Verkehrsgewühl. Und damit verschwand auch Prinz Stefano aus ihrem Leben. Er hätte sie anlügen können, fiel ihr ein, hätte den Zeitungsartikel als Geschwätz abtun können. Stattdessen hatte er die traurige Wahrheit zugegeben, weil er nicht wollte, dass eine Lüge zwischen ihnen stand.

Eigentlich war es unmöglich, dass sie ihn nach diesem Ereignis noch mochte, aber sie liebte ihn trotzdem unverändert.

Hope kauerte sich auf dem Sofa zusammen und versuchte, ihre Gedanken zu ordnen.

Sie war verletzt, wütend und suchte jemand, den sie für ihr Unglück verantwortlich machen konnte. Die erste Person, die ihr in den Sinn kam, war ihre Mutter. Wenn Doris nicht dieses lächerliche Los gekauft hätte, wäre alles nicht passiert.

Aber letzten Endes war Hope doch an allem selbst schuld. Ich war so dumm, noch an Märchen zu glauben, schalt sie sich, und habe mich bis fast elf Uhr nachts in die Wartehalle der Schiffsanlegestelle gesetzt und gebetet, dass Stefano kommt. Ich war so dumm, ihm mein Herz auf einem silbernen Tablett zu servieren.

Aber die Liebe zu Stefano war so schnell gekommen, überrumpelte sie förmlich und schien so natürlich und richtig. Sie erinnerte sich, wie sie in seinen Armen gelegen, seine Küsse genossen und den leidenschaftlichen Blick in seinen Augen gesehen hatte. Und da war es um sie geschehen, für ein paar kurze Tage hatte sie an das Unmögliche geglaubt.

Aber jetzt war alles vorbei, das sollte er heute begreifen. Nur Erinnerungen blieben ihr noch, aber sie konnte es trotz allem nicht bereuen, sich in den Prinz verliebt zu haben, der als der begehrteste Junggeselle galt.

Zwei Stunden später machte sich Hope klar, dass es keinen Sinn hatte, an einem schönen, lauen Abend im Haus zu sitzen und über ihre Fehler nachzugrübeln. Sie wollte sich ein wenig ablenken und beschloss deshalb, im Vorgarten die Blumen zu gießen.

Sie wechselte die Kleidung, schlüpfte in Shorts und ein ärmelloses Top und holte den Gartenschlauch.

Da hörte sie am anderen Ende der Straße das Aufheulen eines schweren Motorrads und fuhr erschrocken herum, um dem Fahrer nachzusehen.

Der Fahrer sah aus wie James Dean, der bekannte Filmstar. Er trug ein weißes T-Shirt, Bluejeans und schwarze Motorradstiefel, und als er sie sah, lenkte er die Maschine in ihre Auffahrt.

„Hope."

Erst jetzt erkannte sie, dass Stefano der Fahrer war. Sie öffnete den Mund, ohne einen Ton herauszubringen.

„Ich will unser Problem unbedingt mit dir besprechen. Leider werde ich verfolgt und kann nicht lange stehen bleiben. Komm mit mir, bitte."

„Aber …“

Er streckte die Hand nach ihr aus. „Ich werde dich auch nie mehr um etwas bitten. Wenn du irgendetwas für mich empfindest, dann kommst du, ohne lange zu fragen. Schnell, beeil dich, ehe sie mich finden.“

Da ließ Hope den Schlauch kurz entschlossen fallen, kletterte auf den hinteren Sitz und zog den Helm über, den er schon für sie bereithielt.

Sie schlang Stefano die Arme um die Taille, und in Sekundenschnelle waren sie fort.

Der Prinz wechselte mehrmals die Fahrspur, blickte aufmerksam in den Rückspiegel und prüfte, ob ihm jemand folgte.

Als sie bei einer roten Ampel halten mussten, warf er einen Blick über die Schulter, als fürchte er, dass er gleich gestellt würde.

„Wer verfolgt dich denn?“, fragte Hope, denn sie hatte Angst, er wäre in Schwierigkeiten.

„Mein Leibwächter“, erklärte Stefano.

„Aber dafür bezahlst du ihn doch?“

„Es gibt Momente, in denen ich etwas Privatleben brauche. Leider ist James nicht damit einverstanden.“

„Wie oft hast du es nötig, dich zu verkleiden und zu fliehen?“

Stefano lachte leise, aber es war kein frohes Lachen. „Nicht oft. Erst, seit ich dich kenne.“

Die Ampel sprang auf Grün, und Stefano raste weiter durch den dichten Verkehr. Hope hatte keine Ahnung, wohin die Fahrt ging, und vermutete, Stefano ebenfalls nicht. Schließlich kamen sie zu einem Aussichtspunkt, von wo aus der Lake Washington und Puget Sound zu sehen waren. Dort stoppte der Prinz unvermittelt, parkte die Maschine, und sie gingen den schmalen Wanderweg am Wasser entlang. Segeljollen und größere Motorboote zogen an ihnen vorbei zum Puget Sound.

„Verzeih mir, dass ich so selbstsüchtig war“, begann er, ohne sie anzublicken. „Du wärst völlig im Recht, wenn du dich weigertest, mit mir zu kommen.“

„Ich hatte das Gefühl, du würdest mich kidnappen, wenn ich nicht freiwillig aufgestiegen wäre.“

„Verzweifelt genug dazu war ich heute Abend, als du vor mir die Tür zugemacht hast. Aber ich begehe kein Verbrechen.“

Erst jetzt kam Hope zu Bewusstsein, was sie getan hatte. Seiner Königlichen Hoheit wurden ein Leben lang die Türen geöffnet, nicht vor der Nase zugeschlagen, so wie bei ihr.

„Ich kann den Gedanken nicht ertragen, dich zu verlassen, ohne dir eine Erklärung zu geben." Er sah auf das grüne Wasser, als ob er nicht wagte, ihr in die Augen zu blicken.

„Ich wüsste nicht, was es noch zu sagen gäbe."

„Du sollst die Wahrheit erfahren, das bin ich dir schuldig."

Hope hatte das Gefühl, dass sie an diesem Tag nicht noch mehr Nervenbelastung ertragen konnte. „Ich weiß bereits, du wirst Miss Rutherford heiraten. Du hast es selbst zugegeben."

„Ja, aber du weißt nicht, warum."

„Ich bin nicht dumm, Stefano. Priscilla Rutherford ist natürlich standesgemäßer als ich. Ich habe ja nur einen kleinen Coffee-Shop und keine Schifffahrtslinien und Reedereien, nicht wahr?" Obwohl sie versuchte, die Bitterkeit zu unterdrücken, gelang es ihr nicht recht.

Stefano wandte sich ihr zu und blickte ihr zum ersten Mal in die Augen. Er umfasste sanft ihr Gesicht mit den Händen und sah sie beschwörend an. Sie sah das Glühen in seinem Ausdruck und … Liebe. Nein, so konnte sie sich nicht irren, es war Liebe, so tief, dass sie davor erzitterte.

„Nein, Darling, was du denkst, ist völlig falsch. Ich muss Priscilla Rutherford heiraten, weil sie eine reiche Erbin ist."

„Das verstehe ich nicht. Du bist doch einer der wohlhabendsten Männer der Welt … so habe ich es jedenfalls gelesen. Ich verstehe nicht, dass du gezwungen bist, des Geldes wegen zu heiraten."

Er schaute tief beschämt zu Boden. „Es ist aber wahr. Mein Land steht an der Schwelle des Ruins. Letztes Jahr habe ich mein gesamtes Privatvermögen geopfert, um die Wirtschaft einigermaßen stabil zu halten. Genaugenommen bin ich jetzt mittellos."

„Oh, Stefano!"

„Dass ich mich ausgerechnet jetzt verliebt habe, ist eine Ironie des Schicksals. Ich habe eigentlich nie richtig an die wahre Liebe geglaubt, bis ich dich getroffen habe. Ist es nicht furchtbar, dass ich mein Herz an dich verloren habe und doch gezwungen bin, eine andere Frau zu heiraten?"

Hope musste sich zusammennehmen, um ihre aufsteigenden Tränen zu unterdrücken.

„Ich wollte mir eine Woche mit dir gönnen. Es war selbstsüchtig und gedankenlos von mir, dir nicht gleich am Anfang die volle Wahrheit zu sagen. Ich liebe dich, Hope. Ich werde dich immer lieben, aber in den nächsten Tagen muss ich von dir fort und darf nie mehr zurück."

Eine einzelne Träne rollte ihr über die Wangen, und sie wischte sie wütend beiseite, weil sie vor ihm schwach geworden war. „Und jetzt glaubst du, würde ich mich besser fühlen?"

Er sah sie überrascht an. „Ich ... ich habe dich schon wieder verletzt."

„Konntest du nicht alles so lassen, wie es war? Oh nein, du musstest mir unbedingt sagen, dass du mich liebst!" Ihre Tränen rollten nun unaufhaltsam. „Das ist wirklich rührend."

Stefano war erschüttert. „Du hättest lieber nicht erfahren, wie sehr ich dich liebe?"

„Natürlich will ich es wissen." Er verstand aber auch gar nichts! „Ich liebe dich doch auch, das siehst du ja. Es ist nur, weil ... ach, egal", schrie sie auf. „Geh doch, und heirate deine Erbin!" Sie lief ein paar Schritte von ihm fort, wischte sich die Tränen weg und versuchte, die Fassung wiederzugewinnen.

Hope hörte ihn nicht, bis er dicht hinter ihr war. Er legte ihr die Hände auf die Schultern, und sie fühlte seinen Mund dicht an ihrem Ohr. „Ich kann es nicht ertragen, wenn du weinst."

„Mach dir darüber keine Sorgen", sagte sie möglichst sorglos. „Ich bin ein großes Mädchen und komme schon darüber weg. Ich denke ... wenn ich mich so schnell in dich verlieben konnte, wird es mir wohl nicht schwerfallen, dich ebenso leicht wieder zu vergessen." Das war glatt gelogen, aber sie versuchte, wenigstens ihren Stolz zu retten.

Sein Griff wurde drängender. „Pietro will unseren Rückflug für morgen Nachmittag buchen", sagte er leise.

Sie wurde steif vor Schreck. „So bald schon?"

„Ich werde ihm sagen, dass ich einverstanden bin, wenn du mir erklärst, du willst mich nicht mehr wiedersehen. Aber wenn ... wenn Aussicht besteht, dich an den folgenden zwei oder drei Abenden zu treffen, dann verlängere ich meinen Aufenthalt in Seattle ein wenig."

„Du willst das Unmögliche", weinte sie. Sie konnte den Gedanken nicht ertragen, ihn zu liebkosen und zu wissen, dass er bald eine andere Frau in den Armen halten würde. Er würde erst sie küssen und dann die reiche Erbin.

„Ich weiß", sagte er gequält. „Wir haben so wenig Zeit füreinander. Vergib mir, meine Geliebte, du warst so selbstlos. Es hätte mir klar sein müssen, dass ich dich um etwas Unmögliches gebeten habe."

„Stefano", flüsterte sie und fasste nach seinen Händen.

Da zog er sie in die Arme und beugte sich über sie, um sie zärtlich und sanft zu küssen. Aber sein Griff wurde fordernder, als Hope die

Liebkosung erwiderte. Wieder und wieder suchte er ihre Lippen, er küsste sie wie ein Verdurstender, riss sie verzweifelt an sich, dass sie nach Luft rang, als er sie endlich freigab.

„Es tut mir leid", flüsterte Stefano, „ich wollte dich nicht erschrecken."

Er küsste sie erneut, seine Lippen streichelten ihre Nase, die Ohren und die Wangen. Sie spürte, wie er tief seufzte.

„Ich muss dich nach Hause bringen", sagte er.

Sie nickte.

Schweigend fuhren sie zurück, diesmal nicht in Hetze, und nachdem er in ihre Einfahrt eingebogen war und hielt, stieg er ab und half ihr von der schweren Maschine. Stefano begleitete sie noch bis an die Haustür.

Keiner von beiden sprach. Ihre Blicke trafen sich, und er lächelte schwach. „Danke, Hope." Der Prinz fuhr ihr zärtlich mit der Hand über das Gesicht, seine Augen waren voll Schmerz. „Ich weiß nicht, ob ich die Kraft habe, dich zu verlassen", sagte er mit gebrochener Stimme.

„Dann tu es nicht", flüsterte sie und warf sich ihm in die Arme. „Geh noch nicht. Um das Morgen können wir uns später Sorgen machen. Heute sind wir zusammen, wir haben uns."

Stefano wagte nicht schon wieder auf seine Uhr zu blicken, damit die Rutherfords nicht dachten, er wäre in Eile. Er hatte auch noch Zeit, erst in drei Stunden konnte er Hope wiedersehen. Wenn doch bloß die Minuten schneller verrinnen würden!

„Ich freue mich, dass Sie zum Essen kommen konnten", sagte er, während sie die Menüs auswählten. Stefano war eigentlich nicht hungrig, außerdem hatte ihm Hope eine Wanderung durch den Wald und ein Picknick versprochen. Da wäre es schade gewesen, sich jetzt mit dem Lunch den Appetit zu verderben.

„Das Vergnügen ist ganz auf unserer Seite", versicherte ihm Elizabeth Rutherford. „Nicht wahr, Priscilla?"

„Ja, wir fühlen uns geehrt", erklärte Priscilla wie ein braves Schulmädchen.

Stefano sah zu Pietro hinüber, der mit düsterer Miene dasaß. Der Prinz verstand nicht ganz, was mit seinem Sekretär los war. Jahrelang hatte ihn Pietro zu endlosen Staatsbanketts und Sitzungen begleitet, und jetzt wurde ihm dieses kleine, private Essen zu viel?

Stefano hatte gleich die Abwehr des Freundes gespürt, als er ihn bat, bei dem Essen mit den Rutherfords dabei zu sein. Er hatte eine schwache Ausrede versucht, die Stefano mit einer Handbewegung wegwischte, und danach gehorchte Pietro mit zusammengekniffenen Lippen. Stefano hatte geglaubt, Pietro wäre sein Freund, aber jetzt war er nicht mehr so sicher. Obgleich über Pietros Kündigung nicht mehr gesprochen wurde, war doch klar, dass er nach der Rückkehr nach San Lorenzo – nachdem er seinen Nachfolger eingearbeitet hatte – den Prinzen verlassen würde.

Stefano wusste nicht, weshalb Pietro ihm so böse war. Gewiss konnte der Grund nicht darin liegen, dass Stefano Priscilla nicht freundlich genug behandelt hatte – außerdem war er sich da gar keiner rechten Schuld bewusst.

„Mein Mann und ich sprechen gerade über Ihre Einladung nach San Lorenzo", sprach Elizabeth ihn an und riss ihn aus seinen Gedanken.

Stefano gab sich alle Mühe, um sich auf die Worte seiner zukünftigen Schwiegermutter zu konzentrieren. „Natürlich lade ich Sie ein, im Schloss zu wohnen."

Elizabeth warf ihrem Mann einen triumphierenden Blick zu.

„Wir möchten Sie aber nicht stören und können auch im Hotel wohnen", schlug dieser vor.

„Darling, der Prinz würde uns bestimmt nicht bitten, wenn wir ihm lästig wären. Ist es nicht so, Prinz Stefano?"

„Selbstverständlich. Aber wenn Sie es wünschen, kann ich Ihnen auch in unserem besten Hotel eine Suite reservieren lassen, natürlich auf meine Kosten", antwortete der Prinz.

„Unsinn", schnitt ihm Elizabeth rasch das Wort ab. „Wir ziehen den Palast vor. Schließlich kann nicht jeder von sich behaupten, einmal in einem Schloss geschlafen zu haben, nicht?"

Eine peinliche Stille trat ein, nur Elizabeth lachte über ihren eigenen Scherz.

„Wie lange wollen Sie in Seattle bleiben?", fragte Mr Rutherford seinen Gastgeber.

„Ich habe schon alles vorbereiten lassen, damit wir morgen früh zurückfliegen können", antwortete Stefanos Sekretär an seiner Stelle.

„Ändere das", wies ihn Stefano an.

„Die Abreise verschieben?", fragte Pietro und sah ihn starr an.

„Ich habe mich entschlossen, noch drei Tage länger in dieser wunderschönen Stadt zu bleiben, denn ich möchte auch noch einige Sehenswürdigkeiten besichtigen. Mein Terminplan war bisher so voll, dass ich mich noch nicht einmal in der Gegend umsehen konnte."

Wenn Blicke töten könnten, wäre Stefano jetzt zusammengebrochen. Pietro sprang auf, aber obwohl er kein Wort sagte, erkannte Stefano doch deutlich, dass er sich nur mit äußerster Selbstbeherrschung zurückhielt, etwas einzuwenden.

Was ihn auch bedrücken mochte, Stefano entschied, dass Pietro ihm endlich eine Erklärung schuldig war. Seit er in Seattle war, war sein Sekretär nicht mehr wiederzuerkennen.

Die Gelegenheit zu einer Aussprache ergab sich nach dem Essen mit den Rutherfords, als Stefano und Pietro zusammen im Lift zu den Privatsuiten des Prinzen fuhren.

„Ich möchte dich einen Augenblick sprechen", begann Pietro. Er sah aus, als wollte er explodieren, hatte die Lippen fest zusammengepresst und die Hände zu Fäusten geballt.

Die Lifttüren öffneten sich, Stefano ging über den Flur in seine Räumlichkeiten. „Was ist los? Dich bedrückt doch etwas, seit wir hier sind. Ich möchte endlich wissen, was es ist."

Pietro begann, auf und ab zu gehen. „Ich habe schon alles arrangiert, damit wir morgen abreisen können."

Stefano zuckte die Achseln. „Na und? Dann planst du eben den Abflug später, du hast früher doch auch manchmal unseren Terminplan umstoßen müssen. Wieso regst du dich jetzt so darüber auf?"

Pietro biss sich auf die Lippen. „Wenn du darauf bestehst, diese drei Tage länger zu bleiben, dann bitte ich um deine Erlaubnis, allein schon jetzt nach San Lorenzo zurückkehren zu dürfen."

„Die bekommst du nicht, ich brauche meinen Privatsekretär hier. Es wäre eine unnötige Belastung für mich, wenn ich hier alles ohne deine Hilfe organisieren muss."

Pietro murmelte eine Unfreundlichkeit, aber leise genug, dass sie für den Prinz unverständlich blieb.

„Pietro", sagte Stefano versöhnlich und beobachtete seinen Freund, „kannst du mir nicht sagen, was dich bedrückt?"

„Nein", kam die knappe Antwort.

„Ich kann dir nicht befehlen, es mir zu sagen, aber als dein Freund hoffe ich, dass du dich mir anvertraust. Wenn ich dich irgendwie beleidigt habe, dann sag es frei heraus."

„Es geht nicht um etwas, was du getan hast", versicherte ihm Pietro. Er warf sich in einen Sessel und vergrub das Gesicht in den Händen. „Ich entschuldige mich für mein schlechtes Benehmen."

„Vielleicht können wir später darüber sprechen", schlug Stefano vor.

„Ja, vielleicht“, stimmte Pietro zu.

Aber Stefano zweifelte an seinen Worten. Es schmerzte ihn, dass er offensichtlich seinen besten Freund verloren hatte, vor allem aber bedrückte ihn, dass er gar nicht wusste, warum.

Pietro saß in seinem Arbeitszimmer und blickte starr aus dem Fenster. Unter ihm erstreckte sich Puget Sound, aber er bemerkte die schöne Aussicht gar nicht.

Es klopfte an der Tür, und ein Diener überbrachte eine Nachricht. „Der Hotelempfang schickte den Brief herauf, er ist an Sie adressiert.“

Pietro wartete, bis der Mann gegangen war, dann öffnete er den Umschlag. Noch bevor er das erste Wort las, wusste er, dass die Nachricht von Priscilla stammte.

Es tut mir leid, dass ich Sie störe, aber ich muss Sie so rasch wie möglich sprechen. Ich warte in der Halle auf Antwort.

Er las ihre Zeilen und wischte sich erschöpft mit der Hand über das Gesicht. Nach diesen unglückseligen zwei Stunden, die er in ihrer Nähe hatte verbringen müssen, war er nicht sicher, ob er noch mehr ertrug, denn seine Nerven waren zum Zerreißen gespannt.

Aber er wusste, dass er nicht ablehnen konnte, und beauftragte seufzend den Diener, Priscilla in sein Büro zu führen.

Sie erschien in wenigen Minuten, und er sah auf einen Blick, dass sie zu Hause gewesen war und sich umgezogen hatte. Statt des taubengrauen Kostüms, das nicht zu ihrer Jugend passte, trug sie jetzt ein einfaches, ärmelloses Sommerkleid und einen breitkrempigen Hut.

Pietro war von ihrer Schönheit wie berauscht. Er brauchte einen Augenblick, bis er sich von dem Erstaunen erholt und wieder sprechen konnte. Er bot ihr einen Platz an.

„Pietro.“ Sie setzte sich und faltete die Hände im Schoß. „Danke, dass Sie mich hereingelassen haben. Ich dachte schon, Sie würden mich nie wiedersehen wollen.“

Das Gegenteil davon ist wahr, hätte er ihr am liebsten gesagt. Er hatte mit sich gekämpft, um sie nicht einfach bei der Hand zu nehmen und mit ihr fortzugehen. Denn er konnte es nicht ertragen, wie ihre Familie über sie und ihr Leben bestimmte, als wenn sie nur etwas wert wäre, wenn Prinz Stefano sich für sie interessierte.

Es war schlimm genug, dass Prinz Stefano sie nur ihres Vermögens wegen heiraten wollte. Aber dass er, Pietro, ausgerechnet derjenige war, der Priscilla aus der Liste der Heiratskandidatinnen ausgesucht hatte, machte ihn rasend. Er hatte diese Frau, die ihm so unschuldig gegenübersaß, genauso schlecht behandelt und wie eine Handelsware verschoben. Dafür musste er jetzt büßen.

„Ich möchte Sie nicht stören“, sagte sie, während sie versuchte, seinem Blick auszuweichen.

„Das würden Sie nie“, versicherte er und hoffte, ihr Gespräch würde rein geschäftlich bleiben. Wenn sie privat miteinander sprachen, würde er wieder die Kontrolle über sich verlieren. Schon zweimal hatte er diese Frau in den Armen gehalten und geküsst, die einmal Prinzessin von San Lorenzo werden sollte. Grund genug, ihn vom Hof zu verbannen, wenn Stefano das gewusst hätte.

„Ich wollte Sie bitten, es einzurichten, dass ich den Prinz unter vier Augen sprechen kann“, begann Priscilla.

„Allein?“

„Immer, wenn wir zusammentreffen, sind eine Menge Leute um uns herum ... und das macht es furchtbar schwierig, privat miteinander zu reden.“

„Natürlich ... ich verstehe.“ Er überlegte krampfhaft, was Priscilla dem Prinz so Wichtiges zu sagen hatte, dass es niemand hören durfte.

„Da wir länger als beabsichtigt hierbleiben, werde ich sehen, was ich für Sie tun kann“, sagte Pietro. Er überprüfte seinen Terminplaner und stutzte, weil er für diesen Nachmittag nichts eingetragen fand. Dabei erinnerte er sich genau, dass Stefano von einer Verabredung gesprochen hatte.

„Wenn Sie mich bitte einen Augenblick entschuldigen.“

„Natürlich.“

Pietro verließ sein Büro und rief nach einem Diener. „Ist James mit dem Prinzen fortgegangen?“

„Nein, Sir. Wir haben angenommen, dass er mit Ihnen zusammen ist.“

„Das ist er nicht.“ Pietro wusste zwar nicht, welches kindische Spiel der Prinz da spielte, aber seine Privatausflüge nahmen jetzt überhand. „Schicken Sie mir James herauf“, ordnete er an und ging wieder zu Priscilla hinein.

Er lächelte sie an. „Ich werde mich später mit Ihnen in Verbindung setzen.“

„Vielen Dank."

Er erwartete, dass sie ging, aber Priscilla zögerte.

„Da ist noch etwas …", begann sie und kämpfte mit sich.

„Ja?" Pietro warf einen diskreten Blick auf seine Armbanduhr. Er wollte nicht unfreundlich sein, aber jetzt hatte er wichtigere Probleme.

„Es geht um …"

Ein Klopfen an der Tür unterbrach sie.

„Entschuldigen Sie, Priscilla, aber es ist wirklich dringend."

Sie nickte tapfer, und er verließ den Raum.

Es stellte sich heraus, dass James keine Ahnung hatte, wo der Prinz sich aufhielt. „Sir, ich will mich nicht beklagen, aber wie sollte ich annehmen, dass ein Mann, der wie Elvis Presley aussah, in Wirklichkeit Seine Hoheit war? Und dann gestern, die Sache mit dem Motorrad … Er hat es sich von einem Hotelangestellten geliehen …"

„Was, gestern ist er auch ohne Bodyguard fort gewesen?"

„Sir, ich habe ihn verfolgt, bis er zwischen einem Bus und einem Auto hindurchfuhr. Danach habe ich seine Spur verloren."

Pietro krampfte die Finger ineinander, er wusste nicht, was in den Prinzen gefahren war. Erst verkleidete er sich wie ein Rockstar, dann brauste er mit einem Motorrad davon, und jetzt war er schon wieder verschwunden.

„Ich wünsche augenblicklich einen Bericht, sobald der Prinz zurückkehrt."

„Ja, Sir", sagte James steif.

Pietro atmete mehrere Male tief durch, um die Fassung wiederzuerlangen. Dann öffnete er die Tür zu seinem Büro. Zu seiner Überraschung hatte sich Priscilla erhoben.

„Ich entschuldige mich vielmals, Priscilla. Sie wollten mir noch etwas sagen."

Sie nickte, lächelte, und dann, als wäre es das Selbstverständlichste der Welt, schlang sie ihm die Arme um den Nacken und küsste ihn.

8. KAPITEL

Hope stand mit dem Prinzen auf der Besucherplattform in Hurrican Ridge, von wo aus sie einen herrlichen Blick über das Gebirge hatten. Sie waren hierher zu einem Picknickausflug aufgebrochen, und nachdem sie die Schönheit der Gegend ausgiebig bewundert hatten, holten sie den Korb mit den vorbereiteten Sachen sowie eine Wolldecke aus Hopes Auto, das sie in der Nähe geparkt hatten.

Sie suchten sich ein gemütliches Plätzchen am Waldrand und breiteten die Decke unter einem riesigen Nadelbaum aus.

„Was hast du eingepackt?“, wollte Stefano wissen. Er kniete sich auf die Decke und blickte neugierig in den Korb.

„Blaubeerkuchen, ganz frisch aus dem Ofen“, erklärte Hope stolz. Sie bemerkte seinen traurigen Blick und wusste, dass er wieder an seine Verpflichtungen dachte. Er musste eine Frau heiraten, die er nicht liebte, eine Frau, die sein kleines Märchenreich vor dem finanziellen Ruin retten sollte.

„Und hier sind Sandwiches“, tat sie bewusst fröhlich.

Sie setzten sich beide, machten es sich gemütlich und aßen genüsslich. Danach brachen sie zu einem kleinen Rundgang auf, wobei Hope es vermied, eine Gesprächspause aufkommen zu lassen. Sie redete unaufhörlich, damit sie nicht an die Zukunft denken musste und daran, wie leer ihr Leben ohne ihn sein würde.

„Hope?“

Sie schloss die Augen, worauf er sie sanft in die Arme zog. Sie schwiegen beide, aber sie verstanden sich auch ohne Worte.

„Ich wusste, dass es uns nicht gelingen würde“, flüsterte sie an seiner Schulter und klammerte sich an ihn, als fürchtete sie, er könnte sie schon jetzt verlassen.

„Ich dachte, wenn ich dich zwei Tage ganz für mich haben würde, fiele es mir leichter, von dir zu gehen. Aber jetzt erkenne ich, dass ich nicht die Kraft dazu habe.“ Er umfasste sie fester. „Ich habe keine Wahl, Geliebte. Das Schicksal meines Landes hängt von meiner Heirat ab.“

„Ich weiß, ich weiß“, flüsterte Hope, aber diese Erkenntnis machte es ihr nicht leichter. Sie liebte ihn so schmerzlich, dass sie nicht wusste, wie das Leben ohne ihn weitergehen sollte. Und doch wusste auch sie keinen Ausweg für sie beide.

„Komm“, sagte Stefano mühsam. „Wir wollen noch nicht an die Zukunft denken. Jetzt sind wir noch zusammen, das ist alles, was zählt.“

Hope kämpfte, um die Tränen zurückzuhalten.

Lange Zeit sprach keiner der beiden.

„Du musst mir vergeben“, begann Stefano schließlich. „Für was?“

„Ich war so selbstsüchtig. Ich verlangte so sehr nach dir, dass ich ein paar Tage länger bleiben wollte, und dabei verursacht dir meine Anwesenheit nur noch mehr Schmerz.“

„Es bringt mir aber auch Freude.“

„Ich sehe ein, dass ich dich ungerecht behandelt habe. Es ist besser, wenn ich Seattle verlasse.“

„Nein!“, schrie sie heraus. „Jetzt noch nicht.“

„Dieser Zustand ist für uns beide unmöglich. Wenn ich mit dir zusammen bin, wird die Situation noch unerträglicher. Ich habe dir und Priscilla großes Unrecht zugefügt, denn es ist ja wahr, ich liebe sie gar nicht …“

„Es würde sie verletzen, wenn sie jemals etwas über mich herausfinden würde“, vermutete Hope.

„Ja.“ Seine Stimme war nur noch ein Flüstern.

„Aber sie braucht es doch nicht zu erfahren.“ Hope versuchte, ihrer Stimme Festigkeit zu geben.

„Du verstehst also, warum es heute das letzte Mal sein muss, dass wir uns treffen?“

„Ja“, flüsterte sie mit gebrochener Stimme.

„Aber wir haben ja noch heute“, tröstete er und griff nach ihrer Hand. „Denk daran, dass ich dich immer lieben werde, und behalte diese Erinnerung für immer in deinem Herzen.“ Er wandte sich ihr zu, umfasste mit den Händen ihr Gesicht und sah ihr tief in die Augen. Sein Blick war dunkel vor Sorge. „Bald wirst du beginnen, mich dafür zu hassen, was ich dir angetan habe“, murmelte er.

„Das würde ich nie … ich könnte es nicht.“

Stefano schloss sekundenlang die Augen und schüttelte den Kopf. „Wenn du so von mir denkst, sollst du dich erinnern, dass dich zu verlassen für mich das Schlimmste in meinem Leben war. Bitte, Hope, vergiss das nicht. Dir gehört mein Herz, jetzt und für ewig.“ Er hielt inne und küsste sie ganz leicht.

„Wenn du mich einmal brauchen solltest, Hope, wenn du in Schwierigkeiten bist …“

„Nein“, sagte sie und schnitt ihm das Wort ab. „Es muss jetzt und für immer vorbei sein, Stefano. Versprich mir, dass du nie mehr in mein Leben zurückkommen wirst. Es muss sein“, beharrte sie, bevor er etwas einwenden konnte. „Andernfalls würde ich ständig darauf warten, dass sich eine Gelegenheit böte, dich wiederzusehen. Versprich mir, dass ich nach dem heutigen Tag niemals mehr etwas von dir sehen und hören werde.“

Er sah sie gequält an, als könnte er das Versprechen nicht über die Lippen bringen.

„Ich weiß, dass du ein ehrenhafter Mann bist, Stefano, du würdest dein Wort nicht brechen. Dann wäre ich frei und könnte ohne Trauer und Wehmut an die schönen, gemeinsamen Tage mit dir denken. Du wärst für immer in meinem Herzen, aber ich könnte unbelastet weiterleben.“ Er schluckte krampfhaft. „Dann gebe ich dir mein Wort“, flüsterte er heiser und voller Trauer. „Du wirst nie mehr etwas von mir sehen oder hören, wenn dieser Tag zu Ende ist.“

Hope blickte fort, damit er die Tränen in ihren Augen nicht sah. „Danke“, hauchte sie.

Priscilla wusste, dass sie Pietro damit geschockt hatte, ihm einfach die Arme um den Hals zu legen und ihn zu küssen. Es war ihr Plan, ihn damit aus der Fassung zu bringen, damit er seine Reserviertheit aufgab.

Zuerst versuchte er noch, sie sanft zurückzudrängen, aber sie ließ ihn nicht los und hing an seinem Hals.

Dann fiel ihr Hut zu Boden, er zerwühlte ihre Haare und bedeckte ihren Mund mit Küssen. So muss man sich fühlen, wenn man im siebten Himmel ist, ging es Priscilla durch den Kopf. Sie seufzte selig.

Pietro küsste sie erneut, und sie empfand entzückt, dass er die Kontrolle verlor. Alles lief genauso ab, wie sie gehofft hatte. Wenn sie erst in seinen Armen lag, konnte er gewiss seine Gefühle für sie nicht mehr abstreiten, er würde nicht mehr leugnen und sie mit Lügen abspeisen.

„Oh Pietro“, flüsterte sie leidenschaftlich, „hör nicht auf, hör niemals auf.“

Da gab er sie frei.

Priscilla seufzte enttäuscht und bedrückt.

Sie atmeten beide heftig, und es dauerte längere Zeit, bis Pietro die Beherrschung wiederfand. „Das hätte nicht passieren dürfen“, sagte er mit eisiger Stimme.

„Ich habe dich geküsst, weißt du nicht mehr? Du hast nichts Unerlaubtes getan."

„Aber ich habe Sie zurückgeküsst." Das klang, als hätte er ein Verbrechen begangen.

„Das ist doch lächerlich, ich habe dich dazu ermutigt. Ich wollte, dass du mich umarmst. Denk, was du willst, aber ich war mir von Anfang an sicher, dass du der Mann in meinem Leben bist …"

Er verzog schmerzhaft das Gesicht, als wollte er nicht hören, was sie ihm zu sagen hatte. „Priscilla, bitte …"

„Du hast mich einmal deine Geliebte genannt. Erinnerst du dich nicht mehr?"

Er kniff die Augen zusammen. „Sie verstehen nichts", sagte er steif.

„Ich verstehe genug. Mein ganzes Leben lang haben alle – meine Eltern, Lehrer, einfach jeder – geglaubt, sie wüssten, was für mich das Beste ist. Ich habe zugehört, aber jetzt ist damit Schluss!"

„Priscilla …"

„Lass mich ausreden!" Ihre Stimme war fest, aber sie hob sich auf die Zehenspitzen und küsste ihn sanft auf die Lippen, „Ich weiß jetzt, dass du gelogen hast, als du sagtest, du fandest mich nicht anziehend. Ich weiß zwar nicht, warum du die Wahrheit verleugnest, aber das ist jetzt auch gleichgültig, denn ich weiß genug."

„Worüber?", fragte Pietro herausfordernd.

„Über deine Gefühle für mich."

Er sah sie unendlich traurig an. „Ich halte Sie für eine attraktive, sympathische Frau."

„Küsst du oft attraktive, sympathische Frauen so leidenschaftlich wie mich eben?", forderte sie ihn heraus.

„Nein", gab er zögernd zu, „aber es geschieht auch nicht oft, dass sich eine mir so in die Arme wirft."

Priscilla fühlte, wie sie errötete. „Und was war mit dem Abend davor?", wollte sie wissen. „Am Abend, als das Bankett war? Soweit ich mich erinnere, hast du mich damals zuerst geküsst."

„Das stimmt zwar, aber … Ich fürchte, Sie haben davon einen falschen Eindruck bekommen. Damals haben Sie sich nicht wohlgefühlt, und ich wollte Sie trösten."

Priscilla fand diese Entschuldigung lächerlich. Sie schüttelte den Kopf. „Da musst du dir schon eine bessere Ausrede einfallen lassen. Ich bin vielleicht nicht so erfahren wie andere Frauen in meinem Alter, aber ich kann eine tröstende Umarmung von leidenschaftlichen Küssen ganz gut unterscheiden."

Pietro machte ein paar Schritte rückwärts zu seinem Schreibtisch hin, als wollte er von ihr fort. Priscilla folgte ihm und setzte sich, als er Platz nahm, ihm gegenüber.

Nervös griff er nach einem Stift und drehte ihn zwischen den Händen. „Ich möchte natürlich nicht Ihre Gefühle verletzen ..."

„Dann lass es auch." Priscilla fühlte sich durch seine Küsse beschwingt, er konnte sie kaum entmutigen. „Priscilla, Sie machen es mir sehr schwer."

„Darum bin ich ja auch hier." Sie lächelte ihn herausfordernd an, sah, dass er unsicher war und geradezu aufatmete, als das Telefon schrillte.

„Bitte entschuldigen Sie einen Augenblick."

An der Art, wie er seine Schultern straffte, erkannte sie, dass es sich um eine offizielle Angelegenheit handeln musste. Pietro griff nach dem Terminkalender, blätterte kurz durch und notierte sich etwas auf einer Seite. Soweit Priscilla verstand, ging es um ein Treffen des Prinzen mit einem Staatsminister der Vereinigten Staaten.

Pietro legte den Hörer auf und sah sie nachdenklich an. „Wo waren wir stehengeblieben?"

„Wir haben über uns gesprochen", erklärte sie fröhlich. Er runzelte die Stirn und blickte düster. „Mir ist nicht bekannt, dass es ein ‚uns' gibt."

„Gut, dann nehme ich das zurück. Wir sprachen über unsere Gefühle zueinander."

„Ich dachte, das hätte ich schon erklärt. Ich halte Sie für eine attraktive, sympathische junge Frau, aber das heißt keinesfalls, dass ich tiefere Empfindungen für Sie habe."

„Das glaube ich einfach nicht."

Er machte eine abwehrende Handbewegung. „Vielleicht habe ich Ihnen ein wenig Grund gegeben, dass Sie romantische Gefühle für mich haben. Falls das der Fall sein sollte, entschuldige ich mich natürlich. Sie sind hübsch, und ich wollte Sie einfach einmal küssen. Ein Kuss ist doch nichts Besonderes, oder?"

Priscilla blinzelte ungläubig. „Mag sein, aber dafür lag recht viel Leidenschaft in deinen Küssen."

„Ich fühle mich geehrt, dass Sie mich attraktiv finden." Priscilla war wie vor den Kopf gestoßen. Sie fand ihn nicht attraktiv, sie war unsterblich in ihn verliebt. Aber vielleicht wusste er das ja und wollte keine tiefere Beziehung.

„Sie sind jung und leicht zu beeindrucken. Ich fürchte, Sie haben unseren unverbindlichen Umarmungen zu viel Gewicht beigemessen“, sagte er förmlich und abwehrend. „Ich möchte Sie natürlich nicht verletzen, aber es wäre unfair, wenn ich Sie in Ihrem falschen Glauben lasse. Ich bin nicht in Sie verliebt.“

Sie biss sich auf die Lippen und versuchte, ein wenig Stolz zu bewahren. „Dann entschuldige ich mich, wenn ich Ihnen Unannehmlichkeiten bereitet habe.“

„Keineswegs“, meinte er freundlich. „Ich fühle mich geehrt, wenn jemand wie Sie tiefere Gefühle für mich entdeckt.“

„Aha.“ Sie wandte sich um und ging zur Tür. „Ich habe für morgen eine Verabredung mit dem Prinzen.“

„Das ist richtig.“

„Es wäre mir recht, wenn ich dann allein mit ihm sein kann.“ Das bedeutete mit anderen Worten, dass sie nicht wünschte, Pietro noch einmal wiederzusehen.

„Ich werde dafür sorgen.“

Sie suchte nach dem Türknopf und umklammerte ihn fest. Ein letztes Mal noch trafen sich ihre Blicke. „Bevor ich gehe, möchte ich noch eins sagen.“ Ihre Stimme zitterte, und es dauerte eine Weile, bis sie weiterreden konnte. „Sie lügen, und ich weiß es. Ich habe keine Ahnung, warum Sie mich wegschicken, aber das ist wohl jetzt auch bedeutungslos. Wenn ich aus dieser Tür gegangen bin, werden wir uns wahrscheinlich nie wiedersehen. Sie haben klar gesagt, dass Sie es so wollen, und ich habe keine andere Wahl, als Ihre Wünsche zu akzeptieren.“ Priscillas Stimme klang jetzt brüchig. „Meinen Verstand haben Sie beinahe überzeugt, dass Sie mich nicht lieben, aber mein Herz nicht.“

Sie spürte, dass Tränen in ihren Augen brannten und sich nicht mehr länger zurückdrängen ließen, deshalb musste sie ihn schnell verlassen. „Auf Wiedersehen, Pietro“, flüsterte sie fast unhörbar und ging ruhig hinaus. Die Tür klickte leise hinter ihr ins Schloss.

Stefano kehrte völlig niedergeschlagen ins Hotel zurück. Er traf Pietro im Flur, und ihre Blicke trafen sich.

Stefano ging nicht gleich in seine Privaträume, sondern in den größeren Empfangsraum, wo er vorher den Tee mit Priscilla Rutherford genommen hatte. Pietro folgte ihm.

Längere Zeit sprach niemand.

Stefano hatte nicht die Kraft, sich lange, erregte Debatten über sein Verschwinden anzuhören, nicht jetzt, nicht heute, wo er sich ausgelaugt und am Ende fühlte. Pietro schien seinen Zustand zu erkennen und hielt sich zurück.

„Ich sehe, dass du zurück bist. Willst du noch einmal ausgehen?"

„Nein." Sein Herz krampfte sich vor Schmerz zusammen. „Ich möchte, dass du unsere Abreise vorbereitest, und zwar so schnell wie möglich. Gleich morgen, wenn es sich einrichten lässt." Das sollte Pietro ja wohl recht sein, er wollte sowieso schon die ganzen vergangenen Tage nach San Lorenzo zurück.

„Du hast morgen früh noch zwei Termine", informierte ihn sein Sekretär. „Der eine ist mit Priscilla Rutherford, die mich heute Nachmittag darum bat. Sie hat nicht angedeutet, warum sie die Unterredung wünscht, aber sie bat ausdrücklich um eine Privataudienz."

Stefano blickte interessiert auf. „Sie will mich unter vier Augen sprechen?"

Pietro nickte. „Der zweite Termin ist mit einem Beauftragten des American State Department. Die Besprechung ist dringend, wie man mir mitteilte."

Stefano wunderte sich zwar, aber er war in Gedanken zu sehr mit Hope beschäftigt, um weiter zu forschen. Bald würde er wieder in San Lorenzo sein, und dort würde er endlich zur Ruhe kommen, gewiss war es ihm dort leichter, seine Pflicht zu tun und Land und Leuten zu dienen.

Er ging ans Fenster und deutete an, dass die Unterhaltung für ihn beendet war.

Aber Stefano sah, dass sein Sekretär noch zögerte. „Bist du krank?", fragte er prüfend.

Ja, schrie er innerlich, aber „Nein, mir geht es gut", sagte er laut zu Pietro. Er wollte nur allein sein, endlich allein.

„Dann gute Nacht."

„Gute Nacht, mein Freund", antwortete Stefano leise und wischte sich mit einer müden Bewegung durch das Gesicht. Als sein Sekretär das Zimmer verlassen hatte, sank Stefano in einen Sessel und wartete auf die Dunkelheit, die über den Raum und über sein Herz hereinbrach.

Am Morgen gab es große Geschäftigkeit und Durcheinander wegen der geplanten Abreise am Abend. Stefano ging alles nicht schnell genug. Je eher er nach San Lorenzo zurückkam, desto besser. Hier in Seattle konnte er doch immer nur an Hope denken.

Pietro kam gegen zehn Uhr zu ihm und machte einen übermächtigen Eindruck. Stefano fragte sich, welche Sorgen wohl seinen Freund bedrückten, aber wegen der gespannten Stimmung zwischen ihnen wollte er sich lieber nicht in seine Angelegenheiten mischen.

„Doris Jordan und einige ihrer Freundinnen haben darum gebeten, dich zu sehen. Genaugenommen klang es eher wie ein Befehl."

Stefano zögerte, er wusste nicht, ob er die vier schnatternden Damen jetzt ertragen konnte.

„Soll ich sie wegschicken?"

Das brachte Stefano auch nicht übers Herz. „Schick sie herein."

„Ich könnte sie abfertigen, wenn du es wünschst. Priscilla Rutherford kann jeden Moment erscheinen."

Stefano wunderte sich über Pietros plötzliche Hilfsbereitschaft. „Ich werde es kurz machen", versicherte er.

Die vier Frauen traten ein, aber Doris Jordan, die bei der Verlosung so zerbrechlich und sanft gewirkt hatte, sah Stefano heute mit funkelnden Augen an. Sie weigerte sich auch, Platz zu nehmen.

„Wir wünschen eine Erklärung, was Sie mit Hope gemacht haben."

In dem Moment traten Diener ein und brachten Tee und Gebäck. Die anderen Freundinnen wurden weich. „Wenn sich der Prinz solche Mühe gemacht hat, sollten wir uns vielleicht doch setzen und einen Tee nehmen", meinte Hazel.

Stefano mochte ihnen nicht sagen, dass die Vorbereitungen eigentlich für Priscilla getroffen wurden.

„Zuerst beantworten Sie mir das eine, junger Mann", sagte Doris hitzig.

In seinem ganzen Leben hatte Stefano noch nie jemand „Junger Mann" genannt. Aber er blieb höflich und lächelte. „Natürlich."

„Ich möchte wissen, warum meine Tochter die ganze Nacht in Tränen aufgelöst war. Sie gibt es nicht zu, aber ich weiß, dass es mit Ihnen zu tun hat. Was haben Sie ihr angetan? Das arme Mädchen leidet an gebrochenem Herzen."

„Wir sind nicht so dumm, wie Sie denken", meinte Hazel und drohte mit dem Finger. „Da ist doch etwas zwischen Ihnen beiden, schon seit dem ersten Mal, als sie sich getroffen haben."

„Ich möchte außerdem wissen, was sie immer von Elvis redet", verlangte Doris.

Die vier Frauen schnatterten jetzt alle durcheinander. Pietro wurde hellhörig.

„Elvis?", fragte er. „Hope Jordan?" Er blickte zu Stefano hinüber, und der Prinz erkannte, dass sein Sekretär plötzlich vieles durchschaute.

„Meine Damen“, meinte Pietro begütigend, „es tut mir leid, dass ich Sie unterbrechen muss. Aber der Prinz hat einen Termin, den er einhalten muss. Ich bitte Sie zu mir hinüber, dort werden wir alles zu Ihrer Zufriedenheit regeln.“ So komplimentierte er die Freundinnen hinaus.

Zehn Minuten später erschien Priscilla. Auch sie hatte offensichtlich in der Nacht kein Auge zugetan. Sie sah unglücklich und bedrückt aus, und selbst sorgfältiges Make-up konnte die dunklen Ringe unter ihren Augen nicht abdecken.

Sie wollte sich nicht setzen.

„Danke, was ich zu sagen habe, dauert nur einen Moment.“

Der Prinz blieb daraufhin ebenfalls stehen. „Habe ich irgendetwas getan, das Sie verletzt hat?“, forschte er, denn er fand sie an diesem Morgen sehr seltsam.

Sie schüttelte den Kopf und rieb nervös die Handflächen gegeneinander. „Nachdem wir gestern bei Ihnen zum Essen waren, habe ich lange mit meinen Eltern gesprochen. Sie sind im Moment sehr aufgebracht und ärgerlich auf mich, aber ich denke, das geht vorüber.“

„Ich fürchte, ich verstehe nicht.“

„Wie könnten Sie auch?“ Sie schien sich plötzlich schwach zu fühlen, denn sie setzte sich langsam.

„Priscilla, sind Sie in Ordnung?“

Sie lächelte leicht. „Wenn Sie die Wahrheit wissen wollen, ich habe mich niemals schlechter gefühlt als jetzt.“

„Kann ich etwas für Sie tun?“

Sie sah auf den Boden und schüttelte traurig den Kopf. „Ich wünschte, es wäre so, aber unglücklicherweise kann mir niemand helfen.“

Er wartete eine Weile und ergriff dann das Wort. „Sie wollten mich sprechen?“

Priscilla nickte und sah ihn an. „Sie sind sicherlich der attraktivste Mann, den ich jemals gesehen habe, und niemand hat sich mehr um mich bemüht als Sie. Um es kurz zu machen, meine Mutter ist überglücklich, und mein Vater hält große Stücke auf Sie. Deshalb weiß ich nicht, ob meine Eltern jemals wieder ein Wort mit mir wechseln werden.“

„Was könnten Sie denn so Schreckliches getan haben?“, drängte Stefano vorsichtig. Priscilla zitterte vor Nervosität, deshalb hatte er Angst, sie würde gleich in Tränen ausbrechen.

„Meine Eltern hören schon die Hochzeitsglocken läuten“, presste sie hervor und faltete die Hände, als ob sie beten wollte. „Aber … wissen

Sie, ich mag Sie und finde Sie sympathisch, und wenn wir Zeit hätten, einander näher kennenzulernen, würden wir bestimmt gute Freunde … aber ich liebe Sie nicht."

„Liebe braucht Zeit", meinte Stefano nachdenklich. „Nach der Hochzeit werden wir uns nach und nach bestimmt freundschaftlich näherkommen."

Priscilla sah ihn mit geweiteten Augen an. „Dann ist es also wahr?", flüsterte sie geschockt.

„Was ist wahr?"

„Dass Sie es ernst meinen … und mich heiraten wollen."

Er nickte. „Meine Gedanken gingen in diese Richtung."

„Um Himmels willen!" Sie sprang auf und setzte sich genauso unvermittelt wieder. „Ich habe nämlich versucht, meine Eltern zu überzeugen, dass Sie gar nicht die Absicht hätten, das zu tun."

„Alles zu seiner Zeit, Priscilla. Ich habe nicht vor, Sie zu drängen."

„Aber … verstehen Sie nicht, ich liebe Sie doch gar nicht."

Seltsamerweise war ihm nie in den Sinn gekommen, dass sie ihn nicht zum Mann haben wollte. Es könnte nur einen Grund dafür geben. „Gibt es jemand anders?"

Sie ließ den Kopf hängen, dann hob sie ihn wieder und sah Stefano an. In ihrem Blick lag tiefer Schmerz, den er nur zu gut nachempfinden konnte, denn er litt ebenso.

„Es gab jemand", flüsterte sie unterdrückt. „Aber er teilt meine Gefühle nicht."

„Der Mann ist ein Dummkopf", entfuhr es Stefano.

Sie konnte nichts weiter sagen, denn Pietro trat plötzlich ein. Er sah in ihre Richtung, als würde er magnetisch von Priscilla angezogen. Einen atemlosen Moment lang blickten sie einander ganz tief in die Augen, und dann schauten sie beinahe gleichzeitig in eine andere Richtung.

„Entschuldigung", murmelte Pietro gepresst.

„Du wolltest mich sprechen?"

„Das kann warten." Er verließ den Raum so hastig, wie er gekommen war.

Stefano sah seinem Freund nach und dann zu Priscilla hin. Sie versuchte vergeblich, Haltung zu bewahren, aber plötzlich fiel es Stefano wie Schuppen von den Augen. Der Mann, den die reiche Erbin liebte, der, den sie eher wollte als einen Prinzen, war niemand anderer als sein eigener Sekretär.

9. KAPITEL

Priscilla war also in Pietro verliebt. Stefano konnte nicht glauben, dass er so blind gewesen und es nicht bemerkt hatte. Der arme Pietro, kein Wunder, dass sein Sekretär in der letzten Zeit so unbeherrscht und bedrückt wirkte. Pietro schwankte zwischen seiner Liebe zu Priscilla und der Freundschaft zu Stefano. Wie er sich auch entscheiden würde, er machte alles falsch. Wenn Stefano nicht wegen seiner eigenen Probleme so beschäftigt gewesen wäre, hätte er den beiden vielleicht längst helfen können.

Priscilla sah ihn aufmerksam an, und Stefano wurde bewusst, dass er zur Tür blickte, hinter der sein Sekretär verschwunden war. Er schaute zu Priscilla hin. „Ich bin Ihnen für Ihre Ehrlichkeit dankbar", sagte er und überlegte blitzschnell. „Würden Sie mich bitte für einen Augenblick entschuldigen?"

„Selbstverständlich."

„Machen Sie es sich inzwischen bequem, ich bin gleich wieder zurück."

Er ging hastig nach draußen und suchte Pietro, den er in seinem Büro vorfand.

„Du wolltest etwas mit mir besprechen?", wandte er sich an ihn.

„Ist Miss Rutherford gegangen?", fragte Pietro statt einer Antwort. Er sah seinen Freund durchdringend an, und es wirkte, als versteckte er sich hier, bis er sicher sein konnte, dass er ihr nicht mehr über den Weg lief.

„Sie wartet auf mich", erklärte Stefano und warf sich in einen Sessel. Er benahm sich, als plagten ihn schwere Sorgen. „Es sind Probleme aufgetaucht."

„Probleme mit Priscilla?"

„Ja", bestätigte Stefano. „Sie befürchtet, dass ihre Familie Druck auf sie ausüben und sie zu einer Heirat mit mir zwingen will. Deshalb wollte sie auch mit mir allein sprechen und mir die Situation erklären. Obgleich sie mich sehr sympathisch findet, will sie doch nicht meine Frau werden. Kannst du dir das vorstellen! Diese Frau wird noch unsern schönen Plan ruinieren."

Pietro blickte noch düsterer als vorhin.

„Die Sache wird aber noch komplizierter. Sie erzählte mir, dass sie einen andern liebt, allerdings will sie mir nicht sagen, wen. Aber soweit ich verstehe, liebt sie ihn aus ganzer Seele, diesen Schuft."

Pietro überhörte die letzte Bemerkung. „Ich bin sicher, dass sich Miss Rutherfords Gefühle noch ändern werden. Bestimmt wird sie lernen, dich zu lieben."

„Wir haben aber keine Zeit, darauf zu warten." Stefano schauspielerte und machte ein verbissenes Gesicht. „Die Situation drängt, das weißt du ebenso gut wie ich."

„Das ist wahr." Pietro fühlte sich bei diesem Gespräch sichtlich unwohl, er rutschte auf dem Sessel hin und her.

„Ihre Eltern sind ganz begierig darauf, dass ihre Tochter eine Prinzessin wird."

„Natürlich, sie würden einer Verbindung zwischen dir und ihrer Tochter mit Freuden zustimmen", nickte Pietro mit steinernem Gesicht.

„Das habe ich auch gedacht", bestätigte Stefano eifrig und machte ein Verschwörergesicht. „Ich habe alles genau überlegt, es gibt nur eins. Wir kidnappen und zwingen sie, mich zu heiraten."

„Was?" Pietro sprang auf. „Das kann doch nicht dein Ernst sein."

„Wir haben keine andere Wahl. Priscilla versicherte mir, dass sie jemand anderen liebt. Aber als ich sie drängte, gab sie zu, dass dieser Mann ihre Gefühle nicht erwidert. So ist also die Sachlage. Soll sie etwa ihr Leben wegwerfen?"

„Übertreibst du nicht ein wenig?", wandte Pietro misstrauisch ein.

„Keineswegs. Anfangs dachte ich das auch, aber sie meint es ernst. Priscilla sagte, sie wollte abwarten, ob dieser ... dieser Schuft nicht zur Besinnung kommt, und wenn er nicht zu ihr zurückkehrt, will sie überhaupt nicht heiraten."

„Ist das wirklich ihre Absicht?", forschte Pietro. „Hat sie dir das so gesagt?" Er machte ein düsteres Gesicht und sah betreten zu Boden.

„Natürlich. Warum sonst sollte ich das mit dir besprechen?"

Stefanos Sekretär wischte sich mit der Hand über die Augen. In dieser Geste lag unendliche Müdigkeit und Erschöpfung. Er war offensichtlich am Ende seiner Kraft. „Trotzdem – das mit Priscillas Entführung kann nicht dein Ernst sein."

„Verzweifelte Situationen erfordern verzweifelte Maßnahmen", meinte der Prinz leichthin. „Also – da bleibt nur noch die Möglichkeit, sie zu kidnappen und zur Heirat mit mir zu zwingen."

Pietro ballte die Hände zu Fäusten. „Das würde ich nicht zulassen."

Stefano hob ironisch die Brauen und stellte sich, als sei er entrüstet. „Wie bitte?", fragte er steif.

„Es ist gegen das Gesetz."

„Ach, papperlapapp. In ein oder zwei Monaten wird Priscilla diesen Typ vergessen haben, den sie zu lieben glaubt. Sie wird mir später dafür dankbar sein, und ihre Familie ist bestimmt auf meiner Seite, wenn man sie einweiht." Er schwieg und wartete auf Pietros Reaktion.

„Damit will ich nichts zu tun haben."

„Ach, ich komme auch ohne deine Hilfe zurecht. Ich wollte dir nur erzählen, was ich vorhabe."

„Das ist die wahnsinnigste Geschichte, die ich jemals gehört habe. Glaubst du, Priscilla könnte dir vergeben, dass du sie in eine Ehe gezwungen hast? Du bist verrückt."

„Wen kümmert das, ob sie mir vergibt oder nicht? Wir beide wissen, dass es sich nicht um eine Liebesheirat handelt. Ich will bloß ihr Geld, sie selbst interessiert mich nicht." Stefano gab sich alle Mühe, so kalt und berechnend wie möglich zu erscheinen.

Pietro kniff die Augen zusammen. Sein Blick wurde eiskalt. „Du gefühlloser, kaltherziger Sohn einer …" Er unterbrach seinen Fluch gerade noch rechtzeitig.

Stefano spielte den Verwunderten. „Wieso setzt du dich denn so für sie ein? Du willst mich doch sowieso verlassen, deine Kündigung tritt in Kraft, wenn wir in San Lorenzo sind. Also erlebst du sowieso nicht mit, was aus unserer Ehe wird oder nicht. Es hat dich nicht zu interessieren, was passiert."

„Es interessiert mich aber sehr."

„Anscheinend immer noch nicht genug", meinte der Prinz, mehr zu sich selbst. Er lehnte sich zurück und schlug die Beine übereinander.

„Ich war diejenige, der Priscilla für dich ausgesucht hat. Du kannst nicht ernsthaft glauben, dass ich untätig zusehe und zulasse, wie du deinen hinterhältigen Plan ausführst. Glaubst du wirklich, ich könnte da ruhig bleiben?"

„Ich verstehe deinen Einwand wirklich nicht, Pietro."

„Es ist völlig gleichgültig, ob du mich verstehst oder nicht. Ich erlaube einfach nicht, dass Priscilla so missbraucht wird. Sie ist herzlich und liebenswert, und sie verdient eine bessere Behandlung. Ich lasse sie nicht verschachern, als wäre sie ein Gegenstand ohne Herz und Gefühle."

Er hatte die Sätze böse und heftig hervorgestoßen, jetzt schwieg er erschöpft.

Genau auf diese Reaktion hatte Stefano schon die ganze Zeit gewartet. Er wollte Pietro ja herausfordern, damit dieser endlich zur Besinnung kam. „So? Hast du denn nicht genau das geplant? Wolltest du sie nicht allein lassen und sie in eine Ehe ohne Liebe drängen?“, fragte er scharf.

Pietro sah ihn starr an, als verstünde er kein Wort.

„Dich liebt sie, du Dummkopf, nicht mich“, sagte Stefano herzlich. „Nein, nein, keine Sorge, sie hat es mir nicht gesagt, das brauchte sie auch nicht. Ich habe bemerkt, wie ihr euch angeblickt habt, und da wusste ich alles. Diese Frau ist verrückt nach dir, Pietro, und jeder sieht dir an, dass es dir mit ihr genauso geht.“

„Aber ...“

„Ich glaube, das müssen wir nicht länger diskutieren“, unterbrach ihn Stefano. „Sie hat nicht die Absicht, mich jemals zu heiraten. Ich glaube, sie sprach davon, ich könnte ihr ein guter Freund sein.“

Pietro sprach lange Zeit nicht, dann seufzte er tief auf. „Verzeih mir, Stefano. Als mir klar wurde, dass Priscilla mich liebt, habe ich alles getan, um sie zu entmutigen und abzuweisen.“

„Du brauchst dich nicht zu entschuldigen. Ich habe längst erkannt, dass ihr zwei viel besser zusammenpasst als Priscilla und ich. Außerdem verdient diese Frau einen Mann, der sie wirklich liebt, findest du nicht auch?“

Pietro konnte lange nicht antworten. „Und was wird nun aus dir?“, fragte er schließlich.

Stefano lächelte. „Mein Selbstbewusstsein ist ein bisschen verletzt, aber ich denke, das geht vorbei. Ich werde darüber hinwegkommen, und San Lorenzo muss es eben auch, zumindest vorerst. Wir werden sehen, was sich später ergibt.“

Er musste dringend einen Weg finden, um sein Land aus den finanziellen Schwierigkeiten herauszubringen, wenn er auch noch nicht wusste, wie er das anstellen sollte. Aber jetzt wollte Stefano nicht daran denken. Irgendetwas würde ihm schon einfallen. Sein Land hatte siebenhundert Jahre, Krieg und Pest überstanden, da würde sich doch gewiss auch jetzt eine Rettung finden lassen. Prinz Stefano war gezwungen, ohne Hope auszukommen, und sein Land musste es schaffen, ohne Priscilla Rutherfords Geld zu überleben.

Priscilla rutschte unruhig auf ihrem Sessel hin und her, während sie auf die Uhr sah. Stefano war schon recht lange fort, und sie mochte nicht noch länger warten. Alles, was sie ihm mitteilen wollte, war auch bereits gesagt. Sie hoffte nur, sie hatte seine Gefühle nicht verletzt, aber sie wollte nicht heiraten, nur um ihren Eltern einen Gefallen zu tun. Doch darüber mochte sie auch nicht mehr diskutieren, die Auseinandersetzung mit ihren Eltern heute hatte sie genug Nerven gekostet.

Sie wollte gerade aufstehen und heimlich davongehen, als sich hinter ihr die Tür öffnete.

„Priscilla."

Es war Pietro, und beim Klang seiner Stimme krampfte sich ihr Herz zusammen.

Sie blieb stehen und versuchte, Haltung zu bewahren. Jetzt musste sie stark sein.

„Hallo, Pietro. Wo ist der Prinz? Kommt er gleich?"

„Bitte, setz dich wieder."

„Seine Hoheit wollte gleich zurück sein, versprach er mir." Sie blickte hinter sich, als müsste sich jeden Augenblick die Tür öffnen und Stefano erscheinen.

„Nein, der Prinz wird nicht wiederkommen", sagte Pietro fest.

„Ich verstehe." Sie war unsicher und hätte es lieber gesehen, nicht mit Pietro allein bleiben zu müssen. Gehorsam nahm sie Platz, verkrampfte aber die Finger ineinander.

Pietro nahm den Stuhl, auf dem Stefano vorher gesessen hatte, und beugte sich nach vom, um ihr näher zu sein. Die Spannung wurde fast unerträglich.

„Du hattest recht, als du sagtest, ich würde lügen", sagte er nach einer Pause.

Priscilla sah ihn misstrauisch an. Wollte er sich bei ihr entschuldigen? Sie blickte an ihm vorbei, wollte nichts hören. „Das macht jetzt nichts mehr aus, Pietro."

„Du irrst dich. Es ist vielmehr sehr wichtig. Du hast recht, ich liebe dich, und es gäbe nichts Schöneres für mich auf der Welt, als wenn du meine Frau werden würdest."

Sie sah ihn entgeistert an und war fassungslos. „Du behauptest, mich zu lieben?"

„Davon rede ich doch die ganze Zeit." Er lächelte sie freudig an, seine Augen funkelten vor Glück.

„Du liebst mich und ... und doch wolltest du mich aus deinem Leben gehen lassen?"

„Ja“, gab Pietro zögernd zu. „Aber ich schwöre bei allem, was mir heilig ist, es war das Schlimmste, das ich jemals ertragen musste.“

„Aber warum? Weil du dachtest, Stefano wäre in mich verliebt? Das ist lächerlich, das wissen wir beide.“

„Priscilla“, sagte er weich, während er sich erhob. Er ließ sich vor ihr auf die Knie nieder und ergriff ihre beiden Hände. „Wir können über meine Dummheit noch jahrelang diskutieren, wenn du magst. Jetzt möchte ich nur eine Antwort von dir. Willst du meine Frau werden?“

Es störte Priscilla sehr, dass ausgerechnet im wichtigsten Moment ihres Lebens Tränen ihren Blick verschleierten, sodass sie Pietros Gesicht kaum noch erkennen konnte. Sie trocknete sich rasch die Wangen und schluchzte. „Aber ich muss dir erst noch etwas gestehen.“

„Ja?“

„Ich … ich habe keine schönen Füße.“

Pietro brach in lautes Lachen aus, was sie in Verlegenheit brachte, denn sie hatte ihre Worte ernst gemeint.

Sie wehrte sich aber nicht, als er sie in die Arme schloss und sie heiß und verlangend küsste, denn danach hatte sie sich ja schon die ganze Zeit gesehnt.

„Pietro“, flüsterte sie zwischen seinen Küssen, „du bist verrückt.“

„Jetzt nicht mehr, Geliebte, jetzt nicht mehr.“

10. KAPITEL

Stefano war in sein Land zurückgekehrt. Er rechnete nicht damit, dass seine Sehnsucht nach Hope verging, aber er hoffte, dass der Schmerz in seinem Herzen mit der Zeit schwächer werden würde. Er klammerte sich an die glückliche Erinnerung wie ein Kind, das seine geheimsten Schätze verwahrt, und war im Geist immer bei der Frau, der seine Liebe gehörte.

Obgleich er sich Mühe gab, nicht ständig an Hope zu denken, träumte er doch dauernd von ihr. Er sah sie zum Greifen nah vor sich, und noch halb im Schlaf hatte er nicht die Kraft, den Gedanken an sie zu verscheuchen.

Fast immer glaubte er, sie wären wieder zusammen am Hurricane Ridge, in den Bergen, wo sie sich zum letzten Mal sahen. Sie hatte Wiesenblumen gepflückt und lief ihm mit dem Strauß entgegen, ihr Gesicht strahlte, und ihre Augen versprachen ihm Freuden, die er nie genossen hatte.

Er hatte ihr zwar versprochen, keine Verbindung mehr mit ihr zu halten, aber er konnte sie doch nicht völlig aus seinem Leben streichen. Deshalb hatte er einen Privatdetektiv angestellt, der ihm berichten sollte, wie Hope lebte. Stefano wollte einfach sicher sein, dass Hope zurechtkam und auch ohne ihn glücklich war.

Nach dem, was man ihm berichtete, traf das zu. Hopes Coffee-Shop brachte immer mehr Gewinn, und nach den letzten Berichten traf sie sich sogar mit einem Mann. Nun quälte sich Stefano mit dem Gedanken, wer dieser junge Mann wohl war.

Der Prinz war nicht nach Seattle gekommen, als Pietro und Priscilla Rutherford dort heirateten. Denn er hätte der Versuchung nicht widerstehen können, Hope wiederzusehen, und er durfte es doch nicht, weil er ihr sein Ehrenwort gegeben hatte.

Priscillas und Pietros Hochzeit war das Ereignis des Jahres, viele Prominente aus aller Welt kamen zu den Festlichkeiten, und jetzt hielt sich das junge Paar in Australien auf, um dort die Flitterwochen zu verbringen. Stefano wünschte den beiden von Herzen alles Gute.

„Eure Hoheit." Sein neuer Assistent, Peter Hiat, betrat unterwürfig den Raum. „Mr Myers ist hier, um Sie zu sprechen."

„Ach ja, bitten Sie ihn herein."

Stefano empfing den Amerikaner in seinem Privatbüro und erwartete ihn an seinem Schreibtisch, als sein Besucher hereingeführt wurde.

Da Stefano schon vorher in Seattle kurz mit ihm zusammengetroffen war, wusste er, dass Myers als Regierungsbeauftragter der Vereinigten Staaten kam. Soweit er damals verstanden hatte, war die amerikanische Regierung daran interessiert, für einen längeren Zeitraum gewisse Nutzungsrechte in San Lorenzo zu erwerben. Durch den überstürzten Aufbruch in Seattle war es nicht mehr zu weiteren Verhandlungen gekommen. Stefano hatte deshalb vorgeschlagen, sie nach seiner Rückkehr in San Lorenzo fortzuführen.

Als Stefano aber dann einige Zeit nichts mehr vom State Department hörte, glaubte er, das Projekt hätte sich erledigt, und die Vereinigten Staaten wären an einem Gebiet in San Lorenzo nicht mehr interessiert.

„Eure Hoheit", grüßte Steven Myers und trat näher. „Vielen Dank, dass Sie sich Zeit für mich nehmen."

„Bitte, nehmen Sie Platz." Der Prinz wies auf einen bequemen Sessel.

Mr Myers setzte sich und entnahm seiner Aktenmappe einige Unterlagen. „Ich weiß es zu schätzen, dass Sie mich empfangen haben."

„Das Vergnügen ist ganz auf meiner Seite. Was kann ich für Sie tun?"

Mr Myers lächelte verbindlich. „Ich bin gekommen, um San Lorenzo ein Angebot zu machen, das Sie unmöglich ablehnen können", begann der Beauftragte, nachdem die üblichen Höflichkeiten ausgetauscht worden waren.

Vier Stunden später fühlte sich Stefano, als ginge er auf Wolken. Die Vereinigten Staaten, die schon immer freundschaftlich zu San Lorenzo standen, wie Mr Myers betonte, hatten darum ersucht, einen Luftwaffenstützpunkt im Land errichten zu dürfen. Dafür bot die Regierung der USA eine traumhaft hohe Summe an. Natürlich konnte Stefano die Entscheidung nicht allein treffen, aber es war wahrscheinlich, dass das Parlament nur zu gern zustimmen würde.

Damit war sein Land gerettet.

Nach der ersten Erleichterung kam es Stefano sofort in den Sinn, mit Hope Kontakt aufzunehmen und ihr einen Heiratsantrag zu machen. Sie war seine Prinzessin, die er liebte und nach der er sich so sehr sehnte.

Dann aber erinnerte er sich an sein Versprechen und daran, dass er nie wieder in ihr Leben treten sollte. Vielleicht hatte sie ja schon einem andern ihre Zuneigung geschenkt und Stefano längst vergessen.

„So", sagte Lindy und warf sich auf einen Stuhl, „du gehst also heute Abend wieder mit Cliff aus?"

„Ich wünschte, du würdest nicht so tun, als wäre er die Liebe meines Lebens", wehrte sich Hope. „Er ist doch bloß mein Cousin."

„Ich weiß, dass ihr verwandt seid", sagte Lindy und biss herzhaft in einen Berliner, „aber es tut dir gut, ein bisschen herauszukommen. Ich habe mir in der letzten Zeit große Sorgen um dich gemacht."

Darüber wollte Hope nicht mit der Freundin reden. Schon ihre Mutter hatte sie genug damit genervt, und Doris' Freundinnen waren gekommen, um Hope mit allerlei Leckereien über ihren Liebeskummer hinwegzuhelfen. Alle waren sich einig, dass der rechte Mann schon noch käme, und dann würde sie über ihrer neuen Liebe Prinz Stefano ganz vergessen.

Hope war recht froh, als Cliff, ein entfernter Cousin aus der Familie ihres Vaters, in Seattle auftauchte. Sie ergriff die Gelegenheit, um ein wenig auszugehen und auf andere Gedanken zu kommen.

„Hat Cliff schon ein Apartment gefunden?", wollte Lindy wissen und wischte sich mit einer Serviette den Puderzucker von den Lippen.

„Ich helfe ihm dieses Wochenende beim Umziehen", gab Hope zurück.

„Aha." Lindy vermied es, die Freundin anzusehen.

„Warum fragst du danach?", wollte Hope wissen.

Lindy sah kurz auf und zuckte mit den Achseln. „Nur so."

„Übrigens hat ihm deine selbst gebackene Apfeltorte sehr gut geschmeckt."

„Wirklich?" Lindy wurde ganz aufgeregt. „Warum hast du mir das nicht schon eher gesagt?"

Hope lachte, während sie es sich gemütlich machte und die Füße auf die Sitzfläche des gegenüberstehenden Stuhls legte. „Ich wollte nur sehen, wie lange es dauert, bis du selbst danach fragst."

„Hope, das ist gemein."

„Er hat sich auch nach dir erkundigt."

„Ja?"

„Ja, aber ich habe ihm gesagt, er sollte sein Glück bei einer anderen versuchen."

„Hope, das hast du doch nicht wirklich? Sag mir, dass du nur Spaß machst!"

Hope lachte. „Natürlich nicht. Im Gegenteil, ich habe ihm deine Telefonnummer gegeben, und er lässt dir durch mich ausrichten, dass er dich heute Abend anrufen will."

„Er hat mich doch nur einmal gesehen …“, überlegte Lindy und zupfte nervös an ihrer Serviette.

„Du hast anscheinend großen Eindruck auf ihn gemacht. Aber vielleicht war es ja auch nur deine leckere Apfeltorte“, scherzte Hope und kicherte.

Es tat gut, wieder zu lachen, dachte sie. Sie hatte in der letzten Zeit nicht viel Gelegenheit dazu gehabt, aber sie würde es schon schaffen.

Die Glocke an der Eingangstür zum Geschäft schrillte, und Hope sprang auf die Füße. „Ich gehe schon“, sagte sie. Lindy hatte noch genug in der Küche zu tun.

„Hallo“, grüßte sie die Kundin, eine lächelnde, junge Frau. Ihr Gesicht kam ihr irgendwie bekannt vor, aber sie konnte sich nicht recht erinnern. „Kann ich Ihnen behilflich sein?“

„Sie kennen mich nicht“, sagte die Fremde und reichte ihr die Hand. „Ich bin Priscilla Rutherford, oder besser, so hieß ich, bevor ich Pietro heiratete. Sie kennen ihn besser als Prinz Stefanos Privatsekretär.“

Hope erstarrte. Bitte, bitte nicht, dachte sie. Nicht jetzt, wo ich mich langsam erhole und mein Leben neu ordne. Nicht, wenn ich gerade versuche, ohne ihn glücklich zu werden.

„Kann ich Ihnen helfen?“, fragte sie nochmals kühl.

Priscilla lächelte freundlich. „Nein, das können Sie nicht. Aber Pietro und ich sind hier, um Ihnen zu helfen.“

Drei Wochen nach ihrer Hochzeit trafen Pietro und Priscilla im Palast ein.

„Pietro!“, rief Stefano und erhob sich vom Schreibtisch.

Die Männer umarmten sich freundschaftlich, und Stefano küsste Priscilla herzlich auf die Wange. Er freute sich, dass die zwei glücklich und zufrieden wirkten. Sie strahlten, das Eheleben bekam ihnen beiden offensichtlich gut, und Pietro hatte nie besser ausgesehen.

„Ich dachte, ihr beide seid noch auf der Hochzeitsreise“, sagte Stefano und klingelte nach einem Diener, der Kaffee auftragen sollte.

„Wir schauen nur kurz einmal herein, weil wir in den australischen Zeitungen von dem Abkommen zwischen San Lorenzo und den USA gelesen haben“, erklärte Pietro und hielt dabei die Hand seiner Frau. „Ist es denn wirklich wahr?“

Stefano lächelte. „Wir sind mehr als zufrieden. Die Abstimmungen kamen in Rekordzeit zustande, das Parlament steht voll hinter mir, und das Projekt startet schon am Ersten des nächsten Monats.“

„Meinen Glückwunsch."

„Ich bin dankbar für diese Schicksalsfügung." Nur Pietro wusste genau, wie wichtig das Abkommen für Stefano wirklich war.

„Was ist nun mit der Hochzeit?", fragte Pietro unvermittelt.

Stefano sah seinen Freund verständnislos an. „Welche Hochzeit?"

„Pietro", sagte Priscilla sanft, „du ruinierst ja unsere ganze Überraschung."

„Welche Überraschung?" Stefano kam sich vor wie ein Papagei, der alles nachplapperte.

„Wir haben dir etwas von unserer Hochzeitsreise mitgebracht", erklärte Pietro. „Magst du es sehen?"

„Gleich", sagte Stefano. Er wollte erst einmal ausführlich mit den beiden reden, hatte er doch seinen Freund bitter vermisst. Sein neu eingestellter Sekretär war zwar arbeitsam und organisierte alles zu Stefanos Zufriedenheit, aber Pietro war nicht zu ersetzen. Vor allem fehlte ihm der Freund als Fechtpartner. „Erzählt mir lieber erst von eurer Hochzeit", meinte Stefano erwartungsvoll.

Ein Diener erschien und brachte ein silbernes Tablett mit Kaffee und drei Tassen. Priscilla schenkte jedem eine Tasse voll ein, während sie erzählte.

„Also, erst einmal hatten Mutter und ich eine ziemliche Diskussion. Sie wollte eine Hochzeit wie im Buckingham-Palast."

„Ja", wandte Pietro ein, „das kam daher, weil du mich vor unserer Hochzeit noch in den Adelsstand erhoben hast." Er blickte lächelnd auf seine Frau. „Elizabeth fand, wenn Priscilla schon einen Adligen zum Mann bekommt, müsste sie heiraten wie eine Königin."

„Trotz allem war die Hochzeit wunderschön", versicherte Priscilla.

„Aber wir haben dich vermisst", meinte Pietro.

„Meine Mutter war fest davon überzeugt, du wolltest nicht zur Hochzeit kommen, weil ich dein Herz gebrochen und Pietro geheiratet habe", lachte Priscilla.

„Das ist ja auch fast wahr", meinte Stefano und tauschte mit seinem Freund einen Blick. „Was ist denn nun mit eurer Überraschung?"

„Soll er die Augen vorher schließen?", fragte Priscilla ihren Mann.

„Nein, das ist nicht notwendig." Pietro erhob sich und verschwand kurz nach draußen. Aber als er in Begleitung wiederkam, glaubte Stefano seinen Augen nicht zu trauen.

Hope Jordan trat ein und lächelte ihn an.

„Hope", sagte der Prinz ergriffen.

„Guten Tag, Stefano."

Er konnte kaum glauben, wie schön sie aussah, so verführerisch und bezaubernd. Beinahe fürchtete er, sie wäre wieder nur ein Traumbild, das sich beim Erwachen in nichts auflöste.

„Vielleicht möchtest du ihr einen Platz anbieten", erinnerte ihn Pietro.

„Natürlich, verzeih mir."

„Pietro, komm, wir sollten die beiden für eine Weile allein lassen", hörte Stefano Priscilla wie aus weiter Ferne sprechen.

„Du hast recht, wir warten im Rosengarten."

Stefano hatte nur Augen und Ohren für Hope.

„Ich war mir nicht sicher, ob ich kommen sollte", sagte sie unsicher. „Denn ich wusste nicht, ob deine Gefühle für mich noch dieselben sind."

„Sie haben sich nie geändert und werden es nie. Mein Herz ist in deiner Hand, für immer und ewig."

Sie biss sich auf die Unterlippe, und er bemerkte, dass sie sehr nervös war. „Du hast dich nicht mehr bei mir gemeldet, selbst nicht, als das Abkommen über die Militärbasis abgeschlossen war. Ich wäre nie nach San Lorenzo gekommen, wenn mich nicht Pietro und Priscilla so darum gebeten hätten."

„Aber ich hatte dir mein Ehrenwort gegeben, dass ich dich niemals wiedersehen wollte."

„Das war damals, als du plantest, Priscilla Rutherford zu heiraten. Damals gab es noch keine Zukunft für uns beide. Ich dachte ... als ich von dem Abkommen hörte ... was hätte ich denn anderes glauben sollen ... Da befürchtete ich, ich wäre nur eine Laune für dich gewesen, du hättest dich nur in Seattle ein wenig amüsiert."

„Hope, wo denkst du hin! Niemals."

„Warum bist du dann nicht zu mir gekommen, um mir all das zu erzählen?"

Es war nicht leicht für ihn, ihr die Wahrheit zu gestehen. „Ich habe erfahren, dass du dich mit einem jungen Mann triffst, und da dachte ich, es wäre das Beste, mich nicht mehr in dein Leben einzumischen. Ich hatte dir ja schon so weh getan."

„Du hast gewusst, dass ich mit einem Mann ausgehe? Woher denn?"

„Ich bin nicht stolz darauf. Aber versteh mich bitte ... Ich habe einen Privatdetektiv beauftragt, denn ich wollte wissen, ob es dir gut geht, sonst hätte ich niemals Ruhe finden können."

„Oh Stefano …"

Er konnte sich nicht mehr länger beherrschen, riss sie in die Arme und genoss es, ihren zarten Körper zu spüren. Sie war seine wahre Liebe. Wochenlang hatte er gelitten, weil er glaubte, Hope hätte einen anderen Mann. Und er selbst durfte nicht zu ihr, denn er hatte sein Ehrenwort gegeben, und ihr Glück musste ihm über alles gehen.

Sie küssten sich, es war, als wären sie nie getrennt gewesen. Er streichelte ihre Haare, sog ihren Duft ein und presste sie fest an sich.

„Versprich mir, dass du mich nie wieder verlässt", sagte Hope.

„Unter einer Bedingung." Er küsste sie begehrlich und ließ ihr lange keine Zeit zu antworten.

„Alles, was du willst", sagte sie zwischen zwei leidenschaftlichen Umarmungen.

„Heirate mich, bleib ein Leben lang an meiner Seite. Werde meine Prinzessin."

Sie lächelte ihn an, während er auf ihre Antwort wartete, die Lippen dicht über ihrem Mund.

„Die Antwort ist ja. Tausendmal ja."

Stefano jubelte auf, fasste sie um die Taille und wirbelte sie herum, bis ihnen beiden schwindlig wurde. Nun würde ihr Glück nie mehr zu Ende gehen, der Prinz hatte seine Prinzessin gefunden.

– ENDE –

Diana Palmer

Eine bittersüße Liebesfalle

Roman

Aus dem Amerikanischen von
Sarah Falk

mtb

1. KAPITEL

Hugh Patton kam sich richtig nackt vor ohne seinen Dienstausweis und die kleine automatische Pistole, die er früher immer bei sich getragen hatte. Es war sein eigener Wunsch gewesen, den CIA zu verlassen und eine Stellung bei einer privaten Gesellschaft für Gebäude- und Personenschutz in San Antonio anzunehmen. Und jetzt konnte er nur hoffen, dass er den Schritt nicht bereuen würde.

Eine Reisetasche in der Hand und müde von dem verspäteten Flug aus Washington D. C. betrat er die Halle des San Antonio Airports und schaute sich nach seinem Bruder Bob um.

Hugh war groß, kräftig und dunkelhaarig und hatte ein gut geschnittenes, sehr anziehendes Gesicht. Sein Bruder sah aus wie eine ältere Version von ihm, wenn er auch von der Gestalt her nicht ganz so kräftig war. Einen sechsjährigen kleinen Jungen an der Hand, kam Bob lächelnd auf Hugh zu.

„Hi“, begrüßte er ihn. „Ich hoffe, dass du gerade erst gelandet bist. Ich musste Mikey mitbringen.“

Der Junge schaute grinsend zu seinem Onkel auf und entblößte eine Lücke zwischen den Vorderzähnen. „Hi, Onkel Hugh. Hast du wieder Verbrecher erschossen?“, fragte er so laut, dass ein Flughafenpolizist sich stirnrunzelnd nach ihnen umwandte.

„Schon seit einiger Zeit nicht mehr, Mikey“, erwiderte Hugh, bevor er seinem Bruder die Hand schüttelte und Mikey auf seine Schulter hob. „Wie geht’s denn so, Partner?“, fragte er den Jungen.

„Super, Onkel Hugh! Der Zahnarzt sagte, ich bekäme einen neuen Zahn, aber die Zahnfee hat mir einen ganzen Dollar für meinen alten gegeben!“

„Unter uns gesagt – die Zahnfee geht allmählich bankrott!“, bemerkte Bob.

„Kann ich deine Pistole sehen, Onkel Hugh?“, war Mikey wieder lautstark zu vernehmen.

Der Flughafenpolizist zog beide Brauen hoch, und Hugh stöhnte innerlich, als er den Mann näherkommen sah. Er kannte die Routine inzwischen so gut, dass er Mikey schon abgesetzt und seine Jacke geöffnet hatte, bevor er noch dazu aufgefordert worden war.

Der Beamte betrachtete Hugh schmunzelnd. „Nicht schlecht, das Hemd – oder wollen Sie mit Ihren Muskeln protzen?“

„Ich will Ihnen zeigen, dass ich keine Waffe trage."
„Ach das. Ich suche keine Waffe. Sie sind Hugh Patton?"
Hugh blinzelte erstaunt. „Ja."
„Niemand sonst hier entspricht der Beschreibung", sagte der Mann erklärend. „Eine Mrs Patton rief eben an – sie lässt Ihnen ausrichten, dass Sie ihr einen neuen Vergaser für einen 65er-Ford Mustang mitbringen sollen."
„Oh nein, kommt nicht infrage!", murmelte Bob. „Ich habe ihr gesagt, dass sie diese Reparatur nicht machen kann, aber sie hört ja nicht. Sie wird mir entweder beweisen, dass ich mich irre oder … sie wird dich belästigen", fügte er mit einem ärgerlichen Blick auf Hugh hinzu, der belustigt grinste.
„Seine Frau ist eine fantastische Automechanikerin", wandte Hugh sich an den Polizisten. „Es gibt nichts auf Rädern, was sie nicht reparieren könnte. Aber mein Bruder …" – er wies mit dem Daumen auf Bob – „… findet ihren Beruf nicht damenhaft genug."
„In welchem Jahrhundert lebt er?", entgegnete der Polizist kopfschüttelnd. „Meine Frau repariert seit Jahren unsere Waschmaschine, und das erspart uns eine Menge Geld. Es geht nichts über eine Frau, die handwerklich begabt ist. Sie sollten froh sein", fügte er, an Bob gewandt, hinzu. „Wissen Sie, welchen Stundenlohn ein Mechaniker nimmt?"
„Ja, sehr gut sogar, weil ich mit einem verheiratet bin", erwiderte Bob düster. „Sie hat eine eigene Reparaturwerkstatt, und es ist ihr völlig egal, dass sie ständig von Kopf bis Fuß mit Öl beschmiert ist und nach verbranntem Reifengummi riecht. Meine Meinung interessiert sie nicht. Ich bin für sie nur noch ein Babysitter."
Hugh kannte den Grund für Bobs Ärger nur zu gut, er und sein Bruder hatten während ihrer Kindheit ständig hinter dem Beruf ihrer Mutter zurückstehen müssen. „Du weißt, dass Connie dich liebt, Bob", sagte er besänftigend, als der Polizist von einem weiblichen Passagier fortgerufen wurde. „Im Übrigen hast du deinen eigenen Beruf und bist ein exzellenter Landvermesser. Ich bin sicher, dass Mikey eines Tages in deine Fußstapfen treten wird, nicht wahr, Mikey?"
„Ich nicht! Ich will Automechaniker werden wie meine Mommy!"
Bob hob resigniert die Hände und begann zum Ausgang des Terminals zu gehen. Hugh und Mikey folgten ihm.

Die Pattons lebten in Floresville, nur eine kurze Autofahrt von San Antonio entfernt. Hier war Texas noch sehr ländlich, und die Gegend erinnerte Hugh an die glücklichen Zeiten, die er hier als Kind verbracht hatte, wenn er und Bob zu Besuch auf der Ranch ihres Onkels gewesen waren und mit den Cowboys reiten durften.

„Wie die Zeit vergeht“, bemerkte Hugh.

„Ja, es ist kaum zu glauben“, erwiderte Bob und fügte dann mit einem Blick auf seinen Bruder bewusst beiläufig hinzu: „Übrigens habe ich vor einigen Tagen Kirby in der Stadt getroffen.“

Hughs Herzschlag setzte einen Moment lang aus. Er hatte nicht damit gerechnet, noch einmal ihren Namen zu hören, nachdem er sich fünf Jahre lang bemüht hatte, sie zu vergessen.

Kirby mit dem langen, welligen blonden Haar und den großen grünen Augen, die nur so strahlten vor Humor und Liebe … Doch leider hatte er auch andere Erinnerungen an sie, die nicht so angenehm waren – Erinnerungen an ihre Tränen und an ihre flehentlichen Bitten, sie anzuhören und ihr zu glauben. Doch er hatte es ihr verweigert. Als er sie, nur dürftig bekleidet, mit seinem besten Freund erwischte, hatte er in einem Anfall blinder Eifersucht das Schlimmste angenommen. Er hatte sechs Monate gebraucht, um herauszufinden, dass sein bester Freund das Ganze sorgfältig inszeniert hatte, weil er Kirby selbst begehrte und sie von Hugh trennen wollte.

„Ich habe versucht, mich bei ihr zu entschuldigen“, erklärte Hugh leise.

„Sie weigert sich bis heute, über dich zu reden“, erwiderte Bob und bog in die Seitenstraße ein, die zum Haus der Pattons führte. „Sie ist höflich, wenn jemand dich erwähnt, aber dann wechselt sie das Thema.“

„Sie ging fort aufs College, noch bevor ich die Stadt verließ“, erinnerte Hugh seinen Bruder.

„Ja, und sie hat es vorzeitig und mit Auszeichnung abgeschlossen. Sie ist heute Vizepräsidentin einer bekannten Werbeagentur in San Antonio, verdient eine Menge Geld und reist sehr viel.“

„Kommt sie ab und zu nach Hause?“, fragte Hugh.

„Sie meidet Floresville wie die Pest. Sie kann es sich erlauben, seit ihre Mutter das Haus verkauft hat.“ Bobs Blick glitt zu Hugh. „Du musst sie sehr verletzt haben.“

Hughs Lächeln drückte seine ganze Selbstverachtung aus. „Du ahnst gar nicht, wie sehr.“

„Es war kurz nach deiner Einstellung beim CIA.“

„Ich hatte mich schon sechs Monate vorher beworben“, erklärte Hugh. „Es war keine plötzliche Entscheidung.“

„Aber eine, die du uns allen verschwiegen hattest.“

„Weil ich wusste, dass du meinen Entschluss nicht gutheißen würdest. Aber hier bin ich wieder – lebendig wie eh und je und mit einigen sehr aufregenden Erinnerungen“, entgegnete Hugh lächelnd.

„Und genauso allein wie damals, als du fortgingst.“ Bob zeigte auf Mikey, der auf dem Rücksitz des Wagens lag und in einem Comic blätterte. „Wenn du geheiratet hättest, könntest du jetzt auch schon Kinder haben.“

Hugh schaute auf Mikey, und seine Miene verdüsterte sich. „Ich bin nicht so mutig wie du.“

„Und du warst immer derjenige, der sagte, ich solle mir von der Vergangenheit nicht mein Leben ruinieren lassen!“

Hugh zuckte die Schultern. „Es sind Einflüsse, die sich immer wieder bemerkbar machen. Allerdings weniger, seit ich nicht mehr zu Hause bin.“

„Du hast es noch immer nicht überwunden, Hugh. Aber auch du wirst älter, und eines Tages wirst du dir eine Frau und eine Familie wünschen.“

Dass er gern eine Frau gehabt hätte, konnte Hugh nicht abstreiten, aber der Gedanke an Kinder widerstrebte ihm. „Meine Arbeit hat mir immer wieder zu Bewusstsein gebracht, wie kurz das Leben sein kann – und wie unberechenbar“, meinte er nachdenklich. „Irgendwann habe ich mir Gedanken darüber gemacht, wie mein Leben wohl verlaufen würde, und was ich sah, gefiel mir nicht. Als mir dann von einer Bekannten der Posten als Leiter einer privaten Wach- und Schließgesellschaft angeboten wurde, beschloss ich, einen Wechsel zu versuchen.“

„Von einer alten ‚Bekannten‘?“, wiederholte Bob. „Einer ehemaligen Freundin meinst du wohl?“

Hugh seufzte. „Ja.“

„Ist sie noch an dir interessiert?“

„Nein. Lorna hat mich schon vor Jahren aufgegeben, noch bevor ich anfing, mit Kirby auszugehen. Sie machte mir den Vorschlag, weil sie den Eindruck hatte, dass ich mich gern verändern würde“, erwiderte Hugh. „Nichts Romantisches.“

Bob erwiderte nichts, doch sein Gesichtsausdruck sprach Bände. „Na gut, belassen wir es dabei“, sagte er. „Bei welcher Firma wirst du arbeiten?“

„Bei der Lancaster Incorporation in San Antonio. Sie betreut mehrere Tochtergesellschaften, und ich werde für die Leitung der Sicherheitsdienste aller Unternehmen verantwortlich sein.“

Bob gab einen sehr eigenartigen Ton von sich.

„Was sollte das denn heißen?", fragte Hugh neugierig.

Bob hüstelte. „Ach nichts, gar nichts!", erwiderte er dann grinsend. „Hoffentlich magst du Pfannkuchen, denn mehr geben meine Kochkünste nicht her, und Connie wird bis heute Abend in ihrer Werkstatt sein. Im Allgemeinen bereite ich ihr ein Omelette zu, wenn sie nach Hause kommt." Unbewusst umklammerte er das Lenkrad fester. „Ich hasse Mechaniker!"

„Du wusstest, dass Connie eine begeisterte Mechanikerin ist, als du sie vor zehn Jahren heiratetest", wandte Hugh ein.

„Klar, aber ich wäre doch nie auf die Idee gekommen, dass sie einmal ihre eigene Werkstatt eröffnen würde! In den letzten sechs Monaten, seit sie die Werkstatt betreibt, lebe ich wie ein alleinerziehender Vater! Ich tue alles für Mikey, und sie ist nie zu Hause!"

Hugh zog die Augenbrauen hoch. „Hat sie keine Angestellten?"

„Die sind ihr zu teuer, behauptet sie", murmelte Bob düster und lenkte den Wagen in die Einfahrt zu dem stattlichen alten Haus, in dem sie lebten. Im hinteren Teil des Gartens stand ein neuer Schuppen aus Metall, aus dem laute Geräusche ertönten.

Die ältere Dame, die im Vorgarten des Nachbarhauses ihre Blumenbeete jätete, bedachte die beiden Männer mit einem übertrieben freundlichen Lächeln. „Wie schön, Sie wiederzusehen, Hugh. Aber hoffentlich sind Sie nicht heimgekommen, um Ruhe und Frieden zu suchen – denn falls das so ist, sollten Sie schleunigst umkehren und nach San Antonio zurückfahren! Dort ist es wesentlich ruhiger als hier."

„Warum schreien Sie so, Martha?", warf Bob gelassen ein.

„Weil ich schreien muss, um den Lärm zu übertönen, der Tag und Nacht aus diesem Schuppen dringt!", erwiderte die weißhaarige alte Dame mit einer ärgerlichen Handbewegung. „Können Sie nicht wenigstens dafür sorgen, dass sie zu einer vernünftigen Tageszeit Schluss macht?"

„Sagen Sie es ihr doch selbst", entgegnete Bob.

„Oh nein, nicht ich", wehrte Martha entsetzt ab. „Als ich es einmal versuchte, hat sie einen Schraubenschlüssel nach mir geworfen!" Mit einem empörten Kopfschütteln machte die alte Dame sich wieder ans Unkrautzupfen.

Hugh bemühte sich, nicht zu lachen, und nahm seine Reisetasche aus dem Wagen. „Hier", sagte er zu Bob. „Nimm sie mit hinein. Ich möchte zuerst Connie begrüßen."

„Hm, Hugh, ich weiß nicht …"

„Keine Angst, Bob, vergiss nicht, dass ich Geheimagent war", erinnerte Hugh ihn trocken.

„Pass auf deinen Kopf auf! Sie hat eine Menge Schraubenschlüssel da drinnen …"

Hugh klopfte an die Schuppentür und wartete, bis das metallische Kreischen verstummte und sich Schritte näherten.

Die Tür wurde aufgerissen, und eine zierliche braunhaarige Frau, die einen ölverschmierten Overall und eine Baseballmütze trug, trat heraus.

„Hugh!" Sie warf sich in seine starken Arme und drückte ihn freudig an sich. „Wie geht es dir? Als Bob mir sagte, dass du beim CIA gekündigt hast und in San Antonio arbeiten wirst, habe ich wie wild Beifall geklatscht! Hör zu, sobald du ein Auto hast, werde ich sämtliche Reparaturen für dich erledigen – natürlich umsonst! Du kannst bei uns wohnen und …"

„Nein, Connie, das geht leider nicht", unterbrach Hugh sie sanft. „Ich muss in San Antonio leben, aber ich werde euch sehr oft besuchen. Und sobald ich ein schönes, großes Apartment gefunden habe, kaufe ich Spielzeug für Mikey, damit ihr auch zu mir kommen könnt und er etwas hat, womit er sich beschäftigen kann."

Connie verzog das Gesicht. „Ich habe nicht viel Zeit, Hugh – du ahnst gar nicht, wie beschäftigt ich bin! Natürlich beklage ich mich nicht. Wir haben einen neuen Videorekorder und einen neuen Fernseher, und Mikey hat jede Menge Spielzeug. Ich habe Bob sogar einen vernünftigen Jeep gekauft!", erklärte sie strahlend. „Nicht schlecht, was?"

„Allerdings", stimmte er zu und fragte sich, ob es ihm zustand, Connie darauf hinzuweisen, dass Geschenke kein Ersatz für die Zeit waren, die sie mit ihrer Familie hätte verbringen können. Er und Bob hatten in ihrer Kindheit Narben davongetragen, von denen Connie vielleicht nicht einmal etwas ahnte, weil sein Bruder sich in diesem Punkt ähnlich verhielt wie er und lieber schwieg, statt einem anderen Menschen etwas zu erzählen. Er, Hugh, hatte Kirby gegenüber nie etwas in der Richtung erwähnt, so nahe sie sich früher auch gestanden hatten.

„So, und jetzt muss ich wieder an die Arbeit, Hugh. Bob kocht heute Abend, er wird sich um dein Essen kümmern. Wir sehen uns später, Hugh. Hast du mir den Vergaser mitgebracht?"

Er errötete.

Sie runzelte die Stirn. „Das war Bob, nicht? Er hat dich nicht gelassen." Sie stampfte mit dem Fuß auf. „Ich begreife wirklich nicht, warum ich mir ausgerechnet einen solchen Macho suchen musste! Er wirkte vollkommen normal, als ich ihn heiratete." Sie wandte sich ab und kehrte in die Werkstatt zurück, wütende Worte vor sich hin murmelnd, und Hugh war plötzlich sicher, dass Bob ihr nie etwas von seiner Kindheit erzählt hatte.

„Na, war sie wütend wegen der Sache mit dem Vergaser?", fragte Bob, als er etwas später in der Küche angebrannte Pfannkuchen auftischte.

„Ja."

„Hat sie dir auch erzählt, was sie uns alles gekauft hat?", fuhr er aufgebracht fort. „Großartig, nicht? Wenn sie Zeit hätte, um das alles mit uns zu genießen, ergäbe es vielleicht noch einen Sinn. Aber der arme Mikey bekommt nicht einmal eine Gutenachtgeschichte vorgelesen, weil Connie abends zu müde ist. Selbst das muss ich tun!"

„Hast du versucht, mit ihr darüber zu reden?"

„Klar, aber sie hört nicht zu, sie ist zu beschäftigt damit, sich neue Motorsysteme und andere unendlich wichtige Dinge auszudenken." Bob stellte einen Teller mit Pfannkuchen vor Mikey, der prompt das Gesicht verzog. „Kratz das Schwarze ab", riet Bob seinem Sohn.

„Es ist noch ein Hamburger von gestern im Eisschrank. Kann ich den nicht haben?", fragte Mikey schmollend.

„Klar. Stell ihn in den Mikrowellenherd", knurrte Bob.

Mikeys Gesicht hellte sich auf. „Super, Dad! Darf ich fernsehen beim Essen?"

„Von mir aus. Die Familienzusammengehörigkeit geht ja hier ohnehin zum Teufel."

Mikey sprang auf und holte sich den Hamburger aus dem Kühlschrank. Sobald er aufgewärmt war, verschwand er damit in seinem Zimmer.

„Armer Junge. Sein Cholesterinspiegel muss unglaublich hoch sein, und er wird noch an Unterernährung sterben."

Hugh starrte auf die unappetitlichen Pfannkuchen. „Falls er nicht vorher verhungert."

„Ich kann nun mal nicht kochen", entgegnete Bob verärgert. „Connie hat mich schließlich nicht meiner Kochkünste wegen geheiratet. Sie hätte sich einen Hobbykoch suchen sollen!"

„Warum stellst du keine Haushälterin ein?", schlug Hugh vor.

Bobs Gesicht hellte sich auf. „Das ist eine gute Idee! Geld haben wir schließlich genug, warum also nicht? Ich werde mich morgen schon nach einer Köchin umsehen." Er starrte auf die Pfannkuchen auf seinem Teller und schob ihn dann angewidert fort. „Hör zu, wie wär's, wenn wir uns Sandwiches und Pommes frites aus Mama Lou's Barbecue holten? Es ist gleich um die Ecke."

Hugh grinste. „Das hört sich schon viel besser an!"

Hugh verbrachte zwei faule Tage bei Bob, Connie und Mikey und bemühte sich, die Unstimmigkeiten im Haushalt zu übersehen. Wenn Bob und Connie beide nicht ganz so stur gewesen wären, hätten sie ihre Schwierigkeiten sicher bereinigen können. Aber keiner von beiden war bereit, nachzugeben und einen Kompromiss zu schließen.

Bevor Hugh am folgenden Montag nach San Antonio aufbrach, um seine neue Stelle anzutreten, hatte Bob bereits mit vier Frauen gesprochen, die sich um den Posten einer Haushälterin bewarben. Am meisten sagte ihm eine Mexikanerin mit hüftlangem, blauschwarzem Haar und sanften braunen Mandelaugen zu, deren verführerisch heisere Stimme und wundervolle Figur sogar Hughs Puls schneller schlagen ließen. Das wird noch Ärger geben, dachte er, mischte sich jedoch nicht ein. Sein Bruder musste sein eigenes Leben führen.

Die Lancaster Incorporation gehörte einem Ehepaar mittleren Alters und war – obwohl die Firma als Aktiengesellschaft geführt wurde – im Grunde genommen ein Familienunternehmen, deren Eigentümer Hugh auf Anhieb sympathisch waren. Sie hießen ihn herzlich in der Firma willkommen und sprachen sehr offen über ihre Vorstellungen von seinen Pflichten und seinem Verdienst.

Sie machten ihn mit den Leuten bekannt, die Hugh unmittelbar unterstellt waren, einem ehemaligen Polizeibeamten und einer Frau, die früher beim Militär gedient hatte. Beide wirkten sehr tüchtig und führten die Zentrale, seit ihr früherer Vorgesetzter, der die mit seiner Aufgabe verbundenen psychischen Belastungen nicht mehr ertragen hatte, aus der Firma ausgeschieden war.

„Er konnte kein Blut sehen", bemerkte Edna Riley und maß Hugh mit einem neugierigen Blick. „Ich hörte, Sie waren beim CIA?"

Er nickte. „Das stimmt."

„Und davor?"

„War ich Streifenpolizist in San Antonio."

Edna schmunzelte. „Allerhand."

Auch Tory Madison, der ehemalige Polizeibeamte, grinste. „Klar, jetzt erinnere ich mich an Sie!", sagte er. „Ich wurde ungefähr um die gleiche Zeit pensioniert, als Sie anfingen. Aber ich hielt die Untätigkeit nicht lange aus, und deshalb bin ich hier. Es ist zwar nur ein Bürojob, aber er gefällt mir."

Hugh lächelte ihn an. „Sobald ich einen Überblick über die Funktionen der einzelnen Mitarbeiter gewonnen habe, werde ich Veränderungen vornehmen. Nichts Drastisches allerdings“, fügte er hinzu, als er die besorgten Gesichter seiner Mitarbeiter sah. „Doch ich halte es für äußerst wichtig, dass wir mit unseren Methoden auf dem Stand der neuesten Erkenntnisse bleiben.“

Am nächsten Tag machte er sich in seinem besten grauen Anzug und einem schneeweißen, tadellos gebügelten Hemd, zu dem er eine dezent gestreifte Krawatte trug, auf den Weg zu den fünf Firmen, die unter der Schirmherrschaft der Lancaster Incorporation standen.

Sein erster Besuch galt der Lancaster Incorporation selbst, die ihren Sitz in einem riesigen Bürokomplex hatte, der auch einigen anderen Firmen aus San Antonio als Zentrale diente. Hier waren insgesamt zehn Leute, fünf am Tag und fünf in der Nacht, für die Sicherheit und Überwachung der einzelnen Gebäudekomplexe zuständig.

Hugh hielt eine Besprechung mit dem Personal ab und stellte fest, dass einer der Männer ihm nicht gefiel. Irgendetwas an diesem Wachmann störte ihn, und das Gefühl verstärkte sich, als Hugh eine sehr persönliche Bemerkung mitbekam, die der Mann an eine der im Gebäude beschäftigten Frauen richtete. Vielleicht sind sie befreundet, dachte er, weil die Frau nur mit einem schwachen Lächeln reagierte und weiterging. Doch später, als Hugh mit dem Chef der Truppe sprach, die für die Gebäudesicherung zuständig war, wurde ihm der Zwischenfall noch einmal in Erinnerung gebracht.

Auf Hughs beiläufige Frage hin, ob es irgendwelche Schwierigkeiten mit dem Personal gegeben habe, zögerte der Sicherheitschef zunächst. Dann gab er zu, Beschwerden über einen bestimmten Mann aus seiner Truppe gehört zu haben, was Hughs Bedenken hinsichtlich dieses Mannes sehr verstärkte.

Die fünfte und letzte Firma unter der Schirmherrschaft der Lancaster Incorporation, die Hugh an diesem Tag aufsuchte, war ein aufstrebendes junges Unternehmen mit dem Namen „Contacts Unlimited“. Bei einem Gespräch mit Mack Dunlap, ihrem Präsidenten, erfuhr Hugh, dass auch hier Beschwerden über einen der Männer aus der Sicherheitstruppe laut geworden waren.

„Ich persönlich habe keine Klagen“, erklärte Mack. „Aber eine unserer Vizepräsidentinnen beschwerte sich über eine sehr anzügliche Bemerkung, die einer dieser Männer in ihrer Gegenwart machte.“

„So?“, erwiderte Hugh. „Dann würde ich gern einmal mit ihr reden.

Denn derartige Beschwerden sollte man nicht auf die leichte Schulter nehmen."

Mack hob die Augenbrauen. „Das sind ja ganz neue Töne! Der alte Baxter, der vor Ihnen den Job hatte, lachte nur. Er sagte, Frauen müssten sich an so etwas gewöhnen. Unsere Vizepräsidentin hatte deshalb eine ziemlich heftige Auseinandersetzung mit ihm."

„Hinsichtlich Baxters kann ich nicht mehr viel unternehmen, aber ich versichere Ihnen, dass von nun an ganz andere Maßstäbe gelten werden."

Mack lächelte. „Das ist sehr erfreulich. Vielen Dank."

Hugh ließ sich erklären, wo die Dame zu finden war, die die Beschwerde geäußert hatte, und ging zu ihrem Büro.

Ohne auf das Namensschild zu achten, klopfte er an ihre Tür.

„Herein", rief eine ruhige, sehr feminine Stimme.

Hugh öffnete die Tür – und erstarrte.

Sie trug ein weißes Leinenkostüm und eine grüne Seidenbluse, die genau ihrer Augenfarbe entsprach. Ihr blondes Haar war kinnlang und umschmeichelte in weichen Locken ihre hohen Wangenknochen und den schön geformten, sinnlichen Mund.

Gesenkten Kopfes blätterte sie stirnrunzelnd in einer Akte.

„Was kann ich für Sie tun, Mack?", fragte sie, ohne aufzusehen.

Hughs Hand verkrampfte sich um den Türknauf, als schmerzliche Erinnerungen aus der Vergangenheit in ihm aufstiegen. Er sah wieder Bobs grinsendes Gesicht vor sich und begriff plötzlich, warum sein Bruder so seltsam auf die Nachricht reagiert hatte, dass er bei der Lancaster Incorporation anfangen würde.

„Ich sagte …" Kirby schaute auf, und innerhalb von Sekunden wechselte der Ausdruck ihrer grünen Augen von anfänglichem Schock zu purem Hass. Sie stand auf, schlank und hübsch wie früher, wirkte aber sehr viel reifer.

„Hallo, Kirby", sagte Hugh ruhig und zwang sich zu einem Lächeln. „Wir haben uns lange nicht gesehen."

„Was hat der CIA hier zu suchen?", fragte Kirby unwillig.

Hugh schaute sich um. „CIA?"

„Du!"

„Ach so … Ich bin nicht mehr beim CIA", erwiderte er. „Heute ist mein erster Arbeitstag bei der Lancaster Incorporation. Ich bin der neue Sicherheitschef." Er lächelte, als er Kirbys Unbehagen wahrnahm. „Wie klein die Welt doch ist."

2. KAPITEL

So gefasst, wie sie es vermochte, nahm Kirby wieder Platz und bemühte sich, den Schmerz, den Hughs Erscheinen in ihr auslöste, zu bezwingen. Ihr Lächeln wirkte so aufgesetzt wie Hughs.

„Ja“, sagte sie, „die Welt ist klein. Was kann ich für dich tun, Hugh?“

„Dein Chef sagte, du hättest Schwierigkeiten mit einem der Männer unseres Sicherheitsdienstes.“

„Oh.“

Hugh schob die Hände in die Taschen. „Nun?“

Er hatte also nicht herauszufinden versucht, wo sie arbeitete, und war auch nicht gekommen, um sie zu sehen ... Sein Besuch war geschäftlicher Natur, worüber sie eigentlich nicht überrascht sein durfte, denn immerhin waren schon fünf Jahre vergangen, seit er aus ihrem Leben gestürmt war. Aber enttäuscht war Kirby trotzdem.

Er rauchte nicht, obwohl er früher ein starker Raucher gewesen war. Kirby fragte sich, warum er es aufgegeben haben mochte. Vielleicht war es Geheimagenten nicht gestattet, zu rauchen oder andere Laster zu pflegen, die ihren Job gefährden konnten.

„Mr Erikson scheint es amüsant zu finden, mich mit vulgären Bemerkungen zu bedenken“, antwortete sie mit erzwungener Gleichmut. „Dann sag ihm, dass er damit aufhören soll.“

„Das habe ich bereits. Er versteht nicht, warum ich es als beleidigend empfinde. Denn schließlich bin ich eine Frau, und Frauen sind – so behauptet er zumindest – ausschließlich für das Vergnügen der Männer da.“

Hugh schürzte die Lippen. „Aha. Und wie alt ist dieser Mann?“

„Um die fünfzig, schätze ich.“

„Dann müsste er es eigentlich besser wissen.“

„Ich hoffe, dass du ihm das klar machst. Gestern hätte ich fast Anzeige gegen ihn erhoben.“

„Weshalb?“

Es war ihr unangenehm, mit Hugh darüber zu sprechen. Sie zögerte.

„Wir waren einmal Freunde“, erinnerte er sie.

„Er machte Bemerkungen über die Größe meiner Sitzfläche und stellte Spekulationen an, ob ich schwarze Unterwäsche trage. Und dann sagte er ...“ – Kirby holte tief Luft – „... er würde mir welche kaufen, falls ich bereit wäre, sie für ihn anzuziehen.“

Was er hörte, gefiel Hugh nicht, und das war ihm anzusehen. „Ich werde mit ihm reden. Falls es noch einmal vorkommt, will ich es erfahren."

Sie erwiderte seinen Blick. „Falls es noch einmal geschieht, werde ich ihn anzeigen. Niemand sollte gezwungen sein, derartige Beleidigungen zu ertragen, um seinen Job zu behalten. Und es ist ein guter Job. Ich will ihn nicht verlieren."

„Das wirst du auch nicht." Hugh wandte sich zur Tür, drehte sich dort noch einmal um und schaute Kirby nachdenklich an. „Wie geht es deiner Mutter?"

„Keine Ahnung", entgegnete sie kühl. „Das Letzte, was ich von ihr hörte, war, dass sie und ihr vierter Mann in Dänemark leben."

Hugh wandte sich ab und ging wortlos hinaus.

Kirby entspannte ihre fest verschränkten Hände und stellte fest, dass sie eiskalt waren und zitterten. Es war lange her, seit ihre Nerven derart versagt hatten. Nicht einmal die Abschlussprüfungen auf dem College hatten sie derart mitgenommen.

Sie versuchte, sich auf ihre Arbeit zu konzentrieren, aber ihre Gedanken kehrten immer wieder zu jenen aufregenden Tagen zurück, bevor Hugh die Stadt verlassen hatte.

Sie drehte ihren Stuhl zum Fenster und schaute hinaus. Hugh hatte gerade das Gebäude verlassen und stieg in einen Firmenwagen der Lancaster Incorporation. Sein dunkles Haar schimmerte in der Sonne schwarz wie das Gefieder eines Raben. Sie erinnerte sich, wie es sich angefühlt hatte, wenn sie im Dunkeln im geparkten Wagen ihre Finger hindurchgleiten ließ. So viele Jahre waren seitdem vergangen.

Das Summen der Sprechanlage lenkte sie von ihren Erinnerungen ab. „Ja?"

„Ich bin's, Betty", meldete sich ihre Freundin. „Alle Achtung – du erzielst wirklich Ergebnisse!", sagte sie lachend.

„Wieso?"

„Unser Freund Erikson hat gerade seine fristlose Kündigung erhalten.

Er hat bei Daddy Lancasters neuem Sicherheitschef etwas darüber verlauten lassen, dass Frauen für ihn eine willkommene Beute sind. Seine Kinnlade wackelt jetzt noch, hörte ich."

Kirby hielt den Atem an. „Hugh hat ihn gefeuert!"

„Hugh?"

„Hugh Patton, der neue Sicherheitschef. Er … ich kannte ihn früher gut.“

„Aha, daher weht der Wind also!“

„Du hast doch wohl nicht gedacht, dass ich es mir noch länger gefallen lassen würde, oder?“, entgegnete Kirby.

„Nein, und ich auch nicht. Wir waren Erikson alle langsam leid, und deshalb haben wir beschlossen, dich zum Mittagessen auszuführen. Wer weiß – vielleicht schickt Mr Patton uns ja einen jungen, gut aussehenden Ersatz für Erikson!“

„Ja, höchstwahrscheinlich einen Ex-Marine mit einer Schwäche für Süßigkeiten.“ Kirby lachte.

„Spielverderber. Hör zu, Erikson ist ziemlich wütend. Du hältst dich besser von ihm fern, bis er geht.“

„Ich habe keine Angst vor ihm.“

„Trotzdem wäre es besser, wenn du ihm nicht begegnetest. Bis später.“

Betty legte auf, und Kirby biss sich auf die Lippe. Sie hatte keinen Ärger provozieren wollen. Die meisten Männer waren höflich und zuvorkommend. Aber Erikson hatte mit seinen ordinären Bemerkungen und seinen Blicken allen Frauen zugesetzt. Kirby fühlte sich jedes Mal wie beschmutzt, wenn sie ihm auf dem Flur begegnete.

Zuerst hatte sie es noch für übertriebene Empfindlichkeit ihrerseits gehalten. Immerhin war sie frisch von der Universität gekommen, wo Frauen und Männer einen kameradschaftlichen Ton pflegten, der sexistische Bemerkungen im Allgemeinen ausschloss. Aber in der wirklichen Welt gab es noch immer Männer, die in einer Zeit lebten, in der Frauen wie sexueller Besitz behandelt wurden. Es war ein Schock für Kirby gewesen, in der Nähe eines solchen Mannes arbeiten zu müssen.

Erikson hatte sogar die Frechheit besessen, Betty in den Po zu kneifen, und als sie ihn ohrfeigte, hatte er nur gelacht und gesagt, wie niedlich er das fände. Denn Frauen meinten immer Ja, auch wenn sie Nein sagten, hatte er hinzugefügt.

Kirby hätte Hugh noch viel mehr erzählen können, als es der Fall gewesen war, doch anscheinend hatte er Erikson gleich selbst durchschaut. Dass er ihm gekündigt hatte, erleichterte sie, doch andererseits machte sie sich Sorgen. Erikson besaß keine Familie, aber er war ein älterer Mann und würde Schwierigkeiten haben, einen neuen Job zu finden. Deshalb fühlte sie sich schuldig, und nicht einmal die Erkenntnis, dass der Mann sich alles selbst zuzuschreiben hatte, erleichterte ihr Gewissen.

Das Telefon klingelte, und Kirby nahm ab.

„Glauben Sie bloß nicht, dass ich die Lügen hinnehmen werde, die Sie über mich verbreitet haben", ertönte Eriksons barsche Stimme. „Ich kriege Sie schon. Verlassen Sie sich darauf."

Der Mann legte auf und Kirby verspürte einen Moment lang echte Angst. Aber dann dachte sie, dass Erikson vermutlich nur im ersten Zorn so heftig reagierte und mit der Zeit seinen Groll überwinden würde. Bis dahin hielt sie es jedoch für besser, Bettys Ratschlag zu beherzigen und Hugh über die Drohungen zu informieren. Nur zur Sicherheit.

An diesem Abend achtete Kirby darauf, das Büro noch bei hellem Tageslicht zu verlassen. Keine Überstunden mehr, teilte sie ihrem Chef mit, bis die Drohung sich als leer erwiesen hatte. Mack stimmte ihr aus vollem Herzen zu.

Es war ein langer Weg vom Parkplatz zu dem Gebäude, in dem sie wohnte. Sie schaute sich mehrmals um, konnte jedoch nichts Außergewöhnliches entdecken. Als sie das Foyer betrat, war sie froh, auch hier einen Mann vom Sicherheitsdienst zu sehen, und ging rasch in ihr Apartment im ersten Stock.

Sie hatte es mit vielen Grünpflanzen und schlichten weißen Möbeln eingerichtet. Es war nur eine kleine Wohnung, aber sehr hübsch, und sie besaß ihre eigene Küche. Nicht nur das, es gab auch einen Balkon, und das war der eigentliche Grund gewesen, warum sie sich für die Wohnung entschieden hatte. Direkt vor dem Balkon stand ein Mezquitebaum mit tief herunterhängenden fedrigen Zweigen, und in der Ferne war das Fort El Alamo zu sehen. Kirby liebte den Baum und die Aussicht, bei schönem Wetter sonnte sie sich oft hier draußen.

Nachdem sie Jeans und einen lose gestrickten Pullover angezogen hatte, brühte sie sich eine Tasse Kaffee auf und setzte sich in den Liegestuhl. Die Sonne, obwohl es schon später Nachmittag war, tat ihr gut.

Sie dachte an einen anderen Frühlingsnachmittag zurück, an jenen Tag, an dem ihr klar geworden war, dass sie sich in Hugh Patton verliebt hatte. Sie war auf einen großen Baum im Garten ihres Elternhauses in Floresville gestiegen, um zu faulenzen und ihren Träumen nachzuhängen. Damals war sie gerade sechzehn Jahre alt gewesen.

Die Campbells wohnten damals auf der gleichen Straße wie die Pattons. Hugh hatte die Highschool bereits verlassen und arbeitete bei der

Polizei von San Antonio, doch an den Wochenenden kam er manchmal nach Hause, um seine Eltern und seinen Bruder zu besuchen. Er war mit einem Fotomodell namens Lorna McLane befreundet gewesen, aber sie hatten sich gerade getrennt, und er war allein, als er nach Hause kam. Kirby freute sich. Sie hasste Lornas arrogante Art.

Kirby kannte Hugh schon ihr ganzes Leben lang, er war immer wie ein großer Bruder für sie gewesen.

„Komm herunter, bevor du dir den Hals brichst", hatte er ihr zugerufen und war lächelnd unter dem Baum stehen geblieben. Sein schwarzes T-Shirt und die Jeans brachten seine muskulöse Gestalt hervorragend zur Geltung, und Kirby schaute ihn sehr gern an. Sein Anblick löste ein angenehmes Prickeln in ihr aus.

„Es ist nicht verboten, Bäume zu besteigen", informierte sie ihn lachend. „Geh und verhafte jemand anderen!"

„Ich fühle mich sehr wohl, wo ich bin, vielen Dank", erwiderte er, und im nächsten Augenblick war er schon zu ihr hochgeklettert und lehnte sich an den mächtigen Stamm der alten Eiche. „Hier. Nimm eine Birne." Er zog eine aus seiner Hosentasche.

Auch Hugh sah Kirby an jenem Tag zum ersten Mal mit anderen Augen an. Interessiert glitt sein Blick über ihre langen schlanken Beine und über den Ansatz ihrer Brüste unter der zusammengeknoteten Bluse, die sie zu ihren abgeschnittenen Jeans trug. Er versuchte nicht, sich ihr zu nähern, doch von jenem Tag an begann er sie zu necken, und ihre Beziehung verwandelte sich in eine enge Freundschaft.

Wie lange es jetzt her schien, dass Hugh sich die Zeit genommen hatte, sich ihre Schwierigkeiten in der Schule anzuhören! Ihre Mutter war zu beschäftigt mit ihren neuen Ehen und Scheidungen gewesen, um sich Kirby zu widmen, und andere Verwandte besaß sie nicht. Es zog sie immer stärker zum Haus der Pattons hin.

Hughs Mutter war schon seit Jahren tot. Niemand sprach je über sie, am allerwenigsten Hugh. Als sein Vater ganz unerwartet einem Herzanfall erlag, war Kirby an Hughs Seite, bot ihm stillen Trost und hielt während der gesamten Beerdigung seine Hand. Als Bobs und Connies Sohn Mikey geboren wurde, ging Kirby mit Hugh zur Taufe. Und irgendwann war Hugh überall dort, wo sie sich aufhielt, und wurde zu ihrem ständigen Begleiter …

Das Klingeln des Telefons ließ sie zusammenfahren. Es war doch hoffentlich nicht Erikson?

Mit klopfendem Herzen nahm sie ab.

„Kirby?“

Hugh. Sie entspannte sich ein wenig. „Hi.“

„Ich wollte dir nur sagen, dass ich Erikson heute Nachmittag gefeuert habe“, berichtete er ruhig. „Er war sehr wütend. Falls er dir irgendwelchen Ärger macht, möchte ich das wissen.“

„Er rief mich an, bevor er ging“, erwiderte sie. „Er sagte, er würde mich schon ‚kriegen‘.“

Eine kurze Pause entstand. „Hast du Angst?“

Sie lächelte. „Ein bisschen.“

„Wirklich?“ Auch in seiner Stimme klang ein Lächeln mit. „Das Mädchen, das ich früher kannte, hätte nicht gezögert, ihm den Schädel mit einem Baseballschläger zu zertrümmern.“

„Meine Mutter hat mich nie genug geliebt, um meine Kämpfe für mich auszufechten. Ich musste selbst zusehen, wie ich zurechtkam.“

„Einige habe ich für dich ausgefochten“, erinnerte er sie.

„Oh ja, das stimmt. Du warst mein Freund.“ Ihre grünen Augen, die er zum Glück nicht sehen konnte, verdunkelten sich vor Trauer. „Ich muss jetzt auflegen, Hugh.“

„Warte.“

„Wir haben uns nichts zu sagen“, entgegnete sie traurig.

„Es ist schade, dass du nicht den Brief gelesen hast, den ich dir schickte, Kirby“, sagte er nach einer kurzen Pause.

„Du hast mir nicht vertraut“, erinnerte sie ihn. „Du dachtest, ich hätte dich betrogen.“

„Ich war außer mir vor Eifersucht. Wusstest du denn nicht, dass ich mich wieder beruhigen und zur Besinnung kommen würde?“

Sie lachte bitter. „Als es so weit war, brachte ich kein Interesse mehr für dich auf. Ich hatte auf dem College einen neuen Freund gefunden und amüsierte mich“, log sie dreist, denn um nichts auf der Welt hätte sie Hugh eingestanden, wie es wirklich gewesen war, als er sich weigerte, ihre Erklärung anzuhören.

Hugh erstarrte innerlich. Er hatte geglaubt, Kirby liebte ihn. Wenn sie jedoch so schnell einen anderen gefunden hatte, musste er sich geirrt haben. Es war ein unerwartet harter Schlag für sein Ego. „Dann ist es vielleicht ganz gut, dass du dich geweigert hast, den Brief anzunehmen“, entgegnete er kühl.

„Wolltest du sonst noch etwas mit mir besprechen?“, erkundigte sie sich höflich.

„Ja. Sag mir Bescheid, falls du noch etwas von Erikson hörst“, erwiderte Hugh. „Ich habe herausgefunden, dass er in zwielichtigen Kreisen verkehrt. Ich traue dem Kerl nicht."

„Ich rufe dich an, falls er mir Ärger macht. Danke, dass du mich informiert hast, Hugh."

„Keine Ursache."

Sie legte den Hörer auf und streichelte ihn ganz unbewusst, als sie daran dachte, wie es gewesen war, Hugh zu küssen. Illusionen, ermahnte sie sich streng. Sie konnte sich nicht erlauben, diesen Weg noch einmal zu beschreiten. Es hatte sie fast zerbrochen, ihn zu verlieren, vor allem, da ihre Mutter zu jener Zeit mit einer weiteren Scheidung beschäftigt war. Ihr Familienleben war praktisch nicht existent gewesen, und das war einer der Gründe, warum sie ohne Protest auf die Universität übergewechselt war.

Eine ganze Lebenszeit schien seitdem vergangen zu sein. Sie brauchte bloß dafür zu sorgen, dass es so blieb.

Hugh richtete sich in seinem Hotelzimmer ein und machte sich an die Arbeit. Innerhalb einer Woche hatte er sich einen Überblick über das komplizierte Netzwerk der Lancaster Corporation verschafft und war ziemlich sicher, den Sicherheitsdienst noch beträchtlich verbessern zu können.

Um Kirby allerdings machte er sich Sorgen. In den ersten Tagen nach Eriksons Entlassung war sie noch sehr vorsichtig gewesen, aber das hatte nachgelassen, und heute machte sie schon wieder Überstunden. Hugh sah, dass es bereits dunkel war. Da der Parkplatz des Gebäudes mit ziemlicher Sicherheit leer sein würde, hielt Hugh es für besser, sich persönlich um Kirbys Sicherheit zu kümmern.

Und tatsächlich war der Parkplatz leer – bis auf eine blaue Limousine mit einem vertrauten Gesicht am Steuer.

Konfrontation, hatte Hugh gelernt, war das beste Mittel, Ärger zu vermeiden. Er parkte neben dem blauen Wagen und stieg aus. In einem Halfter unter dem Arm trug er eine automatische Pistole, eine Vorsichtsmaßnahme, die sein neuer Job erforderte. Er hoffte nur, dass er die Waffe nicht zu ziehen brauchte.

„Was machen Sie hier, Erikson?", fragte Hugh. „Sie befinden sich auf Privatgelände."

Erikson, ein dünner, kaltäugiger Mann, wirkte leicht verwirrt durch Hughs direkte Annäherung. „Ich genieße die Aussicht."

„Dann genießen Sie sie aus einer anderen Perspektive", schlug Hugh mit einem drohenden Lächeln vor. „Und falls Sie Rache planen, schlagen Sie sich das lieber aus dem Kopf. Sie mögen bei der Armee und beim Sicherheitsdienst gewesen sein, aber ich war fünf Jahre beim CIA. Ich habe Tricks gelernt, die Sie nicht einmal erahnen würden."

Die angedeutete Drohung schien genug zu sein. Ohne etwas zu erwidern, wendete Erikson seinen Wagen und verließ nach einem letzten wütenden Blick auf Hugh den Parkplatz.

Hugh schaute ihm nach, bis er verschwunden war, erst dann betrat er das Gebäude.

Kirby saß an ihrem Schreibtisch und telefonierte mit einem Kunden.

„Nein, Sie brauchen sich keine Sorgen zu machen!", sagte sie beschwörend. „Es ist alles unter Kontrolle ... Ja ... ja, natürlich kümmere ich mich darum ... Vielen Dank. Auf Wiederhören."

Mit einem Seufzer der Erleichterung legte sie auf und lehnte sich in ihrem Stuhl zurück. Als sie Hugh in der Tür erblickte, zuckte sie zusammen, aber nicht aus Angst. Seine Anwesenheit hatte schon immer diesen Effekt auf sie gehabt, obwohl sie das sonst gut zu verbergen verstand. Doch heute Abend war sie müde. Alles Mögliche war schiefgelaufen, seit sie das Büro betreten hatte, und sie hatte den halben Tag damit verbracht, aufgeregte Kunden zu beruhigen.

„Ich hätte nicht gedacht, dass noch jemand im Gebäude ist", sagte Kirby.

„Ich kam vorbei, um den Parkplatz zu überprüfen", erwiderte Hugh und zuckte seine breiten Schultern. Der Mantel, den er trug, bewegte sich, und die Ausbuchtung unter seinem Arm war zu erkennen.

„Du trägst eine Waffe", sagte Kirby anklagend.

„Das habe ich früher auch getan", erwiderte er ruhig. „Aber da scheint es dich nicht gestört zu haben."

„Das war, bevor du zum CIA gingst, um zu sehen, wie viele Kugeln du vertragen konntest, ohne daran einzugehen", entgegnete sie mit einem freundlichen Lächeln, das ihre Augen nicht erreichte.

„Sag bloß nicht, du hättest etwas für mich übriggehabt!"

Kirby senkte den Blick. In ihrem grauen Hosenanzug und der blassrosa Bluse wirkte sie zart und feminin und sehr, sehr hübsch ... Hugh vermochte den Blick nicht von ihr abzuwenden.

„Das glaubte ich", entgegnete sie kurz. „Bis du mich kuriert hast."

Er betrat den Raum und hockte sich auf die Schreibtischkante. Die Bewegung straffte den Hosenstoff über seinen muskulösen Oberschenkeln. Kirby musste sich zwingen, nicht hinzusehen. Sie hatte ihn einmal dort berührt und erinnerte sich noch heute an ihre Empfindungen dabei. Seine Hand, die ihre in der Glut der Erregung geführt hatte, Hughs heiseres Aufstöhnen, als sie ihn zu streicheln begann …

„Wieso bist du überhaupt noch hier?“, unterbrach er ihre erotischen Gedanken.

„Ich habe zu tun“, sagte sie und räusperte sich. „Ich bin schließlich Vizepräsidentin meiner Firma. Und manchmal läuft eben nicht alles so, wie man es gern hätte.“

„Und du musst dann Ordnung in den Laden bringen.“

Sie lächelte. „Genau.“

„Es ist schon dunkel draußen.“

„Ich weiß. Aber ich bin nicht völlig schutzlos.“ Sie zeigte ihm einen Schlüsselbund, an dem ein kleiner Behälter mit Muskatnusspulver hing.

Hugh seufzte. „Was ist, wenn der Wind in die andere Richtung bläst, Kirby? Ist dir überhaupt bewusst, wie nahe du einem Angreifer sein musst, um dieses Zeug zu benutzen?“

Sie errötete. „Ich habe noch etwas anderes“, sagte sie und zeigte ihm eine sogenannte „Schreidose“.

„Na wunderbar. Und wenn niemand in Hörweite ist?“

Sie begann nervös zu werden. Wenn es etwas gab, worin Hugh Spezialist war, dann war es Personenschutz. „Ich mag keine Waffen“, begann sie.

„Eine Waffe ist das Letzte, was du brauchst. Hast du irgendwelche Selbstverteidigungskurse mitgemacht?“

„Nein. Dazu habe ich keine Zeit.“

„Dann nimm dir Zeit“, entgegnete er.

Er wirkte besorgt, was sie beunruhigte, und sie begann, zwei und zwei zusammenzuzählen. Hughs Erscheinen hier, sein Beharren auf Schutz für sie …

„Jemand war auf dem Parkplatz“, sagte sie und schaute aus schmalen grünen Augen zu Hugh auf. „Erikson?“

Er nickte. „Ich habe ihm gedroht und ihn fortgeschickt. Aber ich kann ihn nicht von einer öffentlichen Straße vertreiben. Es gibt kein Gesetz, das ihm verbietet, dort auf dich zu warten.“

Kirby schwieg und dachte an Fernsehberichte, die sie gesehen hatte, die meisten von ihnen über enttäuschte Ehemänner oder Freunde, die Frauen aufgelauert, verfolgt und umgebracht hatten. Die Polizei konnte nichts dagegen unternehmen, weil ein Verbrechen erst begangen werden musste, bevor die Polizei einschreiten konnte. Und wenn das geschah, war es für das Opfer meistens schon zu spät.

„Er würde mich bestimmt nicht umbringen“, stammelte Kirby.

„Es gibt andere Dinge, die er dir antun könnte“, sagte Hugh angewidert.

„Nein, nein, das glaube ich nicht“, entgegnete sie rasch. „Ich habe mich schließlich nur gegen eine unmögliche Situation zur Wehr gesetzt. Es war nie meine Absicht …“

„Meinst du, es wäre besser geworden, wenn du seine Bemerkungen ignoriert hättest?“, wandte Hugh sanft ein. „Männer wie Erikson sind nicht aufzuhalten, Kirby. Sie treiben es immer schlimmer. Das weißt du.“

Sie strich ihr welliges blondes Haar zurück. „Ich weiß, aber so etwas hätte ich nie erwartet.“ Ihr Blick suchte seinen. „Er wird doch damit aufhören, oder? Ich meine, irgendwann wird er es vergessen und mich in Ruhe lassen, nicht?“

Hugh nahm eine Büroklammer und begann sie zu verbiegen. „Das glaube ich nicht.“

Kirbys Hände waren eiskalt. Sie verschränkte sie und kämpfte gegen die Übelkeit an, die in ihr aufstieg. „Was soll ich tun?“

„Ich werde mich bemühen, dich im Auge zu behalten, so gut ich kann.“

„Hugh, das nützt doch nichts!“, wandte sie ein. „Du kannst mich nicht die ganze Zeit bewachen. Es wäre auch nicht fair, so etwas von dir zu verlangen. Ich muss imstande sein, mich selbst zu schützen.“ Sie schaute auf ihren schlanken Körper herab und überlegte, dass Erikson viel größer war als sie und mindestens sechzig Pfund schwerer. „Ich kann mir nicht vorstellen, dass ich jemanden mit Selbstverteidigung erschrecken könnte, aber ich verspreche dir, mir einen Kurs zu suchen.“

„Die meisten finden abends statt“, sagte er. „Sehr wenige Karatelehrer können sich erlauben, ihr Studio den ganzen Tag zu öffnen.“

„Es muss doch auch Wochenendkurse geben“, sagte Kirby.

„Möglich.“ Er lächelte zärtlich. „Aber niemand kann dir besser beibringen, wie du dich verteidigen musst, als ich. Und dabei könnte ich gleichzeitig auch ein Auge auf dich haben.“

Sie wandte den Blick ab. „Das halte ich nicht für eine gute Idee.“

Er musterte ihren gesenkten Kopf mit leisem Schuldbewusstsein. „Wir waren einmal Freunde, Kirby. Mehr als Freunde“, erinnerte er sie sanft. „Kannst du nicht so tun, als wäre nichts zwischen uns geschehen? Wenigstens einige Wochen lang, bis wir das Problem Erikson gelöst haben?“

Ihre Augen verrieten Misstrauen. „Ich weiß nicht, Hugh …"

„Wir sind heute ganz andere Menschen", erklärte er betont. „Wenn ich kein anderer Mensch wäre, hätte ich dann den CIA verlassen?" Kirby runzelte die Stirn. „Ja, warum hast du eigentlich dort aufgehört? Selbst als du noch viel jünger warst, träumtest du schon davon, Geheimagent zu werden."

„Weil ich mir andere Prioritäten gesetzt habe", erwiderte er. „Wirklich?" Ihr Blick verriet Skepsis. „Woher wusstest du, dass Lancaster Incorporation einen neuen Sicherheitschef brauchte?"

„Eine Freundin hat es mir erzählt", sagte er, vermied jedoch bewusst, ihr zu verraten, wer diese Freundin war. Kirby hatte Lorna nie gemocht, und diese Abneigung beruhte auf Gegenseitigkeit. Lorna hegte zwar keine romantische Absichten mehr in Bezug auf ihn, aber er hielt es für besser, Kirby nichts von ihr zu sagen. Noch nicht.

Seine dunklen Augen richteten sich auf ihr Gesicht, sein Blick glitt über ihren schlanken Körper. Er hätte sie so gern gefragt, ob es einen Mann in ihrem Leben gab, aber auch dazu war es noch zu früh. Außerdem musste er sich zuerst seiner eigenen Gefühle sicher sein, bevor er sich erneut um Kirby bemühte. Er hätte es nicht ertragen können, sie noch einmal zu verletzen.

„Ich weiß nicht, ob ich Karate lernen könnte", begann sie zögernd. Sie würde nachgeben, Hugh wusste es ganz instinktiv und war froh darüber. Er lächelte sie an. „Lass es uns doch einfach mal versuchen", schlug er vor.

Kirby seufzte. „Na schön. Wann? Und wie oft?"

„Zwei Abende in der Woche, zwei Stunden pro Abend", sagte er. „Und du musst zu Hause üben."

„Das hört sich nach einer Menge Arbeit an", murmelte sie.

„Ist es auch. Aber es ist die Mühe wert. Es könnte dir das Leben retten."

„Du scheinst wegen Erikson wirklich sehr besorgt zu sein, nicht wahr?", fragte Kirby ängstlich, denn wenn Hugh sich Sorgen machte, bestand auch ein Grund dafür.

„Sagen wir, ich bin lieber vorsichtig", erwiderte er lächelnd. „Tu mir den Gefallen. Den alten Zeiten zuliebe."

Sie runzelte die Stirn und fragte sich, worauf sie sich einlassen mochte, falls sie zusagte. Ihm so nahe zu sein, nach all den Jahren, in denen sie sich bemüht hatte, ihn zu vergessen …

„Habe ich das Offensichtliche übersehen?", fragte er plötzlich, und sein Ausdruck wechselte, wurde hart. „Gibt es einen Mann, der abends mit deiner Gesellschaft rechnet?"

Kirby wünschte sich von Herzen, seine Frage bejahen zu können. Es war lächerlich, einem Mann so lange nachzutrauern, vor allem, nachdem er sich so schäbig verhalten hatte. Aber Hugh sah wirklich verändert aus. Er war nicht mehr der hochnäsige, arrogante Mann, der Floresville vor einigen Jahren verlassen hatte, um zum Geheimdienst zu gehen. Er war sanfter geworden, nachgiebiger.

„Nein, Hugh", antwortete sie aufrichtig. „Es gibt keinen."

Seine Augenlider flatterten, aber ansonsten verriet seine Miene nichts. „Also gut. Wie wär's, wenn wir dann morgen nach der Arbeit einkaufen gingen und gleich morgen Abend anfangen würden?"

Kirby runzelte die Stirn. „Einkaufen? Was denn?"

Er lachte. „Das wirst du morgen schon sehen."

3. KAPITEL

Kirby stöhnte, als sie sich im Spiegel sah. „Das sieht ja wie ein Pyjama aus!"

Schmunzelnd lehnte Hugh sich an die Wand neben der Schlafzimmertür. Kirby trug, was sie an diesem Nachmittag gekauft hatten – einen weißen „Gi", die traditionelle Karatekleidung, die aus weiten Hosen und einem kimonoartigen Oberteil bestand. Bei Anfängern war der Gürtel, der den Gi zusammenhielt, noch weiß, farbige Gürtel mussten erst verdient werden. Die Farbe, die das höchste zu erwerbende Niveau darstellte, war Schwarz.

Kirby wirkte sehr zerbrechlich in dem Anzug und alles andere als bedrohlich, so wie sie Kopf und Schultern gesenkt hielt.

„Lass dir etwas erklären", sagte Hugh missbilligend. „Die erste Regel der Selbstverteidigung ist, nie verwundbar auszusehen. Ein Tier in der Wildnis würde niemals Krankheit oder Schwäche zeigen, um Angriffe von vornherein auszuschließen. Bei Menschen ist es nicht viel anders. Ein möglicher Angreifer erkennt sehr schnell ein leicht zu überwältigendes Opfer."

„Wie?", fragte Kirby und schaute Hugh im Spiegel an.

„Durch deine Haltung. Du siehst aus, als wärst du bereits besiegt", erklärte er sanft. „Du ziehst die Schultern nach vorn und hältst Kopf und Blick gesenkt beim Gehen. Du presst deine Tasche an dich – was an sich nicht schlecht ist, aber die Art, wie du es tust, verrät deine Schwäche."

„Was soll ich denn tun? Karateschläge an die Bäume austeilen, wenn ich über die Straße gehe?"

Hugh lächelte. „Keine schlechte Idee, wenn du lernen kannst, einen Angreifer auf diese Weise niederzuschlagen. Ansonsten lass es lieber sein. Du musst gehen, als ob dir die ganze Welt gehörte, als wüsstest du, dass du einem Angreifer sämtliche Knochen brechen kannst. Manchmal reicht das bereits aus, um Ärger zu vermeiden. Halt dich gerade!"

Sie tat es, was ihrem schlanken Körper noch eine zusätzliche Eleganz verlieh.

„Und jetzt heb den Kopf. Keine langen Blickkontakte, Kirby, weil das als Einladung aufgefasst werden könnte – aber halte auch nicht den Blick gesenkt, als hättest du Angst, die Leute anzusehen."

„Das ist auch manchmal so", gestand sie. „Ich bin ziemlich schüchtern, Hugh."

„Das warst du früher schon", stimmte er lächelnd zu. Sein Blick glitt zu ihren weichen, zartrosa geschminkten Lippen, und Hugh erinnerte sich daran, wie leidenschaftlich diese Lippen sich einst gegen seinen Mund gepresst und etwas gefordert hatten, was kein anständiger Mann einem so jungen Mädchen geben konnte.

Er hatte nicht heiraten wollen, und Kirby war kein Mädchen, das er ohne Gewissensbisse verführt hätte. Er hatte davon gesprochen, sie zu heiraten, und er wusste, dass sie es wollte, aber es hatte sich nicht so ergeben. Es war eine traurige Situation gewesen, und anstatt Kirby zu sagen, dass er nicht heiraten wollte, hatte er die Flucht ergriffen. Sein bester Freund hatte ihm unwissentlich den Grund dazu geliefert. Und Kirby hatte von allen am meisten darunter gelitten.

„Würde es dir etwas ausmachen, mich nicht so anzusehen?", unterbrach sie seine Gedanken. „Es ist sehr nett von dir, mir Karate beizubringen, aber es wäre mir lieber, wenn es mir kein Unbehagen bereiten würde."

„Entschuldige", sagte er abrupt. „Kehren wir zum Thema zurück. Wenn du auf der Straße bist, dann beweg dich so zielstrebig, als wüsstest du genau, wohin du willst – selbst wenn du dich verirrt hast. Halt das Kinn hoch, und sieh die Leute an, aber nur so lange, bis sie wissen, dass du sie gesehen hast. Wenn du zu deinem Wagen gehst, nimm die Schlüssel in die Hand, lass sie nicht in der Tasche. Schau auf den Rücksitz und in alle Richtungen, bevor du den Wagen aufschließt, einsteigst und die Tür verriegelst. Betrete niemals nachts allein einen dunklen Parkplatz oder einen automatischen Bankschalter. Viele Frauen, die das riskierten, sind heute tot."

Kirby erschauerte. „Du machst mir Angst."

„Das ist der Sinn der Übung", entgegnete er ernst. „Ich möchte dir begreiflich machen, wie drastisch die Folgen sein können."

„Frauen sollten die Möglichkeit haben, überall ..."

„Erspar mir das", unterbrach er sie schroff. „Die gleichen Möglichkeiten sollten auch Männern und Kindern gegeben sein, aber auch sie müssen sich an diese Regeln halten. So ist die Welt nun einmal. Niemand ist heutzutage in einer Stadt bei Nacht noch sicher, weder Männer, Frauen oder Kinder."

„Unsere Zivilisation ist krank", bemerkte Kirby philosophisch.

„Wie auch immer. Wir gehen damit um, so gut wir können. Was ich dir beibringe, wird dich wenigstens am Leben halten. Komm jetzt. Zieh deinen Mantel an."

„Aber ich dachte, wir würden hier üben ..."

„Möchtest du wirklich auf diesem harten Parkettboden flach auf dem Rücken landen?“, entgegnete er freundlich.

Sie runzelte die Stirn. „Was soll das heißen – auf dem Rücken landen?“

„Habe ich vergessen, es zu erwähnen? Beim Karate lernt man als Erstes, richtig zu fallen.“

„Das ist doch nicht dein Ernst!“

„Nein?“ Er reichte ihr den leichten Mantel, den sie an kühlen Frühlingsabenden trug.

Mit einem resignierten Seufzer zog Kirby ihn an und fragte sich, wie sie mit gebrochenen Knochen arbeiten sollte.

Hugh hatte einen Freund, der ein Sportstudio besaß. Tony war mittleren Alters, aber sehr muskulös und fit, und er und Hugh schienen sich seit langer Zeit zu kennen.

„Karate?“, fragte Tony und musterte Kirby abschätzend. „Meinst du, sie wäre zäh genug?“

Kirby richtete sich zu ihrer vollen Höhe auf und bedachte ihn mit einem vernichtenden Blick. „Das ist sie!“, behauptete sie kühl.

Tony lachte. „Gut. Wenn Hugh Sie unterrichtet, müssen Sie es sein. Die meisten Schüler, die er hatte, als er noch bei der Polizei war, gaben schon nach der ersten Stunde auf.“

Nach diesen vielversprechenden Worten entfernte er sich, und Kirby folgte Hugh zu einer langen, dicken Matte. „Ich wusste nicht, dass du Karate unterrichtet hast“, bemerkte sie.

„Es gibt vieles, was du nicht weißt“, entgegnete er gleichmütig. „Was ‚Stretching‘ bedeutet, ist dir bekannt?“

„Ja. Diese Übungen mache ich jeden Morgen.“

„Gut, dann tu es jetzt, während ich mich umziehe.“

Er ging, und Kirby setzte sich auf die Matte.

Während die Minuten verstrichen, kamen ihr die neugierigen Blicke der anderen Benutzer des Studios zu Bewusstsein. Die meisten arbeiteten an Trainingsgeräten. Zwei junge Frauen hoben Gewichte, andere waren mit isometrischen Übungen beschäftigt.

Laute Geräusche am anderen Ende des großen Saals erregten Kirbys Neugier, und sie sah mehrere Männer, die sich um einen Punchingball versammelt hatten. Irgendjemand bearbeitete ihn mit Tritten und Schlägen von einer solch unglaublichen Geschwindigkeit, dass Kirby ganz schwindlig wurde. Sie hielt in ihren eigenen Übungen inne, um zuzusehen. Als der Mann nach einem gewaltigen Sprung und einem harten Tritt gegen den Ball auf dem Boden landete, erkannte sie ihn. Hugh!

Sie starrte ihn an, als er mit den Männern sprach und dann zu ihr herüberkam. Der Gi stand ihm sehr gut und verlieh ihm, obwohl er sehr lose saß, eine Aura von beeindruckender Kraft. Kirbys Blick glitt zum Gürtel, und sie war nicht überrascht, als sie sah, dass er schwarz war.

„Wir hören besser gleich auf", sagte sie beeindruckt, „denn was du gerade getan hast, werde ich nie schaffen."

Hugh grinste. „Heute sicher nicht. Hast du dich aufgewärmt?"

Sie verzog das Gesicht. „Einigermaßen." Sie maß ihn mit einem misstrauischen Blick. „Meintest du das mit dem Fallen ernst?"

Er nickte. „Hab keine Angst, du wirst nicht dabei verletzt."

Das dachte er – aber seine bloße Nähe reichte schon aus, um ihre Sinne in Erregung zu versetzen.

„Bist du bereit?", fragte er. „Nimm die Uhr ab. Du solltest niemals Schmuck auf der Matte tragen. Das kann gefährlich sein."

„Oh. Entschuldige." Sie nahm sie ab und steckte sie in ihre Manteltasche. Um Ringe brauchte sie sich nicht zu sorgen. Sie hatte keinen mehr getragen, seit sie den kleinen Smaragd, den Hugh ihr zum Geburtstag geschenkt hatte, abgelegt hatte. Sie bewahrte ihn in einer Schublade auf und hatte ihn nie wieder angelegt.

Sie kehrte zur Matte zurück, und Hugh zeigte ihr, wie sie sich ihr zu nähern hatte, denn selbst das war beim Karate ein Ritual. Dann lehrte er sie, sich vor ihrem Gegner zu verbeugen, und danach führten sie all jene harten Streckübungen aus, die jeder Karatestunde vorausgingen.

Kirby war schon ziemlich erschöpft, bevor sie mit dem eigentlichen Unterricht begannen. Die nächste Stunde verbrachte Kirby damit, zu fallen. Einmal verpasste sie die Matte und landete mit der Hüfte auf dem harten Fußboden.

„Du hast gesagt, es würde nicht wehtun", murmelte sie und rieb sich ihren Po.

„Tut es auch nicht, wenn du da aufkommst, wo du aufkommen sollst", erwiderte er. „Pass beim nächsten Mal besser auf."

„Ja, Sir", entgegnete sie mit einem ergebenen Seufzer.

„Lass dich fallen."

Sie stöhnte. „Wie?"

„Das bleibt dir überlassen."

„Wenn es nach mir ginge, würde ich jetzt ein heißes Bad nehmen und ins Bett gehen", entgegnete sie.

Er lächelte. „Müde?"

Sie zögerte, dann nickte sie.

„Na gut, Tiger, dann machen wir für heute Schluss“, sagte Hugh mit einem nachsichtigen Lächeln.

„Es ist faszinierend, dir zuzusehen“, bemerkte Kirby auf dem Heimweg. „Ich glaube nicht, dass ich je lernen könnte, so geschickt zu sein.“

„Wenn du hart an dir arbeitest, wirst du die gleichen Bewegungen ausführen können. Viele Frauen besitzen den schwarzen Gürtel. Einmal habe ich sogar mit einer Agentin trainiert, die ein noch höheres Niveau besaß als ich. Sie hat mir einige Bewegungen gezeigt.“

Kirbys Miene nahm einen abweisenden Ausdruck an. „Tatsächlich?“ Sie schaute aus dem Fenster.

Hugh lächelte verstohlen. Die Frau, die er gerade erwähnt hatte, war ein ehemaliger Offizier der Armee und über sechzig.

„Möchtest du irgendwo anhalten und eine Tasse Kaffee trinken?“, fragte er.

„Ich kann abends keinen Kaffee trinken. Im Allgemeinen gehe ich schon um zehn zu Bett.“

Er runzelte die Stirn. „Nennst du das leben, Kirby?“

Nein, hätte sie fast erwidert. „Wenn ein guter Film läuft, bleibe ich auf“, gab sie zurück, als wollte sie sich verteidigen.

„Du bist erst zweiundzwanzig.“

„Dreiundzwanzig“, berichtigte sie ihn.

„Na gut, dreiundzwanzig“, erwiderte er. „Aber auch das ist zu jung, um ständig allein zu sein.“

„Ich habe nicht gesagt, dass ich immer allein bin“, entgegnete sie steif. „Manchmal gehe ich auch aus!“ Was sogar stimmte. Ihre letzte Verabredung hatte sie mit einem frisch geschiedenen Mann gehabt, der den ganzen Abend über seine Frau sprach, sein Vorgänger war ein fünfzigjähriger Junggeselle gewesen, der sie gebeten hatte, zu ihm zu ziehen. Sie hatte nicht viel Glück gehabt auf ihrer Suche nach Gesellschaft und am allerwenigsten mit Hugh selbst, dessen Erinnerung zwischen ihr und der harmlosesten Beziehung zu anderen Männern stand.

Als Hugh auf den Parkplatz einbog, der zu Kirbys Apartmenthaus gehörte, sah er, dass ihnen ein Wagen folgte. Es war eine blaue Limousine.

Hugh wendete blitzschnell und fuhr mit hoher Geschwindigkeit auf die Limousine zu. Sein grimmiger Gesichtsausdruck veranlasste Kirby, sich mit beiden Händen am Sitz festzuklammern.

Das rücksichtslose Manöver schien als Botschaft eindeutig genug für Erikson zu sein, denn er schoss mit quietschenden Reifen aus dem Parkplatz und jagte die Straße hinunter.

„Dieser verdammte Kerl“, schimpfte Hugh, als er parkte. „Vielleicht wäre es das Beste, ihm eine Tracht Prügel zu verabreichen, damit er die nächsten Wochen im Krankenhaus verbringt. Das dürfte ihn zur Räson bringen.“

Kirby war entsetzt. „Nein!“, sagte sie. „Er würde dich anzeigen und ins Gefängnis bringen!“

„Wo ich nicht lange bleiben würde“, entgegnete Hugh lächelnd. „Ich habe Beziehungen.“

Kirby spielte nervös mit ihrer Handtasche. „Ich dachte, es wäre richtig, dir alles zu erzählen. Aber jetzt …“

„Das war es auch“, warf Hugh ein. „Die Tage von Männern wie Erikson sind gezählt. Es bedarf nur einiger Prozesse, um sie davon zu überzeugen.“

„Ich fürchte mich vor ihm“, gab Kirby leise zu.

„Erikson wird dich schon nicht umbringen“, sagte Hugh. „Und wenn ich eine Zeit lang mit dir trainiert habe, wird er es sogar bedauern, auch nur in deine Reichweite zu kommen.“

Sie lächelte. „Glaubst du das wirklich? Was soll ich denn tun – auf ihn fallen?“

„Das Fallen beherrschst du schon sehr gut“, entgegnete er schmunzelnd. „Komm, ich begleite dich hinein.“ Er nahm Kirbys Hand.

Kirby hätte sie ihm gern entzogen, aber sie war nicht dazu imstande. Die Geste erinnerte sie zu sehr an ihre erste richtige Verabredung. Da hatte Hugh auch ihre Hand gehalten, und noch heute konnte sie die Erregung nachempfinden, die damals in ihr aufgestiegen war.

„Es war deine erste Verabredung, und du warst so nervös, dass du zittertest, als ich dich an jenem Abend nach Hause brachte“, bemerkte Hugh und lächelte, als er ihre erstaunte Miene sah. „Habe ich wieder deine Gedanken erraten?“ Er hob ihre ineinander verschränkten Hände. „Du bist nicht die Einzige, die Erinnerungen hat, und sie sind nicht alle schlecht, oder?“

Kirby antwortete nicht. Die Aufzugtür ging auf, sie traten ein, und Hugh drückte auf die Taste für den ersten Stock.

„Wir hätten auch zu Fuß gehen können“, stellte Kirby fest.

„Halte dich von Treppenhäusern fern“, warnte Hugh.

„Oh … ja, natürlich.“

Als der Aufzug hielt, begleitete Hugh sie über den verlassenen Korridor zu ihrer Apartmenttür.

„Kirby?“, fragte er, als sie aufschloss.

Sie zögerte und drehte sich nicht um.

„Möchtest du, dass wir den Abend auf die übliche Weise beenden?“, fragte er leise.

Ihre Hand schloss sich fester um den Türknauf, als sie an seine Küsse dachte. „Das halte ich nicht für weise, Hugh.“

„Nein, das ist es wahrscheinlich auch nicht.“ Er schob die Hände in die Jackentaschen und lehnte sich mit der Schulter an die Wand. Er musterte Kirby prüfend. „Was ist eigentlich aus Chad geworden?“

Abrupt drehte sie sich zu ihm um. „Weißt du das nicht? Er war dein bester Freund.“

„Nicht, nachdem er unsere Trennung verursacht hatte“, entgegnete Hugh. „Hat dir nie jemand gesagt, dass ich ihm zwei Zähne ausgeschlagen habe?“

„Nein“, antwortete sie und fröstelte unter Hughs kaltem Blick. „Es kam ohnehin zu spät, findest du nicht?“

„Aber ich fühlte mich danach viel besser“, meinte er lakonisch.

Seine Brust hob und senkte sich unter dem locker gestrickten Baumwollpullover, den er trug. Ein dunkler Schatten zeichnete sich darunter ab. Hughs Brust war mit feinem dunklen Haar bedeckt. Wie gern hatte Kirby dieses Haar damals gestreichelt und ihre Lippen darauf gepresst …

Die Trauer, die sie empfand, spiegelte sich in ihren Augen wider. „Du hast mich nie wirklich verstanden“, sagte sie leise, „du hast mich nur gern geküsst.“ Plötzlich lächelte sie. „Vielleicht wolltest du deshalb nicht zuhören, als ich dir sagte, dass Chad diese Szene absichtlich arrangiert hatte.“

Hugh antwortete nicht. Sein Blick ruhte auf ihrem Mund und verweilte dort, während sie sich nervös bewegte und erneut die Hand um den Türknauf schloss.

„Das erste Mal, als ich dich küsste, stockte dir der Atem“, erinnerte Hugh sie. „Es überraschte mich, dass du nicht wusstest, was ein leidenschaftlicher Kuss war.“

Ihr wurde unbehaglich zumute. Ihre grünen Augen glitzerten ärgerlich. „Es besteht kein Grund, es mir heute noch unter die Nase zu reiben.“

„Wenn du nicht noch unberührt gewesen wärst, hätte unser Leben vielleicht einen ganz anderen Verlauf genommen“, fuhr er fort. „Ich begehrte dich so sehr, dass ich keinen vernünftigen Gedanken mehr fassen konnte, aber du warst das typische altmodische Mädchen. Kein Sex vor der Ehe.“

„Ich bin auch heute noch altmodisch“, entgegnete sie stolz. „Mein Körper gehört mir. Ich kann mit ihm tun, was mir beliebt, und das schließt ein keusches Leben ein, wenn mir danach ist.“

„Dann müssen deine Nächte im Winter verdammt kalt sein."

Kirby zog spöttisch die Augenbrauen hoch. „Ich habe eine elektrische Heizdecke und schlafe wie ein Murmeltier. Und du?"

Er nicht. Schon seit Jahren schlief er nicht gut. Seine Erinnerungen, die hauptsächlich gewalttätiger Natur waren, verfolgten ihn in den letzten Monaten mit der Hartnäckigkeit von Albträumen.

„Ich nicht", gab er offen zu.

„Kein Wunder. Bei all diesen Frauen!"

„Kirby …"

Er konnte es nicht abstreiten, natürlich nicht. Sie bezwang ihre Eifersucht und lächelte. „Danke für die Karatestunde."

Hugh holte tief Luft, um seinen Ärger zu unterdrücken. „Gern geschehen", erwiderte er. „Wir wiederholen sie in drei Tagen. In der Zwischenzeit solltest du jeden Abend üben."

Kirby dachte an Erikson auf dem Parkplatz und fühlte sich bedroht. Ihre Augen verrieten ihre Angst.

„Zeig ihm nicht, dass du ihn fürchtest", riet Hugh. „Er darf es nicht merken. Schau ihm offen in die Augen, falls du ihn siehst, und signalisiere ihm, dass er dir keine Angst einjagt. Und achte darauf, dass du nicht allein bist, wenn du das Gebäude verlässt, weder hier noch im Büro."

„Ja."

Er lächelte. „Ich werde immer in der Nähe sein. Lass es mich wissen, wenn du mich brauchst."

Sie nickte stumm.

Er maß sie mit einem letzten, sehnsüchtigen Blick, bevor er sich abwandte und langsam zum Aufzug ging.

Kirby hätte ihn am liebsten zurückgerufen. Selbst heute noch tat es weh, ihn gehen zu sehen. Es hatte sich nichts geändert.

Als Hugh den Aufzug erreichte, drehte er sich noch einmal um und ertappte Kirby dabei, wie sie ihm nachstarrte. Es kostete ihn ungeheure Überwindung, nicht zu ihr zurückzugehen und sie in die Arme zu nehmen. Er hatte das unangenehme Gefühl, dass er noch einige Lektionen in Selbstbeherrschung vor sich hatte, bevor der Fall Erikson erledigt war.

Kirby hob grüßend die Hand, ging in ihre Wohnung und verschloss die Tür. Sie musste endlich aufhören, an Hughs Küsse zu denken. Diesmal musste sie stark sein. Es würde ja doch nur wieder im alten Chaos enden, falls sie ihn ermutigte.

Kirby organisierte ein Seminar für eine Firma, die auf Inneneinrichtungen spezialisiert war und in einer der erfolgreichsten Einkaufspassagen von San Antonio ihre Geschäftsräume hatte. Als Gastredner hatte sie einen berühmten europäischen Designer eingeladen. Parallel dazu hatte sie einen Wettbewerb für Amateure ausgeschrieben, die ihre eigenen Einrichtungen präsentieren wollten. Die Preisverteilung, die der europäische Designer leiten würde, sollte im Fernsehen übertragen werden, und Journalisten einiger großer Zeitschriften hatten bereits ebenfalls ihre Anwesenheit zugesagt.

Die Koordination all dieser Termine erwies sich als zeitraubend und aufwendig, und als Kirby es endlich geschafft hatte, war sie mit ihren Nerven am Ende.

Es war keine Erleichterung, dass sie, als sie zu ihrem Wagen hinausging, wieder die blaue Limousine mit Erikson am Steuer sah.

Wütend kehrte sie ins Gebäude zurück und rief die Polizei an.

„Befindet sich der Wagen auf dem Parkplatz Ihrer Firma?“, fragte der Beamte, dem sie die Angelegenheit erklärt hatte.

„Nein. Er steht auf der Straße.“

„Einer öffentlichen Straße?“

Kirby verzog das Gesicht. „Ja.“

Es entstand eine Pause. „Dann können wir leider nichts tun“, meinte der Beamte schließlich.

„Aber dieser Mann verfolgt mich und lauert mir immer wieder auf!“, versetzte Kirby wütend.

„Die Gesetze bedürfen dringend einer Änderung“, sagte der Polizist. „Und es wird auch dazu kommen. Aber im Moment ist es leider noch so, dass wir nichts gegen ihn unternehmen können. Falls er Sie allerdings bedroht oder Sie in irgendeiner Form berührt …“

„Er ist bei der Armee gewesen und bei einem privaten Sicherheitsdienst“, wandte Kirby düster ein. „Ich nehme daher an, dass er das Gesetz auswendig kennt.“

„Ja, wahrscheinlich, Madam. Tut mir leid. Ich wünschte, wir könnten etwas tun.“

„Ich auch. Trotzdem vielen Dank fürs Zuhören.“

Sie legte auf und blieb mit gesenktem Kopf sitzen. Sie konnte Hugh anrufen, aber sie wusste, was er dann tun würde. Und falls es Erikson gelang, Hugh hinter Gitter zu bringen, war sein Weg zu ihr frei. Das wollte sie nicht. Und bisher hatte Erikson ihr ja auch noch nichts angetan. Sie musste ihre Angst unter Kontrolle bringen. Wenn sie in Panik geriet und etwas Dummes tat, würde sie diesem miesen Kerl nur in die Hände spielen.

Aber was konnte sie schon unternehmen? Sie nahm ihre Handtasche und verließ von Neuem das Gebäude. Erikson war noch immer auf dem Parkplatz. Diesmal schaute sie ihn nicht an. Sie stieg in ihren Wagen, verriegelte die Türen, startete und fuhr auf die Straße hinaus.

Ein Blick in den Rückspiegel bewies, dass Erikson ihr folgte.

Nun, diesmal hielt sie eine Überraschung für ihn bereit. Sie hatte einen Streifenwagen entdeckt, neben den sie jetzt ihren Wagen lenkte. Erikson fiel zurück. Er war sich seiner Sache also doch nicht ganz so sicher, wie er tat. Interessant.

Als der Patrouillenwagen wendete, folgte Kirby ihm durch die ganze Stadt, und stets blieb Erikson in einiger Entfernung hinter ihr. Dann, ganz abrupt, zog sie das Steuer herum, bog in eine Gasse ein, durchquerte sie und erschien hinter Erikson auf der Straße.

Er schaute sich nach ihr um, schien sie jedoch nicht zu sehen. Gut. Jetzt hatte sie ihn, wo sie ihn haben wollte.

Als er in eine Seitenstraße einbog, fuhr Kirby weiter. Sie hatte ihn abgehängt, zumindest vorübergehend. Aber es tat gut, zu wissen, dass sie wenigstens dazu imstande war.

Sie fuhr nach Hause, parkte den Wagen und hastete zu ihrer Wohnung. Ein Punkt für mich, Erikson, dachte sie aufatmend, als sie die Tür verriegelt hatte.

Einige Minuten später klingelte das Telefon. Weil Kirby damit rechnete, dass es ein wütender Erikson war, ließ sie den Anrufbeantworter laufen. Doch die Stimme am anderen Ende der Leitung war Hughs.

„Bist du zu Hause, Kirby?“

Sie nahm den Hörer ab. „Ja. Hallo, Hugh.“

„Was zum Teufel wolltest du dir eben beweisen?“, fragte er erregt. „Du kannst nicht mit einem Irren deine Spielchen treiben!“

„Du hast mich gesehen!“, rief sie verwundert.

„Selbstverständlich.“

„Aber ich habe dich nicht gesehen!“

„Das ist die erste Regel, wenn man jemanden beschattet – man darf sich nicht sehen lassen.“

Kirby lächelte. „Ich wusste nicht, dass du mich bewachtest. Danke, Hugh.“

„Ich kann nicht immer da sein“, warnte er, „also sei so lieb und versuch nicht mehr, Erikson auszutricksen. Er ist kein Narr. Er wird merken, was du getan hast, und nur noch wütender sein. Begreifst du nicht, dass ein Kerl wie er es nicht ertragen kann, von einer Frau besiegt zu werden? Für ihn ist es eine Herausforderung an seine Männlichkeit!"

„Ach, der Arme! Und was ist mit mir?", entgegnete Kirby ärgerlich. „Habe ich denn überhaupt keine Rechte? Ich hasse es, wenn er mir folgt und mich anstarrt! Ich habe die Polizei angerufen, aber sie sagten, sie könnten nichts tun. Nichts, Hugh! Was ist, wenn er mich umbringt? Können sie dann einschreiten?"

„Du regst dich zu sehr auf, Kirby", sagte er. „Beruhige dich. Benutz deinen Verstand. Falls er vorhätte, dir etwas anzutun, hätte er es getan, als ich ihn feuerte. Er versucht nur, dich so nervös zu machen und zu verunsichern, bis du dir vor lauter Aufregung selbst etwas antust oder dich zum Narren machst."

„Das hast du aber vorher nicht gesagt ..."

„Weil ich es nicht wusste", erwiderte er. „Anfangs jedenfalls nicht. Und ich bin mir auch jetzt nicht sicher genug, um dein Leben zu riskieren. Aber wir werden mit ihm fertig, Kirby. Ich werde nicht zulassen, dass dieser Kerl jemals an dich herankommt."

Seine ruhige Zuversicht war Balsam für ihre strapazierten Nerven. „Das weiß ich."

„Und wenn du deinen Schnellkurs in Karate hinter dir hast, wirst du imstande sein, dich selbst zu verteidigen. Wir haben morgen Abend wieder eine Trainingsstunde. Einverstanden?"

Sie seufzte. „Ja."

„Dann versuch jetzt zu schlafen. Ich melde mich wieder."

Er legte auf, und sie dachte lächelnd, dass vielleicht doch alles gar nicht so schlimm war, wie sie es sich einbildete. Es waren bloß ihre überreizten Nerven, mehr nicht.

Das Telefon klingelte, und sie lachte noch, als sie abhob.

„Hast du etwas vergessen?", scherzte sie.

„Ja", antwortete eine vertraute, kalte Stimme. „Ich habe vergessen, Ihnen zu sagen, dass Tricks wie heute Abend bei mir nichts nützen werden."

„Lassen Sie mich in Ruhe, Erikson!", fuhr Kirby ihn zornig an. „Sie haben kein Recht."

„Sie haben mich auf die Straße setzen lassen, Sie eingebildete kleine Rotznase", unterbrach er sie. „Keine Frau tut mir so etwas an. Von jetzt an geht es zur Sache, Kirby!"

„Hören Sie, Sie ... Irrer ...!", schrie sie, aber die Leitung war schon tot.

Als sie den Hörer aufknallte, schoss ihr das Blut in die Wangen. Verdammt! dachte sie erregt. Was mache ich jetzt bloß?

4. KAPITEL

Kirby hatte sich in ihrem ganzen Leben noch nie so bedroht gefühlt. Als sie am nächsten Morgen ihre Wohnung verließ, stand bereits wieder Eriksons blaue Limousine auf der Straße vor dem Haus.

Von einem Zorn gelenkt, den sie nicht mehr zu beherrschen vermochte, hob sie einen Stein auf und schleuderte ihn mit aller Kraft in Richtung Wagen. Erikson duckte sich zwar erschrocken, aber der Stein verfehlte sein Ziel und landete auf dem Bürgersteig. Der Nächste muss treffen! dachte Kirby grimmig, hob drei weitere auf und rannte auf die blaue Limousine zu.

Bevor sie ihren Angriff jedoch beginnen konnte, startete Erikson den Wagen und fuhr mit quietschenden Reifen ab. Verdammter Irrer, dachte Kirby und ließ die Steine fallen, um sich die Hände abzuwischen.

Dann stieg sie in ihren Wagen und fuhr in der festen Überzeugung, dass die blaue Limousine sie dort erwarten würde, zur Arbeit. Und tatsächlich war es so. Mit zitternden Gliedern stieg Kirby aus, verriegelte die Tür und ging auf das Gebäude zu.

Als sie an Erikson vorbeikam, lächelte er sie aus kalten Augen an. „Sie können mich nicht davon abhalten, hier zu parken!", rief er ihr zu. „Und Steine, die Sie nach mir werfen können, gibt es hier auch nicht."

Obwohl Kirbys Knie zitterten, blieb sie stehen und schaute ihren Verfolger an. „Wenn Sie nicht endlich mit dem Unsinn aufhören, werden Sie es bald bitter bereuen", erklärte sie mühsam beherrscht.

„Tatsächlich? Was wollen Sie denn dagegen unternehmen?", entgegnete er spöttisch.

„Das werden Sie schon sehen", entgegnete sie, bevor sie sich abwandte und ins Gebäude ging, ohne sich noch einmal umzuschauen.

Mack musterte sie besorgt, als sie ihm begegnete. „Ich habe ihn gesehen, Kirby, und sofort den neuen Sicherheitschef und Mr Lancaster benachrichtigt. Sie arbeiten schon daran."

„Ach? Wollen sie etwa eine Bombe bauen?", versetzte Kirby mürrisch. „Etwas anderes wird nämlich nicht viel nützen. Erikson wird nicht damit aufhören. Er weiß, dass die Polizei ihm nichts anhaben kann."

„Ihre Mutter ist mit einem reichen Mann verheiratet und lebt in Europa, nicht wahr, Kirby?", fragte Mack.

Sie redete nicht gern über ihre Mutter. „Ja. Ihr Mann ist ein britischer Aristokrat“, entgegnete sie knapp.

„Könnten Sie ihn nicht bitten, einen Leibwächter für Sie zu engagieren?“

Kirby lachte. „Wann werden Sie aufhören, sich diese albernen Krimis anzusehen?“, murmelte sie und ging zu ihrem Büro weiter.

„Denken Sie wenigstens einmal darüber nach!“, rief Mack ihr nach.

Sie schloss die Tür.

Es wurde ein hektischer Tag, und zu ihrer Überraschung war Erikson nicht auf der Straße, als sie nachmittags das Gebäude verließ. Aber sie wusste, dass er sich irgendwo dort draußen aufhielt und sie beobachtete.

Hugh erwartete sie vor ihrem Apartmenthaus. „Hol deinen Gi und lass uns gehen“, sagte er. „Ich lade dich zum Essen ein, bevor wir den Unterricht beginnen.“

„Das brauchst du nicht ...“

„Nur einen Hamburger, Kirby, kein Essen mit fünf Gängen“, erklärte er kurz. „Ich habe einiges mit dir zu besprechen.“

Er wirkte sehr besorgt und schwieg auf dem ganzen Weg zu der nahen Imbissstube, wo sie sich Hamburger, Pommes frites und Kaffee bestellten.

„Du machst dir Sorgen“, bemerkte Kirby, als Hugh auch beim Essen beharrlich schwieg.

Er nickte ernst. „Ich habe einen Freund mit Nachforschungen über Eriksons Vergangenheit betraut. Als er bei der Militärpolizei war, wurde er angeklagt, einen Mann getötet zu haben, und obwohl er freigesprochen wurde, sind viele Leute von seiner Schuld überzeugt. Das Motiv der Tat war Rassenhass.“

„Oh nein!“, sagte Kirby bestürzt.

„Es kommt noch schlimmer“, fuhr Hugh fort. „Er muss seine Spuren sehr gut verwischt haben, sonst hätte er niemals einen Job als Wachmann bekommen. Erikson war insgesamt dreimal im Gefängnis, immer wegen Überfalls, aber die Anklage wurde jedes Mal fallen gelassen, weil – die Zeugen die Aussage verweigerten. Die Opfer waren alle Frauen“, fügte er leise hinzu. „Junge Frauen. Zwei von ihnen behaupteten, er habe sie vergewaltigt, aber sie hatten zu große Angst vor ihm, um vor Gericht auszusagen.“

Kirby erblasste. Sie legte den Hamburger auf den Teller und kämpfte gegen die aufsteigende Übelkeit an.

„Soviel ich weiß, lebt deine Mutter in Europa“, sagte Hugh. „Es ist mir bewusst, dass du kein gutes Verhältnis zu ihr hast, aber vielleicht wäre es trotzdem gut, wenn du sie für einige Wochen besuchen würdest.“

„Ich soll vor Erikson davonlaufen?“, fragte Kirby entrüstet. „Kommt nicht infrage, Hugh! Ich bin kein Feigling, und dieser Kerl wird auch keinen aus mir machen.“

Hugh lächelte. „Mutig warst du ja schon immer, Kirby. Aber wie wäre es dann wenigstens mit einem Kompromiss?“

„Und der wäre?“, fragte sie argwöhnisch.

„In der Menge liegt die Sicherheit.“

Sie zögerte, weil sie sicher war, seine Gedanken zu erraten. „Du willst bei mir einziehen. Das ist sehr lieb von dir, Hugh, aber ich könnte nicht …“

„Ich will nicht bei dir einziehen“, widersprach er rasch. „Aber ich habe mit deinem Hausverwalter gesprochen, und er ist bereit, mir das Apartment neben deinem zu überlassen.“

„Oh.“ Sie war fast ein bisschen enttäuscht, dass er nicht mit ihr leben wollte. „Du könntest ohne Weiteres zu mir ziehen, niemand würde sich darüber aufregen“, wandte sie zu ihrer eigenen Überraschung ein. „Heutzutage sitzen die Leute nicht mehr Gericht über die Moral ihrer Mitmenschen.“

„Wetten, dass?“

Sie war gereizt. „Na schön, dann zieh eben nebenan ein. Ich will dich sowieso nicht in meiner Wohnung haben. Du würdest mich sowieso nur verführen“, erklärte sie und wunderte sich, dass sie fähig war, in so lockerem Ton darüber zu sprechen.

„Das hättest du wohl gern“, konterte er trocken. „Ich bin sehr anspruchsvoll in Bezug auf meinen Körper. Du wirst vielleicht bemerkt haben, dass ich ihn in gutem Zustand halte, und ich kann dir ganz offen sagen, dass er bei Frauen sehr gefragt ist. Ich teile ihn nicht mit jedem, der mich darum bittet.“

Sie zog spöttisch die Augenbrauen hoch. „Nein?“

Er hob die breiten Schultern und ließ sie wieder fallen. „Es kann heutzutage sehr gefährlich sein, mit jemandem ins Bett zu gehen“, erklärte er mit einem leisen Lächeln.

Kirby erwiderte es. „Das weiß ich, Hugh. Und deshalb tue ich es auch nicht.“

Hughs Lächeln verblasste nicht, aber seine dunklen Augen blickten ernst. „Bist du je in Versuchung gekommen, es zu tun?“

Nach kurzem Zögern schüttelte sie den Kopf. „Nur bei dir, Hugh, und nur dieses eine Mal“, gestand sie leise. In ihr flackerten quälende Erinnerungen auf, als sie sich abwandte.

Er schob die Hände in die Hosentaschen. Auch er erinnerte sich an jene wundervolle Nacht. Nichts in seinem Leben war je damit zu vergleichen gewesen, so unschuldig die Erfahrung auch gewesen war. Aber weil Hugh damals im Grunde schon gewusst hatte, dass er noch nicht zu einer Ehe bereit war, hatte er darauf verzichtet, Kirby zu verführen. Doch trotz ihrer Unschuld war ihr Zusammensein von einer überwältigenden Intimität gewesen.

Und dann, am nächsten Tag, hatte Chad seine Bombe fallen lassen und ihre Beziehung für immer zerstört.

„Du liegst mir schwer auf dem Gewissen“, sagte Hugh ganz unvermittelt.

Kirby richtete den Blick auf ihn. „Das erstaunt mich. Ich dachte, ich sei nur eine unter vielen.“

„Keine Chance“, betonte er und betrachtete nachdenklich ihren Körper. „Ich hatte dir den Vorschlag gemacht, dass wir uns verloben, aber im Grunde wollte ich es gar nicht, während du dir nichts sehnlicher wünschtest. Und das war das eigentliche Problem. Vermutlich habe ich deshalb lieber Chad geglaubt als dir.“

„Das sagte meine Mutter auch.“

„Sie kann sehr klug sein, wenn sie will“, bemerkte er.

„Es war das einzige Mal in meinem Leben, dass sie versuchte, sich wie eine Mutter zu verhalten. Ich brauchte sie, und sie war für mich da. Obwohl alles recht harmlos gewesen war, hat mir diese Geschichte doch sehr weh getan.“

„Glaubst du etwa, ich hätte nicht darunter gelitten?“, fragte er neugierig.

Kirby zuckte die Schultern. „Du wolltest frei sein. Und das ist dir gelungen.“

„Ich wollte nicht heiraten“, berichtigte er sie. „Auch ich habe unter unserer Trennung gelitten.“

„Das kann ich mir fast nicht vorstellen. Du hast nie etwas ernst genommen, am allerwenigsten mich.“

„Du wärst überrascht …“ Er maß sie mit einem ernsten Blick, bevor er das Thema wechselte. „Die Wohnung, die ich bekomme, ist nicht groß, aber sie hat eine schöne Aussicht“, sagte er. „Und sie liegt direkt neben deiner, sodass ich in der Nähe bin, falls Erikson etwas versucht.“

Daran mochte Kirby gar nicht denken, ihr fröstelte schon bei dem Gedanken. „Wäre es nicht besser, wenn du zu mir ziehen würdest? Ich habe zwei Schlafzimmer, und ich kann kochen."

„Das kann ich auch", erwiderte er, ohne auf ihr Angebot näher einzugehen. „Und ich habe auch keine Probleme mit Staubsaugern. Der letzte, den ich kaufte, hat einen ganzen Monat lang gehalten."

„Einen Monat?"

„Nun ja, die verdammten Dinger sind wie Elefanten. Wenn man sie durchs Zimmer zieht und der Rüssel sich hinter einem Möbelstück verfängt ... Nun ja, dann reißen sie einfach ab."

Kirby lachte. Er war unverbesserlich wie eh und je. Seine Scherze ließen sie für eine Weile sogar Erikson vergessen.

„Hast du Lust, mir heute Abend beim Einziehen zu helfen?"

„Wenn uns genug Zeit bleibt, warum nicht?" Kirby sah sich schon beim Möbelschleppen. „Gibt es jemanden, der etwas dagegen hätte, wenn du bei mir wohntest?", fragte sie, weil sie sich nicht erklären konnte, warum er ihr Angebot so beharrlich ablehnte.

„Eine Frau, meinst du?"

Sie nickte.

„Nein", sagte er sanft. „Es gibt niemanden, der etwas dagegen haben könnte."

„Du bist eine gute Schülerin", lobte Hugh Kirby eine gute Stunde später. „Ich hätte nicht gedacht, dass du Karate so schnell lernen würdest."

„Warum hast du es mir nicht schon früher beigebracht, als wir noch zusammen waren?"

Er hielt ihrem prüfenden Blick gelassen stand. „Weil es mir auch ohne Karate schon verdammt schwerfiel, die Hände von dir zu lassen. Ein Unterricht wie dieser hier, mit ständigen Berührungen, hätte mich komplett verrückt gemacht."

Sie zog erstaunt die Brauen hoch. „Aber du hast mich nie begehrt!", entfuhr es ihr. „Nur dieses eine Mal ..."

Er kam näher, und sie konnte die Kraft und Wärme seines Körpers spüren. „Ich habe dich Tag und Nacht begehrt", erwiderte er heiser. „Du warst nur zu unschuldig, um es zu bemerken."

„Das kann schon sein", stimmte sie zu. „Aber jetzt scheinen die Berührungen dich nicht mehr zu stören."

„Ich bin älter", entgegnete er. „Und erfahrener."

Ihr Blick wurde kalt. „Natürlich."

Hugh wandte sich ab. Die Eifersucht in Kirbys grünen Augen verursachte ihm einen fast körperlichen Schmerz. Ihr Verhalten ihm gegenüber war noch immer sehr besitzergreifend, was jedoch noch lange nicht hieß, dass sie ihn auch liebte. Das durfte er nicht vergessen, und vor allem durfte er nichts in ihre Reaktionen hineinlesen, was nicht existierte.

„Lass uns die letzte Übung noch einmal versuchen."

Sie nahmen ihre Positionen auf der Matte ein, und Kirby versuchte, Hugh auf die Matte zu befördern. Es gelang ihr nicht.

„Das ist nicht fair, Hugh!", protestierte sie keuchend. „Du bist einfach nicht kooperativ."

„Na gut, mach weiter. Versuch, mich umzuwerfen." Er entspannte sich und stand still.

Kirby legte ihre ganze Kraft hinein und stieß und zog, bis sie Hugh aus dem Gleichgewicht gebracht und auf die Matte befördert hatte. Aber sie hatte sich überschätzt und fiel schwer auf ihn.

„Du sollst nicht mit dem Opfer zu Boden gehen", kritisierte Hugh.

Kirby war zu verblüfft, um gleich zu reagieren. Eines ihrer Beine lag zwischen seinen, ihre Brüste berührten seinen Oberkörper und ihre Hände befanden sich zu beiden Seiten seines Kopfs. Es hätte eine überraschend bequeme Stellung sein können, wenn ihr die Intimität der Situation nicht so eindringlich bewusst gewesen wäre.

„Könntest du mir bitte aufhelfen?", bat sie atemlos.

„Warum nicht? Du hast mir ja auch ‚aufgeholfen'", erklärte er mit einem sinnlichen Lächeln, das sie heiß erröten ließ, als er sich bewegte, um sie seine männliche Erregung spüren zu lassen.

„Hugh!", sagte sie vorwurfsvoll, und er lachte entzückt, als sie sich hastig aufrappelte.

„Ein Glück, dass diese Jacken so lang und weit sind", bemerkte er grinsend, als auch er aufstand.

„Du bist unmöglich!", rief sie und strich ihr feuchtes blondes Haar zurück.

„Betrachte es als Kompliment", entgegnete er. „Dieser Zustand ist nicht so leicht herzustellen, wie du vielleicht glaubst. Jedenfalls nicht bei anderen Frauen …"

„Ich will nach Hause gehen", unterbrach sie ihn steif.

„Wie du willst – aber dann verpasst du das Beste. Ich wollte dir gerade zeigen, wie man einen Tritt abwehrt."

„Das kannst du ein andermal tun", erwiderte sie ärgerlich.

„Ich habe nur Spaß gemacht, Kirby", mahnte er sanft.

Sie stieß einen tiefen Seufzer aus. „Und wie du siehst, kann ich mich nicht halten vor Lachen", murmelte sie.

„Zieh dich um. Wir fahren zu meinem Hotel und holen meine Sachen ab."

Kirby zögerte. „Vielleicht gibt Erikson es ja doch auf ..."

Hugh schüttelte den Kopf. „Das bezweifle ich sehr."

„Nur einen Koffer?", fragte Kirby verwundert, als Hugh seine Sachen im Hotel zusammenpackte.

„Alles andere habe ich bei Bob und Connie", erwiderte er.

„Oh, natürlich. Warum solltest du alte Andenken mit dir durch die Welt schleppen?"

„Apropos Andenken", sagte er gedehnt. „Was hast du mit dem Smaragd gemacht, den ich dir geschenkt habe?"

Sie wandte den Blick ab. „Glaubst du wirklich, ich hätte etwas von dir aufgehoben, nachdem du mich so kalt abserviert hattest?"

„Ja, das glaube ich", sagte er schlicht.

Sie maß ihn mit einem ärgerlichen Blick. „Ich wollte ihn wegwerfen."

„Aber das hast du nicht getan", meinte er lächelnd. „Gut. Ich bin froh, dass du mich nicht genug gehasst hast, um es zu tun."

„Es ist ein hübscher Ring", erklärte sie mit einem Anflug von Trotz.

„Aber du trägst ihn nicht."

„Er gehört zur Vergangenheit. Ich wollte einen neuen Anfang machen. Und das ist mir gelungen. Ich habe einen sehr guten Job."

„Und du bist sehr allein."

„So wollte ich es haben", betonte sie. „Wenn ich dazu bereit bin, werde ich mir einen Mann suchen."

„Hast du dabei an einen bestimmten Mann gedacht?", erkundigte er sich mit gespieltem Gleichmut.

„Ja, an Mack!", sagte sie triumphierend.

Hugh zog spöttisch die Brauen hoch. „An Mack?"

„Ja! Er ist ein reifer, erfolgreicher Mann und ein sehr angenehmer Mensch."

„Du würdest schrumpfen wie eine Pflaume, wenn er dich berührte!", versetzte Hugh lachend. „Ich habe gesehen, wie du die Beine anziehst, wenn er bloß in deine Nähe kommt."

„Das ist nicht wahr!"

„Kirby, du hast wohl wirklich keine Ahnung von modernen Überwachungstechniken, oder?", fragte er trocken. „Vielleicht ist es sogar ganz gut so. Ich würde es hassen, wenn du zu gehemmt wärst, um nackt in deinem Schlafzimmer herumzutanzen."

Sie schnappte nach Luft und errötete. „Du ... Voyeur!"

„Reiner Zufall, ich schwöre es!", sagte er und hob eine Hand. „Es war der Spiegel. Ich hatte doch nur die Kamera ein bisschen zu weit nach links ausgerichtet und ..."

Kirby holte aus, aber Hugh trat rechtzeitig zur Seite.

Dann lachte er und sagte rau: „Ich fand dich außergewöhnlich schön, Kirby ... so zart und nymphenhaft. Ich habe die ganze Nacht lang keinen Schlaf gefunden."

Sie starrte ihn an. „Ich hasse dich."

„Kirby", sagte er weich, „ich habe nichts gesehen, was ich nicht bereits kannte. Ich weiß, dass du nicht gern daran zurückdenkst, aber so ist es nun einmal."

„Wenn ich gewusst hätte, was später geschehen würde ... dass du Chads schmutzige Lügen glauben würdest."

„Hättest du mich nie an dich herangelassen. Das weiß ich", erwiderte er ernst.

Sie schlang ihren Mantel fester um den Gi. „Ich schäme mich noch heute jener Nacht."

Das schmerzte Hugh. „Warum?", entgegnete er leichthin. „Wir waren verlobt. Die meisten Verlobten schlafen miteinander, und es ist ja auch nicht so, als ob wir bis zum Letzten gegangen wären."

„Sie schlafen miteinander, wenn sie wirklich vorhaben zu heiraten. Deshalb hast du dich immer zurückgehalten, nicht wahr – weil du nie ernsthaft vorhattest, mich zu heiraten?"

„Ein oder zweimal habe ich das schon getan", widersprach er. „Du warst so verrückt nach dem verdammten Ring und nach einer Ehe, dass ich versuchte, dich bei Laune zu halten. Aber ich wusste auch, dass ich nie ein guter Ehemann sein würde, bis ich meine Wanderlust überwunden hatte. Ich versuchte, es dir zu sagen, aber du warst noch so jung."

„Jung und dumm", stimmte sie ihm zu. „Und bis über beide Ohren in dich verliebt, Hugh."

Er wandte den Blick ab. „Verliebt!", entgegnete er schroff. „Du wolltest mit mir schlafen!"

„Natürlich ... aber es war viel mehr als das."

„Du warst erst achtzehn", erinnerte er sie und wandte sich zur Tür. „Und jetzt ist es ohnehin vorbei und Vergangenheit. Wir haben wichtigere Dinge zu bedenken."

Sie schaute ihn nicht an. „Klar", sagte sie und öffnete die Tür.

Hughs Apartment war etwas kleiner als Kirbys, aber es besaß eine noch bessere Aussicht auf das Fort und war sogar frisch renoviert. Die Einrichtung, die ganz in Grün- und Brauntönen gehalten war, passte zu Hugh, fand Kirby.

„Ja, es gefällt mir", sagte er, sich umschauend, und machte dann einen verblüffenden Vorschlag. „Wie wäre es, wenn wir uns die Küchenarbeit teilen würden?", fragte er lächelnd. „Du kochst einen Abend und ich den nächsten?"

„Das wäre nicht schlecht", stimmte sie zu.

„Aber du wirst nicht hier bei mir schlafen! Ich lasse keine Frauen in mein Schlafzimmer. Sie sind danach nicht mehr herauszukriegen."

Kirby lächelte. „Das glaube ich dir gern."

Er zog die Brauen hoch. „Möchtest du wissen, warum?", fragte er mit einem sehr sinnlichen Lächeln.

„Ich kann es mir vorstellen", erwiderte sie und musste sich sehr zusammennehmen, um ihn nicht zu bitten, sie zu küssen. Das bringt nichts, ermahnte sie sich. Sie wusste es schließlich besser, als Hugh zu ermuntern.

Sie wandte sich ab. „Ich lasse dich jetzt allein, damit du in Ruhe auspacken kannst. Ich bin müde. Ich möchte ins Bett."

Er folgte ihr aus der Tür. „Ich habe mich in deiner Wohnung bereits umgesehen", sagte er. „Unsere Schlafzimmer liegen Wand an Wand. Wenn du klopfst, werde ich es hören. Ich schlafe nicht besonders tief."

„Danke. Das beruhigt mich ungemein."

„Aber zieh ein Nachthemd an", forderte er sie schmunzelnd auf. „Deinem eigenen Schutz zuliebe muss ich dich unter Beobachtung halten. Mach es mir nicht schwerer, als es ohnehin schon ist."

Sie bedachte ihn mit einem gereizten Blick. „Ich werde eine Rüstung tragen", entgegnete sie kurz. „Gute Nacht, Hugh."

„Schlaf gut."

„Ja, aber vorher nehme ich ein heißes …" Sie brach ab, um ihm einen misstrauischen Blick zuzuwerfen.

Hugh seufzte. „Na schön, sobald ich Wasser rauschen höre, stelle ich die Kamera ab."

„Du brauchst keine Kamera in meinem Badezimmer!"

„Komisch, der letzte Mann, den wir überwachten, sagte das auch", erwiderte Hugh grinsend. „Danach haben wir einige sehr interessante Aufnahmen von ihm und seiner Frau gemacht."

„Wie kommt es, dass du überhaupt noch am Leben bist?“, versetzte Kirby ärgerlich.

„Ach, weißt du, ich verstehe mich zu schützen“, erwiderte er augenzwinkernd. „Schlaf gut, Kleines. Du brauchst nur zu schreien, falls du mich brauchst.“

„Ich werde schreien, wenn du diese Kameras nicht abstellst!“, warnte sie.

„Spielverderber“, murmelte er.

„Ich schaue ja auch nicht zu, wenn du ein Bad nimmst.“

Er lächelte nicht, wie sie erwartet hatte, sondern sah ihr so tief in die Augen, bis ihre Knie ganz weich wurden. „Möchtest du es gern?“, fragte er mit sanfter Stimme.

5. KAPITEL

Du träumst wohl, was?", versetzte Kirby kühl.

Hugh zuckte die Schultern. „Dein Pech", sagte er lachend. „Vergiss nicht, die Tür zu verriegeln."

Ihre einzige Antwort war ein vielsagender Blick.

„Ich glaube, du bist ein bisschen überreizt", scherzte er, als er ihre Tür aufschloss. Doch dann wurde er ernst. „Wie wäre es, wenn du morgen früh mit mir fährst? Ich kann dir versichern, dass du keine blaue Limousine sehen wirst, solange ich in der Nähe bin."

„Erikson könnte das als Feigheit auffassen."

Hugh lehnte sich an den Türrahmen. „Hör zu, Kirby – man kann seinem Körper nur ein gewisses Maß an Stress zumuten. Lass es nicht so weit kommen, dass deine Nerven darunter leiden. Wenn du mit mir fährst, wird das den Druck ein wenig lindern. Ist dir nicht bewusst, wie angespannt du in letzter Zeit bist?"

Sie wusste es nur zu gut und ärgerte sich über die Kälte, die sie in ihren Fingern spürte. „Natürlich, Hugh, aber ich möchte nicht, dass Erikson glaubt, ich hätte Angst vor ihm."

Hugh lächelte. „Das wird er nicht. Er wird annehmen, dass ich dich vereinnahmt habe. So denkt ein Mann wie er."

„Nun ja, warum sollte ich nicht mit dir fahren?", entgegnete sie schließlich. „Solange du nicht versuchst, mich wirklich zu vereinnahmen."

Sein Blick war wie eine Liebkosung. „Könnte ich das denn, Kirby … wenn ich mir Mühe geben würde?", fragte er mit einem seltsamen Glitzern in den Augen.

„Tut mir leid, dagegen bin ich immun", erwiderte sie spitz.

„Gegen die Masern vielleicht", neckte er sie. „Aber nicht gegen mich. Selbst nach all diesen Jahren noch errötest du, wenn ich dich ansehe", fügte er hinzu.

„Das ist ein reines Hautproblem", konterte sie. „Meine Poren sind allergisch gegen dich."

Er lachte. „Erinnerst du dich an jenen Tag im Park, an dem wir mit sechs kleinen Kindern im Schlepptau endeten? Sie wollten wissen, warum du Sommersprossen auf der Nase hättest, und ich schwindelte ihnen vor, du wärst allergisch gegen Eis."

„Und fast hätten sie aus Mitleid mit mir geweint." Kirby erwiderte sein Lächeln. „Oh, Hugh, wir hatten so schöne Zeiten!" Ihr Blick wurde traurig. „Du warst mein bester Freund."

Er nickte ernst. „Und du meine beste Freundin. Aber vor einigen Jahren war ich noch kein Kandidat für eine Ehe. Das musst du doch gespürt haben. Es gab noch so viel, was ich in meinem Leben tun wollte, und es waren alles Dinge, die mit einer Familie nicht zu schaffen waren."

„Ja. Wie zum Beispiel zum CIA zu gehen." Sie senkte den Blick, damit er nicht sah, wie sehr sie das alles immer noch berührte. Jahrelang hatte sie nicht einmal gewusst, wo er sich aufhielt, bis Connie und Bob, mit denen sie noch immer befreundet war, ihr ein bisschen über seinen neuen Job erzählten. Sie hatte sich schreckliche Sorgen um ihn gemacht und stets befürchtet, dass er in einem Sarg nach Hause gebracht werden würde.

„Kirby?", fragte er sanft.

„Ja?"

Er schüttelte den Kopf. „Du hast nicht einmal zugehört", meinte er vorwurfsvoll.

„Ich dachte daran, wie es war, nachdem du fortgegangen warst", gestand sie leise und wich seinem forschenden Blick aus. „Immer, wenn ich von Geheimdienstaktionen in der Zeitung las, fragte ich mich, ob du dabei warst und ob dir auch nichts zugestoßen war." Sie lachte plötzlich. „Albern, nicht?"

Seine Miene wurde hart. „Genau das wollte ich dir ersparen."

„Du wolltest mir die Angst ersparen?" Sie hob den Blick und schaute Hugh traurig an. „Und das glaubtest du geschafft zu haben. Denn natürlich hörte ich auch auf, dich zu lieben, als du fortgingst, oder?"

Er lehnte sich schwer an die Wand. „Genau", erwiderte er stur. „Du hast mich gehasst, als ich fortging."

Sie lächelte traurig. „Das dachte ich. Aber es war nicht so leicht, dich zu vergessen, Hugh. Ich habe lange Zeit dafür gebraucht, denn es gab so vieles, was mich an dich erinnerte." Sie wandte sich abrupt ab. „Bei Männern ist es anders. Bei euch ist es nur körperlich."

„Warum sagst du so etwas?"

„Weil es stimmt. Männer denken mit den Drüsen und Frauen mit dem Herzen."

„Das ist Verallgemeinerung", wandte er ein. „Männer empfinden genauso tief wie Frauen."

„Du hast mich begehrt, aber du konntest dich nicht dazu überwinden, ein Opfer zu bringen. Hättest du mich wirklich geliebt, wärst du niemals fortgegangen."

„Du warst es, die mich gehen ließ", entgegnete er knapp. „Du hättest diesen verdammten Brief, den ich dir schickte, wenigstens öffnen können!"

„Wozu? Stand denn außer Abschiedsgrüßen sonst noch etwas darin?", fragte sie schroff. „Ich war überzeugt, dass es nichts als eine weitere Moralpredigt sein konnte."

Hugh schob die Hände in die Hosentaschen. „Damals, als ich dir schrieb, wusste ich bereits, dass Chad der Schuldige war. Und ich hatte Zeit gehabt, über alles nachzudenken."

„Das konnte ich nicht ahnen", wandte sie ein. „Ich wusste nur, dass du mich verachtetest und nie wiedersehen wolltest, als du fortgingst. Das hast du selbst gesagt – sehr unmissverständlich."

Sein Blick verriet, dass diese Erinnerungen auch für ihn qualvoll waren. „Ich hatte vorher nie Eifersucht gekannt. Es war etwas ganz Neues für mich", gestand er. „Außerdem fühlte ich mich verraten. Chad war immerhin mein bester Freund."

„Ach, warum sollen wir das alles wieder aufwärmen?", murmelte Kirby und wandte sich ab. „Du suchtest einen Grund zur Flucht, und Chad gab dir einen – das ist alles. Ich hoffe, es hat dir beim Geheimdienst gefallen, Hugh. Was ich allerdings nicht verstehen kann, ist, warum du zurückgekommen bist."

Seine dunklen Augen musterten sie sehnsüchtig. „Kannst du das wirklich nicht, Kirby?"

Sie ignorierte die zärtliche Note in seiner Stimme und seufzte. „Ich bin müde, Hugh. Wir sehen uns morgen früh."

„Ja. Und du fährst mit mir, ob du willst oder nicht", erklärte er und schloss die Tür.

Als Kirby an ihrem Anrufbeantworter vorbeikam, sah sie, dass er blinkte. Sie wollte sich die Nachrichten nicht anhören, da sie damit rechnete, dass eine davon von Erikson war. Doch ihre Arbeit erforderte, dass sie sich auch manchmal abends mit Kundenanrufen befasste, weil die meisten Leute dann mehr Zeit zum Reden hatten. Sie konnte es sich nicht erlauben, die Anrufe zu ignorieren.

Mit einem unbehaglichen Gefühl spulte sie das Band zurück.

Die erste Nachricht kam von Mack, der sie daran erinnern wollte, dass er ihr am nächsten Tag eine neue Kundin vorstellen würde. Der zweite Anrufer hatte die falsche Nummer gewählt.

Der dritte Anruf stammte, wie schon befürchtet, von Erikson. „Eines Nachts wird Ihr Leibwächter nicht in der Nähe sein, und dann kriege ich Sie“, sagte er in drohendem Ton, dann wurde seine Stimme sanfter: „Was werden Sie dann tun, Euer Majestät?“, fragte er lauernd.

Danach kamen keine weiteren Anrufe mehr, und Kirby nahm das Band heraus und ersetzte es durch ein neues. Eriksons hässliche Worte konnten ihr vor Gericht nützlich sein, falls er sie tatsächlich attackierte.

Als Hugh am nächsten Morgen klingelte, wartete Kirby bereits auf ihn, in einem hübschen lavendelfarbenen Kleid, das ihre zierliche Figur betonte. Hugh trug ein graues Sakko, dazu eine dunkle Hose und ein rot und weiß gestreiftes Hemd. Er sah sehr gut aus, aber sie tat, als bemerkte sie es nicht.

„Hier“, sagte sie, reichte ihm das Band aus dem Anrufbeantworter und beschrieb ihm kurz, was es enthielt.

Mit kaltem Blick steckte er das Band ein. „Eines Tages wird Erikson zu weit gehen“, prophezeite er. „Und dann werde ich da sein und ihn erwarten!“

„Er muss krank sein“, bemerkte Kirby leise.

„Entweder das oder verdammt bösartig“, meinte Hugh, und gemeinsam machten sie sich auf den Weg zu seinem Wagen.

„Einen Moment“, sagte er auf dem Parkplatz und hielt Kirby zurück. Prüfend ging er um den Wagen herum und schaute unter die Motorhaube. Erst nachdem er sich überzeugt hatte, dass alles in Ordnung war, schloss er die Tür auf und ließ Kirby einsteigen.

„Du glaubst doch nicht etwa, dass er deinen Wagen in die Luft jagen würde?“, fragte sie erstaunt.

Hugh zuckte die Schultern. „Vorsicht ist die Mutter der Porzellankiste. Typen wie Erikson sind leider unberechenbar.“ Er schaute Kirby lächelnd an. „Aber mach dir keine Sorgen. Ich kann Bomben entschärfen.“

„Im Ernst?“

„Vorausgesetzt, es handelt sich um eine simple Bauart. Wir hatten diesen Fall in Europa, wo wir …“ Er zögerte. „Nun ja, das war etwas anderes. Aber ich musste dabei eine Bombe entschärfen.“

„Hast du es beim CIA gelernt?“, fragte sie neugierig.

Er lachte. „Nein. Auf die harte Tour.“

Ihre Augen wurden groß. „Auf die harte Tour?“

„Klar, nachdem sie mich in die Luft gejagt hatten.“ Er warf ihr einen belustigten Blick zu. „Das war ein Scherz, Kirby. Ich habe nur Spaß gemacht.“

Sie schüttelte resigniert den Kopf. „Ich wusste schon früher nie, wann es bei dir Spaß und wann es Ernst war. Wahrscheinlich bin ich hoffnungslos naiv“, murmelte sie und schaute auf die Tasche, die auf ihrem Schoß lag. „Na ja, zumindest habe ich gelernt, wie man richtig fällt“, fügte sie mit einem schwachen Lächeln hinzu.

„Und ob! Du wirst schon sehen, sobald ich meinen Kurs mit dir beendet habe, wirst du der Schrecken der Straßen sein. Erwachsene Männer werden schreiend vor dir flüchten“, versprach er und lachte. „Ich verstehe nicht, warum du nicht schon eher einen solchen Kurs besucht hat. Jede Frau sollte wissen, wie sie sich verteidigen kann. Sie sollten es schon in der Schule unterrichten.“

„Die Kinder haben auch so schon genug zu lernen.“

„Nein, ganz ohne Scherz, Kirby. Wenn es zum Turnunterricht gehörte, brauchten die Mütter sich keine Sorgen mehr um ihre Töchter zu machen.“ Er schaute Kirby von der Seite an. „Nicht einmal dann, wenn sie mit einem übereifrigen jungen Mann verabredet sind.“

„Ich habe schon gehört, dass es auch in solchen Fällen häufig zu Vergewaltigungen kommt, vielen Dank“, erwiderte Kirby.

Hugh lachte. „In unserem Fall war ich derjenige, der Bedenken hatte, und du warst diejenige, die nicht warten wollte.“

„Reib es mir nur weiter unter die Nase“, gab sie unwillig zurück und rückte ein wenig von ihm ab.

„Was soll ich dagegen tun? Du warst ein bildhübsches Mädchen, und du begehrtest mich. Du hättest jeden haben können.“

„Nicht ganz, denn sonst hättest du mich nicht verlassen“, entgegnete sie und stellte fest, dass es ihr jetzt, wo sie und Hugh wieder Freunde waren, viel leichter fiel, sich mit dem Gedanken abzufinden, dass er sie einst zurückgewiesen hatte.

„Glaubst du wirklich?“ Er parkte den Wagen vor dem Bürogebäude und schaute sich prüfend um. „Kein Erikson“, bestätigte er. „Das ist gut. Vielleicht hat er ja doch Angst bekommen und aufgegeben.“

„Zweifellos“, entgegnete sie trocken.

„Ich könnte dir Aussagen von Leuten bringen, die unter meinem Schutz gestanden haben – sie würden dir bestätigen, wie furchterregend ich sein kann“, informierte Hugh sie schmunzelnd. „Dieser letzte Mann zum Beispiel meinte, es sei ein Wunder, dass wir überhaupt noch ein Land besäßen, wenn es auf den Schutz von Leuten wie mir angewiesen sei.“

Kirby lachte. „Der Mann, in dessen Badezimmer du eine Kamera installiert hattest?“

„Mein Auftrag war, ihn ständig zu überwachen“, erwiderte Hugh. „Also überwachte ich ihn. Ständig.“

Kirby schüttelte nur den Kopf. Aber dann fiel ihr ein, dass Hugh auch sie ständig überwachte, und sie biss sich auf die Unterlippe.

„Nicht im Badezimmer“, sagte er. „Das schwöre ich dir bei meiner Pfadfinderehre.“

„Du bist nie Pfadfinder gewesen.“

„Doch – bis ich mein erstes Feuer anzündete.“ Er seufzte in der Erinnerung daran. „Leider geschah es im Wohnzimmer des Gruppenführers, auf seinem Teppich, und niemand konnte ihm begreiflich machen, wie es zu diesem Unfall gekommen war. Es war Bobs Schuld“, fügte er düster hinzu. „Er gab mir das Holz und zeigte mir, wie man ein Feuer anzündete.“

„Mochte Bob den Gruppenführer?“

„Nein, ich glaube nicht …“

Kirby lachte. „Aha.“

Beim Aussteigen ergriff Hugh wie selbstverständlich ihre Hand. Als er den harten Ruck ihrer Finger spürte, blieb er stehen und schaute stirnrunzelnd auf sie herab.

„Bist du dir zu gut, um Händchen mit dem Personal zu halten?“, murmelte er.

Sie fühlte, wie seine großen Finger streichelnd über ihre glitten und sein Daumen über ihre Handinnenfläche strich. Und wieder überlief sie dieses erregende Prickeln, das sie immer dann verspürte, wenn er in ihrer Nähe war. Es war genau wie früher.

„Nein“, antwortete sie sanft und schaute ihm in die Augen. „Aber ich habe kein Interesse daran, die Vergangenheit wieder auferstehen zu lassen.“

„Auch nicht mit einem anderen Ende?“, fragte Hugh gedehnt. „Einem glücklichen Ende?“

Kirbys Herz setzte einen Schlag aus, aber dann beruhigte sie sich mit dem Gedanken, dass es nichts als ein Spielchen für ihn war. Es wäre ein Fehler gewesen, ihn zu ernst zu nehmen.

Lachend begann sie an ihrer Hand zu ziehen. „Lass mich los, du Witzbold.“

Er schien erstaunt. „Kirby, es ist kein …“

Das unvermittelte Aufheulen eines Motors ließ ihn verstummen, rasch zog er Kirby auf den Bürgersteig. Gerade noch rechtzeitig, denn im gleichen Augenblick schoss ein Sportwagen an ihnen vorbei, ein älteres Modell, das schwarz lackiert war.

„Ein Irrer!“, sagte Hugh und schaute ärgerlich dem Wagen nach. Wenn es eine blaue Limousine gewesen wäre, hätte er jetzt nicht gezögert, die Verfolgung aufzunehmen.

„Unvorsichtige Fahrer gibt es überall“, bemerkte Kirby. „Es ist nichts passiert. Er hat mich nicht erwischt.“

„Gott sei Dank.“ Hugh war sehr blass geworden und musterte sie besorgt. „Das war fast ein bisschen zu knapp.“

Kirby nickte. „Wenigstens war es nicht unser Freund Erikson.“

Hugh nickte, jedoch ohne große Überzeugung, als er ihren Arm nahm und sie in das Gebäude geleitete.

In seinem Büro schaltete er seinen Laptop ein und rief einen geheimen Code auf. Als er Eriksons Namen eingetippt und einige Querverbindungen überprüft hatte, wurde ihm ganz übel vor Sorge. Erikson besaß zwei Autos, und eins davon war ein schwarz lackierter Sportwagen älteren Baujahrs.

Kirby hatte einen langen Tag, der mit Personalbesprechungen und der Arbeit an ihren gegenwärtigen Projekten ausgefüllt war. Zum Glück stellte sich heraus, dass die neue Kundin, die Mack ihr für heute angekündigt hatte, erst am nächsten Tag erscheinen würde.

Nachmittags schaute Betty in ihrem Büro vorbei. „Na, wie ist die neue Kundin?“, erkundigte sie sich.

„Keine Ahnung. Sie ist nicht gekommen. Mack meinte, wir könnten erst morgen mit ihr rechnen.“

„Eigentlich wollte ich dich ins Kino einladen, aber das ist vielleicht keine gute Idee, solange dieser Erikson auf der Lauer liegt.“

„Hugh würde einen Anfall kriegen“, stimmte Kirby zu.

„Er sieht gut aus, dieser Mr Patton“, bemerkte Betty nachdenklich. „Und Konkurrenz ist offenbar nicht vorhanden ...“

„Nein, soviel ich sehe, nicht“, erwiderte Kirby. „Früher war es anders. Als Hugh und ich anfingen, miteinander auszugehen, hatte er gerade mit seiner Freundin Schluss gemacht. Sie war sehr attraktiv, ein Fotomodell namens Lorna McLane.“

Betty runzelte die Stirn. „Lorna McLane?“

Kirby starrte sie an. „Weißt du etwas, was ich nicht weiß, Betty?“

„Die Kundin, die heute Morgen nicht erschienen ist, heißt Lorna McLane.“

Kirby setzte sich. „Was kann sie von uns wollen?“

„Sie hat eine leitende Stellung in einer Modelagentur. Mack sagte, wir würden eine Modenschau für sie organisieren.“

„Einen Auftrag dieser Größenordnung kann man nicht ablehnen", erwiderte Kirby nachdenklich. „Im Übrigen waren sie und Hugh längst getrennt, bevor unsere Beziehung begann … Was im Übrigen ohnehin nichts mehr zu sagen hat", fügte sie rasch hinzu, als sie Bettys wachsamen Blick bemerkte. „Hugh und ich sind jetzt Freunde. Er ist unser Sicherheitschef. Das ist alles."

Betty betrachtete ihre ringlose linke Hand. „Lorna und Mrs Lancaster sind befreundet, nicht?"

Kirbys Herz setzte einen Schlag aus. „So gut, dass Mrs Lancaster ihr von Hughs neuem Job erzählt haben könnte?"

„Sogar so gut, dass Lorna Hugh selbst von dem Job erzählt und bei Mrs Lancaster ein gutes Wort für ihn eingelegt hat."

So war er also an den Job gekommen! „Warum sagt mir hier nie jemand was?", murmelte Kirby verärgert und hasste das Schicksal, das ihr einen solchen Streich gespielt hatte.

„Ich bin sicher, dass keiner es dir absichtlich verschwiegen hat. Und nur weil Hugh hier arbeitet, wird Lorna nicht ständig in seiner Nähe sein."

„Erspar es mir." Seufzend lehnte Kirby sich in ihrem Stuhl zurück. Sie hatte sich falsche Hoffnungen gemacht, die jetzt zerschlagen wurden. Sie war deprimiert. Erikson würde mit der Zeit ihren Seelenfrieden zerstören, und Lorna würde ihn unterstützen.

Kirby erinnerte sich nur zu gut an Lorna; sie war groß und schlank und hatte sehr dunkles Haar und dunkle Augen. Sie war schön … Warum sollte Hugh inzwischen immun gegen ihre Schönheit sein, und was sollte ihn daran hindern, sein Glück von Neuem bei ihr zu versuchen? Lorna war mit ziemlicher Wahrscheinlichkeit noch unverheiratet, und Hugh war frei, während sie, Kirby … Nun ja, sie stand nicht einmal zur Diskussion. Obwohl sie bestimmt nicht schlecht aussah, konnte sie mit einem Topmodel nicht konkurrieren. Und während sie selbst immer ein bisschen altmodisch gewesen war, hatte Lorna sich nie mit irgendwelchen moralischen Bedenken belastet.

„Du kannst nicht kündigen", sagte Betty, die ihren Gesichtsausdruck richtig interpretierte. „Unter anderem hätte ich dann niemanden mehr, mit dem ich mittags essen gehen kann."

„Ich kann dir nichts versprechen", erwiderte Kirby und starrte wütend aus dem Fenster. „Hast du auch schon einmal Zeiten erlebt, in denen innerhalb weniger Tage alles schiefging?"

Betty seufzte. „Ich hole dir eine Tasse Kaffee."

„Warum hat Lorna sich ausgerechnet unsere Agentur ausgesucht, Betty? Meinst du, es wäre wegen Hugh?“

„Das ist möglich“, musste Betty zugeben. „Trauerst du ihm noch nach?“

Kirby warf ihr einen gereizten Blick zu. „Keineswegs! Er ist mir nicht einmal sympathisch.“

„Und Schweine fliegen“, murmelte Betty, als sie hinausging und die Tür hinter sich schloss.

Hugh holte Kirby am späten Nachmittag ab. Er wirkte besorgt und schaute sich mit düsterem Blick auf dem Parkplatz um.

„Ich habe Eriksons Wagen den ganzen Tag lang nicht gesehen“, berichtete Kirby.

„Auch keinen alten schwarzen Sportwagen?“

Sie runzelte die Stirn. „Doch, da war ein schwarzer Wagen ... Sag bloß, dieser Typ hat zwei Autos?“, fragte sie bestürzt, weil Hughs Gesichtsausdruck nichts Gutes verhieß.

„Bingo.“

Kirby atmete tief durch. „Es ist wirklich nicht mein Glückstag heute.“

„Wieso?“

Beklommen schaute sie ihn an. Es würde alles von vorn beginnen, die alte Geschichte, und zum guten Schluss würde Hugh sich wieder von ihr abwenden.

„Wusstest du, dass wir eine neue Kundin haben?“, fragte sie lauernd. „Deiner Miene nach zu urteilen muss es jemand sein, den ich kenne. Sagst du es mir, oder muss ich erst raten?“

„Lorna McLane wird uns ihre neuesten Extravaganzen auf dem Modesektor präsentieren lassen.“

Hugh schaute sie nicht an. „Wie schön für sie.“

Kirby starrte durch die Windschutzscheibe. „Du wusstest, dass sie hier war“, stellte sie fest.

Er zuckte die Schultern. „Natürlich. Was glaubst du, wie ich an diesen Job gekommen bin? Sie rief mich in Washington an, erzählte mir von dem Angebot und meinte, ich solle meine Bewerbung einreichen. Du wirst dich entsinnen, dass Lorna und ich befreundet waren, bevor unsere Beziehung begann“, erinnerte er Kirby. „Aber es war nie ernst mit ihr. Damals“, fügte er lächelnd hinzu, um sie zu ärgern.

Kirby bemühte sich, eine gelangweilte Miene aufzusetzen. „Hast du sie seit deiner Rückkehr wiedergesehen?“

Hugh, der ihr einen raschen Blick zuwarf, fand ihre Miene äußerst aufschlussreich. „Wir sind heute zusammen zum Lunch gegangen", gab er zu und registrierte voller Genugtuung Kirbys giftigen Blick. „Sie ist zwar ein bisschen älter geworden, aber doch noch immer sehr schön. Atemberaubend schön, um der Wahrheit die Ehre zu geben."

Schweigend umklammerte Kirby ihre Tasche und starrte aus dem Seitenfenster.

Hugh atmete unhörbar auf. Es bestand also noch Hoffnung – sie empfand noch etwas für ihn! „Vergiss nicht, dass wir heute Abend Unterricht haben."

„Ich dachte, morgen!", wandte sie verwundert ein.

„Ja, aber Erikson beunruhigt mich", erwiderte Hugh. „Und ein bisschen Bewegung wird uns beiden guttun. Was meinst du?"

Kirby nickte. Der Karateunterricht würde sie zumindest von ihren anderen Problemen ablenken.

„Hast du je mit Lorna über Heirat gesprochen?", fragte sie.

„Ihr Traum war, Fotomodell zu werden, und ich wollte zum Geheimdienst", erzählte Hugh, als er vor dem Gebäude hielt, in dem sie wohnten. „Sie stellte gewisse Ansprüche an das Leben und ich andere, und irgendwann kamen wir beide zu dem Schluss, dass eine Trennung die beste Lösung für uns war." Er stellte den Motor ab und schaute Kirby an. „Mein Beruf war mir damals wichtiger als alles andere, Kirby. Es tut mir auch nicht leid, denn ich habe eine Menge interessanter Dinge erlebt. Und ich bin reifer geworden."

„Das sieht man", antwortete sie. Sein Gesicht wies Linien auf, die vor ein paar Jahren noch nicht da gewesen waren. Und zu seiner clownhaften Persönlichkeit war eine neue Reife hinzugekommen. „Aber ich mochte dich so, wie du warst."

„Ich dich auch", stimmte er lächelnd zu. „Aber du warst damals munterer und fröhlicher, Kirby, während du mir jetzt sehr ruhig vorkommst."

„Ich trage viel Verantwortung in meinem neuen Job", sagte sie ausweichend. „Und die Sache mit Erikson belastet mich."

„Mich auch. Aber er wird bald einen falschen Schritt machen, Kirby, und dann, das schwöre ich dir, stehe ich direkt neben ihm!"

„Oder ich", entgegnete sie mürrisch. „Wann wirst du mir etwas anderes beibringen, als auf die Matte zu fallen? Ich möchte endlich lernen, selbst etwas zu tun!"

„Woran hattest du denn gedacht?“, entgegnete er in verführerischem Ton und beugte sich zu ihr vor.

„Vielleicht wäre es ganz nett, zu lernen, wie man jemandem den Arm bricht“, erklärte sie lächelnd.

Hugh erschauerte. „Solange es nicht meiner ist!“

„Glaubst du, ich würde einen Freund verletzen?“, schalt sie. „Schäm dich!“

Auf dem Weg zum Fitnessstudio merkte Hugh, dass sie wieder verfolgt wurden, und er wäre am liebsten ausgestiegen, um Erikson zu verprügeln. Doch er wusste, dass er ihm damit nur in die Hände gespielt hätte. Er musste kühl und überlegen bleiben, wenn er Kirby nicht noch mehr in Gefahr bringen wollte.

In der Zwischenzeit war es vielleicht ganz gut, wenn er ihr einige Angriffstechniken beibrachte.

„Das ist langweilig“, beschwerte sie sich, als er zum zehnten Mal die Hände um ihren Hals schloss und sie aufforderte, den Griff zu parieren.

„Pass auf“, erwiderte er streng. „Es ist kein Spiel. Stell dir vor, es sei Ernst, und handle dementsprechend …“

Sie versuchte es, aber ihre Hände ermüdeten langsam.

„Na schön, Süße, wenn das die einzige Möglichkeit ist, es dir beizubringen …“

Seine Hände schlossen sich noch fester um ihren Hals, und in drohender Haltung bewegte er sich auf sie zu. Obwohl Kirby in Panik geriet, bewahrte sie die Nerven. Mit der Technik, die Hugh sie gelehrt hatte, brach sie seinen Griff um ihren Hals, brachte Hugh aus dem Gleichgewicht und beförderte ihn auf die Matte.

Doch sogleich war Hugh wieder auf den Beinen, nahm eine Angriffhaltung ein und stieß mit einem schrillen Schrei den rechten Arm vor.

Kirbys Reaktion war vollkommen natürlich – sie schlug die Hände vors Gesicht und schrie.

Aus den anderen Ecken des Studios, wo Männer trainierten, die Hugh diese Schocktherapie bei jungen Polizisten hatten anwenden sehen, ertönte Gelächter.

Kirby war so empört, dass ihr der Atem stockte, und wütend schlug sie nach Hugh. „Du Tier!“, schrie sie. „Das war nicht fair!“

„Die Angst ist dem Menschen angeboren“, dozierte er. „Die Leute fürchten sich vor plötzlichen, heftigen Geräuschen. Ein schriller Schrei kann einen Moment lang lähmen, wie du eben selbst erlebt hast. Das ist eine der Methoden, die ich unterrichte. Manchmal reicht schon ein solcher Schrei, um wertvolle Zeit zu gewinnen."

„Möglich. Aber es ist sehr unangenehm, der Empfänger dieses Schreis zu sein."

„Zweifellos. Aber es rettet dir vielleicht eines Tages das Leben, wenn du dich an die Möglichkeit gewöhnst, dass du angegriffen werden könntest."

Sie sah ein, dass er recht hatte. Selbst jetzt atmete sie noch sehr heftig, und ihr Herz klopfte ihr bis zum Hals.

„Hast du genug für heute?", neckte Hugh, um ihren Kampfgeist anzuspornen.

„Auf keinen Fall", entgegnete sie. „Wenn du es erträgst, ertrage ich es auch. Los – versuch es!"

Mit einem zufriedenen Grinsen erfüllte er ihr den Wunsch.

6. KAPITEL

Nach einer Stunde anstrengender Übungen in Angriff und Abwehrtechniken ließ Kirby sich müde neben Hugh auf der Matte nieder. Sie bekam fast keine Luft, und jeder einzelne Knochen in ihrem Körper schmerzte, als hätte jemand sie kräftig verdroschen.

„Gibst du auf?“, fragte Hugh schmunzelnd.

„Nur für einen Moment“, antwortete Kirby schwer atmend. Ihr Gesicht war gerötet, ihr Haar zerzaust. Hugh dachte, dass sie wie eine bezaubernde Straßengöre aussah.

„Erinnerst du dich an den Tag, als wir im Fluss schwimmen waren?“, fragte er sie lächelnd. „Du wärst fast ertrunken, weil du nicht zugeben wolltest, dass deine Kräfte nicht ausreichten, um den Fluss zu überqueren. Ich musste dich zurückschleppen.“

„Fast hätte ich es geschafft“, wandte sie ein.

„Und auf dem Rückweg“, sagte er, senkte die Stimme und schaute Kirby mit einem vielsagenden Lächeln in die Augen, „hast du dein Bikinioberteil verloren.“

Sie spürte seinen Blick so intensiv wie damals an jenem Tag, als es zu ersten Intimitäten zwischen ihnen gekommen war. Hughs begehrliche Blicke auf ihre nackten Brüste hatten ihr das Blut in die Wangen getrieben und ihr Herz in schreckliche Aufregung versetzt. Doch Hugh war sehr rücksichtsvoll gewesen, er hatte sie weder in Verlegenheit gebracht noch Scherze über ihre peinliche Lage gemacht. Nein, er hatte sie nur sehr langsam aus dem Wasser gehoben und sie angesehen; nur das, bevor er sie wieder zurücksinken ließ, ihr Bikinioberteil suchte und ihr diskret den Rücken zukehrte, während sie es anzog. Es war alles so natürlich und sanft gewesen, dass sie die Erfahrung nie bedauert hatte.

„Am meisten ist mir dein Gesichtsausdruck in Erinnerung geblieben“, fuhr er leise fort. „Du warst schockiert, entzückt und aufgeregt, alles zur gleichen Zeit. Selbst ein Künstler hätte Mühe gehabt, deine Miene wiederzugeben.“

„Für mich war es das erste Mal, dass mir so etwas passierte“, bemerkte sie schlicht. „Aber für dich war es natürlich nicht halb so aufregend wie für mich.“

„Wirklich nicht, Kirby?“ Hugh lächelte nicht, seine Augen waren dunkel vor unausgesprochenen Geheimnissen.

Sie wandte das Gesicht ab. „Nun ja, es ist lange her. Wir sind heute anders."

Er dachte an die Orte, an denen er gewesen war, und an die Abenteuer, die er erlebt hatte, erinnerte sich all der Gefahren und Kirbys lachender Augen, die sich plötzlich mit Tränen gefüllt hatten, als er ihr das einzige Mal, wo es wirklich wichtig gewesen wäre, nicht geglaubt hatte.

„Ich habe dich enttäuscht", sagte er nachdenklich.

„Du wärst nicht glücklich gewesen, wenn du dich an mich gebunden hättest", entgegnete sie und erwiderte ruhig seinen Blick. „Deine Freiheit war dir wichtiger. Deshalb hat es weder mit mir geklappt noch mit Lorna."

Hugh verzog den Mund. „Mit Lorna war es etwas anderes", erwiderte er kurz. „Sie wusste von Anfang an, dass ich nicht an einer Heirat interessiert war, und hat mich zu diesen Bedingungen akzeptiert. Aber bei dir habe ich nie Bedingungen gestellt. Ich habe anfangs bei dir nicht einmal eine Heirat ausgeschlossen …"

„Bis du dachtest, ich hätte mit Chad geschlafen", beendete Kirby den Satz für ihn. „Und das verletzte deinen Stolz noch mehr als deine Gefühle."

„Es gibt Männer, denen es schwerfällt zu lieben, Kirby." Einen langen Moment schaute er ihr forschend in die Augen. „Und eine Ehe einzugehen und eine Familie zu gründen …" Seine Stimme verklang, als er an seine eigene Kindheit zurückdachte.

„Ich wusste, dass du noch nicht bereit warst", sagte sie und bemühte sich, ein Lächeln aufzusetzen. „Obwohl du mich darum gebeten hattest, hätte ich dich nicht geheiratet, weil mir schon immer klar war, dass der Geheimdienst dir mehr bedeutete als ich. Doch trotz allem hat es Spaß gemacht, für eine Weile so zu tun, als ob."

„Kirby, ich habe dich einmal gefragt, was du davon halten würdest, noch einmal ganz von vorn zu beginnen. Du hast mir nie darauf geantwortet. Es war kein Scherz."

Ihr Herz begann aufgeregt zu klopfen, doch ihre Miene drückte Argwohn aus. „Ich weiß nicht, was ich dazu sagen soll, Hugh", erwiderte sie vorsichtig.

„Wir könnten noch einmal dort beginnen, wo wir aufgehört haben", meinte er. „Du bist heute eine erwachsene Frau und kein unreifer Teenager mehr. Wir könnten eine richtige Beziehung haben, ohne irgendwelche Hemmnisse."

„Womit du sagen willst, dass wir miteinander schlafen könnten, nicht wahr?"

Hugh streckte seine langen Beine aus und betrachtete sie sinnend. „Ja. Das meinte ich."

„Das habe ich mir gedacht." Ohne weiter auf seine Frage einzugehen, nahm sie ihre Socken und Schuhe aus der Tasche und begann sie anzuziehen.

„Nun?", fragte er knapp.

Sie zog die Augenbrauen hoch. „Nun was?"

„Wie denkst du über meinen Vorschlag, einen Neubeginn zu wagen?"

„Ich halte im Allgemeinen nichts davon, zerbrochene Spiegel zu kitten", erwiderte sie schroff. „Und du weißt, wie ich über Leute denke, die ihre Partner wechseln wie die Hemden."

„Von Partnerwechsel kann keine Rede sein", versetzte er gereizt. „Du würdest selbstverständlich nur mit mir schlafen."

„So? Wie lange denn, Hugh?", entgegnete sie gelassen und richtete prüfend den Blick auf ihn. „Bis du genug von mir hast?"

Er spürte ihre Verbitterung und runzelte ärgerlich die Stirn. „Du verdrehst mir die Worte im Mund."

„Nein, das tue ich nicht. Aber du brauchst eine Frau, und ich komme dir gelegen." Ihre Augen funkelten zornig. „Nein, vielen Dank, Hugh. Tausend Dank – es ist ungeheuer schmeichelhaft für eine Frau, als Sexualobjekt betrachtet zu werden!"

Sie stand auf, und er folgte ihr, frustriert und hilflos, weil es ihm nicht gelang, ihr zu erklären, was er meinte. Kirby ließ ihn einfach nicht ausreden, es sah fast so aus, als wollte sie gar keinen ernst gemeinten Antrag von ihm hören. Andererseits hingegen war auch klar, dass sie ihn weder genug liebte noch begehrte, um ihn um seiner selbst willen und ohne Eheversprechen zu akzeptieren. Das war schon immer ein Hindernis zwischen ihnen gewesen, und es stand ihnen auch jetzt noch im Weg. Kirby vertraute ihm nicht.

„Lass dir etwas gesagt sein", fuhr sie hitzig fort, „wenn ich einen Mann fürs Bett brauche, suche ich mir selbst einen! Und das wird kein Draufgänger mit einer langen Liste ehemaliger Geliebten sein! Ich würde nicht einmal dann mit dir ins Bett gehen, wenn du mir ein Attest von einem Arzt vorzeigen würdest!"

Sie hob die Tasche auf und ging an Hugh vorbei zum Ausgang.

„Warte!", sagte er, nachdem er sie eingeholt und ihr den Weg verstellt hatte. Ihm war anzusehen, wie wütend er war, aber noch schien er seinen Zorn zu beherrschen. „Du gehst abends nirgendwohin ohne mich!", zischte er. „Oder hast du deinen anderen ‚Verehrer' etwa schon vergessen?"

Kirby zögerte, und ihr Ärger verblasste angesichts der Tatsache, dass Erikson vielleicht irgendwo dort draußen wartete.

„Ich freue mich, dass du deinen Verstand benutzt", sagte Hugh barsch. „Warte, bis ich umgezogen bin, dann bringe ich dich nach Hause. Von jetzt an werde ich mich einzig und allein auf meine Arbeit beschränken, und zwischen uns beiden ist es aus. Ist es dir so lieber? Bist du jetzt zufrieden?"

„Sehr", erwiderte sie mit einem erzwungenen Lächeln. „Ich brauche keinen Mann, Hugh. Ich komme sehr gut allein zurecht."

„Ich auch", versetzte er. „Und falls ich doch jemanden brauche, kann ich immer noch auf Lorna zurückgreifen. Sie ist wenigstens nicht so altmodisch wie du." Nach diesem letzten Hieb, der Kirby wie beabsichtigt mitten ins Herz traf, stürmte er wütend zu den Umkleidekabinen.

Genau, wie ich erwartet hatte – er wird zu Lorna McLane zurückkehren, dachte Kirby traurig, während sie auf Hughs Rückkehr wartete. Doch er brauchte sich noch lange nicht einzubilden, dass sie ihm nachweinen würde, nur weil er nicht zu einer festen Bindung fähig war!

Blicklos starrte sie auf die Sporttasche in ihrer Hand. Sie hatte gehofft, dass Hugh sich geändert hatte, doch all diese Jahre im Ausland schienen seine frühere Einstellung höchstens noch gefestigt zu haben. Er war auch heute noch nicht bereit, eine feste Beziehung einzugehen, während Kirby eine unverbindliche Partnerschaft, in der sie nichts als ein Freizeitvergnügen darstellte, niemals ertragen hätte. Nein, dazu war sie sich zu schade. Hugh würde sie benutzen, und wenn sie ihm zu langweilig wurde, würde er sie in die Ecke schleudern wie einen alten Schuh. Und was sollte dann aus ihr werden? Sie würde wieder mit gebrochenem Herzen dasitzen, genau wie früher.

Fünf Minuten später kam Hugh zurück, frisch und kühl wie der junge Tag trotz der anstrengenden Aktivitäten der letzten Stunde. Kirby hingegen fühlte sich klebrig und verschwitzt. Schweigend folgte sie ihm auf den Parkplatz und stieg in seinen Wagen.

Hugh überprüfte ihn gründlich, bevor er selbst einstieg und den Motor startete. Selbst in seinem derzeitigen schlecht gelaunten Zustand durfte er nicht vergessen, wie unberechenbar Erikson war. Ein Mann wie er konnte sich als tödlicher Feind erweisen. Selbst die kleinste Nachlässigkeit konnte lebensgefährlich sein.

Vor Kirbys Tür verabschiedete Hugh sich mit einem knappen „Gute Nacht" und ging zu seiner Wohnung weiter. Es war nicht seine Absicht gewesen, einen Streit mit Kirby zu beginnen, er hatte die Dinge nur wieder in Ordnung bringen wollen. Der Wunsch, alles zwischen ihnen zu regeln und eine neue Beziehung zu ihr aufzunehmen, war der eigentliche Grund gewesen, warum er den Geheimdienst verlassen hatte.

Aber Kirby hörte nicht zu, vielleicht interessierte es sie gar nicht, was er zu sagen hatte. Ihre Karriere schien alles zu sein, was sie in diesem Augenblick brauchte, und dass sie eifersüchtig auf Lorna war, hieß noch lange nicht, dass sie ihn auch liebte.

Um Kirby zu ärgern, hatte Hugh seine Beziehung zu Lorna übertrieben. Sie war vor einigen Jahren ein aufregendes Abenteuer für ihn gewesen, aber auch sie hatte ihr Verhältnis nie wirklich ernst genommen. Sie war noch immer eine schöne Frau, die er auch durchaus attraktiv fand, aber es war Kirby, der sein Herz gehörte. Das Problem war nur, dass sie es nicht mehr haben wollte – und noch weniger ihn selbst. Und das war es, was Hugh so ärgerte. Denn ihm genügte schon ein Blick auf sie, um eine fast schmerzhafte Erregung zu verspüren.

Aber er würde sich nicht um ihretwillen verrückt machen. Mit diesem Gedanken drehte er sich auf die Seite und schloss die Augen. Was er jetzt am dringendsten brauchte, war Schlaf. Viel Schlaf.

Erikson ließ sich tagelang nicht blicken, was ein Schock für Kirby war, die überall nervös und ängstlich nach ihm Ausschau hielt. Doch als die Zeit verstrich und auch keine Anrufe mehr von ihm kamen, begann sie langsam zuversichtlicher zu werden und fühlte sich von einer ungeheuren Last befreit, weil sie überzeugt war, dass er aufgegeben hatte. Vielleicht hatte er ja eingesehen, dass das Risiko, das er einging, größer war als die Genugtuung, die er daraus bezog. Es erschien Kirby das Vernünftigste – vorausgesetzt, er spielte nicht irgendein psychologisches Spiel mit ihr und ließ sie nur in Ruhe, um sie in falscher Sicherheit zu wiegen.

Doch als die Tage verstrichen und nichts geschah, wurde sie immer optimistischer.

Eriksons Abwesenheit war jedoch das Einzige, was ihr Grund zur Freude bot. Mack hatte ihr Lorna als Kundin zugewiesen, was bedeutete, dass sie sehr viel Zeit mit dieser Frau verbringen musste, die nun wieder mit Hugh befreundet war. Und zu allem Überfluss schien Lorna sich auch noch verpflichtet zu fühlen, Kirby ihre Abenteuer mit Hugh bis ins kleinste Detail zu beschreiben.

„Ich bin der Idee, die Modenschau persönlich zu eröffnen, nicht abgeneigt, meine Liebe“, sagte sie bei einem Geschäftsessen. „Aber es darf auf keinen Fall mein Privatleben beeinträchtigen. Sie werden die Eröffnungszeremonie auf den Nachmittag verlegen müssen, denn Hugh hat mich in die Oper eingeladen.“

Kirby verriet ihre Gefühle nicht einmal durch ein Wimpernzucken, doch sie war sicher, dass das erzwungene Lächeln, das sie für Lorna reservierte, noch um ihre Lippen spielen würde, wenn man sie zu Grabe trug.

„Ich werde sehen, was ich tun kann“, versprach sie ihrer Kundin, obwohl sie wenig Möglichkeiten sah, die Termine noch zu ändern. Es würde eine Menge Überredungskunst bei ihren Mitarbeitern erfordern. Und selbst dann war es möglich, dass sie sich nicht zu einem Kompromiss bereit erklärten.

„Gut. Und noch etwas, Kirby“, sagte Lorna spürbar gereizt. „Ist es eigentlich wirklich nötig, dass Sie ein Apartment direkt neben Hugh bewohnen? Ich habe das Gefühl, dass es ihn ein wenig hemmt, wenn wir zusammen sind.“

„Er ist in das Apartment neben meinem eingezogen, weil ich von einem ehemaligen Angestellten unserer Firma bedroht wurde“, erwiderte Kirby mit mühsam erzwungener Ruhe. „Ihr war bereits aufgefallen, dass Hugh sich große Mühe gab, es sie hören zu lassen, wenn er Lorna in seine Wohnung mitnahm, was fast jeden zweiten Abend vorkam. Doch davon sagte sie natürlich nichts, und sie verschwieg Lorna auch, wie oft sie keinen Schlaf gefunden hatte, wenn das Lachen und die Geräusche nebenan allzu laut geworden waren.

„Aber da die Bedrohung nicht länger zu bestehen scheint, sehe ich keinen Grund, warum Hugh nicht wieder in sein Hotel ziehen sollte“, fuhr sie bewusst gleichmütig fort, obwohl sie in Wirklichkeit heilfroh gewesen wäre, wenn Hugh aus dem Gebäude verschwunden wäre. Denn dann wären ihr wenigstens die Geräusche, die von Hughs nächtlichen Abenteuern zeugten, erspart geblieben!

„Sehen Sie, ich wusste ja, dass Sie zustimmen würden!“, rief Lorna begeistert. „Wie oft habe ich Hugh schon gesagt, dass es Ihre Gefühle bestimmt nicht verletzen würde, wenn ich den Vorschlag mache! Aber Männer sind ja solche Feiglinge, wenn es um weibliche Emotionen geht, nicht wahr?“

Sie hatte es also schon mit Hugh besprochen … Kirby war plötzlich so wütend, dass es fast körperlich schmerzte. „Er hätte mich selbst fragen können“, meinte sie eisig.

Lorna winkte ab. „Das hätte er nie über sich gebracht. Aber er wird sich freuen, wenn ich es ihm sage.“

„Bestimmt“, erwiderte Kirby trocken.

„Und nun zum Thema Medien. Glauben Sie, Sie könnten CNN dazu bringen, die Modenschau live zu übertragen?“

In diesem Stil ging es eine gute Stunde weiter, und gegen Ende des Tages war Kirby völlig ausgelaugt und konnte sich nicht entsinnen, sich je so schlecht gefühlt zu haben.

Hugh war kurz bei ihr gewesen, ein Fremder mit kalten Augen und kühler Miene, der in letzter Zeit nur noch mit ihr sprach, wenn es sich nicht vermeiden ließ. Er war stets höflich, aber abweisend, und obwohl Kirby wusste, dass er sie um ihrer Sicherheit willen auch jetzt noch bewachte, war es nichts Persönliches mehr, er brachte ihr keine Wärme mehr entgegen. Kirby litt, wie sie schon in der Vergangenheit gelitten hatte. Warum hat er sich nicht aus meinem Leben ferngehalten? fragte sie sich jetzt unglücklich.

Er hatte nur bei ihr hereingeschaut, um ihr zu sagen, dass sie an diesem Nachmittag allein sein würde, weil er mit Lorna zum Essen verabredet war. Er ermahnte Kirby, auf dem Heimweg Ausschau nach Erikson zu halten, was zu einer hitzigen Auseinandersetzung führte. Kirby war erleichtert, als er ging. Sie könne sehr gut ohne Schatten leben, hatte sie ihm gesagt, was auch ihrer ehrlichen Meinung entsprach.

Bis sie zu ihrem Wagen kam.

Auf dem Vordersitz saß Erikson. Kirby blieb abrupt stehen und starrte den Mann betroffen an. Er war wieder da. Sie war also doch nicht sicher vor ihm. Er hatte nicht aufgegeben. Fast wäre sie in Tränen ausgebrochen. Jetzt würde alles wieder von vorn beginnen! Bei dem Gedanken verkrampfte sich ihr Magen, und sie überlegte fieberhaft, wie sie sich jetzt am besten verhalten sollte.

„Hallo, meine Süße“, sagte er mit einem hässlichen Lächeln. „Haben Sie wirklich gedacht, ich hätte Sie vergessen?“

„Verlassen Sie meinen Wagen!“, forderte Kirby ihn wütend auf.

„Werfen Sie mich doch hinaus“, entgegnete er grinsend.

Kirby war klug genug, es gar nicht erst zu versuchen. Erikson war ihr körperlich überlegen. Die wenigen Karatetechniken, die sie bereits beherrschte, mochten bei einem Anfänger wirken, aber Erikson besaß mit Sicherheit einen farbigen Gürtel, und ihrer war noch immer weiß. Zu wissen, wann man aufgeben muss, hatte Hugh ihr eingeschärft, ist genauso wichtig wie zu wissen, wann man anzugreifen hat. Aber man griff ohnehin nie an, sondern wartete, bis der Gegner den ersten Schritt machte, den man dann zu seinem Vorteil ausnutzte …

Diese und ähnliche Gedanken schossen Kirby durch den Kopf, als sie den Mann anstarrte, der in ihrem Wagen saß. „Na schön, Mr Erikson. Dann werde ich Sie von der Polizei entfernen lassen“, sagte sie schließlich, als sie sich wieder ein wenig gefangen hatte.

Sie wandte sich rasch ab und kehrte wütend ins Gebäude zurück. Als sie die Tür erreichte, hörte sie eine Autotür zuschlagen und wirbelte herum. Erikson hatte ihren Wagen verlassen und war auf dem Weg zu seinem. Während sie noch dastand und ihm fassungslos nachschaute, stieg er ein, fuhr langsam ab und besaß sogar die Frechheit, an der Straßenecke grüßend zu hupen.

Für einen Moment schwankte Kirby und fragte sich, ob sie nicht doch die Polizei anrufen sollte. Aber was würde das schon nützen, wenn Erikson nicht mehr da war?

Sie ging zu ihrem Wagen zurück, öffnete die Tür und sah gerade noch rechtzeitig die Granate auf dem Fußboden. Während sie entsetzt zurückwich, explodierte sie. Instinktiv schlug Kirby die Hände vor die Augen und rechnete schon damit, zurückgeschleudert zu werden. Aber es war nur eine Gasgranate. Ein zischendes Geräusch erklang, und ihr Wagen füllte sich mit giftigen Gasen. Zum Glück hatte sie sich jedoch bereits so weit entfernt, dass sie nicht mit dem Gas in Berührung kam. Nur ihre Augen brannten, und der Rauch löste einen starken Hustenreiz in ihrer Kehle aus.

Schluchzend vor Zorn und Erregung stolperte sie in das Gebäude zurück und rief die Polizei an. Minuten später erschien ein Streifenwagen mit zwei Beamten, und direkt hinter ihnen bog Hughs Wagen auf den Parkplatz ein.

Er stieg aus und kam mit grimmiger Miene auf sie zu, aber sie widerstand der Versuchung, Trost bei ihm zu suchen. Stattdessen wandte sie sich an die Beamten und erzählte ihnen, was geschehen war.

Hugh stand mit undurchdringlicher Miene neben ihr und hörte zu, während sie sprach und Fragen beantwortete.

„Er ist schon lange fort“, sagte sie unglücklich. „Ich glaube nicht, dass er versuchte, mir etwas anzutun …“

„Wenn es seine Absicht gewesen wäre, hätte er eine Handgranate benutzt und keine Gasgranate“, versicherte ihr der junge Beamte. „Aber was er getan hat, fällt unter das Terroristengesetz, und wir könnten ihn auch wegen Einbruchs festnehmen.“

„Falls wir Fingerabdrücke im Wagen finden“, wandte der andere, ältere Beamte ruhig ein. „Trug er Handschuhe?“, fragte er Kirby.

Sie versuchte, sich Eriksons Hände, die auf dem Steuer gelegen hatten, ins Gedächtnis zu rufen und erinnerte sich plötzlich, dass er schwarze Lederhandschuhe getragen hatte.

„Ja“, stimmte sie traurig zu.

„Dann steht Ihr Wort gegen seins“, erklärte der ältere Beamte.

„Aber …!“

„So steht es im Gesetz“, entgegnete er gereizt. „Begeistert sind wir alle nicht davon. Haben Sie eine Vorstellung, wie viele Frauen verfolgt werden, ohne dass wir etwas dagegen unternehmen können? Mein Gott, ich würde alles dafür tun, dass das Gesetz geändert wird, aber bisher haben wir leider nur dieses eine! Sie sind nicht das einzige Opfer derartiger Anschläge, Miss Campbell, obwohl ich mir gut vorstellen kann, dass Sie sich jetzt so fühlen.“

„Das kann man wohl sagen.“

„Seien Sie vorsichtig mit diesem Kerl“, riet der ältere Polizist plötzlich. „Sie hätten niemals allein auf diesen Parkplatz gehen sollen.“

Hughs Gesichtszüge verhärteten sich. „Das ist richtig“, bestätigte er. „Ich bin Sicherheitschef hier bei diesem Unternehmen“, stellte er sich vor. „Es war ein Fehler von mir, zu glauben, Erikson hätte aufgegeben. Es war allein mein Fehler“, sagte er reumütig.

„Der sich als tödlich hätte erweisen können, zumindest für diese junge Frau“, erklärte der ältere Polizist brutal.

Hughs Augenlider zuckten. „Glauben Sie, das wüsste ich nicht?“, entgegnete er gepresst.

Etwas in seinem Gesichtsausdruck veranlasste den Polizisten, ihn nicht weiter zu bedrängen. Nachdem er sich noch einmal bei Kirby entschuldigt hatte, zog er mit seinem Kollegen ab.

„Ich muss den Wagen nach Hause fahren“, sagte Kirby düster.

„Oh nein, das wirst du nicht“, erwiderte Hugh rasch. „Wir schließen ihn ab und lassen ihn hier stehen. Er muss ohnehin gereinigt werden, bevor du ihn wieder benutzen kannst.“

„Oh. Ja, natürlich, das war mir nicht bewusst …“ Mit hängenden Schultern ging sie zu ihrem Wagen und schloss ihn ab.

Hugh fuhr sie zu ihrer Wohnung. „Es tut mir leid“, sagte er unterwegs gepresst.

„Wieso? Es ist nicht deine Aufgabe, mich ständig zu bewachen“, erwiderte sie geduldig. „Du hast schließlich noch eine Menge andere Leute zu beschützen.“

Hugh schüttelte den Kopf. „Ich dachte wirklich, er hätte aufgegeben!

Es ist jetzt fast zwei Wochen her, seit wir ihn das letzte Mal gesehen haben. Ich habe mich wie ein verdammter Anfänger verhalten, Kirby, statt wie ein ausgebildeter Agent! Als ich den Anruf ortete, hatte ich keine Ahnung, was mich hier erwarten würde. Mein Gott, ich hätte es mir denken müssen!" In hilfloser Wut schlug er mit der Hand aufs Steuer.

Sein Stolz ist verletzt, dachte Kirby. Weil seine Gedanken um Lorna kreisten, hat er seinen Job vernachlässigt, und das weiß er. Schweigend starrte sie aus dem Fenster, bis Hugh den Wagen geparkt hatte, folgte ihm stumm in die Halle und zum Aufzug.

Vor ihrer Wohnung drehte sie sich zu ihm um. „Danke, dass du mich nach Hause gebracht hast", sagte sie müde.

Er runzelte die Stirn. „Glaubst du, du kommst jetzt allein zurecht?"

„Klar, Hugh. Ich bin kein Porzellanpüppchen. Ich zerbreche schon nicht daran."

„Halte gut die Türen verschlossen", warnte er. „Und lass dich nicht an den Fenstern sehen!"

„Du wirst allmählich paranoid", murmelte sie. „Er wird schon nicht mit einem Gewehr auf mich schießen."

„Ich weiß nicht, was er tun wird", erklärte Hugh grimmig und fuhr sich in einer hilflosen Geste mit der Hand durchs Haar. „Aber wir werden nicht mehr unvorsichtig sein, hörst du?"

„Ich war nicht unvorsichtig. Ich habe mich umgeschaut und niemanden gesehen, als ich auf den Parkplatz kam", entgegnete sie ärgerlich. „Ich sah ihn erst, als ich direkt vor dem Wagen stand. Aber ich war ihm nie so nahe, dass er mich hätte ergreifen können."

„Und wenn Erikson eine Waffe gehabt hätte, Kirby?", gab Hugh leise zu bedenken.

„Ach, das ist doch Unsinn! Er wird mich schon nicht erschießen!" Hugh erwiderte nichts darauf und lächelte auch nicht. In Gedanken sah er Kirby vor sich auf dem Asphalt liegen, die Augen offen, den Körper zerfetzt von Revolverschüssen. Er hatte genug miterlebt, um zu wissen, wie gefährlich Leute wie Erikson waren.

„Es ist alles in Ordnung", sagte sie beruhigend. „Mach dir keine Sorgen um mich, Hugh, mir geht es gut." Sie machte eine kleine Pause. „Und falls du ausziehen willst, habe ich Lorna bereits gesagt, dass es mir recht sein soll. Ich habe keine Angst."

Er runzelte die Stirn. „Ich verstehe nicht, Kirby ... Was willst du mir damit sagen?"

„Lorna hat mir erzählt, dass du keine Lust hast, noch länger in dem Apartment neben meinem zu wohnen", erwiderte Kirby. „Es scheint sie zu stören, dass ich alles hören kann, was du mit ihr tust."

„Ich habe nie mit ihr darüber gesprochen, hier auszuziehen!", entgegnete Hugh ärgerlich. „Ich würde nicht einmal daran denken, solange die Sache mit Erikson nicht geklärt ist."

Bei seinen Worten wurde Kirby ganz schwindlig vor lauter Freude. Lorna hatte also gelogen, und Hugh wollte sie gar nicht loswerden! „Ich wusste nicht, dass du so viel Kontakt zu ihr hast", bemerkte er. „Ich bin ihre PR-Managerin. Die anderen Kollegen in der Agentur sprangen aus den Fenstern und verbargen sich in den Toiletten, bis Lorna endlich mir übergeben wurde. Ich weiß, dass sie schwierig und eine Perfektionistin ist, und sie mag mich nicht, aber irgendwie kommen wir miteinander aus. Ich lasse ihr den Glauben, dass sie mich mit ihren Erzählungen über deine hündische Verehrung quälen kann, und sie ist zufrieden und beklagt sich nicht."

Was Hugh hörte, gefiel ihm gar nicht. „‚Hündische Verehrung' ist nicht das, was sie von mir bekommt."

„Oh, ich weiß, was sie von dir bekommt! Das erzählt sie mir nämlich auch", versetzte Kirby, und diesmal war ihr anzusehen, wie sehr sie sich ärgerte.

„Es gibt nichts zu erzählen", erklärte Hugh gereizt. „Und ich schlafe auch nicht mit ihr, falls du das glaubst!"

Kirby zuckte hochmütig die Schultern. „Erleg dir meinetwegen bloß keine Beschränkungen auf", erwiderte sie gleichgültig. „Ich nähre keinerlei Hoffnungen in dieser Richtung. Wenn ich einmal heirate – und das werde ich eines Tages ganz sicher – wird mein Mann ohnehin mein erster Liebhaber sein."

Hugh fühlte sich so sehr in seinem Stolz verletzt, dass ihm das Blut in die Wangen stieg. „Er wird etwas ganz Besonderes sein müssen, wenn er sich heutzutage noch eine Jungfrau sucht", entgegnete er eisig und in der vollen Absicht, zu verletzen.

„Vielleicht wird er sich glücklich schätzen", widersprach sie lächelnd. „Denn eine intelligente Frau würde niemals ihre Gesundheit und die ihres zukünftigen Mannes aufs Spiel setzen, nur um keine Ausnahme zu bilden."

„Du bist eine Puritanerin", sagte Hugh kalt.

„Meine Moral ist meine Sache und geht dich nichts an. Du bist für mich nichts anderes als der Sicherheitschef unserer Firma!"

Seine Augen verdunkelten sich. „Tatsächlich, Kirby?"

„Du hast kein Recht … Oh!“

Er zog sie in die Arme, sein Mund suchte ihre Lippen. Kirby versteifte sich und versuchte, Hugh zurückzustoßen, doch er schloss nur noch fester die Arme um sie und presste sie an sich. Seine Lippen neckten, liebkosten und forderten, bis Kirby mit einem leisen Seufzen die Augen schloss und ihren Widerstand aufgab.

Doch selbst dann nahm Hugh seinen Vorteil nicht sofort wahr, sondern ließ seine geöffneten Lippen streichelnd über ihren Mund gleiten, quälend und entnervend langsam, bis Kirby sich aufstöhnend in seine Arme schmiegte und ihm ihren Mund bot. Für sie war in diesem Augenblick die Vergangenheit wiederauferstanden, sie war verliebt wie damals und sehnte sich mit jeder Faser ihres Körpers nach Hugh.

„Sag mir, was du möchtest“, murmelte er, während er seine Hände an ihre Hüften legte und Kirby so fest an sich zog, dass sie das ganze Ausmaß seiner männlichen Erregung spürte.

„Hugh!“, rief sie bestürzt.

„Komm“, forderte er sie auf, „sag mir, was ich tun soll, Kirby.“

„Das … ist nicht fair“, stammelte sie.

„Ist das Leben jemals fair?“ Er schob eine Hand unter das dichte, blonde Haar in ihrem Nacken und bog ihren Kopf zurück. Ein beängstigendes Glitzern stand in seinen Augen, als er lächelnd auf sie herabschaute. „Und nun …“, flüsterte er heiser und neigte langsam den Kopf, „nun wirst du deine Lippen für mich öffnen und mich ihre Süße kosten lassen. Du wirst mich vergessen lassen …“

Sie spürte, wie seine warme Zunge in die feuchte Höhlung ihres Mundes glitt und sich mit ihrer zu einem sinnlichen Tanz vereinte. Der Kontakt mit seinem Körper, seine starken Arme, die sie hielten, raubten ihr alle Kraft. Sie entspannte sich, schmiegte sich an ihn und vergaß ihre Vergangenheit und ihre Zukunft, während sie sich seinen leidenschaftlichen Küssen hingab.

Als ihr die erotische Bedeutung dieser intimen Küsse aufging, war es zu spät. Ihr ganzer Körper war angespannt vor Erregung, ihre Haut prickelte vor Lust, und Hugh, der es merkte, lachte leise und setzte seine ärmlichen Liebkosungen erbarmungslos fort.

In Kirbys Magen bildete sich ein Knoten, ihre Beine zitterten, sie stöhnte leise, als das Fieber zwischen ihnen immer höher stieg.

Hugh ließ eine Hand an ihrem Rücken hinabgleiten und begann sie noch fester an sich zu ziehen, während er Kirbys hilfloses Stöhnen durch noch heißere, noch stürmischere Küsse erstickte.

Erst das Summen des Lifts brachte sie dazu, voneinander abzulassen. Als Hugh sich von ihr löste, glitten die Aufzugtüren auf, ein älteres Ehepaar trat Arm in Arm auf den Korridor und ging nach einem nachsichtigen Blick auf Kirby und Hugh zu seiner eigenen Wohnung weiter.

Hugh war zu erregt, um sich zu bewegen. Erst als er hörte, wie in der Ferne eine Tür zuschlug, schaute er Kirby wieder an. Sie schien mindestens ebenso überwältigt zu sein wie er, lehnte an ihrer Eingangstür, und ihr Mund war geschwollen und gerötet von seinen Küssen.

„Ich könnte dich jetzt haben", sagte er, seine Stimme ganz rau vor Gefühl. „Und das weißt du, Kirby."

„Lass uns nicht Lorna vergessen", erinnerte sie ihn.

„Zum Teufel mit Lorna! Dich will ich", stieß er hervor.

Kirby musste sich zwingen, den Blick von ihm zu lösen. „Du bist überreizt, mehr nicht. Eine kalte Dusche wird das schon wieder in Ordnung bringen."

„Lorna würde mich nicht unter die Dusche schicken", gab er in leisem, drohendem Ton zurück.

Kirbys Augen blitzten. „Warum gehst du dann nicht zu ihr?"

Ihr Widerstand versetzte ihn in Wut. „Vielen Dank für den Vorschlag", knurrte er. „Vielleicht tue ich es sogar."

Er drehte sich auf dem Absatz um und ging zum Aufzug, der – als hätte er Hughs Zorn gespürt – auf seinen leisesten Knopfdruck hin erschien. Ohne sich noch einmal nach Kirby umzudrehen, stieg Hugh ein.

Sie hätte schreien können vor Frustration, aber falls er glaubte, dass sie mit ihm ins Bett ging, nur um ihn von Lorna fernzuhalten, irrte er sich gewaltig. Und falls er sich einbildete, dass sie es überhaupt jemals tun würde, kannte er sie immer noch sehr schlecht.

Sie schloss ihre Wohnungstür auf und knallte sie dann wütend hinter sich zu. Wie konnte er es wagen! Warum hatte er sie überhaupt geküsst? Nun würde sie die ganze Nacht wach liegen und sich mit der Vorstellung quälen, dass Lorna nackt in seinen starken Armen lag. Sie hasste Hugh! Wie war sie bloß jemals auf die Idee gekommen, einen so grausamen Menschen wie ihn lieben zu können? Sie musste sich zusammennehmen. Hugh ging sie nichts mehr an, und je eher sie das begriff, desto besser für sie.

In der Zwischenzeit fuhr er ziellos durch die Stadt, ohne sich Lornas Apartment auch nur zu nähern. Er wusste nun, dass er Kirby niemals auf diese Weise hätte küssen dürfen. Denn jetzt standen ihm lange Stunden schlimmster Qual bevor, in denen er sich an ihren weichen

Körper, ihren sanften Mund und an die Sehnsucht, die aus ihren Küssen sprach, erinnern würde. Sie begehrte ihn; selbst sie vermochte es nicht mehr zu verbergen.

Und er war so dumm gewesen, sich von ihren Sticheleien aus dem Konzept bringen zu lassen! Sie war eifersüchtig auf Lorna und hatte Angst, ihm zu vertrauen. Das war der springende Punkt. Er musste lernen, sein Temperament in Schach zu halten und sich mehr Mühe mit ihr zu geben. Und Erikson war auch noch da ... Die Gasgranate hatte Hugh mindestens ebenso erschüttert wie Kirby. Er musste dringend etwas unternehmen wegen Erikson – solange ihm noch Zeit dazu blieb.

Am nächsten Morgen war Hugh noch vorsichtiger als sonst, schon eine halbe Stunde vor der üblichen Zeit klingelte er bei Kirby. Sie war noch nicht aufgestanden und kam in einem dünnen Nachthemd an die Tür.

„Starr mich nicht so an", sagte sie gereizt. „Du bist hier nicht in einer Peepshow."

„Das habe ich auch nie behauptet", entgegnete er und ließ seinen Blick fast ehrfürchtig über ihre schlanken braunen Beine und die sanfte Wölbung ihrer Brüste gleiten. Sie hatte eine fantastische Figur. „Aber in diesem Aufzug würdest du selbst einem Blinden den Kopf verdrehen."

„Ich will dir nicht den Kopf verdrehen, Hugh, ich will mich anziehen und zur Arbeit fahren. In der Küche steht Kaffee. Trink eine Tasse, während ich mich anziehe."

„Bist du sicher, dass du nicht lieber so fahren möchtest, wie du bist?", fragte er und lächelte über den entzückenden Anblick, den sie ihm unfreiwillig bot.

Kirby stützte die Hände in die schmalen Hüften und maß ihn mit einem ärgerlichen Blick. „Es ist nur ein Körper. Lorna hat auch so einen, wie du gestern Abend zweifellos erneut entdeckt hast!"

„Eifersüchtig?", fragte er mit spöttisch erhobenen Brauen.

„Auf Lorna? Ha! Warum sollte ich eifersüchtig sein? Ich will dich gar nicht haben, Hugh!"

„Gestern Abend schon", erinnerte er sie.

„Ich werde diese Behauptung keiner Antwort würdigen. Und natürlich wollte ich dich nicht!" Sie wirbelte herum, stürmte ins Schlafzimmer und zog die Tür hinter sich zu. Sie hatte sich bis auf ihre zarte Spitzenunterwäsche ausgezogen und schäumte noch vor Zorn, als die Tür plötzlich aufging, Hugh auf der Schwelle erschien und lächelnd ihren halb nackten Körper musterte.

7. KAPITEL

Kirby stockte der Atem, als sie Hughs verlangenden Blick sah. Ein köstliches Prickeln breitete sich in ihrem Körper aus.

„Gerate jetzt bitte nicht in Panik und lauf nicht fort", sagte er lächelnd, schob die Hände in die Hosentaschen und lehnte sich an den Türrahmen. „Ich kann es nicht vermeiden, dich anzusehen – du bist einfach zu bezaubernd, um es nicht zu tun. Aber ich kann dir versprechen, dich nicht mehr anzurühren, bis du es selber wünschst."

Ihr war heiß und kalt zugleich. Gefühle, die sie noch aus den früheren Tagen mit Hugh kannte, stiegen mit Macht in ihr auf und versetzten ihr Blut in Wallung.

Es wäre besser, wenn ich mich anziehen würde, sagte sie sich streng, aber sie war nicht fähig, sich zu rühren, und stand nur da und ließ sich von Hugh betrachten. Welch angenehmes Gefühl es war, seinen hungrigen Blick auf sich zu spüren! Sie war wie elektrisiert, und eine pulsierende Hitze stieg zwischen ihren Schenkeln auf.

Hugh erkannte das Verlangen in ihren Augen. Ohne zu zögern, verließ er seinen Platz an der Wand und näherte sich Kirby.

Ihr Verstand mahnte sie zur Flucht, aber ihre Beine reagierten nicht auf den Befehl. Und Hugh kam immer näher, schien allmählich den ganzen Raum mit seiner männlichen Präsenz auszufüllen.

Er blieb vor ihr stehen, doch er berührte sie auch jetzt noch nicht und schaute ihr nur forschend in die Augen. Nach einer Weile erschien ein schwaches Lächeln um seinen Mund, langsam hob er die Hand und löste den Knoten seiner Krawatte. Als er sie abgelegt hatte, zog er das Sakko aus, noch immer schweigend, und Kirby erschauerte angesichts dessen, was sein Gesicht verhieß.

„Ich will nicht … nicht jetzt", wisperte sie, als Hughs Hand zu seinem Hemd glitt, aber sie rührte sich immer noch nicht.

„Ich will es eigentlich auch nicht", entgegnete er beherrscht. „Aber es gibt Dinge im Leben, die nicht zu vermeiden sind."

Mit diesen Worten begann er sein Hemd aufzuknöpfen und entblößte seine braun gebrannte Brust, die mit weichem schwarzen Haar bedeckt war. Während Kirby ihn fasziniert und erwartungsvoll anstarrte, ergriff er ihre Hand und legte sie auf seinen Gürtel.

„Zieh ihn mir aus", bat er flüsternd.

Ihre Hände zitterten, als sie seinen Wunsch erfüllte, ihre großen grünen Augen drückten eine stumme Bitte aus.

„Ich werde vorsichtig sein. Wir gehen kein Risiko ein", sagte er beruhigend, weil er ihre Angst verstand. Er sah, dass sie sich entspannte. Als er sich vorbeugte und mit den Lippen über ihre Lider strich, schloss sie die Augen. „Ich werde mir sehr viel Zeit für dich nehmen", flüsterte er rau. „Hast du Vertrauen zu mir, Kirby? Glaubst du mir, dass ich dich nicht verletzen werde?"

Kirby trat näher, wie magisch angezogen von seiner glatten, gebräunten Haut, die sie an ihren Brüsten spüren wollte. Sie erschauerte, ihre Brustspitzen richteten sich auf, als sie die Arme um seine Taille schlang und sich an seinen Körper schmiegte. „Ich vertraue dir", erwiderte sie schlicht.

Hugh seufzte glücklich, er hätte sich nie träumen lassen, dass es auf diese Art geschehen würde. Jahre des Wartens, Jahre der Hoffnung und des Begehrens … Und nun gab Kirby plötzlich nach, ohne ein einziges Wort des Protestes zu äußern.

Es herrschte eine tiefe Stille im Schlafzimmer, Hugh hörte nichts als Kirbys tiefe Atemzüge, die warm seine Brust fächelten.

Er räusperte sich. „Wirst du mich später dafür hassen?", fragte er besorgt.

Sie hob den Kopf und schaute ihn an. Ihre grünen Augen glühten vor Verlangen. „Und du? Wirst du mich später dafür verachten?", entgegnete sie rau.

Hugh lächelte. „Nein", flüsterte er.

Seufzend schmiegte Kirby sich in seine Arme und legte ihre Wange an seine warme Haut. Doch dann, als ihr die Endgültigkeit ihres Entschlusses zu Bewusstsein kam, begann sie zu zittern.

Hughs große Hände glitten ermutigend über ihren nackten Rücken. „Ich werde es ohnehin nur unter einer Bedingung tun", sagte er heiser.

„Und die wäre?"

„Dass du danach wieder meinen Ring trägst."

Sie öffnete die Augen und sah, wie seine Brust sich vor unterdrückter Erregung hob und senkte. „Deinen Ring?", fragte sie verständnislos.

Hughs Lippen fuhren liebkosend über ihr weiches Haar, er schlang die Arme um sie und zog sie noch fester an sich. „Den Verlobungsring, Kirby", flüsterte er und küsste zärtlich ihre erhitzten Wangen. Als sein Mund ihre Lippen berührte, öffneten sie sich bereitwillig unter seinem sanften Druck. Kirby stöhnte lustvoll auf, schloss wieder die Augen und überließ sich ihren sinnlichen Empfindungen.

Hugh deutete ihre Reaktion als Zustimmung, und nichts auf Erden hätte ihn jetzt noch aufhalten können.

Ohne seinen Kuss zu unterbrechen, hob er Kirby auf und trug sie zu ihrem Bett.

Als er sie behutsam niederlegte, schaute sie auf und fragte schüchtern: „Willst du nicht die Schlafzimmertür schließen?"

„Wer soll uns denn schon sehen, Liebling?", flüsterte Hugh und streckte sich neben ihr aus. Für einen Moment ließ er seinen Blick fast ehrfürchtig auf ihren nackten Brüsten ruhen, dann senkte er den Kopf, schloss seine Lippen um eine ihrer zarten Brustspitzen und begann sanft an ihr zu saugen.

Kirby stöhnte lustvoll auf. Das war der Moment, den sie – bewusst oder unbewusst – schon so lange herbeigesehnt hatte. Sie hätte sich in diesem Augenblick kein größeres Vergnügen vorstellen können, war wie elektrisiert, und ein Gefühl süßer Schwäche durchströmte ihre Glieder. Als Hugh sich von ihr löste, um seine restlichen Kleider abzulegen, schaute sie in erwartungsvollem Schweigen zu. Sie hatte ihn nie völlig nackt gesehen, und doch empfand sie nicht die geringste Scham, als sie seinen kräftigen, muskulösen Körper musterte.

Hugh ließ sich lächelnd auf sie herab. „Wir dürfen jetzt keine Geheimnisse mehr voreinander haben", sagte er sanft, küsste ihre Lippen und spielte zärtlich mit ihrer Zunge, während er mit den Händen ihre weiblichen Geheimnisse erkundete. Er spürte Kirbys Erschauern und hörte ihr leises Stöhnen, erbebend bog sie sich seiner Hand entgegen, als wünschte sie, dass er nie wieder aufhörte mit seinen betörenden Liebkosungen.

Kirby hätte sich früher niemals vorstellen können, am helllichten Tag mit einem Mann zu schlafen, doch nun erschien es ihr plötzlich ganz natürlich und in jeder Hinsicht richtig. Hugh streichelte sie, bis ihre Haut unter seiner Berührung prickelte und es tief in ihrem Innern zu pulsieren begann. Jede Berührung löste eine Flut unbeschreiblich erregender Gefühle aus, und sie war fast enttäuscht, als Hugh einen Moment innehielt, um den hauchdünnen Schutz überzustreifen, den er mitgebracht hatte. Doch dann kehrte er sofort zu ihr zurück und drang langsam und behutsam in sie ein.

Sie umklammerte seine Schultern und zog ihn an sich, spürte seinen heißen Atem an ihrer Wange und dann seine Zungenspitze in ihrem

Ohr. Seine Hand glitt zu ihrem Bauch hinunter, und er berührte sie, lachte in intimer Zärtlichkeit, als sie aufstöhnend die Hüften hob und sich ihm entgegendrängte, um ihn noch tiefer in sich aufzunehmen.

„Hugh! “, rief sie erstickt.

„Ja, es ist schockierend, nicht?“, flüsterte er in verschwörerischem Ton. „Herrlich schockierend …“ Er umfasste ihre Hüften, zog sie an sich und hörte, wie sie nach Luft schnappte. „Und jetzt kennst du es, nicht wahr?“, wisperte er, als er sie vollkommen in Besitz nahm. „Du kennst mich. Alles von mir. Und ich kenne … alles … von … dir.“

Sein Körper bewegte sich. Kirby spürte ihn auf sich, in sich, um sich, das Pulsieren in ihr wurde bei jedem seiner kräftigen Stöße stärker, sie fühlte sich unwiderstehlich zu ihm hingezogen und passte sich geschmeidig seinen Bewegungen an, deren Rhythmus so wild und ursprünglich war wie das Leben selbst.

Als sie sein rasches Atmen an ihrem Ohr hörte, ahnte sie, dass seine Beherrschung allmählich nachließ. Seine kräftigen Hände umklammerten ihre Hüften, sein Tempo wurde heftiger, ungestümer. Kirby ließ sich von ihm führen, gab sich ganz den wundervollen, neuen Gefühlen hin, die sie durchströmten, und versuchte nicht mehr, die Bewegungen ihres Körpers zu kontrollieren.

Sie schluchzte und hörte ihre eigene Stimme wie aus weiter Feme, während sie mit Hugh einem schwindelerregenden Höhepunkt entgegentrieb. Ihr heiserer Lustschrei schien in dem stillen Zimmer widerzuhallen, als sie im gleichen Augenblick wie Hugh den Gipfel der Lust erreichte.

Einige Sekunden lang existierte nichts anderes mehr auf der Welt für sie als Hugh, der durch diese innige Vereinigung zu einem Teil von ihr geworden war.

Es dauerte eine Weile, ehe sie in die Wirklichkeit zurückkehrte. Sie hörte heftige, flache Atemzüge und spürte ein schweres Gewicht auf ihrem Körper. Träge öffnete sie die Augen und lächelte.

Hugh hob den Kopf. Seine Augen blickten so sanft und verträumt wie Kirbys, er bot ein Bild vollkommener Erfüllung.

Als er sich auf dem Ellbogen aufstützte, um sie anzuschauen, und ein sinnliches Lächeln um seinen Mund erschien, wurde sie sofort wieder von heißer Sehnsucht erfasst. Hugh war noch auf intimste Weise mit ihr vereint, und auch seine Augen verdunkelten sich vor neu erwachtem Verlangen, genau wie ihre eigenen.

Er bewegte sich leicht und sah, wie sich Kirbys Lippen öffneten.

Sie hob die Hand, um ihn zu streicheln, und presste sich mit den Hüften an ihn, worauf er ganz unerwartet schnell reagierte.

„Das ist unmöglich!“, sagte Kirby verblüfft. „Ich habe in einem Buch gelesen …“

„Es war bestimmt ein Buch, das von einer Jungfrau geschrieben wurde“, erwiderte Hugh und begann sich von Neuem zu bewegen.

„Hugh … ist das nicht riskant?“

Er hielt abrupt inne. „Ja“, sagte er knapp. „Du hast ja so recht.“ Mit besorgter Miene löste er sich von ihr und rollte sich auf den Rücken. Dort blieb er liegen und wirkte unglaublich verwundbar in seinem Bemühen, die Dämonen zu vertreiben, die ihn beherrschten.

Kirby beugte sich über ihn und betrachtete schamlos sein Gesicht, während er mit seiner Begierde kämpfte, die er nicht zu stillen wagte. Er hörte jedoch nicht auf, Kirby in die Augen zu schauen, und zwang sich, tief und regelmäßig einzuatmen, bis die Qual nachließ. Dann richtete er den Blick auf Kirbys nackte Brüste, zog sie an sich und küsste die harten Knospen.

„Ich möchte es wieder und immer wieder tun“, flüsterte sie, während sie sich seinem Mund entgegenbog und sich wünschte, dieses Bett nie wieder verlassen zu müssen.

„Ich auch. Aber wir wollen doch nicht, dass du gleich schwanger wirst“, erwiderte er leise und zog sie in die Arme.

Kirby schloss die Augen und schmiegte sich an ihn. „Ist es wahr, dass du mich heiraten willst?“, wagte sie nach einer kurzen Pause zu fragen.

„Ja“, sagte er schlicht.

Sie legte ihre Wange an seine Brust und atmete tief seinen sauberen männlichen Duft ein. „Wann?“

„Wir können später über Termine reden“, murmelte er, weil es ihm widerstrebte, sich jetzt schon auf ein Datum festzulegen. „Wir sollten uns jetzt lieber auf den Weg ins Büro machen.“

Kirby richtete sich betroffen auf und schaute auf die Uhr. „Du meine Güte, ich bin schon eine Stunde zu spät dran!“, stöhnte sie.

„Das ist nicht das Ende der Welt“, entgegnete er trocken.

„Das glaubst du! In einer halben Stunde habe ich einen wichtigen Termin!“

„Sieh mich an.“

Sie tat es, und sein Lächeln ließ all ihren Widerstand verblassen. „Keine Panik“, sagte er beschwichtigend. „Ich bringe dich schon rechtzeitig hin.“

Dann küsste er sie, schob sie aus dem Bett und streckte sich genüsslich, bevor er aufstand. „Komm. Wir haben noch Zeit zum Duschen."

Er führte sie ins Badezimmer und zog sie mit sich in die Kabine. Das Duschen dauerte sehr viel länger als sonst, weil er sich von Kirby einseifen und waschen ließ, was natürlich zu Intimitäten und Küssen führte, die ihn vor süßer Qual die Zähne zusammenbeißen ließen.

„Hör auf", erklärte er schließlich lachend und drängte Kirby aus der Kabine. Als sie auf der weichen Badematte stand, trocknete er sie zärtlich ab. „Wir wollen doch kein unnötiges Risiko eingehen."

Seine Sorge erschien ihr allmählich reichlich übertrieben, und eine leise Unsicherheit erwachte in ihr. „Ich werde einen Arzt aufsuchen und dafür sorgen, dass ich nicht schwanger werde, ehe wir es wollen", versprach sie rasch.

Hugh musterte sie nachdenklich. „Dein Beruf bedeutet dir sehr viel, nicht wahr?", fragte er ernst. „Zumindest noch im Augenblick, oder?"

Seinem Gesicht war deutlich anzusehen, was ihn bewegte. „Ja", bestätigte Kirby langsam und runzelte unsicher die Stirn. „Aber du möchtest doch sicher Kinder haben?"

Obwohl er lächelte, blieben seine Augen ernst. „Natürlich, Kirby. Aber komm, lass uns jetzt aufbrechen. Heute Abend fahren wir nach Floresville, um Bob und Connie die gute Nachricht zu überbringen."

Kirby hätte gern eine klarere Aussage zum Thema Familiengründung von ihm gehört. Aber vielleicht sorgte er sich ja nur um sie … Und doch war da etwas in seinen Augen erschienen, als sie von Kindern sprach …

Er glättete die steile Falte zwischen ihren Brauen. „Hör auf, dir Probleme einzureden, und zieh dich an. Wenn man bedenkt, wozu du mich gebracht hast!", sagte er mit gespielter Strenge. „Mich einfach zu verführen, und das am hellen Morgen!"

Kirbys Augen zwinkerten belustigt. „Ich glaube, die Initiative ging nicht allein von mir aus. Und ich kann dir versichern, dass es bei diesem einen Mal nicht bleiben wird."

Er beugte sich über sie und küsste sie auf die Stirn. „Das nächste Mal werde ich besser vorbereitet sein."

„Oder ich", versetzte sie.

Während Hugh sich anzog, ging Kirby zum Schrank und nahm ein grünes Kleid heraus.

„Grün steht dir sehr gut", bemerkte er anerkennend.

„Danke.“ Sie zögerte, weil sie sich plötzlich an sein ungewohnt frühes Erscheinen erinnerte. „Warum bist du heute Morgen so früh gekommen?“

„Um dich zur Arbeit zu fahren. Und weil ich wissen wollte, ob du gestern Abend noch irgendwelche Anrufe erhalten hast“, entgegnete er mit einem Lächeln.

Auch Kirby lächelte. „Nein. Niemand hat mich gestört. Ob das Eriksons neueste Taktik ist?“, fragte sie. „Vielleicht will er mich in den Wahnsinn treiben, indem er mehrere Tage zwischen seinen Angriffen verstreichen lässt.“

„Das ist möglich“, stimmte Hugh ernst zu. „Die Gasgranate war gefährlich. Manchmal lösen diese Dinger sogar Brände aus. Wenn sie unter dem Sitz gelegen hätte und unter dir explodiert wäre.“

„Ich verstehe“, sagte Kirby unbehaglich, und ihr Blick suchte im Spiegel Hughs. „Mit anderen Worten, wir haben es noch nicht überstanden?“

Er nickte stumm.

„Was ist mit meinem Wagen?“, fragte sie. „Hast du ihn schon abholen lassen?“

„Nein, tut mir leid. Ich werde mich heute Morgen darum kümmern.“

Kirby wandte sich zu ihm um. „Warst du gestern Abend noch bei Lorna?“

Er zog belustigt eine Augenbraue hoch. „Glaubst du wirklich, ich hätte heute Morgen ein solches Verlangen nach dir gehabt, wenn ich bei ihr gewesen wäre?“

Kirby errötete. „Nun ja …“

Er zog sie an sich. „Du bist noch sehr naiv, Kirby. Es gibt Männer, die es ohne Unterlass tun können, aber zu denen gehöre ich nicht. Wenn ich die Nacht mit einer Frau verbracht hätte, wäre ich heute Morgen nicht in der Lage gewesen, mit dir zu schlafen. Beantwortet das die Frage, die du nicht zu stellen wagst?“

„Ja“, antwortete sie verlegen. „Entschuldige.“

Er runzelte die Stirn. „Du hast mir genug vertraut, um mit mir ins Bett zu gehen, und das gibt dir das Recht, mir derartige Fragen zu stellen. Ich habe nicht mit Lorna geschlafen, und ich werde es auch nicht tun. Ich möchte dich heiraten, Kirby.“

Er behauptete, es zu wollen, aber er war nicht bereit, sich auf einen bestimmten Termin festzulegen, und er ging nicht das Risiko ein, dass sie schwanger wurde. Fast hätte Kirby es ihm gesagt, aber was sie eben miteinander erlebt hatten, war noch zu neu und aufregend, um schon zerstört zu werden. Sie beschloss, sich in Geduld zu üben. Zumindest wollte er diesmal bei ihr bleiben. Das musste ihr für den Augenblick genügen.

Sie hob den Kopf und küsste ihn zärtlich. Ihr Blick verriet ihre Gefühle, und sie war bemüht, die Unsicherheit, die sie in seinen Augen las, zu ignorieren. „Lass sehen, wer zuerst die Kündigung bekommt", witzelte sie und trat einen Schritt zurück.

„Genau."

Als er sie ins Büro fuhr, herrschte ein angespanntes Schweigen zwischen ihnen. Diesmal hatte er sämtliche Brücken hinter sich verbrannt. Es gab kein Zurück mehr. Er hatte Kirby kompromittiert, und so altmodisch das einem modernen Mann auch vorkommen mochte, er fühlte sich jetzt verpflichtet, sie zu heiraten. Natürlich hatte er sie gern, sehr gern sogar ... und doch hatte er das Gefühl, in eine Falle getappt zu sein. Er fühlte sich nicht halb so wohl in dieser Bindung, wie er es erwartet hätte. Und Kirby wollte Kinder haben ...

Hugh liebte Mikey, seinen Neffen, aber bei einem eigenen Kind würde es anders sein, da würde er Verantwortung für das Kind und Kirby übernehmen müssen. Sie war eine berufstätige Frau. Ihre Karriere war ihr wichtig. Aber sie hatte mit ihm geschlafen, und nun war es mit seiner Freiheit vorbei. Doch er begehrte Kirby, begehrte sie wie keine andere Frau zuvor ...

Er schaute sie verstohlen an, dachte an ihre leidenschaftlichen Umarmungen und gestand sich ein, dass er nichts bereute. Wie teuer es ihn auch zu stehen kommen mochte, es war es wert! Er brauchte sich nur an die Vorstellung zu gewöhnen, nicht mehr frei und ungebunden zu sein. Und was Kinder betraf, so würde er ihr diese Idee schon ausreden. Aus diesen beruhigenden Gedanken heraus lächelte er Kirby an und begann ein Gespräch mit ihr.

Doch Kirby ließ sich nichts vormachen; sie sah die Besorgnis auf seinen Zügen und die Unentschlossenheit, die er nicht vor ihr verbergen konnte. Er hatte sich zu einer Entscheidung durchgerungen, die er nun zu bereuen schien. Natürlich würde er versuchen, das Beste daraus zu machen, denn so war Hugh eben – aber wie sollte sie mit einem Mann leben, der sich zwingen musste, so zu tun, als ob er zufrieden wäre?

Das einzig Positive an diesem Morgen war, dass Erikson nicht in Erscheinung trat.

Hugh hielt vor der Eingangstür des Bürogebäudes und ließ Kirby aussteigen. „Sei auf der Hut", warnte er sanft. „Dass wir ihn nicht gesehen haben, heißt noch lange nicht, dass er nicht irgendwo in der Nähe ist."

„Ja", erwiderte Kirby leise und suchte seinen Blick. „Es tut mir leid, Hugh."

Er runzelte die Stirn. „Was?"

Sie zuckte die schmalen Schultern und lächelte. „Du bist noch nicht bereit. Du dachtest, du wärst es, aber du bist es nicht. Und da das, was geschehen ist, mindestens so sehr meine Schuld war wie deine, brauchst du dir keine Vorwürfe zu machen. Ich verlange auch nicht von dir, dass du mich heiratest. Wir haben aufgepasst. Der heutige … Zwischenfall wird keine Folgen haben."

Hugh starrte sie mit widerstreitenden Gefühlen an. „Bist du sicher, dass du mich nicht heiraten willst, Kirby?"

Die Art, wie er es sagte, war eindeutig. Kirby wagte nicht zu weinen oder auch nur eine bedauernde Miene aufzusetzen. „Es war schön mit dir", sagte sie. „Aber du hast deine Arbeit und ich meine, und Heirat ist längst nicht mehr das höchste der Gefühle. Vielleicht sollten wir es uns besser noch einmal überlegen, bevor wir diesen Schritt tun."

„Ich bin ganz deiner Meinung", erwiderte er und wirkte sehr erleichtert. „Aber wir könnten verlobt bleiben, während wir es uns überlegen, was meinst du?"

Feigling, dachte Kirby. „Einverstanden", stimmte sie etwas zu hastig zu und wunderte sich selbst über ihre Bereitschaft, sich mit dem wenigen abzufinden, was er ihr bot.

„Lass uns trotzdem zu Bob und Connie fahren. Ich rufe sie an."

„Fein. Ich würde sie gern wiedersehen."

„Ich hole dich nach Büroschluss ab. Sei vorsichtig."

Sie nickte und zögerte, sich abzuwenden.

Seine Augen funkelten. „Möchtest du mich küssen?", fragte er leise.

Sie hätte es gern abgestritten, aber die Ironie der Lage veranlasste sie zu einem Lächeln. „Ja", sagte sie.

„Ich liebe Ehrlichkeit", raunte er heiser. „Ich möchte dich auch küssen."

Sie trat näher und hob ihm ihr Gesicht entgegen. Er umfasste es mit seinen großen Händen und küsste ihren Mund, sehr sanft zunächst, dann mit wachsender Leidenschaft. Erst Kirbys leises Stöhnen brachte ihn wieder zur Besinnung.

„Das ertrage ich nicht lange", murmelte er und wischte mit seinem Taschentuch den verschmierten Lippenstift an seinem Mund und um ihre Lippen ab. „Ich hole dich zum Mittagessen ab, falls du frei bist."

„Leider nicht“, entgegnete sie bedauernd. „Ich treffe mich mit einigen von Lornas Leuten.“

Er seufzte. „Na schön. Ein andermal dann.“

Sie nickte und wandte sich zur Tür.

Er ergriff ihre Hand. „Ich habe Lorna keine Botschaften für dich übermittelt“, sagte er ruhig. „Falls sie wieder mit ihrem Gerede anfängt, überhör es bitte, ja?“

Kirby lächelte. „Einverstanden.“

„Bis später.“

„Klar.“ Als sie ging, musste sie sich zwingen, sich nicht nach Hugh umzuschauen.

„Sie kommen spät“, knurrte Mack, als sie ihm auf dem Korridor begegnete. „Lorna McLane hat schon mindestens zehnmal angerufen und nach Ihnen gefragt. Unseren neuen Sicherheitschef konnte sie anscheinend auch nicht finden.“ Er maß Kirby mit einem argwöhnischen Blick. „Wissen Sie, wo er steckt?“

„Er war bei mir“, erwiderte sie gelassen.

Mack zögerte. „Oh.“

„Sie brauchen nicht schockiert zu sein. Mr Patton und ich haben uns heute verlobt.“

Macks Gesicht hellte sich auf. „Meinen herzlichsten Glückwunsch, Kirby.“

„Danke.“ Sie ging rasch zu ihrem Büro weiter, und kaum hatte sie die Tür hinter sich geschlossen, klingelte schon das Telefon. Es war Lorna McLane, und sie war außer sich vor Wut.

„Wo haben Sie bloß gesteckt, Miss Campbell?“, fragte sie in scharfem Ton. „Ich habe nicht den ganzen Tag Zeit, Sie zu suchen. Wollen Sie nun diesen Auftrag übernehmen oder nicht?“

Kirby biss sich auf die Zunge, um ihre wahren Gefühle nicht zu verraten. „Selbstverständlich, Miss McLane“, entgegnete sie besänftigend. „Es tut mir leid, aber ich bin heute Morgen auf dem Weg zur Arbeit aufgehalten worden.“

„Von Hugh?“, versetzte Lorna giftig.

Kirbys Hand schloss sich um den Hörer. „Wenn Sie es unbedingt wissen müssen, ja“, erwiderte sie kurz.

„Sie Flittchen!“, sagte Lorna wütend.

„Hugh und ich sind verlobt und werden heiraten, Miss McLane“, informierte Kirby sie kühl. „Was wir in unserem Privatleben tun, ist unsere Sache.“

Eine lange Pause entstand am anderen Ende der Leitung, heftige Atemzüge waren zu hören. „Er würde niemals … Er ist kein Mann zum Heiraten!“, zischte Lorna giftig. „Sie lügen, Miss Campbell!“

„Wenn Sie das glauben, so fragen Sie ihn doch selbst.“

„Ich habe mehrmals seine Nummer gewählt, aber er war nie anzutreffen. Ich nehme an, dass er bei Ihnen war.“

„Ich hatte Probleme. Ein ehemaliger Angestellter bedrohte mich, und deshalb bringt Hugh mir Karate bei.“

„Und noch einiges andere, vermute ich! Er ist ein wundervoller Liebhaber“, meinte Lorna in schwärmerischem Tonfall. „Aber warten Sie ab, bis Sie ihn vor dem Altar haben, bevor Sie Glückwünsche entgegennehmen! Mit mir war er nämlich auch schon einmal verlobt. Wussten Sie eigentlich, dass er keine Kinder haben will?“, schloss sie gehässig. „Er möchte frei sein, deshalb sind Kinder für ihn kein Thema.“

„Natürlich will er Kinder haben“, widersprach Kirby. „Wir wünschen uns beide Kinder.“

„Sind Sie sicher? Versuchen Sie doch einmal, ihn festzunageln, meine Liebe! Ich schließe jede Wette darauf ab, dass es Ihnen nicht gelingen wird.“

„Miss McLane, ich glaube wirklich nicht …“

„Ich erwarte, Sie beim Lunch zu sehen“, fuhr Lorna ungerührt fort. „Ich habe die Lancasters gebeten, an diesem Essen teilzunehmen, damit wir die Einzelheiten meiner Werbekampagne besprechen können. Eigentlich wäre es mir lieber, wenn Ihr Kollege Mack sich darum kümmern würde. Ich habe die Erfahrung gemacht, dass Männer hinsichtlich meiner Ideen und Vorschläge wesentlich entgegenkommender sind als Frauen.“

Das überrascht mich nicht, dachte Kirby, aber sie wagte nicht, es auszusprechen. „Ich habe Verständnis dafür, wenn Sie lieber mit Mack zusammenarbeiten wollen“, entgegnete sie stattdessen und im vollen Bewusstsein der Tatsache, dass er sie vermutlich umbringen würde, wenn er davon erfuhr. Denn die Gefühle, die er Lorna entgegenbrachte, waren alles andere als freundschaftlicher Natur.

„Dann werden wir die Angelegenheit in beiderseitigem Einvernehmen regeln können. Ich bin ja so froh, Miss Campbell!“

„Ja. Wir sehen uns zum Essen.“

„Worauf Sie sich verlassen können“, erwiderte Lorna sanft. Aber es klang fast wie eine Drohung.

8. KAPITEL

Beim Mittagessen erlebte Kirby eine Überraschung. Lorna hatte nicht nur die Lancasters zum Lunch geladen, sondern auch Hugh, der gereizt und widerwillig wirkte.

„Es stört Sie doch sicher nicht, dass Hugh mit uns isst", sagte Lorna zu Kirby, als sie einen Moment allein waren. „Ich dachte, Sie würden den Lancasters bestimmt gern Ihre Verlobung mitteilen."

Bevor Kirby antworten konnte, schwebte Lorna in einer Wolke teuren Parfüms davon, um die sehr elegant gekleideten Lancasters zu begrüßen. „Ich weiß, dass ich kein Geheimnis verrate, wenn ich Ihnen erzähle, dass Hugh und Miss Campbell heiraten wollen", teilte Lorna dem älteren Ehepaar mit.

Kirby hätte ihr am liebsten gesagt, dass sie ein Plappermaul war, aber das wagte sie natürlich nicht, und so setzte sie nur ein schwaches Lächeln auf und schwieg.

„Ist das wahr?", fragte Mrs Lancaster entzückt.

Hugh straffte die Schultern und maß Lorna mit einem gereizten Blick. Dann rückte er seinen Stuhl näher an Kirbys und nahm ihre Hand. „Ja, es stimmt", bestätigte er, aber es klang alles andere als glücklich.

„Nun, dann müssen Sie uns bei den Vorbereitungen zu der Hochzeit helfen lassen", fuhr Mrs Lancaster fort, und ihr Gatte lächelte zustimmend. „Wann wird sie sein?"

„Wir haben noch keinen Termin festgelegt", sagte Hugh steif.

„Aber es wird doch sicher bald sein, Hugh?", mischte Lorna sich ein und lehnte sich zurück, um Hugh mit einem Lächeln zu bedenken, aus dem der pure Hass sprach.

„Es besteht keine Eile", erklärte er entschieden. „Kirby und ich haben Zeit genug."

Kirby wusste, wie sehr er es hasste, gedrängt zu werden, aber das war längst nicht alles. Sein Widerstreben, sich auf einen Termin festzulegen, war so offensichtlich, dass es schon peinlich wirkte.

„Das stimmt", bestätigte sie rasch, um ihn zu unterstützen und vor allem, weil sie Lorna nicht ausstehen konnte. „Wir hatten an eine lange Verlobungszeit gedacht."

„Ich verstehe", erwiderte Mr Lancaster.

„Nun ja, wenn ihr nicht sofort eine Familie gründen wollt, dann besteht ja wohl wirklich keine Eile", bemerkte Lorna zufrieden. „Wie viele Kinder werdet ihr denn haben, Hugh? Zwei oder drei?"

Hughs Miene verdüsterte sich. „Darüber haben wir noch nicht gesprochen."

„Aber du wünschst dir doch sicher einen Sohn?", beharrte Lorna.

Er warf ihr einen ärgerlichen Blick zu und schaute dann demonstrativ auf seine Uhr.

„Wir sollten lieber anfangen", sagte Mr Lancaster, der den Wink verstanden hatte. „Wir haben alle viel zu tun. Wenn Sie jetzt vielleicht so freundlich wären, mir zu erklären, warum Sie zu einem anderen PR-Manager überwechseln wollen?", wandte er sich mit einem höflichen Lächeln an Lorna.

„Es richtet sich nicht gegen Miss Campbell", erwiderte sie gedehnt, „aber ich glaube, Mack wäre ... nun ja, zugänglicher. Ich habe den ganzen Morgen damit verbracht, Miss Campbell aufzuspüren, die ganz offensichtlich ihre Verlobung feierte ... Mit etwas übertriebener Begeisterung, wie mir scheint", fügte sie mit einem anzüglichen Lächeln hinzu. „Sie wissen ja, wie sehr die Arbeit darunter leidet, wenn die Leute verliebt sind."

Du boshafte Schlange, dachte Kirby. Mit zwei Sätzen war es dieser Frau gelungen, sie wie eine unfähige Anfängerin dastehen zu lassen!

„Ich kam zu spät heute, das stimmt", sagte sie ärgerlich. „Aber das kann man ja wohl kaum eine Vernachlässigung meiner Pflichten nennen!"

„Miss Campbell", sagte Mr Lancaster scharf. „Wir wollen Miss McLane doch nicht verstimmen, oder?"

Kirby errötete. „Verzeihen Sie. Es tut mir leid, dass ich heute Morgen nicht verfügbar war, und ich kann Ihnen versichern, dass ich in Zukunft ..."

„In Zukunft würde ich lieber mit Mack verhandeln", fiel Lorna ihr freundlich, aber bestimmt ins Wort. „Er und ich werden blendend miteinander auskommen. Und bei einem solch umfangreichen Auftrag erwarte ich natürlich ..." Sie brach ab, lächelte und hob die Schultern.

Es war ein glatter Rausschmiss, und die Lancasters akzeptierten ihn, ohne Einwände zu erheben. Mrs Lancasters Freundschaft mit Lorna veranlasste sie offenbar, alles zu glauben, was das ehemalige Fotomodell ihr sagte. Sie bedachte Kirby mit einem vielsagenden Blick.

„Der ist wirklich sehr beträchtlich", sagte sie kühl. „Ich bin sicher, dass Miss Campbell keine Einwände erheben wird, wenn Mack ihn übernimmt."

Kirby spürte, dass sie mehr und mehr an Boden verlor, aber sie wusste nicht, wie sie ihn zurückerobern sollte. „Natürlich habe ich nichts dagegen“, erwiderte sie diplomatisch. „Miss McLanes Zufriedenheit sollte unser oberstes Ziel sein.“

Lorna neigte anmutig den Kopf. „Ich bin froh, dass Sie so entgegenkommend sind. Möge der Himmel verhüten, dass ich irgendwelche Schwierigkeiten für Sie heraufbeschwöre! Aber diese Kampagne muss perfekt werden. Und sie wird zu anderen führen. Ich habe sehr gute Beziehungen in der Modebranche.“

„Das weiß ich, meine Liebe“, versicherte Mrs Lancaster ihr strahlend. „Du besitzt großen Einfluss.“

Mr Lancaster musterte Kirby forschend. „Ich nehme an, dass Sie noch andere Kunden zu betreuen haben?“, fragte er knapp. Es war das erste Mal, dass er echtes Interesse für ihre Aktivitäten in der Firma zeigte.

„Ich habe an einer Werbekampagne für eine neue Restaurantkette gearbeitet“, erwiderte Kirby. „Der erste Fernsehspot erscheint heute Abend um acht.“

„Wir werden ihn uns ansehen“, erklärte er streng.

Kirby war sicher, dass ihre Kampagne erfolgreich sein würde, und sie machte sich keine Sorgen, trotz der leisen Drohung, die in Lancasters Worten mitschwang. Ganz offensichtlich wurde sie aufgrund Lornas Intrigenspiel einer Prüfung unterzogen, aber das vermochte sie nicht einzuschüchtern. Sie hielt während der gesamten Zusammenkunft den Kopf erhoben und lächelte, als hätte sie nicht die geringste Sorge auf der Welt.

„Ich hoffe doch sehr, dass wir eine Einladung zur Hochzeit erhalten“, wandte Lorna sich an Hugh, als sie nach dem Essen aufbrachen. „Und zur ersten Taufe natürlich auch!“

Hugh erwiderte ihr Lächeln nicht. „Das war gemein von dir“, sagte er so leise, dass die anderen es nicht hörten. „Welche Rachegefühle du auch immer gegen mich hegen magst, du hättest sie nicht an Kirby auslassen dürfen. Sie hat dir nie etwas getan.“

„Nein?“ Lornas Augen glitzerten. „Sie hat dich mir ausgespannt, oder hast du das schon vergessen?“

„Keine Frau kann einen Mann haben, der nicht dazu bereit ist“, entgegnete er verächtlich. „Wir beide sind wie Feuer und Wasser, Lorna. Es wäre niemals mit uns gut gegangen.“

„Du warst verrückt nach mir!“, zischte sie.

Er nickte. „Ja, eine Zeit lang warst du ein wichtiger Teil meines Lebens, und ich hoffe, dass auch ich dir etwas bedeutet habe. Aber ich habe dich nie belogen oder dir irgendwelche Versprechungen gemacht, und das weißt du ganz genau."

Lorna vermochte ihren Zorn kaum noch zu beherrschen, sie schaute zu Kirby hinüber, die mit Mrs Lancaster sprach. „Sie sieht aus, als hätte sie heute ihre Unschuld verloren", sagte sie boshaft und wartete gespannt auf Hughs Reaktion. Seine Miene verriet, dass sie ins Schwarze getroffen hatte. „Aha. Das ist es also. Die arme kleine kompromittierte Jungfrau. Fühltest du dich gezwungen, ihr im Austausch gegen ihre Unschuld die Ehe anzubieten, Hugh?", fragte sie. „Interessant. Wusstest du eigentlich, dass die Lancasters gläubige Katholiken sind?"

„Soll das eine Drohung sein, Lorna?", erkundigte er sich gefährlich ruhig.

„Selbstverständlich, Hugh", erwiderte sie unbeeindruckt. „Entweder du löst diese Verlobung auf, oder ich erzähle den Lancasters etwas über Miss Campbells moralische Verfehlungen. Und wenn ich mit ihr fertig bin, wird sie weder einen Job haben noch ein Zeugnis oder Empfehlungen. Du verstehst doch, was ich meine, Hugh?"

Nach diesen Worten wandte sie sich lächelnd ab und ging. Hugh starrte ihr mit finsterem Blick nach. Er hätte nie geglaubt, dass sie so niederträchtig sein konnte. Er war mit ihr ausgegangen, um Kirby eifersüchtig zu machen, aber das war Lorna nie bewusst gewesen. Ihr gegenüber hatte er stets so getan, als wollte er nur eine alte Freundschaft aufleben lassen.

Doch anscheinend hatte Lorna sich Hoffnungen gemacht, die nicht zu erfüllen waren. Und nun sah es ganz so aus, als müsste er sich zwischen Fels und Stein entscheiden. Entweder heiratete er Kirby auf der Stelle, oder er gab sie auf, denn falls Lorna ihre Drohung wahr machte, stand Kirbys berufliche Karriere auf dem Spiel. Ihre Arbeit bedeutete ihr sehr viel, und Hugh wusste leider nur zu gut, wie sehr manche Frauen ihre Arbeit schätzten …

„Du bist so still", bemerkte Kirby auf dem Weg nach Floresville.

Hugh schaute sie an und richtete den Blick dann wieder auf die Straße. „Ich dachte nur nach. Hast du Erikson im Laufe des Tages irgendwo gesehen?"

„Nein." Sie schlang die Arme um den Oberkörper und lehnte sich fröstelnd zurück. „Könntest du die Heizung aufdrehen, Hugh?"

„Klar." Er runzelte die Stirn. „Du hast dich doch nicht erkältet, Kirby?"

Sie schüttelte den Kopf. „Ich bin nur müde und ein bisschen besorgt, Hugh. Es hat den Lancasters nicht gefallen, was Lorna beim Essen sagte, das habe ich gemerkt. Was ist, wenn Sie mich jetzt für unfähig halten, meine Arbeit fortzuführen?"

„Bist du nicht gut in deinem Job?"

„Doch, natürlich, aber das sind eine Menge anderer Leute auch. Ich bin wenigstens originell, was mehr ist, als man von dem armen Mack behaupten kann." Sie verzog das Gesicht. „Er kann Lorna nicht ausstehen und findet Mode sterbenslangweilig. Er wird ihr bestimmt nicht die Kampagne liefern, die sie sich erhofft."

„Und was hattest du dir für sie vorgestellt?", erkundigte Hugh sich lächelnd.

„Ich hatte an eine wirklich extravagante Modenschau gedacht, bei der statt professioneller Models Töchter bekannter Persönlichkeiten die Kleider vorführen", erwiderte Kirby nachdenklich. „Diese Frauen würden sich nicht nur im Glanz der Scheinwerfer sonnen, sondern auch noch Lornas Mode kaufen. Eine solche Veranstaltung würde schnelle und hohe Verkaufsraten erzielen und sehr viel mehr einbringen als bloße Oberflächenwerbung. Zumindest eine der hiesigen Debütantinnen hat einen Vater, der eine internationale Boutiquenkette besitzt. Nicht einmal Lorna besitzt solche Beziehungen."

Kirby machte eine kurze Pause und zuckte dann die Schultern. „Leider bringt Lorna keinerlei Interesse für meine Ideen auf", stellte sie resigniert fest. „Ich habe versucht, ihr meine Vorstellungen zu erläutern, aber sie hörte nicht einmal zu."

„Schade, dass ihr keiner Konkurrenz macht", bemerkte Hugh nachdenklich. „Denn dann hättest du die Möglichkeit, ihr zu beweisen, was du meintest."

„Doch, sie hat schon Konkurrenz", entgegnete Kirby. „Aber die Firma wird von einer anderen Werbeagentur vertreten, und soviel ich weiß, hat sie für den Rest des Jahres keine weitere Kampagne geplant."

Hugh hielt an einer Ampel und maß Kirby mit einem langen, prüfenden Blick. „Manchmal muss man gewisse Dinge selbst in die Hand nehmen. Warum gehst du nicht zur Konkurrenz und trägst ihnen deine Ideen vor? Wenn sie sie gut finden, könntest du ihnen anbieten, die Sache zu übernehmen, als unabhängigen Auftrag sozusagen."

Kirby schnappte nach Luft. „Das wäre gegen die Berufsethik!"

„Kündige bei Lancaster. Wechsle die Stellung. Spiel deine eigenen Karten aus."

„Hugh, ich habe Rechnungen zu bezahlen!", rief Kirby mit einem überraschten Lachen aus. „Ich kann ein solches Risiko nicht eingehen. Ich bin keine Spielernatur."

„Ich auch nicht, in der Regel. Aber manchmal geht es nicht anders."

„Du gehst keine Risiken ein, Hugh", sagte Kirby leise.

„Nein? Ich habe dich immerhin gefragt, ob du mich heiraten willst." Sie wandte den Blick ab und starrte mit sinkendem Herzen aus dem Fenster.

„Das war sehr schlecht formuliert, nicht wahr?", sagte er bedauernd. „Es tut mir leid. Ich wollte dich nur aufheitern."

„Lorna hat dich durchschaut", entgegnete Kirby. „Sie hat dich heute in die Ecke gedrängt und dich praktisch gezwungen, zuzugeben, dass du gar nicht die Absicht hast, mich zu heiraten."

Hugh umklammerte das Steuer unwillkürlich fester, als Kirbys Worte ihm Lornas Drohungen wieder zu Bewusstsein brachten.

„Ich habe überhaupt nichts zugegeben", erklärte er mürrisch.

Kirby drehte sich in ihrem Sitz, zog den Sicherheitsgurt zurecht und musterte Hughs Profil. „Du bist noch nicht bereit", sagte sie schlicht. „Für dich ist eine feste Bindung auch heute noch ein Albtraum. Du stellst dir die Ehe als eine Art Gefängnis vor, in dem die Kinder die Ketten sind, die die Menschen gefangen halten."

Hugh zuckte schmerzlich berührt zusammen. „Kirby …"

Sie legte die Hand auf seinen Arm. „Wir können ruhig eine Zeit lang verlobt bleiben, bis ich mich entschieden habe, was ich tun werde – bei der Agentur zu bleiben oder das Risiko einzugehen, mich selbstständig zu machen. Aber ich werde diese Verlobung nicht ernst nehmen, Hugh, und ich möchte auch nicht, dass du es tust!", sagte sie warnend. „Dein Gewissen wird dich vielleicht noch eine Weile quälen, aber das wirst du mit der Zeit schon überwinden. Es ist nichts geschehen, Hugh. Wir haben uns geliebt. Das ist nichts Besonderes. Andere Leute tun es ständig. Du brauchst keine große Affäre daraus zu machen."

„Es war meine Schuld", entgegnete er kurz und warf ihr einen ärgerlichen Blick zu. „Und wenn es keine große Affäre war, warum hast du es dann nicht schon vorher mit einem anderen Mann getan?"

Kirby legte den Kopf an die Nackenstütze und schaute Hugh gelassen an. „Du weißt, warum. Du hast es immer gewusst. Ich habe es nicht getan, weil ich zu dir gehöre."

Sein Herz setzte einen Schlag aus bei ihren Worten; er wagte sie nicht anzusehen. Er wollte nicht, dass sie zu ihm gehörte – er wollte kein Gefangener seines Gewissens sein. Nicht einmal ein Gefangener seiner Liebe!

Sie zog ihre Hand zurück und schaute aus dem Fenster, weil sie spürte, dass sie ihn in Verlegenheit gebracht hatte. Es war ihm deutlich anzusehen. „Quäl dich nicht", sagte sie ruhig. „Ich verlange nichts von dir, und ich bitte dich um nichts."

„Ich weiß", erwiderte er gepresst.

Kirby schloss die Augen und konzentrierte sich darauf, die Fahrt zu genießen. Draußen wurde es allmählich dunkler, aber es war warm im Wagen, und sie genoss es, nicht allein zu sein. Einen Moment lang wünschte sie, immer und ewig so weiterfahren zu können. Es wäre herrlich gewesen, nicht zurückkehren zu müssen zu all ihren Problemen und der Zukunft, die sie erwartete, sobald Hugh wieder aus ihrem Leben verschwand – diesmal für immer.

Sie begann zu träumen. Hugh hatte sie geliebt, und nun ruhten sie im warmen Gras unter einer großen alten Eiche am Ufer eines frischen, klaren Baches. Sie hielten sich in den Armen, und Hugh flüsterte ihr zu, wie sehr er sie liebte.

„Würdest du bitte aufwachen?", riss seine unsanfte Stimme sie aus ihren Träumen. „Wir sind da, und wie es aussieht, scheint hier die Hölle los zu sein!"

Bestürzt über seinen schroffen Ton, richtete Kirby sich auf. „Was?", fragte sie verwirrt.

„Hör dir das an!"

Der Wagen parkte in der Einfahrt des alten Hauses aus dem vergangenen Jahrhundert, in dem die Pattons wohnten. Eine Stimme – sie gehörte Bob – stritt lautstark die Vorwürfe ab, die Connie wütend äußerte. Eine weiche Frauenstimme mit spanischem Akzent versuchte, den Streit zu schlichten.

„Haushälterin – dass ich nicht lache!", schrie Connie aufgebracht. „Du hast sie geküsst!"

„Ich habe sie nur in den Armen gehalten, als sie weinte, weil du ihre Gefühle verletzt hast!", brüllte Bob. Seine und Connies Silhouette hoben sich deutlich auf der dunklen Veranda ab. „Du hast keinen Anlass, ihr vorzuwerfen, dass sie unsere Ehe zerstört."

„Das tut sie aber!", erwiderte Connie ärgerlich. „Sie hat sogar Mikey auf ihre Seite gebracht! Teresa soll ihm vorlesen, Teresa soll ihn zur

Schule bringen, Teresa soll neben ihm sitzen, wenn er isst … Er ist mein Sohn, Bob!“

„Woher soll er das wissen, wenn du den ganzen Tag und die halbe Nacht mit deiner Nase in irgendwelchen Motoren steckst?“

„Oh!“ Connie hob wütend die Hände und setzte zu einer weiteren Entgegnung an, aber dann sah sie den Wagen in der Einfahrt. In einem Anfall von Verlegenheit wischte sie ihre Hände an dem ölbeschmierten Overall ab und warf Bob einen vielsagenden Blick zu.

„Hugh!“, rief sein Bruder, froh über die Ablenkung. „Bist du das, Hugh?“

„Leider ja“, erwiderte er mit spürbarem Unbehagen, stieg aus und wartete, bis Kirby an seiner Seite erschien. Dann führte er sie langsam zur Veranda. „Wir haben uns heute verlobt und wollten euch die freudige Nachricht überbringen. Aber irgendwie habe ich nicht den Eindruck, als ob es der geeignete Moment wäre.“

„Verlobt?“, fragte Connie verblüfft. „Du und Kirby? Schon wieder?“

„Wir waren damals nicht richtig verlobt“, entgegnete Hugh gereizt. „Nur fast.“

Connies düstere Miene hellte sich ein wenig auf. „So, so. Und wann wollt ihr heiraten, Hugh?“

„Ich wünschte, die Leute würden endlich aufhören, danach zu fragen!“, stieß Hugh gereizt hervor und fuhr sich mit der Hand durchs Haar.

„Wir haben noch keinen Termin bestimmt“, sagte Kirby rasch. „Es kam alles sehr plötzlich. Wir hatten noch keine Zeit, darüber zu reden, weil wir beide sehr beschäftigt waren …“

„Natürlich wissen sie noch nicht, wann“, sagte Bob zu seiner Frau. „Kannst du nicht aufhören, sie mit Fragen zu bombardieren? Sie sind doch gerade erst gekommen. Teresa, kochen Sie uns Kaffee und schneiden Sie etwas Kuchen auf, ja?“

„Sí, Señor Bob“, erwiderte Teresa und ging zur Küche.

„Sie ist ein Schatz“, bemerkte Bob mit einem Lächeln, das jedoch verblasste, als er seine Frau ansah. „Connie denkt darüber leider anders. Sie weiß nicht einmal zu schätzen, wie sehr Teresa sich bemüht und wie viel harte Arbeit sie ihr erspart.“

„Ich bin sicher, dass Connie es durchaus zu schätzen weiß, Bob“, warf Kirby ein. „Können wir nicht hineingehen? Mir ist kalt.“

„Es ist Sommer“, murmelte Hugh. „Wie kannst du da frieren?“

„Hast du Fieber?“ Connie legte eine Hand auf Kirbys Stirn. „Nein, zum Glück nicht. Weißt du, ich hatte auch Schüttelfrost, als ich mit Mikey schwanger war …“

„Es besteht nicht die geringste Möglichkeit, dass Kirby schwanger ist“, warf Hugh schroff ein.

„Natürlich nicht“, murmelte Connie gereizt. „Es war auch bloß eine Feststellung.“

Hugh errötete, was jedoch niemand außer Kirby merkte, und sie wandte den Blick ab. Sicher, sie hatten Vorsichtsmaßnahmen getroffen, und es war nur ein einziges Mal gewesen. Sie konnte eigentlich unmöglich schwanger sein. Das Problem war nur, dass derartige Vorsichtsmaßnahmen in einem von hundert Fällen versagten … Aber nein, darüber würde sie sich jetzt nicht den Kopf zerbrechen.

„Das ist Teresa“, stellte Bob lächelnd die junge Mexikanerin vor. Seine Augen zwinkerten, als er sie anschaute. „Niñita, éste es mi hermano Hugh.“

„Mucho gusto en conocerlo, Señor“, erwiderte Teresa mit einem sanften Lächeln. Sie hatte eine hübsche Figur und große braune Augen, ein schmales Gesicht und hüftlanges nachtschwarzes Haar. Sie war eine Schönheit. Kein Wunder, dass Connie so aufgebracht war!

„Igualmente“, sagte Hugh. „Le gusta trabajar aquí?“, fügte er freundlich hinzu.

„Si“, erwiderte sie ohne großen Enthusiasmus, und ein besorgter Zug erschien um ihren Mund. „Esta familia es muy simpática, especialmente el niñito.“

Sie erwähnte Mikey, während sie nichts davon sagte, dass sie auch Connie mochte, die jetzt alle anderen wütend anstarrte, weil sie spanisch sprachen und sie als Einzige diese Sprache nicht verstand.

„Sie soll gefälligst englisch sprechen!“, forderte sie barsch.

„Sie wird es mit der Zeit schon lernen. Es ist schließlich nicht so einfach“, entgegnete Bob scharf. „Hör endlich auf, so unfreundlich zu ihr zu sein!“

Connie stützte die Hände auf die Hüften und maß ihn mit einem vernichtenden Blick. „Ich denke gar nicht daran“, versetzte sie kühl. „Du bildest dir wohl ein, in sie verliebt zu sein?“

Bob errötete. „Du liebe Güte …!“

„Gib es zu, du Feigling!“, forderte Connie ihn heraus. „Los, gib es ruhig zu!“

„Sie ist ein reizendes Ding, das etwas für Kinder übrig hat und für Hausarbeit und für Männer!“, erklärte Bob und starrte seine Frau wütend aus seinen dunklen Augen an. „Was soll ich denn deiner Ansicht nach für sie empfinden, wenn meine eigene Frau ständig wie Schmierfett riecht und aussieht und niemals Zeit hat, weder für mich noch für unseren Sohn?“

Connie schnappte nach Luft, dann wandte sie sich jäh um und stürmte in ihr Schlafzimmer. Die Tür fiel mit einem lauten Krachen hinter ihr zu.

Bob schnitt eine Grimasse. „Jetzt habe ich es geschafft!“

Kirby und Hugh wechselten einen Blick.

„Ich glaube, wir haben einen schlechten Moment für unseren Besuch gewählt …“, bemerkte Hugh.

„Es gibt keine guten Momente mehr“, murmelte Bob. Als er die Tränen in Teresas großen braunen Augen sah, ging er zu ihr und legte den Arm um ihre Schultern. „No seas triste, querida“, sagte er beruhigend. „Está todo bien.“

„Es ist längst nicht alles gut“, wandte Hugh düster ein. „Und meiner Ansicht nach hat sie allen Grund, traurig zu sein, weil sie nämlich im Begriff ist, deine Ehe zu zerstören! Du bist ein verheirateter Mann, Bob, warum benimmst du dich nicht entsprechend? Wer jetzt Trost braucht, ist deine Frau, und nicht deine Haushälterin!“, schloss er vorwurfsvoll.

Bob errötete, löste seinen Arm von Teresas Schulter und warf seinem Bruder einen bösen Blick zu. „Du brauchst mir nicht zu sagen, wie ich meine Ehe führen soll!“, knurrte er.

„Nein?“ Hugh schaute an ihm vorbei auf Connie, die aus dem Schlafzimmer kam, in einer Hand einen Koffer, an der anderen ihren Sohn Mikey.

„Wo fahren wir hin, Mommy?“, fragte er verschlafen.

„Zu meiner Schwester!“, verkündete sie. Dann wandte sie sich mit einem wütenden Blick an Bob. „Wenn du wieder zur Besinnung kommst, kannst du mich bei Louise finden.“

„Und was ist mit deiner geliebten Werkstatt dort draußen?“, entgegnete er verdutzt.

„Häng ein Schild mit der Aufschrift ‚Geschlossen‘ an die Tür. Das wirst du doch sicher noch buchstabieren können?“, erwiderte sie spitz. „In der Zwischenzeit werde ich in Todd Steeles Garage arbeiten. Er braucht einen Mechaniker und wird mich mit Kusshand nehmen, wenn ich zu ihm gehe.“

Bob machte große Augen. „Ich werde nicht zulassen, dass du für einen Ex-Freund arbeitest, der gerade geschieden wurde!"

„Wieso denn nicht? Ich bin ja schließlich auch im Begriff, geschieden zu werden."

„Connie!", sagte er flehend.

„Mom, warum schreist du Daddy an?", fragte Mikey, der noch immer schläfrig war und nicht viel von dieser Auseinandersetzung begriff.

„Weil dein Daddy taub ist", erwiderte Connie kurz. „Und weil er nicht einmal so einfache Sätze versteht wie ‚Schmeiß sie raus'!"

„Ich lasse mir nicht von dir sagen, wem ich in meinem eigenen Haus zu kündigen habe!", klärte Bob sie wütend auf.

„Früher war es auch mein Haus und Mikeys", erwiderte Connie stolz. „Jetzt scheint es auf einmal Teresa zu gehören."

Bob, der endlich zu begreifen schien, was in seinem Leben vorging, sagte bestürzt: „Sie ist doch nur eine Haushälterin!"

„Richtig", versetzte Connie. „Aber so behandelst du sie leider nicht."

„Du behandelst mich ja auch nicht wie einen Ehemann", hielt er dem entgegen.

Connie würdigte ihn keiner Antwort mehr. „Sag allen gute Nacht", forderte sie Mikey auf.

Er gehorchte.

Connie lächelte Hugh und Kirby an, ignorierte die anderen und zog Mikey zur Tür. Minuten später sprang der Motor ihres Wagens an, und dann entfernte das Geräusch sich langsam.

Bob presste grimmig die Lippen zusammen. „Connie ist nicht meine Frau – sie ist der für den Ort zuständige Mechaniker! Sie hat für nichts Zeit außer ihrem verdammten Job! Mikey und ich waren nur Treibgut für sie, begreift ihr das nicht? Sie will keine Ehefrau und Mutter sein, sie will einen Beruf ausüben! Na schön, das habe ich ihr zugestanden. Aber wie ihr seht, hat es nicht geklappt."

Kirby starrte Bob mit unverhohlenem Entsetzen an. Waren Bobs Schwierigkeiten ein Beispiel dafür, wie eine Ehe mit Hugh aussehen würde, bloß mit umgekehrt verteilten Rollen? Würde auch Hugh wie Connie nur Zeit für seine Arbeit haben und seine Familie als eher lästige Zugabe betrachten?

Auch Hugh kämpfte mit einigen sehr unangenehmen Vorstellungen. Er wusste, wie sehr Kirby ihre Arbeit liebte; sie würde wie Connie sein und versuchen, sich zwischen Job und Kindern aufzuteilen, sofern sie überhaupt Kinder haben wollte. Es würde eine Aufteilung von Loyalitäten sein, die durchaus gelingen konnte, falls Kirby wahrhaft liebte und selbst ausreichend geliebt wurde.

Doch Bobs Verhältnis zu Connie machte Hugh wieder einmal sämtliche Gefahren bewusst, die ihm in einer Ehe drohten. Es gefiel ihm nicht, was er sah, und wenn er schon vorher kalte Füße bekommen hatte in Bezug auf eine Ehe, waren sie jetzt eiskalt.

„Begreifst du nun, worauf du dich einlässt?", wandte Bob sich mit einem humorlosen Lachen an seinen Bruder. „Connie behauptete früher, dass sie sich einen Mann und Kinder wünschte, aber was sie wirklich will, ist ihre verdammte Werkstatt. Du solltest also lieber von vornherein klarstellen, welche Art von Ehe du zu führen gedenkst", schloss er bitter.

„Hast du je versucht, Connie deine Gefühle zu erklären?", fragte Kirby zögernd.

„Ich habe geredet, bis ich vor lauter reden blau war im Gesicht!", erwiderte Bob heftig. „Aber bei Connie gilt nur, was sie selbst will. Meine Wünsche sind völlig bedeutungslos für sie." Er schaute Teresa an, die still und scheu hereingekommen war. „Wollen Sie jetzt etwa auch gehen?"

Teresa erklärte ihm, dass sie zu ihrem Bruder nach San Antonio fahren wolle und fragte, ob Hugh und Kirby bereit seien, sie bis in die Stadt mitzunehmen.

„Natürlich, Teresa", sagte Hugh. „Sie können selbstverständlich mit uns fahren."

„Muchas gracias." Sie ging zu Bob und schaute mit ihren großen sanften Augen zu ihm auf. „Lo siento. No se ponga furioso conmigo, por favor", wisperte sie.

In Bobs Gesicht zuckte es. „Natürlich bin ich nicht böse auf Sie", erwiderte er leise.

Teresa lächelte. „Haste luego. Nos vamos?"

Hugh nickte. „Ja, wir fahren. Ich melde mich wieder, Bob."

Bob zögerte. „Nimm es mir nicht übel, Hugh", sagte er bedrückt.

Hugh ging zu ihm und umarmte ihn. „Du bist mein Bruder, du Idiot! Ich will nichts anderes, als dass du glücklich bist."

9. KAPITEL

Hugh und Kirby nahmen Teresa nach San Antonio mit und fuhren sie dort zum Haus ihres Bruders, das in einem Vorort lag. Hugh stieg mit Teresa aus und begleitete sie zur Tür. Ihrem Bruder erklärte er, dass seine Schwägerin über Nacht nicht zu Hause sein würde – die Gründe dafür erwähnte er natürlich nicht – und sie es deshalb für korrekter hielten, wenn Teresa nicht in Bobs Haus übernachtete. Der Bruder war sympathisch und entgegenkommend, und als Hugh zum Wagen zurückkehrte, war er nicht mehr ganz so bedrückt wie vorher.

„Teresa hat eine sehr nette Familie", sagte er.

„Dein Bruder ist verliebt in dieses Mädchen", bemerkte Kirby. „Es tut mir sehr leid für Connie, denn ich glaube nicht, dass es ihm gelingen wird, Teresa zu widerstehen."

„Sei dir da nicht so sicher", erwiderte er knapp.

„Wieso? Du machst dir doch auch Sorgen."

„Ich glaube an die Ehe. Manche Leute geben einfach zu schnell auf in einer Beziehung."

„Und manchmal klammern sie sich an einer fest, die keine Zukunft mehr besitzt."

Hugh drehte sich zu ihr um und richtete seinen prüfenden Blick auf ihr Gesicht. „Connie hätte nie heiraten sollen", meinte er nachdenklich. „Es wäre besser gewesen, wenn sie ihre eigene Werkstatt eröffnet und in Ruhe ihr Geschäft aufgebaut hätte, bevor sie eine Familie gründete."

„Ja."

Er seufzte schwer. „Und du willst ja im Grunde genommen gar nicht heiraten", erklärte er betont beiläufig und tat so, als gälte seine ganze Aufmerksamkeit der Straße. „Du möchtest deinen Beruf ausüben und Erfolg haben. Genau wie Connie."

Kirby war so verblüfft, dass ihr der Atem stockte. War es das, was er von ihr dachte? Dass ihre Arbeit ihr wichtiger war, als ein Zuhause für Hugh und ihre Kinder zu schaffen? Oder war es das, was er denken wollte? Suchte er etwa schon einen Anlass, ihre Verlobung wieder aufzulösen? Es kam Kirby schon fast so vor wie eine Wiederaufführung der Vergangenheit.

Sie verschränkte die Hände im Schoß und spielte nervös mit ihren Fingern. „Ich glaube, manche Frauen sind nicht dazu geschaffen,

Mütter zu sein", sagte sie. „Connie liebt Mikey, aber sie war nie sehr mütterlich."

„Zu dieser Einsicht hätte sie schon früher kommen sollen", entgegnete Hugh gereizt.

„Vielleicht wusste sie es früher nicht", gab Kirby zu bedenken.

Hugh erwiderte nichts. Die Ereignisse schienen ihm sehr stark zu schaffen zu machen. Ganz ungewöhnlich stark sogar.

Kirby schaute ihn an. „Es gibt auch Männer, die nicht dazu geschaffen sind, Väter zu sein", erklärte sie gedehnt.

Hugh versteifte sich. „Ach nein? Tatsächlich?"

„Ja. Ist dir eigentlich noch nie aufgefallen, Hugh, dass du schon erstarrst, sobald nur jemand über Familie und Kinder spricht?"

Er klammerte die Hände fester um das Steuerrad und lockerte sie dann wieder. „Kinder sind lebenslange Fesseln."

„Ich weiß." Sie lächelte. „Du bist nicht reifer für die Ehe, als Connie es war."

„Und du auch nicht!", versetzte er ärgerlich. „Du willst in deinem Beruf Karriere machen!"

„Natürlich will ich das. Jeder will der Welt seinen Stempel aufdrücken. Aber es ist auch durchaus möglich, Beruf und Familie miteinander zu vereinbaren", erklärte sie lachend. „Das tun die meisten Leute, Hugh."

„Wie Connie?", wandte er wütend ein.

„Connie hat Schwierigkeiten damit. Es fällt ihr anscheinend nicht leicht, zwischen ihrer Familie und ihrem Beruf hin- und herzupendeln."

„Hin- und herzupendeln!", rief Hugh empört.

Kirby war erstaunt über die Feindseligkeit, die sie aus seinen Worten heraushörte. Sie wusste zwar, dass die Patton-Jungen ihre Mutter verloren hatten, als sie kaum älter waren als Mikey, aber Hugh hatte niemals von ihr gesprochen. Die beiden Brüder waren von ihrem Vater aufgezogen worden, und Mr Patton war gestorben, als Kirby und Hugh anfingen, aufeinander aufmerksam zu werden.

„Du hast nie deine Mutter erwähnt, Hugh", bemerkte sie nachdenklich.

„Das habe ich auch in Zukunft nicht vor!"

Kirby war erschrocken über den Nachdruck, den er in seine Antwort legte. „Nicht einmal mir gegenüber?"

„Was willst du wissen?", erkundigte er sich knapp.

Sie zögerte. „Was für ein Mensch war deine Mutter?"

„Eine Karrierefrau", erklärte er mit einem kalten Lächeln und einem Blick in ihre Richtung. „Sie war eine jener Frauen, die nie hätten heiraten dürfen. Sie hatte keine Zeit für Bob und mich, sie war zu beschäftigt, im Land herumzufliegen und Immobilien zu verkaufen. Und eines Tages stieg sie in eine Maschine, die zur Überholung angesetzt war, aber sie wollte nicht warten, weil ihr sonst vielleicht ein Verkauf entgangen wäre. Das Flugzeug stürzte ab, und sie fand dabei den Tod."

Kirby verschlug es für einen Moment die Sprache, so entsetzt war sie. „Oh, Hugh … es tut mir so leid!"

„Warum? Wir haben sie nie geliebt", entgegnete er. „Aber sie hat auch nichts für uns übrig gehabt. Wir waren nichts als eine Last für sie, eine Bürde, eine Unbequemlichkeit. Bei jedem Streit mit meinem Vater warf sie ihm vor, dass sie uns von Anfang an nicht gewollt und uns nur ihm zuliebe auf die Welt gebracht hatte. Wir waren das, was sie in ihrem Leben am meisten bereute. Sie erinnerte sich nicht an einen einzigen unserer Geburtstage, als wir Kinder waren, und sie hat sich niemals die Zeit genommen, Weihnachtsgeschenke für uns einzukaufen. Ich habe in der Schule einmal aus Ton einen Aschenbecher für sie geformt und ihn in ihren Lieblingsfarben angemalt. Sie warf ihn in den Abfalleimer."

Warum hatte er ihr das alles nie erzählt? Sie begriff plötzlich, dass Hugh ihr seine tiefsten Gefühle immer vorenthalten hatte. In all den Jahren, in denen sie ihn kannte, hatte er nie von seiner Kindheit gesprochen – bis jetzt. Und sie begann zum ersten Mal zu verstehen, warum es ihm so widerstrebte, eine Ehe einzugehen.

„Du denkst, bei uns würde es genauso werden", sagte sie leise. „Du glaubst, ich würde nicht anders sein als deine Mutter."

Hugh schaute in den Rückspiegel, bevor er an der nächsten Straßenkreuzung abbog. „Wärst du das denn nicht, Kirby?", fragte er mit einem müden Lächeln. „Es ist das Zeitalter der alleinerziehenden Eltern. Ich kann ein Lied davon singen. Ich war das Produkt einer solchen Familie, obwohl meine Eltern auf dem Papier ja noch verheiratet waren. Ich war vom sechsten Lebensjahr an ein Schlüsselkind. Möchtest du einige der Horrorgeschichten hören, die ich dabei erlebte?"

„Ich kann es mir vorstellen", sagte sie leise und richtete ihren sanften Blick auf sein Gesicht. „Es ist eine andere Welt. Lebensstile ändern sich praktisch über Nacht. Was früher die Norm war, ist es heute nicht mehr. Wir können nicht die Vergangenheit zurückholen, Hugh. Wir müssen uns anpassen. Bei unserer aktuellen Wirtschaftslage kommen die meisten Familien mit einem Gehalt nicht aus, und die Frauen müssen mitarbeiten. Wenn wir heiraten würden, müsste ich trotzdem weiter meinem Beruf nachgehen."

Hugh verzog das Gesicht. Es gefiel ihm nicht, was sie sagte, aber es war leider nur zu wahr. Von seinem Gehalt allein, so gut es auch sein mochte, hätten sie sich mit Kindern wohl kaum einen gehobenen Lebensstandard leisten können. Und was würde aus ihnen werden, falls ihm je etwas zustieß, ein Unfall vielleicht, der ihn zu einem Invalidendasein verdammte? Wenn Kirby keine Arbeit hatte, wovon sollte sie dann in einem solchen Fall sich und ihre Familie ernähren?

„Es ist gar nicht so schlecht, wenn Frauen finanziell unabhängig sind", sagte sie ruhig.

„Meine Mutter war es", erwiderte er.

Schweigend und nachdenklich bog er auf den Parkplatz des Gebäudes ein, in dem sie lebten. Alte Erinnerungen quälten ihn. Er dachte nicht gern an seine Mutter und ihr zielstrebiges Karrierebewusstsein zurück. Sein Vater hatte als Arbeiter in einer Futtermittelfirma gearbeitet. Er hatte nicht viel verdient und viele Stunden dafür gearbeitet, sodass er nie zu Hause war, wenn Bob und Hugh aus der Schule kamen.

Ihre Mutter hätte sich Zeit für sie nehmen können, wenn sie es gewollt hätte. Sie war selbstständig gewesen und hatte selbst die Einteilung ihrer Arbeitszeit bestimmt. Trotzdem war sie nie zu Hause gewesen. Und wenn sie die Familie einmal mit ihrer Anwesenheit beehrte, erwartete sie von Hugh und Bob, dass sie die Hausarbeit erledigten und sie bedienten, weil sie müde war …

Ihr Vater hatte sich die größte Mühe gegeben, ihr gefällig zu sein, was Bob und Hugh mit Groll und Zorn erfüllt hatte, weil sie der Ansicht waren, dass ihre Mutter ihn ausnutzte. Als sie bei dem Flugzeugabsturz ums Leben kam, sank ihr Lebensstandard beträchtlich. Aber Hugh hatte nicht geweint und Bob auch nicht. Ihr Vater hatte einmal versucht, es ihnen zu erklären, um ihnen begreiflich zu machen, dass auch ihre Mutter sie liebte, auf ihre Art, aber dass sie von Anfang an nie den Wunsch gehabt hatte, zu heiraten und eine Familie zu gründen. Er hatte sie kompromittiert, und ihren Eltern zuliebe hatten sie geheiratet. Damals, in jenen Tagen und in texanischen Kleinstädten wie Floresville, bekamen junge Mädchen keine Babys, ohne vorher verheiratet zu sein.

„Meine Eltern mussten heiraten", murmelte Hugh, noch immer tief in der Vergangenheit versunken.

„Es tut mir leid, Hugh."

Er stellte den Motor ab und wandte sich ihr zu. „Warum war dir vorhin so kalt?", fragte er und maß sie mit einem prüfenden Blick. „Könnte es sein, dass Connie mit ihrer Vermutung recht hatte?"

„Wir haben … etwas benutzt", entgegnete sie schwach.

„Und nichts ist hundertprozentig sicher." Er wirkte plötzlich sehr aufgeregt. „Sag es mir, Kirby!"

„Ich kann dir nichts sagen, was ich nicht weiß, Hugh", erwiderte sie leise. „Es ist ohnehin noch viel zu früh, um an so etwas zu denken."

Er schien sich zu entspannen, lehnte sich zurück und fuhr sich mit der Hand durchs Haar. „Ich hoffe sehr, dass du nicht schwanger bist, Kirby."

Sie spürte, wie ihr ganzer Körper sich versteifte. Das war eindeutig genug. „Weil du deiner Mutter nicht verzeihen kannst, muss ich jetzt für ihre Sünden büßen. Das ist es doch, nicht?"

Er runzelte verblüfft die Stirn. „Das hat überhaupt nichts damit zu tun."

„Klar." Sie öffnete die Tür und stieg aus. Ihre Beine zitterten, ihr Selbstvertrauen hatte sich gründlich verflüchtigt.

Auch Hugh stieg aus und folgte Kirby zum Haus, in die Halle und in den Aufzug. In der leeren Kabine rammte er die Hände in die Taschen und starrte Kirby mit düsterer Miene an, während sie in den ersten Stock hinauffuhren.

„Tu bloß nicht so, als würdest du dich darüber freuen! Du denkst in dieser Hinsicht nicht anders als ich!", sagte er schließlich anklagend.

Kirby würdigte ihn weder einer Antwort noch eines Blicks.

In ihrem Stockwerk stiegen sie aus, und sie blieb an der Tür zu ihrer Wohnung stehen. „Lorna sagte, du wolltest nicht länger in diesem Apartment leben. Du hast es zwar abgestritten, aber ich frage mich, ob das die Wahrheit war."

Hugh runzelte die Stirn, als er Kirby schweigend musterte. Er hatte Lornas Drohung vorübergehend vergessen, aber nun kam sie ihm mit beunruhigender Eindringlichkeit wieder zu Bewusstsein. Lorna war ein rachsüchtiger Mensch, und aus vergangenen Tagen wusste Hugh, dass sie nicht bluffte.

„Angenommen, du würdest deinen Job verlieren, Kirby", meinte er nachdenklich. „Was würdest du dann tun?"

„Mir einen neuen suchen", erwiderte sie prompt. „Ich bin nicht völlig untalentiert, Hugh."

„Das stimmt schon … Aber wenn deine Entlassung von düsteren Umständen begleitet wäre, dürfte es dir vielleicht trotzdem schwerfallen, etwas ähnlich Gutes zu finden."

„Sie werden mir nicht kündigen", erwiderte sie entschieden. „Lorna kann mich vielleicht nicht ausstehen, aber Mack mag mich, und er kann die Sache bei den Lancasters für mich klären. Es ist ja schließlich nicht so, als ob ich eine unverzeihliche Sünde begangen hätte."

Hugh war besorgt und vermochte es nicht zu verbergen. Kirby wusste nichts von Lornas Drohungen. Und er konnte ihr nichts davon sagen. „Bist du sicher, dass es keine Folgen haben wird, was wir getan haben?", fragte er.

„Wie kannst du dir solche Sorgen machen wegen einer einzigen Bemerkung, die Connie machte? Ich bin nicht schwanger, Hugh, begreif das doch endlich!"

„Na schön." Er lachte über seine eigene Sorge und dachte, dass er vielleicht langsam hysterisch wurde. „Denn wenn du wirklich ganz sicher bist, wäre es vielleicht besser, wenn wir unsere Verlobung auflösen würden."

Kirby warf ihm einen argwöhnischen Blick zu. „Ich nehme an, das ist das, was Lorna gern hätte?"

Er zögerte. „Ja", sagte er dann. „Das ist es, was sie will." Den Grund dafür nannte er ihr nicht.

Kirby schaute ihn aufmerksam an, als wäre sie im Begriff, sich von ihm zu verabschieden. „Dann gib ihr, was sie will", versetzte sie. „Ich möchte meine Zukunft nicht deinem Gewissen opfern. Du hast diese Verlobung von Anfang an nur vorgeschlagen, weil es dir Schuldgefühle einflößte, mit mir geschlafen zu haben. Das ist kein ausreichender Grund, jemanden zu heiraten, Hugh, vor allem dann nicht, wenn keine Möglichkeit besteht, dass sich Folgen daraus ergeben könnten", fügte sie in entschiedenem Ton hinzu.

Frauen wissen, wann sie schwanger sind, versuchte Hugh sich einzureden. Und Kirby klang sehr zuversichtlich. Im Augenblick war es das Wichtigste, Lorna auszuschalten, bevor sie ihre Drohungen wahr machen und Kirbys berufliche Zukunft gefährden konnte. Sollte sie ruhig glauben, dass sie gewonnen hatte.

„Dann sollten wir die Verlobung als aufgelöst betrachten, falls du damit einverstanden bist", sagte er.

Kirby zwang sich zu einem Lächeln, aber es wirkte sehr forciert. „Es ist das, was du willst", betonte sie. „Du kannst dich nicht von der

Vergangenheit lösen, nicht? Ich habe nie verstanden, warum du eigentlich fort wolltest. Du hattest mir nie etwas über dein Leben erzählt, und es ist mir nicht einmal aufgefallen. Aber jetzt begreife ich endlich, Hugh. Du begehrtest mich, damals wie heute, und das war alles, was dich mit mir verband."

Er machte keinen Versuch, es abzustreiten, aber sein Gesicht war angespannt, und ein undeutbarer Ausdruck lag in seinen Augen.

Kirby wandte sich ab. „Das dachte ich mir", stellte sie ruhig fest, bevor sie ihre Tür aufschloss.

Hugh verfolgte jede ihrer Bewegungen mit sehnsüchtigen Blicken, doch als sie sich zu ihm umschaute, wandte er den Blick ab.

„Ich werde in der Nähe sein", versicherte er ihr. „Sei bitte sehr, sehr vorsichtig in Bezug auf Erikson. Und falls du lieber nicht mehr den Karateunterricht bei mir nehmen möchtest, könnte ich einen meiner fortgeschrittenen Schüler bitten, mit dir zu trainieren. Es wäre eine Schande, wenn du jetzt aufhören würdest."

„Das überlasse ich dir", stimmte sie freundlich zu.

Seine Miene verriet Misstrauen. „Es mag sein, dass du recht hast und ich wirklich in der Vergangenheit lebe", räumte er ein. „Aber die Wahrheit ist, dass ich keine Kinder will. Und unter dieser Voraussetzung zu heiraten wäre nicht richtig. Tut mir leid, Kirby. Sex ist nicht genug."

Sie spürte, dass das Blut aus ihren Wangen wich, und setzte dennoch ein tapferes Lächeln auf. „Nein, Sex ist wirklich nicht genug, da hast du recht", stimmte sie zu. „Also bis dann, Hugh."

Er nickte nur und blieb stumm, weil er seiner Stimme jetzt nicht traute.

Mit einem lauten Klicken fiel die Tür hinter Kirby ins Schloss. Hugh blieb noch einen langen Augenblick davor stehen und starrte sie an, bevor er sich abwandte und zu seiner eigenen Wohnung weiterging, die ihm noch nie so leer erschienen war wie heute.

Kirby lag fast die ganze Nacht wach und dachte über Hughs Worte nach. Irgendwie konnte sie den Mann, der gesagt hatte, Sex sei nicht genug, nicht mit dem unglaublich zärtlichen und aufmerksamen Liebhaber vereinen, als der er sich erwiesen hatte. Es war viel, viel mehr als körperliche Lust gewesen, was sie bei ihren leidenschaftlichen Umarmungen erfahren hatten. Aber das wollte Hugh nicht zugeben. Und irgendwie war er ihr ganz eigenartig verschlossen erschienen, als sie Lorna erwähnte.

Kirby wusste nicht, was vorging, aber es musste etwas mit ihrer Arbeit oder ihrer Stellung zu tun haben. Würde man ihr die Kündigung überreichen? Wusste Hugh etwas, was ihr selbst entgangen war?

Vielleicht hatte er einen Grund gehabt, ihr vorzuschlagen, dass sie sich selbstständig machen und Lornas Konkurrenzunternehmen eine eigenständige Werbekampagne anbieten sollte ...

Als Kirby am nächsten Morgen aufstand, war ein neuer Entschluss in ihr gewachsen. Sie würde nicht herumsitzen und darauf warten, dass man sie feuerte. Sie hatte eigene, sehr gute Ideen. Lorna mochten sie zwar nicht gefallen, aber sie kannte jemanden, bei dem das anders sein würde.

Sie reichte an diesem Morgen die Kündigung ein und bat Mack, den Lancasters noch nichts davon zu sagen. Er versprach es ihr, weil er wusste, dass Lornas bissige Bemerkungen dazu geführt hatten, dass Kirby nun in einem sehr schlechten Licht bei den Lancasters dastand.

Während der Mittagspause suchte Kirby die Firma „Reflections" auf, eine noch ziemlich junge Werbeagentur, deren Eigentümer einen sehr tüchtigen und ehrgeizigen Eindruck machte. Er stellte Kirby sofort ein, nachdem sie ihm einige ihrer Vorschläge unterbreitet hatte, und ging sogar so weit, ihr zusätzlich zu ihrem Gehalt noch eine Beteiligung an seinem Unternehmen anzubieten, falls sie neue Aufträge für ihn hereinbrachte.

Auf dem Rückweg zu ihrem Büro ließ Kirby die Schultern hängen, und ihre Füße schienen am Asphalt zu kleben. Hugh zu heiraten hätte sie einen halben Meter über dem Boden dahinschweben lassen, aber jetzt sah es so aus, als müsste sie sich mit beruflichem Erfolg begnügen. Wenn sie anfing, darüber nachzudenken, dass sie Hugh nun schon zum zweiten Mal verloren hatte, würde sie noch den Verstand verlieren.

Als Kirby sich anschickte, die Firma zu verlassen, war es schon sehr spät. Über den Aufregungen dieses hektischen Tages hatte sie Erikson vollkommen vergessen, ihre Gedanken kreisten ausschließlich um ihre neue Stellung, und sie freute sich schon auf den Tag, an dem sie zum letzten Mal das Gebäude der Lancaster Incorporation verlassen würde. Der Einzige, der ihr leid tat, war der arme Mack. Keine seiner Ideen und Vorschläge schienen Lorna zuzusagen, und heute hatte sie all ihren Ärger und ihre Frustrationen an ihm ausgelassen. Jeder im Büro hatte ihre spitzen Bemerkungen und ihre laute Kritik gehört.

Doch Mack war zuversichtlich. „Ich werde schon mit ihr fertig", hatte er Kirby versichert. „Wenn sie genug von mir hat, wird sie sich nach einer anderen Agentur umsehen, und dann haben die Lancasters das Nachsehen und nicht ich."

Kirby stimmte ihm von Herzen zu und konnte nicht umhin, eine leise Schadenfreude bei der Vorstellung zu empfinden, dass Lorna ihren Auftrag vielleicht einer anderen Agentur übergeben würde. Das würde Mrs Lancaster eine Lehre sein, dass sie Freundschaft und Geschäft nicht vermischen durfte, wenn sie das Wohl ihres Unternehmens nicht gefährden wollte. Indem sie ihrer Freundin Lorna gestattet hatte, sie zu manipulieren, hatte sie neue Aufträge von beträchtlichem Umfang aufs Spiel gesetzt und eine Angestellte verloren, die ihr hätte helfen können, diese Aufträge zu behalten.

Kirby dachte gerade an die Kunden, die sie für „Reflections", ihre neue Agentur, gewinnen würde, als ihr plötzlich auffiel, dass es schon sehr dunkel war und sie sich ganz allein auf dem Parkplatz befand.

Ihr Wagen stand jedoch in der Nähe, und der Platz war hell erleuchtet. Rasch schaute sie sich um, aber kein anderes Fahrzeug war in Sicht. Du leidest allmählich unter Verfolgungswahn, sagte sie sich ärgerlich, denn immerhin hatte Erikson sich den ganzen Tag nicht blicken lassen, und da war es ziemlich unwahrscheinlich, dass er jetzt im Dunkeln irgendwo auf der Lauer lag.

Sie hielt die Wagenschlüssel in der Hand, eingeklemmt zwischen ihren Fingern, was zur Not eine ernst zu nehmende Waffe darstellte. Mit raschen Schritten ging sie auf den Wagen zu, wobei sie sich immer wieder umsah. Als sie den Wagen aufschloss und bevor sie einstieg, warf sie einen Blick auf den Rücksitz. Er war leer. Gut. Sie stieg rasch ein und betätigte die Türsicherung. In Sicherheit! dachte sie aufatmend.

Obwohl nichts Verdächtiges im Wageninneren zu sehen war, schaute Kirby prüfend unter die Sitze und ins Handschuhfach. Dann startete sie den Motor und legte den ersten Gang ein. Kein Erikson war weit und breit zu sehen. Sie hatte sich völlig unnötige Sorgen gemacht.

Sie wendete den Wagen, zog ihn auf die Straße in den ruhig dahinfließenden Verkehr hinaus und fuhr zu ihrer Wohnung. Es war ein anstrengender, aber erfolgreicher Tag gewesen. Sie fragte sich, wie es Hugh ergangen sein mochte und ob Bob und Connie sich inzwischen ausgesprochen hatten. Es wäre so schade für den kleinen Mikey, wenn seine Eltern sich scheiden ließen. Sie alle taten Kirby leid – doch am meisten bemitleidete sie Hugh und sich selbst.

Als sie auf den Parkplatz ihres Apartmentgebäudes bog und den Motor abstellte, schaute sie sich wieder sehr sorgfältig um. Aber da andere Leute in der Nähe waren, entspannte sie sich wieder. Kein Grund zur Sorge, dachte sie, er wird es aufgeben und mich in Ruhe lassen. Sie war jetzt fast sicher, dass es so sein würde, und begann aufzuatmen.

Nachdem sie ihre Handtasche aus dem Wagen genommen hatte, schloss sie ihn ab und zog ihren Mantel noch fester um die Schultern, denn es war eine kühle Nacht. Und dann funkelten ihre Augen vor Freude, als sie an das einzige Vergnügen dachte, das ihr geblieben war – ihr neuer Job.

Sie betrat das Wohnhaus und stieg mit zwei anderen Mietern in den Aufzug. Niemand sprach. Im ersten Stock verließ sie den Lift und fragte sich, als sie über den Korridor ging, ob Hugh zu Hause sein mochte. Sie starrte seine Tür an, hielt jedoch nur einen winzigen Moment lang in ihren Schritten inne. Nein. Er hatte seine Gefühle klar und deutlich zu erkennen gegeben. Sie war nicht länger ein Teil seines Lebens. Vielleicht war er inzwischen sogar schon ausgezogen. Es blieb ihr nichts anderes mehr übrig, als endlich zu lernen, ohne ihn zu leben.

Sie schloss ihre Apartmenttür auf, trat ein und schloss wieder ab, wobei ihr flüchtig der Gedanke kam, dass der Schlüssel sich heute Abend ungewöhnlich leicht umdrehen ließ. Nachdem sie das Licht in der Eingangshalle eingeschaltet hatte, ging sie in ihr Schlafzimmer, um sich umzuziehen.

Doch kaum hatte sie den Raum betreten, schlang sich von hinten ein Arm um ihren Nacken und schnürte ihre Kehle zu.

„Hallo, Miss Campbell." Eine vertraute Stimme kicherte gehässig. „Dachten Sie etwa, ich hätte Sie vergessen? Niemals! Heute ist Zahltag, Blondie."

Kirbys Herz klopfte zum Zerspringen, ihre Knie fühlten sich an, als ob sie sich in Wachs verwandelt hätten. Erikson tat ihr weh, und gleich würde er ihr ganz die Luft abschnüren. Sie musste kühlen Kopf bewahren. Wenn sie in Panik geriet, war alles vorbei.

„Mr Erikson – dafür werden Sie ins Gefängnis gehen." Ihre Lippen waren wie ausgetrocknet, als sie die Warnung aussprach.

„Glauben Sie? Es wird mein Wort sein, das gegen Ihres steht. Niemand wird Ihnen glauben." Seine freie Hand glitt dreist über ihren Busen. „Nett. Wirklich nett …"

Jetzt oder nie, dachte sie. Jetzt oder nie. Ihr Herz klopfte noch wilder, als sie den Ellbogen zurückzog und ihn dann so hart, wie sie nur konnte, in Eriksons Magengrube stieß. Sein heftiges Luftschnappen und die Tatsache, dass er seinen Griff um ihren Nacken lockerte, bewiesen ihr, dass ihre Taktik Wirkung zeigte.

Kirby wirbelte herum und wandte einen Trick an, den Hugh ihr beigebracht hatte. Nachdem sie ihr Knie mit voller Wucht in Eriksons Unterleib gerammt hatte, warf sie sich mit ihrem ganzen Gewicht auf ihn. Und tatsächlich schwankte er und stürzte hart auf den Boden.

Und nun bloß fort! hörte sie eine innere Stimme sagen – versuch bloß nicht, die Heldin zu spielen!

So schnell sie konnte, rannte Kirby zur Eingangstür. Sekundenlang fummelte sie am Schloss herum, aber dann gelang es ihr, die Tür zu öffnen, und sie stürzte aus der Wohnung auf den Korridor hinaus, wo sie mit beiden Händen gegen Hughs Tür hämmerte und schrie, so laut sie konnte. Aber er war anscheinend nicht zu Hause. Der Korridor war leer und verlassen, und aus ihrer Wohnung hörte sie bedrohlich klingende Geräusche.

Von Panik erfasst, rannte Kirby auf den Lift zu und drückte mehrmals auf den Rufknopf. Aber der Aufzug rührte sich nicht. Obwohl sie sich an Hughs Warnung erinnerte, Treppenhäuser zu meiden, war sie jetzt zu aufgeregt und verängstigt, um seinen Rat zu beherzigen. Die Treppe war der einzige Fluchtweg, der ihr noch blieb.

Sie rannte zu ihr hinüber und stolperte, als sie die ersten Stufen erreichte. Das schmerzhafte Ziehen in ihrem Knöchel machte jeden weiteren Schritt zur Qual. Sie atmete jetzt heftig und unregelmäßig, und jeder Atemzug tat weh. Ein Schluchzen stieg in ihrer Kehle auf, als sie das Erdgeschoss erreichte und in die Halle hinausstürmte.

Der Nachtwächter runzelte die Stirn, als er sie sah, und kam sofort auf sie zu, eine Hand auf der Waffe an seiner Hüfte.

„Alles in Ordnung, Miss Campbell?“, erkundigte er sich ruhig. „Was ist passiert?“

„In … meiner Wohnung. Ein Mann. Er hat mich angegriffen“, erwiderte sie keuchend.

Ein harter Zug erschien um den Mund des Wächters, er führte Kirby ins Büro des Hausmeisters und übergab sie der Obhut eines Angestellten. Als Kirby sich aufatmend auf einem der Stühle niedergelassen hatte, kehrte der Wächter in die Halle zurück und wandte sich zur Treppe.

Kirby wusste, was er dort finden würde. Nichts. Erikson war viel zu durchtrieben, um sich erwischen zu lassen. Er war mit Sicherheit längst verschwunden und würde ihr nun blutige Rache schwören. Sie hatte empfindlich seinen Stolz verletzt. Von nun an würde es kein Spiel mehr für ihn sein, jetzt würde er nicht eher ruhen, bis er sie umgebracht hatte …

Übelkeit stieg in ihr auf und würgte sie; der junge Angestellte konnte ihr gerade noch rechtzeitig den Weg zur Toilette zeigen. Kirby war leichenblass, als sie ins Büro zurückkehrte, wo sie dem Wächter begegnete, der mit grimmiger Miene von seiner Inspektionsrunde zurückkehrte.

„Ich wusste, dass er nicht mehr da sein würde“, flüsterte sie bedauernd.

„Er ist über den Balkon verschwunden. Aber jemand müsste ihn gesehen haben“, sagte der Nachtwächter. „Niemand wird sich so etwas straflos in meinem Gebäude erlauben“, fügte er hinzu. „Gibt es jemanden, bei dem Sie heute Nacht bleiben könnten, Miss Campbell? Es wäre mir sehr unangenehm, Sie allein wieder dort hinaufzuschicken.“

Kirby lachte bitter. Es war ihr noch nie zuvor in ihrem Leben so deutlich zu Bewusstsein gekommen, dass sie niemanden hatte, außer vielleicht einer guten Bekannten wie Betty. Sie hatte keine Verwandten, die sie aufnehmen konnten, und der Himmel mochte wissen, wo sich ihre Mutter gerade aufhielt.

„Nein“, sagte sie leise und blinzelte energisch die aufsteigenden Tränen fort. „Ich habe niemanden.“

Der Mann wirkte besorgt und runzelte die Stirn, während er versuchte, sich eine Lösung des Problems einfallen zu lassen. „Wir müssen die Polizei verständigen“, meinte er schließlich.

Kirby fühlte sich zu schwach, um Einspruch zu erheben. Ihre Willenskraft war an einem Tiefpunkt angelangt.

Zwei Polizisten kamen und befragten sie. Sie gab ihnen eine genaue Beschreibung von Erikson, erklärte ihnen, worum es ging, und nannte ihnen die Namen der Leute in ihrem Büro, die von der Sache wussten – unter anderem Hughs.

„Wir schnappen uns den Kerl“, erklärte ein junger Beamter kalt. „Er kann nicht schwer zu finden sein.“

„Gut, dass Sie sich wenigstens zu verteidigen wissen, Miss Campbell“, fügte sein älterer Partner hinzu. „Ich habe meiner Tochter die Techniken schon beigebracht, als sie noch ein kleines Mädchen war. Sie können sehr nützlich sein.“

„Das kann man wohl sagen“, stimmte sie mit einem schwachen Lächeln zu.

„Ich habe Unterstützung von unserem Sicherheitsdienst angefordert“, berichtete der Nachtwächter des Gebäudes, als er mit angespannter Miene zu ihnen zurückkehrte. „Er wird die ganze Nacht lang draußen vor Ihrer Wohnung Wache halten, Miss Campbell. Sie brauchen keine Angst zu haben.“

Nun vermochte sie die Tränen nicht mehr zurückzuhalten. „Das ist sehr nett von Ihnen“, flüsterte sie.

Er machte ein verlegenes Gesicht. „Sie sind eine Mieterin“, entgegnete er. „Wir können nicht zulassen, dass unsere Mieter belästigt werden. Aber weinen Sie doch nicht, Miss Campbell. Es ist vorbei. Sie können jetzt ganz beruhigt sein.“

Die kleine Menschenansammlung in der Eingangshalle erregte Hughs Neugier, als er das Apartmenthaus betrat. Er kam heute sehr viel später als sonst, da er einige Bewerber interviewt hatte und zu einem Einbruch gerufen worden war, der sich als falscher Alarm erwiesen hatte. Er war todmüde nach diesem anstrengenden Tag und machte sich die schlimmsten Vorwürfe des Verhaltens wegen, das er Kirby gegenüber an den Tag gelegt hatte. Zum Teufel mit Lorna, dachte er jetzt, er würde nicht zulassen, dass sie sein Leben dirigierte oder Kirby bedrohte! Und genau das hatte er ihr auch gesagt. Und falls es ihr einfiele, Kirby bei den Lancasters schlechtzumachen, hatte er drohend hinzugefügt, wüsste er einiges, was er ihnen über Lorna erzählen konnte.

Damit hatte sie ganz offensichtlich nicht gerechnet. Sie war blass geworden und hatte gute zehn Minuten lang getobt, doch zum Schluss hatte sie kapituliert. Es gäbe noch andere Männer in ihrem Leben, hatte sie hochmütig erklärt; sie habe es nicht nötig, alte Beziehungen aufzuwärmen, um nicht allein zu sein, und im Übrigen wolle sie ihn sowieso nicht haben.

Sie hatte Hugh ziemlich leidgetan, aber nicht genug, um bei ihr zu bleiben. Er fühlte sich schuldig, weil er Kirby so schlecht behandelt hatte, und er hatte sich auch einige Gedanken über seine Einstellung zur Ehe gemacht. Weil er an seine Mutter dachte, reagierte er so heftig, hatte Kirby gesagt, und er wusste jetzt, dass sie recht hatte. Mit der Absicht, es ihr zu sagen und ihr dann vorzuschlagen, noch einmal einen Neubeginn zu wagen, war er nach Hause gefahren. Und diesmal würde es keine Geheimnisse mehr zwischen ihnen geben. Welchen Problemen auch immer sie begegnen mochten, gemeinsam würden sie eine Lösung für sie finden.

Die kleine Versammlung vor dem Hausmeisterbüro lenkte ihn jedoch von seinen guten Vorsätzen ab. Neugierig ging er auf die Leute zu. Und da sah er plötzlich Kirbys leichenblasses Gesicht und ihre zerrissene Bluse. Erikson!

Er drängte sich an den Polizeibeamten vorbei, nahm Kirby wortlos in die Arme und zog sie an seine Brust.

„Alles in Ordnung, Kirby?“, fragte er erregt.

Sie hielt sich ganz unnatürlich steif in seinen Armen, machte jedoch keinen Versuch, ihn fortzustoßen. „Erikson wartete oben in der Wohnung. Zum Glück erinnerte ich mich an alles, was du mir beigebracht hattest, und es gelang mir, zu fliehen. Aber jetzt ist er fort. Sie suchen ihn.“

Hugh hob den Kopf und schaute sie prüfend an. Sie hielt eine tapfere Fassade aufrecht, doch was er in ihren Augen sah, war nackte Angst.

„Verdammter Schurke!“, zischte er mit zusammengebissenen Zähnen.

„Wir haben einen zusätzlichen Wachmann angefordert, der sich vor Miss Campbells Wohnungstür postieren soll“, begann der Nachtwächter.

„Zum Teufel damit! Ich bringe sie zu meinem Bruder und meiner Schwägerin. Dort ist sie sicher“, erklärte Hugh abrupt.

„Das wäre das Beste, was Sie tun könnten“, stimmte einer der Polizeibeamten erleichtert zu. „Wir werden den Kerl natürlich schnappen, aber in der Zwischenzeit wird sie sicherer sein, wo er sie nicht finden kann.“

„Ich kümmere mich um sie, keine Sorge.“ Hugh wandte sich an den Nachtwächter. „Vielen Dank“, fügte er rau hinzu.

Der andere Mann zuckte die Schultern und lächelte erleichtert. Miss Campbell war eine nette junge Frau, und ihr Verehrer sah ganz so aus, als ob er imstande wäre, sie zu beschützen.

10. KAPITEL

Während Kirby sich in ihrer Wohnung umzog und packte, rief Hugh seinen Bruder an und berichtete ihm, was sich ereignet hatte.

„Bring sie her“, sagte Bob ruhig. „Connie und Mikey kommen heute wieder nach Hause.“

„Und Teresa?“, fragte Hugh.

„Ich war ein Narr“, erwiderte Bob leise. „Connie weigert sich, mit mir zu sprechen, aber ich denke, wenn du Kirby herbringst, wird es uns allen eine Hilfe sein.“

„Ja. Bis dann, Bob. Und vielen Dank.“

Als Hugh auflegte, sah er, dass Kirby noch immer in der Tür zum Schlafzimmer stand und sich noch nicht umgezogen hatte.

„Wolltest du dich nicht umziehen?“, fragte er sanft.

„Ich möchte nicht allein dort hineingehen“, sagte sie mit einem verlegenen Lachen. „Albern, was?“

„Keineswegs. Ich finde, dass du sehr tapfer bist“, entgegnete er lächelnd.

Sie erwiderte das Lächeln. „So komme ich mir gar nicht vor. Ich hatte solche Angst, dass ich mich übergeben musste.“

„Kein Wunder.“ Er begleitete sie ins Schlafzimmer. „Was möchtest du anziehen?“

Sie nahm Jeans und ein T-Shirt aus dem Schrank. Bevor sie jedoch anfangen konnte, sich auszuziehen, begann Hugh sie zu entkleiden.

Mit großen, staunenden Augen schaute sie zu ihm auf.

Er lächelte sie zärtlich an. „Daran könnte ich mich gewöhnen“, bemerkte er, als er sie bis auf die Unterwäsche ausgezogen hatte. „Sie haben eine fantastische Figur, Miss Campbell.“

„Mir ist ganz schwach in den Knien.“

„Wirklich?“ Er zog sie an sich und küsste sie mit besonderer Zärtlichkeit. Seine Hände glitten zu ihren Hüften hinunter, er spreizte die Daumen über ihren flachen Bauch. Während er sie auf liebevollste Weise streichelte, suchten seine Augen ihren Blick. „Mir geht es genauso“, sagte er. „Meine Knie zittern schon, wenn ich dich nur küsse.“

Kirby lachte. „Das ist nicht wahr!“

Sanft rieb er seine Nasenspitze an ihrer. „Woher willst du das wissen? Du siehst meine Knie ja nicht.“

Sie holte plötzlich tief Atem, und ein besorgter Ausdruck erschien auf ihrem Gesicht. „Als du mit Bob sprachst, hatte ich den Eindruck, dass Connie wieder nach Hause zurückgekehrt war. Ist das richtig?"

„Ja, anscheinend", erwiderte Hugh erleichtert. „Bob scheint wieder zur Vernunft gekommen zu sein."

„Und sie vermutlich auch." Kirby hob ihre Hand an Hughs Gesicht und ließ sie zärtlich über seine Wange gleiten. Ihre Sehnsucht und ihr Verlangen nach ihm waren so intensiv, dass ihr die Tränen kamen. „Ich wünschte …", begann sie mit leiser Stimme.

„Was?", fragte Hugh.

Sie zog ihre Hand zurück. „Nichts. Wir sollten uns jetzt lieber auf den Weg machen."

„In diesem Aufzug?", fragte er und ließ seinen Blick lächelnd über ihren halb entblößten Körper gleiten. „Wir würden mit Sicherheit verhaftet werden."

„Wenn du mich loslässt, ziehe ich mich an."

„Nein, das wäre eine Schande", murmelte er. „Einen solch schönen Körper zu bedecken, müsste als Verbrechen gelten."

Sie errötete und lachte. „Hugh!"

Er legte seine Hände um ihr Gesicht und küsste sie mit unverhohlener Leidenschaft. „Wir könnten uns lieben, bevor wir fahren", flüsterte er heiser, und seine Hände glitten zu ihren Brüsten hinauf und umschlossen sie besitzergreifend. „Möchtest du das, Kirby?"

„Wir sind doch übereingekommen, dass es besser ist, wenn wir unsere Beziehung beenden", protestierte sie schwach.

„Das war vorher", murmelte er an ihren Lippen.

„Vorher?"

„Bevor mir klar wurde, wie gern ich ein Baby mit dir hätte."

Ihr Körper versteifte sich in seinen Armen. Sie hob den Blick zu ihm und schaute in seine dunklen Augen. „Was?"

Er beugte sich vor und hob sie auf seine Arme. „Du würdest natürlich trotzdem weiterarbeiten müssen", sagte er, als er sie zum Bett trug. „Ich verdiene gut, aber mit zwei Gehältern könnten wir uns natürlich sehr viel mehr leisten. Außerdem wäre es klüger, wenn du finanziell unabhängig von mir wärst. Wir könnten uns eine Kindertagesstätte suchen, die uns beiden zusagt, und ich würde lernen, Windeln zu wechseln und unser Kind zu füttern … Vorausgesetzt natürlich, dass du es nicht lieber selbst tun möchtest", fügte er mit einem sinnlichen Lächeln hinzu und senkte den Blick vielsagend auf ihre Brüste.

Kirby glaubte zu träumen. „Oh ja, sehr gern sogar, Hugh“, wisperte sie. „Du ahnst ja nicht, wie gern! Es wäre die Erfüllung meines größten Wunsches ...!“

Er beugte sich über sie und drückte sie sanft auf die Matratze nieder. Sein Mund suchte ihre Lippen, seine Hände streiften ihr behutsam die zarte Unterwäsche ab und entblößten ihren Körper seinen Augen und seinen Lippen.

„Ich liebe dich, Kirby“, flüsterte er. „Es war der Gedanke an eine Familie, der mich beunruhigte. Ich wusste nicht einmal, warum, bis du mir zu Bewusstsein brachtest, welch schlimme Narben meine eigene Kindheit in mir hinterlassen hatte. Aber ich glaube, dass ich es mit der Zeit überwinden werde. Es gibt nur eins, was ich niemals könnte, und das ist, dich zum zweiten Mal in diesem Leben zu verlassen. Wie du siehst, bleibt uns also nichts anderes übrig, als das Beste aus unserer Situation zu machen.“

„Das werden wir. Ganz sicher, Hugh.“ Kirby legte ihr ganzes Herz in ihre Augen, als sie zu ihm aufschaute. „Hugh?“

„Hm?“, murmelte er an ihrer Kehle.

„Könntest du dich bitte ausziehen?“

Er lachte leise. „Warum nicht? Willst du zusehen?“

Ihr stockte der Atem. „Ja“, sagte sie und schaute mit großen, sehnsüchtigen Augen zu ihm auf.

Er lachte etwas unsicher, als er aufstand und alles abstreifte, was seinen beeindruckenden Körper vor ihr verbarg. Als er zum Bett zurückkehrte, erschauerte sie in freudiger Erwartung, denn inzwischen wusste sie, welch sinnliche Freuden er ihr schenken konnte.

Als er sich neben ihr niederließ und sie fast ehrfürchtig betrachtete, glühten seine dunklen Augen vor Freude über das, was sie verband. „Wir können uns schützen, wenn es dir lieber ist“, schlug er vor.

Sie zog ihn liebevoll auf sich herab. „Du scheinst dir sehr sicher zu sein, dass ich nicht gleichzeitig eine gute Mutter und Ehefrau sein kann“, meinte sie lächelnd. „Warum lässt du dir von mir nicht das Gegenteil beweisen, Hugh?“

„Oh Darling“, flüsterte er bewegt und senkte seinen Mund auf ihre Lippen, „es gibt nichts, was mich mehr freuen würde!“

Sie schlang die Arme um seinen breiten Rücken und zog seinen Körper noch fester an sich. Für schier endlose Minuten verloren sie sich in den sanften Liebkosungen, die den Auftakt zu einem aufreizenden

Liebesspiel darstellten. Eine ganz neue Zärtlichkeit haftete jetzt ihren Umarmungen an, doch die Leidenschaft, die sie verband, war ihnen so vertraut wie die schwindelerregende Ekstase auf dem Höhepunkt ihrer Lust.

„Mein Gott", stöhnte Hugh an ihren Lippen, als er wohlig ermattet auf sie sank. „Kann es ein, dass das nur ein Traum ist?"

„Ich hoffe nicht", erwiderte sie, verschränkte die Beine um seine Schenkel und drückte ihr Gesicht an seinen Hals. „Ich glaube, die ganze Welt hat eben gerade gebebt."

Er lachte. „Die Welt und noch einiges andere", erwiderte er trocken. „Ich mag es, wenn du mich nimmst. Ich liebe dich."

„Dann zeig es mir noch einmal", murmelte er dicht an ihrem Mund und bewegte in aufreizender Art die Hüften. „Lass mich aufschreien vor Lust, Kirby."

„Aber ist das überhaupt möglich ... Ein zweites Mal, meine ich?", fragte sie unsicher.

Er bewegte sich von Neuem und lachte über ihren fassungslosen Blick. „Lass sehen", sagte er lächelnd und machte sich daran, es ihr zu beweisen.

Drei Stunden später als erwartet trafen Kirby und Hugh bei Bob und Connie ein.

„Wir hatten uns schon Sorgen gemacht", meinte Bob, als sie in der Einfahrt aus dem Wagen stiegen. „Alles in Ordnung, Kirby?"

„Oh ja, natürlich", versicherte sie lächelnd. „Ich bin bloß ein bisschen erschöpft, aber das ist wohl normal."

„Sie hat Erikson glatt aufs Parkett gelegt", fügte Hugh stolz hinzu und war froh, dass sein Bruder im Dunkeln nicht sehen konnte, wie er errötete. „Ich bin dir sehr dankbar, dass du bereit warst, uns aufzunehmen."

„Wozu hat man eine Familie?", entgegnete Bob freundlich. „Connie, sie sind da!"

Seine Frau kam aus dem Haus. Sie trug ein Kleid und wirkte so feminin, dass Hugh sich vorbeugte, um sie genauer zu betrachten. „Connie?", fragte er erstaunt.

Sie warf ihm einen ärgerlichen Blick zu. „Ja, natürlich, wer sonst? Oder erkennst du mich ohne meinen ölverschmierten Overall nicht mehr?", fragte sie spöttisch.

Hugh grinste. „Nein, wenn ich es recht bedenke, nicht", neckte er sie gutmütig.

Connie hielt fest die Arme über der Brust verschränkt und vermied es, ihren Mann anzusehen. Sie löste sie erst, als sie zu Kirby hinüberging und sie umarmte. „Alles in Ordnung, Liebes?", fragte sie besorgt.

„Ja", versicherte Kirby. „Wir sind verlobt", berichtete sie ihren Freunden.

„Das habt ihr uns bereits erzählt, erinnerst du dich nicht?", fragte Connie amüsiert.

Natürlich. Sie konnten ja nicht wissen, dass die Verlobung zwischenzeitlich aufgelöst worden war. Kirby und Hugh wechselten einen Blick und lächelten.

„Es wäre sinnlos, Vernunft von euch beiden zu erwarten", erklärte Bob grinsend. „Kommt herein und lasst uns eine Tasse Kaffee trinken und ein Stück Kuchen essen. Mikey ist schon zu Bett gegangen."

„Es ist mein Kuchen, nicht Teresas", sagte Connie in scharfem Ton zu Bob, der ein verlegenes Gesicht machte. „Ich habe ihn gebacken. Ich kann nämlich auch kochen."

„Ich habe nie behauptet, Liebling, dass du es nicht kannst!"

„Ha!", erwiderte sie nur und ging ins Haus voran.

„So ist sie, seit sie zurückgekommen ist", bemerkte Bob unglücklich. „Sie behandelt mich wie einen Ehebrecher. Dabei schwöre ich bei allem, was mir heilig ist, dass ich Teresa nie angerührt habe."

„Hast du es Connie gesagt?"

„Als ob sie mir zuhören würde!", murmelte er.

„Wenn du es ihr auf die richtige Art klarmachst, wird sie es tun", meinte Hugh mit einem liebevollen Blick auf Kirby, die Connie in die Küche gefolgt war.

Bob schaute seinen Bruder neugierig an. „Ist es dir diesmal Ernst damit, Kirby zu heiraten?"

Hugh blieb stehen und schob die Hände in die Hosentaschen. „Todernst", bekräftigte er. „Ich glaube, mein Problem war, dass unsere traurige Kindheit mich sehr viel stärker belastet hat als dich, Bob", fügte er nachdenklich hinzu. „Der Gedanke, ein Kind in die Welt zu setzen, das von seiner Mutter wie eine lästige Bürde behandelt wird, war mir einfach unerträglich."

„Ich kann mir nicht vorstellen, dass Kirby wie unsere Mutter wäre", entgegnete Bob entschieden. „Kirby war schon immer ein sehr mütterlicher Frauentyp."

„Nicht mehr", erwiderte Hugh mit unverhohlenem Stolz. „Sie besitzt einen wachen Verstand, den sie auch benutzen sollte. Sie ist einer der besten Karateschüler, die ich je gehabt habe", fügte er mit einem leisen Lachen hinzu. „Als Erikson sie angriff, hat sie ihn kaltblütig außer Gefecht gesetzt." Hughs Augen funkelten plötzlich vor Zorn. „Dieser verdammte Kerl! Ich hoffe wirklich, dass wir ihn für lange Zeit einsperren können. Wenn Kirby nicht gewusst hätte, wie sie sich zu verhalten hatte, wäre das Mindeste, was ihr zugestoßen wäre, eine Vergewaltigung gewesen. Und vielleicht hätte er sie sogar umgebracht."

Bob runzelte die Stirn. „Was hat sie ihm denn angetan, dass er sie mit einem solchen Hass verfolgt?"

„Er war Sicherheitsbeauftragter in ihrer Firma, und Kirby ließ es sich nicht gefallen, dass er sie wie eine Prostituierte behandelte und ständig vulgäre Bemerkungen von sich gab. Was er im Übrigen nicht nur bei ihr tat, sondern auch bei anderen Frauen im Büro", fügte Hugh kopfschüttelnd hinzu.

Bob zog die Augenbrauen hoch. „Wieso hat er bei einem solchen Verhalten nicht schon früher seinen Job verloren?"

„Weil die Frauen früher über derartige Belästigungen lieber schwiegen. Heute jedoch fangen sie an, sich dagegen zu wehren, und das ist auch richtig so. Weißt du, Anfang des Jahrhunderts besaßen sie vielleicht nicht die gleiche Freiheit wie die Männer, aber man brachte ihnen wenigstens Respekt entgegen. Ein Mann, der eine Frau beleidigte – ob sie nun verheiratet oder ledig war – musste mit empfindlichen Konsequenzen rechnen. Heute dagegen erlauben manche Männer sich den Frauen gegenüber einen Ton und eine Sprache, dass du überrascht sein würdest, wenn du es hören könntest."

„Glaubst du das wirklich?", entgegnete Bob trocken. „Hast du noch nie gehört, was Connie alles von sich gibt, wenn sie sich mit dem Hammer auf den Daumen haut?"

Hugh klopfte seinem Bruder mitfühlend auf die Schulter. „Ich glaube, ich weiß, was du meinst", versicherte er ihm schmunzelnd.

Kirbys schlimmes Erlebnis war der Hauptgesprächsstoff jenes Abends, doch trotz des traurigen Themas war Bob belustigt über die Blicke, die sie ab und zu mit Hugh wechselte.

„Ich nehme an, ihr habt immer noch keinen Hochzeitstermin festgesetzt", bemerkte er schließlich lächelnd.

„Doch, nächste Woche", erwiderte Hugh leichthin und lächelte, als er Kirbys Überraschung sah. „Vorausgesetzt natürlich, du bestehst nicht auf einer großen Hochzeit, Darling."

„Nein, Hugh, ich will nur dich", erwiderte sie. „Ein Friedensrichter und ein schlichter Ehering genügen mir."

„So war es bei Connie und bei mir auch", sagte Bob und richtete prüfend den Blick auf seine ungewöhnlich stille Frau. „Wir waren Freunde, lange bevor wir heirateten, saßen nächtelang zusammen und redeten ununterbrochen. Und erst als Mikey auf dem Weg war, begann für uns das eigentliche Leben. Er hat die ganze Welt für uns verändert."

Connie schluckte und holte tief Luft. Ihr Blick verriet deutlich, wie sehr sie in der letzten Zeit gelitten hatte. „Und du warst bereit, zehn schöne Jahre für ein kleines Mädchen aufzugeben, das gern Hausfrau spielte!"

Bobs Gesicht verhärtete sich. „Zumindest hatte sie Spaß daran."

„Im Moment vielleicht noch", stimmte Connie zu. „Aber sie ist noch sehr jung. In ein paar Jahren wird sie begreifen, dass eine Frau eine eigenständige Persönlichkeit sein muss und nicht nur die bessere Hälfte ihres Mannes. Sich neue Rezepte auszudenken wird ihr dann auch nicht mehr genug sein."

„Ein Haus sauber zu halten und Kinder zu erziehen, die Liebe und Aufmerksamkeit brauchen, hat den Frauen früher auch gereicht", entgegnete Bob verstimmt.

„Natürlich", gab seine Frau mit einem traurigen Lächeln zu. „Aber wie du schon sagtest, das war früher. Die Welt hat sich verändert, Bob. Als ich arbeitete, konnte ich mir sehr viele schöne Dinge leisten, die wir uns früher nicht erlauben konnten, und das hat mich vielleicht für andere Dinge blind gemacht."

Sie zuckte die Schultern und warf Bob einen unsicheren Blick zu. „Fast hätte ich meine Familie dabei verloren. Inzwischen weiß ich, dass ich zwar gern Mechanikerin sein möchte, aber ich habe auch gelernt, dass es mir nicht wichtiger ist als du und Mikey."

Bob starrte auf die Kaffeetasse in seiner Hand. „Ich möchte mich in meinem Alter nicht mehr an einen neuen Menschen gewöhnen müssen", murmelte er.

Connie lächelte. „Ich könnte mir einen Job in einer Werkstatt suchen …"

Bob schaute verwundert auf. „Wieso, du kannst in deiner eigenen Werkstatt im Hof arbeiten", erklärte er steif. „Aber dann solltest du wenigstens samstags und mittwochs schließen, damit wir diese Tage und den Sonntag im Familienkreis verbringen können. Vielleicht wäre es auch gar nicht schlecht, wenn wir jemanden einstellten, der das Haus in Ordnung hält."

Bevor Connie etwas sagen konnte, fügte er rasch hinzu: „Ich kenne einen jungen Mann, der gern kocht und auch sauber machen würde. Er ist der Sohn von Mrs Jones und könnte das Geld gebrauchen, weil er nach dem Schulabschluss auf eine dieser französischen Kochschulen gehen will."

Connie war fassungslos. „Ich denke, du hasst meine Arbeit?"

„Ich war eifersüchtig darauf", gestand er lächelnd. Dann schaute er seinen Bruder an. „Ich glaube, Hugh und ich haben nie genug darüber gesprochen, wie wir aufgewachsen sind. Wir hatten kein glückliches Familienleben und haben nie so etwas wie Nestwärme oder mütterliche Zärtlichkeit gekannt. Und jetzt, vermute ich, müssen wir einfach lernen, dass eine Ehe das ist, was man aus ihr macht."

Connies Gesicht hatte sich aufgehellt. Sie errötete, als Bob sie zärtlich anlächelte, und er lachte leise. „Es ist gar nicht so schlecht, einen Mechaniker in der Familie zu haben. Selbst wenn mein eigener Wagen fast auseinanderfällt", fügte er lächelnd hinzu.

„Ich kann ihn jederzeit in Ordnung bringen", bot Connie eifrig an.

„Ich weiß."

Kirby spürte Hughs Hand auf ihrer und war dankbar für den aufmunternden Druck seiner Finger. Als sie ihn anschaute, legte sie ihr ganzes Herz in ihren Blick, und ihm stockte vor Glück der Atem.

„Wo werdet ihr wohnen, wenn ihr verheiratet seid?", fragte Bob und brach damit den Bann, der sie gefangen hielt.

„Der Sicherheitsdienst ist nicht schlecht in unserem jetzigen Wohnhaus", erwiderte Hugh schmunzelnd. „Und ob wir in meinem Apartment leben oder in Kirbys, ist mir egal. Mit ihr würde ich sogar in eine Lehmhütte ziehen", fügte er ernst hinzu.

„Das Gleiche gilt auch für mich", sagte sie zärtlich.

„Bis die Kinder kommen", fuhr er ruhig fort und schaute Kirby dabei in die Augen. „Dann sollten wir vielleicht doch in ein Haus umziehen. Ein Haus mit einem großen Garten natürlich, damit wir uns auch einen Hund anschaffen können."

Kirby war so gerührt über Hughs Worte, dass ihr die Tränen kamen. Aber es waren Freudentränen.

„Werdet ihr auch weiterhin bei Lancaster arbeiten?", fragte Connie neugierig.

Kirby hielt verblüfft den Atem an. „Oh – fast hätte ich es vergessen!“, rief sie aus und erzählte ihnen rasch von ihrer Kündigung und ihrer neuen Stellung bei „Reflections“.

Hugh lachte. „Und ich dachte, du hättest nicht einmal zugehört, als ich den Vorschlag machte!“

„Natürlich habe ich zugehört“, erwiderte Kirby lächelnd. „Übrigens sagte Mack mir, dass Mrs Lancaster die ganze Sache schon sehr bald bereuen wird, weil Lorna sich nämlich bereits überlegt, ob sie ihren Werbeetat nicht einer anderen Agentur übertragen soll.“

„Das überrascht mich nicht“, sagte Hugh. „Es tut mir nur leid, dass Lorna dich so gequält hat. Hoffentlich glaubst du mir, wenn ich dir versichere, dass sich zwischen uns nichts abgespielt hat.“

„Oh, natürlich glaube ich dir“, versicherte Kirby schnell, denn es wäre unmöglich für sie gewesen, etwas anderes zu glauben, wenn er sie auf diese Weise ansah und sein Gesichtsausdruck seine tiefsten Gefühle offenbarte.

„Was werden sie mit diesem Mann tun, wenn sie ihn gefasst haben?“, erkundigte Connie sich besorgt. „Glaubt ihr, dass die Polizei genug Beweise besitzt, um ihn für längere Zeit ins Gefängnis zu bringen?“

Hugh dachte an Eriksons zahlreiche Prozesse, bei denen er stets ungeschoren davongekommen war, und begann sich sehr zu sorgen. „Ich hoffe es“, sagte er leise.

Kirbys Gedanken bewegten sich in ähnlicher Richtung; sie umklammerte Hughs Hand und zwang sich, nicht über Erikson nachzudenken. Möglicherweise standen ihr langwierige Gerichtsverfahren und hohe Anwaltskosten, die sie ruinieren würden, bevor.

„Mach dir keine Sorgen“, sagte Hugh leise, beugte sich zu ihr vor und küsste sie auf die Stirn. „Wir werden für alle Probleme eine Lösung finden. Das verspreche ich dir.“

Hugh und Kirby blieben über Nacht und trennten sich nur sehr widerstrebend, als sie ins Gästezimmer ging und er es sich auf der Wohnzimmercouch gemütlich machte. Nicht einmal zum Schlafen wollte Kirby von ihm getrennt sein. Ihm schien es ähnlich zu ergehen, denn in den frühen Morgenstunden kam er zu ihr, hob sie aus dem Bett und trug sie zum Sofa, wo er sie bis zum Tagesanbruch in den Armen hielt.

So fanden Connie und Bob sie, als sie aufstanden. Eng umschlungen und nachsichtig lächelnd blieben sie vor Hugh und Kirby stehen und betrachteten sie nachdenklich.

„Weißt du noch, wie es war?“, fragte Bob verhalten. „So verliebt zu sein, dass man es nicht ertrug, auch nur für wenige Stunden getrennt zu sein?“

„Oh ja.“ Connie stellte sich auf die Zehenspitzen und küsste ihn. „Mir geht es heute noch so. Deshalb bin ich nach Hause gekommen.“

Bob lächelte und zog sie an sich. „Ich kann auch nicht ohne dich sein, Connie. Ich bin froh, dass wir beide rechtzeitig zur Besinnung gekommen sind.“

„In einer Ehe muss man Kompromisse schließen, sonst wird sie nie Bestand haben. Mikeys wegen und uns selbst zuliebe bin ich froh, dass wir beide vernünftig genug dazu waren.“

Er lachte. „Nach der vergangenen Nacht bin ich mir gar nicht mehr so sicher, dass ich ein vernünftiger Mensch bin. Im Gegenteil, ich komme mir eigentlich mehr wie ein liebeskranker Teenager vor.“ Er beugte sich vor und flüsterte ihr ins Ohr: „Hast du das wirklich getan, oder habe ich es nur geträumt?“

Sie errötete heftig. „Bob!“

Ihr Ausruf weckte Hugh und Kirby. Blinzelnd öffneten sie die Augen und starrten ihre Gastgeber an. Hugh lächelte verlegen. „Es ist nicht das, wonach es aussieht …“

„Für mich sieht es wie zwei sehr verliebte Menschen aus“, wandte Bob schmunzelnd ein. „Aber kommt jetzt in die Küche und trinkt eine Tasse Kaffee mit uns, ihr Narren!“

Später an diesem Tag kehrten Hugh und Kirby nach San Antonio zurück, denn beide waren begierig, herauszufinden, was aus Erikson geworden war. Was sie dann jedoch erfuhren, schockierte sie.

„Sehr tragisch, in gewisser Weise“, sagte der Polizeileutnant, mit dem sie auf der Wache sprachen. „Er fuhr viel zu schnell, durchbrach das Brückengeländer und stürzte in den Fluss. Wir haben ihn erst vor wenigen Stunden gefunden. Ich habe versucht, Sie anzurufen, aber bei Ihnen meldete sich keiner.“

„Wir waren bei meinem Bruder in Floresville“, sagte Hugh und zog Kirby ganz unbewusst an sich. „Es waren schreckliche Wochen für uns.“

„Ja, ich weiß. Es war nicht der einzige Fall von Belästigung, den wir haben“, erwiderte der Polizeibeamte. „Ich habe mit einem unserer Senatoren gesprochen, und er ist bereit, eine neue Gesetzesvorlage einzureichen. Er sagte übrigens, dass er sich sehr gern einmal mit Ihnen unterhalten würde, Miss Campbell.“

„Ja, das würde ich auch sehr begrüßen", erwiderte sie höflich.

„Wie dem auch sei, Sie sind jetzt jedenfalls sicher", fuhr er fort. „Versuchen Sie, die ganze Sache so schnell wie möglich zu vergessen. Die Welt ist voll von Menschen, denen es Spaß macht, andere zu quälen. Dieser traurigen Tatsache habe ich meine Stellung zu verdanken."

„Ja. Und vielen Dank auch."

Als Kirby und Hugh das Kommissariat verließen, hielt sie fest seine Hand umklammert.

„Und deshalb lassen Frauen es sich gefallen", bemerkte sie leise.

„Was?"

„Die Belästigungen am Arbeitsplatz", erwiderte sie schlicht. „Sie haben Angst, dass es ihnen so ergehen könnte, wie es mir ergangen ist. Sie befürchten, zum Gegenstand des Klatsches ihrer Mitarbeiter zu werden, die Kündigung zu bekommen oder diskriminiert zu werden. Denn selbst wenn man seinen Job behält, sind die Kollegen gegen einen. Es gibt sogar Frauen, die es als eine Dummheit ansehen, Ärger zu verursachen, weil ein Mann ein ordinäres Verhalten an den Tag legt oder sexistische Bemerkungen macht."

Hugh schaute Kirby nachdenklich an. „Niemand hat uns je versprochen, dass das Leben einfach sein wird. Manchmal ist es sogar gefährlich, das Richtige zu tun. Und oft bringt es schweres Leid mit sich. Aber all das ändert nichts daran, dass der Mensch das Recht besitzt, ungestört seiner Arbeit nachzugehen."

Kirby zögerte kurz, dann nickte sie. „Trotzdem weiß ich nicht, ob ich genug Mut hätte, mich noch einmal über derartige Belästigungen zu beschweren. Nach allem, was ich erlebt habe ..."

Hugh lachte. „Ist das dein Ernst? Ich glaube schon, dass du mutig genug bist."

„Weil du voreingenommen bist."

„Nein. Aber ich liebe dich bis zur Selbstaufgabe", erwiderte er schlicht. „Ist es mir nicht anzusehen?"

Kirbys Augen funkelten vor Mutwillen, als sie stehen blieb und ihn anschaute. „Wenn du es schon bei hellem Tageslicht sagst und mitten auf der Straße, muss es ja wohl stimmen."

„Aber vorher hast du es mir nicht geglaubt?"

„Doch, schon", erwiderte sie nach kurzem Schweigen. „Ich hätte nur nicht gedacht, dass ich dich so sehr lieben könnte, ohne dass auch du mich liebtest."

„Kluges Kind! Wann wirst du Lancaster verlassen?“

„Montag in einer Woche. Habe ich dir übrigens schon gesagt, dass ich bei ‚Reflections‘ ein höheres Gehalt bekomme?“

Hugh grinste. „Um so besser. Aber wirst du so viel reisen müssen wie bei Lancaster?“

„Nein“, erwiderte sie strahlend. „Ich habe meinem neuen Chef gesagt, dass ich abends gern zu Hause wäre, und er meinte, sie hätten zwei ledige Angestellte, die mit Vergnügen reisen und mir diese Art von Arbeit abnehmen würden. Es kann zwar sein, dass ich ab und zu die Stadt verlassen muss, aber das wird nicht oft vorkommen.“

„Dann werde ich es wohl überstehen.“ Er schürzte die Lippen. „Zum Glück erfordert meine Arbeit keine Reisen, was gut ist, weil ich dann auf die Kinder aufpassen kann, wenn du unterwegs bist.“

„Kinder? Redest du im Plural?“

Sein Blick glitt langsam über ihre schlanke Gestalt, und sie sah einen Funken von Verlangen in ihren dunklen Tiefen aufleuchten. „Ich glaube, ich hätte gern einen Jungen und ein Mädchen.“

„Ach, tatsächlich? In deiner Familie kamen in den letzten drei Generationen nur Jungen auf die Welt, und ich war in meiner in den letzten beiden das erste Mädchen. Die Wetten stehen also gegen kleine Mädchen.“ Als er sich anschickte, etwas zu sagen, legte sie ihm lächelnd den Zeigefinger auf die Lippen. „Ich spielte für mein Leben gern Baseball, weißt du das noch? Und ich habe nie etwas für Puppen übrig gehabt.“

Hugh lachte. „Na schön. Dann lass uns abwarten, was es wird.“

„Warum gehen wir nicht nach Hause und sehen, was wir dafür tun können?“

Er pfiff leise durch die Zähne. „Siehst du, jetzt werden meine Knie wieder schwach!“

„Meine auch.“ Sie schmiegte sich in seinen Arm, als sie zum Wagen gingen. In ihrem überschäumenden Glück erlaubte sie sich sogar, ein wenig Mitleid für Erikson zu empfinden. „Er hatte keine Familie, nicht?“, fragte sie leise.

Hugh wusste, wen sie meinte. „Nein.“

„Der arme Mann. Er war krank, Hugh. Seelisch krank. Er tut mir leid.“

„Mir auch, in gewisser Weise jedenfalls. Aber es war Schicksal, Liebling. Ich bin froh, dass du nicht mehr in Gefahr bist. Und von nun an stehst du unter meinem ganz persönlichen Schutz.“

Kirby war entzückt über seinen Beschützerinstinkt und schmiegte zärtlich das Gesicht an seine Schulter. „Auch ich werde immer für dich da sein, mein Geliebter."

Er küsste ihre Stirn. „Lass uns beim Standesamt vorbeifahren und das Aufgebot bestellen. Und dann", fügte er mit einem vielsagenden Lächeln hinzu, „werden wir sehen, was wir hinter verschlossenen Türen anzustellen imstande sind."

Dagegen hatte Kirby nicht das Geringste einzuwenden.

Eine Woche später fand die Hochzeit statt, mit Bob und Connie als Trauzeugen, und es gelang Hugh und Kirby sogar, eine kurze Hochzeitsreise nach Jamaika zu arrangieren. Als sie in die Stadt zurückkehrten, trat Kirby ihre neue Stelle an und stellte fest, dass es ihr bei „Reflections" ausnehmend gut gefiel. Die Lancasters hatten Lornas Werbeetat und damit die Aussicht auf eine Menge neuer, vielversprechender Kunden inzwischen verloren.

Als sie herausfanden, wie Lorna die Tatsachen verdreht und gegen Kirby intrigiert hatte, entschuldigten sie sich bei ihr. Kirby nahm die Entschuldigung an, weigerte sich jedoch, in die Firma zurückzukehren, obwohl Hugh auch weiterhin bei dem Unternehmen arbeitete. Auf beiden Seiten blieben keine unguten Gefühle zurück, und die Lancasters machten ihnen sogar ein verspätetes Hochzeitsgeschenk, ein sehr schönes silbernes Kaffeeservice.

„Das war sehr nett von ihnen", bemerkte Kirby später, als sie mit Hugh im Bett lag.

„Ja, das finde ich auch." Er öffnete schläfrig die Augen, als sie sich auf einen Ellbogen aufrichtete. „Du hast heute Morgen dein Frühstück nicht bei dir behalten. Lag es dir zu schwer auf dem Magen?"

Sie lächelte verschmitzt. „Es ist etwas anderes, das mir bald sehr schwer auf dem Magen liegen wird."

Nun öffnete Hugh beide Augen und schaute Kirby in ehrfürchtiger Verwunderung an. „Bist du sicher?", fragte er lächelnd.

Sie nickte. „Ich habe heute Morgen einen dieser Tests gemacht. Er war positiv. Natürlich werde ich zum Arzt gehen, damit wir ganz sicher sein können, aber ich glaube nicht, dass es noch irgendwelche Überraschungen gibt."

Hugh zog sie auf sich herab und küsste sie zärtlich. „Glaubst du, dass wir einen Jungen haben werden?"

Sie lachte. „Es besteht nicht die geringste Chance, dass es etwas anderes sein wird", entgegnete sie entschieden und quiekte entzückt, als er sie sanft in die Rippen stieß.

Sieben Monate später stand Hugh mit Cecily Maureen Patton auf dem Arm im Krankenhauszimmer und schaute mit überlegener Miene auf seine hübsche Frau herab.

„Sag es nur!“, forderte sie ihn auf. „Ich weiß, dass du erstickst, wenn du es nicht aussprichst.“

Hugh lachte, doch sogleich wurde er wieder ernst. „Danke“, sagte er sanft. „Ich habe nie gewusst, worum es im Leben wirklich ging, bis ich sie in den Armen hielt.“

„Mir geht es genauso“, erwiderte Kirby. „Auch ich war noch nie so glücklich, Hugh. Zu wissen, dass wir beide gemeinsam dieses kleine Wunder geschaffen haben, ist ein ganz wunderbares Gefühl.“

„Und dass wir solchen Spaß dabei hatten“, neckte er sie zärtlich und freute sich über ihr Erröten. Dann richtete er den Blick auf seine kleine Tochter. „Ist sie nicht bezaubernd? Daddy liebt kleine Mädchen“, flüsterte er und küsste das winzige Gesicht des Babys. „Er wird für sein kleines Mädchen Picknicks veranstalten, ihr Spielzeug kaufen und alle Jungen umbringen, die ihr das Herz brechen. Daddy wird sie lehren, mit einem Gewehr zu schießen, er wird ihr Karate beibringen und Spione mit ihr fangen …“

„Und ihre Mom bringt ihr Verkaufsförderung bei und zeigt ihr, wie man erstklassige Werbespots verfasst“, warf Kirby trocken ein.

Hugh lachte. „Was glaubst du wohl, was ihr davon am meisten Spaß macht?“, fragte er augenzwinkernd.

Kirby lächelte nur. Ihre Tochter würde ein interessantes Leben führen, und ihre Ehe wurde von Tag zu Tag besser. Wenn sie zurückschaute auf die steinigen Wege, die sie bis heute beschritten hatten, wusste sie, dass sie all diese Wege bedenkenlos noch einmal gehen würde.

– ENDE –

„In Touch“ mit MIRA!

Das **Verlagsprogramm** elektronisch abrufbar

Interaktiv dabei sein: **Buchbesprechungen**, **Gewinnspiele**, **Aktionen**, **Leseproben** und vieles mehr.

Folgen Sie uns auf **Twitter**, **Facebook**, **Instagram**, **Pinterest** und **google+**

www.mira-taschenbuch.de

MIRA TASCHENBUCH

Band-Nr. 20055
9,99 € (D)
ISBN: 978-3-95649-176-4
640 Seiten

Sandra Brown u. a.
Zwischen tausend Gefühlen

Sandra Brown:
Dschungel der Gefühle

Kerry spielt mit dem Gedanken, Nonne zu werden. Doch auf einem riskanten Trip durch den Dschungel lernt sie den Fotografen Lincoln kennen. In heißen Nächten weckt er ganz neue Gefühle in ihr …

Rachel Lee:
Geborgtes Glück?

Rafe kämpft um das Sorgerecht für seinen unehelichen Sohn und flieht zu seinem Bruder. Ausgerechnet jetzt lernt er die attraktive Angela kennen – dabei hat er doch gar keine Zeit für die Liebe …

Debra Webb: Riskanter Auftrag

Der neue Auftrag ist die Karrierechance für die junge Agentin Erin – müsste sie nur nicht so eng mit ihrem attraktiven Kollegen John zusammenarbeiten. Ob sie die Mission überlebt ohne ihr Herz zu verlieren?

Lindsay McKenna: Schöner als jeder Edelstein

Ingenieurin Cat erholt sich nach einem Unfall im Haus des Geologen Stanley. Mit viel Zartgefühl begleitet er sie zurück ins Leben. Sie kommen sich näher – bis Cat von seinem dunklen Geheimnis erfährt …

Band-Nr. 20051
9,99 € (D)
ISBN: 978-3-95649-057-6
480 Seiten

Sandra Brown u. a.
Schicksalsherzen

Sandra Brown:
Im Rausch des Sieges

Kurz vor ihrem wichtigsten Match erfährt Tennisspielerin Stevie, dass sie schwerkrank ist. Niemand darf es wissen! Doch als sie dem Journalisten Judd begegnet, nimmt das Spiel des Lebens eine unerwartete Wendung …

Mary Burton:
Geheimnisvolle Entdeckung

Bei einem Tauchgang macht die Fotografin Kelsey eine schreckliche Entdeckung. Ausgerechnet ihre Jugendliebe Mitch steht ihr in diesem Moment bei – der Mann, dem sie nie wieder vertrauen wollte.

Olivia Gates: Der Zauber deiner Lippen

Nach einem Unfall kann sich Cybele an kaum etwas erinnern, aber sie fühlt sich unwiderstehlich zu dem selbstbewussten Arzt Rodrigo hingezogen. Leidenschaftlich küsst sie ihn und ahnt nicht, wie gut sie ihn eigentlich kennt …

Tori Carrington: Liebe, heiß wie Feuer

Für Jolie bricht eine Welt zusammen, als sie erfährt, was ihr geliebter Ehemann von ihr erwartet: Entweder gibt sie ihren gefährlichen Job bei der Feuerwehr auf – oder er lässt sich scheiden.

Band-Nr. 25851
9,99 € (D)
ISBN: 978-3-95649-199-3
eBook: 978-3-95649-443-7
528 Seiten

Susan Wiggs u. a.
Zauber der Gezeiten

Susan Wiggs:
Das Cottage am Willow Lake

Miranda hat ihre Krankheit besiegt! Doch sie hat sich verändert: Findet ihr Mann sie noch anziehend? Spontan entschließt sie sich zusammen mit ihrer Familie Urlaub in einem Cottage am Willow Lake zu machen. Gibt ihr diese Reise neue Hoffnung?

Linda Lael Miller:
Ein Liebhaber wie Tony

Ein Sturm verwüstet ihr Haus! Ausgerechnet Tony, ihr Exmann, hilft Sharon – und erinnert sie an all die glücklichen Stunden, die sie auf der verträumten Insel erlebt haben. Hat ihre Ehe eine zweite Chance?

Cindy Gerard: Mit Charme und Champagner

Es treibt Grant in den Wahnsinn, dass Rachael ihn auf Abstand hält! Aber der erfolgsverwöhnte Millionär zieht alle Register, um Rachael zu erobern – inklusive romantischen Segeltörns …

Lori Wilde: Im süßen Rausch der Sinne

Eigentlich ist Wyatt nach Idyll Island gefahren, um Kiaras Weinfirma auszuspionieren. Jedoch hat er nicht damit gerechnet, dass er den Reizen von Kiara erliegen würde. Nun muss er sich entscheiden: Geld oder Liebe!